10
18

12, AVENUE D'ITALIE. PARIS XIIIe

Sur l'auteur

Née en 1938 à Londres, Anne Perry vit aujourd'hui en Écosse. Depuis le succès international des enquêtes du couple Pitt et de celles de William Monk, elle s'est intéressée à d'autres périodes historiques telles que la Révolution française, la Première Guerre mondiale ou encore la Byzance du XIIIe siècle dans sa fresque épique *Du Sang sur la soie*.

ANNE PERRY

LES DEUX PREMIÈRES ENQUÊTES DE CHARLOTTE ET THOMAS PITT

L'Étrangleur de Cater Street

suivi de

Le Mystère de Callander Square

Traduit de l'anglais
par Annie Hamel et Roxane Azimi

10
18

Grands détectives

créé par Jean-Claude Zylberstein

ISBN 978-2-264-06486-8

L'ÉTRANGLEUR DE CATER STREET

Traduit de l'anglais
par Annie HAMEL et Roxane AZIMI

1

Charlotte Ellison se tenait au milieu du salon désert, le journal à la main. Son père avait commis l'imprudence de le laisser traîner sur la desserte. Il désapprouvait ce genre de lecture, préférant lui fournir des informations qui lui semblaient mieux convenir à l'éducation d'une jeune fille. Cela excluait les scandales, d'ordre politique ou personnel, les controverses de toute nature et, bien entendu, les crimes : tout ce qui, en fait, présentait un intérêt !

Aussi Charlotte devait-elle se procurer les journaux à l'office où Maddock, le majordome, les gardait pour les lire avant de les jeter. Elle avait donc toujours au moins un jour de retard sur le reste des Londoniens.

Quoi qu'il en soit, elle avait un quotidien du 20 avril 1881 entre les mains, donc un journal du jour. La nouvelle la plus remarquable était celle de la mort de Mr. Disraeli, la veille. Charlotte se demanda comment réagissait Mr. Gladstone. Éprouvait-il une sensation de vide ? Un ennemi juré occupe-t-il une place aussi grande dans la vie d'un homme qu'un véritable ami ? Certainement, oui. Dans le tissu des émotions, l'ennemi correspond à une erreur dans la trame.

Charlotte entendit des pas dans l'entrée et rangea très vite le journal. Elle n'avait pas oublié la colère de son père, le jour où il l'avait surprise en train de lire un quotidien du soir, trois ans plus tôt. Il s'agissait d'un article sur cette affaire de diffamation entre Mr. Whistler et Mr. Ruskin. C'était donc différent. Cependant, lorsqu'elle avait émis le désir d'en savoir plus sur la guerre des Zoulous, racontée par des journalistes présents sur les lieux, son père s'était montré tout aussi intraitable. Pour finir, ç'avait été Dominic, le mari de sa sœur, qui l'avait régalée de savoureux récits. Hélas, chaque fois avec un jour de retard !

La pensée de Dominic chassa celle de Mr. Disraeli et de la presse en général. Dominic la fascinait depuis le jour où il était entré dans cette maison pour la première fois, voilà six ans. Sarah avait vingt ans, Charlotte, dix-sept, et Emily, treize. Évidemment, il venait voir Sarah. Si Charlotte s'installait au salon avec sa mère, c'était uniquement pour que le jeune homme puisse faire sa cour dans les règles.

Dominic la voyait à peine, ne lui adressait que des banalités. Il regardait Sarah, sa chevelure blonde, son visage à l'ossature délicate. Charlotte, avec sa crinière de cheveux auburn, si difficiles à coiffer, ses traits plus marqués, n'était qu'un fardeau qu'on supportait poliment.

Un an plus tard, Dominic et Sarah s'étaient mariés. Dominic avait perdu de son mystère. Il n'était plus le personnage principal de la rêverie amoureuse d'une autre. Cependant, après cinq ans de cohabitation dans cette grande maison, après qu'ils se furent découverts l'un l'autre, son charme, la fascination du premier jour continuaient à opérer sur elle.

C'étaient ses pas qu'elle venait d'entendre. Elle le sut d'instinct. Cela faisait partie de sa vie : guetter le bruit de ses pas, le voir avant tout le monde dans une assemblée, se souvenir de tout ce qu'il disait, y compris les choses sans importance.

Charlotte avait finalement accepté cette situation. Dominic avait toujours été hors d'atteinte. Ce n'était pas comme s'il avait éprouvé un sentiment pour elle ou qu'il eût pu l'aimer. Elle n'avait jamais espéré cela. Un jour, peut-être, elle rencontrerait quelqu'un qu'elle pourrait aimer et respecter, quelqu'un de bien. Mère parlerait avec ce monsieur, verrait si sa personnalité et son milieu social pourraient lui convenir. Et, bien entendu, père procéderait à tous les autres arrangements, comme il l'avait fait avec Dominic et Sarah et le ferait sans nul doute pour Emily et l'élu de son cœur, le moment venu. Charlotte préférait ne pas y penser. Cette perspective relevait d'une espèce de futur éternel.

Le présent, c'était Dominic, cette maison, ses parents, Emily et Sarah, et grand-mère. Le présent, c'était tante Susannah qui viendrait prendre le thé dans deux heures, et le fait que les pas, dans le couloir, s'étaient éloignés. Charlotte pouvait donc jeter à nouveau un coup d'œil sur le journal.

Sa mère arriva quelques minutes plus tard, si discrètement que la jeune fille ne l'entendit pas.

— Charlotte !

Trop tard pour cacher son occupation. Elle baissa le journal, croisant le regard noisette de sa mère.

— Oui, maman.

Elle admettait avoir transgressé un interdit.

— Tu sais ce que ton père pense de ce genre de lecture.

Sa mère jeta un coup d'œil sur le journal plié.

— Je ne comprends pas pourquoi tu t'intéresses à ça. C'est rarement très plaisant à lire. Et de toute façon, ton père nous transmet les informations. Mais si tu y tiens absolument, fais-le discrètement. Va à l'office ou demande à Dominic de t'en parler.

Charlotte rougit, détourna les yeux. Sa mère savait donc qu'elle lisait les journaux de Maddock, et que Dominic lui racontait les nouvelles. Le jeune homme le lui avait-il dit ? Pourquoi cette pensée la heurtait-elle, comme si on l'avait trahie ? C'était ridicule. Il ne pouvait y avoir aucun secret entre elle et Dominic. Que s'était-elle permis d'imaginer ?

— Oui, maman. Pardonnez-moi.

Elle laissa tomber le journal sur la table derrière elle.

— Je ne me laisserai pas surprendre par papa.

— Si tu veux lire, pourquoi ne prends-tu pas un livre ? Il y a un roman de Mr. Dickens dans la bibliothèque. Et puis, je suis sûre que tu n'as pas encore lu *Coningsby*, de Mr. Disraeli.

C'était curieux, cette manie de dire « je suis sûr » quand, justement, on ne l'était pas.

— Mr. Disraeli est mort hier, répondit Charlotte. Je ne pourrais pas apprécier ce livre. Enfin, pas tout de suite.

— Mr. Disraeli ? Oh ! chérie, je suis désolée. Je n'ai jamais aimé Mr. Gladstone, mais ne le dis pas à ton père. Il me fait penser au pasteur.

Charlotte réprima l'envie de rire.

— Vous n'aimez pas le pasteur, maman ?

Sa mère se reprit immédiatement.

— Bien sûr que si. Maintenant, va te préparer pour le thé. Tu as oublié que tante Susannah vient nous voir cet après-midi ?

— Mais elle ne sera là que dans une heure et demie au plus tôt, protesta Charlotte.

— Alors fais de la broderie ou continue ce tableau sur lequel tu travaillais hier.

— Je l'ai cochonné…

— Charlotte ! On dit : « Je l'ai raté. » Tu ferais peut-être mieux de finir les mitaines. Tu pourrais les porter demain à la femme du pasteur. Je les lui ai promis.

— Vous croyez vraiment qu'elles font plaisir aux pauvres ?

— Aucune idée.

Le visage de sa mère se détendit : c'était visiblement la première fois qu'elle se posait la question.

— Au fond, je n'ai jamais rencontré un vrai pauvre, dit-elle. Mais le pasteur nous a assuré que ces mitaines étaient utiles. Nous sommes donc obligées de le croire.

— Même si nous ne l'aimons pas beaucoup.

— Charlotte, ne sois pas impertinente, s'il te plaît.

Ce fut dit sans aucune brusquerie. Sa mère s'était involontairement trahie, certes, mais elle ne s'en formalisait pas. Si elle en voulait à quelqu'un, c'était à elle-même, et non à Charlotte.

Obéissante, Charlotte sortit de la pièce et monta à l'étage. Autant finir ces mitaines, se dit-elle. Puisqu'il fallait le faire.

Dora, la fille de cuisine, servit le thé dans le grand salon. C'était un rituel des plus imprévisibles. Qui, lorsqu'elles étaient à la maison, avait toujours lieu à quatre heures, et toujours dans cette pièce avec ses meubles vert pâle, ses hautes fenêtres qui donnaient sur la pelouse. Les fenêtres étaient fermées à présent, même si le soleil de printemps brillait sur l'herbe et sur les dernières jonquilles.

Le jardin était petit, quelques mètres de gazon, un massif de fleurs, un fin bouleau adossé à la maison. Sur le mur de briques, des roses grimpantes, les préférées de Charlotte. Ces roses rayonnaient de toute leur splendeur de juin à novembre. On les voyait éclore de façon indisciplinée, telles des volées de fleurs et de feuilles. Puis elles inondaient le sol de pétales colorés.

En fait, le rituel du thé demeurait immuable ; c'étaient les protagonistes qui changeaient. Soit elles rendaient visite à quelqu'un, se perchaient sur des chaises inconnues, dans un autre grand salon, et entretenaient une conversation un peu empruntée. Soit l'une d'elles recevait des invités.

Sarah conviait de jeunes couples, très ennuyeux selon Charlotte. Les amies d'Emily étaient un peu moins insipides, parlaient de mode, se lançaient dans des spéculations romantiques – qui courtisait, ou allait courtiser qui. Les amies de maman étaient compassées, imbues d'elles-mêmes, à deux exceptions près. Ces dernières avaient tendance à évoquer des souvenirs qui intéressaient Charlotte. Elles racontaient l'histoire d'anciens soupirants, morts depuis bien longtemps, en Crimée, à Sébastopol, à Balaklava. Puis elles parlaient de la charge de la Brigade légère et des rares soldats qui en étaient revenus. On relatait également, avec un mélange d'admiration et de désapprobation, les actes de Florence Nightingale, « si peu féminine, mais il faut bien rendre hommage à son courage, ma chère ! Ce n'est pas une dame, certes, mais une Anglaise dont on peut être fiers ! ».

Quant aux amies de grand-mère, elles étaient encore plus passionnantes. Non pas que Charlotte les aimât : c'étaient pour la plupart des vieilles dames singulièrement désagréables. Mais Mrs. Selby, qui avait plus de quatre-vingts ans, se souvenait de Trafalgar, de la mort de Lord Nelson, des rubans noirs dans les rues, des lisérés noirs des journaux. Enfin, elle prétendait s'en souvenir.

Elle parlait fréquemment de Waterloo, du grand-duc, des scandales liés à l'impératrice Joséphine, du retour de Napoléon exilé à l'île d'Elbe, des Cent-Jours. Elle avait glané la plupart de ces informations dans des salons comme le leur, peut-être un peu plus austères, plus dépouillés, d'un style néoclassique. Cependant, cette réalité-là, plus vivante, fascinait Charlotte.

Aujourd'hui, on était en 1881, à mille lieues de ces histoires. Mr. Disraeli venait de mourir. Les rues s'éclairaient au gaz ; les femmes étaient admises dans les universités de Londres ! La reine était impératrice des Indes, et l'empire lui-même s'étirait jusque dans les coins les plus reculés du globe. Wolfe et les plaines d'Abraham, Clive et Hastings en Inde, Livingstone en Afrique, et la guerre des Zoulous appartenaient au passé. Le prince consort était mort du typhus depuis vingt ans. Gilbert et Sullivan écrivaient des opérettes, comme *H.M.S. Pinafore*. Qu'aurait dit l'empereur Napoléon de tout ça ?

Aujourd'hui, Mrs. Winchester était venue voir maman – quel ennui ! – et tante Susannah leur rendait visite à tous – quelle joie ! Susannah était la plus jeune sœur de papa. Elle n'avait que trente-six ans, dix-neuf ans de moins que son frère et seulement dix de plus que Sarah. Elle avait davantage l'air d'une cousine que d'une tante. Voilà trois mois qu'ils ne l'avaient pas vue, trois mois de trop. Elle était allée voir des parents dans le Yorkshire.

— Racontez-moi tout, ma chère, dit Mrs. Winchester en se penchant vers elle, l'œil brillant de curiosité. Qui sont les Willis, exactement ? Je suis sûre que vous avez dû me le dire – assurance sublime que tout le monde lui disait tout ! –, mais ma mémoire n'est plus ce qu'elle était.

Mrs. Winchester attendit avec avidité, les sourcils arqués. Susannah était un sujet de fascination pour elle : ses allées et venues, le moindre signe d'une aventure amoureuse, voire scandaleuse. Son existence même s'y prêtait : mariée à vingt et un ans à un gentleman de bonne famille, lequel s'était fait tuer, un an plus tard, en 1866, dans les émeutes de Hyde Park. L'homme lui avait laissé une jolie fortune, une affaire bien gérée. Elle était alors encore très jeune et extrêmement belle.

Malgré une foule de prétendants, Susannah ne s'était jamais remariée. L'opinion oscillait entre deux pôles opposés : pour les uns, elle restait fidèle à la mémoire de son mari, et, tout comme la reine, n'avait jamais pu surmonter sa douleur ; pour les autres, son mariage avait été un épisode si pénible qu'elle n'avait nulle envie de renouveler l'expérience.

L'opinion de Charlotte se situait à mi-chemin entre ces deux extrêmes. Elle pensait qu'après avoir satisfait aux exigences de sa famille et de son milieu en contractant un mariage, Susannah n'avait plus le désir de s'engager à nouveau, à moins de rencontrer l'amour – ce qui à l'évidence ne s'était pas encore produit.

— Mrs. Willis est une cousine, du côté de ma mère, répondit Susannah avec un léger sourire.

— Oh ! mais oui ! s'exclama Mrs. Winchester en se calant contre le dossier de son siège. Et que fait Mr. Willis, je vous prie ? Je suis sûre que cela va m'intéresser.

— Il est pasteur dans un petit village, répondit Susannah poliment.

Son regard amusé croisa celui de Charlotte.

— Ah !…

Mrs. Winchester s'efforça de masquer sa déception.

— Comme c'est charmant ! dit-elle. Vous avez pu les aider à la paroisse, j'imagine. Voilà qui devrait encourager notre cher pasteur. Et l'infortunée Mrs. Abernathy. Ça lui changerait les idées, d'entendre parler des pauvres à la campagne.

Charlotte se demanda en quoi la campagne ou les pauvres pouvaient réconforter qui que ce soit, a fortiori Mrs. Abernathy.

— Oh ! oui, renchérit sa mère. Ce serait parfait.

— Tu pourrais lui apporter des confitures, ajouta grand-mère en hochant la tête. C'est toujours agréable de recevoir des confitures. Ça prouve qu'on pense à vous. Or les gens ont moins de considération pour les autres que de mon temps. Ça vient de toute cette violence, tous ces crimes. Ça finit forcément par vous changer. Et puis cette indécence ! Ces femmes qui se conduisent comme des hommes, qui désirent des tas de choses qui ne sont pas bonnes pour elles. Bientôt les poules vont chanter dans les poulaillers !

— Pauvre Mrs. Abernathy, acquiesça Mrs. Winchester.

— Mrs. Abernathy a été malade ? s'enquit Susannah.

— Évidemment ! dit grand-mère d'un ton sec. Que croyais-tu, mon enfant ? C'est ce que je n'arrête pas de dire à Charlotte.

Elle darda un regard perçant sur sa petite-fille.

— Charlotte et toi, vous êtes pareilles !

Cette accusation s'adressait à Susannah.

— J'ai toujours rendu Caroline responsable du comportement de Charlotte.

Elle fit le geste de congédier sa belle-fille de sa petite main potelée.

— Mais naturellement, je ne puis rien lui reprocher te concernant. C'est la faute de notre époque. Et de ton père, qui n'était pas assez sévère avec toi. Mais au moins, tu ne lis pas ces horribles journaux qui entrent dans cette maison. J'étais trop vieille quand je t'ai eue. Il n'en est rien sorti de bon.

— Je ne crois pas que Charlotte consulte autant la presse que vous l'imaginez, maman, répliqua Susannah.

— Combien de fois faut-il lire ce genre de choses pour que le mal soit fait ? demanda grand-mère.

— Ils sont tous différents, maman.

— Comment le sais-tu ? s'enquit grand-mère, rapide comme l'éclair.

Susannah ne perdit pas contenance. Seules ses joues rosirent.

— Ils publient les nouvelles, maman. Qui changent d'un jour à l'autre.

— Sottises ! Ils publient les récits des crimes et des scandales. Le péché est resté le même depuis que Notre Seigneur l'a autorisé au jardin d'Éden.

Cela sembla clore la conversation. Il y eut plusieurs minutes de silence.

— Tante Susannah, dit finalement Sarah, vous voulez bien nous parler du Yorkshire ? La campagne est-elle belle ? Je n'y suis jamais allée. Peut-être que les Willis nous permettraient, à Dominic et moi…

Elle laissa sa phrase en suspens.

Susannah sourit.

— Je suis sûre qu'ils seraient ravis. Mais j'imagine mal Dominic prenant plaisir à la vie rurale. Il m'est toujours apparu comme un homme trop… cultivé, pour rendre visite aux pauvres et aller à des thés.

— Ça a l'air drôlement ennuyeux, lâcha Charlotte sans réfléchir.

Surpris, les autres la dévisagèrent d'un air réprobateur.

— Tout à fait le genre d'ambiance qu'il faudrait à Mrs. Abernathy, dit Mrs. Winchester, hochant la tête avec une expression pénétrée. Ça lui ferait du bien, à cette pauvre femme.

— Il peut faire extrêmement froid dans le Yorkshire, en avril, observa Susannah en regardant ces dames l'une après l'autre. Si Mrs. Abernathy a été malade, ne pensez-vous pas qu'il serait préférable de l'envoyer là-bas en juin ou juillet ?

— Le froid n'est pas un problème ! dit grand-mère d'un ton cinglant. C'est très revigorant. Très sain.

— Pas si on a été malade…

— Tu me contredis, Susannah ?

— J'essaie, maman, de vous expliquer que le Yorkshire, au début du printemps, n'est pas le lieu de séjour idéal pour une personne à la santé délicate. Loin de la revigorer, ce climat pourrait bien lui donner une pneumonie.

— Eh bien, au moins elle aurait autre chose à penser ! décréta grand-mère.

— Pauvre chère âme, ajouta Mrs. Winchester. Quitter Londres, même pour le Yorkshire, ne peut être qu'un mieux. Ça la mettra dans un autre état d'esprit.

— Pourquoi, qu'est-ce qui ne va pas ici ? s'enquit Susannah en regardant Mrs. Winchester, puis Charlotte. J'ai toujours trouvé cet endroit particulièrement agréable. Nous avons tous les avantages de la ville sans souffrir de la promiscuité ni des prix exorbitants pratiqués dans des quartiers plus chic. Nos rues sont propres. Et nous sommes à une distance raisonnable de tout ce qui présente un quelconque intérêt, sans parler de nos amis.

Mrs. Winchester se tourna vers elle.

— Évidemment, vous, vous êtes partie ! s'exclama-t-elle sur un ton accusateur.

— Deux mois seulement ! Le quartier ne peut pas avoir changé à ce point-là en si peu de temps.

Cette remarque était ironique, sarcastique même.

— Combien de temps ça prend ?

Mrs. Winchester haussa les épaules de façon dramatique et ferma les yeux.

— Oh ! pauvre Mrs. Abernathy ! Comment peut-elle supporter d'y penser ? Pas étonnant que la pauvre âme ait peur de s'endormir.

Déconcertée, Susannah regarda Charlotte, qui décida de lui venir en aide, quitte à en supporter les conséquences.

— Vous vous souvenez de Chloe, la fille de Mrs. Abernathy ?

Charlotte n'attendit pas de réponse.

— Elle a été assassinée il y a six semaines. Étranglée. On lui a arraché ses vêtements et tailladé la poitrine.

— Charlotte !

Caroline lança un regard furieux à sa fille.

— On ne va pas parler de ça !

— On en parle depuis le début de l'après-midi, maman, protesta Charlotte.

Du coin de l'œil, elle vit Emily pouffer de rire en cachette.

— On l'a juste évoqué à mots couverts, ajouta-t-elle.

— Mieux vaut en rester là.

Mrs. Winchester frissonna à nouveau.

— C'est intolérable. Le simple fait de me rappeler cette histoire me rend malade. On l'a retrouvée dans la rue, comme un paquet de linge sale. Son visage était horrible, bleu comme… comme… comme je ne sais pas quoi ! Et ces yeux fixes, et cette langue qui sortait ! Elle était sous la pluie depuis des heures, quand on l'a découverte. Son corps avait dû rester dehors toute la nuit.

— Ne vous mettez donc pas dans cet état, dit grand-mère avec brusquerie en regardant Mrs. Winchester, qui paraissait tout émoustillée.

Celle-ci prit aussitôt un air éploré.

— Oh ! c'est terrible ! gémit-elle, le visage crispé comme sous le coup d'une douleur sincère. Ne parlons plus jamais de ça, Mrs. Ellison. Pauvre Mrs. Abernathy. Je ne sais pas comment elle fait pour survivre !

— Que peut-elle faire d'autre sinon supporter son chagrin ? répondit calmement Charlotte. C'est arrivé. Personne n'y peut rien, à présent.

— J'imagine qu'il ne s'agit pas d'un fou ou d'un voleur, surgi à l'improviste, dit Susannah en fixant son thé.

Elle leva les yeux, l'air préoccupé.

— Chloe ne s'est sûrement pas promenée toute seule dans les rues en pleine nuit, ajouta-t-elle.

— Ma chère Susannah, dit Caroline avec reproche, il fait nuit dès quatre heures en hiver, surtout quand il pleut. Comment peut-on être sûr de rentrer pour quatre heures ? Cela voudrait dire qu'on ne peut même pas aller prendre le thé chez les voisins !

— C'est là qu'elle était ?

— Elle partait chez le pasteur. Elle devait lui porter de vieux vêtements pour les pauvres.

Le visage de Caroline se plissa douloureusement.

— Pauvre petite, elle n'avait que vingt ans.

C'était brusquement devenu réel. Non plus un scandale dont on se repaissait, mais la mort d'une femme comme elle. Les pas dans le noir, la douleur soudaine dans la gorge, la terreur, l'impossibilité de respirer, les poumons brûlants, puis les ténèbres.

Personne ne parla.

Ce fut Dora qui, en entrant, rompit le silence.

Charlotte avait toujours le cœur gros lorsque son père rentra peu après six heures. Le ciel s'était assombri. De grosses gouttes de pluie commençaient à rebondir sur la chaussée, quand l'équipage s'arrêta. Edward Ellison travaillait dans une banque commerciale à la Cité, position qui lui assurait un revenu des plus confortables et faisait de lui un bourgeois aisé. Voire même plus : en tout cas, Charlotte avait été élevée dans cette idée-là.

Edward entra dans la maison, chassa les gouttes de pluie qui s'accrochaient à son manteau quelques secondes avant que Maddock l'en débarrasse. Avec respect, le majordome posa le haut-de-forme de Mr. Ellison à sa place.

— Bonsoir, Charlotte, dit Edward avec bonne humeur.

— Bonsoir, papa.

— J'espère que tu as passé une bonne journée, déclara-t-il en se frottant les mains. Malheureusement, le temps est de saison. Nous pourrions même avoir une tempête. Il fait lourd.

— Mrs. Winchester est venue pour le thé.

C'était là une façon implicite de répondre à la question de son père. Il savait qu'elle n'aimait pas Mrs. Winchester.

— Oh ! mon Dieu, fit-il avec un petit sourire.

Il y avait une complicité entre eux, même si elle ne se manifestait pas aussi souvent que Charlotte l'aurait souhaité.

— Je croyais qu'on attendait Susannah ? dit-il.

— Oh ! elle était là, mais Mrs. Winchester a passé l'après-midi à lui poser des questions sur les Willis et à parler de Chloe Abernathy.

Les traits d'Edward s'assombrirent. Charlotte comprit qu'elle avait trahi sa mère par inadvertance. En effet, Edward comptait sur sa femme pour ne pas aborder ce sujet dans son propre salon. Il allait lui en vouloir d'avoir pris la liberté d'en parler en société.

Sarah sortit du grand salon. La lumière, derrière elle, nimbait ses cheveux blonds d'un halo doré. Elle était jolie d'une beauté qui rappelait davantage celle de grand-mère que celle de Caroline, avec son teint de porcelaine, sa bouche bien dessinée, son petit menton effacé.

— Bonsoir, Sarah chérie.

Edward lui tapota l'épaule.

— Tu attends Dominic ?

— Je pensais que c'était lui, répondit Sarah, vaguement déçue. J'espère qu'il va arriver avant l'orage. J'ai entendu des coups de tonnerre, il y a quelques minutes.

Elle s'effaça pour laisser le passage à son père. Il traversa le salon, s'arrêta devant la cheminée, le dos au feu. Assise au piano, Emily tournait négligemment les pages d'une partition. Edward contempla ses filles avec satisfaction.

Il y eut un grondement de tonnerre, plus proche cette fois. Toutes les têtes se tournèrent vers la porte du salon. On entendit des bruits de pas, la voix de Maddock. Puis Dominic entra.

Charlotte sentit sa gorge se serrer. Vraiment, elle aurait dû surmonter cela depuis longtemps ! C'était absurde. Mince et bien bâti, il souriait légèrement. Ses yeux noirs se posèrent d'abord sur Edward, ainsi que les convenances et l'éducation l'exigeaient dans une demeure patriarcale, puis sur Sarah.

— J'espère que vous avez eu une agréable journée, dit Edward, toujours dos à la cheminée. C'est bien que vous soyez rentré avant l'orage. Je crains que les cieux ne se déchaînent dans la prochaine demi-heure. J'ai toujours peur que les chevaux ne s'emballent et ne provoquent un accident. Becket a perdu sa jambe comme ça, le saviez-vous ?

La conversation créait comme un ronron dans la pièce. Charlotte n'écoutait plus. C'était un échange sympathique, réconfortant, entre membres de la même famille. Ça n'avait pas grand sens, comme ces rituels qui ponctuent la journée.

En serait-il toujours ainsi ? Une infinie succession de jours passés à tricoter, peindre, vaquer aux diverses tâches ménagères, prendre le thé ? Des journées qui se terminaient immanquablement par le retour de papa et de Dominic. Que faisaient les autres ? Ils se mariaient, élevaient des enfants, tenaient leur maison. Les pauvres, évidemment, travaillaient. Les gens de la haute société allaient à des réceptions, se promenaient dans le parc, en calèche ou à cheval. Et puis, eux aussi avaient une famille, non ?

Charlotte n'avait rencontré personne qui pût devenir le centre de son univers… excepté Dominic. Peut-être devrait-elle calquer son comportement sur celui d'Emily et avoir davantage d'amies comme Lucy Sanderson ou les sœurs Hayward. Elles avaient toujours l'air de commencer ou de terminer une histoire d'amour. Mais elles paraissaient toutes tellement bêtes ! Pauvre papa, c'était dur pour lui d'avoir trois filles et pas de fils.

— … n'est-ce pas, Charlotte ?

Dominic la regardait, les sourcils arqués, une expression amusée sur son visage fin.

— Elle rêve, commenta Edward.

Dominic eut un grand sourire.

— Vous pourriez battre Mrs. Winchester à son propre jeu, n'est-ce pas, Charlotte ? répéta-t-il.

Charlotte n'avait pas la moindre idée de ce dont il voulait parler. Et cela dut se voir.

— Vous pourriez vous montrer aussi inquisitrice qu'elle, expliqua Dominic patiemment. Répondre à toutes ses questions par une autre question. Il doit bien y avoir un sujet dont elle refuse de parler !

Charlotte fut franche avec lui, comme toujours. Peut-être était-ce pour cela qu'il aimait Sarah ?

— Vous ne connaissez pas Mrs. Winchester, répliqua-t-elle sans ambages. Si elle n'a pas envie de discuter d'un sujet, elle vous ignore. Elle ne voit pas pourquoi sa réponse devrait avoir un rapport avec votre question. Elle parlera de ce qui la préoccupe.

— Et aujourd'hui, c'était cette pauvre Susannah ?

— Pas vraiment. C'était cette « pauvre » Mrs. Abernathy. Susannah n'a été que le prétexte pour dire que ça ferait beaucoup de bien à la « pauvre » Mrs. Abernathy d'aller dans le Yorkshire.

— En avril ? s'exclama Dominic, incrédule. La malheureuse femme va mourir de froid. Ou alors d'ennui.

Le visage d'Edward s'assombrit. Malheureusement pour elle, Caroline entra à ce moment-là.

— Caroline, dit-il avec raideur, Charlotte m'a appris que vous aviez discuté de Chloe Abernathy tout l'après-midi. Je pensais avoir été clair là-dessus. À tort, peut-être. Aussi vais-je l'être maintenant. La mort de cette pauvre fille ne doit pas prêter aux commérages dans cette maison. Si vous pouvez être d'une aide quelconque à Mrs. Abernathy, n'hésitez pas. Mais sinon, l'affaire est close. Me suis-je bien fait comprendre, cette fois ?

— Oui, Edward. Mais je crains de ne pouvoir faire taire Mrs. Winchester. Elle semble…

Caroline ne termina pas sa phrase, sachant que ça ne servirait à rien. Edward avait exprimé son opinion et avait déjà l'esprit ailleurs.

Le lendemain, l'orage était passé. La rue était pimpante dans la lumière d'avril : le ciel, bleu délavé ; le jardin, ruisselant de rosée. Le moindre brin d'herbe étincelait. Dans la matinée, Charlotte et Emily s'appliquèrent à leurs occupations habituelles. Sarah alla chez sa couturière. Caroline s'enferma avec Mrs. Dunphy, la cuisinière, pour étudier les comptes de la cuisine.

Dans l'après-midi, Charlotte alla porter les mitaines à la femme du pasteur. Ce n'était pas vraiment son activité favorite. D'autant qu'aujourd'hui, le pasteur avait toutes les chances d'être chez lui. Cet homme-là la déprimait profondément. Cette fois, cependant, il n'y avait aucun moyen d'échapper à cette corvée. C'était son tour, et ni Emily ni Sarah ne semblaient disposées à y aller à sa place.

Elle arriva au presbytère un peu avant trois heures et demie. Il faisait doux après la pluie, et ce fut une promenade agréable. Trois kilomètres à pied, mais Charlotte avait l'habitude de marcher. Et puis les mitaines n'étaient pas lourdes.

La bonne lui ouvrit presque tout de suite. C'était une femme austère, aux traits anguleux, d'un âge indéterminé. Charlotte avait beaucoup de mal à se souvenir de son nom.

— Merci, dit-elle, polie. Je crois que Mrs. Prebble m'attend.

— Oui, madame. Si vous voulez bien me suivre.

La femme du pasteur était dans le petit salon. Le pasteur lui-même se tenait dos à l'âtre noir et fumant. À sa vue, le cœur de Charlotte se serra.

— Bonjour, Miss Ellison, dit-il en s'inclinant légèrement. Quelle joie de vous voir consacrer une partie de votre temps aux autres !

— Oh ! ce n'est pas grand-chose, pasteur.

Instinctivement, elle eut envie d'objecter.

— Juste quelques mitaines tricotées par ma mère et mes sœurs. J'espère qu'elles seront…

Elle ne termina pas sa phrase, se rendant compte qu'elle n'avait en fait rien à dire. Elle proférait des mots vides de sens, petits bruits pour combler le silence.

Mrs. Prebble tendit la main vers le sac. C'était une belle femme plantureuse. Elle avait des mains à la fois fines et robustes.

— Je suis sûre que l'hiver prochain, nous allons faire des heureux. Quand on a les mains froides, on a froid partout.

— Oui, c'est vrai, dit Charlotte.

Le pasteur l'observait. La jeune fille se détourna rapidement de ce regard glacial.

— Vous grelottez, Miss Ellison, déclara-t-il. Je suis certain que Mrs. Prebble serait ravie de vous offrir une tasse de thé bien chaud.

C'était une injonction, pas une prière. Charlotte ne pouvait refuser sans paraître impolie.

— Merci, dit-elle sans conviction.

Martha Prebble prit une petite cloche sur le dessus de la cheminée et sonna. Lorsque la bonne se montra, quelques instants plus tard, Mrs. Prebble demanda du thé.

— Comment va votre mère, Miss Ellison ? s'enquit le pasteur.

Il était toujours debout dos à la cheminée, accaparant toute la chaleur.

— C'est une femme si bonne, ajouta-t-il.

— Merci, répondit Charlotte. Je lui dirai que vous avez demandé de ses nouvelles.

Martha Prebble leva les yeux de son ouvrage.

— J'ai entendu dire que votre tante Susannah est rentrée du Yorkshire. J'espère que le changement d'air lui a été profitable.

Mrs. Winchester n'avait pas perdu de temps !

— Je pense, oui, mais elle n'était pas malade, vous savez.

— La vie doit être dure pour elle à certains moments, dit Martha, songeuse. Toute seule, toujours.

— Je ne crois pas que ça gêne tante Susannah, répliqua Charlotte sans réfléchir. Je pense qu'elle se trouve mieux ainsi.

Le pasteur fronça les sourcils. Le thé arriva. À l'évidence, il était prêt avant que Martha sonne et n'attendait qu'un signal pour être servi.

— Ce n'est pas bien pour une femme d'être seule, dit le pasteur sur un ton sinistre.

Il avait un grand visage carré, la mâchoire puissante, des lèvres minces, un nez imposant. Il avait dû être beau, dans son jeune âge. Charlotte eut honte de le détester à ce point-là. On ne devait pas nourrir ce genre de sentiments à l'égard d'un homme d'Église.

— Cela l'expose à toutes sortes de dangers, ajouta-t-il.

— Susannah n'a rien à craindre, affirma Charlotte. Elle a des revenus suffisants, et elle ne s'aventure pas seule dehors, excepté dans la journée. Et le soir, sa maison est tout à fait sûre. Son serviteur a beaucoup de qualités. Il sait notamment se servir d'une arme à feu.

— Je ne pensais pas à la violence, Miss Ellison, mais à la tentation. Une femme seule est soumise aux tentations de la chair, sujette à la frivolité. Elle peut s'adonner à des divertissements dont l'aspect superficiel pervertit la nature. Une femme de bien s'occupe de sa maison. Réfléchissez aux enseignements de la Bible, Miss Ellison. Je vous recommande de lire le Livre des Proverbes.

— La maison de Susannah est très bien tenue, protesta Charlotte qui se sentait poussée à la défendre. Et elle ne passe pas son temps à des divertissements superficiels.

— Vous êtes une jeune femme raisonneuse, lui dit le pasteur avec un sourire froid. C'est inconvenant. Vous devez apprendre à maîtriser cela.

— Elle se montre seulement loyale à l'égard de sa cousine, mon cher, dit Martha devant Charlotte rouge de colère.

— La loyauté n'est pas une vertu, Martha, lorsqu'elle porte aux nues ce qui est diabolique et dangereux. Regardez donc Chloe Abernathy, cette enfant perdue. Et puis Susannah n'est pas sa cousine, mais sa tante.

Charlotte n'avait pas totalement dompté sa colère.

— Quel rapport y a-t-il entre Chloe Abernathy et Susannah ? demanda-t-elle.

— Les mauvaises fréquentations, Miss Ellison, les mauvaises fréquentations. Nous sommes tous de frêles esquifs, et les femmes, surtout les jeunes femmes, deviennent facilement la proie du vice, quand elles subissent de mauvaises influences. Elles tombent sous la coupe d'hommes diaboliques et finissent à la rue, dans l'indigence et l'abandon.

— Chloe n'était pas du tout comme ça !

— Vous vous attendrissez facilement, Miss Ellison, ce qui est bien, pour une femme. Vous ne devriez pas savoir de telles choses, et c'est tout à l'honneur de votre mère que vous ne les voyiez pas. Mais le diable s'insinue en nous avec discrétion. C'est pourquoi les femmes, même les plus innocentes, ont besoin de la protection des hommes, qui repèrent à temps les germes du péché pour les en préserver.

« Et les mauvaises fréquentations sont le germe du péché, mon enfant, poursuivit le pasteur. Aucun doute là-dessus. La pauvre Chloe fréquentait beaucoup les filles Madison, ces derniers temps. Peut-être n'avez-vous pas conscience de la frivolité de ces jeunes filles qui se maquillent, s'habillent pour plaire aux hommes, se promènent sans chaperons. Mais je suis certain que votre père s'en rend compte et qu'il ne vous laisserait pas vous acoquiner avec de telles créatures. Si vous ne gisez pas sur le trottoir, étranglée, vous le devez à la sagesse de votre père.

— Je sais qu'elles ont tendance à s'esclaffer pour un rien, dit Charlotte.

Elle essayait de se souvenir des demoiselles Madison, de voir en elles les germes du péché dont parlait le pasteur. Elle ne voyait que d'absurdes amourettes, rien de bien méchant. Tout cela était futile, certes, mais certainement pas diabolique.

— Cependant, elles ne sont pas méchantes, ajouta-t-elle.

— Méchantes, non, dit le pasteur avec un sourire condescendant. Le péché, ce n'est pas la méchanceté, ma chère enfant, mais le début du chemin vers la damnation, la satisfaction de la chair, la fornication, l'adoration du Veau d'or !

Il avait élevé la voix. Charlotte sut instinctivement qu'il s'apprêtait à prononcer un sermon. Elle se tourna vers la femme du pasteur.

— Mrs. Prebble, dit-elle en s'inclinant avec une totale hypocrisie, dites-moi, je vous prie, comment nous pouvons continuer à soulager la misère des pauvres. Ma mère et mes sœurs vous seraient très reconnaissantes de vos conseils !

Un peu surprise de cette véhémence, Martha Prebble sembla elle aussi ravie d'abandonner ce débat sur le péché.

— Oh ! des couvertures ou des vêtements pour enfants nous seraient très utiles. Les pauvres ont toujours des tas d'enfants. Beaucoup plus que nous, qui sommes mieux lotis.

— Naturellement, dit le pasteur qui refusait d'être évincé.

Sa face massive surplombait ses larges épaules, tel un monument.

— C'est précisément parce qu'ils satisfont leurs désirs et donnent naissance à plus d'enfants qu'ils n'en peuvent élever qu'ils sont pauvres. Aussi héritons-nous de l'obligation de subvenir à leurs besoins. Cela leur apprend la patience dans le malheur, et développe en nous la charité chrétienne et la vertu.

Charlotte n'avait rien à répondre à cela. Elle finit son thé et se leva.

— Merci pour le thé. Je me suis bien réchauffée. Il faut que je rentre avant qu'il ne fasse trop froid. Je dirai à ma mère que vous étiez contente de ces mitaines, et elle sera heureuse d'apprendre que nous pouvons encore vous aider. Des vêtements d'enfants. Je commencerai dès demain. J'espère que nous ferons pour le mieux.

Martha Prebble l'accompagna jusqu'à la porte. Au moment où Charlotte allait partir, Martha posa une main sur son bras.

— Ma chère Charlotte, n'en veuillez pas au pasteur. Il s'inquiète de notre bien à tous, et ses mots dépassent parfois sa pensée. Je suis certaine que ces… ces tragédies l'affligent autant que nous.

— Bien sûr. Je comprends.

Charlotte se détendit. Elle ne comprenait pas du tout. Elle ne gardait pas de rancune au pasteur, mais compatissait au sort de Martha. Elle ne pouvait imaginer qu'on puisse vivre avec un tel homme. Bien qu'il ne fût sans doute pas très différent des autres. Ils avaient tous tendance à se montrer sévères à l'égard des jeunes personnes comme les demoiselles Madison, plus ennuyeuses et sottes que pécheresses.

Martha sourit.

— Vous êtes très gentille, ma chère. Je savais que vous comprendriez.

Restée sur le seuil, elle regarda Charlotte s'éloigner.

Deux jours plus tard, elles étaient toutes au salon, en train de coudre les vêtements d'enfants commandés par Martha Prebble, quand Edward rentra à la maison, comme tous les soirs.

Elles entendirent la porte se refermer. Il y eut un murmure de voix, lorsque Maddock prit le manteau et le chapeau d'Edward. Mais quelques secondes plus tard, ce fut le visage du majordome et non celui d'Edward qui apparut dans l'embrasure de la porte.

— Madame, dit-il en rougissant.

— Oui, Maddock ?

Caroline était surprise. Elle ne comprenait pas encore qu'il y avait un problème.

— Qu'y a-t-il ? Ce n'était pas Mr. Ellison ?

— Si, Madame. Voulez-vous avoir la gentillesse de me suivre jusque dans le vestibule ?

À présent, Charlotte, Emily et Sarah le dévisageaient. Caroline se leva.

— Bien entendu, dit-elle.

Dès qu'elle fut sortie, les sœurs se regardèrent.

— Que se passe-t-il ? s'exclama Emily, excitée. Vous croyez que papa est venu avec un invité ? Je me demande qui c'est, s'il est riche. Quelqu'un de la Cité, peut-être ?

— Alors pourquoi ne le fait-il pas entrer ? s'enquit Charlotte.

Sarah fronça les sourcils, puis fixa le plafond, l'air exaspéré.

— Enfin, Charlotte, il doit d'abord voir maman, et le lui présenter. Peut-être n'est-il pas convenable que nous le rencontrions. Peut-être est-ce simplement quelqu'un qui a des difficultés, et qui a besoin d'aide.

— Quel ennui ! soupira Emily. Tu veux dire un indigent, un homme dans la gêne ?

— Je ne sais pas. Papa va probablement charger Maddock de s'occuper de lui, mais naturellement, il faut qu'il avertisse maman.

Emily se leva et alla jusqu'à la porte.

— Emily ! Tu ne vas pas écouter ?

Souriante, Emily porta un doigt à sa bouche.

— Vous ne voulez pas savoir ?

Charlotte se leva et alla se placer derrière Emily qu'elle dépassait d'une bonne tête.

— Moi, en tout cas, je veux entendre, dit-elle. Ouvre la porte, juste un peu.

Emily avait déjà poussé la porte. Elles se pressèrent dans l'entrebâillement.

Quelques instants plus tard, Charlotte sentit Sarah se plaquer contre elle dans un bruissement de taffetas.

— Edward, il faut faire disparaître les journaux, dit Caroline. Vous n'avez qu'à dire que vous les avez perdus.

— Nous ne sommes pas sûrs que ce sera dans le journal.

— Bien sûr que si ! rétorqua Caroline, furieuse, bouleversée.

Sa voix tremblait.

— Et vous savez que…

Charlotte retint son souffle. Sa mère allait la trahir.

— … qu'une des filles pourrait le trouver. Les domestiques non plus ne doivent pas le lire. La pauvre Mrs. Dunphy utilise parfois de vieux quotidiens pour emballer des ordures, Lily pourrait s'en servir quand elle fait le ménage. Ça risque d'affoler ces pauvres femmes.

— C'est vrai, admit Edward. Je les lirai, puis les jetterai avant de rentrer. Il serait préférable que maman ne soit pas au courant. Ça la perturberait.

Caroline acquiesça, mais sans grande conviction. Charlotte sourit, cacha son visage dans le dos d'Emily. Selon elle, grand-mère était plus forte que ce soldat turc en Crimée dont elle parlait sans arrêt. Apparemment, Caroline pensait la même chose. Mais que s'était-il passé ? Charlotte bouillait de curiosité.

— Cette malheureuse…

Caroline déglutit ; ses filles l'entendirent derrière la porte.

— … a été étranglée comme Chloe Abernathy ?

— Oui, enfin, on ne peut la comparer à Chloe Abernathy, rectifia Edward d'une voix entrecoupée, comme s'il venait d'en prendre conscience. Chloe était une… une jeune fille respectable. Cette bonne des Hilton était… je n'aime pas dire du mal des morts, surtout quand il s'agit d'une mort aussi atroce, mais cette fille avait mauvaise réputation. Elle avait trop de prétendants pour être honnête. Je dirais même, ç'a été la cause de sa mort, de cette mort horrible.

— Vous dites qu'on l'a retrouvée dans la rue, Edward ?

— Oui, dans Cater Street, à cinq cents mètres de chez le pasteur.

— Les Hilton habitent Russmore Street, je crois ? Cette rue commence au bout de Cater Street. Je suppose qu'elle est sortie pour voir quelqu'un et que… c'est arrivé là.

— Plus bas, ma chère. C'était horrible, obscène. Nous allons arrêter d'en parler et passer au salon. Sinon elles vont se demander ce qui nous retient. J'espère seulement que tout le voisinage ne va pas cancaner là-dessus. Dominic aura assez de bon sens pour ne pas en parler, j'imagine, au moins pour ne pas évoquer les aspects les plus… bestiaux de ce meurtre.

— Écoutez, vous l'avez su parce que vous êtes passé dans Cater Street au moment où la police était là. Autrement, vous n'auriez rien vu dans le noir.

— Je dois demander à Dominic d'être discret. Il ne faut pas perturber les filles, ni les domestiques. Je vais parler à Maddock et veiller à ce que ni Dora ni Lily ne sortent seules tant qu'on n'a pas arrêté ce misérable.

Il y eut un bruit de pas quand il s'éloigna.

Emily donna un coup de coude à Charlotte en guise d'avertissement. Elles retournèrent se poser à la hâte sur leurs sièges. Elles avaient un air emprunté, les jupes froissées, quand la porte s'ouvrit.

Edward était pâle, mais parfaitement maître de lui.

— Bonsoir, mes chéries. Vous avez passé une bonne journée ?

— Oui, papa, merci, dit Charlotte, un peu essoufflée.

Mais son esprit était ailleurs. Dans une rue obscure, où avait surgi une silhouette sombre, puis l'horreur, puis la douleur, l'étouffement… et la mort.

2

Emily ne tenait pas en place. C'était un jour parfait, qu'elle préférait encore à celui qui suivrait. Un jour de rêves, de préparatifs, de couture de dernière minute. On sortait les sous-vêtements propres, on se lavait les cheveux, on se faisait des boucles, on brossait les manteaux. Et, au tout dernier moment, on se faisait un maquillage discret.

Ce soir, elles allaient au bal chez le colonel Decker et sa femme, plus précisément chez leur fils et leur fille. Emily ne les avait vus que deux fois, mais elle avait eu des échos alléchants, par Lucy Sanderson : ils avaient une classe époustouflante, une élégance folle, un flair imparable pour s'habiller à la mode. Sans parler de tous ces gens riches, ces aristocrates qu'ils comptaient parmi leurs amis. Ce bal leur ouvrirait peut-être des portes sur un monde entrevu jusque-là seulement en rêve.

Sarah allait porter du bleu, un joli bleu pâle, qui lui allait particulièrement bien. Cette couleur flattait son teint, rehaussait la texture délicate de sa peau, s'accordait avec la couleur de ses yeux. Emily, de complexion plus mate, portait aussi très bien le bleu, qui mettait en valeur ses joues roses, ses yeux sombres, ses cheveux châtains aux reflets acajou. Cependant, c'eût été à leur désavantage, à l'une comme à l'autre, de s'habiller dans les mêmes tons. Elles auraient même eu l'air ridicule, chacune dans sa robe bleue. De toute façon, Sarah avait la primeur du choix.

Charlotte s'était arrêtée sur un bordeaux profond, lumineux, encore une couleur qu'Emily aurait pu porter. Mais honnêtement, ce rouge lie-de-vin allait mieux à Charlotte, avec ses cheveux auburn, sa peau couleur de miel. Personne n'aurait pu dire qu'elle avait les yeux bleus. Ils étaient gris, quelle que soit la lumière.

Il ne restait donc que le jaune ou le vert à Emily. Le jaune lui donnait toujours le teint cireux et n'avantageait pas Sarah non plus. Seule Charlotte était belle en jaune. Aussi, avec un rien de mauvaise grâce, Emily avait-elle dû opter pour du vert, un vert pomme pâle.

À présent, en mettant sa robe devant elle, la jeune fille dut admettre que la chance l'avait favorisée : cette couleur était extrêmement seyante. Emily était à l'image du printemps, toute de finesse, telle une fleur dans sa corolle, sans l'ombre d'un artifice. Si, dans cette robe, elle ne réussissait pas à gagner l'admiration, donc à attirer l'attention d'un ami des Decker, alors elle ne méritait pas d'avoir du succès.

Sarah était hors jeu, car déjà mariée. Quant aux sœurs Madison, elles avaient toutes deux les cheveux trop noirs et la taille un peu épaisse. Peut-être mangeaient-elles trop ? Lucy était jolie, mais tellement empotée ! Et Charlotte ne serait pas une rivale, car elle ruinait l'effet produit par sa beauté dès qu'elle ouvrait la bouche ! Pourquoi Charlotte disait-elle toujours ce qu'elle pensait, et non ce que les gens attendaient ? Elle était pourtant assez intelligente pour le deviner.

Une vraie réussite, ce vert. Emily se ferait couper une autre robe dans cette teinte, une robe de jour. Mais que fabriquait Lily ? Elle était censée lui apporter les fers à friser.

Emily alla à la porte.

— Lily ?

— J'arrive, Miss Emily. Un petit moment. Je suis là tout de suite.

— Que faites-vous ?

— Les dernières retouches sur la robe de Miss Charlotte, Miss Emily.

— Les fers vont refroidir !

Quelle sotte, cette Lily ! Cette fille ne réfléchissait donc jamais ?

— Ils sont encore trop chauds, Miss Emily. J'arrive !

Cette fois, elle tint sa promesse. Une demi-heure plus tard, Emily était parfaitement coiffée. Elle tourna lentement devant le miroir. L'effet était stupéfiant. Elle ne voyait rien à ajouter, rien à retrancher. Elle pouvait difficilement offrir une plus belle image au monde. Jeune, mais pas totalement dénuée de sophistication, éthérée, sans être inaccessible.

Caroline entra dans la pièce.

— Tu passes trop de temps devant ce miroir, Emily. Tu dois connaître tous les plis de ta robe par cœur.

Dans la glace, son reflet souriait. Son regard croisa celui d'Emily.

— La vanité n'est pas une qualité chez une femme. Aussi belle sois-tu – et tu es plutôt jolie, sans être d'une beauté époustouflante –, il te siéra de n'y accorder aucune importance.

Emily pouffa de rire. Elle était bien trop excitée pour se vexer.

— Mais je ne veux pas que les autres y soient indifférents. Vous êtes prête, maman ?

— Tu crois que j'aie besoin de m'apprêter ? dit Caroline, froissée.

Emily tourna autour de sa mère, faisant gonfler sa robe. Elle étudia Caroline avec un intérêt feint, moqueur. Sur quelqu'un d'autre, cette robe de couleur ocre eût été sombre, mais sur Caroline, qui avait le teint lumineux et les cheveux auburn, c'était parfait. Emily était trop honnête pour ne pas donner un avis favorable.

— Merci, fit Caroline, acide. Tu veux bien descendre ? Tout le monde est prêt à partir.

Emily descendit l'escalier avec précaution, soulevant légèrement sa robe. Elle fut la première à monter dans la voiture. Elle resta silencieuse pendant tout le trajet. Son imagination s'emballait un peu plus à chaque tour de roue. Elle voyait des hommes, tous beaux, aux visages encore indistincts, qui la regardaient tandis qu'elle dansait, pénétrée par la musique, touchant à peine terre. Chaque image se fondait dans la suivante. Emily se projeta dans le jour d'après : des admirateurs venaient la voir, lui envoyaient des lettres, rivalisaient pour la courtiser.

Dommage que les hommes ne se battent plus en duel ! Toutes ces manœuvres d'approche resteraient honorables, évidemment. Peut-être l'un d'eux aurait-il un titre de noblesse. L'épouserait-elle ? Deviendrait-elle Lady quelque chose… ?

Mais d'abord, il y aurait une cour passionnée, tourmentée, qui durerait des mois. La famille de ce jeune noble aurait choisi quelqu'un d'autre pour lui. Une jeune fille de son rang, une héritière. Sans doute une héritière. Mais il serait prêt à tout risquer pour l'avoir elle, Emily ! Ce rêve était délicieux. L'émotion retomba d'un coup quand ils arrivèrent. Mais elle savait faire la différence entre le rêve et la réalité.

Ils arrivaient au bon moment – sans doute le fait de maman. Le bal était déjà commencé. Ils entendirent la musique en gravissant l'escalier qui menait aux grandes portes de l'entrée. Emily retint sa respiration. Il y avait plus de cinquante personnes, qui tournoyaient comme des fleurs dans la brise. Les couleurs se fondaient les unes dans les autres, ponctuées de formes plus sombres et plus rigides : les hommes. La musique était comme l'été, le vin, les rires.

On les annonça. Maman et papa descendirent lentement les marches, suivis de Dominic et Sarah, puis de Charlotte. Emily s'attarda aussi longtemps que la bienséance l'y autorisait. Tous ces visages étaient-ils tournés vers elle ? « Ô mon Dieu, faites qu'ils me regardent ! » Elle prit sa robe, la remonta de quelques centimètres, avec beaucoup de grâce, puis entreprit la descente du grand escalier. C'était un moment à savourer, comme la première fraise de l'année qui met l'eau à la bouche, à la fois sucrée et acide.

On les présenta avec cérémonie. Mais l'essentiel de cet échange échappa à Emily : elle regardait le fils de la famille. Il la déçut terriblement. La réalité pulvérisa les vestiges du rêve. Il avait le visage rougeaud, le nez trop court. Il était beaucoup trop gras pour un garçon de son âge.

Emily fit la révérence. Il lui demanda la danse suivante, et elle accepta. Elle ne pouvait agir autrement sans paraître discourtoise. Le jeune homme l'entraîna vers la piste. Il dansait mal.

Ensuite, Emily se retrouva au milieu d'un groupe de jeunes filles qu'elle connaissait pour la plupart, au moins de vue. La conversation languissait ; toutes n'avaient d'yeux que pour les hommes qui à présent se rassemblaient à l'autre bout de la salle ou dansaient avec d'autres femmes.

Emily vit Dominic et Sarah ensemble. Maman dansait avec le colonel Decker. Charlotte parlait avec un élégant jeune homme à l'air très las, en faisant mine de s'intéresser à ce qu'il disait.

Une demi-heure et quelques danses plus tard, le jeune Decker revint, à la grande consternation d'Emily. Jusqu'au moment où elle s'aperçut qu'il était accompagné de l'homme le plus séduisant qu'elle ait vu depuis des mois. De taille moyenne, il avait des cheveux bruns bouclés, un beau teint, des traits réguliers, de grands yeux, et une assurance qui à elle seule résumait sa beauté.

— Miss Emily Ellison, dit le jeune Decker en s'inclinant légèrement, je vous présente Lord George Ashworth.

Emily tendit la main et fit la révérence, les yeux baissés pour cacher ses joues rosissantes. Il fallait surtout se conduire comme si elle fréquentait des lords quotidiennement et ne pas se laisser impressionner.

Il lui parla. Elle entendit à peine ce qu'il lui disait. Mais elle répondit avec grâce.

La conversation fut des plus conventionnelles, un peu guindée, mais cela n'avait aucune importance. Decker était un âne – Emily pouvait parler avec lui tout en pensant à autre chose –, mais Ashworth était différent. La jeune fille sentait ses yeux sur elle, ce qu'elle trouvait à la fois excitant et dangereux. Cet homme était suffisamment hardi pour obtenir ce qu'il voulait. Il n'y aurait ni tâtonnements ni timidité, même s'il pouvait faire preuve de finesse.

En ce moment précis, Emily était l'objet de son intérêt. Elle en ressentit un délicieux frisson.

Elle dansa deux fois avec lui durant l'heure qui suivit. Il resta prudent. Deux fois, c'était suffisant. S'ils avaient dansé davantage ensemble, cela aurait attiré l'attention, peut-être de papa, ce qui eût tout gâché.

Emily vit papa à l'autre bout de la salle en train de danser avec Sarah. Maman essayait d'échapper à l'admiration débordante du colonel Decker, sans toutefois l'offenser, ni éveiller la jalousie des femmes présentes. À un autre moment, Emily en aurait tiré des enseignements. Mais, pour l'instant, elle était occupée à ses propres affaires, ce qui requérait tous ses talents.

Elle parlait à l'une des filles Madison, tout en ayant conscience que Lord Ashworth la regardait du fond de la salle. Elle devait se tenir bien droite. Un dos voûté gâte la silhouette, déprécie la poitrine, la ligne du menton.

Elle devait sourire, mais sans avoir l'air idiote, bouger les mains avec grâce. Elle savait à quel point de vilaines mains pouvaient nuire à une jolie femme. Elle en avait eu un exemple sous les yeux, en la personne de l'autre demoiselle Madison, au grand embarras d'un prétendant sérieux.

Sarah n'avait jamais totalement surmonté ce handicap, contrairement à Charlotte, ce qui était encore plus surprenant. Charlotte, si maladroite dans ses propos, avait de très belles mains. Elle dansait avec Dominic à présent, la tête levée, les yeux brillants. Emily se demandait parfois si elle avait gardé une once du bon sens dont elle avait hérité à la naissance. Il n'y avait rien à attendre de Dominic ! Il n'avait pas d'amis influents, pas de relations. Soit, il avait un confortable statut social, mais c'était sans conséquence pour Charlotte. Seule une sotte prend une route qui ne mène nulle part. Mais il y a des gens à qui on ne peut rien faire entendre !

À minuit, Emily avait dansé avec George Ashworth deux fois de plus, sans qu'on fît allusion à une prochaine rencontre, à une quelconque visite de la part du jeune lord. La jeune fille commençait à craindre de ne pas avoir eu autant de succès qu'elle l'avait cru. Papa allait bientôt décider de rentrer. Elle devait agir dans les minutes à venir ou laisser filer sa chance, ce qui serait navrant. Elle n'allait pas perdre aussi vite le premier lord auquel elle eût parlé familièrement, le plus séduisant des hommes. Et, ce qui était encore plus au goût d'Emily, un homme audacieux et plein d'esprit.

Elle s'excusa auprès de Lucy Sanderson, prétendit qu'elle avait trop chaud et se dirigea vers la serre. Il y ferait beaucoup trop froid, sans nul doute, mais dans ses progrès vers le lord, Emily pouvait souffrir un léger inconfort.

Elle attendait depuis cinq minutes, qui lui parurent cinquante, quand enfin elle entendit des pas. Elle ne se retourna pas, feignant d'être plongée dans la contemplation d'une azalée.

— J'espérais que vous n'auriez pas eu trop froid et ne seriez pas revenue dans la salle de bal avant que j'aie pu me libérer.

Le sang d'Emily ne fit qu'un tour. C'était Ashworth.

— Vraiment, dit-elle le plus calmement possible. J'ignorais que vous aviez remarqué mon absence. J'ai pourtant essayé de passer inaperçue.

Quel mensonge ! Si elle n'avait pas pensé qu'il l'avait vue sortir, elle aurait regagné la salle pour ressortir une nouvelle fois.

— Je trouvais que la chaleur devenait oppressante. Il y a un monde fou là-dedans.

— Vous n'aimez pas la foule ? Quel dommage !

Il paraissait sincère, à en juger par le ton de sa voix.

— J'espérais pouvoir vous inviter, peut-être avec Miss Decker, à m'accompagner aux courses dans une semaine, avec un ou deux amis. Beaucoup de gens se retrouvent là-bas, le Tout-Londres y sera. Vous auriez honoré les lieux de votre beauté, surtout si vous deviez à nouveau porter du vert, de cette nuance délicieuse qui vous sied si bien. Quand on voit cette couleur, on pense au printemps, à la jeunesse.

Emily était sans voix. Les courses ! Avec Lord Ashworth ! Le Tout-Londres. Les visions de rêve se succédaient à une telle vitesse qu'elle pouvait à peine les discerner les unes des autres. Peut-être le prince de Galles serait-il là ; il adorait les courses. Et qui d'autre, allez savoir ? Elle s'achèterait une autre robe verte pour l'occasion, et toutes les têtes se retourneraient sur elle à l'hippodrome !

— Vous êtes bien silencieuse, Miss Ellison, dit-il derrière elle. Je serais terriblement déçu si vous ne veniez pas. Vous êtes la plus ravissante personne de la soirée. Je vous promets que vous n'étoufferez pas aux courses comme ici, dans la salle de bal. Ce sera en plein air, et, avec un peu de chance, nous aurons du soleil. Dites que vous acceptez, je vous en prie.

— Merci, Lord Ashworth.

Il fallait garder une voix neutre, comme si elle était fréquemment invitée aux courses par des lords, et qu'il n'y avait pas là de quoi s'extasier.

— Je serais tout à fait charmée de venir. Je suis certaine que ce sera très agréable, et que Miss Decker est la compagnie idéale pour moi. Je crois comprendre qu'elle a donné son accord, n'est-ce pas ?

— Naturellement, sinon je n'aurais jamais pris la liberté de vous approcher.

C'était un mensonge, mais elle ne le saurait pas.

Quand papa vint l'informer qu'il était temps de rentrer, elle le suivit, obéissante, souriante, baignant dans l'euphorie.

Le jour des courses, il fit un temps radieux ; c'était une vraie journée de printemps, fraîche, avec un soleil éblouissant, quand l'air semble miroiter. Emily avait persuadé papa de lui acheter une nouvelle robe verte, du vert qu'elle voulait. Elle avait joué sa carte maîtresse : si jamais elle plaisait vraiment, elle pouvait se dénicher un mari... une idée à laquelle papa ne pouvait se montrer insensible. Trois filles mettent à rude épreuve les relations et la fortune d'un homme, s'il désire les voir bien mariées. Sarah n'avait pas fait un grand mariage, soit, mais un mariage honorable. Dominic avait des revenus suffisants et une prestance indéniable. Il était bel homme, il avait bon caractère et de bonnes habitudes, semblait-il.

Avec Charlotte, évidemment, c'était une autre histoire. D'après Emily, il ne serait pas aussi simple de marier Charlotte. Elle était fort peu accommodante – or les hommes n'aiment pas les femmes qui argumentent – et avait des désirs d'un irréalisme navrant. Elle souhaitait trouver chez un homme les qualités les plus improbables et, en fin de compte, les plus stériles. Emily avait tenté de lui parler d'ambition, de lui faire comprendre qu'une belle fortune, associée à une belle position sociale, sans oublier un physique acceptable et, dans tous les cas, de bonnes manières, représentaient tout ce qu'on était raisonnablement en droit d'attendre... et que la plupart des jeunes filles n'obtenaient pas. Mais Charlotte refusait de se laisser persuader ou de reconnaître franchement qu'elle comprenait.

Mais aujourd'hui, rien de tout cela n'avait d'importance. Emily était aux courses avec Lord Ashworth, Miss Decker, et un jeune homme dont elle remarquait à peine la présence. Il promettait infiniment moins qu'Ashworth et ne méritait donc pas momentanément son intérêt.

La première course était déjà passée. Elle avait rapporté une jolie somme à George. Il se vantait de connaître le propriétaire du cheval, ce qui rendait l'aventure encore plus excitante. Emily paradait le long de la pelouse, son ombrelle à la main, adoptant avec délectation un air de supériorité. Elle était au bras d'un membre de l'aristocratie, étonnamment séduisant de surcroît. Elle-même était à la fois ravissante et à la mode, et elle le savait. En outre, elle avait des informations confidentielles sur le gagnant de la course précédente. Que demander de plus ? Elle faisait partie de l'élite.

La deuxième course fut de moindre importance, mais la troisième se révéla l'événement de l'après-midi. Les spectateurs se mirent à bourdonner d'excitation, tel un essaim d'abeilles qu'on dérange. Les mouvements de foule devinrent plus désordonnés à mesure que les gens se frayaient un chemin vers les bookmakers au coude à coude, échangeaient les cotes, tentaient de faire grimper les paris. Des hommes élégants, l'air canaille, riaient fort, tandis que des poignées de billets changeaient de mains.

À un moment, pendant qu'Ashworth parlait des pattes des chevaux, de leur cour, du talent des jockeys et d'autres choses qu'elle ne comprenait pas, Emily assista à un incident qu'elle ne put qu'observer, clouée sur place. Un monsieur corpulent, au visage rouge, riait tout seul de sa bonne fortune, serrant un billet dans la main. Il fit quelques pas, se dirigeant vers un homme vêtu de noir, au teint cireux, sinistre comme un croque-mort.

— Vous avez perdu, mon pauvre vieux ? lança le gros homme d'un ton jovial. Ne vous en faites pas, vous aurez plus de chance cette fois-ci. On ne peut pas perdre à chaque fois. Moi, je dis qu'il faut s'accrocher.

Là-dessus, il partit d'un grand rire.

L'homme fluet le regarda avec un désarroi poli.

— Je vous demande pardon, monsieur, c'est à moi que vous parlez ?

Il avait une voix qui ne portait pas. Eût-elle été plus loin, Emily n'aurait rien entendu.

— Vous avez l'air de quelqu'un qui a joué de malchance, poursuivit le gros homme, avec chaleur. Ça arrive aux meilleurs d'entre nous. Essayez encore, je vous dis.

— Vraiment, monsieur. Je vous assure que je n'ai pas joué de malchance.

— Ah ! s'exclama le poussah qui sourit et fit un clin d'œil. Vous ne voulez pas l'admettre, hein ?

— Je vous jure, monsieur…

L'homme corpulent éclata de rire et tapa l'autre sur le bras. À ce moment-là, un passant fit un faux pas, tituba, et heurta le gros homme. Qui à son tour tomba pratiquement dans les bras du monsieur au teint cireux en tenue de deuil. Celui-ci tendit les mains pour ne pas perdre l'équilibre sous l'effet du poids qui l'écrasait, ou pour le repousser. Il y eut moult excuses, des efforts pour remettre de l'ordre dans les vêtements. L'étranger qui avait trébuché marmonna quelque chose. Puis, semblant repérer une connaissance un peu plus loin, il prit le large tout en continuant à marmonner.

Une élégante jeune femme se matérialisa aux côtés de l'homme en noir et le supplia de la suivre pour être témoin de sa bonne fortune, tandis que deux autres individus, absorbés dans une discussion passionnée sur les mérites ou les faiblesses d'un certain cheval, prenaient leur place.

L'homme de forte corpulence frotta sa jaquette, prit une profonde inspiration. Sa main s'arrêta convulsivement à mi-hauteur, plongea dans la poche de sa veste et en ressortit vide.

— Ma montre ! brailla-t-il, angoissé. Mon argent ! Mes sceaux ! J'avais trois sceaux en or sur ma chaîne de montre ! On m'a volé !

Emily pivota et tira sur la manche d'Ashworth.

— George ! dit-elle d'un ton pressant. George, je viens de voir un homme se faire voler sa montre et ses sceaux !

Ashworth se retourna. Un sourire vaguement indulgent flottait sur ses lèvres.

— Ma chère Emily, cela arrive tout le temps, aux courses.

— Mais j'ai assisté à la scène ! Ils ont fait ça très adroitement. Cet olibrius l'a heurté par-derrière et l'a presque poussé sur un autre, qui a passé ses mains sur lui et, tel un magicien, a dû le soulager de ses possessions ! Vous n'allez pas intervenir ?

— Que suggérez-vous ? fit Ashworth en haussant les sourcils. L'homme qui les a pris doit être à présent innocemment occupé à autre chose. Quant à la montre et aux sceaux, il les aura donnés à quelqu'un que ni vous ni la victime n'avez vu.

— Mais ça vient juste d'arriver, là, tout de suite ! protesta Emily.

— Et où est le voleur ?

La jeune fille regarda autour d'elle. Elle ne reconnut personne, excepté la victime et deux personnes en train de discuter. Elle se retourna vers George, désemparée.

— Je ne le vois pas.

George sourit.

— Évidemment que non. Et même si vous essayiez de le poursuivre, il y aurait des gens prêts à vous bloquer le passage. C'est ainsi qu'ils opèrent. C'est tout un art, presque aussi subtil que celui consistant à les éviter. N'y pensez plus. Vous ne pouvez rien y faire. Simplement, ne gardez pas d'argent dans les poches de votre robe. Ils sont également très doués pour voler les femmes.

Emily ouvrit de grands yeux.

— Et maintenant, dit-il d'un ton ferme, voudriez-vous parier une petite somme sur le cheval de Charles ? Je vous promets qu'il sera au moins placé.

Elle accepta. Parier de l'argent était excitant, et puisque ce n'était pas son argent, elle n'avait rien à perdre : elle pouvait même gagner. Et puis, mieux qu'un simple avantage financier, elle appartenait désormais à un univers nouveau, à ce monde brillant dont elle rêvait depuis l'adolescence. Des femmes élégantes riaient, faisaient tournoyer leurs jupes. Elles marchaient d'un pas vif au bras de messieurs distingués, riches et titrés. Ces messieurs pariaient sur des chevaux, risquaient de grosses sommes aux cartes ou aux dés. Ils n'avaient peur de rien, gagnaient ou perdaient des fortunes en une journée.

Emily épiait leurs conversations, qui alimentaient son imagination. Des images un peu floues, certes, car elle n'était jamais allée dans un tripot, à un combat de chiens ou de coqs. Elle n'avait jamais mis les pieds dans une maison de jeux, et n'avait vu, au pire, qu'un homme légèrement éméché.

Mais ces lieux avaient un parfum de danger. Or c'est avec le danger, le risque, que commence la fortune.

Emily avait la jeunesse, la beauté, l'esprit vif. Mieux : elle pensait avoir du style, cette qualité indéfinissable qui différencie les gagnants des perdants. Si elle devait gagner quelque chose de définitif, il lui fallait tenter sa chance maintenant.

Elle n'aurait pu tomber mieux. Dix jours plus tard, elle était invitée, à nouveau avec Miss Decker, à une partie de tennis sur gazon à laquelle elle prit un plaisir fou. Elle ne joua pas, bien entendu, mais le but de la chose était purement social, et en cela elle progressa grandement. Elle fut même conviée à faire du cheval dans le parc, dans quelques jours. Évidemment, il faudrait qu'on lui prête et le cheval et la tenue, mais ce n'était pas un problème. Ashworth lui avait déjà trouvé une monture. Elle pouvait très bien emprunter un habit d'équitation à tante Susannah. Elles avaient pratiquement la même taille, et même si Susannah mesurait cinq centimètres de plus qu'elle, Emily pourrait toujours remonter la jupe au niveau de la taille. Personne ne le saurait.

La promenade fut fixée au 1er juin. Un jour frais, avec un ciel éclatant, des rues lavées par la pluie. Emily retrouva Miss Decker, qu'elle avait appris à détester, même si elle le cachait à merveille, Lord Ashworth et Mr. Lambling, un ami de Lord Ashworth, qui s'était épris de Miss Decker. Dieu seul savait pourquoi !

Ils s'élancèrent ensemble, au trot, sous les frondaisons de Rotten Row, une allée gravillonnée. Emily était assise dans une position précaire sur le côté de la selle. Elle n'avait pas l'habitude des chevaux. Cependant, elle était bien décidée à garder son équilibre, voire à montrer un certain panache, tandis qu'elle guidait prudemment son cheval au milieu d'enfants sur des poneys. Emily avait fière allure ; elle en eut la confirmation en entendant les murmures d'un groupe de messieurs, une dizaine de mètres plus loin. L'habit était un rien trop ajusté, ce qui flattait sa silhouette. Son chapeau d'écuyère, semblable à un haut-de-forme, était posé avec désinvolture, légèrement de travers, sur sa jolie chevelure. La couleur sombre du chapeau et les manchettes blanches en dentelle s'accordaient parfaitement avec le teint clair d'Emily.

Les autres la rejoignirent. Tous trottèrent plus ou moins de front. La conversation resta sporadique jusqu'au moment où ils croisèrent la femme la plus élégante qu'Emily eût jamais vue. Elle avait des cheveux blond platine de la nuance la plus pâle, un beau visage épanoui. Son habit était vert sapin, d'une coupe exquise, avec un col de velours. Son cheval était visiblement fougueux. Emily resta muette d'admiration. Comme elle aimerait, un jour, descendre l'« allée des Dames » à cheval avec cette assurance, cet air de supériorité qui paraissaient innés !

La femme eut un grand sourire à leur approche. Elle rajusta son chapeau d'un doigt, presque imperceptiblement, ce qui lui donna encore plus d'allure. Elle regardait Ashworth.

— Bonjour, Lord Ashworth, lança-t-elle, l'air mutin.

Ashworth la fixa sans la voir pendant un long moment, glacial. Puis il se tourna légèrement sur sa selle, pour faire face à Emily.

— Vous me parliez, Miss Ellison, du séjour de votre tante dans le Yorkshire. Ce doit être une région très agréable, d'après ce que vous en dites. Y allez-vous vous-même fréquemment ?

C'était faire montre d'une extraordinaire grossièreté. Il y avait au moins un quart d'heure qu'Emily avait parlé du Yorkshire, et, à l'évidence, la femme connaissait Ashworth. Emily était trop stupéfaite pour répondre.

— … bien que je sois surpris qu'elle ait considéré le début du printemps comme une bonne période pour aller dans le nord du pays, poursuivit-il, tournant toujours le dos à l'allée.

Emily le regardait fixement. L'inconnue esquissa une petite grimace amusée, teintée d'amertume. Puis elle toucha son cheval de sa cravache et s'éloigna.

— Elle s'adressait à vous ! s'exclama Emily hardiment.

— Ma chère Emily, dit Ashworth avec une moue condescendante, un gentleman ne répond pas à toutes les courtisanes qui l'importunent. Tout particulièrement dans un endroit public comme celui-ci. Et assurément pas s'il est avec des dames.

— Une courtisane ? balbutia Emily. Mais elle était… elle était habillée… je veux dire…

— La prostitution s'échelonne sur plusieurs niveaux, comme le reste ! Plus les courtisanes sont chères, plus elles ont une clientèle de choix, et moins elles ont l'air de courtisanes, c'est tout. Il vous faudra apprendre à être un peu moins naïve !

En un éclair, Emily se demanda comment Lord Ashworth pouvait connaître la profession de cette dame, mais elle s'abstint de lui poser la question. À l'évidence, il lui restait tout un monde à découvrir, si elle voulait s'y frayer son chemin avec succès et obtenir le prix qu'elle visait.

— Peut-être serez-vous assez bon pour faire mon éducation ? dit-elle avec un sourire, qui, elle l'espérait, en cachait plus qu'il n'en disait. C'est un domaine où je suis totalement ignorante.

Il lui lança un regard perçant, avant de la gratifier d'un grand sourire. Il avait des dents extraordinairement blanches. Emily décida, en cet instant précis, de tout faire pour devenir Lady Ashworth… sans tenir compte de certains désavantages. Elle s'en arrangerait le moment venu, mais en tout cas, elle saurait y faire face.

— Êtes-vous aussi sûre de vous que vous en avez l'air, Emily ? J'en doute.

Il continuait à la dévisager.

Elle affecta une totale innocence, croisa son regard, eut un charmant sourire. Elle envisagea de l'inviter à mieux la connaître, puis se ravisa. C'était trop direct, et de toute façon, il en avait visiblement l'intention.

La première visite de Lord Ashworth chez les Ellison eut lieu dans la deuxième semaine de juin. Naturellement, tout était prêt pour cet événement, méticuleusement préparé. Même Caroline tentait de masquer, sans succès, une certaine excitation.

À quatre heures moins le quart, ils étaient tous assis dans le grand salon. Le soleil éclaboussait le parquet. Dehors, les premières roses étaient déjà écloses. On attendait Lord Ashworth, Mr. et Miss Decker, d'un moment à l'autre. Sarah, perchée dans une posture empruntée sur le tabouret du piano, jouait un air indéfinissable. Emily avait une pratique suffisante de cet instrument pour savoir que sa sœur jouait mal. Elle chantonnait dans sa tête, à l'idée de ce qui allait suivre. Caroline, installée sur la meilleure chaise à dossier droit, semblait déjà prête à servir le thé qu'on n'avait pas encore apporté. Seule Charlotte paraissait naturelle. Mais évidemment, Charlotte n'avait jamais eu le sens des priorités.

Emily était très calme. Elle s'était préparée avec le plus grand soin : il ne lui restait plus qu'à improviser chaque réplique, chaque regard, du mieux qu'elle pouvait.

Les invités arrivèrent à l'heure dite et furent introduits, puis présentés, avec un certain émoi. Ils s'assirent, puis entamèrent le rituel de la conversation de salon. Seul George Ashworth paraissait parfaitement à l'aise.

Une Dora rougissante apporta le thé en gloussant nerveusement. Il y avait là les sandwiches les plus raffinés de Mrs. Dunphy, des petits cakes « papillons[1] » et

1. Petits cakes légers, avec une aile de chaque côté.

d'autres pâtisseries inclassables. Le tout fut servi avec encore plus de cérémonie que d'habitude.

— Emily nous a parlé des courses, dit Caroline, mondaine, en tendant les sandwiches à Ashworth. Ça a l'air passionnant. Je n'y suis moi-même allée que deux fois, il y a longtemps, et dans le Yorkshire. Les courses de Londres sont très chic, paraît-il. Vous voulez bien nous en dire davantage ? Vous y allez souvent ?

Emily espérait qu'il se montrerait discret, car elle avait très peu parlé des courses à sa mère, et de façon très édulcorée. Elle avait mis l'accent sur les toilettes à la mode, sur la présence des pronostiqueurs, des pickpockets, de ceux qui avaient un peu forcé sur les rafraîchissements, et de celles qui, elle s'en rendait compte à présent, avaient la même occupation que l'élégante cavalière de Rotten Row. Avec un peu de chance, George aurait le bon sens d'opérer un tri parmi ses souvenirs.

George sourit.

— Ce n'est pas un événement très fréquent, Mrs. Ellison ; on ne peut s'y rendre que deux ou trois fois par mois. Et toutes les courses ne valent pas le déplacement : je ne les recommande pas, surtout pour les dames.

— Les dames n'y assistent pas ? demanda Sarah avec intérêt. Vous voulez dire que ces courses-là sont réservées aux hommes ?

— Absolument pas, Mrs. Corde. J'ai employé le mot « dames » pour marquer une distinction avec les autres femmes qui y vont pour diverses raisons.

Sarah ouvrit la bouche, dévorée de curiosité, se souvint des convenances et se tut. Amusée, Emily croisa le regard de Charlotte. Tous connaissaient l'importance que Sarah attachait à la bienséance. Charlotte parla à sa place.

— Vous voulez dire, les femmes de petite vertu ? s'enquit-elle à brûle-pourpoint. On appelle ça le demi-monde, je crois ?

Le sourire de George s'élargit.

— Entre autres choses, oui, concéda-t-il. Il y a les gens qui vont aux courses, ceux qui les suivent et ceux qui pistent les suiveurs. Les maquignons, les joueurs, et, je le crains, les voleurs.

Caroline fronça les sourcils.

— Oh ! mon Dieu. Ce n'est donc pas aussi plaisant que je l'avais imaginé.

— Il y a toutes sortes de courses de chevaux, comme il y a toutes sortes de gens, Mrs. Ellison, dit George tranquillement, tendant la main vers un nouveau sandwich. J'expliquais pourquoi je n'assistais pas à certaines d'entre elles.

Caroline se détendit.

— Bien sûr. Je m'inquiétais pour Emily. Inutilement, semble-t-il. J'espère que vous comprenez ?

— Ce serait presque indigne de vous de ne pas vous inquiéter. Mais je puis vous assurer que je n'envisagerais pas d'emmener Emily en un lieu où il me déplairait de voir ma propre sœur.

— Vous avez une sœur ? fit Caroline.

Son intérêt se raviva. Ainsi que celui des Decker, à en juger par leur expression.

— Lady Carson, répondit George, très à l'aise.

— Nous serions ravis de la connaître. Vous devez nous l'amener, dit Mr. Decker, très vite.

— Malheureusement, elle vit dans le Cumberland, dit George, réglant la question de sa sœur avec la même aisance. Elle vient très rarement à Londres.

— Carson ? répéta Decker, qui ne désarmait pas facilement. Ça ne me dit rien.

— Vous connaissez le Cumberland, Mr. Decker ? s'enquit Emily.

Elle n'aimait pas Decker, et sa curiosité l'indisposait.

Il parut quelque peu désarçonné.

— Non, Miss Ellison. Est-ce… un coin agréable ?

Emily se tourna vers George, haussant les sourcils.

— Très beau, même si c'est la campagne, répondit-il. C'est une région à laquelle manquent bon nombre de charmes du monde civilisé.

— Pas d'éclairage au gaz ? demanda Charlotte. Mais ils doivent avoir l'eau chaude et des radiateurs ?

— Assurément, Miss Ellison. Je pensais aux clubs pour hommes, aux vins d'importation, aux costumes sur mesure, aux pièces de théâtre traitant de tous les sujets, hormis les plus bucoliques. En un mot, la vie mondaine.

— Ce doit être très déprimant pour votre sœur, dit Miss Decker sèchement. En aucun cas je n'épouserais un homme qui aurait la malchance ou la perversité d'habiter le Cumberland.

— Alors si un gentleman de cette région vous fait sa demande, vous serez obligée de la refuser, dit Charlotte d'un ton acide.

Emily réprima un sourire. À l'évidence, Charlotte non plus n'aimait pas Miss Decker. Mais, plaise à Dieu qu'elle ne se montrât pas insolente !

— Espérons que vous aurez une demande plus à votre convenance, conclut Charlotte.

Miss Decker rougit de déplaisir.

— J'en aurai sûrement, Miss Ellison, rétorqua-t-elle avec brusquerie.

George se pencha en avant. Son beau visage s'assombrit ; il pinça les lèvres.

— Je doute que vous ayez jamais une demande plus prestigieuse que Lord Carson, Miss Decker. Une demande en mariage, en tout cas !

Il y eut un silence chargé. C'était inexcusable, de la part de Lord Ashworth, d'avoir ainsi mis une femme dans l'embarras, même si elle l'avait provoqué. Caroline ne savait plus quoi dire.

Emily décida d'intervenir.

— Tout le monde n'a pas les mêmes goûts, et c'est tant mieux, fit-elle rapidement. Mais les propriétés de

Lord Carson sont sans doute magnifiques. Visiter un endroit et y vivre sont deux choses différentes. On trouve toujours de nombreuses occupations, dans une maison. On a des responsabilités.

— Comme vous êtes perspicace, dit George. Les terres de Lord Carson sont extrêmement vastes. Il a des forêts pour l'abattage, des troupeaux de premier choix ; et, bien entendu, d'immenses terrains de chasse. Sans oublier la pêche. Il y a également des moulins…

Il s'interrompit soudainement, conscient qu'il parlait de possessions et d'argent de façon vulgaire.

— Eugenie a largement de quoi s'occuper, surtout avec trois enfants.

— Elle doit effectivement être débordée dit Caroline, évasive.

Et l'après-midi continua ainsi. La conversation reprit. Emily fit de grands efforts en ce sens, et Sarah fut suffisamment impressionnée pour faire montre de ses meilleures manières, qui étaient irréprochables.

Finalement, Emily et Charlotte se retrouvèrent seules dans le grand salon. Charlotte ouvrit les portes pour laisser entrer le soleil de la fin d'après-midi.

— Tu ne m'as pas beaucoup soutenue, lui dit Emily avec humeur. Tu as bien dû percer à jour cette Miss Decker !

— Je l'ai aussi percé à jour, lui, répliqua Charlotte en regardant les roses.

— Mr. Decker ? dit Emily, surprise. Il est lamentable.

— Pas Decker. Ton Lord Ashworth. Cette rose jaune va s'ouvrir dès demain.

— On s'en fiche ! Charlotte, j'ai l'intention de faire en sorte que George Ashworth demande ma main, alors surveille tes propos quand il vient nous voir !

— Tu quoi ?

Charlotte se retourna, ébahie.

— Tu as très bien entendu ! Je veux l'épouser, alors fais semblant d'être polie, au moins pour le moment.

— Emily ! Tu le connais à peine !

— Je le connaîtrai en temps utile.

— Tu ne peux pas l'épouser ! Tu dis n'importe quoi !

— Je dis des choses tout à fait sensées. Peut-être que ça te plaît, de passer ta vie à rêver, mais moi pas. Je ne me fais pas d'illusions. George n'est pas parfait…

— Parfait ! s'exclama Charlotte, incrédule. Il est ignoble ! Il est superficiel, joueur, et probablement coureur ! Il ne fait pas… partie de notre monde, Emily. Même s'il t'épousait, il te rendrait malheureuse.

— Tu es une idéaliste, Charlotte. N'importe quel homme, à un moment ou à un autre, te rendra malheureuse. Je pense que George, en contrepartie, a plus d'atouts que bien des jeunes gens, et je suis décidée à me marier avec lui. Ce n'est certes pas toi qui m'en empêcheras.

Elle le pensait. Debout dans le grand salon, dans les rayons dorés du soleil couchant, regardant la lumière danser sur la lourde chevelure de Charlotte, Emily se rendit compte à quel point elle était sérieuse. Ce qui, en début d'après-midi, n'avait été qu'une simple idée était devenu une décision irrévocable.

3

Juin touchait à sa fin. Caroline arrangeait un bouquet de fleurs dans le grand salon, tout en pensant qu'elle devrait faire les comptes de la maison, quand Dora entra sans frapper.

Caroline s'interrompit, une marguerite blanche à longue tige dans la main. Vraiment, elle ne pouvait tolérer un tel comportement. Elle se tourna pour parler, quand elle vit le visage de Dora.

— Dora ? Que se passe-t-il ?

Caroline laissa tomber la marguerite.

— Oh ! Madame !

Dora poussa un long gémissement.

— Oh ! Madame !

— Ressaisissez-vous, Dora. Et dites-moi ce qui s'est passé. C'est encore ce garçon boucher ? Je vous ai dit de le signaler à Maddock, s'il continue à être impertinent. Il va devoir user d'un langage qui sied à un jeune homme, sinon il perdra son emploi. C'est ce que lui dira Maddock. Maintenant, cessez de renifler et retournez à votre travail. Et puis, Dora, n'entrez plus dans le grand salon sans frapper. Vous savez très bien que ça ne se fait pas.

Caroline ramassa la marguerite sur le parquet et regarda son vase. Il y avait trop de bleu sur la gauche.

— Oh ! non, Madame.

Dora était toujours là.

— Ça n'a rien à voir avec le garçon boucher. J'ai déjà réglé la question : je l'ai menacé de lâcher le chien sur lui, parfaitement, sur toute cette viande !

— Nous n'avons pas de chien, Dora !

— Je sais, Madame, mais lui ne le sait pas.

— Ce n'est pas bien de mentir.

Caroline avait dit cela sans reproche. Elle trouvait qu'il s'agissait là d'une vengeance justifiée. Ces mots avaient été prononcés par habitude, des propos qu'elle pensait devoir tenir, une réaction qu'Edward aurait probablement attendue d'elle.

— Eh bien, Dora, qu'y a-t-il ?

Dora se rappela pourquoi elle était venue. Son visage se plissa, elle gémit.

— Oh ! Madame ! L'assassin a encore frappé ! On va toutes se faire étrangler si nous mettons le pied dehors !

Le premier réflexe de Caroline fut de nier pour couper court à la crise de nerfs qu'elle sentait venir.

— Sottises ! Vous ne risquez rien tant que vous ne traînez pas seule dans les rues après la tombée de la nuit. D'ailleurs, aucune personne respectable ne le fait ! Vous n'avez aucune raison d'avoir peur.

— Mais, Madame, il a encore essayé de tuer ! gémit Dora. Il a attaqué Daisy, la bonne de Mrs. Waterman ! En plein jour !

Caroline frissonna de peur.

— Qu'est-ce que vous racontez, Dora ? Ce sont sûrement des ragots. Qui vous a dit ça ? Un garçon livreur ?

— Non, Madame. Jenks, qui travaille chez Mrs. Waterman, l'a dit à Maddock.

— Vraiment ? Envoyez-moi donc Maddock.

— Maintenant, Madame ?

Dora était clouée sur place.

— Oui, Dora, maintenant.

Dora s'éclipsa. Caroline tenta de se calmer pour terminer son bouquet. Le résultat ne fut pas très brillant. Le majordome frappa à la porte.

— Oui, Maddock, dit Caroline d'un ton froid. J'ai su par Dora qu'elle était présente, lorsque vous et – Jenks, c'est cela ? – avez parlé des deux filles qui ont été assassinées récemment, et d'une nouvelle tentative de meurtre.

Maddock était debout, très raide ; son visage habituellement impassible exprimait la surprise.

— Non, Madame ! Mr. Jenks est venu apporter une bouteille de porto pour Mr. Ellison, de la part de Mr. Waterman. Pendant qu'il était à l'office, il m'a dit d'empêcher nos filles de sortir, y compris dans la journée. Je ne devais même pas les envoyer en courses parce que leur Daisy, ou peu importe son nom, s'est fait attaquer dans la rue l'autre jour. Apparemment, c'est une fille costaude, pas du genre à s'évanouir. Elle avait un bocal de condiments à la main : avec ça, elle a frappé son agresseur sur la tête. Elle n'a pas été blessée et n'a pas perdu son sang-froid jusqu'à la maison des Waterman. Une fois rentrée, elle a pris conscience de ce qui aurait pu lui arriver et elle a éclaté en sanglots.

— Je vois.

Caroline se félicita de ne pas avoir fait de reproches trop directs à Maddock, ce qui lui laissait la possibilité de battre en retraite.

— Et où était Dora ?

— À mon avis, Madame, elle se trouvait dans le couloir, près de la porte de l'office.

— Merci, Maddock, dit-elle pensivement. Vous feriez peut-être mieux de ne pas envoyer les filles en courses, ainsi que l'a suggéré Jenks – du moins pour le moment. J'aurais préféré que vous me le disiez avant.

— Je l'ai dit au maître, Madame. Il m'a demandé de ne pas vous inquiéter avec ça.

— Ah !…

Caroline chercha fébrilement les raisons qui pouvaient avoir incité Edward à agir ainsi. Et si elle, ou l'une de ses filles, était sortie seule ? Pensait-il qu'on n'agressait que les domestiques ? Et Chloe Abernathy, alors ?

— Merci, Maddock. Tâchez de calmer un peu Dora. Et conseillez-lui de cesser d'écouter aux portes, pendant que vous y êtes !

— Oui, Madame, je n'y manquerai pas.

Sur ce, il pivota sur ses talons et s'en fut, après avoir refermé la porte sans bruit.

Caroline avait eu l'intention d'aller voir Martha Prebble, cet après-midi. Sans bien comprendre pourquoi, elle éprouvait de la compassion pour cette femme qu'elle n'aimait pas beaucoup. Caroline n'aimait pas le pasteur non plus. Était-ce pour ça qu'elle la plaignait ? C'était stupide ! Le pasteur était quelqu'un de bien, et probablement pas plus mauvais mari que la plupart des hommes. On ne pouvait sensément pas demander à un pasteur d'être romantique. Qu'il fût honnête, bien élevé, respecté dans la communauté et qu'il ne bût pas était déjà énorme. Exiger plus n'était pas raisonnable, or Martha était extrêmement raisonnable. Même si elle ne l'avait pas été dans sa jeunesse, elle avait dû s'amender depuis !

Voilà qui ramena les pensées de Caroline sur Emily. C'était bien joli d'accepter de temps à autre les invitations mondaines de la part de Lord Ashworth. Mais Emily semblait envisager une relation plus durable avec le jeune lord. C'était du moins ce qu'elle avait laissé entendre dernièrement.

Il fallait désillusionner Emily sur ces bêtises romantiques, pour son propre bien. Autrement, elle allait souffrir plus tard. Non seulement ses ambitions à l'égard d'Ashworth seraient brisées, mais tous ses futurs desseins compromis. D'autres jeunes gens, moins aristocratiques mais plus accessibles, pourraient bien se laisser rebuter… ou leurs mères, ce qui serait plus grave.

Compte tenu de l'avertissement de Maddock, il serait préférable de ne pas aller seule jusqu'à la maison du pasteur. Caroline allait emmener Emily et en profiter pour lui parler en privé. C'était un après-midi idéal pour une promenade. Ce serait beaucoup mieux que d'y aller avec Charlotte, idée qui lui avait également traversé l'esprit.

En effet, Charlotte détestait le pasteur, et semblait ne pas pouvoir ou ne pas vouloir le cacher. C'était là un souci de plus. D'une façon ou d'une autre, il faudrait discipliner Charlotte, lui apprendre l'art de la dissimulation, l'art de masquer ses sentiments. Sans même parler du reste, ces sentiments étaient beaucoup trop violents pour une femme. Caroline aimait profondément Charlotte. De ses trois filles, Charlotte était la plus chaleureuse, la plus prompte à compatir, la plus virulente dans son humour.

Mais elle était terriblement directe ! À certains moments, Caroline désespérait d'elle. Si seulement Charlotte pouvait acquérir un minimum de tact avant de se saborder socialement par quelque bévue impardonnable ! Si seulement elle pouvait réfléchir avant de parler !

Qui voudrait d'elle telle qu'elle était ? Parfois, c'en était presque une honte en société !

Caroline regarda son vase de fleurs avec exaspération. Vu son état d'esprit, elle se dit que persister ne ferait qu'aggraver les choses. Autant prévenir Emily qu'elles allaient chez le pasteur. Voilà qui, au moins, ferait plaisir à Charlotte !

La promenade jusqu'à Cater Street fut très plaisante, pleine de soleil, de vent, de feuilles bruissantes. Elles partirent peu après trois heures ; malgré sa réticence, Emily s'était pliée de bonne grâce à l'idée de cette visite.

Caroline jugea bon d'aborder le sujet de façon indirecte :

— Maddock m'a dit qu'une autre jeune fille s'était fait attaquer dans la rue, commença-t-elle de but en blanc.

Autant régler cela également.

— Oh ! fit Emily.

Elle parut intéressée, mais moins effrayée que sa mère ne s'y attendait.

— J'espère qu'elle n'a pas été gravement blessée, dit Emily.

— Apparemment pas, mais c'est peut-être davantage une question de chance qu'un manque de détermination de la part de son agresseur, répondit Caroline avec force.

Elle devait faire suffisamment peur à Emily pour que celle-ci ne prenne pas de risques. Un risque était vite pris ; une blessure pouvait être définitive.

— Qui est-ce ? Quelqu'un que nous connaissons ?

— Une domestique de Mrs. Waterman. Mais là n'est pas la question ! Vous ne devez plus sortir seules, aucune d'entre vous, jusqu'à ce que la police arrête ce détraqué.

— Mais ça peut durer indéfiniment ! protesta Emily. J'avais prévu de rendre visite à Miss Decker vendredi après-midi…

— Tu n'aimes pas Miss Decker, voyons !

— Peu importe que je l'aime ou non, maman. Elle fréquente des gens que je souhaite connaître ou que je voudrais au moins rencontrer.

— Dans ce cas, emmène Charlotte ou Sarah avec toi. Tu n'iras pas toute seule, Emily.

L'expression d'Emily se durcit.

— Sarah ne viendra pas. Elle va chez Madame Tussaud avec Dominic. Elle a mis un mois à le convaincre de l'y accompagner.

— Alors vas-y avec Charlotte.

— Maman ! s'exclama Emily avec mépris. Vous savez aussi bien que moi que Charlotte va nous gâcher l'après-midi. Même si elle ne prononce pas un mot, son visage la trahira.

— Elle non plus n'aime pas Miss Decker, n'est-ce pas ? demanda Caroline avec une pointe d'ironie.

— Charlotte n'a aucun sens des réalités.

C'était une parfaite entrée en matière. Caroline s'engouffra aussitôt dans la brèche.

— Il me semble que toi non plus, tu n'as pas vraiment les pieds sur terre. Tu poursuis Lord Ashworth de tes assiduités, ce qui a peu de chances d'aboutir. Et même s'il s'agissait d'un engouement passager, tu le vois beaucoup trop. Tu vas te faire remarquer d'une manière fâcheuse, et pour ce qui est de Lord Ashworth, on finira par se souvenir de toi comme sa…

— J'ai l'intention de devenir la femme d'Ashworth, déclara Emily avec un aplomb qui stupéfia Caroline. Pour moi, c'est ça, avoir le sens des réalités.

— Ne sois pas ridicule ! dit Caroline d'un ton sec. Ashworth n'épousera jamais une jeune fille dont la famille n'a ni relations ni fortune. Quand bien même il en aurait l'intention, ses parents l'en empêcheraient.

Emily regardait fixement devant elle, tout en continuant à marcher d'un pas décidé.

— Son père est mort, et il est quasiment sur un pied d'égalité avec sa mère. Inutile d'essayer de me dissuader. J'ai pris ma décision.

— Et tu oses prétendre que Charlotte n'a aucun sens des réalités ! dit Caroline avec consternation, tandis qu'elles tournaient dans Cater Street. Au moins, garde tes projets pour toi et ne tiens pas de propos… compromettants devant le pasteur.

— Jamais je n'aurais l'idée d'en parler devant le pasteur, répliqua Emily avec brusquerie. Il ne comprend pas ces choses-là.

— Il les comprend sûrement, mais en tant qu'homme d'Église, ça ne l'intéresse pas. Tous les hommes sont égaux devant Dieu.

Emily lui lança un regard exprimant crûment son peu de considération pour le pasteur, et Caroline eut le sentiment d'être une hypocrite. C'est une impression déplaisante, surtout lorsqu'elle vous est infligée par votre plus jeune enfant.

— Bien. Si tu penses devenir une lady, tu vas devoir apprendre les bonnes manières, même avec les gens que tu n'aimes pas, dit Caroline d'un ton acerbe, consciente cependant que cela s'adressait autant à elle qu'à sa fille.

— Comme Miss Decker.

Emily lui coula un regard oblique, un petit sourire aux lèvres.

Caroline ne trouva rien à lui répondre, mais heureusement, elles arrivaient déjà à la porte des Prebble.

Dix minutes plus tard, elles étaient dans le petit salon contigu à la cuisine. Martha Prebble avait demandé du thé. Elle leur faisait face, assise sur le canapé. Curieusement, Sarah était là aussi, en grande conversation avec la femme du pasteur. Elle ne parut pas du tout surprise de les voir. Martha s'excusa de l'absence de son mari, sur un ton qui laissa penser à Caroline que cette absence la soulageait peut-être autant qu'elles.

— C'est tellement gentil à vous de nous aider, Mrs. Ellison, dit Martha, se penchant en avant. Je me demande parfois comment cette paroisse survivrait sans vous et vos filles dévouées. Sarah était encore là la semaine dernière.

Elle regarda Sarah en souriant.

— Elle nous a aidés pour notre œuvre de charité au bénéfice des orphelins. C'est une jeune femme délicieuse.

Caroline sourit. Sarah n'avait jamais été une cause de souci. Sauf peut-être au moment où elle avait épousé Dominic. Caroline et Edward s'étaient demandé si elle avait bien choisi. Mais ça n'avait pas duré. Ce choix s'était avéré excellent, il satisfaisait tout le monde – sauf Charlotte peut-être. Une fois ou deux, Caroline avait pensé… mais Martha Prebble s'était remise à parler.

— … évidemment, nous devons aider ces pauvres femmes. En dépit de ce que dit le pasteur, je trouve que certaines d'entre elles ne sont que les victimes des circonstances.

— Les classes plus modestes ne bénéficient pas, comme nous, des avantages d'une bonne éducation, acquiesça Sarah en hochant la tête.

Que Sarah était donc pompeuse par moments ! Exactement comme Edward. Caroline avait manqué le début de la conversation, mais elle pouvait facilement deviner de quoi il s'agissait. Elles organisaient un sermon d'après dîner, avec une collecte, du thé et des rafraîchissements à la fin, au profit des mères célibataires. Un projet dans lequel Caroline se trouva entraînée dans un moment d'inattention.

Martha Prebble eut l'air égarée, comme si elles ne parlaient pas du tout de la même chose. Puis elle se ressaisit.

— Naturellement. Mais selon le pasteur, il est de notre devoir d'aider ces créatures-là, quelles que soient leur position sociale, ou la façon dont elles… déchoient.

— Bien entendu.

Caroline fut ravie de voir arriver la bonne avec le thé.

— Peut-être devrions-nous parler du déroulement de la soirée. Qui doit s'adresser à nous, avez-vous dit ? Je crains de l'avoir oublié, même si vous l'avez mentionné.

— Le pasteur, répondit Martha.

Cette fois, son expression était indéchiffrable.

— Après tout, c'est la personne la mieux qualifiée pour nous parler du péché et du repentir, de la faiblesse de la chair et du prix à payer pour ses péchés.

Caroline tressaillit à cette pensée. Elle remercia intérieurement la Providence d'être venue avec Emily et non avec Charlotte. Dieu seul savait ce que Charlotte aurait répondu à cela !

— C'est parfait, fit-elle mécaniquement.

Elle se dit aussi que c'était totalement inutile, sauf pour ceux qui avaient une meilleure opinion d'eux-mêmes après avoir exprimé de tels sentiments. Pauvre Martha ! Ce devait être très éprouvant de vivre dans une telle rectitude. Elle regarda Sarah, en face d'elle. S'était-elle jamais posé ces questions-là ? Elle avait l'air tellement affable, tellement contente d'acquiescer. Quelles pensées se cachaient derrière son joli visage ? Elle se tourna vers Martha, qui contemplait fixement Sarah. Y avait-il de la douleur dans son expression, le désir avide d'une fille qu'elle n'avait jamais eue ?

— Je suis entièrement d'accord avec vous, Mrs. Prebble, dit Sarah avec conviction. Et je suis certaine que la communauté compte sur vous pour donner l'exemple. Je vous promets que nous serons toutes là.

— Ma chérie, tu peux promettre pour toi, enchaîna Caroline à la hâte, mais ne le fais pas pour les autres. Je serai là, sans nul doute, mais nous ne pouvons parler au nom de Charlotte ou d'Emily. Il me semble que Charlotte a déjà un engagement.

Et si elle n'en avait pas, Caroline allait rapidement lui en trouver un. Cette soirée s'annonçait suffisamment pénible sans y ajouter l'un de ces désastres que Charlotte était capable de provoquer avec quelques remarques irréfléchies.

Elles se tournèrent toutes vers Emily, qui ouvrit de grands yeux, avec une apparente innocence.

— Quand avez-vous dit que cette réunion avait lieu, Mrs. Prebble ?

— Vendredi en quinze, le soir, dans la salle paroissiale.

Emily prit un air désolé.

— Oh ! ce n'est vraiment pas de chance. J'ai promis de rendre un service à une amie, d'aller avec elle chez l'une de ses vieilles parentes. Elle ne voulait pas y aller seule, vous comprenez. Or les visites ont tellement d'importance pour les personnes âgées. Surtout quand elles ne sont pas en très bonne santé.

« Emily, espèce de menteuse », pensa Caroline, craignant que l'expression de sa fille ne la trahisse. Mais elle dut admettre qu'Emily s'en était très bien tirée !

La visite suivit son cours : conversation polie, pour l'essentiel dénuée de sens ; excellent thé, bien chaud et parfumé ; gâteaux plutôt pâteux ; et tout ce temps-là, personne ne déplora l'absence du pasteur.

Elles rentrèrent toutes ensemble à la maison, Sarah discutant avec Emily et parlant plus que sa sœur. Emily semblait manquer d'allant. Caroline marchait quelques mètres derrière elles, songeant toujours à Martha Prebble, au genre de femme qu'elle devait être pour aimer vivre avec le pasteur. Peut-être avait-il été très différent dans sa jeunesse ? Comment savoir ? Edward était pompeux à ses heures. Sans doute tous les hommes l'étaient. Mais le pasteur était bien pire que ça. Caroline avait souvent eu envie de rire d'Edward, même de Dominic. Seul le manque de courage l'en avait empêchée. Martha avait-elle aussi envie de rire ? Elle n'avait pas le visage d'une femme qui rit souvent. En fait, plus Caroline y pensait, plus ce visage lui apparaissait comme un masque de souffrance : une ossature énergique, reflet de sentiments profonds. Ce n'était pas un visage paisible.

Un mois plus tard, cette soirée ne fut plus qu'un souvenir embarrassant. Charlotte était ravie qu'on lui ait interdit d'y participer. Elle avait reconnu avec ferveur qu'elle risquait de faire une remarque maladroite… par inadvertance, bien sûr.

Il y avait beaucoup de vent et il faisait froid, pour un soir d'août. Maman, Sarah et Emily étaient toutes allées à quelque nouvelle réunion dans la salle paroissiale. Martha Prebble avait pris froid. Il était donc indispensable que des gens comme Caroline prennent cette soirée en main, veillent à ce que les personnes responsables du buffet aient réglé tous les détails, que les choses soient faites à temps et que tout soit remis en place ensuite. À nouveau, Charlotte se réjouit d'être restée à la maison, avec un mal de tête tout à fait réel.

Ce devait être ce temps lourd, orageux. Elle ouvrit les portes-fenêtres donnant sur le jardin pour laisser rentrer l'air. L'effet fut extrêmement bénéfique et, vers neuf heures, elle se sentit beaucoup mieux.

À dix heures, Charlotte referma les portes-fenêtres, car la nuit était tombée.

L'obscurité qui envahissait la pièce lui conférait un sentiment de vulnérabilité. Il n'y avait rien entre le jardin et la rue, hormis cet écran de roses. Elle lisait un livre que son père n'aurait pas approuvé de voir entre ses mains, mais c'était l'occasion rêvée, car Dominic et lui étaient sortis, eux aussi.

À dix heures et demie, il faisait nuit noire quand Mrs. Dunphy frappa à la porte du grand salon.

Charlotte leva les yeux.

— Oui ?

Mrs. Dunphy entra, les cheveux en bataille, triturant son tablier.

Charlotte la regarda, surprise.

— Oui, Mrs. Dunphy ?

— Peut-être ne devrais-je pas vous déranger, Miss Charlotte, mais je ne sais vraiment pas comment régler la question !

— Quelle question, Mrs. Dunphy ? Ça ne peut pas attendre demain ?

— Oh ! non, Miss Charlotte. C'est Lily.

Mrs. Dunphy avait l'air malheureux.

— Elle est à nouveau sortie avec ce Jack Brody et elle n'est pas revenue. Il est plus de dix heures et demie, Miss Charlotte, et, demain, il faut qu'elle se lève à six heures !

— Ne vous inquiétez pas pour ça, dit Charlotte sèchement.

Elle avait horreur de se mêler des histoires entre domestiques.

— Si demain elle est épuisée, peut-être apprendra-t-elle à ne pas rester dehors trop tard.

Mrs. Dunphy retint son souffle d'exaspération.

— Vous ne comprenez pas, Miss Charlotte ! Il est dix heures et demie, et elle n'est toujours pas rentrée ! Je n'ai jamais aimé ce Jack Brody. Mr. Maddock a dit plusieurs fois que ce n'était pas un garçon pour elle et qu'il ferait bien de la laisser tranquille.

Charlotte avait remarqué que Maddock avait des vues sur Lily, ce qui le prédisposait à désapprouver ces sorties avec Jack Brody et les hommes en général.

— À votre place, Mrs. Dunphy, je ne prendrais pas l'opinion de Maddock trop au sérieux. Ce garçon est certainement inoffensif.

— Miss Charlotte, il est presque onze heures, il fait nuit, et Lily est quelque part en ville, avec un homme de peu ! Mr. Maddock est sorti la chercher. Il est dehors en ce moment. Mais je crois que vous devriez faire quelque chose.

Charlotte comprit enfin ce dont Mrs. Dunphy avait peur.

— Oh ! ne soyez pas bête, Mrs. Dunphy ! explosa-t-elle.

Non parce que c'était bête, mais parce qu'à présent elle avait peur, elle aussi.

— Elle va rentrer d'un moment à l'autre, et vous pouvez me l'envoyer. Je saurai lui faire comprendre que si elle recommence, nous la renverrons. Dites-le à Maddock quand il va revenir, puis allez vous coucher. Maddock veillera.

— Oui, Miss Charlotte. Vous… vous pensez que tout ira bien pour elle ?

— Pas si elle recommence. Maintenant retournez dans la cuisine et cessez de vous tracasser.

— Oui, merci, Miss.

Et Mrs. Dunphy sortit, tordant toujours son tablier entre ses mains.

Une demi-heure plus tard, à onze heures passées, Maddock entra dans le salon.

Charlotte posa son livre. Elle-même était sur le point d'aller se coucher. Elle ne voyait pas l'intérêt d'attendre les autres. D'ailleurs, elle n'aurait pas cru qu'ils rentreraient si tard. Les réunions à la salle paroissiale se terminaient généralement vers dix heures. Peut-être y avait-il beaucoup de rangement à faire. Après quoi, il leur faudrait trouver une voiture pour regagner la maison. Papa était à son club. Dominic était sorti, Charlotte ne se souvenait pas où.

— Oui, Maddock ?

— Il est plus de onze heures, Miss Charlotte, et Lily n'est toujours pas là. Avec votre permission, je pense que nous devrions prévenir la police.

— La police ! Mais pourquoi donc ? On ne va pas déranger la police parce que notre bonne est dehors avec un individu peu fréquentable ! Nous serons la risée du voisinage. Papa ne nous le pardonnerait jamais. Même si elle est…

Charlotte chercha le mot.

— … de mœurs suffisamment légères pour passer la nuit dehors.

Le visage de Maddock se crispa.

— Aucune de nos servantes n'est immorale, Miss Charlotte. Il y a quelque chose qui ne tourne pas rond.

— Très bien alors, si elle n'est pas immorale, elle est sotte, inconsciente.

Charlotte commençait à avoir vraiment peur. Elle aurait voulu que papa soit là ou Dominic. Ils auraient su quoi faire. Lily était-elle réellement en danger ? Devait-elle appeler la police ? L'idée de s'adresser à la police avait quelque chose d'effrayant, d'avilissant. Les gens respectables n'avaient pas affaire à la police. Papa serait-il furieux contre elle ? Diverses hypothèses se bousculaient dans sa tête : la disgrâce, le visage de papa rouge de colère, Lily gisant quelque part dans la rue.

— D'accord, appelez-les, dit-elle très calmement.

— Oui, Miss. Je vais y aller moi-même. Je refermerai la porte derrière moi. Ne vous inquiétez pas, Miss Charlotte. Vous serez parfaitement en sécurité ici, avec Dora et Mrs. Dunphy. Simplement, ne laissez personne entrer.

— Oui, Maddock. Merci.

Charlotte s'assit pour attendre la suite des événements. Soudain, la pièce lui parut froide, et elle se blottit un peu plus dans les coussins du sofa. Avait-elle bien agi ? N'était-ce pas insensé d'envoyer Maddock chercher la police simplement parce que Lily se conduisait mal ? Papa allait être furieux. Les gens jaseraient. Maman serait très gênée. Cela reflétait la moralité de toute la maisonnée.

Elle se leva pour rappeler Maddock, puis se rendit compte que c'était trop tard. Elle venait de se rasseoir sur le sofa, frissonnante, quand la porte d'entrée s'ouvrit et se referma. Charlotte se figea.

Soudain elle entendit clairement la voix de Sarah.

— Je n'ai jamais été aussi fatiguée de ma vie ! Mrs. Prebble fait ça toute seule, d'habitude ?

— Bien sûr que non, dit Caroline d'un ton las. Mais comme elle était souffrante, elle n'a pas contacté les gens qui l'aident habituellement.

La porte du grand salon s'ouvrit.

— Eh bien, Charlotte, que fais-tu là, pelotonnée comme une petite fille, dans la pénombre ? Tu es malade ?

Caroline s'avança rapidement vers sa fille.

Charlotte était tellement contente de la voir qu'elle en eut les larmes aux yeux. C'était ridicule. Sa gorge se serra d'émotion.

— Maman, Lily n'est pas rentrée. Maddock est allé prévenir la police !

Caroline écarquilla les yeux.

— La police ! s'écria Emily, incrédule.

Puis son incrédulité se changea en fureur.

— Qu'est-ce qui t'a pris, Charlotte ? Tu es complètement folle !

Sarah la rejoignit.

— Que vont dire les voisins ? On n'alerte pas la police, simplement parce qu'une servante est partie avec un homme !

— Où est Dominic ? dit Sarah.

Elle regarda autour d'elle, comme si elle s'attendait à le voir se matérialiser.

— Il est sorti, forcément ! lança Charlotte d'un ton sec. Tu crois que s'il était là, il serait allé se coucher ?

— Vous n'auriez jamais dû laisser Charlotte toute seule ! s'exclama Emily, la voix stridente de colère.

— Maman ne savait pas que Lily choisirait justement ce soir pour se perdre !

Charlotte entendit sa propre voix se briser. Dans sa tête, elle voyait Lily gisant dans la rue.

— Elle est peut-être morte, et vous ne pensez qu'à faire des réflexions idiotes !

Le bruit de la porte d'entrée coupa court à la discussion. Edward entra dans le grand salon dont la porte était restée ouverte.

— Que se passe-t-il ? demanda-t-il aussitôt. Caroline ?

— Charlotte a envoyé Maddock chercher la police parce que Lily est partie, déclara Sarah, furieuse. À mon avis, demain, on est la risée des voisins !

Edward, atterré, fixa Charlotte.

— Charlotte ?

— Oui, papa.

Elle évitait de le regarder.

— Qu'est-ce qui t'a pris, ma fille, de faire une chose pareille ?

— Elle avait peur qu'il ne soit arrivé… commença Caroline.

— Taisez-vous, Caroline, dit-il d'un ton sec. Charlotte ? J'attends.

Charlotte sentit ses larmes s'évaporer dans un sursaut de révolte. Elle lui fit face, aussi indignée que lui.

— Si toute la rue doit parler de nous, répondit-elle en articulant chaque mot, je préfère que ce soit parce qu'on s'est inquiétés pour rien ! Je ne voudrais pas qu'on nous accuse de nous être souciés trop peu de Lily pour prévenir la police, alors qu'elle gisait quelque part, blessée !

— Charlotte, va dans ta chambre !

Sans un mot, la tête haute, Charlotte sortit et monta l'escalier. Sa chambre était sombre et froide, mais elle ne pensait qu'à une seule chose : dehors, il faisait encore plus sombre, encore plus froid.

Le matin, elle se réveilla fatiguée, la tête lourde. Elle se souvint de la soirée de la veille. Papa était probablement toujours furieux, et la pauvre Lily allait payer le prix fort, peut-être même se faire renvoyer. Maddock allait sans doute passer un sale quart d'heure, lui aussi. Charlotte devait faire en sorte que son père n'apprenne pas que la police était une idée de Maddock. Inutile d'aggraver le cas du majordome.

Qui plus est, si Lily était remerciée, cela bouleverserait la vie de toute la maisonnée, jusqu'à l'arrivée de la nouvelle bonne. Mrs. Dunphy serait surchargée de travail. Dora courrait dans tous les sens. Et Maman constaterait une fois de plus combien il était difficile de choisir une fille convenable, sans parler de la former.

Il était encore tôt, mais cela ne servait à rien de traîner au lit. De toute façon, mieux valait affronter la situation, que de rester couchée à ressasser des craintes et des angoisses non fondées.

Charlotte ne s'était pas aventurée plus loin que le couloir du rez-de-chaussée quand elle vit Dora.

— Oh, Miss Charlotte !

— Qu'y a-t-il, Dora ? Vous avez une mine épouvantable. Vous êtes malade ?

— Pas exactement. Mais n'est-ce pas horrible, Miss ?

Charlotte sentit son cœur chavirer. Papa n'avait tout de même pas jeté Lily dehors en pleine nuit ?

— Qu'est-ce qui est horrible, Dora ? Je suis allée me coucher avant le retour de Lily.

— Oh ! Miss Charlotte !

Dora déglutit, les yeux ronds.

— Lily n'est toujours pas rentrée. Elle doit être étendue quelque part dans la rue. Assassinée ! Et nous, on dort tranquillement comme si on s'en moquait !

— Ça m'étonnerait fort ! riposta Charlotte vivement, essayant de se convaincre elle-même. Elle est sans doute au lit, dans quelque chambre misérable, avec ce Jack je ne sais quoi.

— Oh ! non, Miss, c'est méchant de dire ça…

Elle rougit violemment.

— Excusez-moi, Miss Charlotte, mais vous avez tort de parler ainsi. Lily est une fille sérieuse. Elle n'aurait jamais découché, surtout sans prévenir !

Charlotte changea de sujet.

— Savez-vous si la police est venue ? Maddock était allé les prévenir.

— Oui, Miss, un agent est passé. Mais il semblait penser que Lily n'avait pas une moralité irréprochable et qu'elle était partie, tout simplement. Moi, je trouve que les policiers eux-mêmes n'ont pas une moralité irréprochable. Ils se commettent avec toutes sortes d'individus douteux. C'est logique, non ?

— Je ne sais pas, Dora. Je n'ai jamais rencontré de policiers.

Le petit déjeuner fut guindé, sinistre. Même Dominic paraissait morose, ce qui ne lui arrivait jamais. Papa et lui partirent pour la journée. Emily et maman se rendirent chez la couturière pour des essayages. Sarah était dans sa chambre, en train d'écrire des lettres. Étonnant, le nombre de lettres qu'elle envoyait. Charlotte ne trouvait jamais plus de deux ou trois personnes à qui écrire dans le mois. Il était onze heures et demie. Charlotte était occupée à peindre, plutôt bien, compte tenu de son état d'esprit, lorsque Maddock frappa, puis ouvrit la porte.

— Oui, Maddock ? dit-elle sans lever les yeux de sa palette.

Elle mélangeait un sépia mat pour les feuilles, dans le lointain, et espérait trouver le ton exact. Elle adorait peindre, et, ce matin, c'était particulièrement apaisant.

— Une personne, Miss Charlotte, pour Mrs. Ellison, mais comme elle n'est pas là, il insiste pour parler à quelqu'un.

Charlotte abandonna le sépia.

— Une personne, Maddock, c'est-à-dire ? Quel genre de personne ?

— Une personne de la police, Miss Charlotte.

Charlotte sentit la peur l'envahir. C'était donc vrai ! Ou bien venaient-ils se plaindre d'avoir été dérangés pour un problème domestique ?

— Dans ce cas, faites-le entrer.

— Souhaitez-vous que je reste, Miss, pour éviter qu'il vous importune ? On ne peut jamais savoir avec ces policiers. Ils sont habitués à fréquenter un tout autre milieu.

En ce moment, Charlotte avait réellement besoin d'un soutien moral.

— Non, merci, Maddock. Mais ne vous éloignez pas, s'il vous plaît, que je puisse vous appeler.

Quelques instants plus tard, la porte se rouvrit.

— Inspecteur Pitt, Miss.

L'homme qui entra était grand. Il paraissait un peu fort, à cause de sa mise débraillée. Il avait le cheveu rebelle, les pans de sa jaquette volaient quand il marchait. Son visage ? Pas vraiment beau, vaguement typé, bien que ses yeux fussent clairs et ses cheveux seulement châtains. Il avait l'air intelligent. Sa voix, lorsqu'il parla, s'avéra étonnamment belle, incongrue pour quelqu'un d'allure aussi peu soignée.

Il toisa Charlotte de la tête aux pieds, d'un regard pénétrant qui l'agaça d'emblée.

— Je regrette de devoir m'adresser à vous, alors que vous êtes seule, Miss Ellison. Mais nous ne pouvons nous permettre de perdre du temps. Peut-être voudriez-vous vous asseoir ?

Elle refusa instinctivement.

— Non, merci, dit-elle avec raideur. Que voulez-vous ?

— Je suis désolé, j'ai de mauvaises nouvelles. Nous avons retrouvé votre bonne, Lily Mitchell.

Charlotte tenta de rester debout, immobile, bien droite, alors que ses genoux faiblissaient. Elle sentit le sang refluer de son visage.

— Où ?

Ce ne fut qu'un couinement. Ce diable d'homme la regardait fixement. Personne ne lui était antipathique au premier coup d'œil – enfin, presque –, mais cet individu ne lui inspirait certainement pas confiance.

— Eh bien ? dit-elle d'une voix plus posée.

— Dans Cater Street. Vous devriez peut-être vous asseoir.

— Ça va très bien, merci.

Elle tenta de le fusiller du regard, sans résultat. Il prit son bras avec fermeté, la fit reculer, puis asseoir sur une chaise à dossier droit.

— Voulez-vous que j'appelle une femme de chambre ? proposa-t-il.

Charlotte se rebiffa. Elle n'était pas faible au point de ne pouvoir garder contenance, voire affronter une terrible réalité.

— Que souhaitez-vous me demander qui ne puisse attendre ? s'enquit-elle avec une parfaite maîtrise d'elle-même.

Il fit le tour de la pièce, lentement. Cet homme n'avait vraiment aucune éducation. Cependant, qu'attendre d'un policier ? Ce devait être plus fort que lui.

— Votre majordome est venu nous signaler, hier soir, qu'elle était sortie avec un homme du nom de Jack Brody, commis de son état. À quelle heure lui aviez-vous demandé de rentrer à la maison ?

— Dix heures et demie, je crois. Je n'en suis pas sûre. Non, peut-être dix heures. Maddock pourrait vous le dire.

— Avec votre permission, je vais lui poser la question.

Cela sonnait plus comme une affirmation que comme une requête.

— Depuis combien de temps était-elle à votre service ?

Cela paraissait appartenir au passé de façon tellement définitive !

— Environ quatre ans. Elle n'avait que dix-neuf ans.

Charlotte entendit sa voix se briser tout à coup. Un souvenir très vif d'Emily lui revint, Emily bébé, apprenant à marcher. C'était ridicule. Emily n'avait rien de commun avec Lily, hormis le fait qu'elles avaient toutes les deux dix-neuf ans.

Ce diable de policier ne la quittait pas des yeux.

— Vous deviez bien la connaître ?

— Je pense, oui.

Charlotte s'aperçut soudain combien peu elle la connaissait. Lily était un visage familier, quelqu'un dont on avait l'habitude. Charlotte ignorait ce qu'il y avait derrière ce visage, ce que la jeune bonne aimait, ce qui l'effrayait.

— Lui est-il déjà arrivé de passer la nuit dehors ?

— Comment ?

Charlotte avait momentanément oublié le policier.

Il répéta sa question.

— Non. Jamais. Mr. … ?

Elle avait également oublié son nom.

— Pitt, inspecteur Pitt, dit-il à sa place.

— Inspecteur Pitt, a-t-elle été… étranglée, comme les autres ?

— Oui, Miss Ellison, avec un gros fil d'acier. Exactement comme les autres.

— Et… et elle a aussi été… mutilée ?

— Oui. Je suis désolé.

— Oh !…

Charlotte se sentit submergée par un sentiment de faiblesse, d'horreur, de pitié.

Il l'observait. Apparemment, il ne remarqua rien d'autre que son silence.

— Avec votre permission, je vais aller parler aux domestiques. Ils la connaissaient probablement mieux que vous.

Le ton de sa voix sous-entendait que Charlotte se souciait peu de cette servante. Elle en éprouva de la colère… et un sentiment de culpabilité.

— Nous ne nous mêlons pas de la vie privée de nos domestiques, Mr. Pitt ! Mais au cas où vous penseriez que nous ne nous intéressons pas à eux, sachez que c'est moi qui ai envoyé Maddock prévenir la police, hier soir.

Elle rougit de colère dès qu'elle eut prononcé ces mots. Pourquoi essayait-elle de se justifier auprès de cet homme ?

— Malheureusement, vous n'avez pas été capables de la retrouver à ce moment-là ! ajouta-t-elle d'un ton sec.

Il accepta ce reproche en silence. Quelques instants plus tard, il était parti.

Charlotte resta plantée devant son chevalet. Cette peinture, si délicate, si évocatrice un quart d'heure plus tôt, n'était plus que taches marron-gris sur le papier. Dans la tête de Charlotte s'entrechoquaient des images floues : des rues sombres, des pas, une femme qui lutte pour respirer, et par-dessus tout, la peur, et l'agression abominable, sournoise.

Elle regardait toujours le chevalet quand sa mère entra. La voix d'Emily flotta dans le corridor.

— Je suis sûre que ça va être horrible, si elle n'ajuste pas plus la robe. Je vais avoir l'air grosse ! Ce ne sera vraiment pas élégant.

Caroline s'était arrêtée, elle regardait fixement Charlotte.

— Charlotte, ma chérie, qu'y a-t-il ?

Charlotte sentit ses yeux se remplir de larmes. Avec un soulagement douloureux, elle courut se jeter dans les bras de sa mère, l'écrasant presque, tant elle la serrait fort.

— Lily. Maman, elle a été étranglée, comme les autres. Ils l'ont retrouvée dans Cater Street. Il y a un affreux policier ici même, en ce moment ! Il interroge Maddock et les domestiques.

Caroline lui caressa doucement les cheveux, d'un geste infiniment apaisant.

— Oh ! ma chérie, murmura-t-elle. C'est ce que je redoutais. Je n'ai jamais réellement cru que Lily était partie. J'ai juste essayé de m'en convaincre, car c'était grandement préférable à ce dénouement-là. Ton papa va être tellement furieux de savoir la police ici. Sarah est-elle au courant ?

— Non. Elle est en haut.

Caroline repoussa gentiment Charlotte.

— Dans ce cas, nous ferions mieux de nous ressaisir et de nous préparer à affronter bien des désagréments. Il va falloir que j'écrive aux parents de Lily. Autant qu'ils apprennent la nouvelle par un membre de la famille, quelqu'un qui connaissait Lily. Et puis, nous étions responsables d'elle. Maintenant, monte dans ta chambre et passe-toi le visage sous l'eau. Ensuite, préviens Sarah. Où est-il, ce policier ?

L'inspecteur Pitt revint dans la soirée, quand Edward et Dominic étaient à la maison. Il insista pour leur parler à tous, une fois de plus. Il se montra persévérant et autoritaire.

— Je n'ai encore rien vu de tel ! s'exclama Edward, furieux, quand Maddock vint l'annoncer. Ce bougre-là est d'une impertinence incroyable ! Il faudra que je parle à ses supérieurs. Je ne veux pas mêler les femmes à cette sordide histoire. Je vais le voir seul à seul. Caroline, les filles, sortez, s'il vous plaît, jusqu'à ce que j'envoie Maddock vous chercher.

Elles se levèrent, obéissantes. Mais avant qu'elles n'arrivent à la porte, celle-ci s'ouvrit, et Pitt, ce personnage débraillé, pénétra dans la pièce à grands pas.

— Bonsoir, madame, dit-il, s'inclinant à l'adresse de Caroline. Bonsoir, répéta-t-il en regardant tous les autres.

Ses yeux s'attardèrent sur Charlotte, à l'extrême consternation de cette dernière. Sarah la considéra avec dégoût, comme si, d'une certaine manière, elle était responsable de l'intrusion de cet individu dans le salon.

— Ces dames sortaient, dit Edward avec froideur. Voulez-vous avoir l'amabilité de vous écarter pour les laisser passer ?

— Comme c'est fâcheux, répondit Pitt en souriant gaiement. J'avais espéré m'entretenir avec elles en votre présence, pour leur assurer un soutien moral. Mais si vous préférez que je leur parle seul, dans ce cas…

— Je préfère que vous ne leur parliez pas du tout ! De toute façon, elles ne sont au courant de rien, et je ne tolérerai pas qu'on les bouleverse inutilement.

— Bien, si vous savez quelque chose, monsieur, nous vous serions obligés…

— Je ne sais rien non plus ! Je ne m'intéresse pas aux amourettes de mes servantes ! lâcha Edward. Mais je peux vous donner toutes les informations que la famille possède sur Lily. Son dossier, ses références, l'adresse de ses parents. Vous en avez besoin, sans doute ?

— Oui. Même si, à mon avis, ça n'a aucun intérêt. Néanmoins, il faut absolument que je parle à votre épouse, et à vos filles. Les femmes sont très observatrices, vous savez. Surtout vis-à-vis d'autres femmes. Vous n'imaginez pas tout ce qu'elles remarquent, contrairement à nous.

— Ma femme et mes filles ont d'autres préoccupations que les histoires d'amour de Lily Mitchell.

De plus en plus rouge, Edward serrait les poings. Sarah se rapprocha de lui.

— Vraiment, Mr… – elle ne s'encombra pas du nom – je vous assure que je ne sais rien du tout. Vous utiliseriez mieux votre temps en interrogeant Mrs. Dunphy ou Dora. Si Lily s'est confiée à quelqu'un, ce sera à l'une d'entre elles. Retrouvez donc ce misérable avec qui elle sortait.

— Oh ! Mrs. Corde, nous l'avons déjà retrouvé. Il dit avoir laissé Lily au bout de la rue, à dix heures moins dix, à un endroit d'où l'on pouvait voir cette maison. Il était obligé de rentrer avant dix heures, sinon il aurait trouvé porte close.

— Vous n'avez que sa parole, en ce qui concerne ce dernier point, dit Dominic, intervenant pour la première fois.

Il était assis sur une chaise, le visage un peu empourpré, mais plus maître de lui que les autres. Le cœur de Charlotte frémit quand elle se tourna vers lui. Il paraissait si calme. Papa était ridicule, comparé à lui.

— Il était chez lui à dix heures, répliqua Pitt.

Il baissa les yeux sur Dominic, fronçant légèrement les sourcils.

— Eh bien, il peut l'avoir tuée avant dix heures, n'est-ce pas ? persista ce dernier.

— Certainement. Mais pourquoi aurait-il fait ça ?

— Je ne sais pas, dit Dominic en croisant les jambes. C'est à vous de trouver. Pourquoi l'assassin, peu importe qui il est, l'a-t-il tuée ?

— C'est exact, renchérit Sarah en se rapprochant de Dominic, se ralliant visiblement à sa théorie. Vous devriez chercher cet homme, au lieu d'être ici.

— Il a au moins eu la discrétion de ne pas venir pendant la journée, souffla Emily à Charlotte. La pauvre Sarah est sur des charbons ardents !

— Ne sois pas méchante, chuchota Charlotte en retour.

Cependant, elle était d'accord, et elle savait qu'Emily l'avait compris.

— Vous pensez que c'est lui, n'est-ce pas, Mrs. Corde ? dit Pitt en haussant les sourcils.

— Évidemment ! Qui voulez-vous que ce soit ?

— Oui, qui ?

— Je crois que c'est tout à fait logique, déclara Edward qui retrouva sa langue. Ils ont eu une querelle d'amoureux, il s'est mis en colère et l'a étranglée. Nous ferons le nécessaire pour l'enterrement, bien sûr. Mais vous n'avez pas besoin de nous ennuyer à nouveau.

Maddock pourra répondre à toutes les questions pratiques que vous vous posez.

— Il l'a étranglée avec un fil d'acier, dit Pitt, portant les mains à son cou et mimant le geste. Un fil qu'il avait sur lui, juste au cas où.

Edward blêmit.

— Je vous signalerai à vos supérieurs pour impertinence !

Charlotte fut prise d'une absurde envie de rire. Ce devait être nerveux, sans doute.

— A-t-il également tué Chloe Abernathy ? dit Pitt. Et la bonne des Hilton ? Ou bien y a-t-il deux assassins en liberté dans Cater Street ?

Ils le dévisagèrent en silence. Il offrait un spectacle inconnu dans leur paisible salon… et il laissait entendre des choses inconnues, horribles, effrayantes.

Charlotte sentit la main d'Emily se glisser dans la sienne, et elle fut bien contente de s'y raccrocher.

Personne ne répondit à Pitt.

4

Le jour suivant fut l'un des pires que Charlotte eût jamais vécus. Tout le monde se sentait abattu, bien que cela se manifestât de façon différente chez les uns et les autres. Papa se montra plus irritable que d'habitude et très autoritaire. Maman s'occupait à des détails pratiques, comme si ranger la cuisine et la maison allait modifier le cours des événements. Sarah ne cessa de répéter les commentaires de diverses relations mondaines, jusqu'au moment où Charlotte perdit patience et lui dit carrément de se taire. Dominic se taisait déjà ; il en était presque devenu muet. Emily paraissait moins affectée, l'esprit accaparé par d'autres pensées. Une seule note positive : grand-mère était toujours chez Susannah et ne pouvait donc pas mettre son grain de sel.

On était samedi, jour de repos. Mais personne n'aurait le cœur de sortir pour le plaisir.

Le pasteur fit porter un petit mot par un messager pour exprimer ses regrets.

— Très courtois de sa part, dit Sarah en y jetant un coup d'œil après que son père l'eut lu.

— C'était la moindre des choses, remarqua Charlotte avec irritation.

La seule pensée du pasteur la mettait de mauvaise humeur.

— Tu n'espérais tout de même pas qu'il se déplacerait pour une domestique ? riposta Sarah, agacée à présent. En outre, je ne vois pas ce qu'il pourrait faire.

Charlotte chercha un argument pour la contrer et n'en trouva pas. Voyant que Dominic la regardait d'un air amusé, elle se sentit rougir. Si seulement elle pouvait se contrôler ! Elle avait l'impression d'être la dernière des sottes.

Caroline entra à ce moment-là, rouge de s'être agitée, la coiffure un peu de travers. Edward leva les yeux.

— Grand Dieu, ma chère, mais que vous est-il arrivé ? On dirait… vous avez quelque chose sur le nez.

Caroline se passa la main sur le nez, machinalement, et aggrava la situation.

Charlotte prit un mouchoir et enleva la tache sur sa peau. C'était de la farine.

— Vous étiez aux fourneaux ? s'enquit Edward avec une surprise peinée. Et Mrs. Dunphy ?

— Elle a la migraine. Cette histoire l'a profondément touchée. Elle aimait beaucoup Lily, vous savez. De toute façon, je ne déteste pas faire la cuisine. Je suis venue parce que je me suis souvenue d'une chose : j'ai promis une recette de potage à Mrs. Harding, et je me demandais si deux d'entre vous pourraient la lui apporter cet après-midi.

Charlotte aimait bien Mrs. Harding. Cette vieille dame à la dent dure ne tarissait pas de récits sur toutes sortes de gens qu'elle avait connus dans sa jeunesse, une jeunesse assez haute en couleur, avant d'épouser un homme d'un milieu supérieur au sien et de s'installer dans la richesse et la respectabilité. Charlotte doutait que toutes ces histoires fussent vraies, mais elles étaient passionnantes.

— Je me ferai un plaisir d'y aller, maman, proposa-t-elle aussitôt.

— Emmène Sarah ou Emily avec toi, dit Caroline, les regardant l'une après l'autre.

— Je suis occupée, décréta Emily. J'ai de la couture à faire, puisque nous avons une bonne de moins. Il y a du linge à raccommoder.

— Si Mrs. Dunphy est malade, dit Sarah, je vais rester à la maison et voir si je peux l'aider. Peut-être pourrais-je lui parler, pour lui changer les idées.

Charlotte lui lança un regard méprisant. Elle savait parfaitement que Mrs. Dunphy n'avait rien à voir avec son refus de l'accompagner. Sarah considérait Mrs. Harding comme une vieille commère peu fréquentable. Elle ne souhaitait pas établir de relations amicales avec elle. Pour ce qui était des commérages, elle avait raison. Mais si les histoires de Mrs. Harding avaient été un peu plus à jour, Sarah aurait sans doute trouvé de l'intérêt à sa compagnie.

— Charlotte n'a pas besoin d'escorte, dit Edward d'un ton aigre. C'est à vingt minutes d'ici. Tu iras directement là-bas, Charlotte, puis tu reviendras aussitôt que possible, sans toutefois paraître impolie. Tu n'auras pas besoin de te justifier. J'imagine que tout le quartier est déjà au courant. Et pas de ragots ! La vieille Mrs. Harding est une vraie mouche du coche. Donne-lui la recette, fais-lui tes compliments et rentre à la maison.

— Je ne veux pas que les filles se promènent toutes seules, déclara Caroline avec fermeté. Soit quelqu'un l'accompagne, soit Mrs. Harding devra attendre. Les rues sont trop dangereuses.

— C'est absurde, Caroline ! Elle ne risque absolument rien.

Edward se redressa dans son fauteuil.

— On est en plein jour, ajouta-t-il.

— C'est en plein jour que la bonne de Mrs. Waterman s'est fait attaquer ! répliqua Caroline. Je me demande pourquoi vous ne nous l'avez pas dit, afin qu'on soit prévenues, au même titre que les servantes.

— Ma chère Caroline, où est donc votre sens de la mesure ? Ce forcené agresse des filles de maison, des filles à la moralité douteuse. Personne ne pourrait prendre Charlotte pour l'une de ces créatures.

— Et Chloe Abernathy ? Ce n'était pas une servante !

— Certes. Moi-même, ça m'a surpris. Je l'avais toujours considérée comme une jeune fille convenable, bien qu'un peu écervelée. Cela prouve qu'on peut se tromper.

— Parce qu'elle a été tuée ? dit Caroline avec stupéfaction.

— Précisément.

C'était un raisonnement qui tournait en rond, pensa Charlotte. Elle faillit même le dire tout haut.

— Selon vous, elle s'est fait tuer parce qu'elle était immorale, et elle était immorale parce qu'elle s'est fait tuer ! déclara-t-elle, achevant sa pensée.

— À mon avis, elle a été assassinée parce qu'elle avait des fréquentations douteuses, dit Edward, fronçant les sourcils à l'adresse de Charlotte. Ce meurtre en est la preuve. Tu as peur de sortir toute seule ?

Cette fois, il y avait de l'inquiétude dans sa voix. Il lui parla gentiment.

— Oui, dit Charlotte avec franchise. Je préférerais ne pas y aller seule.

Dominic étendit ses jambes et se leva promptement.

— Je peux venir avec vous, si vous voulez. Je ne sers pas à grand-chose ici, que ce soit pour le raccommodage ou avec Mrs. Dunphy, et encore moins à la cuisine.

La promenade avec Dominic fut merveilleuse, malgré le brûlant soleil d'août et les vagues de chaleur qui montaient du trottoir. Mrs. Harding fut ravie de les voir, même si, pour une fois, le flot de commérages semblait s'être tari à la source. Peut-être était-ce dû à la présence d'un homme. Elle leur offrit des rafraîchissements, et ils furent bien contents d'accepter une limonade avant de partir. Elle comprit, mais regretta le fait qu'ils fussent pressés. Du moins le dit-elle. Cependant, Charlotte eut le sentiment très net que la présence de Dominic la gênait, bien qu'elle l'admirât – mais quelle femme ne l'aurait pas admiré ?

Sur le chemin du retour, Dominic parut un peu déconcerté par sa réticence. Il avait entendu dire qu'elle était la meilleure commère du voisinage et se déclarait grandement déçu. Charlotte tenta d'expliquer ce qu'elle pensait être la raison de cette attitude, et finit par le régaler des plus belles histoires dont elle se souvenait, à la grande joie de Dominic. Il rit, de bon cœur, et Charlotte fut plus merveilleusement, plus désespérément heureuse que jamais.

Ils arrivèrent à la maison pour trouver Sarah en rage, papa blême, Emily muette et maman à la cuisine.

Le bonheur s'évanouit comme derrière une porte qui venait de se refermer. Seul Dominic souriait toujours, apparemment insensible à ce changement.

— Qu'avez-vous tous ? demanda-t-il, se dirigeant vers les portes-fenêtres pour les ouvrir. Vous avez besoin d'air. Il fait un temps magnifique.

Puis il se tourna vers eux, le visage assombri.

— Vous ne pensez tout de même pas encore à Lily ? Je suis sûr qu'elle n'aurait pas voulu nous voir dépérir tout l'été.

— L'été est presque fini, Dominic, dit Sarah d'un ton aigre. Mais notre humeur n'a rien à voir avec Lily, du moins pas dans le sens où vous le croyez. Ce maudit policier est revenu.

Charlotte se mit en colère, jusqu'au moment où elle vit le visage de son père. Il paraissait moins fâché qu'en proie à un réel désarroi.

— Mais pourquoi, papa ? Ne lui avons-nous pas dit tout ce que nous savions ?

Edward fronça les sourcils, le regard lointain.

— La police ne croit pas qu'il s'agisse du quidam avec qui elle était sortie, pas plus que d'un quelconque forcené.

— Voyons, ils n'imaginent pas que ça a un rapport avec nous ? dit Dominic, incrédule.

— Je ne sais pas ce qu'ils imaginent, répliqua Edward, sèchement. À mon avis, ils se servent de cet argument pour satisfaire leur curiosité.

— Que vous a-t-il demandé ? s'enquit Charlotte, les regardant à tour de rôle. Nous ne sommes pas obligés de répondre à ses questions, si elles sont impertinentes. On n'a qu'à le mettre à la porte.

— Facile à dire ! lança Sarah, cinglante. Tu n'étais pas là, toi.

— Tu aurais pu ne pas être là toi non plus, si tu avais été disposée à venir avec moi.

Charlotte avait dit cela sans méchanceté. Elle était ravie que Dominic l'eût accompagnée, mais il lui restait un vague ressentiment pour cet après-midi gâché.

— Ne t'inquiète pas, tu n'as rien raté, dit Sarah, se redressant légèrement. Il va revenir spécialement pour toi.

— Je ne sais rien !

— Et pour Dominic.

Charlotte se tourna vers Edward.

— Que puis-je lui dire, papa ? Je n'ai pas vu Lily, ce jour-là. En tout cas, je ne m'en souviens pas.

Elle eut un bref pincement au cœur.

— D'ailleurs, je ne la connaissais pas vraiment.

— Je ne sais pas ce qu'il veut.

Une fois de plus, Edward parut plus soucieux qu'irrité.

— Il a posé toutes sortes de questions bizarres, sur moi, sur Maddock, et il semblait très désireux de parler à Dominic.

Dominic fronça les sourcils. Pendant un instant, il eut l'air inquiet.

— Et les autres victimes – hormis Lily ?

— Ne soyez pas stupide ! siffla Sarah. Ils ne peuvent pas vous soupçonner d'être mêlé à ça, sinon que vous avez pu remarquer quelque chose, un individu louche rôdant dans le quartier. Après tout, vous empruntez cette rue tous les jours.

Une pensée nouvelle et terrifiante germa dans l'esprit de Charlotte. La police pouvait-elle être obtuse et aveugle au point de croire que l'un d'eux… ? Dominic et papa étaient souvent à l'extérieur ; ils passaient par Cater Street…

Sarah lut ses craintes sur son visage.

— Je vais leur ôter cette idée démente de la tête, s'exclama-t-elle rageusement. Je connais trop bien Dominic. Ce n'est pas le genre d'homme à regarder les servantes, et encore moins à les accoster. Ce n'est pas un être en proie à des passions incontrôlables. C'est un homme civilisé. Il est à mille lieues de ces histoires-là !

Charlotte se tourna vers Dominic et vit, en un éclair, une expression de douleur, de déception intense sur son visage, comme s'il avait entraperçu, puis perdu un trésor d'une valeur inestimable. Elle ne sut pas, à ce moment-là, quel rêve fugace de sensualité, ou de danger, il avait vu avant qu'il ne lui échappe.

Pitt revint une heure plus tard. Il était accompagné d'un homme que Charlotte n'avait jamais vu et qu'on lui présenta rapidement comme étant le brigadier Flack. C'était un garçon fluet, de taille moyenne, mais qui semblait petit à côté de Pitt. Il resta totalement silencieux, parcourant la pièce des yeux dans ses moindres détails, avec un vif intérêt.

— Bonsoir, Mr. Pitt, dit Charlotte d'un ton calme.

Il ne réussirait pas à la mettre en colère, et elle le congédierait aussi vite que possible ; ainsi en avait-elle décidé.

— Je suis désolée que vous ayez pris la peine de revenir, car je suis quasiment sûre de ne rien pouvoir vous dire de plus. Néanmoins, je répondrai à toutes les questions que vous souhaitez me poser.

Peut-être était-ce un peu irréfléchi de sa part. Elle ne devait pas lui laisser le loisir de se montrer impertinent.

— Vous n'imaginez pas les indices qui peuvent se révéler utiles, parfois, dit Pitt.

Il se tourna vers son brigadier et l'envoya rapidement à la cuisine, interroger Maddock, Mrs. Dunphy et Dora.

Puis il posa à nouveau les yeux sur Charlotte. Il paraissait parfaitement à l'aise, fait irritant en soi. Il aurait dû être plus… plus impressionné. Après tout, il n'était que simple policier, chez des gens d'un milieu socialement bien supérieur au sien.

— Que désirez-vous savoir ? dit-elle froidement.

Il la gratifia d'un sourire charmeur.

— Le nom et l'adresse du détraqué qui étrangle les jeunes femmes dans les rues de son quartier. Évidemment, c'est présumer qu'il s'agit d'une seule et même personne et pas d'un crime copié sur un autre crime.

De surprise, Charlotte pivota vers lui.

— Que voulez-vous dire ?

— Que parfois les gens entendent parler d'un crime, surtout s'il s'agit d'un crime sordide, et que cela leur donne l'idée de résoudre leurs problèmes de la même manière : en se débarrassant de quelqu'un qui les gêne, quelqu'un dont la mort leur serait profitable, financièrement ou autrement. Et voilà…

Il fit claquer ses doigts.

— … vous avez un deuxième meurtre ou un troisième. Le deuxième meurtrier espère qu'on incriminera le premier à sa place.

— À vous entendre, c'est tellement banal, dit-elle, dégoûtée.

— Mais c'est banal, Miss Ellison. Que cette théorie soit la bonne ou pas, à moi de le vérifier. Mais pas avant d'avoir éliminé les explications les plus évidentes.

— Lesquelles ?

Elle regretta aussitôt d'avoir posé cette question. Elle ne voulait pas l'encourager. Et, pour être honnête, elle avait un peu peur de la réponse.

— Trois jeunes femmes ont été étranglées dans ce quartier, ces derniers mois. La première hypothèse, c'est qu'il y a un maniaque en liberté.

— À mon avis, c'est ça, dit-elle, vaguement soulagée. Pourquoi chercher autre chose ? Pourquoi ne pas poursuivre votre enquête là où l'on rencontre ce genre d'individus… je veux dire des individus capables…

Charlotte chercha la formule exacte.

— … les milieux criminels !

— La pègre ? fit Pitt.

Il sourit avec une pointe de dérision. Le ton de sa voix était à la fois amusé, amer et quelque peu condescendant.

— À votre avis, Miss Ellison, où vivent les gens de la pègre ? Est-ce un lieu auquel on accède en ouvrant une bouche d'égout ?

— Bien sûr que non ! riposta-t-elle, agacée. C'est un univers que je ne connais pas, évidemment. Il ne fait pas partie de mes fréquentations. Mais je n'ignore pas qu'il existe un milieu criminel dont les critères sont totalement différents des nôtres.

Elle le toisa d'un air méprisant.

— En tout cas, des miens !

— Oh ! très différents, Miss Ellison, admit-il, souriant toujours.

Mais son regard s'était durci.

— Quoique vous n'ayez pas précisé si vous vous référez à des critères moraux ou à des conditions de vie. Mais peut-être que ça n'a pas d'importance, critères moraux et conditions de vie étant beaucoup plus liés que les mots ne le laissent supposer. En réalité, j'en suis venu à penser qu'ils sont en symbiose.

— En symbiose ? répéta-t-elle, incrédule.

Il l'interpréta mal, croyant qu'elle ignorait le sens du mot.

— Quand deux choses dépendent l'une de l'autre, Miss Ellison. Une relation de coexistence, d'interdépendance, où l'un nourrit l'autre.

— Je sais ce que cette expression veut dire ! lança-t-elle, furieuse. Je m'interroge simplement sur son emploi dans ce contexte. La pauvreté n'induit pas forcément le crime. Il y a plein de gens pauvres qui sont aussi honnêtes que moi.

Cette fois, Pitt eut un grand sourire.

— Vous trouvez cela amusant, Mr. Pitt ? dit-elle d'un ton glacial. Certes, vous ne me connaissez pas suffisamment pour juger de mon honnêteté. Mais au moins vous savez que je n'étrangle pas les jeunes femmes dans la rue !

Il la regarda, regarda sa taille, ses mains délicates, ses poignets fins.

— Oui, acquiesça-t-il. Je doute que vous en ayez la force.

— Ce n'est pas de l'esprit, Mr. Pitt, c'est de l'insolence.

Elle tenta de le toiser de toute sa hauteur, mais comme il mesurait bien plus d'un mètre quatre-vingts et elle, quinze centimètres de moins, elle n'y réussit pas.

— Et ça ne m'amuse pas, acheva-t-elle.

— Mon but n'était pas de vous amuser, Miss Ellison, ni de faire de l'esprit. Je parlais au sens propre.

Il était à nouveau sérieux.

— Et je ne crois pas que vous ayez jamais vu la vraie misère.

— Si, je l'ai vue !

— Vraiment ?

Pitt ne cachait pas son incrédulité.

— Avez-vous vu des enfants abandonnés à six ou sept ans, obligés de mendier ou de voler pour survivre, des enfants qui dorment dans des caniveaux, sous des porches, trempés jusqu'aux os par la pluie, ne possédant que les haillons qu'ils ont sur le corps ? Que croyez-vous qu'il leur arrive ? À votre avis, au bout de combien de temps un gamin de six ans, sous-alimenté, à la rue, meurt de faim ou de froid ?

« Quand on ne lui a rien enseigné d'autre que la survie, poursuivit Pitt, quand il ne sait ni lire ni écrire, quand il est passé de main en main, jusqu'à ce que plus personne ne veuille de lui ? Soit il meurt – et croyez-moi, j'en ai vu, de ces petits corps gisant dans les ruelles, morts de faim et de froid ! –, soit il a de la chance et un ramoneur ou un dénicheur de moineaux le recueille.

Malgré elle, la colère de Charlotte céda la place à la pitié.

— Un dénicheur de moineaux ?

— C'est un homme qui ramasse ces enfants-là, dit Pitt. Tout d'abord il les recueille, les nourrit, leur offre l'asile et une espèce de sécurité, un endroit où ils se sentent chez eux. Puis, peu à peu, il joue sur leur reconnaissance pour leur apprendre à voler, du moins à voler avec talent. Au départ, ils sortent avec leurs aînés, les regardent travailler. Ils commencent par des bricoles. Par exemple, les mouchoirs en soie, quand ils étaient à la mode.

« Ensuite, ils passent à un stade supérieur, à des choses plus subtiles. Les plus doués progressent jusqu'à voler le contenu des poches intérieures, les chaînes de montre, les sceaux. Un dénicheur de moineaux donne des cours. Il suspend une rangée de manteaux sur une corde à travers la pièce, un mouchoir en soie dépassant de chaque poche.

Les garçons prendront les mouchoirs les uns après les autres, pour s'entraîner à chaparder.

« L'homme peut aussi utiliser un mannequin de tailleur, continua Pitt. Il lui met un manteau, sur lequel sont cousues des clochettes qui tinteront au moindre geste un peu brusque. Il peut aussi servir de cobaye, en présentant son dos aux garçons. Ceux qui réussissent sont généreusement récompensés. Ceux qui échouent sont punis. Un enfant qui a du courage, ou qui a faim, peut assurer à son maître et à lui-même une vie confortable. Jusqu'à ce qu'il devienne trop grand ou que ses doigts perdent de leur agilité.

Charlotte était horrifiée. Elle en voulait à Pitt de la détresse que lui inspirait le sort de ces gamins.

— Qu'arrive-t-il alors ? Il meurt de faim ? demanda-t-elle.

Elle eût préféré ne pas savoir, et en même temps elle ne supportait pas de rester dans l'ignorance.

— Il prend du galon, probablement, devient voleur, ou, s'il est intelligent, s'insère dans une bande de pickpockets, intègre le gratin de la pègre…

— Le quoi ?

— Le gratin de la pègre – le haut du pavé, dans l'activité de pickpocket. Ces garçons-là s'habillent bien, ont généralement un appartement dans un quartier modeste, une maîtresse, qu'ils prennent à l'âge de treize, quatorze ans, presque toujours plus âgée qu'eux. Curieusement, ils sont très fidèles et considèrent cette union comme un mariage. Ils travaillent en bandes de trois à six. Chacun joue son rôle dans l'organisation et l'exécution d'un vol. Ils dépouillent souvent les femmes.

— Comment savez-vous tout cela ? Et puisque vous le savez, pourquoi ne les arrêtez-vous pas, n'empêchez-vous pas ce genre de pratiques ?

Pitt grogna brièvement.

— On les arrête. Presque tous passent une partie de leur vie en prison.

Charlotte frissonna.

— Quelle vie horrible ! Mieux vaut être ramoneur, sans nul doute. Vous n'avez pas parlé de ramoneurs ? Ça, au moins, c'est honnête.

— Ma chère Miss Ellison, il faut bien plus de discernement et d'expérience que vous n'en avez pour trouver un honnête ramoneur. Avez-vous déjà grimpé dans une cheminée ?

Charlotte haussa les sourcils avec tout le dédain glacial dont elle était capable.

— Vous avez des idées bizarres quant aux occupations des femmes dc la bonne société, Mr. Pitt. Mais si vous voulez une réponse, non, je n'ai jamais grimpé dans une cheminée.

— Bien.

Le ton de Charlotte ne sembla pas le perturber le moins du monde. Il la détailla à nouveau de la tête aux pieds, et elle se sentit rougir sous son regard.

— Vous ne rentreriez pas, dit-il franchement. Vous êtes bien trop grande et trop forte.

Elle devint écarlate.

— Oh ! vous avez la taille fine.

Ses yeux glissèrent sur les épaules, le buste de Charlotte, avant de descendre.

— Mais le reste de votre corps resterait certainement coincé dans les tunnels verticaux, les coudes, la suie vous rentrerait dans le nez, dans la bouche, les yeux, les poumons…

— Ça a l'air terrible, mais pas malhonnête. Sauf de la part du ramoneur, qui prend quelqu'un d'autre pour faire le travail. Mais comme vous l'avez fait remarquer, ils pourraient difficilement le faire eux-mêmes.

— Miss Ellison, aucun cambrioleur professionnel ne s'attaque à une maison sans obtenir tout d'abord des informations sur la disposition des lieux et les endroits où l'on garde les objets de valeur. Voyez-vous un meilleur moyen de s'introduire quelque part que de passer par la cheminée ?

— Vous voulez dire… mais c'est horrible !

— Bien sûr que c'est horrible, Miss Ellison. Tout ceci est horrible ! rétorqua-t-il rageusement. La misère, le crime, la solitude, la saleté, les maladies chroniques, l'alcoolisme, la prostitution, la mendicité ! Ils volent, fabriquent des fausses pièces, de faux documents, escroquent les gens, se prostituent, mais ils tuent rarement, à moins d'y être acculés. Et ils ne sortent pas de leur monde, sauf s'ils en tirent un profit. Or ça ne rapporte rien d'étrangler trois pauvres filles dans Cater Street. On ne leur a même rien volé.

Charlotte n'arrivait pas à détacher son regard de cet homme. Un mélange de fascination et d'horreur l'en empêchait. Pitt lui déplaisait intensément, et ce qu'il disait l'effrayait.

— Comment ça ? Qu'insinuez-vous ? Elles sont mortes !

— Oh ! tout à fait mortes. Ce que je dis, c'est que le genre d'étrangleur auquel vous pensez, l'homme de la pègre, issu du milieu criminel, tue pour de l'argent. Il ne risquerait pas sa peau pour le plaisir. Il tue pour ne pas se faire prendre, et seulement si c'est indispensable. C'est beaucoup plus sûr que d'immobiliser quelqu'un ou de l'assommer. Il commence par choisir sa victime, ne s'attaque qu'à ceux qui ont de l'argent.

— Alors pourquoi… ?

Un nouvel univers venait de s'ouvrir à elle. Hideux, confus, il envahissait le doux cocon de ses certitudes, des valeurs qu'elle avait considérées comme sûres, immuables.

Pitt la regardait avec un léger sourire, comme s'il existait une complicité entre eux.

— Si je le savais, peut-être aurais-je déjà arrêté le coupable. Mais son mobile n'est pas un mobile simple – ni clair, comme le vol ou la vengeance. C'est quelque chose de plus sombre, qui vient du tréfonds de l'âme.

Elle était effrayée. Elle le détestait. Elle détestait sa familiarité, son intrusion dans ses émotions, qui l'obligeait à découvrir des choses dont elle ne voulait pas connaître l'existence.

— Vous feriez mieux de partir, Mr. Pitt. Il n'y a rien que je puisse vous apprendre. Je crois que vous vouliez voir Mr. Corde, bien que je doute qu'il vous aide, lui aussi. Peut-être devriez-vous examiner le cas des autres filles… qui ont été tuées.

Charlotte respira pour tenter de se calmer.

— J'examinerai tout, Miss Ellison. Mais effectivement, j'aimerais voir Mr. Corde. Peut-être auriez-vous la bonté d'appeler Maddock, pour qu'il aille le chercher ?

La soirée ne fut pas agréable. Dominic ne voulut dire à personne ce que Pitt lui avait demandé, bien qu'Edward l'y exhortât jusqu'à la limite de l'indiscrétion. Dominic demeura silencieux, ce qui était préoccupant en soi, car cela ne lui ressemblait pas. Charlotte avait peur de donner libre cours à ses pensées. Tout juste si elle ne soupçonnait pas Pitt d'avoir découvert quelque chose qui embarrassait Dominic, lui faisait honte. Bien entendu, cela n'avait rien à voir avec la mort de Lily, ni avec celle des autres, mais tout le monde savait que les hommes, y compris les meilleurs d'entre eux, avaient parfois leurs secrets. C'était dans leur nature. On le savait, mais on l'occultait, pour sa propre tranquillité d'esprit.

Charlotte parla résolument d'autre chose, consciente de débiter parfois des absurdités, mais c'était mieux que les longs silences dans la conversation, propices à la réflexion.

Bien que fatiguée, elle dormit mal et se réveilla tard, ce qui l'obligea à courir pour ne pas manquer l'office.

Charlotte n'aimait pas vraiment aller à l'église, le côté solennel, l'atmosphère de bienséance rigide, les salutations polies, qui tenaient plus du rituel que de l'amitié. Et puis le service religieux, toujours le même, au point qu'elle se retrouvait à répéter les mots et à chanter les répons comme un perroquet. Elle pouvait tout réciter mécaniquement, pourvu qu'elle n'oubliât pas où elle en était.

Dès qu'elle oubliait, Charlotte devait regarder les paroles pour repartir, jusqu'à ce que l'habitude reprît le dessus. Et, bien entendu, le pasteur prononçait son sermon. Généralement sur le péché et la nécessité de se repentir. Son histoire préférée était celle de la femme adultère, bien qu'il n'y trouvât pas la même signification que Charlotte. D'ailleurs, pourquoi était-ce toujours la femme ? Pourquoi les hommes n'étaient jamais pris en flagrant délit d'adultère ? Dans tous les récits entendus par Charlotte, c'étaient les femmes qui trompaient leur mari, et les hommes qui les surprenaient et les jugeaient ! Et les individus avec lesquels on les surprenait ? Pourquoi les femmes ne leur jetaient-elles pas de pierres ? Elle l'avait demandé à papa, il y avait longtemps de ça. Il lui avait répondu, avec un certain étonnement, de ne pas être ridicule.

Le pasteur fit son sermon habituel. En fait, il fut pire que d'habitude. Son texte disait : « Bienheureux les cœurs purs », mais le message était : « Bienheureux les moralement propres. » Il s'étendit longuement sur la condamnation des actes immoraux. Et plus il parlait des courtisanes et des prostituées, plus Charlotte songeait aux pauvres décrits par cet insupportable Pitt. Des enfants qu'on laissait mourir de faim à un âge où elle et ses sœurs apprenaient à lire et à écrire, sous l'égide de Miss Sims, dans la salle de classe. Elle pensa aux jeunes femmes abandonnées avec des enfants. Auraient-elles pu survivre autrement ?

Elle jurait très rarement, mais ce matin, elle aurait bien expédié Mr. Pitt en enfer pour l'avoir obligée à découvrir cette réalité-là. Assise sur le banc dur, elle regardait fixement le pasteur. À chaque phrase qu'il prononçait, elle se sentait de plus en plus mal. Elle l'avait toujours détesté, et à la fin de la matinée, elle le haït avec une véhémence qui l'affligea, et l'effraya. C'était très peu chrétien et peu féminin de haïr quiconque de cette façon. Cependant, cette haine était pour elle un sentiment profond et légitime, qu'elle ne pouvait nier.

Charlotte leva les yeux vers la tribune d'orgue et vit le visage pâle de Martha Prebble qui jouait l'hymne finale. Elle avait l'air de s'ennuyer et paraissait malheureuse.

Le déjeuner du dimanche fut sinistre. Puis il fallut passer l'après-midi selon les exigences du repos sabbatique. Demain, grand-mère reviendrait de chez Susannah, ce qui n'était pas non plus une perspective agréable.

C'eût été difficile à croire, mais le lundi fut pire. Grand-mère arriva à dix heures, marmonnant de sombres augures sur le déclin du quartier, des classes supérieures, du monde en général. La moralité dégringolait à une vitesse folle. Ils étaient tous promis à la catastrophe.

Ils venaient de monter ses bagages et l'avaient à peine installée à l'étage, dans son boudoir, que l'inspecteur Pitt reparut, flanqué du silencieux brigadier Flack. Sarah était sortie… pour s'occuper de ses œuvres de charité ou autres. Emily était chez la couturière, pour quelque essayage en vue d'une nouvelle sortie avec George Ashworth. Vraiment, elle aurait dû avoir un peu plus de bon sens ! Il était temps qu'elle comprenne qu'il était joueur, coureur, voire pire, et que pour finir, elle risquait d'y laisser sa réputation. Toute la journée, maman resta à l'étage pour tenter d'amadouer grand-mère, afin qu'elle n'empoisonne pas la vie à tout le monde.

La dernière personne que Charlotte avait envie de voir était l'inspecteur Pitt.

Il entra dans le petit salon, se posta dans l'embrasure de la porte, les pans de sa jaquette en l'air, le cheveu en bataille, comme toujours. Son amabilité irrita Charlotte au-delà de toute mesure.

— Que voulez-vous, Mr. Pitt ?

Il ne prit pas la peine de rectifier, de répliquer qu'il était l'*inspecteur* Pitt. Cela aussi ennuya Charlotte, car elle avait eu l'intention de l'humilier.

— Bonjour, Miss Ellison. Quelle magnifique journée d'été ! Votre père est à la maison ?

— Évidemment que non ! Nous sommes lundi matin. Il est à la Cité, comme la plupart des gens respectables. Ce n'est pas parce que nous n'appartenons pas aux classes laborieuses que nous sommes oisifs !

Pitt eut un grand sourire, découvrant des dents solides.

— Aussi charmante que soit votre compagnie, moi aussi je suis ici pour travailler. Si votre père est sorti, je vais devoir parler avec vous.

— Si c'est indispensable.

— Je n'enquête pas sur les meurtres par plaisir.

Son sourire s'envola, mais sa bonne humeur demeura. Sa voix se teinta de tristesse, de colère même.

— Ce n'est plaisant pour personne, mais il faut le faire.

— Je vous ai déjà dit le peu que je sais, fit-elle, exaspérée. Plusieurs fois. Si vous n'arrivez pas à résoudre cette affaire, peut-être devriez-vous abandonner ou laisser quelqu'un de capable s'en charger.

Il ignora sa grossièreté.

— C'était une jolie fille, Lily Mitchell ?

— Vous ne l'avez pas vue ? dit Charlotte, surprise.

L'omission semblait tellement énorme !

Pitt eut un sourire désolé, comme s'il plaignait Charlotte, tout en essayant de rester patient.

— Si, Miss Ellison, je l'ai vue, mais elle n'était pas très jolie, à ce moment-là. Son visage était gonflé, bleu, ses traits déformés, sa langue…

— Arrêtez ! Arrêtez ! s'entendit crier Charlotte.

— Alors auriez-vous l'amabilité de mettre votre dignité en veilleuse, dit-il plutôt calmement, et de m'aider à trouver celui qui a fait ça, avant qu'il le fasse à une autre ?

Charlotte était furieuse, honteuse, et blessée.

— Oui, bien sûr, répondit-elle précipitamment.

Elle tourna la tête pour qu'il ne voie pas son visage et surtout pour ne pas le voir, lui.

— Oui, Lily était plutôt jolie, dit-elle. Elle avait une peau superbe.

La jeune fille frissonna, prise de nausée à la pensée de ce visage boursouflé, marqué par la mort violente. Elle chassa cette image de son esprit.

— Elle n'avait jamais de boutons ni le teint brouillé. Et elle avait une voix très douce. Je crois qu'elle venait de province.

— Du Derbyshire.

— Ah !

— Était-elle en bons termes avec les autres domestiques ?

— Oui, je crois. Nous n'avons jamais eu vent d'aucune querelle.

— Et avec Maddock ?

Charlotte se retourna pour lui faire face. Les pensées se bousculaient dans sa tête, trop vite pour qu'elle puisse les cacher.

— Vous voulez dire… ?

— Précisément. Est-ce que Maddock l'admirait, est-ce qu'elle lui plaisait ?

Charlotte n'avait jamais envisagé que Maddock puisse éprouver de tels sentiments. De la possessivité à l'égard de ses servantes, peut-être, mais du désir, de la jalousie ? Maddock était le majordome, vêtu d'habits sévères, poli, en charge de la maison. Mais c'était un homme, et, maintenant qu'elle y pensait, un homme de trente-cinq ans maximum, pas tellement plus âgé que Dominic. Quelle idée ridicule que d'associer Maddock et Dominic !

Pitt attendait, observant le visage de la jeune fille.

— Je vois que c'est pour vous une hypothèse nouvelle, mais pas invraisemblable, quand vous y réfléchissez.

Elle n'avait aucune raison de lui mentir.

— Oui. Je me souviens d'une phrase de quelqu'un. Mrs. Dunphy… la nuit où Lily… a disparu. Elle a dit que Maddock aimait bien Lily, qu'il aurait pu prendre Jack Brody en grippe parce qu'il sortait avec elle. Mais peut-être craignait-il seulement de perdre une bonne employée. Il faut longtemps pour former une nouvelle servante, vous savez.

Charlotte ne voulait pas attirer d'ennuis à Maddock. Elle ne pouvait pas vraiment imaginer qu'il avait suivi Lily dehors et qu'il lui avait fait « ça ».

— Mais Maddock est sorti, ce soir-là ? poursuivit Pitt.

— Oui, bien entendu ! vous le savez très bien. Il est allé la chercher, parce qu'elle était en retard. N'importe quel bon majordome l'aurait fait !

— À quelle heure ?

— Je ne sais plus exactement. Pourquoi ne le lui demandez-vous pas ?

Elle se rendit compte aussitôt à quel point c'était stupide. Si Maddock était coupable, non pas qu'il le fût, bien sûr, mais s'il avait quelque chose à se reprocher, il n'irait sans doute pas le dire à Pitt.

— Excusez-moi.

Pourquoi devait-elle s'excuser devant ce policier ?

— Je crois que c'était peu après dix heures, mais, naturellement, je n'étais pas dans la cuisine, je ne l'ai donc pas vérifié par moi-même.

— J'ai déjà posé la question à Mrs. Dunphy, dit-il, mais j'aime bien voir mes informations corroborées par le plus de sources possible. Et la mémoire de Mrs. Dunphy, selon son propre aveu, n'est pas très fiable. Elle a été très ébranlée par toute cette histoire.

— Et vous pensez que je ne le suis pas ? Simplement parce que je ne pleurniche pas toute la journée ?

Comme si elle ne s'était pas souciée de Lily autant qu'elle l'aurait dû.

— A priori, je ne m'attends pas que vous soyez aussi liée à une servante que la cuisinière, dit Pitt avec une très légère moue, comme pour masquer un sourire. Et j'ai tendance à penser que votre nature vous porte davantage à la colère qu'aux larmes.

— Vous croyez que j'ai mauvais caractère ? dit Charlotte.

Elle regretta aussitôt sa question, car elle impliquait que l'opinion de ce policier lui importait. Ce qui était absurde.

— Je crois que vous êtes emportée et prenez rarement la peine de cacher vos sentiments, dit Pitt en souriant. Attitude qui ne manque pas d'attrait, et qui est plutôt rare chez les femmes, surtout les femmes bien nées.

Charlotte se surprit à rougir violemment.

— Vous êtes impertinent ! lança-t-elle d'un ton sec.

Le sourire de Pitt s'élargit. Il la regardait droit dans les yeux.

— Si vous ne vouliez pas savoir ce que je pensais de vous, pourquoi avoir posé la question ?

Elle ne trouva pas de réponse à cela. Elle fit donc appel à toute sa dignité et le fixa sans ciller.

— Il est tout à fait possible que Maddock ait été amoureux de Lily, mais vous ne croyez tout de même pas qu'il avait les mêmes sentiments pour la bonne des Hilton, a fortiori pour Chloe Abernathy. Par conséquent, supposer qu'il les ait toutes tuées est un raisonnement on ne peut plus faux, si l'amour est le mobile. Je pense que vous devriez tout reprendre à zéro, dans une optique plus réaliste.

C'était une façon de lui donner congé.

Il ne bougea pas.

— Vous étiez seule à la maison à ce moment-là ? demanda-t-il.

— Oui, bien sûr. En dehors de Dora et Mrs. Dunphy. Pourquoi ?

— Votre mère et vos sœurs participaient à une réunion paroissiale. Où se trouvaient votre père et Mr. Corde ?

— Demandez-leur.

— Vous ne le savez pas ?

— Non.

— Mais ils sont rentrés à la maison en passant près de Cater Street, même s'ils ne l'ont pas empruntée ?

— S'ils avaient vu quoi que ce soit, je suis sûre qu'ils vous l'auraient dit.

— Peut-être.

— Évidemment que oui ! Pourquoi se seraient-ils tus ?

Une pensée terrible la frappa brutalement.

— Vous n'allez pas… vous n'allez pas imaginer que l'un d'eux ait pu…

— J'imagine tout, Miss Ellison, et je ne crois rien tant que je n'ai pas de preuves. J'admets qu'il n'y a aucune raison de supposer que…

Il laissa cette phrase en suspens.

— Mais quelqu'un a tué. J'aimerais avoir un autre entretien avec Maddock… sans qu'on nous dérange.

Ce soir-là, tout le monde était à la maison, même Emily. Ils étaient assis devant les portes-fenêtres ouvertes sur la pelouse et le soleil couchant, mais l'air du soir, au lieu d'être chargé des senteurs de la journée, semblait seulement lourd, oppressant.

Ce fut Sarah qui exprima ce qu'ils pensaient tous, avec plus au moins d'exactitude.

— Je ne suis pas inquiète.

Elle leva le menton.

— L'inspecteur Pitt me semble être un homme intelligent. Il s'apercevra vite que Maddock est aussi innocent que le reste d'entre nous. À mon avis il va même en décider dès demain.

Comme d'habitude, Charlotte parla sans réfléchir.

— Je n'ai aucune confiance dans son bon sens. Il n'est pas comme nous.

— Nous savons tous qu'il vient d'une autre classe sociale, répondit Sarah vivement. Mais il a l'habitude des criminels. Il doit connaître la différence entre un domestique parfaitement respectable, comme Maddock, et le genre de rustres qui étranglent des jeunes filles.

— Il y a une grande différence entre les rustres, comme tu dis, qui attaquent et volent les gens, et les individus qui étranglent des femmes, surtout des servantes qui n'ont rien d'intéressant à offrir.

Dominic eut un grand sourire.

— Et qu'en savez-vous, Charlotte ? Êtes-vous devenue experte en crimes passionnels ?

— Elle ne le sait pas ! dit Edward, cinglant. Elle prend le contre-pied, comme toujours.

— Je ne suis pas d'accord, fit Dominic sans cesser de sourire. Charlotte n'a pas l'esprit de contradiction, elle est seulement directe. Elle a passé beaucoup de temps, récemment, avec ce policier. Peut-être a-t-elle appris quelque chose ?

— Je ne vois pas ce qu'elle pourrait avoir appris d'un personnage pareil. En tout cas, rien qui soit convenable à savoir, pour une femme, dit Edward en fronçant les sourcils.

Il se tourna vers Charlotte.

— Charlotte, est-ce vrai ? Tu as vu cet individu ?

La jeune fille se sentit rougir, furieuse et gênée.

— Seulement quand il est venu ici pour enquêter, papa. Malheureusement, par deux fois, il n'y avait personne à la maison, quand il est passé.

— Et que lui as-tu dit ?

— J'ai répondu à ses questions, bien sûr. Il ne s'agissait pas vraiment d'une conversation de salon.

— Ne sois pas impertinente ! Je veux dire : que t'a-t-il demandé ?

— Pas grand-chose.

En y repensant, elle se rendait compte que leurs discussions étaient sans grand rapport avec l'enquête.

— Il m'a posé des questions sur Lily, et sur Maddock.

— C'est un homme horrible, dit Sarah en frissonnant. C'est affreux, de devoir le laisser pénétrer chez nous. Nous devrions veiller à ce que Charlotte ne passe pas trop de temps avec lui. On ne sait pas jusqu'à quel point elle peut s'oublier et ce qu'elle peut lui raconter.

— Suggères-tu que nous répondions à ses questions debout dans la rue ? répliqua Charlotte, s'emportant pour de bon. Si on lui interdit de me parler, il va penser que je sais quelque chose de honteux que vous avez peur de me voir révéler.

— Charlotte, dit Caroline d'une voix douce, mais avec une pointe de fermeté qui eut l'effet désiré.

— Je ne trouve pas qu'il soit horrible, fit Dominic d'un ton léger. Moi, je l'aime bien.

— Vous quoi ? s'exclama Sarah, incrédule.

— Je l'aime bien, répéta Dominic. Il est pince-sans-rire, ce qui doit être difficile, dans sa profession. Ou peut-être est-ce la seule façon pour lui de rester sain d'esprit.

— Vous avez de drôles de goûts en amitié, Dominic, dit Emily d'un ton acerbe. Je vous serais reconnaissante de ne pas le recevoir à la maison.

— Cela me paraît superflu actuellement, répondit Dominic, aimable. Charlotte semble s'en charger avec succès. Je doute que Pitt ait encore du temps pour moi.

Charlotte allait riposter quand elle comprit que Dominic la taquinait. Elle rougit, gênée. Elle craignait qu'on entende son cœur, tellement il battait fort.

— Dominic, ce n'est pas le moment, intervint Caroline avec force. Manifestement, cet homme envisage que Maddock puisse être impliqué dans l'affaire.

— Plus qu'impliqué, dit Edward, redevenu sérieux. D'après ce que j'ai compris, il pense vraiment que Maddock pourrait avoir tué Lily.

— Mais c'est ridicule, déclara Sarah.

Pour le moment, elle n'éprouvait qu'une légère inquiétude. Elle considérait toute cette histoire comme un désagrément d'ordre social, une souillure qu'il fallait ignorer, occulter.

— Il ne peut pas l'avoir tuée.

Emily réfléchissait intensément, les sourcils froncés.

Edward joignit les mains, les regarda fixement.

— Pourquoi pas ?

Sarah leva les yeux, stupéfaite, mais personne ne parla.

— Après tout, poursuivit Edward, il y a forcément un coupable. Apparemment, c'est quelqu'un du quartier, ce qui exclut les criminels qui attaquent habituellement les gens, les voleurs et autres. Du reste, aucun voleur tant soit peu malin n'agresserait une servante comme Lily, tard le soir, dans la rue. Elle ne pouvait rien avoir d'intéressant sur elle, la pauvre enfant. Peut-être Maddock s'est-il épris d'elle, et quand elle l'a repoussé en faveur de ce jeune Brody, il a perdu la tête. Les choses auraient pu se passer ainsi. Nous devons tenir compte de cette hypothèse, aussi déplaisante soit-elle.

— Papa, comment pouvez-vous ? explosa Sarah. Maddock est notre majordome ! Depuis des années ! Nous le connaissons !

— Il n'en est pas moins un être humain, ma chérie, dit gentiment Edward. Soumis à des passions et des faiblesses humaines. Il faut regarder la vérité en face. La nier ne la rendra pas différente, pas plus que cela n'aidera qui que ce soit, y compris Maddock. Nous devons songer à la sécurité des autres, notamment Dora et Mrs. Dunphy.

Le visage de Sarah s'allongea.

— Vous ne pensez pas…

— Je ne sais pas, chérie. C'est à la police d'en décider, pas à nous.

— À mon avis, il ne faut pas tirer de conclusions hâtives, décréta Caroline, visiblement mécontente. Mais nous devons nous préparer à affronter la vérité, quand ça deviendra inévitable.

Charlotte ne réussit pas à se taire plus longtemps.

— Rien ne nous dit que ce soit la vérité ! On l'a étranglée avec un fil de fer. Si Maddock s'est brusquement mis en colère, pourquoi aurait-il eu un fil de fer sur lui ? Il ne se promène pas avec un fil de fer dans sa poche !

— Ma chérie, il est très possible qu'il se soit mis en colère avant de sortir de la maison, dit Edward calmement.

Mais Charlotte ne les regardait pas.

— Refuser de l'envisager ne nous avancera pas, ajouta-t-il.

— Envisager quoi ? demanda Charlotte. Que Maddock pourrait avoir tué Lily ? Évidemment qu'il aurait pu la tuer ! Il était dehors au moment fatidique. Tout comme vous, papa. Tout comme Dominic. Je dirais qu'il y avait une centaine d'hommes dans la rue à l'heure de sa mort, et nous ne connaîtrons jamais les trois quarts d'entre eux. N'importe lequel de ces hommes peut l'avoir tuée.

— Ne sois pas sotte, Charlotte, rétorqua Edward, acerbe. Je ne doute pas que les autres maisons puissent rendre compte des activités de leurs serviteurs à l'heure dite. Et il n'y a aucune raison de penser que parmi eux, quelqu'un connaissait Lily !

— Maddock connaissait-il la bonne des Hilton ? s'enquit Charlotte.

Caroline grimaça.

— Charlotte, tu deviens agressive, observa Edward, l'air sévère.

À l'évidence, il souhaitait mettre un terme à la discussion.

— Tu préférerais que ce soit quelqu'un que nous ne connaissons pas, un vagabond des bas quartiers, ce que nous comprenons fort bien. Mais comme tu l'as toi-même remarqué, le vol est un mobile qui ne tient pas. Considérons que le débat est clos.

— On ne peut pas dire que Maddock a tué Lily et en rester là !

Charlotte savait qu'elle risquait la colère de son père, mais elle était trop indignée pour se taire.

Edward ouvrit la bouche, mais Emily lui coupa la parole.

— Vous savez, papa, Charlotte n'a pas complètement tort. Maddock pourrait avoir tué Lily, certes, mais cela paraît absurde, s'il l'aimait. En fait, c'est un acte qui irait à l'inverse du but recherché ! Mais grand Dieu, pourquoi aurait-il assassiné la bonne des Hilton ou Chloe Abernathy ? Or elles sont mortes en premier, avant Lily. Cela n'a aucun sens.

Charlotte eut un élan d'affection pour Emily. Elle espérait qu'Emily l'avait senti.

— Le meurtre en soi n'est pas quelque chose de sensé, Emily, dit Edward, s'empourprant de colère.

Être défié par Charlotte était devenu une habitude, mais qu'Emily s'y mette aussi était intolérable.

— C'est un crime bestial, l'expression d'une passion animale, de la déraison.

— Vous voulez dire qu'il est fou ? demanda-t-elle en regardant son père. Que Maddock est un être bestial, en proie à des passions incontrôlables, atteint de démence au dernier degré ?

— Bien sûr que non ! éructa Edward. Je ne suis pas expert en folie meurtrière, pas plus que toi ! Mais l'inspecteur Pitt en est un, je présume. C'est son métier, et il croit Maddock coupable. Maintenant, tu vas changer de sujet. C'est compris ?

Charlotte le dévisagea. Le regard d'Edward s'était durci. Mais n'était-ce pas la peur qu'on lisait dans ses yeux ?

— Oui, papa, dit-elle, obéissante.

Elle était habituée à obéir. Mais son esprit se rebellait, agité par des pensées nouvelles, des craintes nouvelles dont l'émergence était proche du cauchemar.

5

Ce diable de policier revint le lendemain. Il interrogea d'abord Maddock, puis Caroline. Après quoi, il demanda à revoir Charlotte.

— Pourquoi ? questionna la jeune fille.

Elle était fatiguée, ce matin, en proie aux tourments de la peur et de la pénible réalité de la mort.

— Je ne sais pas, chérie, répondit Caroline du pas de la porte qu'elle maintenait ouverte pour sa fille. Mais s'il veut te voir, c'est sûrement parce qu'il a besoin de ton aide.

Charlotte se leva et se dirigea lentement vers la porte. Caroline lui toucha le bras avec douceur.

— Réfléchis avant de parler, ma chérie. Nous avons subi une grande tragédie. Que ta détresse ou ton inquiétude pour Maddock ne te poussent pas à dire des choses que tu pourrais regretter ensuite, car cela peut provoquer des conclusions que tu n'avais pas prévues. N'oublie pas que cet homme est de la police. Il se souviendra de la moindre de tes paroles et essayera d'y trouver un sens caché.

— Charlotte est incapable de tenir sa langue, déclara Sarah avec humeur. Elle va perdre son calme et je ne peux le lui reprocher. Ce type est repoussant. Mais le moins qu'on puisse faire, c'est se conduire comme une dame et en dire le moins possible.

Emily était assise au piano.

— Je crois qu'il a un faible pour Charlotte, dit-elle en effleurant la note la plus aiguë du clavier.

— Emily, l'instant se prête mal à la futilité ! fit Caroline d'un ton sec.

— Tu ne penses donc jamais à autre chose qu'à l'amour ? s'exclama Sarah, foudroyant sa sœur du regard.

Emily sourit du coin des lèvres.

— Tu crois que les policiers sont romantiques, Sarah ? Moi, je trouve l'inspecteur Pitt bien ordinaire. Il doit être de basse extraction, sinon il ne serait pas policier. Mais il a une voix extrêmement mélodieuse, qui vous enveloppe comme du sirop tout chaud. Et puis sa diction, sa grammaire sont excellentes. Il doit chercher à s'élever au-dessus de sa condition sociale.

— Emily, Lily est morte ! dit Caroline en serrant les dents.

— Je le sais, maman. Mais il a l'habitude de ce genre de choses, et ça ne l'empêche pas d'admirer Charlotte.

Emily se tourna vers sa sœur pour l'examiner d'un œil critique.

— Et Charlotte est très belle. Il ne se formalise pas de ses réflexions, je suppose. Il est probablement rompu à l'indélicatesse.

Charlotte sentit ses joues s'enflammer. Imaginer l'inspecteur Pitt nourrissant ce genre de pensées à son égard était insupportable.

— Tais-toi, Emily ! fulmina-t-elle. L'inspecteur Pitt a aussi peu de chances de susciter mon intérêt que… que toi d'épouser George Ashworth. Ce qui est aussi bien, car Ashworth n'est qu'un joueur et un mufle !

Elle sortit dans le couloir en bousculant légèrement sa mère.

Pitt était dans le petit salon, au fond de la maison.

— Bonjour, Miss Ellison, dit-il avec un grand sourire.

Sourire qui eût été charmant chez n'importe qui d'autre.

— Bonjour, Mr. Pitt, répondit-elle froidement. Je ne vois pas pourquoi vous m'avez fait demander à nouveau, mais puisque c'est le cas, que désirez-vous ?

Elle le dévisagea fixement, essayant de le mettre mal à l'aise. Résultat, elle crut voir dans ses yeux, l'espace d'un instant affolant, l'admiration dont avait parlé Emily. C'était intolérable.

— Ne restez pas là à me regarder comme un idiot ! siffla-t-elle. Que voulez-vous ?

Le sourire de Pitt s'évanouit.

— Vous paraissez très perturbée, Miss Ellison. S'est-il passé quelque chose qui vous ait contrariée ? Un événement, un soupçon, un élément qui vous serait revenu en mémoire ?

Ses yeux clairs, intelligents, rivés sur elle, il attendait.

— Il semble que vous suspectiez notre majordome, répondit-elle, glaciale. Ce qui évidemment me contrarie, à la fois parce que vous jetez l'opprobre sur quelqu'un de ma maison, que vous arrêterez sans doute, pour le mettre en prison. Mais aussi parce que je suis absolument sûre de son innocence. L'assassin se promène donc toujours en liberté dans les rues. À mon avis, il y aurait de quoi contrarier n'importe quelle personne douée d'un minimum de sensibilité.

— Vous tirez des conclusions à une vitesse qui relève de l'exploit mental, Miss Ellison, dit-il en souriant. Pour commencer, nous arrêtons fréquemment des gens, certes, mais nous les emmenons d'abord au tribunal. Nous ne les jetons pas en prison. Vous pouvez croire qu'il est innocent, et j'aurais tendance à vous donner raison. Mais ni vous ni moi n'avons le droit de négliger un suspect, tant que la preuve de son innocence n'a pas été établie dans l'affaire qui nous intéresse. Et, pour conclure, vous avez tort de penser que mes soupçons concernant Maddock m'empêchent de regarder ailleurs.

— Je ne souhaite pas entendre une conférence sur la procédure policière, Mr. Pitt.

Elle comprenait son point de vue, elle le trouvait même juste, mais cela ne changeait rien à son agacement.

— Je pensais que ça pouvait vous rassurer.

— Que voulez-vous, Mr. Pitt ?

— La nuit où Lily a été tuée, à quelle heure avez-vous vu Maddock pour la dernière fois, avant qu'il ne sorte la chercher ?

— Je n'en ai pas la moindre idée.

— Qu'avez-vous fait ce soir-là ?

— J'ai lu. En quoi cela peut-il avoir une quelconque utilité pour l'enquête ?

— Ah !

Pitt haussa les sourcils avec intérêt. Il sourit.

— Que lisiez-vous ?

Cette question embarrassa Charlotte, qui rougit. En effet, son père eût désapprouvé ses lectures, les eût jugées peu convenables pour une jeune fille.

— Cela ne vous regarde pas, Mr. Pitt.

Sa réponse sembla amuser le policier. Pensait-il qu'il s'agissait d'un roman à l'eau de rose ou de lettres d'amour ?

— Je lisais un livre sur la guerre de Crimée, dit-elle, furieuse.

Pitt écarquilla les yeux, surpris.

— C'est rare qu'une femme s'intéresse à ce genre de sujets.

— Peut-être. Mais quel rapport avec Lily qui, normalement, est la raison de votre présence ici ?

— Vous avez profité de l'occasion, j'imagine, parce que votre père n'approuve pas votre goût pour des lectures aussi sanguinaires et aussi peu féminines ?

— Cela non plus ne vous regarde pas.

— Aussi vous lisiez seule. Vous n'avez pas appelé Maddock ou Dora pour qu'ils vous servent un rafraîchissement, règlent l'éclairage ou ferment les portes ?

— Je n'avais pas envie d'un rafraîchissement, et je suis tout à fait capable de monter ou de baisser le gaz, et de fermer les portes moi-même.

— Alors vous n'avez pas vu Maddock ?

Au moins comprit-elle où il voulait en venir. Elle était furieuse contre elle-même de ne pas l'avoir saisi plus tôt.

— Non.

— Il aurait donc pu sortir à n'importe quel moment de la soirée à votre insu ?

— Mrs. Dunphy dit qu'il lui a parlé. Il est sorti juste parce que Lily était très en retard... et qu'il s'est inquiété.

— C'est ce qu'il dit. Mais Mrs. Dunphy était seule à la cuisine. Il aurait très bien pu s'éclipser plus tôt.

— Non, parce que si j'avais appelé pour lui demander quelque chose, j'aurais remarqué son absence.

— Seulement vous lisiez un livre que votre père aurait désapprouvé de voir entre vos mains.

Pitt l'observait avec attention. Son regard était franc, comme s'il n'existait aucune barrière entre eux.

— Il l'ignorait !

Mais au moment où elle le disait, il lui vint une pensée terrible : Maddock savait probablement qu'elle lisait un livre interdit. Elle avait pris l'ouvrage dans le bureau de son père. Maddock connaissait suffisamment bien les livres pour savoir lequel manquait. Et il la connaissait également. Elle se tourna vers Pitt.

Il se contenta de sourire.

— Cependant... poursuivit-il, reléguant, d'un geste de la main, le livre au rang des futilités.

Ce Pitt était vraiment un personnage débraillé, l'opposé de Dominic. On aurait dit un échassier en train de battre des ailes.

— … je ne vois pas pourquoi il aurait nourri des sentiments, quels qu'ils fussent, pour Miss Abernathy.

Pitt éleva la voix.

— Miss Abernathy était-elle une amie à vous ?

— Pas spécialement.

— Oui, dit-il pensivement. D'après ce qu'on m'a raconté, il est peu probable que vous l'ayez choisie comme amie. C'était une jeune fille assez volage, très portée sur le rire et les choses frivoles, la pauvre enfant.

Charlotte le regarda. Il était plutôt grave. N'avait-il donc pas suffisamment l'habitude de la mort pour qu'elle ne l'affecte plus ?

— Ce n'était pas une personne immorale, dit Charlotte calmement. Seulement très jeune et un peu écervelée.

— Sans doute.

Pitt esquissa une grimace crispée.

— Il est peu vraisemblable, poursuivit-il, qu'elle ait eu une liaison avec le majordome des voisins. Elle devait placer ses ambitions ailleurs, j'imagine. Elle n'aurait pu rester dans la société qu'elle recherchait, si elle avait été liée d'une quelconque manière à un domestique, même un serviteur de haut rang !

— Seriez-vous sarcastique, Mr. Pitt ?

— Simplement prosaïque, Miss Ellison. Je n'observe pas toujours les règles de la société, mais je les connais !

— Vous me surprenez ! dit-elle, tranchante.

— Désapprouvez-vous le sarcasme, Miss Ellison ?

Elle se sentit rougir. Il avait touché juste.

— Je vous trouve offensant, Mr. Pitt. Si vous avez une question à poser en rapport avec votre enquête, je vous prie de continuer. Sinon, permettez-moi d'appeler Maddock pour vous raccompagner à la porte.

À la surprise de Charlotte, Pitt rougit, lui aussi. Et, pour une fois, il évita son regard.

— Je vous présente mes excuses, Miss Ellison. Je ne souhaitais nullement vous offenser.

À présent, elle était troublée. Il paraissait malheureux, comme si elle l'avait réellement blessé. Elle avait tort, et elle le savait. Elle s'était montrée terriblement insolente ; il s'était oublié au point de lui rendre la pareille. Elle avait alors usé de sa position sociale pour porter le dernier coup. Il n'y avait pas de quoi être fière. En fait, il s'agissait d'un abus de droit. Il lui fallait rectifier cela.

Elle n'osa pas le regarder.

— Excusez-moi, Mr. Pitt. J'ai parlé un peu vite. Je ne suis pas offensée par votre attitude, mais perturbée par les circonstances, et ce davantage que je ne le voudrais. Veuillez me pardonner ma rudesse.

Il parla très posément. Emily avait raison : il avait une très belle voix.

— Ce que vous venez de faire est admirable, Miss Ellison.

À nouveau elle se sentit vivement gênée par son regard.

— Et vous n'avez pas à craindre pour Maddock. Je n'ai aucune preuve qui me permettrait de l'arrêter. Et, tout à fait honnêtement, je doute fortement qu'il soit impliqué dans cette affaire.

Charlotte leva les yeux, chercha les siens pour voir s'il était sincère.

— J'aimerais avoir une idée quant à l'identité de l'assassin, poursuivit-il avec sérieux. Ce genre d'individu ne s'arrête pas à deux meurtres, ni même à trois. Soyez extrêmement prudente, je vous en conjure. Ne sortez jamais seule, même pour aller à deux pas de chez vous.

Elle se sentit la proie d'un mélange confus de gêne et d'horreur. Horreur à l'idée d'un dément non identifié lâché dans les rues. Juste là, derrière les vitres obscurcies par la nuit. Gêne à cause des sentiments profonds qu'elle lisait dans les yeux de Pitt. Il n'était assurément pas concevable qu'il… ? Non, bien sûr que non ! Emily disait n'importe quoi ! C'était un policier, et un policier très quelconque. Il avait sans doute une femme quelque part et des enfants. Quel homme imposant il était ! Pas gros, mais grand. Elle aurait aimé qu'il ne la regarde pas ainsi, comme s'il pouvait lire dans son esprit.

— Oui, dit-elle, déglutissant à la hâte. Je vous assure que je n'ai nulle intention de sortir sans être accompagnée. Aucune d'entre nous ne sortira seule. Et maintenant, si je ne puis rien vous dire de plus, vous devez poursuivre votre enquête... ailleurs. Bonne journée, Mr. Pitt.

Il lui tint la porte.

— Bonne journée, Miss Ellison.

C'était la fin de l'après-midi. Charlotte, seule dans le jardin, coupait les roses fanées sur les rosiers quand Dominic traversa la pelouse et vint vers elle.

— Comme c'est net, dit-il en regardant les rosiers dont elle s'était occupée. C'est curieux, je n'aurais pas cru que vous pouviez être aussi... disciplinée. Cela ressemble davantage à Sarah, de mettre de l'ordre dans la nature. Je pensais que vous, vous les auriez laissées.

Charlotte ne le regarda pas. Elle ne voulait pas de ce trouble qu'elle éprouvait chaque fois qu'elle croisait son regard. Comme toujours, elle répondit franchement.

— Je ne fais pas cela par souci d'ordre. On coupe les roses fanées parce qu'elles ne contiennent plus rien de bon, plus de graines, et ainsi de suite. Cela les aide à refleurir.

— Quel esprit pratique ! On dirait Emily, cette fois.

Il ramassa deux fleurs mortes, les laissa tomber dans le panier de Charlotte.

— Que voulait Pitt ? Je croyais qu'il nous avait posé toutes les questions possibles et imaginables.

— Je n'en suis pas si sûre. Il s'est montré très impertinent.

Elle regretta aussitôt d'avoir dit cela. Peut-être avait-il été impertinent, mais elle-même s'était montrée impolie. Or elle était beaucoup moins pardonnable que Pitt.

— Il cherche sans doute à surprendre les gens pour les obliger à dire la vérité.

— Dans votre cas, c'était sûrement superflu, dit Dominic en souriant.

Le cœur de Charlotte chavira. L'habitude, la familiarité, tout s'évanouit. Ce fut un enchantement, comme si elle venait à nouveau de le rencontrer. Il était tout humour, virilité, romantisme. Pourquoi, oh ! pourquoi n'avait-elle pu être à la place de Sarah ?

Charlotte baissa les yeux sur les roses, de peur qu'il ne lise tout cela dans son regard. On devait lire dans son regard comme dans un livre ouvert. Pour une fois, elle ne trouva rien à dire.

— Il a continué à propos de Maddock ? demanda Dominic.

— Oui.

Il coupa une autre rose fanée, la jeta dans le panier.

— Croit-il sincèrement que le pauvre diable était fou de Lily au point de la suivre dans la rue et de la tuer parce qu'elle lui avait préféré Brody ?

— Bien sûr que non ! Il n'est pas si stupide, répliqua-t-elle vivement.

— Est-ce vraiment stupide, Charlotte ? La passion peut être quelque chose de très violent. Si elle lui a ri au nez, si elle s'est moquée…

— Maddock ? Dominic !

Charlotte se tourna vers lui, sans réfléchir.

— Vous ne pensez pas qu'il l'a tuée, si ?

Les yeux noirs de Dominic reflétaient la perplexité.

— Je trouve cela difficile à croire, mais j'ai également du mal à m'imaginer qu'on puisse étrangler une femme avec un fil d'acier. Pourtant quelqu'un l'a fait. Nous ne connaissons Maddock que sous un seul aspect.

Nous le voyons toujours très guindé, très correct. « Oui, Monsieur », « Non, Madame ». Nous ne nous demandons jamais ce qu'il pense ou ressent au fond de lui-même.

— Donc vous considérez qu'il peut l'avoir tuée ! s'exclama Charlotte sur un ton accusateur.

— Je ne sais pas, Charlotte. Mais c'est une éventualité qu'il nous faut envisager.

— Non ! Pitt y est peut-être obligé, mais nous savons bien que ce n'est pas vrai.

— Non, Charlotte. Nous ne savons rien du tout. Et Pitt doit être doué pour ce métier, sinon il ne serait pas inspecteur.

— Il n'est pas infaillible. De toute façon, selon lui, Maddock n'est pas impliqué dans l'affaire. Il lui faut simplement éliminer les hypothèses une à une.

— Il a dit cela ?

— Oui.

— Alors, s'il pense que Maddock est innocent, pourquoi continue-t-il à venir ici ?

— Parce que Lily travaillait chez nous, j'imagine.

— Et les autres, Chloe et la bonne des Hilton ?

— Je suppose qu'il se rend également chez eux. Je ne lui ai pas posé la question.

Dominic regardait fixement l'herbe, les sourcils froncés.

Charlotte brûlait du désir de dire quelque chose d'intelligent, dont il se souviendrait, mais elle fut submergée par un tumulte d'émotions.

Il coupa la dernière rose et prit le panier.

— À mon avis, il va soit arrêter quelqu'un, soit classer l'affaire, dit Dominic, caustique. Cette idée n'a rien de rassurant. Je crois que je lui préférerais n'importe quoi d'autre.

Sur ce, il partit vers la maison.

Charlotte le suivit lentement. Papa, Sarah et Emily étaient dans le grand salon. Au moment où Charlotte y entrait derrière Dominic, maman arriva par l'autre porte. Elle vit le panier avec les roses fanées.

— Ah ! très bien, dit-elle. Merci, Dominic.

Elle prit le panier qu'il lui tendait.

Edward leva les yeux du journal qu'il était en train de lire.

— Que ce policier t'a-t-il demandé ce matin, Charlotte ?

— Pas grand-chose.

En réalité, tout ce dont elle se souvenait, c'était l'attitude impolie qu'elle avait eue à son égard, et le soulagement éprouvé quand elle avait compris qu'il ne suspectait pas réellement Maddock.

— Vous êtes restés enfermés assez longtemps, remarqua Emily. S'il ne t'a pas posé de questions, que diable avez-vous fait ?

— Emily, ne sois pas stupide ! dit Edward avec brusquerie. Et puis tes commentaires sont de mauvais goût. Charlotte, réponds-moi un peu plus en détail, je te prie. Cela nous concerne tous.

— Il continue à creuser les mêmes pistes, semble-t-il. Je vous assure. Il m'a demandé à quelle heure Maddock était sorti, ce que Mrs. Dunphy avait dit. Mais il a admis ne pas croire Maddock coupable. Il doit simplement explorer toutes les possibilités.

— Ah bon !

Charlotte s'était attendue à du soulagement, voire de la joie. Elle ne comprit pas ce silence qui accueillit ses paroles.

— Papa ?

— Oui, ma chérie ?

— N'êtes-vous pas soulagé ? La police ne soupçonne pas Maddock. L'inspecteur Pitt me l'a dit.

— Alors qui suspecte-t-il ? demanda Sarah. À moins qu'il ne t'en ait pas parlé ?

— Évidemment que non ! déclara Edward en fronçant les sourcils. Je suis déjà surpris qu'il lui en ait dit autant. Tu es sûre d'avoir bien compris ? De n'avoir pas pris tes désirs pour des réalités ?

C'était presque comme s'ils refusaient de la croire.

— Je n'ai pas mal compris. Il a été tout à fait clair.

— Qu'a-t-il dit, exactement ? demanda Caroline avec calme.

— Je ne m'en souviens pas, mais je n'ai pas mal interprété ses propos, j'en suis certaine.

— Eh bien, quel soulagement ! dit Sarah en posant son ouvrage.

Elle cousait magnifiquement. Charlotte lui avait toujours envié cela.

— Peut-être que la police ne reviendra plus, ajouta-t-elle.

Emily sourit.

— Si, ils reviendront.

— Pour quoi faire s'ils ne suspectent pas Maddock ?

— Pour voir Charlotte, bien sûr. Elle plaît beaucoup à l'inspecteur Pitt.

Edward prit une inspiration rapide.

— Emily, ce n'est guère le moment de badiner. Du reste, les rêves infortunés d'un quelconque policier ne nous intéressent pas. Beaucoup d'hommes d'origine modeste s'éprennent de femmes de qualité, mais ils sont suffisamment sensés pour n'en rien montrer.

— La police n'a aucune raison de revenir, aucune raison valable, insista Sarah.

— C'est la meilleure des raisons, affirma Emily qui ne se laissait pas évincer facilement. Les crimes se produisent, puis sont résolus. L'amour dure plus longtemps.

— Certaines amours, dit Dominic, narquois.

— À l'évidence, c'est quelqu'un de la pègre, dit Sarah, les ignorant l'un et l'autre. Je me demande comment ils ont jamais pu envisager une autre solution. Pour moi, c'est une preuve d'incompétence.

— Non, répondit Charlotte très vite. Sûrement pas !

Edward se tourna vers elle, surpris.

— Sûrement pas, ma chérie ?

— Ce n'est pas quelqu'un de la pègre. Car ces gens-là tuent seulement quand ils ne peuvent faire autrement. Soit pour pouvoir s'enfuir, soit par vengeance. Ils n'attaquent les passants que pour les voler.

— D'où sais-tu tout cela ?

Charlotte eut soudain conscience que tous les yeux étaient braqués sur elle.

— L'inspecteur Pitt me l'a expliqué. Et c'est logique.

— Pourquoi devrait-on s'attendre à ce que les gens de la pègre aient un comportement logique ? dit Sarah avec impatience. C'est un fou, un dépravé qui ne sait pas ce qu'il fait.

Elle frissonna.

— Pauvre diable ! dit Dominic.

Il avait parlé avec émotion, ce qui surprit Charlotte. Pourquoi plaindrait-il quelqu'un qui avait tué de façon abjecte à trois reprises ?

— Gardez vos bons sentiments pour Lily, Chloe et la bonne des Hilton, grommela Edward.

Dominic regarda autour de lui.

— Pourquoi ? Elles sont mortes. Le pauvre animal est toujours en vie, du moins je le présume.

— Assez ! dit Edward d'un ton sec. Vous allez faire peur aux filles.

Dominic parcourut l'assemblée féminine du regard.

— Excusez-moi. Bien qu'en ce moment, le fait d'avoir un peu peur pourrait vous sauver la vie.

Il tourna la tête vers Charlotte.

— Ainsi Pitt ne croit pas qu'il s'agisse d'un fou issu des bas-fonds ? Que pense-t-il, alors ?

Il n'y avait qu'une seule conclusion possible. Charlotte y fit face aussi calmement qu'elle put, mais sa voix trembla.

— D'après lui, c'est quelqu'un qui habite le quartier, du côté de Cater Street.

— Balivernes ! dit Edward avec brusquerie. J'ai vécu ici toute ma vie. Je connais pratiquement tout le monde dans un rayon de plusieurs kilomètres. Il n'y a pas ce genre de monstre dans le voisinage. S'il y en avait un, ne craindrait-il pas d'être découvert ? Une telle créature passerait difficilement inaperçue ! Il serait très différent de nous.

Vraiment ? Charlotte regarda son père. Puis ses yeux se posèrent subrepticement sur Dominic. Que sait-on réellement des autres à travers leur visage ? L'un d'eux avait-il seulement conscience des émotions tumultueuses qui habitaient Charlotte ? De grâce, non ! Si la démence, la haine retorse que ressentait cette créature étaient visibles, pourquoi ne l'avait-on pas encore identifiée ? Quelqu'un devait pouvoir l'observer – sa famille, sa femme, ses amis ? Que pensaient-ils, s'ils savaient ? Pouvait-on savoir cela d'un être humain et se taire ? Ou bien refusait-on de le croire, niait-on l'évidence, trouvait-on à cet état de fait un sens différent ?

Que ferait-elle… si elle aimait quelqu'un ? Si c'était Dominic, ne le protégerait-elle pas à n'importe quel prix, ne mourrait-elle pas pour ce faire, s'il le fallait ?

Quelle pensée monstrueuse ! Comme si un homme ressemblant à Dominic, même très vaguement, avait pu se retrouver pris par cette violence, cette rage obscène qui conduit un être à terrifier, à détruire, à rôder dans l'ombre, le long des murs des maisons, assoiffé de la peur des autres.

Quel genre d'homme était-il ? Charlotte se le représentait seulement comme une ombre noire dans le brouillard. Lily avait-elle vu son visage ? L'une d'elles l'avait-elle vu ? Si Charlotte se retrouvait face à lui, le reconnaîtrait-elle… serait-ce un cauchemar avec un inconnu ou avec un visage familier ?

Ils parlaient, autour d'elle. Elle avait perdu le fil de la conversation. Pourquoi acceptaient-ils si facilement l'idée qu'il pût s'agir de Maddock ? Un peu comme s'ils étaient soulagés d'avoir une solution, comme si n'importe quelle solution était préférable au néant.

C'était effrayant. Mais malgré tout, Charlotte pouvait comprendre. La suspicion avait disparu. Tout élément connu était le bienvenu, n'importe quel fait à affronter, plutôt que de s'interroger, de le savoir toujours là, dans ces rues éclairées au gaz. N'importe quelle information portée à leur connaissance était préférable à l'ignorance totale, au fait de voir la police chez eux, posant des questions, soupçonneuse.

Charlotte pouvait comprendre, mais conjointement, elle avait honte pour eux, honte de se taire, de ne pas exposer sa pensée. D'une certaine manière, elle laissait faire, elle les laissait s'abuser eux-mêmes.

La conversation continuait autour d'elle, et elle n'avait pas le cœur de s'y mêler.

Emily n'avait pas ce genre de pensées. Pour elle, dès le lendemain, cette sordide histoire s'était muée en un simple problème pratique. Elle était désolée pour Lily, bien sûr, mais on ne pouvait plus rien pour elle, à présent. Se lamenter n'apporterait rien à cette pauvre fille. Emily avait constaté un fait étrange : c'étaient les gens les plus pieux qui se laissaient aller aux lamentations, quand ils auraient dû se réjouir avant les autres ! Après tout, ils prêchaient le paradis et l'enfer avec assez de force ! Pleurer quelqu'un était sans doute la pire insulte qu'on pût lui faire. Cela présupposait qu'au Jugement dernier, il ne pèserait pas bien lourd dans la balance.

Lily avait été une jeune fille quelconque, mais il n'y avait rien en elle qui légitimât la damnation. Aussi pouvait-on imaginer qu'elle était dans un monde meilleur. Quels que fussent les péchés qu'elle avait commis, et ils étaient forcément sans importance, ils avaient sans nul doute été rachetés par les souffrances de sa vie.

Aussi mieux valait oublier tout cela, excepté cette tâche plutôt pénible consistant à découvrir qui l'avait tuée. Or c'était le travail de la police. Tout ce qu'elle et sa famille pouvaient faire, c'était de se montrer prudents, de ne pas croiser le chemin de ce détraqué avec son fil d'acier.

Les préoccupations essentielles étaient d'ordre positif, pratique : savoir ce que les convives porteraient à la réception donnée par le major et Mrs. Winter, à laquelle George Ashworth devait l'accompagner. Retrouver sa robe sur une autre, ou quasiment la même robe, serait un revers sérieux. Emily avait bien l'intention, dans l'avenir, de lancer la mode plutôt que la suivre. Mais dans l'intervalle, elle devait en évaluer la tendance avec une grande justesse, afin de ne pas paraître excentrique. Il lui faudrait consulter les demoiselles Madison et Miss Decker – sans qu'elles s'en rendent compte, bien sûr.

La police ne revint pas pendant plusieurs jours. Apparemment, elle poursuivait son enquête en d'autres lieux, s'intéressait à nouveau à des meurtres plus anciens, s'entretenait avec les Abernathy et les Hilton. À la maison, ils ne discutèrent plus de l'affaire ouvertement, même s'ils se surprirent plusieurs fois à y faire des allusions, à penser tout haut. Ils exprimaient surtout leur soulagement du fait que la police ne venait plus à la maison, qu'elle avait transféré ailleurs sa présence indésirable, avec le parfum de scandale et les commérages qui s'y rattachaient. L'autre sentiment qui revenait souvent était la crainte incessante de la suite des événements, l'interrogation sur le repaire possible du monstre.

S'il était toutefois concevable qu'il habitât le voisinage immédiat… un homme de maison, un petit commerçant ?

Emily glana toutes les informations nécessaires et obtint une magnifique robe d'un mauve très pâle, avec des ornements argentés. Elle était en excellente santé. Elle avait le teint clair, une peau bien plus belle que l'aînée des demoiselles Madison. Ses yeux brillaient. Elle avait de jolies couleurs, pas trop prononcées, et, pour une fois, elle put faire ce qu'elle voulut de ses cheveux.

Ashworth vint la chercher avec son équipage, présentant naturellement ses respects à la famille avant de repartir. Maman fut très aimable, et papa plus encore, mais Charlotte se montra froide, comme d'habitude.

— Votre sœur Charlotte ne m'aime pas beaucoup, j'ai l'impression, observa Ashworth dès qu'ils furent seuls. Dommage, car elle est très belle.

Emily savait qu'elle n'avait rien à craindre de Charlotte, mais il pouvait être judicieux de ne pas donner l'assurance à Ashworth de l'avoir conquise, elle, Emily. Il était plus que probable qu'il prît davantage de plaisir à la conquête qu'à son résultat.

— Mais certainement, acquiesça Emily. Et vous n'êtes pas le seul à l'avoir remarqué.

— Cela ne m'étonne pas.

Il se tourna vers elle et sourit.

— Mais vous vouliez peut-être parler de quelqu'un en particulier ? Quelques savoureux commérages ? Dites-moi.

— Oh ! c'est juste notre inspecteur de police. Il semble très amoureux de Charlotte, ce qui la met en rage !

Ashworth éclata de rire.

— Et vous connaissant, vous avez tout fait pour que ça se sache. Pauvre Charlotte, quelle barbe que de faire l'admiration d'un policier !

Leur arrivée fut une réussite qui dépassa tous les rêves, toutes les espérances d'Emily. Ensuite, pendant au moins deux heures, tout se passa bien. Après quoi, la jeune fille vit Ashworth accorder son attention non seulement à ses compagnons de jeu et de boisson, mais à une certaine Hetty Gosfield, créature tapageuse aux charmes vulgaires, mais de famille influente, pire, de famille riche. Emily avait toujours su qu'Ashworth regardait les jolies femmes ; elle ne s'était pas attendue à capter tout son intérêt, voire même seulement l'essentiel de son intérêt, sans un travail considérable. Mais cette fille Gosfield commençait à représenter une menace.

Emily vit Ashworth, à l'autre bout de la salle, sourire franchement à Hetty Gosfield, laquelle lui rendit son sourire joyeusement. Un quart d'heure plus tard, la situation était restée la même.

Emily prit une profonde inspiration et réfléchit. Avant tout, ne pas faire de scène. Ashworth abhorrait toute vulgarité, excepté la sienne propre. Et même lorsque la vulgarité l'amusait, il la méprisait. Emily allait devoir se montrer plus subtile que cela. Amener cette Gosfield à commettre une erreur.

Il lui fallut du temps pour trouver une stratégie, car elle devait à la fois continuer à parler avec Mr. Decker sans dire trop de sottises, conserver son sang-froid et échafauder un plan de bataille acceptable.

Quand finalement Emily passa à l'action, ce fut de façon décidée. Elle connaissait assez bien l'un des jeunes amis d'Ashworth, l'Honorable William Foxworthy – un garçon riche, dénué de goût, de nature exhibitionniste et à l'esprit creux. Ce n'était pas difficile d'attirer son attention. Il était à l'une des tables, en train de jouer aux cartes. Emily attendit qu'il gagne.

— Oh ! magnifique, Mr. Foxworthy ! applaudit-elle. Quel talent ! Vraiment, je ne connais pas d'homme plus doué que vous, excepté Lord Ashworth, bien sûr.

Foxworthy leva les yeux, piqué.

— Ashworth ? Vous le croyez plus doué que moi ?

Emily eut un charmant sourire.

— Seulement aux cartes. Je ne doute pas que vous le surpassiez en bien d'autres domaines.

— Je l'ignore, Miss Ellison, mais quant aux cartes, je puis vous assurer que je suis plus fort que lui.

Elle eut un regard indulgent, chargé d'une patience incrédule.

— Je vais vous le prouver !

Foxworthy se leva, son paquet de cartes à la main.

— Oh ! je vous en prie, ne prenez pas cette peine, dit-elle précipitamment.

Tout se passait à merveille, exactement comme elle l'avait prévu.

— Je suis sûre que vous êtes très capable.

— Pas capable, Miss Ellison.

Il s'était raidi, image même de la fierté outragée.

— Capable sous-entend médiocre. Je suis meilleur qu'Ashworth, et je le prouverai !

— Oh ! je vous en prie. Je ne voulais pas interrompre votre partie, objecta-t-elle, toujours sur le ton de l'incrédulité.

— Vous doutez de mon talent au jeu ?

— Vous désirez que je sois franche ?

— Dans ce cas, vous ne me laissez pas d'autre choix que de battre Ashworth, pour vous obliger à me croire !

Il se dirigea à grandes enjambées vers Ashworth, lequel était toujours sous le charme d'Hetty Gosfield.

— George ! lança-t-il d'une voix forte.

— Oh ! je vous en prie ! répéta Emily d'un ton plaintif.

Mais elle ne le suivit pas au-delà de deux ou trois mètres. Il ne fallait pas qu'elle fût démasquée comme l'instigatrice de cette scène, ou elle en perdrait tout le bénéfice.

Son plan marcha magnifiquement. Foxworthy interrompit le tête-à-tête, exigea de pouvoir prouver sa supériorité. Ashworth ne put résister. Hetty Gosfield commença par protester. Ashworth s'irrita, la trouva fatigante, jugea que la jeune fille attirait sur eux une attention de mauvais aloi. Résultat, Hetty bouda et jeta son dévolu sur un autre.

Pour finir, Emily se retrouva à nouveau avec Ashworth.

— Je l'ai battu, annonça-t-il avec satisfaction.

— Évidemment, dit Emily en souriant.

Apparemment, il ne se doutait pas que l'exercice n'avait rien à voir avec son talent au jeu.

— Je savais que vous gagneriez.

— Je ne supporte pas la vulgarité, poursuivit-il, contrarié. C'est de mauvais goût, pour une femme, de se donner en spectacle.

À nouveau, Emily acquiesça, même si au fond d'elle-même elle estimait que ce n'était pas pire pour une femme que pour un homme. Mais la société ne l'entendait pas ainsi. La jeune fille connaissait suffisamment bien les règles pour s'y conformer, et *trop* bien pour s'imaginer qu'on pouvait gagner sans les respecter.

Ce ne fut qu'une fois à la maison, allongée dans son lit, tandis qu'elle regardait fixement les ombres déformées des réverbères sur le plafond, qu'elle repassa les événements de la soirée dans sa tête. Elle avait toujours l'intention d'épouser George Ashworth, c'était incontestable. Cependant, il allait falloir évaluer ses défauts, décider ce à quoi l'on pourrait raisonnablement remédier, et ce avec quoi elle devrait apprendre à vivre, en changeant elle-même. Une absolue fidélité ? Peut-être était-ce trop demander à un homme riche et de bonne famille. Mais elle exigerait, sans nul doute, qu'il soit discret dans ses liaisons. Il ne devait jamais faire d'elle l'objet de la pitié générale. Elle devrait le lui faire clairement comprendre au moment opportun.

Encore une fois, il pourrait miser au jeu les sommes qu'il voudrait, sur son propre argent. Mais jamais il ne devrait hypothéquer ce qu'elle pouvait, en toute bonne conscience, considérer comme ses biens à elle. En d'autres termes leur maison, les gages des domestiques, une voiture avec de bons chevaux et un budget pour ses robes, un budget suffisant pour lui permettre d'avoir l'allure qui sied à une dame.

Elle s'endormit en continuant à penser aux détails pratiques.

Le jeudi suivant, Emily se rendit chez le pasteur et Mrs. Prebble avec Sarah, pour prendre le thé et discuter de la prochaine vente de charité de l'église.

— Et s'il pleut ? demanda Sarah, son regard allant du pasteur à sa femme.

— Nous devons faire confiance au Seigneur, répondit le pasteur. Et puis, septembre est souvent le plus beau mois de l'année. Et même s'il pleut, il est peu probable qu'il fasse froid. Je suis sûr que nos fidèles paroissiens s'en accommoderont de bonne grâce.

Emily en doutait grandement. Elle se réjouit en silence de l'absence de Charlotte, qui ainsi ne pouvait exprimer son opinion.

— Ne serait-il pas possible d'installer un genre d'abri, juste au cas où ? demanda-t-elle. Nous pouvons difficilement compter sur le fait que le Seigneur pense à nous d'abord.

— Pense à nous d'abord, Miss Ellison ? dit le pasteur en haussant les sourcils. Je crains de ne pas vous avoir bien comprise.

— D'autres pourraient avoir besoin qu'il pleuve, expliqua-t-elle. Des fermiers, par exemple.

Le pasteur lui lança un regard noir.

— Nous sommes au service du Seigneur, Miss Ellison.

Il n'existait pas de réponse courtoise à cela.

— Ce ne serait pas difficile d'emprunter des tentes, dit Martha, songeuse. Je crois qu'ils en ont à Saint Peter. Ils seront contents de nous les prêter, sans aucun doute.

— Ce sera un événement dans la paroisse, remarqua Sarah. Les gens vont se mettre sur leur trente et un.

— C'est une vente de charité, Mrs. Corde, destinée à rassembler des fonds pour les pauvres, pas une occasion pour les femmes de folâtrer.

Le pasteur avait dit cela d'un ton froid, clairement désapprobateur.

Sarah rougit, gênée. Emily vola à son secours d'une façon digne de Charlotte.

— Pour être au service de Dieu, les gens vont vouloir soigner leur mise, dit-elle, affable. Nous pouvons user d'un certain décorum. Nous le faisons bien à l'église, où il vous semblerait anormal que nous ayons une tenue négligée.

Une étrange expression passa sur le visage de Martha. On y lut à la fois le triomphe et la peur, et un humour sinistre. Mais tout cela fut trop fugace pour qu'on le remarque.

— C'est vrai, Miss Ellison, répondit le pasteur pieusement. Espérons que tout le monde a le sens du devoir et de l'à-propos, comme vous. Nous devons être un exemple.

— Espérons aussi que les gens vont s'amuser, hasarda Martha. Ils risquent d'être peu disposés à dépenser leur argent s'ils se sentent tristes.

Emily jeta un regard rapide au pasteur.

— Nous ne sommes pas là pour amuser les gens, dit-il d'un ton glacial.

Emily ne voyait rien de mieux, pour amuser les gens, que la figure figée du pasteur.

— Sans doute pouvons-nous être heureux, dit-elle délibérément, sans passer, même de loin, pour des amuseurs publics ?

Elle poursuivit, comme si Charlotte avait été à ses côtés :

— En réalité, le simple fait de savoir que nous sommes au service de Dieu sera pour nous une source de joie.

Si l'idée qu'Emily était sarcastique effleura le pasteur, il n'en montra rien. Mais elle croisa le regard de Martha et se demanda si cette femme n'aurait pas aimé répliquer la même chose.

— Je crains que vous n'ayez pas conscience des réalités de ce monde, ce qui est très bien pour une femme, dit le pasteur avec condescendance. Néanmoins, je dois vous dire que les gens ne sont pas aussi heureux au service de Dieu qu'ils devraient l'être, sinon le monde serait un endroit bien plus fréquentable que cette vallée de péchés et de faiblesses où nous vivons. Hélas, comme la chair est faible, même si l'esprit aimerait que les choses se passent différemment !

Il n'y avait pas non plus de réponse à cela. Emily reporta son attention sur les détails pratiques. Sur ce point au moins, elle était d'une efficacité remarquable, même si ça ne l'intéressait pas le moins du monde. Mais elle ne pouvait décemment pas laisser Sarah s'en arranger seule.

Sur le chemin du retour, elles restèrent silencieuses un long moment. À huit cents mètres de la maison, Sarah se drapa un peu plus dans son châle.

— Il fait bien plus frais que je ne l'aurais cru, dit-elle avec un petit frisson. On avait l'impression qu'il faisait bon, pourtant.

— Tu es fatiguée.

Emily cherchait l'explication la plus évidente.

— Tu as travaillé dur à cette… cette chose.

Elle décida d'omettre l'adjectif qu'elle avait au bout de la langue.

— Je ne peux pas laisser la pauvre Mrs. Prebble tout organiser. Tu n'imagines pas le travail qu'abat cette femme-là.

Sarah avait accéléré le pas.

Elle avait raison. Emily n'imaginait pas ce que Martha Prebble pouvait faire de son temps. Elle n'avait jamais pris la peine d'y réfléchir.

— Vraiment ? fit-elle. À quoi s'occupe-t-elle ?

— À trouver des fonds pour l'église, à rendre visite aux malades et aux pauvres, à diriger l'orphelinat. À ton avis, qui a organisé la sortie pour eux, le mois dernier ? Qui s'est mise en quatre pour la vieille Mrs. Janner ? Elle n'avait pas de famille et elle était pauvre comme Job.

Emily ne cacha pas sa surprise.

— Martha Prebble ?

— Oui. Parfois les gens l'aident, mais seulement quand ils en ont envie, quand ça leur sied, ou qu'ils pensent que quelqu'un les verra et les en félicitera.

— J'ignorais cela.

Sarah resserra un peu plus son châle autour d'elle.

— C'est pour ça que maman s'accommode du pasteur et des façons bizarres de Martha. Je dois reconnaître qu'ils sont quelquefois un peu pénibles, mais il ne faut pas oublier le travail qu'ils accomplissent.

Emily regardait droit devant elle. De tels actes forçaient son admiration, en dépit de sa profonde antipathie pour le pasteur, et pour Martha, par association. Les gens avaient de drôles de caractères, à n'en pas douter.

Caroline pensait également au pasteur et à Martha Prebble, mais avec moins d'aménité. Martha Prebble s'occupait des orphelins, soit, mais depuis si longtemps que Caroline ne s'en étonnait plus. Certes, elle comprenait la solitude d'une femme qui n'avait pas eu d'enfants.

Les circonstances et sa situation familiale l'avaient poussée à œuvrer pour ceux qui n'étaient pas les siens. Ce devait souvent être une tâche ingrate et anonyme.

Cependant, leur compagnie, surtout celle du pasteur, suffisait à doses minimes et très espacées.

— Une femme de grande valeur, observa grand-mère. Un bel exemple pour les membres de la paroisse. Dommage qu'ils soient si peu nombreux à l'imiter. Vous devez être fière de Sarah. Elle évolue bien.

« Comme on dit d'un gâteau ou d'un pudding qu'il monte bien », pensa Caroline, mais elle savait que grand-mère n'appréciait pas la plaisanterie, si elle en était l'objet.

— Oui, acquiesça-t-elle, tout en continuant à coudre.

Il y avait beaucoup plus de linge à repriser qu'elle ne l'aurait cru. Mais il manquait une bonne depuis longtemps, dans cette maison. Ça datait d'avant le mariage de Sarah, en fait.

— Dommage que vous ne puissiez rien faire de Charlotte, poursuivit grand-mère. Je me demande vraiment comment vous allez réussir à marier cette fille. J'ai l'impression qu'elle ne fait aucun effort !

Caroline enfila un nouveau fil dans son aiguille. Elle savait pourquoi Charlotte ne faisait aucun effort, mais cela ne regardait nullement grand-mère.

— Elle est très différente d'Emily dans ses goûts, dit-elle prudemment. Dans sa tactique aussi. Mais il n'y a aucune raison pour qu'elles soient semblables.

— Vous devriez lui parler, insista grand-mère. Lui montrer l'aspect pratique de la question. Que va-t-elle devenir si personne ne l'épouse ? Y avez-vous pensé ?

— Oui, grand-mère, mais l'effrayer ne servira à rien. Et même si elle ne se marie pas, elle survivra. Mieux vaut être célibataire que mariée à un homme peu recommandable, de mœurs douteuses, ou qui ne pourrait pas subvenir à ses besoins.

— Ma chère Caroline, dit grand-mère, exaspérée, c'est votre devoir en tant que mère de veiller à ce que cela n'arrive pas ! C'est également votre devoir de vous occuper de l'organisation de cette maison. Quand allez-vous engager une nouvelle bonne ?

— J'ai déjà fait des recherches en ce sens, et Mrs. Dunphy en a vu deux, mais elles ne convenaient pas.

— Qu'avaient-elles qui n'allait pas ?

— L'une des deux était trop jeune, sans expérience. L'autre n'avait pas une très bonne réputation.

— Peut-être que si vous aviez un peu mieux surveillé Lily, elle ne se serait pas fait assassiner ! Ce genre de choses n'arrive pas dans une maison bien tenue.

— Ce n'est pas arrivé dans la maison ! protesta Caroline.

Poussée à bout, elle durcit le ton.

— Ça s'est passé dans Cater Street. Vous êtes assez irresponsable de suggérer, même de façon indirecte, que Lily a attiré ce malheur sur elle, ou qu'elle était immorale. Je ne tolérerai pas ce genre d'insinuations sous mon toit.

— Vraiment !

Grand-mère se leva, les mains jointes, le visage empourpré.

— Pas étonnant que Charlotte ne sache pas tenir sa langue et qu'Emily coure après un bon à rien simplement parce qu'il a un titre ! Tout ce qu'elle va réussir à faire, c'est se rendre ridicule, et ce sera votre faute. J'ai dit à Edward, quand il vous a épousée, qu'il commettait une grave erreur. Mais évidemment, il était amoureux de vous et il ne m'a pas écoutée. À présent, Charlotte et Emily vont payer pour ça. Ne venez pas me dire après que je ne vous avais pas prévenue !

— Je n'oserais même pas y songer, grand-mère. Voulez-vous votre dîner dans votre chambre ou aurez-vous suffisamment récupéré pour le prendre en bas ?

— Je ne suis pas malade, Caroline. Je suis seulement déçue, quoique pas vraiment surprise.

— On a parfois besoin de se remettre d'une déception comme d'une maladie, dit Caroline, ironique.

— Vous êtes immodeste, Caroline, et peu féminine. Pas étonnant que Charlotte ait de mauvaises manières. Si vous aviez été ma fille, j'aurais veillé à ce qu'on vous éduque comme une dame.

Et, sans laisser le temps à Caroline de répondre, elle sortit et referma la porte d'un coup sec.

Caroline poussa un soupir. Elle avait largement assez de soucis, sans que grand-mère joue les prima donna. Elle aurait pourtant dû s'y habituer, depuis le temps. Cependant, elle lui en voulait d'avoir critiqué Charlotte. La calomnie à l'égard de Lily la blessait d'une autre façon, plus profondément.

Qui aurait tué une fille pauvre et inoffensive comme Lily Mitchell ? Personne, hormis un fou. Un fou sorti des bas quartiers ou un fou de leur milieu, qui leur ressemblait, excepté la nuit, quand il voyait une jeune femme seule dans les rues ? Pourrait-il s'agir de quelqu'un qu'elle avait déjà vu ?

Le cours de ses pensées fut interrompu par l'arrivée d'Edward.

— Bonsoir, ma chère.

Il l'embrassa sur le front.

— Avez-vous passé une bonne journée ?

Il regarda le raccommodage et fronça les sourcils.

— Toujours personne pour remplacer Lily ? Je croyais que vous deviez en voir une ou deux aujourd'hui.

— J'en ai vu deux, oui. Rien qui puisse convenir.

— Où sont les filles ? Et maman ?

Il s'assit, s'étira avec satisfaction.

— Voulez-vous boire quelque chose avant le dîner ?

— Non, merci. Je me suis arrêté à mon club.

— Je pensais bien que vous étiez en retard, dit-elle, jetant un coup d'œil à la pendule.

— Où sont-elles ? répéta-t-il.

— Sarah et Dominic dînent chez les Lessing...

— Qui ça ?

— Les Lessing. Le sacristain et sa famille.

— Ah ! Et les autres ?

— Emily est à nouveau avec George Ashworth. J'aimerais que vous lui parliez, Edward. Parce que moi, apparemment, je ne l'impressionne pas.

— Je crains, ma chère, qu'elle n'ait à mûrir par le biais d'une expérience amère. Je doute qu'elle écoute qui que ce soit. Je pourrais lui opposer une interdiction, mais elle va forcément rencontrer ce garçon à diverses occasions. Aussi mon attitude ne ferait que donner un côté romantique à l'affaire. Emily risquerait alors de s'attacher davantage à lui.

Caroline sourit. Elle n'avait jamais soupçonné Edward d'une telle finesse psychologique. Elle ne lui avait d'ailleurs suggéré d'intervenir que pour sa propre tranquillité d'esprit.

— Vous avez raison, approuva-t-elle. Cet engouement finira probablement par retomber de lui-même avec le temps.

— Et Charlotte, et maman ?

— Charlotte est allée dîner avec le jeune Uttley, et grand-mère est dans sa chambre, furieuse contre moi, car je ne l'ai pas laissée dire que Lily était immorale.

Edward poussa un soupir.

— Non, il ne faut pas dire ça, bien que ce soit sans doute vrai.

— Pourquoi ? Parce qu'elle s'est fait assassiner ? Si vous pensez ça, alors qu'en est-il de Chloe Abernathy ?

— Ma chère, il est beaucoup de choses en ce monde que vous ignorez, et c'est mieux ainsi. Mais il est plus que probable que Chloe ait également attiré la mort sur elle. Malheureusement…

Il hésita.

— … les jeunes filles bien nées fondent des liaisons, des alliances…

Il laissa sa phrase en suspens.

— On ne sait jamais. Il peut y avoir des jalousies, des vengeances. Des choses dont il est préférable de ne pas parler.

Caroline dut se contenter de ça, bien qu'elle fût incapable d'y croire tout à fait ou de chasser cette histoire de ses pensées.

6

Une semaine plus tard, Caroline réussit finalement à engager une nouvelle bonne pour remplacer Lily. Cela n'avait pas été simple. En effet, même si de nombreuses filles cherchaient une bonne place, beaucoup d'entre elles n'avaient pas les compétences requises, et beaucoup d'autres avaient une réputation et des références moins que satisfaisantes. Et, bien entendu, depuis qu'on avait appris la mort de Lily et les circonstances de cette mort, travailler chez eux n'était pas une perspective des plus réjouissantes pour une fille cherchant un emploi.

Néanmoins, Millie Simpkins semblait être la meilleure postulante qu'ils risquaient de jamais rencontrer. En outre, la situation devenait critique sans une nouvelle bonne. Mrs. Dunphy allait bientôt s'apercevoir qu'elle ne pouvait plus s'en sortir et arguerait de ce manque de personnel pour donner son congé.

Millie était une fille de seize ans, assez jolie. Elle semblait être pleine de bonne volonté et avoir une nature accommodante. Elle était propre, plutôt soignée. Elle manquait d'expérience, n'ayant travaillé que dans une seule maison, mais cela pouvait avoir ses avantages. Si elle n'avait pas d'habitudes trop bien ancrées, on pourrait la former, la modeler aux us de cette maison. Et puis, l'essentiel fut qu'elle plut immédiatement à Mrs. Dunphy.

Le mercredi matin, Millie frappa à la porte du petit salon.

— Entrez, répondit Caroline.

Millie entra, une veste sur le bras. Elle fit une petite révérence amusante.

— Oui, Millie, qu'y a-t-il ?

Caroline lui sourit. La pauvre enfant était anxieuse.

— Pardon, Madame, mais cette veste est... assez abîmée, Madame. Je ne sais pas comment la réparer. Excusez-moi, Madame.

Caroline prit le vêtement et l'examina en le tenant à bout de bras. C'était une veste d'Edward, élégante, avec un col de velours. Il lui fallut quelques instants avant de trouver la déchirure. Dans la manche, dans la partie proche du poignet, à l'intérieur du bras. Comment diable pouvait-on déchirer sa manche en un endroit pareil ? Caroline tâta l'accroc avec ses doigts, écartant les deux bords. On aurait dit qu'une griffe acérée avait fait une entaille dans le tissu, sur environ cinq centimètres.

— Ça ne m'étonne pas, dit Caroline, compréhensive. Ne vous inquiétez pas, Millie. Je verrai ce que je peux faire. Mais il va peut-être falloir donner la veste à un tailleur, pour qu'il mette une pièce.

— Oui, Madame.

Le soulagement de Millie faisait presque peine à voir. Caroline lui sourit.

— Vous avez bien fait de me l'apporter. Vous pouvez retourner à l'office maintenant et vous remettre au raccommodage du linge. Je crois aussi que Miss Emily a déchiré l'un de ses jupons.

— Oui, Madame.

Millie fit une autre petite révérence maladroite.

— Merci, Madame.

Après qu'elle fut partie, Caroline regarda à nouveau le vêtement. Elle n'avait pas vu Edward avec cette veste depuis longtemps, depuis des semaines, en réalité. Où s'était-il donc fait ça ? À l'évidence, il n'avait pas pu porter la veste avec une déchirure pareille. Pourquoi ne lui avait-il pas demandé tout de suite de la repriser ? Il n'avait pu se faire un tel accroc sans s'en rendre compte. C'était une veste qu'il prenait fréquemment pour aller à son club. En fait, il l'avait mise le soir où Lily avait été tuée. Caroline le revoyait rentrer et se fâcher contre Charlotte parce qu'elle avait envoyé chercher la police. Elle revit la scène : la lampe à gaz, sur le mur, qui grésillait doucement et projetait une lumière jaunâtre sur le velours bordeaux. La peur et la colère les consumaient trop les uns et les autres pour qu'ils s'intéressent à des détails vestimentaires. Peut-être était-ce pour ça qu'il avait oublié cette veste ?

Il fallut à Caroline presque tout l'après-midi pour la raccommoder. Elle dut tirer des fils dans les coutures pour que sa reprise soit invisible, et, malgré tout, elle n'en fut pas totalement satisfaite. Edward rentra à la maison relativement tôt, et elle mentionna la chose d'emblée, plus ou moins sur un ton d'excuse.

— Je crains que ce ne soit toujours visible, dit-elle en levant la veste. Mais seulement en pleine lumière, ce qui n'arrivera pas avec une reprise à l'intérieur du bras. Mais grand Dieu, comment avez-vous pu déchirer votre veste à cet endroit-là ?

Il fronça les sourcils, détourna les yeux.

— Je ne n'en souviens plus très bien. C'était il y a très longtemps.

— Pourquoi n'avez-vous rien dit à ce moment-là ? J'aurais pu faire la même reprise tout de suite. Ç'aurait même été plus facile : Lily s'en serait chargée. Elle était extrêmement douée pour ce genre de choses.

— Ça a dû arriver après la mort de Lily. Je me suis sans doute dit que vous aviez suffisamment à faire, avec une bonne de moins, sans qu'en plus je vous impose cette corvée-là. Après tout, j'ai des tas d'autres vêtements.

— Je ne vous ai plus vu avec cette veste depuis la mort de Lily.

Caroline ne savait pas pourquoi elle avait dit ça.

— Eh bien, c'est peut-être la dernière fois que je l'ai portée. Ce qui explique parfaitement pourquoi je n'en ai pas parlé, j'imagine. Ce n'était pas important, comparativement à Lily et au fait que la police était dans la maison.

— Oui, bien sûr.

Caroline plia la veste sur son bras, avec l'intention d'appeler Millie pour la porter à l'étage.

— Comment avez-vous fait ça ?

— Quoi ?

— La déchirure !

— Je ne m'en souviens vraiment pas, ma chère. Quelle importance ?

— Je pensais que vous aviez passé la soirée au club, et que c'était pour ça que vous étiez rentré si tard, ce soir-là.

— J'étais à mon club, oui, dit-il d'une voix plus saccadée. Je regrette que la nouvelle bonne ne soit pas capable de s'acquitter de ce genre de tâches, mais, ma chère Caroline, il est inutile d'en faire un drame. Je n'ai pas l'intention d'en parler toute la soirée.

Caroline mit la veste sur son bras et ouvrit la porte.

— Oui, bien sûr. Je me demandais simplement comment c'était arrivé. C'est un si gros accroc.

Elle sortit dans le couloir pour appeler Millie. Ce serait une bonne idée de la repasser à la vapeur pour aplatir la reprise.

Ce fut Dominic qui, involontairement, ruina sa tranquillité d'esprit et la plongea dans un trouble intérieur qu'elle ne put dominer. Il vint la voir quelques jours plus tard avec un gilet qu'il tenait d'un doigt passé dans un trou de la poche.

— Comment avez-vous fait ça ?

Elle prit le gilet et l'examina.

— J'ai enfoncé ma main trop loin, dit-il en souriant. Pure bêtise de ma part. Pouvez-vous le raccommoder ? Vous avez fait une reprise magnifique sur la veste de beau-papa.

Caroline fut ravie du compliment car elle n'était pas totalement satisfaite de sa reprise.

— Merci. Oui, ce n'était pas trop mal réussi. Je vais essayer de le faire ce soir.

— Si vous avez pu arranger la veste de papa, je suis sûr que vous saurez réparer mon gilet.

Dominic allait sortir quand une pensée traversa l'esprit de Caroline.

— Quand l'avez-vous vue ?

— Comment ?

Il se retourna.

— Quand avez-vous vu la déchirure dans la veste d'Edward ?

Il fronça légèrement les sourcils.

— La nuit où Lily s'est fait assassiner.

— Comme vous êtes observateur ! Je n'aurais jamais cru que vous l'auriez remarqué dans le tumulte du moment. Ou bien l'avez-vous vue au club ? C'est là qu'il a déchiré sa veste.

Dominic secoua la tête en signe de dénégation.

— Vous devez avoir mal compris. J'étais au club, mais papa est parti très tôt, et, à ce moment-là, sa veste n'était pas déchirée. Je m'en souviens très bien : Belton, le valet de pied, lui a donné sa canne et son chapeau. Il n'aurait pu manquer de s'en apercevoir.

— Vous vous trompez de soir !

— Non, parce que j'ai dîné avec Reggie Hafft. Il m'a laissé juste avant Cater Street et j'ai fait à pied les derniers huit cents mètres. J'ai vu papa arriver, de l'autre bout de Cater Street. Je l'ai appelé, mais il ne m'a pas entendu. Il est rentré à la maison peu avant moi.

— Oh !

C'était une exclamation stupide, mais Caroline était trop abasourdie pour penser clairement. Edward lui avait menti, à propos d'un détail insignifiant… mais la nuit où Lily s'était fait tuer. Pourquoi ? Pourquoi ne lui avait-il pas dit la vérité ? Avait-il honte ou peur de quelque chose ?

Mais que diable allait-elle imaginer ? C'était grotesque ! Il serait allé rendre visite à un ami et l'aurait oublié. C'était cela. Il existait sûrement une explication simple, qui lui ferait regretter d'avoir eu ces pensées-là.

Elle ne se retrouva seule avec lui qu'au moment où ils se retirèrent dans leur chambre à coucher. Caroline, assise sur le tabouret de sa coiffeuse, devant son miroir, défit ses cheveux et les brossa. Edward arriva du dressing-room.

— À qui avez-vous rendu visite, le soir où Lily est morte ? s'enquit-elle d'un ton dégagé, comme s'il s'agissait d'une question anodine.

Elle vit son visage dans le miroir. Il fronçait les sourcils.

— Comment cela ?

Elle répéta sa question, le cœur battant violemment, évitant son regard.

— À personne, dit-il un peu sèchement. J'étais à mon club, Caroline, je vous l'ai déjà dit ! Je suis rentré directement à la maison en sortant du club. Je ne sais pas pourquoi vous continuez à parler de ça. Croyez-vous que je rôdais dans Cater Street à la recherche de ma bonne ?

Il était réellement furieux, à présent.

— Bien sûr que non, répondit-elle calmement. Ne soyez pas bête.

Le visage d'Edward se durcit. Il devint blême. Elle connaissait très bien cette expression de colère. Elle l'avait profondément offensé en employant le mot « bête ». Ou avait-il choisi de feindre la colère, afin de ne pas avoir à dire la vérité, le temps de trouver un autre mensonge ?

Elle devait être à bout, son esprit déraillait, elle devenait ridicule. Mieux valait chasser cette pensée et se mettre au lit. Edward observait toujours un silence glacial. Elle songea un moment à s'excuser, mais une voix intérieure lui souffla qu'elle y repenserait, qu'elle y reviendrait, et que toute excuse était donc hypocrite.

Ils se couchèrent sans dire un mot. Edward était étendu dans le lit, immobile, respirant régulièrement. Elle ignorait s'il dormait, s'il essayait de trouver le sommeil ou s'il jouait la comédie pour éviter de prolonger la discussion.

D'où lui venaient ces pensées ? Elle connaissait Edward. Quelle que fût la raison pour laquelle il mentait, cela n'avait rien à voir avec ce qui s'était passé dans Cater Street. Elle le savait. Cependant il devait avoir quelque chose à lui cacher. Quoi ? Rien de très honorable, sinon il lui aurait dit la vérité, ou du moins avec qui il était, à défaut de lui donner la raison de ce rendez-vous. Où Edward pouvait-il être allé, pour revenir par l'autre extrémité de Cater Street ? Quel était cet endroit, pour qu'il dût mentir plutôt que de le nommer ?

Caroline tenta de réfléchir aux habitudes de son mari, à ses activités quotidiennes, aux gens qu'il connaissait, aux autres lieux qu'il fréquentait. Plus elle y songeait, plus elle se rendait compte qu'elle ne savait pas grand-chose de sa vie. À la maison, elle le connaissait si bien qu'elle devinait souvent ce qu'il allait dire, comment il réagirait à tel ou tel événement, qui il allait aimer et ne pas aimer. Mais lorsqu'il allait en ville, il pénétrait dans une région totalement différente de sa vie, région dont elle ne savait rien, excepté ce qu'il lui en disait.

Elle s'endormit profondément malheureuse.

La journée qui suivit fut terrible. Caroline se réveilla avec un mal de tête sournois. Elle se sentait si déprimée et si anxieuse qu'elle desserrait lcs dents seulement quand elle y était obligée. Elle vérifiait le travail de Millie devant l'armoire à linge, quand Dora vint lui annoncer que l'inspecteur Pitt était revenu. Voulait-elle le recevoir ?

Caroline fixa la pile de taies d'oreillers devant elle, le cœur battant, la bouche sèche. Pitt était-il passé au club pour découvrir qu'Edward avait menti ? C'était impossible qu'Edward ait tué Lily, pour quelque raison que ce soit. Cependant, il devait cacher quelque chose. Il faudrait qu'elle essaie de le protéger. Si seulement elle connaissait la vérité !

— Madame ?

Dora attendait toujours.

— Oh ! oui, Dora. Dites-lui que je le verrai dans cinq minutes. Faites-le entrer dans le grand salon.

— Bien, Madame.

Pitt était debout devant la fenêtre quand elle ouvrit la porte. Il pivota pour lui faire face.

— Bonjour, Mrs. Ellison. Je suis désolé de vous déranger à nouveau, mais je me dois de ne négliger aucune piste.

— Nous ne pouvons certes nous plaindre d'être négligés, Mr. Pitt. Dois-je déduire de votre remarque que vous faites preuve de la même diligence avec tout le monde ?

— Absolument, madame.

Quelle apparence bizarre il avait ! Il était tellement inélégant ! Mais il dominait la pièce par sa présence. Ou bien Caroline avait-elle seulement cette impression parce qu'il lui faisait peur ?

— Que souhaitez-vous savoir cette fois, Mr. Pitt ?

Mieux valait en finir rapidement.

— Votre mari est rentré particulièrement tard, le soir où Lily Mitchell a été assassinée. Beaucoup plus tard que d'habitude.

C'était davantage une assertion qu'une question, comme s'il réaffirmait quelque chose qu'il savait déjà.

— Oui.

La tension ressentie par Caroline était-elle perceptible dans sa voix ?

— Où est-il allé ?

Que devait-elle répondre ? Devait-elle répéter ce qu'Edward lui avait dit ? Ou la vérité que Dominic avait ensuite livrée par hasard ? En se posant ce problème, Caroline s'aperçut qu'elle n'avait même pas mis en doute la version de Dominic ! Si elle disait à Pitt qu'Edward était au club toute la soirée, elle lui apprendrait que son mari lui avait menti. Et il aurait d'autant plus de mal à se sortir de ce mensonge. Mais si elle disait qu'il était allé ailleurs, elle l'obligeait à expliquer quelque chose qu'il ne voulait ou ne pouvait expliquer.

Pitt observait Caroline de ses yeux lumineux, intelligents. Elle se sentit transparente, comme un enfant qu'on surprend à proximité du garde-manger.

— Il m'a dit qu'il était à son club, je crois, répondit-elle lentement, en se forçant à articuler chaque mot. Je ne me souviens pas s'il devait ensuite dîner avec des amis.

— Et il ne vous l'a pas précisé ?

Cette question fut posée poliment.

Qu'y avait-il là d'extraordinaire ? Voyait-on sur sa figure qu'elle avait menti ?

— Vu ce dans quoi nous avons été plongés en rentrant à la maison – Charlotte qui avait envoyé chercher la police, le désarroi, la peur –, je n'ai jamais pensé à le lui redemander. Cela paraissait vraiment sans importance.

— Naturellement. Cependant, si vous ne le savez pas, je ne puis exclure la possibilité que Mr. Ellison soit passé près du lieu du crime à l'heure où il a été commis.

Pitt sourit, montrant ses dents, les yeux brillants.

— Il peut avoir vu quelque chose qui nous aiderait, ajouta-t-il.

Caroline sentit sa gorge se serrer.

— Oui, bien sûr. Mais je crains de ne pas le savoir.

— Évidemment que non, Mrs. Ellison. Je sais que vous êtes passée dans Cater Street en calèche, et en compagnie de vos filles. Et je vous ai parlé à toutes.

— Vous avez également parlé à mon mari. Que pourrait-on vous dire de plus ?

Pourrait-elle éviter la confrontation, persuader Pitt de ne pas voir Edward ? Il n'avait plus rien à lui demander, sauf s'il soupçonnait quelque chose et savait déjà qu'Edward avait menti.

— Mr. Pitt, si mon mari avait vu quoi que ce soit, il vous l'aurait dit. Vous n'en doutez pas, j'espère ?

— S'il avait su que c'était important, mais peut-être aura-t-il vu quelque chose d'étrange, un détail qu'il aura oublié. Et puis l'heure compte aussi, vous savez. L'heure exacte, à la minute près, peut confirmer ou infirmer l'alibi de quelqu'un.

— L'alibi ?

— Savoir où la personne se trouvait à l'heure où le crime a été commis, ce qui la disculpe.

— Je connais le sens de ce mot, Mr. Pitt. Je n'avais simplement pas pensé… que vous… éliminiez les gens en prouvant l'imposs…

Elle laissa sa phrase en suspens, effrayée par sa propre conclusion, troublée.

— Eh bien, quand nous avons des suspects, Mrs. Ellison, cela nous aide à les mettre hors de cause les uns après les autres, à exclure l'impossible du tableau.

Elle souhaitait plus que tout au monde qu'il s'en aille. C'était un policier, un homme du niveau d'un commerçant. C'était stupide de le laisser la dominer ainsi. Emily avait raison. Il avait réellement une belle voix, sonore et douce. Son élocution était parfaite.

— Bien, dit-elle maladroitement. Mais je crains de ne pouvoir vous être utile. Mon mari n'est pas à la maison ce matin.

Il eut un sourire très doux.

— Je reviendrai ce soir, si Mr. Ellison est attendu chez lui.

— Oui. Il est attendu pour dîner.

Pitt s'inclina légèrement et sortit.

Quand Edward rentra, à six heures et quart, Caroline lui fit part de la visite de Pitt et ajouta qu'il allait revenir.

Debout, immobile, Edward la regardait.

— Il revient ce soir ?

— Oui.

— Vous n'auriez pas dû lui dire que je serais là, Caroline.

Les traits d'Edward s'étaient durcis.

— Il faut que je ressorte…

— Vous avez dit ce matin…

Elle s'interrompit, la peur lui coupa le souffle. Il évitait Pitt parce qu'il craignait de lui mentir !

— Visiblement, j'ai pris d'autres dispositions depuis ce matin, dit-il d'un ton sec. De toute façon, c'est absurde. Je n'ai rien de plus à lui apprendre. Dites-le-lui ou demandez à Maddock de le faire.

— Vous pensez que… dit-elle, hésitante.

— Caroline, enfin, c'est un policier, pas un invité de marque. Priez Maddock de lui expliquer que j'avais un rendez-vous de longue date, et que je ne sais rien qui puisse faire progresser son enquête. S'il n'a toujours rien trouvé après toutes les recherches qu'il a effectuées et le temps qu'il y a consacré, soit il s'agit d'un mystère insoluble, soit l'homme est incompétent.

Mais Pitt revint à nouveau le soir suivant et fut introduit dans le grand salon où se trouvaient Caroline, Edward, Charlotte et grand-mère. Les autres étaient allés à un concert. Maddock ouvrit la porte pour l'annoncer et, avant que quiconque pût protester, Pitt passa devant lui et entra dans la pièce.

— Dans la maison d'un gentleman, Mr. Pitt, dit Edward, acerbe, il est de coutume d'attendre qu'on vous invite à entrer avant de le faire.

L'insolence de son mari fit rougir Caroline, sa peur la glaça. Il devait avoir peur pour se départir à ce point de ses habituelles bonnes manières. Habituelles ? Le connaissait-elle aussi bien qu'elle se l'imaginait ? Qu'était-il allé faire dans Cater Street ?

Pitt ne sembla pas le moins du monde désarçonné. Il pénétra plus avant dans le salon. Maddock se retira.

— Pardonnez-moi. Les meurtres m'amènent rarement chez les gentlemen. Pourtant, même eux sont peu décidés à me parler, chose à laquelle je dois remédier en utilisant les moyens à ma disposition. Vous êtes sûrement aussi impatient que moi de voir cet homme identifié et arrêté.

— Bien entendu.

Edward le regarda froidement.

— Cependant, poursuivit-il, je vous ai déjà dit tout ce que je savais… plus d'une fois. Je n'ai rien à ajouter. Je ne vois pas en quoi répéter sans arrêt la même chose va vous aider.

— Vous seriez surpris, si je vous le disais. Des souvenirs vous reviennent à force, vous vous rappelez des détails.

— Il ne m'est rien revenu.

— Où étiez-vous ce soir-là, Mr. Ellison ?

Edward fronça les sourcils.

— Je vous l'ai déjà dit. J'étais à mon club, qui ne se trouve pas dans le voisinage de Cater Street.

— Toute la soirée, Mr. Ellison ?

Caroline regarda Edward. Il était pâle. Elle pouvait presque voir le combat qui se livrait dans son esprit. Son mensonge passerait-il inaperçu ? Que cachait-il, mon Dieu ? Elle se tourna vers Pitt. Ses yeux intelligents n'étaient pas posés sur Edward, mais sur elle. Soudain, elle fut terrifiée à l'idée qu'il voie sa peur et comprenne qu'elle savait que son mari mentait. Caroline tourna la tête et s'aperçut que Charlotte aussi l'observait. Elle suffoquait dans cette pièce ; la peur panique l'empêchait presque de respirer.

— Toute la soirée, Mr. Ellison ? répéta Pitt doucement.

— Euh… non, dit Edward d'une voix tendue.

— Où êtes-vous allé, dans ce cas ?

Pitt se montrait d'une politesse parfaite. S'il était surpris, il n'en laissait rien paraître.

Était-il déjà au courant ? Le cœur de Caroline se serra. Savait-il où Edward était allé ?

— Je suis allé rendre visite à un ami, répondit Edward en le regardant.

— Vraiment, dit Pitt avec un sourire. Quel ami, Mr. Ellison ?

Edward hésita.

Grand-mère se redressa sur son siège.

— Jeune homme ! dit-elle d'un ton sec. N'oubliez pas votre position, à la fois dans cette maison, et dans la société en général. Mr. Ellison vous a dit qu'il avait rendu visite à un ami. C'est là une réponse suffisante à votre question. Nous comprenons que vous ayez un devoir à remplir, indispensable pour la sécurité publique et pour la justice. Et, bien entendu, nous vous aiderons comme nous le pourrons, mais ne présumez pas de notre bonne volonté pour outrepasser vos fonctions.

Pitt haussa les sourcils, plus avec humour qu'avec agacement.

— Madame, un assassin, hélas, ne respecte ni les personnes ni le statut social. Il faut retrouver cet homme, ou l'une de vos petites-filles pourrait être sa prochaine victime.

— Sottises ! s'exclama grand-mère, furieuse. Mes petites-filles ont de la rigueur morale et un mode de vie décent. Je comprends que vous n'ayez pas l'habitude de fréquenter ce genre de femmes. Par conséquent, je vous pardonnerai votre insulte, imputable à votre ignorance et non à votre médisance.

Pitt prit une grande inspiration, puis soupira.

— Madame, nous n'avons aucune raison de supposer que la haine de cet homme se porte exclusivement sur les femmes immorales, ni même qu'il ait une prédilection pour ce genre de femmes. Miss Abernathy était un peu frivole, mais rien de plus. Lily Mitchell avait une réputation sans tache. Nous n'avons encore rien trouvé qui laisse penser le contraire. Même son comportement avec Brody semble jusqu'ici des plus corrects.

Grand-mère le regarda, les narines légèrement dilatées.

— Ce qui est correct pour une bonne ou un policier peut être tout à fait indigne d'une dame de qualité, déclara-t-elle, lapidaire.

Pitt s'inclina imperceptiblement.

— Permettez-moi d'être en désaccord avec vous, madame. Je pense que la moralité est universelle. On est plus ou moins blâmable selon les circonstances, mais un crime reste un crime.

Grand-mère ouvrit la bouche pour condamner sa témérité, puis elle considéra son argument et le laissa passer sans commentaire.

Caroline regarda Edward, toujours silencieux, puis Charlotte. Cette dernière contemplait Pitt avec surprise et un certain respect.

Pitt reporta son attention sur Edward.

— Mr. Ellison, le nom et l'adresse de votre ami, si ça ne vous ennuie pas ? Je vous assure que c'est nécessaire. Ainsi que l'heure à laquelle vous êtes parti de chez lui. Soyez le plus précis possible.

Il y eut une nouvelle pause. Pour Caroline, cela dura une éternité, comme lorsqu'on ouvre une missive annonçant un désastre.

— Je crains de ne pas savoir à quelle heure je suis parti, répondit Edward. J'ignorais à ce moment-là que ce serait d'une quelconque importance par la suite.

— Votre ami le sait peut-être, lui ? dit Pitt qui n'avait pas du tout l'air troublé.

— Non, répliqua Edward à la hâte. Mon ami… est malade. C'est pourquoi je suis passé le voir. Euh… il s'endormait déjà quand je l'ai quitté… c'est pour ça que je suis parti. Je crains que nous ne puissions ni l'un ni l'autre vous être utiles quant à l'heure précise à laquelle je suis sorti de chez lui. Je suis désolé.

— Mais vous avez redescendu tout Cater Street pour rentrer ?

Pitt ne se laissait pas décourager facilement.

— Je vous l'ai déjà dit.

De son côté, Edward recouvrait son sang-froid.

— Avez-vous vu quelqu'un ?

— Pas que je me souvienne, mais je pensais à rentrer chez moi, pas à surveiller la rue.

— Naturellement. Mais vous auriez certainement remarqué un homme en train de courir, ou deux personnes en train de lutter, ou un cri alarmé, ou n'importe quel genre de cri ?

— Bien entendu. S'il y a eu quoi que ce soit, ce devait être quelque chose d'insignifiant, quelqu'un qui rentrait tard, comme moi. En fait, je n'ai rien vu, pour autant que je me le rappelle.

— Et l'adresse ?

— Je vous demande pardon ?

— L'adresse de la maison d'où vous veniez ?

— Je ne vois pas à quoi cela peut vous servir. Mon ami est malade, il souffre. Je préférerais que vous n'alliez pas le voir. Il risquerait de s'inquiéter, ce qui aggraverait encore son état.

— Je vois.

Pitt était toujours debout, immobile.

— Malgré tout, j'aimerais connaître cette adresse. Il pourrait se souvenir de l'heure.

— Et cela servirait à quoi ?

— Au moins à déterminer une heure à laquelle le crime n'a pas été commis. Par élimination, nous finirons bien par connaître l'heure exacte.

Sans réfléchir, Caroline bondit de son fauteuil.

— C'est très facile à déterminer, déclara-t-elle, requérant l'attention de Pitt. Il est arrivé ici quelques minutes après nous, moins de cinq minutes. Si vous marchez d'ici à Cater Street, vous aurez l'heure exacte.

Le cœur battant, Caroline attendit de voir s'il allait se contenter de ça.

Pitt eut un petit sourire.

— Mais certainement. Merci.

Il lança un regard à Charlotte, puis inclina la tête dans une attitude de résignation.

— Je vous souhaite le bonsoir.

Il ouvrit la porte lui-même et sortit. Ils entendirent Maddock dans le couloir. Après quoi, la porte d'entrée se referma, elle aussi.

— Vraiment ! s'exclama grand-mère en poussant un soupir. Quel jeune homme vulgaire !

— Persévérant, dit Caroline spontanément. Mais pas vulgaire. S'il se contentait de paroles équivoques, il ne résoudrait jamais ses affaires criminelles.

— Je ne vous ai jamais considérée comme un juge compétent en matière de vulgarité, Caroline, dit grand-mère avec une colère grandissante. Mais je suis choquée que vous puissiez seulement envisager qu'Edward ait des informations sur un crime. Vous semblez douter de lui !

— Bien sûr que non ! mentit Caroline, rougissant violemment. Je parlais de la police, pas de moi. Vous ne pouvez pas vous attendre à ce que Mr. Pitt adopte mon point de vue !

— Certes pas. Mais je ne m'attendais pas non plus, jusqu'à ce soir, à ce que vous adoptiez le point de vue de Mr. Pitt !

— Elle n'a pas fait ça, grand-mère, intervint Charlotte. Elle soulignait juste le fait que…

— Tais-toi, Charlotte, dit Edward avec humeur. J'interdis à quiconque de poursuivre cette discussion. C'est sordide. Et hormis l'aide que nous avons apportée à la police, cela ne fait nullement partie de notre vie. Va dans ta chambre, Charlotte, si tu n'es pas capable de te maîtriser.

Charlotte ne répondit rien. Grand-mère se lamenta à nouveau sur le déclin général des bonnes manières, sur la victoire du crime et de l'immoralité.

Caroline resta assise à fixer une photo assez laide de son mariage et à se demander, avec une peur croissante, pourquoi Edward refusait de dire à Pitt où il était allé.

On ne parla plus de rien jusqu'au coucher. Le lendemain matin, Caroline faisait les comptes du ménage derrière son bureau, dans le petit salon, quand grand-mère entra.

— Caroline, il faut que je vous demande ce que vous entendez par là, même si je crains de le savoir. Je pense en avoir le droit.

Caroline mentit immédiatement, sur la défensive.

— Je ne vois pas de quoi vous parlez, grand-mère.

Elle-même n'avait pratiquement pensé qu'à ça, mais elle feignit d'être uniquement préoccupée par la note du poissonnier posée devant elle.

— Dans ce cas, vous êtes encore plus dure que je ne le croyais. Je parle de ce policier, de son comportement incroyable, hier soir. De mon temps, les policiers restaient à leur place.

— Un policier a sa place là où il se commet des crimes, dit Caroline d'une voix lasse.

Elle savait qu'elle ne pourrait éviter la confrontation, mais elle la retardait instinctivement, comme on se protège de la douleur.

— Il n'y a pas eu de crime commis dans cette maison, Caroline, excepté le fait que vous avez trahi le nom de votre mari, un nom respecté.

— C'est là une chose malveillante à dire, et tout à fait fausse !

Caroline s'était levée et avait fait précipitamment le tour de son bureau, son stylo toujours à la main, qu'elle tenait à présent comme un couteau.

— Vous n'oseriez pas dire une chose pareille si nous n'étions pas seules et si vous n'étiez pas certaine que je ne veux pas me quereller avec vous. Eh bien, vous vous trompez, cette fois ! Nous allons sans nul doute nous quereller, si vous proférez de telles méchancetés ! Vous m'entendez ?

— Vous êtes en colère parce que vous avez mauvaise conscience, déclara grand-mère avec une satisfaction évidente. Et j'oserai répéter ce que je viens de dire. Je vais d'ailleurs le répéter devant Edward. Nous verrons alors qui se querellera et qui restera calme.

— Ça vous ferait plaisir, n'est-ce pas ? dit Caroline en se penchant en avant. Vous aimeriez ennuyer Edward et semer la zizanie dans sa maison ! Eh bien, pour une fois, je ne vais pas céder à votre chantage. Racontez à Edward ce que bon vous semble. Mais je vous ferai remarquer que ce n'est pas vous qui l'avez défendu quand il n'a pas voulu dire à la police où il était. Vous n'avez rien fait d'autre que de nous mettre Pitt à dos par votre impolitesse. Que cherchiez-vous ? L'effrayer ? Ne rêvez pas ! Cela l'a rendu encore plus soupçonneux, c'est tout.

— Soupçonneux à propos de quoi ?

Grand-mère se tenait toujours debout, se balançant d'avant en arrière, furieuse.

— Que croyez-vous donc qu'Edward ait fait, Caroline ? Vous pensez qu'il a suivi sa bonne et qu'il l'a étranglée ? C'est cela ? Edward sait-il ce que vous pensez de lui ?

— Il ne le saura que si vous le lui dites ! Ce qui ne m'étonnerait pas. Cela créerait certainement l'ambiance déplaisante dont vous vous repaissez ! La mort de Lily ne vous suffit-elle pas ?

— Si la mort de Lily me suffit ! À moi ? Qu'ai-je à gagner de la mort de quelque misérable servante ? J'ai toujours détesté l'immoralité, mais ce n'est pas à moi d'appeler sur elle le jugement de Dieu.

— Espèce de vieille hypocrite ! explosa Caroline. Il n'y a rien au monde de plus immoral que de prendre plaisir à la souffrance et au malheur d'autrui !

— Vous avez attiré le malheur sur vous, Caroline. Et je ne puis vous en sortir, que je le souhaite ou non.

Grand-mère redressa la tête et sortit majestueusement de la pièce avant que Caroline n'eût le temps de répliquer. De toute façon, elle n'aurait rien trouvé à répondre. Elle s'assit au bureau, regarda la note du poissonnier à travers ses larmes. Elle détestait les disputes, mais celle-ci couvait depuis des années. Ce ne fut qu'une éruption de la haine qui fermentait en elles, mais qui, sans la mort de Lily et les peurs que cette mort avait engendrées, aurait pu ne jamais se manifester. À présent, des paroles avaient été dites qui ne seraient jamais oubliées, et ne pourraient certainement pas être pardonnées… du moins par grand-mère.

Le pire, dans tout cela, était que grand-mère entraînerait toute la maisonnée dans cette querelle. Elle obligerait les uns et les autres à choisir un camp. Il y aurait des regards lourds de sens, des silences, des remarques laconiques, jusqu'à ce que la curiosité pousse quelqu'un à demander ce qui se passait. Edward détestait cela. Il les aimait toutes les deux et souhaitait par-dessus tout avoir la paix chez lui. Il avait horreur des querelles de famille, comme la plupart des hommes. Il était prêt à payer un prix exorbitant pour conserver sa tranquillité. Il feindrait de ne s'apercevoir de rien le plus longtemps possible. Dominic serait probablement, et sans le vouloir, le déclencheur des hostilités. Il ne connaissait pas grand-mère depuis suffisamment de temps pour décrypter les fureurs sous-jacentes et les ignorer.

Ce serait horrible ! Et le plus grave, c'était que grand-mère avait raison. Caroline soupçonnait Edward d'avoir commis quelque chose de déshonorant. Sa gorge la piquait, car elle se retenait de pleurer, et, si elle baissait les yeux, les larmes risquaient de déborder.

— Maman ?

C'était Charlotte. Elle ne l'avait même pas vue venir.

Caroline renifla.

— Oui, qu'y a-t-il ? Je suis occupée à faire les comptes.

Charlotte passa son bras autour d'elle et l'embrassa.

— Je sais, je vous ai entendue.

Quelle bonne surprise, quel soulagement immense après ce terrible sentiment de solitude ! Ce fut plus difficile que jamais de garder son sang-froid, mais elle avait des années de pratique derrière elle.

— Oh ! je suis désolée. Je n'avais pas remarqué que nous avions élevé la voix.

Charlotte remit en place une épingle à cheveux de Caroline, puis s'éloigna avec tact, pour la laisser se ressaisir. Étrange, comme Charlotte pouvait se montrer délicate parfois, alors qu'à d'autres moments elle ne mâchait pas ses mots.

Charlotte se mit devant la fenêtre.

— Ne vous en faites pas pour cette histoire avec grand-mère. Si elle en parle à papa, il va être furieux, et elle n'en tirera que des désagréments.

Caroline était trop surprise pour le cacher. Elle pivota sur sa chaise et fixa le dos de sa fille.

— Pourquoi penses-tu cela ?

Charlotte regardait toujours par la fenêtre.

— Parce que papa n'a pas envie de dire où il était. Regardons les choses en face. Par conséquent, il en voudra à quiconque osera à nouveau y faire allusion.

— Qu'entends-tu par là, grand Dieu ?

Caroline s'aperçut que sa voix tremblait.

— Que dis-tu, Charlotte ? Tu ne soupçonnes tout de même pas ton père de… de…

— Je ne sais pas. Peut-être était-il allé jouer, ou avait-il bu, ou se trouvait-il en compagnie de gens qui nous déplairaient. Mais il ne veut pas que Mr. Pitt ou l'un d'entre nous l'apprenne. Inutile de faire comme si de rien n'était. Et puis, on ne peut pas se jouer la comédie à soi-même. Mais ne vous inquiétez pas, maman, ça ne peut pas avoir de rapport avec Lily, si c'est cela qui vous tracasse.

— Charlotte…

Elle ne trouva rien d'autre à dire. Comment pouvait-elle rester là, tranquillement, à débiter des choses pareilles ?

— Cela pourrait se révéler d'une rare bêtise… poursuivit Charlotte.

Cette fois, Caroline perçut la tension dans sa voix et sut que Charlotte ne gardait le contrôle d'elle-même qu'au prix d'un immense effort.

— … parce qu'à mon avis, Mr. Pitt découvrira la vérité.

— Tu crois ?

— Oui. Et ce sera d'autant plus pénible qu'il ne la lui aura pas révélée de son propre gré.

— Alors, si nous pouvions le persuader…

Mais Caroline savait qu'elle n'en aurait pas le courage. Edward serait furieux ; il se murerait dans cette réserve amère dont elle n'avait fait l'expérience que deux ou trois fois – comme le jour où elle l'avait contré à propos de Gerald Hapwith. C'était vieux, et ça paraissait tellement ridicule, à présent. Mais elle se souvenait très bien de la peine que lui avait causée son extrême froideur.

Avant tout, cependant, Caroline avait peur d'apprendre ce que son mari tentait de cacher. Peut-être Pitt ne le découvrirait-il pas ?

Il le découvrit. Mr. Pitt revint deux jours plus tard, dans la soirée, et à l'improviste – probablement pour être sûr de trouver Edward. Il n'était pas venu le matin leur annoncer sa visite. Ils étaient tous à la maison.

— Le moment n'est pas très bien choisi, Mr. Pitt, dit Edward froidement. Qu'y a-t-il, cette fois ?

— Nous avons établi le fait que vous avez descendu Cater Street à peu près entre onze heures moins cinq et onze heures deux ou trois.

— C'était inutile de revenir pour me dire ça, répliqua Edward d'un ton sec. Vu que je suis arrivé à la maison vers onze heures et quart, c'était évident.

Rien ne semblait décontenancer Pitt.

— Évident pour vous, monsieur, qui connaissez votre emploi du temps. Pour nous, qui n'avons que votre parole, il est satisfaisant d'obtenir une preuve. S'il nous suffisait de poser des questions aux assassins pour les arrêter, notre travail n'aurait pas de réelle raison d'être.

Les traits d'Edward se figèrent.

— Qu'insinuez-vous, Mr. Pitt ?

— La chose suivante : nous avons établi que vous avez quitté Mrs. Attwood à onze heures moins le quart. Il vous aura fallu environ une demi-heure pour rentrer tranquillement chez vous à pied. Vous aurez descendu Cater Street entre onze heures moins cinq et onze heures deux ou trois.

Edward était blême.

— Vous n'aviez pas le droit !...

— C'eût été plus simple, monsieur, et cela nous aurait fait gagner beaucoup de temps, si vous nous aviez donné l'adresse de Mrs. Attwood plus tôt. Maintenant, vous aurez peut-être l'amabilité de me dire où vous étiez le soir où Chloe Abernathy a trouvé la mort ?

— Si vous savez où j'étais le soir du meurtre de Lily, vous savez également que je n'ai rien à voir avec ça, marmonna Edward entre ses dents.

Pour la première fois, il avait l'air réellement terrorisé.

— Que croyez-vous que je puisse vous dire, à propos de Chloe Abernathy ?

— Seulement où vous étiez, répondit Pitt avec un grand sourire. Et si possible avec qui.

— J'étais avec Alan Cuthbertson, nous avons discuté affaires chez lui.

Le sourire de Pitt se fit encore plus rayonnant.

— Bien, c'est ce qu'il affirme. Mais comme il connaissait très bien Miss Abernathy, il était nécessaire de vérifier qu'il avait dit la vérité. Merci, Mr. Ellison. Vous avez rendu un service à Mr. Cuthbertson et à la police. Je vous remercie. Madame...

Pitt les salua d'un petit signe de la tête.

— Bonsoir, dit-il.

— Qui est Mrs. Attwood, papa ? demanda immédiatement Sarah. Je ne me souviens pas de vous avoir jamais entendu mentionner son nom.

— Je ne crois pas vous avoir parlé d'elle, dit Edward en évitant son regard. C'est une femme assez fatigante.

Elle est à la charge d'un homme qui m'a un jour rendu service et qui à présent est mort. Elle est tombée malade, et de temps en temps, je viens lui proposer mon aide. Elle n'est pas clouée au lit, mais presque. Elle sort rarement de chez elle. Tu peux aller lui rendre visite, si tu veux, mais je te préviens, elle est assommante, et il lui arrive de divaguer. Elle s'invente parfois des souvenirs, bien qu'à d'autres moments elle soit parfaitement lucide. C'est sans doute dû au fait qu'elle est souvent seule, et qu'elle lit des histoires à l'eau de rose.

Caroline fut infiniment soulagée. Mais plus tard ce soir-là, dans son lit, elle se réveilla et se mit à ruminer. Tout d'abord, elle s'inquiéta du fait qu'Edward eût déployé tant d'efforts pour cacher sa visite à Mrs. Attwood. Était-ce réellement dans le but de protéger une femme malade ? Ou parce qu'elle était un peu vulgaire, tapageuse, et qu'il ne souhaitait pas voir son nom associé à celui de cette dame ?

Puis une inquiétude plus profonde remonta à la surface, inexorablement. Caroline s'était posé des questions, avait craint pendant un moment que son mari n'ait quelque chose à voir avec l'assassinat de Lily. Il était étendu à côté d'elle, endormi. Elle était mariée avec lui depuis plus de trente ans. Comment l'idée qu'il ait tué une jeune fille dans la rue avait-elle pu l'effleurer ? Quel genre de femme était-elle pour envisager une chose pareille, même l'espace d'une seconde ? Elle avait toujours cru l'aimer, pas passionnément bien sûr, mais suffisamment. Elle le connaissait bien – du moins l'avait-elle supposé jusqu'à cette semaine. À présent, elle découvrait qu'il y avait des aspects de sa vie qu'elle ignorait totalement.

Elle avait vécu dans la même maison que lui, dormi dans le même lit, pendant plus de trente ans, elle lui avait donné trois enfants, quatre, en comptant le fils mort seulement quelques jours après sa naissance. Et pourtant elle avait envisagé le fait qu'il ait pu étrangler Lily.

Que valait son amour ? Que penserait ou ressentirait Edward, s'il savait ce qui lui était passé par la tête ? Caroline était troublée, honteuse, et terriblement effrayée.

7

La semaine suivante, au début du mois de septembre, par une journée chaude et immobile, Millie vint voir Charlotte dans le jardin. La jeune bonne était rougissante et paraissait agitée. Elle avait une feuille de papier à la main.

Charlotte posa la binette qu'elle utilisait pour retourner la terre entre les fleurs. C'était davantage un passe-temps qu'un travail, une excuse pour être dehors, au lieu de s'occuper des confitures dont elle aurait dû surveiller la cuisson pour que Sarah les mette en pots. Mais Sarah était sortie avec Dominic pour sacrifier à quelque obligation mondaine. Emily était à une partie de tennis avec tout un groupe de gens, dont George Ashworth. Maman était allée rendre visite à Susannah.

— Oui, Millie ?

— S'il vous plaît, Miss Charlotte, j'ai trouvé cette lettre, ce matin. Toute la journée, je me suis demandé ce que j'allais en faire.

Elle tendit la feuille de papier à Charlotte qui la prit et lut :

Chair Lily,

C'est pour te dir que je ne t'avairtirais plus. Soi tu fai comme on t'a di, soi il t'en quiras.

La missive n'était pas signée.

— Où avez-vous déniché ça ? demanda Charlotte.

— Dans l'un des tiroirs de ma chambre, Miss. L'ancienne chambre de Lily.

— Je vois.

— J'ai bien fait ?

— Oui, Millie. Sans aucun doute. Vous auriez eu tort de ne pas me l'apporter. Cela… cela pourrait être important.

— Vous pensez que c'est l'assassin qui lui a écrit, Miss ?

— Je ne sais pas, Millie, probablement pas. Mais nous devons donner cette lettre à la police.

— Oui, Miss. Mais cet après-midi, Mr. Maddock est occupé à déballer les nouvelles caisses de vin. Le maître a dit qu'il fallait le faire tout de suite.

— C'est bon, Millie. Je vais la porter moi-même.

— Mais, Miss Charlotte, vous n'irez pas toute seule, n'est-ce pas ?

Charlotte la dévisagea pendant quelques instants.

— Non, Millie, vous viendrez avec moi.

— Moi, Miss Charlotte ?

Millie se figea, les yeux écarquillés.

— Oui, vous, Millie. Allez chercher votre manteau. Dites à Mrs. Dunphy que j'ai besoin de vous pour une course urgente. Allez, filez.

Trois quarts d'heure plus tard, Millie se retrouva dans la salle d'attente du poste de police. On escorta Charlotte jusque dans le petit bureau de Pitt, où elle dut attendre son retour. C'était un lieu sans joie, fonctionnel, un peu poussiéreux. Il y avait trois sièges, dont une chaise pivotante, une table avec des tiroirs fermant à clé, un bureau à cylindre également verrouillé et un linoléum marron sur le sol, usé sur le trajet entre la porte et le bureau.

Charlotte était là depuis seulement dix minutes quand la porte s'ouvrit et un petit homme parut. Il avait le nez pointu et portait des vêtements trop chic. Sa figure s'allongea de surprise.

— Bonjour, Miss ! Vous êtes sûre de ne pas vous être trompée d'endroit ?

— Oui, je pense. J'attends Mr. Pitt.

Il l'examina de haut en bas avec attention.

— Vous n'avez pas l'air d'un mouchard.

— Je vous demande pardon ?

— Vous ne ressemblez pas à un mouchard.

Il entra et referma la porte derrière lui.

— Un informateur, un espion pour les bourres.

— Pour qui ?

Charlotte fronça les sourcils, essayant de comprendre ce qu'il disait.

— La police ! Vous avez bien dit que vous vouliez voir Mr. Pitt ?

— Oui.

Il sourit soudain, découvrant des dents cassées.

— Vous êtes une amie à lui ?

— Je suis venue pour une affaire qui, pardonnez ma franchise, ne vous regarde pas.

Elle n'avait pas voulu se montrer impolie. Ce petit homme semblait inoffensif et apparemment gentil.

— Une affaire ? Vous n'avez pas l'air de quelqu'un qui a affaire avec les bourres.

Il s'assit sur la chaise face à elle, la regardant toujours avec une aimable curiosité.

— Vous travaillez ici ? demanda-t-elle, sceptique.

— Oh ! oui, dit-il en souriant. J'ai des affaires en cours.

— Vraiment ?

— Des affaires importantes, acquiesça-t-il, l'œil brillant. Je travaille beaucoup pour Mr. Pitt. Je ne sais pas comment il s'en sortirait sans moi.

— Je pense qu'il survivrait, d'une manière ou d'une autre, dit Charlotte avec un sourire.

L'homme ne parut pas s'en offusquer.

— Oh, Miss, c'est parce que vous ne savez rien sur la question, si vous voulez bien m'excuser.

— Quelle question ?

— Le boulot, Miss. La façon dont les choses se passent. Je parie que vous ne savez même pas comment faire un casse, ni quel nom on donne à la marchandise, ni comment la fourguer après coup.

Charlotte était complètement perdue, mais intéressée malgré elle.

— Non, admit-elle. Je ne sais même pas de quoi vous parlez.

— Ah ! dit-il, s'installant plus confortablement. Mais moi, voyez-vous, je connais la chanson. Depuis toujours. Je suis né dans un taudis. J'y ai grandi. Ma mère est morte quand j'avais aux alentours de trois ans, paraît-il. Et j'étais très petit. Heureusement que…

— Heureusement ? Vous voulez dire que quelqu'un a eu pitié de vous ?

Il lui lança un regard de dédain indulgent.

— Je veux dire qu'ils ont vu les possibilités que j'avais… si je restais petit, je pourrais être utile.

Charlotte se souvint des histoires que Pitt lui avait racontées sur les petits garçons passant par la cheminée. Elle frissonna.

— Vous n'aviez pas de famille ? Et votre père ? Vos grands-parents ?

— Mon père, il a fait le saut en 42, l'année de ma naissance, et mon grand-père s'est retrouvé sur un bateau, paraît-il. Ma mère avait un frère, un très bon pickpocket, mais il ne voulait pas s'occuper d'un enfant. C'était un pickpocket de haut vol. Un art où les enfants n'ont pas leur place.

— Que veut dire faire le saut ? demanda Charlotte.

Il se passa une main autour de la gorge, puis fit un geste imitant une corde, derrière sa tête.

Charlotte rougit, gênée.

— Oh ! je suis désolée… je…

— Pas grave, dit-il, balayant ses condoléances. Ils ne me servaient à rien, de toute façon.

— Et votre grand-père a pris la mer. Est-il revenu ?

— Dieu vous garde, Miss. Vous êtes vraiment d'un autre monde, hein ? Il n'a pas pris la mer, Miss, on l'a envoyé en Australie.

— Oh !…

Elle ne trouva rien d'autre à répondre à cela.

— Et votre oncle ?

— Les bons pickpockets volent dans les poches des dames, Miss. Un art très délicat. Ils n'utilisent pas les enfants, comme certains. Je ne leur servais à rien, voyez ? Alors ils m'ont donné à un dénicheur de moineaux qui m'a appris à voler : je piquais des mouchoirs en soie dans les poches, Miss, pour payer mon entretien, d'une certaine façon. Puis quand j'ai été plus vieux, mais pas tellement plus grand, il m'a vendu à un casseur de première. J'étais capable de passer entre n'importe quels barreaux. Je m'y glissais comme un serpent. Je suis entré dans bien des bicoques rupines : je leur ouvrais la porte.

— Qu'est-ce qu'une bicoque rupine ?

Charlotte savait que son père serait furieux s'il avait vent de cette conversation incroyable, mais il s'agissait d'un monde qui faisait trop peur à la jeune fille pour qu'elle s'obstine à l'ignorer. Elle était fascinée par cet univers, comme un enfant par une plaie qu'il ne peut s'empêcher de tripoter.

— Une maison de riches, peut-être comme celle que vous habitez.

Il semblait n'éprouver aucun ressentiment à son égard. Au contraire, il ne l'en trouvait que plus intéressante.

— Je ne pense pas que nous ayons beaucoup d'objets de valeur, dit-elle en toute honnêteté. Que vous est-il arrivé, alors ?

— Eh bien, je suis devenu trop grand, à un moment donné. Mais avant cela, il s'est fait prendre et je ne l'ai jamais revu. Mais il m'avait appris beaucoup de choses. Comme à me servir de tous les outils, à faire une étoile…

— Faire une étoile ? répéta-t-elle, incrédule.

L'homme éclata de rire, un rire sec et profus.

— Dieu vous bénisse. Vous êtes un numéro. Une étoile dans un carreau. Regardez.

Il se leva et alla se mettre devant la fenêtre.

— Disons que voulez passer à travers cette vitre. Bien, vous appuyez dessus.

Il en fit la démonstration.

— Vous mettez votre couteau ici, poursuivit-il, près du bord, et vous poussez fort, mais de façon mesurée, jusqu'à ce que le verre casse. Pas fort au point de le faire tomber. Puis vous posez du papier brun adhésif dessus pour que ça colle, et hop ! Vous pouvez ôter le carreau sans faire tout un barouf, passer votre main au travers et défaire le loquet.

Il se tourna vers elle avec un air de triomphe évident.

— Je vois. Vous ne vous faisiez jamais prendre ?

— Bien sûr que si ! Mais on s'attend à ce que ça arrive, non ?

— Vous n'envisagiez pas de chercher un travail… euh… régulier ?

Charlotte n'avait pas voulu dire « honnête ». Pour quelque obscure raison, elle ne souhaitait pas le blesser.

— J'avais une équipe sur mesure, non ? Des outils, un bon corbeau, le plus joli canari de Londres et une bonne couverture. Nous vivions dans une belle maison, confortable, nous avions de la marchandise à gauche en cas de coup dur. Que m'aurait-il fallu de plus ? Pourquoi serais-je allé m'éreinter dans une usine pour quelques pence la journée ?

— À quoi servent les oiseaux ?

— Les oiseaux ?

Le petit homme plissa le front.

— Quels oiseaux ? dit-il.

— Le corbeau et le canari ?

Il gloussa, ravi.

— Oh ! j'aime vraiment parler avec vous, Miss. Vous êtes d'une telle fraîcheur ! Un corbeau est soit un charlatan, un docteur, ou, dans ce cas précis, un gars qui reste dans le coin et qui vous avertit s'il arrive quelqu'un de dangereux… un bon citoyen, les bourres, peu importe. Le canari, c'est celui qui vous porte vos outils. Si vous avez un peu de classe, vous ne portez pas vos outils vous-même. Vous allez sur place, vous vérifiez qu'il n'y a personne dans les parages, puis, quand la voie est libre, votre canari vous apporte vos outils. C'est généralement une femme. Ça marche mieux comme ça. Et Bessie était belle comme le jour, ça oui.

— Que lui est-il arrivé ?

— Elle est morte du choléra, en 60, l'année avant la guerre américaine. Pauvre Bessie !

— Quel âge avait-elle ?

— Dix-huit ans, comme moi.

Plus jeune qu'Emily, plus jeune que Lily Mitchell. Elle avait vécu dans les taudis, été porteur d'outils pour un cambrioleur, puis elle était morte d'une maladie à l'âge de dix-huit ans. Un parcours comme un soufflet à l'existence rangée de Charlotte, avec ses petits problèmes. Les seuls grands événements de sa vie étaient son amour pour Dominic et la mort de Lily. Tout le reste était l'illustration du confort. A-t-on raccommodé tout le linge ? Fait-on des confitures de pêches ou d'abricots ? La note du poissonnier n'est-elle pas trop élevée ? Que vais-je mettre à la réception de vendredi ? Dois-je vraiment être courtoise avec le pasteur ? Et pendant tout ce temps-là, il y avait des gens, comme ce drôle de petit homme, qui devaient se battre pour manger à leur faim. Et certains étaient perdus : les plus petits, les plus faibles, ceux à qui l'on faisait le plus facilement peur.

— Je suis désolée.

Ce fut tout ce qu'elle réussit à dire.

Il la regarda attentivement.

— Vous êtes une étrange créature, finit-il par déclarer.

Avant qu'elle pût réagir, les portes battantes s'ouvrirent, et Pitt fit son entrée. Son visage refléta la surprise quand il la vit. À l'évidence, personne ne l'avait prévenu.

— Miss Ellison ! Que faites-vous ici ?

— Elle vous attend.

Le petit homme bondit sur ses pieds, tout excité.

— Elle est assise là depuis une demi-heure.

Et il tira une magnifique montre en or de sa poche.

Pitt regarda fixement la montre.

— Où t'es-tu procuré cela, Willie ?

— Vous voyez le mal partout, Mr. Pitt.

— Et toi tu n'es pas un ange. Où l'as-tu trouvée, Willie ?

— Je l'ai achetée, Mr. Pitt !

Il était outragé, mais pas en colère. Sa voix vibrait d'innocence.

— À qui ? À l'un de tes receleurs ?

— Mr. Pitt ! C'est de l'or véritable. C'est de la qualité.

— À un pickpocket, alors ?

— Ce n'est pas gentil, Mr. Pitt ! Je l'ai achetée de façon respectable.

— Très bien, Willie. Va donc convaincre le brigadier pendant que je parle avec Miss Ellison.

Willie souleva son chapeau et fit une révérence fleurie.

— Dehors, Willie !

— À vos ordres, Mr. Pitt. Bonne journée, Miss.

Pitt referma la porte derrière lui et indiqua une chaise à Charlotte. Maintenant qu'il était seul avec elle, il paraissait moins assuré, conscient de l'aspect minable du décor. Charlotte se surprit à vouloir le mettre à l'aise. Elle sortit la lettre sans perdre une minute.

— Notre nouvelle bonne, Millie, m'a donné cela il y a un peu plus d'une heure. Elle l'a trouvée ce matin dans sa chambre. Je dois préciser que cette chambre était celle de Lily.

Pitt prit la lettre et la déplia. Il la lut, puis l'approcha de la lumière.

— Elle n'a pas l'air vieille, et ce n'est pas le genre de lettre qu'on aurait tendance à garder. On peut supposer qu'elle l'aura reçue peu de temps avant de se faire assassiner.

— C'est une menace ?

Charlotte s'avança pour regarder elle aussi la lettre de plus près.

— Ce serait difficile de l'interpréter autrement. Bien qu'il ne s'agisse peut-être pas d'une menace de mort.

Un monde effrayant s'ouvrit à l'imagination de Charlotte. Pauvre Lily ! Qui l'avait menacée, et pourquoi n'avait-elle pas osé se tourner vers l'un d'entre eux pour demander de l'aide ? Quel combat solitaire avait eu lieu dans leur maison, derrière les apparences, derrière la façade impeccable d'une bonne en noir et blanc ?

— Que voulait-on d'elle, à votre avis ? demanda Charlotte. Qui a pu écrire cette lettre ? Vous pensez pouvoir le retrouver et le punir ?

— Ce n'est pas forcément lui qui l'a tuée.

— Ça m'est égal ! Il lui a fait peur ! Il a essayé de la forcer à faire quelque chose qui visiblement lui répugnait ! N'est-ce pas un crime ?

Pitt la regarda, surpris, touché par sa colère, son indignation, sa pitié. Et peut-être son sentiment de culpabilité, parce que tout cela s'était passé chez elle et qu'elle n'avait rien vu.

— Oui, c'est un crime, si nous réussissons à le prouver. Mais nous ne savons pas qui a écrit cette lettre ni ce qu'il lui voulait. Et la pauvre petite n'est plus là pour se plaindre.

— Vous n'allez pas vous renseigner ? demanda Charlotte.

Il tendit la main comme pour la toucher, puis se souvint des convenances et suspendit son geste.

— Nous allons essayer. Mais je doute que l'auteur de cette lettre soit son assassin. Elle a été étranglée exactement de la même façon que Chloe Abernathy et la bonne des Hilton : par-derrière, avec un fil d'acier. Un cambrioleur pourrait avoir menacé deux bonnes, mais il ne s'y serait pas risqué avec une jeune fille comme Chloe.

Frappé par une pensée soudaine, Pitt plissa les yeux.

— À moins, bien sûr, qu'il ne l'ait confondue avec Lily. Elles avaient la même taille, la même couleur de cheveux. Je suppose que dans le noir…

— Pourquoi les aurait-il menacées ? Les bonnes, je veux dire.

— Pourquoi ? Oh ! les cambrioleurs se servent souvent des bonnes pour les introduire dans les maisons et leur indiquer où se trouvent les objets de valeur. Peut-être a-t-elle refusé…

Il soupira.

— Mais c'est une solution plutôt radicale. Les bonnes consentantes, ou bavardes, sont suffisamment nombreuses pour qu'un cambrioleur n'ait pas besoin de recourir à ce genre de procédés.

— Pourquoi ne nous a-t-elle pas demandé notre aide ?

— Probablement parce qu'il ne s'agissait pas d'un cambrioleur, mais de quelque amourette, répondit-il. Quelque chose qu'elle préférait vous cacher, de peur d'encourir votre réprobation. Nous ne le saurons jamais, j'imagine.

— Mais allez-vous essayer ?

— Oui, nous essaierons. Et vous avez eu raison de m'apporter cette lettre. Merci.

Charlotte se sentit mal à l'aise sous son regard. Elle repensa à l'allure miteuse de ce bureau. Pourquoi était-il devenu policier ? Elle se rendit compte qu'elle ne savait rien de lui. Comme à l'accoutumée, elle exprima ses pensées tout haut.

— Vous avez toujours été policier, Mr. Pitt ?

Il fut surpris, mais une lueur amusée brilla dans ses yeux, ce qui l'eût agacée en temps ordinaire.

— Oui, depuis l'âge de dix-sept ans.

— Pourquoi ? Pourquoi vouliez-vous être policier ? Vous devez voir tellement de…

Elle ne trouva pas les mots exacts pour qualifier tout le malheur et la misère qu'elle imaginait.

— J'ai été élevé à la campagne. Mes parents étaient domestiques. Ma mère était cuisinière et mon père garde-chasse.

Pitt eut un petit sourire désabusé, songeant à la différence de rang social qui existait entre eux.

— Ils étaient au service d'un gentleman extrêmement riche. Il avait des enfants, dont un fils de mon âge. J'étais autorisé à m'asseoir dans la salle de classe. Et aussi, nous jouions ensemble. Je connaissais beaucoup mieux la campagne que lui. J'avais des amis parmi les braconniers et les bohémiens. C'est très excitant pour un petit garçon, pour le fils du manoir, qui a trop de sœurs et passe trop d'heures à ses leçons.

« Des faisans furent volés sur la propriété, et vendus. Mon père fut accusé. Puis jugé aux assises et déclaré coupable. On l'envoya dix ans en Australie. Au fond de moi, j'étais convaincu de son innocence – ce qui est naturel, je suppose. J'ai passé beaucoup de temps à essayer de le disculper. Je n'ai jamais réussi, mais c'est là que ça a commencé.

Charlotte imaginait cet enfant, pour qui cette histoire avait une importance considérable, cet enfant consumé par un sentiment d'injustice. Elle éprouva pour lui une tendresse qui l'effraya. Elle se leva précipitamment.

— Je vois. Et vous êtes venu à Londres. Comme c'est intéressant. Merci de me l'avoir raconté. Maintenant il faut que je rentre à la maison, sinon ils vont s'inquiéter.

— Vous n'auriez pas dû venir seule, dit-il en fronçant les sourcils. Je vais demander à un brigadier de vous raccompagner.

— Ce n'est pas nécessaire. Je pensais que vous voudriez peut-être parler à Millie, aussi l'ai-je emmenée avec moi.

— Non, je ne vois plus de raisons de lui poser des questions, à présent. Mais je suis content que vous ayez eu l'intelligence de l'amener avec vous.

Il sourit et fit un petit geste contrit.

— Toutes mes excuses pour avoir douté de votre bon sens.

— Au revoir, Mr. Pitt.

Charlotte se dirigea vers la porte.

— Au revoir, Miss Ellison.

Elle savait qu'il se tenait dans l'embrasure de la porte et qu'il la regardait, et elle se sentit sottement intimidée. Elle rata la marche en sortant et dut se rattraper au bras de Millie. Pourquoi donc un policier très ordinaire lui donnait-il l'impression d'être aussi… aussi remarquable ?

Trois jours plus tard, Charlotte rendit visite aux Abernathy. Seule, mais uniquement parce que Sarah et maman se trouvaient chez le pasteur, cent mètres plus loin, au coin de la rue.

— Prenez encore du thé, Miss Ellison. C'est tellement gentil à vous de venir nous voir.

— Merci, dit Charlotte en avançant sa tasse. Je suis heureuse de vous trouver en meilleure forme.

Mrs. Abernathy sourit gentiment.

— Avoir à nouveau des jeunes gens à la maison nous fait du bien. Après la mort de Chloe, personne n'est passé pendant si longtemps ! Du moins, ça m'a paru long. On ne peut le leur reprocher, j'imagine. Quand on est jeune, on n'a pas envie de venir dans une maison endeuillée. Ça rappelle trop la mort, alors qu'on a envie de penser à la vie.

Charlotte voulut la réconforter, l'empêcher de croire que les amis de Chloe étaient sans cœur et pensaient davantage à leur bon plaisir qu'à sa douleur.

La jeune fille se pencha en avant.

— Peut-être ne voulaient-ils pas vous importuner ? Quand on est profondément bouleversé, on ne sait pas quoi dire. Il n'y a rien à faire, et on a peur de se montrer maladroit, d'aggraver les choses en disant une bêtise.

— Vous êtes très gentille, ma chère Charlotte. J'aurais préféré que la pauvre Chloe recherche davantage la compagnie de jeunes gens dans votre genre, plutôt que de fréquenter des imbéciles, comme il y en avait autour d'elle. Tout a commencé avec ce misérable George Ashworth…

— Quoi ?

Charlotte perdit son sang-froid au point d'oublier toute courtoisie.

Mrs. Abernathy la regarda, un peu surprise.

— Je regrette que Chloe se soit liée avec Lord Ashworth. Je sais que c'est un gentleman, mais parfois les gens bien nés ont des goûts étranges et des habitudes que nous ne pouvons approuver.

— J'ignorais que Chloe connaissait George Ashworth.

Charlotte était troublée, à présent. Le petit visage déterminé d'Emily lui revenait sans cesse à l'esprit.

— Le connaissait-elle bien ?

— Beaucoup trop à notre goût. Mais il était charmant, il avait un titre. On ne peut rien dire aux jeunes filles.

Elle cilla à plusieurs reprises.

Charlotte aurait aimé changer de sujet – cette conversation ne pouvait que remuer le couteau dans la plaie –, mais il fallait qu'elle sache, pour la sécurité d'Emily.

— Croyez-vous qu'il ait mal traité Chloe, qu'il n'ait pas été sincère alors qu'elle s'était attachée à lui ?

— Mr. Abernathy me défend de parler ainsi, mais je pense que si Chloe n'avait pas rencontré cet homme, elle serait toujours en vie.

Charlotte eut l'impression de pénétrer dans un couloir obscur, dont les ombres se refermaient sur elle.

— Pourquoi dites-vous cela, Mrs. Abernathy ?

Mrs. Abernathy se pencha en avant, agrippa le bras de Charlotte.

— Oh ! Charlotte, je vous en prie, ne le répétez pas ! D'après Mr. Abernathy, je pourrais avoir les pires ennuis si j'en dis trop !

Charlotte posa la main sur celle de Mrs. Abernathy, la serra fort.

— Bien sûr que je ne dirai rien. Mais j'aimerais savoir pourquoi vous accusez George Ashworth d'avoir eu une mauvaise influence sur elle. Je l'ai rencontré, et bien qu'il ne m'ait pas plu, je ne l'aurais pas jugé aussi sévèrement que vous semblez le faire.

— Il a flatté Chloe, lui a fait croire toutes sortes de choses qui ne pouvaient pas se réaliser, qui ne correspondaient pas à son milieu social. Il l'a emmenée dans des endroits où il y avait des femmes de petite vertu.

— Comment le savez-vous ? Chloe vous l'a dit ?

— Elle l'a mentionné. Mais j'en ai entendu parler par d'autres qui les ont vus là-bas. Un gentleman, ami de Mr. Abernathy, lui a dit avoir vu Chloe en un lieu où il ne se serait pas attendu à trouver une jeune fille de bonne famille.

— Et cet ami est digne de confiance ? Pas enclin à mal interpréter ou à exagérer ? Il n'a pas de rancune ni le désir de ternir la réputation de Chloe ?

— Oh ! pas le moins du monde. C'est le plus droit des hommes, le plus bienveillant qui soit !

— Dans ce cas, pardonnez-moi, mais que faisait-il dans cet endroit tel que vous le décrivez ?

Pendant quelques instants, Mrs. Abernathy parut troublée.

— Ma chère Charlotte, c'est différent pour les hommes ! Il est parfaitement acceptable pour un gentleman de fréquenter des endroits où n'irait pas une femme de qualité. Nous sommes bien obligées de l'accepter.

Charlotte n'était pas du tout disposée à accepter quoi que ce soit, mais c'était impossible d'en discuter maintenant.

— Je vois, dit-elle. Et vous avez le sentiment que Lord Ashworth aurait pu entraîner Chloe à avoir de mauvaises fréquentations, voire à se livrer à certaines pratiques peu acceptables pour elle ou pour n'importe quelle jeune fille convenable ?

— Oui, je le crois. Chloe ne faisait pas réellement partie de son monde. Et je pense qu'elle est morte parce qu'il a tenté de l'y intégrer.

— Si j'ai bien compris, Mrs. Abernathy, selon vous, Lord Ashworth ou quelqu'un de son entourage a tué Chloe ?

— Oui, Charlotte, je le pense. Mais vous m'avez promis de ne pas le répéter ! Rien ne peut faire revenir Chloe, et nous ne pouvons nous venger de ces gens-là.

— Mais on peut les empêcher de recommencer ! s'exclama Charlotte, en colère. C'est notre devoir, même !

— Tout doux, Charlotte ! Je ne sais rien ! C'est juste mon intuition. Peut-être que je me trompe complètement et que je causerais une terrible injustice à ces gens !

Elle s'était levée, inquiète, en se tordant les mains.

— Vous m'avez donné votre promesse !

— Mrs. Abernathy, ma propre sœur, Emily, voit beaucoup Lord Ashworth. Si ce que vous dites est vrai, comment pourrais-je ne pas tenir compte de votre intuition, que vous vous trompiez ou non ? Je vous promets de ne rien dire, à moins que je ne croie Emily en danger. Dans ce cas, je ne pourrai me taire !

— Oh ! ma chère, dit Mrs. Abernathy en s'asseyant brusquement. Oh ! ma chère Charlotte ! Qu'allons-nous faire ?

— Aucune idée, répondit Charlotte franchement. M'avez-vous dit tout ce que vous saviez, que ce soient des certitudes, ou simplement des soupçons ?

— Je sais qu'il boit trop, mais enfin, c'est souvent le cas de gentlemen. Je sais qu'il joue, mais j'imagine qu'il peut se le permettre. La pauvre Chloe était amoureuse de lui, il lui a complètement tourné la tête et il était pour elle l'objet de rêves romantiques. Il l'a emmenée dans son monde, dont les normes sont très différentes des nôtres, et où ils font n'importe quoi pour se divertir. Je crois que si elle était restée avec les gens de son milieu, elle ne serait pas morte, à l'heure qu'il est.

Quand finalement elle se tut, des larmes ruisselaient le long de ses joues.

— Pardonnez-moi, dit-elle.

Mrs. Abernathy sortit son mouchoir et se mit à pleurer sans bruit.

Charlotte la prit dans ses bras et la serra contre elle. Elle ressentait pour elle une immense pitié, car elle ne pouvait rien faire. Elle se sentait également coupable de l'avoir fait parler. Charlotte la berçait doucement, comme si Mrs. Abernathy avait été une enfant, et non une femme de l'âge de sa mère.

Au retour, Charlotte ne trouva rien à dire à sa mère ni à Sarah, mais celles-ci étaient trop absorbées par leurs propres préoccupations pour s'en apercevoir. Toute la soirée, elle resta assise, pratiquement sans parler, ne répondant que lorsque c'était nécessaire, et un peu au hasard. Dominic fit deux ou trois commentaires sur sa distraction, mais même pour lui, elle ne put se soustraire à son inquiétude.

Si Mrs. Abernathy avait vu juste, George Ashworth n'était pas seulement dépravé, mais dangereux. Il pouvait même être impliqué dans une affaire de meurtre. C'était aller un peu loin que d'imaginer l'existence de deux assassins dans Cater Street. Aussi Lord Ashworth devait-il avoir également tué Lily et la bonne des Hilton, s'il était réellement compromis dans cette histoire. Peut-être certains de ses amis, dans un moment de folie due à l'alcool, avaient-ils attaqué… Cette pensée était effrayante.

Mais le plus grave, c'était Emily. Ne devait-elle pas prendre conscience de la culpabilité d'Ashworth, même à son corps défendant ? Et si cela arrivait, et qu'elle le laissât entendre au jeune lord, n'allait-on pas la retrouver morte dans la rue, elle aussi ?

Cependant Charlotte n'avait aucune preuve. Peut-être tout cela était-il le fruit de l'imagination de Mrs. Abernathy, rendue excessive par le chagrin, ayant désespérément besoin de quelqu'un à blâmer, préférant n'importe quelle réponse au mystère total ? Si Charlotte faisait part de ses soupçons à Emily sans avoir de preuve, sa sœur refuserait sans doute d'y croire et s'emporterait. Elle pourrait même, par défi, tout dire à George Ashworth, pour lui prouver à quel point elle avait confiance en lui, et par là même provoquer sa propre mort.

Alors que faire ? Charlotte regarda les siens, les uns après les autres, quand ils furent tous assis au salon, après dîner. À qui allait-elle demander conseil ? Papa regardait le journal, l'air sinistre. Il lisait sans doute les cours de la Bourse. Il serait peu disposé à être interrompu maintenant. En outre, il semblait approuver que sa fille fréquente Ashworth.

Maman brodait. Elle était pâle. Grand-mère ne lui avait toujours pas pardonné ses craintes quant à la culpabilité de papa, quant au fait qu'il eût rendu visite à Mrs... quel que fût son nom. Grand-mère lâchait de petites remarques acerbes jour après jour. Il ne servirait à rien de demander son avis à la vieille dame, car elle s'empresserait de tout raconter aux autres ou de les agacer avec des sous-entendus, jusqu'à ce qu'ils lui arrachent la vérité.

Emily pianotait. À côté d'elle, Sarah jouait au bésigue avec Dominic. Charlotte pouvait-elle solliciter l'aide de Sarah ? Une part d'elle-même brûlait de s'ouvrir à Dominic pour partager quelque chose avec lui, lui demander conseil. Et cependant, elle éprouvait une résistance grandissante, la crainte que Dominic n'ait pas la sagesse requise en la circonstance, qu'il lui donne une réponse évasive, qu'il ne s'implique pas.

Elle n'avait pas non plus une immense confiance en Sarah, mais il ne restait qu'elle. Elle trouva l'occasion de lui parler sur le palier avant d'aller se coucher.

— Sarah ?

Sarah s'arrêta, surprise.

— Je pensais que tu étais couchée.

— Je veux te parler.

— Ça ne peut pas attendre demain matin ?

— Non. Viens dans ma chambre, je t'en prie.

Quand la porte fut fermée, Charlotte s'y adossa. Sarah s'assit sur le lit.

— Je suis allée voir Mrs. Abernathy, aujourd'hui.

— Je sais.

— Savais-tu que George Ashworth était très lié avec Chloe juste avant sa mort ?

Sarah fronça les sourcils.

— Non, je l'ignorais. Je suis sûre qu'Emily n'est pas au courant non plus.

— C'est bien ce que je me dis. Mrs. Abernathy pense qu'il a emmené Chloe dans des endroits peu convenables pour une jeune fille de bonne famille. Ce serait par son intermédiaire qu'elle aurait pu rencontrer la personne qui l'a tuée. En tout cas, cette relation est en partie responsable…

— Tu es sûre de ce que tu avances, Charlotte ? Je sais que tu n'aimes pas George Ashworth. Tu ne te laisserais pas influencer par la mauvaise opinion que tu as de lui ?

— J'en doute. Que dois-je dire à Emily ?

— Rien. De toute façon, elle ne te croira pas.

— Mais il faut que je la mette en garde !

— Contre quoi ? Tout ce que tu peux lui dire, c'est qu'Ashworth avait un penchant pour Chloe avant de la rencontrer, elle. Ce qui ne fera de bien à personne. Et pourquoi Chloe n'aurait-elle pas plu à George Ashworth ? Elle était très jolie, la pauvre petite. Je ne doute pas qu'il ait courtisé de nombreuses jeunes filles et qu'il en courtisera encore beaucoup.

— Mais Emily ? dit Charlotte. Et s'il avait réellement quelque chose à voir avec la mort de Chloe ? Emily pourrait le découvrir. Elle pourrait même être la prochaine !

— Ne sois pas hystérique, Charlotte ! dit Sarah d'un ton sec. Mrs. Abernathy est très vieux jeu. Elle vient d'un milieu où les gens ont l'esprit étroit. À mon avis, ce qui lui paraît immoral et très osé ne serait pour nous qu'un divertissement banal. Je l'ai entendue critiquer la valse ! Jusqu'à quel point les gens peuvent être collet monté ! Même la reine valse ou du moins valsait dans sa jeunesse.

— Mrs. Abernathy parlait de meurtre, pas de valse.

— Pour nous, ces deux choses sont aux antipodes, mais, pour elle, elles ne sont pas si éloignées que ça. Dans son esprit, une personne capable de valser pourrait très bien envisager de tuer.

— Je ne te connaissais pas un tel sens de l'humour, dit Charlotte avec amertume. Mais ce n'est pas le moment de l'exercer. Que dois-je dire à Emily ? Je ne peux pas rester sans rien faire.

— Au moins, tu n'as encore rien dit à ton affreux policier !

— Évidemment que je ne lui ai rien dit ! Voilà une remarque judicieuse !

— Désolée. Peut-être ferions-nous mieux d'aller chercher Emily et de lui dire... je ne sais pas exactement quoi. La vérité, je suppose.

Tout en parlant, Sarah s'était levée et se dirigeait vers la porte.

Charlotte l'approuva. C'était la meilleure solution, et elle lui était reconnaissante de son soutien. Elle s'écarta pour la laisser passer.

Quelques instants plus tard, elles se retrouvèrent toutes dans la chambre de Charlotte, la porte fermée.

— Eh bien ? demanda Emily.

— Charlotte a appris quelque chose aujourd'hui que tu devrais savoir aussi. Dans ton propre intérêt.

— Quand on dit ça, en général, c'est mauvais signe.

Emily regarda Charlotte.

— Très bien. De quoi s'agit-il ?

Charlotte inspira profondément. Elle savait qu'Emily allait se mettre en colère.

— George Ashworth était très lié avec Chloe juste avant sa mort. Il l'a emmenée dans de nombreux endroits.

Emily haussa les sourcils.

— Vous pensiez que je n'étais pas au courant ?

Charlotte fut surprise.

— À vrai dire, oui. Mais peut-être ne sais-tu pas de quel genre d'endroits il s'agit ? Apparemment, des lieux où les femmes vertueuses ne vont pas.

— Tu veux dire les maisons closes ?

— Emily, je t'en prie ! intervint sèchement Sarah. Je comprends que tu sois furieuse, mais il n'est pas utile de te montrer vulgaire.

— Non, je ne veux pas dire… les maisons closes ! dit Charlotte avec brusquerie. Du moins, je ne pense pas qu'il s'agissait de ça. Mais ce n'est pas quelque chose à prendre à la légère. Souviens-toi que Chloe est morte, et n'oublie pas comment. Mrs. Abernathy considère que c'est le fait d'avoir fréquenté George Ashworth qui a provoqué sa mort, directement ou indirectement.

Emily était blême.

— J'ai bien compris que tu n'aimais pas George, voire même que tu étais jalouse, mais ça c'est méchant et tout à fait indigne de toi. Dieu sait que je déplore la mort de Chloe, mais ça n'a rien à voir avec George !

— Qu'en sais-tu ?

— Parce que c'est ta pudibonderie malveillante qui te dicte ces idées-là. Je connais George, et toi pas. Pourquoi aurait-il fait une chose pareille ?

— Je ne sais pas ! Mais je ne te dis pas ça par méchanceté, tu as tort de le croire ! Je te le dis parce que je ne supporterais pas qu'il t'arrive la même chose, si, par l'intermédiaire de George Ashworth, tu rencontrais quelqu'un qui…

Emily poussa un soupir d'impatience.

— Si Chloe s'est commise en mauvaise compagnie, c'est parce qu'elle n'a pas eu l'intelligence de voir à qui elle avait affaire. J'espère que tu ne me ranges pas dans la même catégorie qu'elle ?

— Je ne sais vraiment pas, Emily, répondit Charlotte, honnête. Parfois je me le demande.

Emily était à nouveau sur la défensive.

— Alors que vas-tu faire ? Le dire à papa ?

— Dans quel but ? Il pourrait t'interdire de voir George Ashworth, mais tu n'en ferais qu'à ta tête… simplement, tu le ferais en secret, ce qui serait pire. Sois seulement… prudente.

L'expression d'Emily s'adoucit.

— Évidemment que je serai prudente. Tu dis ça pour mon bien, je suppose. Mais parfois tu es… si pompeuse, et si prude, que je désespère de toi ! Bien, je suis trop fatiguée pour rester ici plus longtemps. Bonne nuit.

Quand Emily fut sortie, Charlotte regarda Sarah.

— Tu ne peux vraiment rien faire de plus, dit Sarah calmement. Et honnêtement, je ne pense pas qu'Ashworth soit mêlé à l'assassinat de Chloe. Ce n'est que l'imagination de Mrs. Abernathy. Ne t'inquiète pas pour ça. Bonsoir.

— Bonsoir, Sarah. Et merci.

8

Le 2 octobre, la pluie automnale rafraîchissait les rues. Maddock frappa à la porte du grand salon et entra aussitôt. Son pantalon était éclaboussé de pluie, il avait le teint gris.

Edward leva les yeux, ouvrit la bouche pour lui demander des explications sur son comportement, puis vit son visage. Il bondit sur ses pieds.

— Maddock ! Que se passe-t-il, mon vieux ? Vous êtes malade ?

Maddock se raidit et oscilla légèrement.

— Non, Monsieur. Pourrais-je vous parler dehors, Monsieur ?

— Qu'y a-t-il Maddock ? dit Edward, manifestement affolé, à présent.

La pièce était silencieuse.

Charlotte les regardait fixement ; une sensation de froid engourdissait peu à peu ses membres.

— Puis-je vous parler en privé, Monsieur ? demanda à nouveau Maddock.

— Edward, dit Caroline très calmement, s'il est arrivé quelque chose, il faut que nous le sachions. Maddock ferait aussi bien de nous le dire, plutôt que de nous laisser dans l'expectative.

Maddock regarda Edward.

— Ça va, dit Edward en hochant la tête. Qu'y a-t-il, Maddock ?

— Il y a eu un autre meurtre, Monsieur, dans une ruelle, derrière Cater Street.

— Oh ! mon Dieu !

Edward devint blanc comme un linge. Il se laissa tomber sur la chaise derrière lui. Sarah émit un faible gémissement.

— Qui est-ce ? fit Caroline, si bas qu'on l'entendit à peine.

— Verity Lessing, Madame, la fille du sacristain, lui répondit Maddock. Un agent vient juste d'arriver du poste de police pour nous avertir et nous dire de ne pas laisser sortir les bonnes, même dans la courette sur la rue.

— Oui, bien sûr, dit Edward.

L'air abattu, il fixait un point devant lui.

— Est-ce la même chose que…

— Oui, Monsieur, avec un fil d'acier, comme les autres.

— Oh ! mon Dieu !

— Peut-être ferais-je mieux d'aller vérifier que toutes les portes sont bien verrouillées, Monsieur ? Et de fermer les volets. Cela rassurerait les femmes.

— Oui, approuva Edward d'un air absent. Oui, faites, je vous en prie.

— Maddock ?

Caroline l'avait appelé alors qu'il tournait les talons pour partir.

— Oui, Madame ?

— Avant de faire tout ça, veuillez nous apporter une bouteille de cognac et des verres. Je pense que nous avons besoin d'un… remontant.

— Oui, Madame, certainement.

Peu après qu'il eut apporté de quoi boire, il y eut du bruit dans le vestibule. Dominic entra, secouant les gouttelettes de pluie accrochées à sa veste.

— J'aurais dû prendre un manteau, dit-il en regardant ses mains mouillées. Je ne m'attendais pas à ce que le temps change.

Son regard alla de leurs visages au cognac, puis se posa à nouveau sur eux.

— Que se passe-t-il ? Vous avez l'air accablés ! Maintenant que j'y pense, il y avait du monde plein la rue. Maman ?

Il la regarda, les sourcils froncés.

— Grand-mère n'est pas malade, n'est-ce pas ?

— Non, dit Edward, répondant pour Caroline. Il y a eu un autre meurtre. Vous feriez mieux de vous asseoir et de prendre un peu de cognac, vous aussi.

Dominic le dévisagea en pâlissant.

— Oh ! mon Dieu !

Il prit une grande inspiration.

— Qui ça ?

— Verity Lessing.

Dominic s'assit.

— La fille du sacristain ?

— Oui, dit Edward.

Puis il lui servit le cognac et lui tendit le verre.

— Qu'est-ce qui s'est passé ? dit Dominic, abasourdi. C'est également arrivé dans Cater Street ?

— Dans une ruelle juste derrière, répliqua Edward. Il faut bien l'admettre : ce détraqué habite près de Cater Street. Ou bien il travaille là, il a une raison d'y venir régulièrement.

Personne ne lui répondit. Charlotte le regardait. Elle ne pensait qu'à une chose, intensément soulagée qu'il n'ait pas quitté la maison de la soirée. La prochaine fois que Pitt viendrait – car elle ne doutait pas qu'il allait venir –, papa ne serait pas interrogé.

— Je suis désolé, dit Edward. Nous ne pouvons plus continuer à prétendre qu'il s'agit d'un individu issu des bas-fonds. Et que c'est une question de malchance, s'il s'attaque à nous.

— Papa ? dit Emily en tremblant. Vous ne croyez pas que ce soit… quelqu'un que nous connaissons, n'est-ce pas ?

— Bien sûr que non ! dit Sarah avec brusquerie. C'est un détraqué.

— Qui peut très bien figurer parmi nos connaissances.

Charlotte venait d'exprimer, avec tristesse, les pensées qui avaient germé dans son esprit.

— Après tout, reprit-elle, il y a bien *quelqu'un* qui le connaît !

— Je ne te suis pas.

Sarah fronça les sourcils.

— Je ne fréquente pas de détraqués.

— Comment peux-tu en être sûre ?

— C'est évident !

Dominic se tourna vers Charlotte.

— Qu'essayez-vous de nous dire, Charlotte ? Que s'il y avait un fou dans notre entourage, nous ne pourrions pas nous en rendre compte ?

— Vous croyez que vous l'auriez remarqué ? dit Charlotte en le regardant à son tour. Si c'était aussi simple, ceux qui le connaissent ne se seraient-ils pas manifestés, n'auraient-ils pas réagi ? Après tout, quelqu'un doit le connaître – des commerçants, des domestiques, des voisins –, même s'il n'a pas de famille !

— Oh ! mais c'est horrible ! s'écria Emily. Imagine que tu es le domestique ou le voisin de quelqu'un dont tu sais qu'il est… fou à ce point, qu'il tue des femmes…

— C'est ce que j'essaie de vous expliquer ! s'exclama Charlotte, son regard allant fébrilement de l'un à l'autre. Je ne pense pas qu'on s'en rendrait compte, sinon il se serait fait arrêter depuis longtemps. La police a interrogé toutes sortes de gens. Si quelqu'un savait, ce serait officiel, à présent.

— Eh bien, je pense à plusieurs personnes qui ne sont pas ce qu'elles semblent être extérieurement, dit grand-mère, parlant pour la première fois. On n'imagine pas la méchanceté qui se cache derrière une douceur apparente. Certains, qui ont l'air de saints, sont en fait des démons.

— Et certains, qui ont l'air de démons, sont réellement des démons, riposta Charlotte du tac au tac.

— Cette remarque est censée vouloir dire quelque chose ? demanda grand-mère d'un ton aigre. Il est temps, jeune fille, que tu apprennes à réfléchir avant de parler ! Dans ma jeunesse, une personne de ton âge savait se tenir !

— Dans votre jeunesse, vous n'avez pas été confrontée à quatre morts violentes dans la rue où vous viviez.

Caroline avait pris la défense de Charlotte et, de façon indirecte, la sienne propre.

— Du moins, vous nous l'avez suffisamment répété, ajouta-t-elle.

— C'est peut-être à cause de ça ! répliqua grand-mère.

— Comment ça ? s'enquit Sarah. Nous savons tous que Charlotte parle sans réfléchir, mais d'après vous, cela aurait entraîné la mort de Verity Lessing, ce soir, derrière Cater Street ?

— Tu es impertinente, Sarah ! dit grand-mère d'un ton sec. Et cela ne te ressemble pas.

— Je pense que vous êtes injuste, grand-mère, fit Dominic en lui souriant.

Il réussissait généralement à la charmer, il le savait et en jouait.

— Nous sommes bouleversés, à la fois par la mort d'une jeune fille que nous connaissions et à la pensée que le meurtrier pourrait également être quelqu'un que nous connaissons, au moins de vue.

— Oui, maman, dit Edward en se levant. Peut-être devriez-vous vous retirer. Caroline veillera à ce qu'on vous apporte quelque chose à boire au lit.

Grand-mère le fixa d’un air belliqueux.

— Je ne veux pas aller me coucher. Je ne me laisserai pas congédier !

— Je pense que c’est préférable, déclara Edward avec fermeté.

Grand-mère resta assise où elle était, mais elle avait trouvé son maître. Quelques minutes plus tard, elle le laissa l’aider à se lever et, avec une mauvaise grâce considérable, monta se coucher.

— Dieu soit loué, dit Caroline d’un ton las. C’en est vraiment trop.

— Néanmoins, dit Dominic en fronçant les sourcils, nous ne pouvons occulter le fait que ce pourrait être n’importe qui, comme l’a souligné Charlotte… même quelqu’un que nous fréquentons ou avec qui nous nous sommes toujours sentis parfaitement à l’aise…

— Arrêtez, Dominic ! fit Sarah.

Elle se redressa dans son fauteuil.

— Vous allez nous faire soupçonner nos voisins et même nos amis ! Nous ne pourrons plus avoir une conversation normale avec quelqu’un sans nous demander s’il ne s’agit pas de l’assassin !

— Peut-être que ce serait aussi bien tant qu’on ne l’a pas arrêté, dit Emily, songeuse.

— Emily ! Comment peux-tu dire une chose pareille, même pour plaisanter ? Le moment est mal choisi pour faire de l’humour, de toute façon.

— Emily ne plaisante pas, répondit Dominic, prenant la défense de la jeune fille. Elle a simplement l’esprit éminemment pratique, comme d’habitude. Et elle a raison, jusqu’à un certain point. Peut-être que si Verity Lessing s’était montrée plus circonspecte, elle serait toujours en vie.

Une nouvelle pensée traversa l’esprit de Charlotte.

— Vous le croyez vraiment, Dominic ? Vous croyez que c’est pour ça que personne n’a entendu de cris…

car chaque victime connaissait l'assassin et n'a pas eu peur jusqu'à ce qu'il soit trop tard ?

Dominic pâlit. À l'évidence, il n'avait pas envisagé cela. Ses pensées ne lui dictaient pas ses propos, elles les suivaient. Son imagination était encore loin derrière.

Charlotte était étonnée. Elle pensait qu'il avait vu cette conclusion avant elle.

— Cela expliquerait tout, dit-elle tristement.

— Comme le fait d'être attaquée par-derrière et par surprise, remarqua Sarah.

— À mon avis, cette conversation n'est pas utile, les interrompit Edward. Nous ne nous protégerons pas en nous adonnant à des spéculations sur toutes nos connaissances. En outre, nous pourrions être injustes à leur égard. Nous allons avoir peur, c'est inévitable. À quoi bon nous donner des frayeurs supplémentaires ?

— C'est facile à dire, déclara Caroline en posant les yeux sur son verre de cognac. Mais ce sera difficile à faire. À partir de maintenant, je crois que je vais regarder les gens différemment. Je vais me demander jusqu'à quel point je les connais, et s'ils s'interrogent de la sorte sur moi-même, ou en tout cas sur ma famille.

Sarah la regarda fixement, haussant les sourcils.

— Vous voulez dire qu'ils pourraient suspecter papa ?

— Pourquoi pas ? Ou Dominic. Ils ne les connaissent pas aussi bien que nous.

Charlotte se souvint que cela leur avait traversé l'esprit, à elle et à maman, dans des moments sombres et inavouables. Elles-mêmes avaient envisagé que papa puisse être impliqué dans l'affaire. Elle ne regarda pas sa mère. Si Caroline pouvait l'oublier, c'était tant mieux.

— Mes soupçons peuvent se porter sur n'importe qui. Et ce dont j'ai peur, dit Charlotte avec franchise, c'est de rencontrer un homme dans la rue et que cette fois mes soupçons soient fondés. Il comprendrait que je le suspecte et je lirais dans ses yeux que j'ai eu raison de le suspecter. Puis nous nous regarderions, il saurait que j'ai tout compris et il faudrait qu'il me tue, vite, avant que je ne parle ou que je ne crie.

— Charlotte ! dit Edward.

Il s'était levé. Il donna un coup de poing sur le guéridon, qu'il renversa.

— Arrête ! Tu effraies tout le monde sottement. Aucune d'entre vous ne va se retrouver seule avec cet homme, ni avec un autre, d'ailleurs.

— Nous ne savons pas qui il est, dit Charlotte sans s'émouvoir. Ce pourrait être quelqu'un que nous considérons comme un ami, quelqu'un d'aussi inoffensif que l'un d'entre nous ! Ce pourrait être le pasteur ou le garçon boucher, ou Mr. Abernathy…

— Ne sois pas ridicule ! Ce sera quelqu'un que nous connaissons à peine, voire pas du tout. Peut-être ne savons-nous pas très bien juger les caractères, mais de là à commettre une erreur aussi grossière !

— Vous croyez ?

Charlotte fixait un espace vide sur le mur.

— Je me suis demandé, poursuivit-elle, ce que les apparences laissent filtrer de la nature profonde, ce que nous savons réellement sur autrui. Nous ne savons déjà pas grand-chose les uns des autres, alors nos vagues connaissances…

Dominic la regardait toujours, l'air interloqué.

— J'étais sûr que nous nous connaissions tous très bien !

— Vraiment ?

Charlotte le regarda à son tour, croisa le regard sombre, intelligent. Pour une fois, elle ne cherchait pas à savoir ce qu'il pensait ; son cœur ne battait pas pour lui.

— Et vous en êtes toujours persuadé ? demanda-t-elle.

— Peut-être pas.

Il détourna les yeux et alla se servir un autre cognac.

— Quelqu'un en veut ? demanda-t-il.

Edward se leva.

— Je pense que nous ferions mieux de nous coucher tôt. Après avoir dormi, nous pourrons peut-être offrir un meilleur visage au monde et affronter les problèmes de façon un peu plus… pratique. Je vais y réfléchir. Je vous dirai demain matin ce que j'aurai décidé, quant à la meilleure attitude à adopter jusqu'à ce que cet individu soit arrêté.

Le lendemain, il y eut les habituelles corvées macabres à accomplir. Un agent de police passa, tôt le matin, pour les informer officiellement du meurtre et leur poser quelques questions. Charlotte se demanda si Pitt allait venir et fut à la fois curieusement soulagée et déçue qu'il ne se montre pas.

Au déjeuner ils parlèrent peu et mangèrent de la viande froide avec des légumes. Dans l'après-midi, elles allèrent toutes les quatre présenter leurs condoléances aux Lessing, et offrir toute l'aide dont elles se sentaient capables… même si, bien entendu, rien ne pouvait dissiper le choc ni apaiser le chagrin. Néanmoins, c'était une visite obligatoire. Si elles n'avaient pas accompli cet acte de politesse, les Lessing eussent été blessés.

Elles portaient toutes des couleurs sombres. Maman s'était carrément habillée en noir. Charlotte se regarda dans le miroir avant de partir et ne se plut pas du tout. Elle avait mis une robe vert foncé gansée de noir et un chapeau noir. Ce n'était pas flatteur, surtout sous le soleil d'automne.

Elles allèrent à pied chez Mrs. Lessing, car ce n'était pas loin. La maison des Lessing avait les stores baissés. Un agent arpentait le trottoir devant l'entrée. Il était costaud et avait l'air malheureux. Charlotte se dit qu'il était peut-être habitué à la mort, voire à la violence, mais pas à la douleur des proches de la victime. C'est embarrassant de voir le chagrin de quelqu'un sans rien pouvoir y changer. Elle se demanda si Pitt éprouvait lui aussi ce sentiment d'impuissance, ou s'il était trop occupé à essayer d'assembler les pièces du puzzle : les alibis des uns et des autres, les amours, les haines, les mobiles possibles.

Elle se rendit compte soudain combien elle détesterait ce métier, combien ce genre de responsabilités lui pèserait. Tout le voisinage attendait de Pitt qu'il vînt les délivrer de leurs peurs, qu'il trouve cet individu, prouvant par là même que ce n'était pas l'un des leurs, chacun avec ses affections particulières, ses soupçons cachés, ses craintes désespérées et tues. Attendaient-ils des miracles de sa part ? Il ne pouvait altérer la vérité. Peut-être même n'était-il pas capable de la découvrir !

Une bonne leur ouvrit la porte, les yeux rouges, nerveuse. Mrs. Lessing était au salon. On avait assombri la pièce par respect pour la défunte ; les lampes à gaz chuintaient sur le mur. Mrs. Lessing était en noir, elle avait le teint blême. Sa coiffure était en désordre, comme si elle n'avait pas défait ses cheveux la veille et les avait simplement ramassés sur la nuque avec un peigne, ce matin, arrangeant seulement quelques épingles.

Caroline alla droit vers elle, l'enlaça et l'embrassa sur la joue. Verity était leur unique enfant.

— Ma chère, je suis tellement triste, dit-elle tout doucement. Pouvons-nous vous être utiles ? Voudriez-vous que l'une d'entre nous reste avec vous un moment pour vous aider ?

Mrs. Lessing fit un énorme effort pour parler. Ses yeux s'agrandirent de surprise, puis on y lut de l'espoir. Tout à coup, elle éclata en sanglots et enfouit son visage dans l'épaule de Caroline.

Caroline la serra plus fort contre elle, lui caressa les cheveux, arrangea doucement les mèches qui s'échappaient de sa coiffure, comme si cela avait de l'importance.

Charlotte ressentit une grande bouffée de pitié. Elle se souvint de la dernière fois où elle avait vu Verity. Elle avait été brusque avec elle, et avait eu l'intention de s'excuser. Maintenant, il était trop tard.

— J'aimerais rester avec vous, Mrs. Lessing, dit-elle distinctement. J'aimais beaucoup Verity. Laissez-moi vous aider, je vous en prie. Il va y avoir beaucoup à faire. Vous ne devez pas vous en charger seule. Et puis je sais que Mr. Lessing a des… devoirs qu'il ne peut négliger.

Il s'écoula plusieurs minutes avant que Mrs. Lessing ne recouvre le contrôle d'elle-même. Elle se tourna vers Charlotte, luttant contre les larmes, mais sans avoir honte de son chagrin.

— Merci, Charlotte. S'il vous plaît… s'il vous plaît, restez !

Il n'y avait plus grand-chose à ajouter. Charlotte ne rentra pas à la maison, préférant ne pas laisser Mrs. Lessing toute seule. On décida que Maddock lui apporterait une valise de vêtements et d'objets de toilette d'ici une heure ou deux.

Ce fut une journée très dure. Comme Mr. Lessing était sacristain, ses fonctions le tinrent éloigné de la maison la majeure partie de l'après-midi. Aussi Charlotte resta-t-elle avec Mrs. Lessing pour recevoir les autres visiteurs qui vinrent présenter leurs condoléances. Il n'y avait pas grand-chose à dire, hormis les mêmes paroles de sympathie face à un tel choc, l'assurance qu'ils avaient beaucoup aimé Verity. Puis cette question terrible : et maintenant, quelles horreurs les attendaient ?

Le pasteur se montra, naturellement. Charlotte avait redouté sa visite, tout en la sachant inévitable. À l'évidence, il était déjà venu la veille au soir, dès qu'on avait appris la nouvelle. Il revint néanmoins en fin d'après-midi, cette fois avec Martha. La bonne les fit entrer. Charlotte les reçut dans le petit salon. Mrs. Lessing avait finalement accepté d'aller s'étendre sur son lit et s'était assoupie.

— Ah ! Miss Ellison.

Le pasteur la regarda avec une certaine surprise.

— Vous aussi, vous venez voir la pauvre Mrs. Lessing ? Comme c'est gentil de votre part. Vous pouvez partir en toute bonne conscience, à présent. Nous allons guider et réconforter Mrs. Lessing en cette heure difficile. Le Seigneur a donné et le Seigneur a repris.

— Non, je ne viens pas voir Mrs. Lessing, répondit Charlotte un peu sèchement. Je reste ici pour l'aider du mieux que je peux. Il y a beaucoup à faire…

— Je suis sûr que nous pouvons nous en charger.

Le pasteur était très clairement contrarié, peut-être par le ton qu'elle avait employé.

— J'ai plus l'habitude que vous, vu votre jeune âge, de prendre ce genre de dispositions, déclara-t-il. C'est mon devoir, de réconforter ceux qui sont dans la peine, de vivre le deuil avec les affligés.

— Je doute que vous ayez le temps de diriger une maison, rétorqua Charlotte, qui ne désarmait pas. Comme vous l'avez dit, vous allez devoir prendre des dispositions pour l'enterrement. Et puisque c'est votre devoir de réconforter ceux qui sont dans la peine, votre présence sera nécessaire ailleurs. Je crois que la pauvre Mrs. Abernathy a toujours besoin de réconfort.

Du coin de l'œil, elle vit blêmir encore davantage le visage pâle de Martha, de sorte que, par contraste, ses yeux apparurent comme des cavités dans son crâne et que ses sourcils blonds semblèrent avoir bruni. La pauvre femme était près de défaillir, malgré ses larges épaules et son corps robuste.

— Je vous en prie, asseyez-vous, dit Charlotte, poussant une chaise vers elle. Vous devez être affreusement fatiguée. Vous êtes restée debout toute la nuit ?

Martha acquiesça d'un hochement de tête, puis se laissa tomber sur la chaise.

— C'est très gentil à vous, dit-elle d'une voix tremblante. Il y a tant de détails pratiques à régler : s'occuper de la cuisine, écrire des lettres, préparer des habits de deuil, donner des instructions aux bonnes. Mrs. Lessing dort ?

— Oui, et je préférerais ne pas la réveiller, à moins qu'il ne s'agisse d'une urgence, répondit Charlotte fermement, parlant pour le pasteur, alors qu'elle regardait Martha.

Ce dernier grommela :

— J'espérais apporter une aide spirituelle à la pauvre femme, mais si vous dites qu'elle dort, je vais devoir revenir à un autre moment, je suppose.

— Sans doute, oui, approuva Charlotte.

Elle ne souhaitait nullement leur proposer des rafraîchissements, mais le visage hagard de Martha lui fit pitié.

— Puis-je vous offrir une tasse de thé ? Cela ne pose aucun problème.

Martha ouvrit la bouche comme pour accepter, puis un mélange de doute et de peur se peignit sur son visage. À nouveau, elle hésita, puis se leva et déclina l'offre.

Après leur départ, Charlotte alla à la cuisine demander qu'on prépare un repas léger pour le soir et s'assurer qu'on s'occupait du ravitaillement du lendemain. La femme de chambre l'interrompit dans ces occupations pour lui annoncer l'arrivée de la police. Charlotte s'était attendue à sa visite ; elle l'avait en tête depuis le début et fut pourtant prise au dépourvu.

C'était Pitt, bien sûr. Elle se sentit intimidée à l'idée qu'il la trouve ici, gênée par son désir de se rendre utile.

— Bonsoir, Miss Ellison, dit-il, sans autre manifestation de surprise qu'un léger haussement de sourcils. Mrs. Lessing est-elle en état de me parler ? Je sais que Mr. Lessing est encore à l'église.

— Elle sera bien obligée de vous parler, dit Charlotte d'une voix douce.

Elle espérait que son intonation aimable atténuerait la rudesse de son propos.

— Peut-être serait-il plus simple d'en finir au plus vite, ajouta-t-elle. Il ne sert à rien d'atermoyer. Si ça ne vous ennuie pas d'attendre, je vais aller la réveiller. Veuillez m'excuser si cela prend un peu de temps.

— Mais bien sûr.

Il hésita.

— Charlotte ?

Elle se retourna.

Il fronçait les sourcils.

— Si elle se sent mal, si elle est trop affligée, je n'ai rien à lui demander qui ne puisse attendre demain. Simplement, je doute que ce soit plus facile à ce moment-là. Elle pourrait même passer une meilleure nuit, sachant cette épreuve-là derrière elle.

Charlotte se surprit à sourire.

— Je crois que vous avez raison. Puis-je rester si elle le souhaite ?

— Je préférerais que vous soyez là.

Il fallut plusieurs minutes à Charlotte pour réveiller Mrs. Lessing et lui assurer qu'elle était tout à fait présentable, que son apparence ne lui ferait pas honte devant un être simple comme un policier. Charlotte ajouta qu'il était poli et qu'elle n'avait rien à craindre, puisqu'elle n'avait rien à se reprocher. En outre, elle dormirait mieux la nuit, une fois cette corvée achevée. Charlotte n'eut pas le cœur de lui dire qu'il s'agissait probablement de la première d'une longue série de visites. Un motif de douleur, un motif de crainte suffisaient pour aujourd'hui.

Pitt fut très gentil avec Mrs. Lessing, mais la nature de ses questions était inévitable : qui Verity avait-elle pour amis ? Avec qui s'était-elle liée récemment ? Quels jeunes gens s'intéressaient à elle ? Avait-elle exprimé des craintes précises ? Connaissait-elle bien Chloe Abernathy ? Avait-elle rendu visite aux Hilton ou aux Ellison, de sorte qu'elle aurait pu connaître leurs servantes et vice versa ? Avaient-elles pu observer ou découvrir les mêmes choses ?

Mrs. Lessing ne possédait aucune information utile. Elle répondit d'une manière incohérente et hébétée, propre aux êtres en état de choc. On avait l'impression qu'elle ne comprenait pas le but des questions de Pitt.

Finalement, il abandonna et se leva pour prendre congé. Il regarda Mrs. Lessing traverser lentement le couloir puis fermer la porte derrière elle.

— Vous restez, Charlotte ?

Il ne vint même pas à l'esprit de la jeune fille de lui reprocher son impertinence pour avoir employé son prénom.

— Oui. Il y a beaucoup à faire, et Mr. Lessing ne peut s'interrompre dans son travail. C'est quelqu'un qui n'a pas le sens pratique. Il n'a guère l'habitude de diriger une maison.

— Il serait peut-être bon de lui laisser certaines taches. Le travail ne guérit pas, mais il aide. L'oisiveté donne le temps de penser.

— Oui, je… je lui trouverai des occupations. Des travaux ménagers qui ne demandent pas de réfléchir. Mais j'organiserai tout moi-même, les préparatifs de l'enterrement, prévenir les gens, toutes ces choses-là.

Il sourit.

— Je vois beaucoup d'horreurs et de tragédies dans mon métier. Mais je rencontre aussi beaucoup de gentillesse.

Arrivé à la porte, il se retourna.

— Surtout, ne sortez pas seule. Même si vous deviez avoir besoin d'un médecin, envoyez quelqu'un, envoyez Mr. Lessing, ou demandez de l'aide dans la maison d'à côté. Ils comprendront.

— Mr. Pitt !

— Oui ?

— Vous avez appris quelque chose ? Je veux dire, quel genre d'homme, de quel… de quel milieu ?

Elle pensait à George et à Emily.

— Vous ne m'avez pas dit tout ce que vous savez ?

À nouveau, il la regarda comme s'il voyait en elle, comme s'il la connaissait bien, qu'il fût son égal et non un policier.

— Non ! Bien sûr que non ! Si je savais quelque chose, je vous le dirais !

— Vraiment ?

Sa voix était empreinte d'une douce incrédulité.

— Même si ce n'était qu'un soupçon ? Ne craindriez-vous pas de faire du tort à quelqu'un, quelqu'un que vous aimez, peut-être ?

Elle faillit lui rétorquer avec une certaine fureur qu'aucun des êtres qu'elle aimait ne pouvait être mêlé à de tels crimes. Mais quelque chose – l'intelligence ou l'honnêteté de Pitt – l'incita à la franchise.

— Oui, bien sûr que j'aurais peur de faire du tort à quelqu'un, s'il s'agissait seulement d'un soupçon. Mais vous n'êtes pas du genre à tirer des conclusions hâtives, j'imagine ?

C'était une question. Charlotte avait besoin d'être rassurée.

— Non, ou nous arrêterions dix criminels pour chaque délit.

Il sourit, découvrant à nouveau ses belles dents blanches.

— Dans quel domaine vous ne voulez pas me voir intervenir ?

— Vous tirez des conclusions hâtives ! déclara-t-elle avec fougue. Je n'ai pas dit que j'avais des informations à vous donner !

— Vous ne l'avez pas dit explicitement, mais vous vous êtes montrée évasive : j'en déduis donc que vous savez quelque chose.

Elle lui tourna le dos, décidée à se taire.

— Vous vous trompez. J'aimerais vous aider, mais je ne sais rien. Je suis désolée de vous avoir involontairement laissé croire le contraire.

— Charlotte !

— Vous devenez trop familier, inspecteur Pitt ! dit-elle à mi-voix.

Il s'approcha par-derrière. Elle fut troublée de le sentir aussi près d'elle. La remarque d'Emily sur ses sentiments pour elle lui revint en mémoire. Les joues en feu, elle se rendit compte avec effroi que sa sœur avait raison. Cette découverte la cloua sur place.

— Charlotte, dit-il gentiment, cet homme a déjà tué quatre femmes. Il n'y a aucune raison de supposer qu'il va s'arrêter. Selon toute probabilité, il ne peut pas s'en empêcher. Il est préférable qu'on suspecte un innocent pendant quelque temps plutôt que de risquer un nouveau crime. Quel âge avait Lily ? Dix-neuf ans ? Verity Lessing n'avait que vingt ans. Chloe Abernathy, un peu plus. Et la bonne des Hilton ? Je ne me souviens même pas de son nom ! Si vous doutez encore de l'aspect monstrueux de cette affaire, retournez donc voir Mrs. Lessing…

— Je sais ! s'emporta Charlotte. Vous n'avez pas à me le rappeler !

— Alors dites-moi ce qui vous a traversé l'esprit, ce que vous avez vu ou entendu… n'importe ! Si cela ne tire pas à conséquence, je m'en apercevrai. Personne ne sera injustement poursuivi. Nous allons l'arrêter un jour. Mais autant que ce soit maintenant, avant qu'il ne frappe à nouveau.

Impulsivement, Charlotte pivota sur elle-même, pour lui faire face.

— Vous croyez qu'il va encore tuer ?

— Pas vous ?

Elle ferma les yeux pour ne pas voir le visage de Pitt.

— Qu'est-il arrivé à notre quartier ? C'était un endroit tranquille, où il faisait bon vivre. Le pire qu'on a connu, c'étaient des amourettes brisées, quelques commérages. Et voilà qu'on a eu des morts. Nous nous observons tous et nous nous posons des questions. Moi la première ! Je regarde des hommes en qui j'ai toute confiance depuis des années et je me demande si ce n'est pas l'un d'eux ; j'ai des pensées à leur égard qui me font rougir de honte ! Et je vois sur leurs visages qu'ils savent que je les soupçonne !

« C'est presque ça, le plus grave ! poursuivit-elle. Ils ont bien conscience que je m'interroge à leur sujet, que j'ai des doutes. Que peuvent-ils bien ressentir ? Que ressent-on en voyant dans les yeux de sa fille, de sa femme, qu'elles vous suspectent, en dépit de leurs protestations ? Que l'idée de votre culpabilité les a réellement effleurées un jour ? Peut-on se sentir à nouveau le même ? L'amour peut-il survivre à ça ? L'amour n'est-il pas aussi confiance ? Aimer, n'est-ce pas avoir foi en quelqu'un, le connaître suffisamment bien pour ne pas le remettre en cause ?

Elle gardait les yeux fermés.

— Je m'aperçois que je connais à peine ceux que je croyais aimer. Et je le constate chez les autres. Chez tous ceux qui sont venus ici. J'écoute ce qu'ils disent, car je n'ai pas le choix. Ils regardent autour d'eux, cherchant à jeter l'anathème sur quelqu'un, sur celui dont la culpabilité les dérangera le moins. C'est le début des commérages, des soupçons, des insinuations murmurées. Il n'y a pas que les morts qui souffriront, ni même seulement leurs proches.

— Alors aidez-moi, Charlotte. Que savez-vous ou que croyez-vous savoir ?

— George Ashworth. Lord George Ashworth. Il était très lié avec Chloe Abernathy juste avant qu'elle meure. Il l'a emmenée dans des… des endroits peu fréquentables. C'est du moins ce que dit Mrs. Abernathy. Et, contrairement à ce que pense papa, Chloe n'était pas immorale, pas le moins du monde, juste un peu écervelée !

— Je sais.

Charlotte ouvrit les yeux.

— Ashworth sort beaucoup avec Emily. S'il vous plaît, veillez à ce qu'il ne soit pas… qu'il n'ait pas…

Pitt esquissa une grimace amère.

— J'enquêterai discrètement sur les récents faits et gestes de Lord George Ashworth, je vous le promets. Il n'est pas inconnu de nos services, du moins de réputation.

— Vous voulez dire…

— Je veux dire que c'est un gentleman aux goûts un peu… extravagants, que son titre et sa fortune confortent dans une conduite qui serait punie chez d'autres. Parler à Emily ne servirait à rien, j'imagine ?

— À rien. J'ai déjà essayé, et si mes propos avaient été accueillis différemment, je ne vous aurais pas ennuyé avec ça.

Il sourit.

— Bien sûr. Ne vous inquiétez pas.

Il tendit la main comme pour toucher son bras, puis la retira gauchement.

— Je vais faire surveiller Lord Ashworth, discrètement. Je ferai tout ce qui est en mon pouvoir pour qu'il n'arrive rien à Emily, bien que je ne puisse la protéger contre une éventuelle grosse frayeur.

— Cela ne lui fera pas de mal, dit Charlotte laconiquement.

Elle était totalement soulagée.

— Merci, inspecteur. Je suis contente… que vous m'aidiez.

Pitt rougit légèrement et tourna les talons pour prendre congé.

— Allez-vous rester avec Mrs. Lessing jusqu'à l'enterrement ?

— Oui. Pourquoi ?

— Comme ça. Bonsoir… Miss Ellison. Merci de votre collaboration.

— Bonsoir, inspecteur Pitt.

Charlotte revint de chez les Lessing une semaine plus tard, après les funérailles. Outre Pitt, papa aussi lui avait interdit de se déplacer seule. Dominic vint la chercher en fiacre, ce dont elle fut absolument ravie.

Même le souvenir de l'enterrement, sa fin, le noir pathétique, la douleur de Mrs. Lessing ne purent lui gâcher le plaisir de voir Dominic, d'être seule avec lui. Il croisa son regard : ce fut comme s'il l'avait touchée. Son sourire la réchauffa, chassa le sentiment de peur et de vulnérabilité. Elle s'assit dans la voiture à côté de lui et, pendant un moment, tout le reste cessa d'exister. Plus de passé, plus d'avenir.

Ils parlèrent de banalités, mais cela lui importait peu. Ce qui comptait, c'était d'être avec lui, unique objet de son attention.

Le cocher descendit sa valise, que Maddock porta à l'intérieur. Elle le suivit, au bras de Dominic. C'était une sensation délicieuse.

Sensation qui s'évanouit dès qu'elle pénétra dans le grand salon. Sarah leva les yeux du sofa où elle était assise, en train de coudre. À leur vue, son visage s'assombrit.

— Tu n'entres pas dans une salle de bal, Charlotte, dit-elle avec aigreur. À moins de te sentir faible, tu n'as pas besoin de t'accrocher comme ça !

Emily était au piano. Elle baissa les yeux sur ses mains, rougissant d'embarras.

Charlotte s'arrêta net, le bras soudain engourdi, malgré la proximité et la chaleur de Dominic.

Peut-être s'était-elle trop serrée contre lui. Elle ne pouvait nier l'avoir fait consciemment. À présent, elle se sentait gênée et coupable. Elle chercha à libérer son bras, mais Dominic, qui le tenait toujours, resserra sa prise.

— Sarah ? dit-il en fronçant les sourcils. Charlotte revient à la maison après avoir accompli un acte de charité. Vous auriez voulu que je la laisse rentrer seule ?

— C'était normal que vous alliez la chercher, répondit Sarah d'une voix dure, tendue, mais de là à faire votre entrée, bras dessus, bras dessous !

Charlotte se dégagea délibérément, le visage cramoisi.

— Je suis désolée de t'avoir contrariée, Sarah, mais jusqu'à ce que tu ouvres la bouche, je n'éprouvais que la joie de rentrer à la maison.

— Et maintenant que j'ai ouvert la bouche, tu éprouves quoi ? demanda Sarah.

— Eh bien, tu m'as privée d'une bonne part de ce plaisir.

Charlotte commençait à s'énerver elle aussi. C'était injuste. Sa sottise ne méritait pas une critique aussi vive, et en public.

— Tu n'étais qu'au coin de la rue ! dit Sarah sèchement. Pas en Australie !

— Elle était chez Mrs. Lessing, pour l'aider à traverser la pire des épreuves, attitude qui témoigne d'une grande générosité, dit Dominic, perdant patience à son tour. Ça n'a certainement pas été facile ni agréable, vu les circonstances.

Sarah le regarda d'un air mauvais.

— Je sais très bien où elle était. Inutile d'être aussi sentencieux. C'était charitable, sans nul doute, mais cela n'en fait pas une sainte, contrairement à ce que vous semblez croire.

Charlotte ne comprenait pas. Elle dévisagea Sarah : son expression était proche de la haine. Elle se détourna, écœurée, bouleversée. Emily évitait de croiser son regard. Elle pivota à nouveau vers Dominic.

— Mais oui ! dit Sarah en se levant. Adresse-toi à Dominic ! Ça ne m'étonne pas, sauf que je pensais que tu le ferais derrière mon dos !

Charlotte sentit ses joues s'enflammer. Elle s'empourpra jusqu'à la racine des cheveux, parce qu'elle aimait Dominic, qu'elle l'avait toujours aimé... mais elle rougissait de ses pensées, pas de ses actes. Ses actes ne justifiaient pas une telle accusation.

Elle inspira, puis expira profondément.

— Sarah, je ne sais pas ce que tu imagines, mais s'il s'agit de quelque chose de malséant, de déloyal ou d'injuste envers toi, tu te trompes, et ton accusation ne te fait pas honneur. Elle est fausse, et je crois que tu me connais suffisamment pour t'en rendre compte.

— Je pensais te connaître ! Mais je me suis aperçue à quel point j'ai été aveugle pendant ton séjour chez Mrs. Lessing ! Tu es une parfaite hypocrite, Charlotte. Dire que je ne me suis jamais méfiée de toi !

— Et tu as eu raison.

Charlotte eut l'impression que sa propre voix venait de très loin.

— Il n'y avait pas de quoi se méfier. C'est maintenant que tu as tort.

Dominic lui prit à nouveau le bras ; elle tenta de se dégager, mais il tint bon.

— Sarah, fit-il, très calme, j'ignore ce que vous avez en tête, et je ne souhaite pas le savoir. Mais vous devez des excuses à Charlotte pour ce que vous avez imaginé et pour l'avoir dit tout haut.

Sarah le regarda droit dans les yeux, avec une moue dégoûtée.

— Ne me mentez pas, Dominic. Je le sais, ce n'est pas le fruit de mon imagination.

Il la contempla, médusé.

— Vous savez quoi ? Il n'y a rien à savoir !

— Je le sais, Dominic. Emily m'a tout dit.

C'était la première fois que Charlotte voyait Dominic réellement en colère. Emily avait l'air effrayée, trop effrayée pour bouger.

— Emily ?

— Inutile de faire appel à Emily ou d'essayer de l'intimider.

— Intimider Emily ? dit Dominic en haussant les sourcils, amusé. Personne n'a jamais intimidé Emily ! C'est du domaine de l'impossible.

— Cessez de persifler ! siffla Sarah.

Charlotte ne faisait pas attention à eux. Elle dévisageait Emily.

Cette dernière releva le menton.

— Tu as prévenu l'inspecteur Pitt pour George et Chloe Abernathy, dit-elle d'une voix à peine frémissante.

— Parce que j'avais peur pour toi ! se défendit Charlotte.

Elle se sentait néanmoins coupable. Elle savait qu'Emily considérait cela comme une trahison, et bien que ce ne fût pas du tout son intention, la culpabilité demeurait.

— Peur de quoi ? Que j'épouse George, et que je te laisse ici, la seule d'entre nous qui n'aurait pas de mari ?

Emily ferma les yeux, le visage blême.

— Je suis désolée. Je n'aurais pas dû dire ça, c'est affreux.

— Je pensais qu'il pouvait avoir tué Chloe, que tu finirais par le deviner, et qu'alors il lui faudrait te supprimer.

Charlotte aurait donné n'importe quoi pour que Dominic ne soit pas là, pour qu'il n'entende pas cela.

— Tu te trompes, dit Emily calmement, les yeux toujours fermés. George a des défauts, dont tu ne t'accommoderais sans doute pas, mais rien d'aussi grave. Tu me crois donc capable d'épouser un assassin ?

— Non. Je pense que tu aurais découvert la vérité et que c'est pour ça qu'il t'aurait tuée.

— Tu le hais à ce point-là ?

— Il m'indiffère ! s'écria Charlotte avec exaspération. Je pensais à toi !

Emily ne dit rien.

Dominic était toujours en colère.

— Vous avez donc calomnié Charlotte auprès de Sarah pour vous venger ?

Le visage d'Emily se crispa. Elle parut très jeune et très honteuse aussi.

— Je n'aurais pas dû lui dire, admit-elle en regardant Dominic.

— Dans ce cas, excusez-vous et retirez ce que vous avez dit, exigea-t-il.

Le visage d'Emily reprit son aspect normal.

— Je n'aurais pas dû le dire, mais ce n'est pas faux pour autant, Charlotte est amoureuse de Dominic. Et ce depuis qu'il a mis les pieds ici. Et Dominic en est flatté. Il y prend plaisir. Je ne sais pas jusqu'à quel point… ?

Elle mit un point d'interrogation à sa phrase, lourde de sous-entendus.

— Emily ! plaida Charlotte.

Emily se tourna vers elle.

— Peux-tu retirer ce que tu as dit à l'inspecteur Pitt ? Peux-tu faire en sorte qu'il l'oublie ? Dans ce cas, pourquoi penses-tu que moi, je vais revenir sur mes propos ? Tu devras vivre avec ça… tout comme moi.

Elle sortit en les bousculant et disparut dans le couloir.

Charlotte regarda Sarah.

— Si tu attends mes excuses, tu attendras en vain, dit Sarah froidement. Maintenant peut-être seras-tu assez bonne pour monter déballer tes affaires. Je préférerais parler à mon mari seule à seul. Tu comprends bien que j'aie des questions à lui poser !

Charlotte eut un moment d'hésitation, mais il n'y avait rien à ajouter. Quoi qu'elle dise, cela ne pourrait qu'empirer la situation. Elle se dégagea du bras de Dominic et fit volte-face pour sortir. Peut-être demain y aurait-il des regrets, peut-être pas. Mais rien n'effacerait l'incident d'aujourd'hui. Les sentiments ne pourraient plus jamais être les mêmes. Ce qu'elle avait dit à Pitt était vrai. C'était comme des ronds à la surface d'un étang, des cercles concentriques qui se reproduiraient peut-être à l'infini.

9

Le lendemain, Dominic se rendit en ville, comme d'habitude. Le soir, il devait dîner chez un général de brigade en retraite et la femme de ce dernier. Ce dîner, Sarah l'attendait avec impatience depuis un certain temps, mais quand il rentra à la maison, il la trouva peu disposée à se réjouir. Elle paraissait lointaine, pas seulement préoccupée, mais positivement offensée par sa présence. Il essaya toutes les stratégies habituelles. Il la complimenta sur sa robe, lui raconta tout ce qu'il savait de la générale et de ses relations sociales. Il lui assura qu'elle, Sarah, serait parfaitement à la hauteur de la situation. Il l'embrassa sans déranger sa coiffure ni sa parure. Rien de tout cela n'eut le moindre effet. Elle s'écartait de lui et évitait son regard.

Il n'eut pas l'occasion de lui demander ce qui la contrariait. À deux ou trois reprises dans la soirée, il tenta de s'adresser à elle en aparté, mais, chaque fois, soit ils furent interrompus, soit elle changea de sujet, sollicitant l'attention d'une tierce personne.

Ils se retrouvèrent seuls pour la première fois dans la voiture, sur le chemin du retour.

— Sarah ?

— Oui ? dit-elle en détournant la tête.

— Qu'y a-t-il, Sarah ? Vous vous êtes conduite comme… comme une étrangère toute la soirée. Non, c'est faux : une étrangère aurait eu de meilleures manières.

— Je regrette que mes manières ne vous agréent pas.

— Cessez ce petit jeu, Sarah. S'il y a un problème, dites-le-moi.

— Un problème !

Elle se tourna vers lui, les yeux brillants de colère dans la lumière intermittente des réverbères.

— Oui, il y a un problème, c'est le moins qu'on puisse dire, et si vous n'en êtes pas conscient, c'est que vous n'avez aucun sens moral. Je n'ai rien à ajouter.

— Aucun sens moral à propos de quoi ? Oh ! pour l'amour du ciel, vous n'allez pas me refaire une scène parce que j'ai pris le bras de Charlotte, quand elle est rentrée à la maison hier ? C'est ridicule, et vous le savez. Vous cherchez seulement un prétexte pour vous quereller avec moi. Au moins, avouez-le.

— Je cherche un prétexte ! Je n'ai pas à chercher bien loin, n'est-ce pas ? Ma sœur vous plaît, vous lui tenez la main, vous lui parlez à l'oreille et Dieu seul sait quoi d'autre ! Et vous croyez que j'aie besoin d'un prétexte pour vous chercher querelle ? dit-elle d'une voix tremblante, en détournant à nouveau la tête.

Dominic tendit le bras vers elle, mais elle resta de marbre.

— Sarah ! Ne soyez pas ridicule ! Je ne m'intéresse pas à Charlotte, mis à part le fait qu'elle est votre sœur. Je l'aime bien, c'est tout. Pour l'amour du ciel, je connaissais Charlotte quand je vous ai épousée. Si c'était elle que je préférais, j'aurais demandé sa main !

— C'était il y a six ans ! Les gens changent, riposta-t-elle d'un ton méprisant.

Elle s'en voulut aussitôt : c'était une remarque vulgaire.

Dominic était désolé ; il ne souhaitait pas la blesser, mais cette scène était grotesque. Il ne pouvait cacher son irritation à l'idée de cette soirée gâchée… et maintenant cette querelle absurde alors qu'ils étaient tous les deux fatigués !

— Sarah, c'est stupide ! Je n'ai pas changé, et vous non plus, je pense. Pas plus que Charlotte, je présume. Mais Charlotte n'a rien à voir avec ça, de toute façon. Vous aurez compris qu'Emily a raconté des bobards parce qu'elle est amoureuse de George Ashworth et que Charlotte a dit au policier – comment s'appelle-t-il déjà ? – qu'Ashworth connaissait beaucoup mieux Chloe qu'il n'a bien voulu l'admettre. Ayez le bon sens de le reconnaître et de ne pas attacher d'importance à cette ineptie !

— Pourquoi êtes-vous en colère si vous n'avez rien à vous reprocher ? demanda-t-elle calmement.

— Parce que c'est idiot ! explosa-t-il, exaspéré.

— Je viens juste de découvrir que vous êtes amoureux de ma sœur, et elle de vous, et je suis idiote parce que ça me bouleverse !

— Oh ! Sarah, de grâce, arrêtez ! dit-il avec lassitude. Ce n'est pas vrai du tout, et vous le savez. Charlotte ne m'a jamais intéressé, sauf en tant que belle-sœur. Elle est intelligente, elle a de l'esprit et une façon de penser bien à elle – autant d'attributs qui n'ont rien de féminin, vous êtes la première à le dire...

— L'inspecteur Pitt n'a pas l'air de trouver ça gênant ! dit-elle d'un ton accusateur. Il est amoureux d'elle, n'importe qui peut voir ça !

— Grand Dieu, Sarah ! Qu'ai-je de commun avec un malheureux policier ? Et cette histoire doit mettre Charlotte dans l'embarras, si toutefois c'est vrai. Cet homme-là vient du ruisseau ! Socialement, il est du niveau d'un commerçant ! Et pourquoi n'admirerait-il pas Charlotte, du moment qu'il sait où est sa place ? Elle est très jolie fille...

— Vous le pensez donc !

À nouveau, ce ton accusateur, presque une note de triomphe dans la voix de Sarah.

— Oui, je le pense !

Lui aussi éleva la voix, avec colère.

Dieu qu'elle était sotte et assommante ! Dominic était fatigué et peu enclin à discuter. Il avait été patient toute la soirée, mais sa patience était à bout.

— En voilà assez ! Je n'ai rien fait pour vous devoir des excuses ou mériter vos reproches.

Elle ne répondit pas, mais lorsqu'ils arrivèrent à la maison, elle monta directement à l'étage. Quand Dominic eut parlé avec Edward dans le bureau et l'eut rejointe en haut, Sarah était déjà au lit, lui tournant le dos. Il envisagea un moment de tenter une nouvelle approche, mais il n'éprouvait ni chaleur ni désir. Franchement, il était trop épuisé pour un tel effort, une telle hypocrisie. Il se dévêtit et se coucha sans un mot.

Il se réveilla le lendemain, ayant oublié cette histoire absurde, mais on le fit s'en ressouvenir sans ménagement. Quand il rentra à la maison, le soir, les choses ne s'étaient pas arrangées. Il nota également une certaine froideur entre Emily et Charlotte, mais personne d'autre ne sembla s'en apercevoir. La conversation fut plutôt contrainte, ce qui était inhabituel. Caroline parla de banalités à propos du voisinage. Edward se contenta d'acquiescer. Seule grand-mère se montra volubile. Elle s'interrogea longuement sur les commérages visant les familles et tout spécialement les hommes aux alentours de Cater Street. Finalement Edward lui demanda de se taire d'un ton irrité.

Le lendemain, la situation ne s'améliora pas. Le soir suivant, Dominic décida de rester dîner à son club. Sarah finirait par se calmer à un moment ou à un autre, mais pour l'instant, elle l'agaçait prodigieusement. Il ne la comprenait pas : il n'avait jamais rien éprouvé pour Charlotte sinon un intérêt purement amical. Sarah devait le savoir. Souvent les femmes avaient des réactions bizarres et inexplicables, histoire d'attirer l'attention. Après quelques flatteries, elles retrouvaient leur état normal. Quoi que Sarah voulût cette fois, elle en faisait trop. Dominic se lassait, il commençait à en avoir réellement assez.

Il dîna de nouveau à son club les deux soirs qui suivirent. Le troisième soir, il lia conversation avec quatre autres gentlemen qui habitaient à proximité de Cater Street. Au début, il s'était contenté d'écouter distraitement ce qu'ils disaient, mais son intérêt s'éveilla lorsqu'ils se mirent à parler des meurtres.

— ... cette maudite police partout dans la maison, et on a l'impression qu'ils n'arrivent à rien ! se plaignit l'un d'eux.

— Les pauvres diables pataugent, tout comme nous, répliqua un autre.

— Encore plus que nous ! Ils ne font même pas partie de notre monde, ils appartiennent à une autre classe sociale. Ils ne nous comprennent pas plus que nous les comprenons.

— Grand Dieu ! Vous n'insinuez pas que ce forcené est un gentleman ?

Il y avait une note amusée, incrédule et un début de colère dans cette voix.

— Pourquoi pas ?

— Bonté divine !

Il était stupéfait.

— Eh bien, il nous faut l'admettre. S'il s'agissait d'un étranger, il aurait déjà été repéré.

L'homme se pencha en avant.

— Mais, mon vieux, c'est ce que tout le monde pense actuellement ! Croyez-vous qu'un étranger pourrait passer inaperçu ? Nous regardons tous par-dessus notre épaule. Les femmes n'osent même plus aller dans la maison d'à côté sans être accompagnées. Les hommes surveillent les alentours et attendent. C'est tout juste si les livreurs ne marquent pas l'heure à laquelle ils arrivent et repartent. Ils veulent pouvoir prouver où ils étaient, à tel ou tel moment. Même les cochers répugnent à aller jusque Cater Street. Il y en a deux qui se sont fait arrêter la semaine dernière, simplement parce qu'ils avaient une drôle de tête.

— Vous savez, fit l'homme en face de lui, fronçant les sourcils. Je viens de me souvenir de ce que ce vieux fou de Blenkinsop disait, l'autre jour ! Je pensais qu'il divaguait, mais je m'aperçois à présent qu'il me faisait comprendre de façon détournée qu'il me suspectait !

— Exact ! C'est ça, le pire : tous ces gens qui vous regardent bizarrement, qui ne disent rien de précis, mais vous savez fichtrement bien à quoi ils pensent. Même les garçons de courses ne respectent plus les barrières sociales.

— Vous n'êtes pas le seul, mon vieux ! J'avais laissé ma voiture à ma femme et je suis resté dehors assez tard. J'ai dû prendre un fiacre pour rentrer. Ce maudit cocher m'a demandé ma destination. Je la lui ai donnée et le bougre a eu l'impertinence de refuser de me prendre. « Je ne vais pas dans Cater Street », a-t-il dit. Je vous demande un peu !

L'un d'eux aperçut Dominic dans son champ de vision.

— Ah ! Corde ! Vous, vous savez de quoi on parle ! Une horrible histoire, n'est-ce pas ? Tout le quartier est sens dessus dessous. Cet individu doit être complètement fou, aucun doute.

— Malheureusement, ce n'est pas évident, remarqua Dominic, s'asseyant dans le fauteuil qu'on lui offrait.

— Pas évident ? Comment ça ? D'après moi, il n'y a rien de plus évident à propos d'un type qui cavale dans les rues et qui étrangle de pauvres femmes !

— Je pense que ça ne transparaît pas dans son comportement le reste du temps, expliqua Dominic. Ni sur son visage ni dans ses actes, d'aucune façon. La plupart du temps, il doit être comme tout le monde.

Les paroles de Charlotte lui revinrent en mémoire.

— Il n'est pas impossible qu'il soit là en ce moment même, parmi ces respectables gentlemen.

— Je n'apprécie pas votre humour, Corde. Tout à fait déplacé. De mauvais goût, si je puis me permettre.

— Plaisanter sur un meurtre est de mauvais goût. Mais je ne plaisantais pas. J'étais très sérieux. Vous pouvez douter de l'intelligence de la police. Mais si la vraie nature de cet homme se lisait sur son visage, l'un d'entre nous l'aurait certainement repéré depuis longtemps, vu l'ambiance de suspicion qui règne actuellement.

L'homme le regarda, rougit, puis pâlit.

— Dieu me préserve ! Quelle pensée choquante ! Ce n'est pas agréable d'avoir un voisin qui pense que…

— Vous n'avez jamais soupçonné quelqu'un ?

— J'avoue que ça m'est arrivé. Gatling s'est comporté assez bizarrement. L'autre jour, je l'ai surpris faisant preuve d'une sollicitude excessive à l'égard de ma femme. La main baladeuse, pendant qu'il l'aidait à mettre son châle. Je lui ai fait une remarque sur le moment. Je n'y avais plus repensé, mais c'est peut-être pour ça qu'il s'est senti offensé… il a pensé que je voulais dire… Oh ! c'est passé maintenant.

— C'est bigrement déplaisant, cependant. J'ai l'impression qu'il n'y a plus une seule personne qui soit sincère. Les gens interprètent tout ce qu'on dit, vous comprenez ?

— Ce que je ne supporte pas, c'est la façon dont les femmes de chambre vous regardent comme si vous étiez…

Et ainsi de suite. Dominic entendit les mêmes points de vue, encore et encore. L'embarras, la colère, la perplexité… et pire, le sentiment presque inévitable que cela allait recommencer, pas bien loin, et que la victime faisait partie de leurs connaissances.

Dominic aurait voulu oublier, se reporter en arrière l'espace de quelques heures, au temps où le premier meurtre n'avait pas encore eu lieu.

Il fut ravi, une semaine plus tard, de tomber sur George Ashworth, suprêmement élégant et visiblement prêt à passer la nuit dehors.

— Ah ! Corde ! s'exclama Ashworth, lui donnant une claque dans le dos. Vous venez faire la fête avec nous, ce soir ? Du moment que vous ne dites rien à Sarah !

Ashworth sourit : il avait dit cela sur le ton de la plaisanterie. Il était impensable, évidemment, que Dominic en parle. On n'abordait pas ces sujets-là avec les femmes, à l'exception des femmes de mauvaise vie.

Dominic prit sa décision en un éclair.

— C'est exactement ce dont j'ai besoin. Je viens, entendu. Où allons-nous ?

Ashworth sourit.

— On finira la soirée chez Bessie Mullane. Avant, on passera peut-être ici ou là. Vous avez dîné ?

— Non.

— Parfait. Je connais un endroit qui va vous plaire. C'est petit, mais la nourriture est excellente, et on y est en très bonne compagnie.

Il avait raison. L'atmosphère était certes un peu paillarde, mais Dominic n'avait jamais fait un repas aussi riche, cuisiné de façon aussi raffinée, ni bu un vin aussi bon, servi à volonté. Peu à peu, il oublia Cater Street et tous ceux qui vivaient… ou mouraient là-bas. Même l'attitude stupide de Sarah lui sortit de la tête, dans la bonne humeur ambiante et la convivialité générale.

Bessie Mullane dirigeait une maison close gaie et extrêmement confortable, où ils furent accueillis comme des princes. À l'évidence, Ashworth n'y était pas seulement connu, mais apprécié. Ils étaient là depuis une demi-heure quand ils furent rejoints par un jeune gandin, vêtu de façon extravagante, légèrement éméché, mais encore présentable.

— George ! s'exclama-t-il avec un plaisir évident. Voilà des semaines que je ne vous ai vu !

Il se glissa sur le siège à côté de lui.

— Bonsoir, monsieur, fit-il en inclinant la tête à l'adresse de Dominic. Dites-moi, avez-vous vu Jervis ? Je voulais lui changer les idées, mais il est introuvable.

— Que lui arrive-t-il ? s'enquit Ashworth aimablement. Au fait, ajouta-t-il en désignant Dominic, Dominic Corde, Charles Danley.

Danley hocha la tête.

— Cet imbécile a perdu aux cartes, une belle somme.

— On ne devrait pas jouer au-delà de ses moyens, dit Ashworth sans aucune compassion. Mais connaître ses limites.

— Je pensais que c'était le cas, dit Danley avec une moue de dégoût. L'autre type a triché. J'aurais dû le mettre en garde.

— Je croyais que Jervis était relativement à l'aise ? dit Ashworth, les yeux agrandis pour indiquer qu'il s'agissait d'une question. Il va s'en remettre. Il lui faut juste élaguer son budget sorties pendant quelque temps.

— Ce n'est pas ça ! Il a eu la sottise d'accuser l'autre d'avoir triché.

Ashworth sourit.

— Que s'est-il passé ? L'a-t-il invité à sortir pour se battre en duel ? J'aurais pensé qu'après le scandale avec Churchill et le prince de Galles, il y a cinq ans, Jervis aurait évité ce genre de situation !

— Certes ! Mais le tricheur, apparemment, n'était pas très habile, et Jervis a pu le mettre facilement en défaut... ce dont il ne s'est pas privé, ce bougre d'imbécile !

— Pourquoi imbécile ? intervint Dominic par pure curiosité. Pour moi, si un homme a la grossièreté de tricher, et qu'il s'y prend mal, il doit en assumer les conséquences !

— Naturellement ! Mais c'est un type extrêmement colérique et assez influent. Il va être ruiné, c'est sûr ! C'est le péché ultime que de tricher maladroitement. Ça signifie que vous ne respectez pas suffisamment vos partenaires pour le faire bien ! Mais il va veiller à ce que le pauvre Jervis paie avec lui.

Ashworth fronça les sourcils.

— Comment ça ? Jervis n'a pas triché, n'est-ce pas ? Et même s'il a triché, il ne s'est pas fait prendre, ce qui est le principal. Après tout, tout le monde triche. Cette accusation passera pour une simple vengeance !

— Ça n'a rien à voir avec le fait de tricher, cher ami. L'homme est marié avec la cousine de Jervis, à qui il est très attaché… Jervis, je veux dire.

— Et alors ?

— Elle a un amant, semble-t-il, ce qui est assez banal et n'a aucune importance en soi. Elle lui a donné cinq enfants, il est fatigué d'elle, et elle de lui. Compréhensible. Tout cela est parfait, tant que ça reste discret. Or elle a manqué de discrétion, semble-t-il. Une fin de semaine à la campagne, sans fermer sa porte à clé. Quelqu'un est entré, confondant sa chambre avec celle d'une autre dame et l'a trouvée avec un homme. Résultat, ce maudit tricheur menace de divorcer.

Ashworth ferma les yeux.

— Oh ! mon Dieu ! Cette femme serait déshonorée !

— Bien entendu. Ce pauvre Jervis en est malade. Il aime beaucoup sa cousine, sans parler de la réputation de sa famille et tout le reste. Ça lui compliquerait singulièrement la vie en société, une cousine divorcée.

— Et votre tricheur s'en sort sans une égratignure ?

— Absolument ! Il a une sacrée veine : il se remariera quand bon lui semblera. Et elle, pauvre créature, la voilà devenue paria. Ça vous apprend à fermer vos portes à clé.

— Il ne l'a pas surprise lui-même ?

— Bonté divine, non ! Il était au lit avec Dolly Lawton-Smith, oublieux du monde. Mais c'est sans importance. C'est différent, pour un homme, évidemment.

— Et Dolly ? Ça ne va pas lui être très profitable.

— Ni préjudiciable. Tout le monde connaît les histoires de tout le monde. Ce qui compte, c'est ce qui se voit. Le comble de la vulgarité, c'est de se faire surprendre. Au lieu de redorer votre blason, ça vous rend ridicule. Et le divorce, qui n'est pas très grave pour un homme, déshonore totalement une femme. Après tout, on a bien le droit de s'amuser, mais vous passez pour un fieffé imbécile si votre femme vous préfère quelqu'un d'autre et que ça se sache.

— Et le mari de Dolly ?

— Oh ! je crois qu'ils ont un arrangement à l'amiable. Il ne va certainement pas divorcer d'elle, si c'est à cela que vous pensez. Pourquoi le ferait-il ? Personne ne l'a surpris, *lui*, en train de tricher aux cartes !

— Pauvre vieux Jervis ! soupira Ashworth. Comme la vie est périlleuse !

— À propos de péril, vous êtes au courant de cette horrible histoire dans Cater Street ? Quatre meurtres ! Il doit s'agir d'un dément. Je suis drôlement content de ne pas habiter là.

Il fronça soudain les sourcils.

— Mais vous y allez assez souvent, non ? Cette belle enfant que j'ai vue avec vous chez Acton. Vous ne m'aviez pas dit qu'elle habitait là ? Elle m'a bien plu. Beaucoup d'esprit. Pas de sang bleu, mais extrêmement jolie.

Dominic ouvrit la bouche pour parler, puis se ravisa, décidant d'écouter. Il aimait bien Emily, mais par ailleurs, il y avait une question de loyauté.

— Le sang bleu est parfois synonyme d'ennui, dit Ashworth lentement, sans tenir aucun compte de Dominic. On les élève trop strictement, en quête du beau parti. Je devrais faire un mariage d'argent, j'imagine, ou du moins contracter une union avec des espérances de ce côté-là, mais les jeunes filles riches sont parfois si assommantes !

Dominic revit le petit visage déterminé d'Emily. Quel que fût son caractère, et elle pouvait être très agaçante, elle n'était jamais ennuyeuse. À sa manière, elle était aussi entêtée que Charlotte, quoique beaucoup plus sournoise.

— Enfin, pour l'amour du ciel, George, dit Danley qui s'appuya sur le dossier de son siège et fit signe à l'une des filles en levant son verre vide, épousez une femme noble et riche, et gardez l'autre comme maîtresse ! Ça tombe sous le sens, non !

Ashworth jeta un coup d'œil en direction de Dominic et sourit.

— Excellente suggestion, Charlie, mais pas devant son beau-frère.

— Quoi ?

La mine de Danley s'allongea ; la couleur déserta son visage.

— Je n'aime pas trop votre sens de l'humour, George.

Il attrapa une fille au passage et la fit asseoir sur son genou, en dépit de ses gloussements.

— Ce n'est pas très courtois de votre part, ajouta-t-il.

Dominic le regarda.

— Miss Ellison *est* ma belle-sœur, dit-il non sans satisfaction. Et je ne peux l'imaginer dans un rôle de maîtresse, même de quelqu'un d'aussi distingué que George. Mais vous pouvez toujours essayer, si vous voulez !

Ashworth souriait de toutes ses dents. C'était un homme remarquablement séduisant.

— Le plaisir est dans la conquête. Pour un divertissement plus complet, on peut toujours venir ici. Emily offre quelque chose de beaucoup plus… intéressant. Qui participe de l'intelligence et de l'habileté, vous comprenez ?

Sarah était toujours à la maison quand Dominic rentrait de ses expéditions nocturnes. Elle n'était plus distante ; elle ne faisait plus allusion à un quelconque lien fâcheux entre Charlotte et lui. Mais il savait, d'après son attitude, et à cause d'une certaine réticence, qu'elle y pensait toujours. Il n'y avait rien à faire. D'ailleurs, il n'envisageait pas sérieusement de faire quoi que ce soit. Mais malgré tout, c'était déplaisant. Il se sentait dépossédé d'une chaleur, d'un bonheur que jusque-là il avait crus naturels.

La police continuait à interroger les gens. La peur était toujours présente, mais la panique du début était retombée. Verity Lessing avait été enterrée ; les parents et amies de la défunte reprenaient une vie normale. Des soupçons continuaient sans doute à couver sous les apparences, mais l'hystérie était décemment maîtrisée.

On était en octobre, et le temps fraîchissait rapidement, quand Dominic rencontra par hasard l'inspecteur Pitt dans un café. Le jeune homme était seul. Pitt s'arrêta devant sa table. C'était vraiment un personnage dénué d'élégance. Personne n'aurait pu le confondre avec un homme de la bonne société. Aucune concession à la mode dans sa mise, et un respect très sommaire des conventions.

— Bonjour, Mr. Corde, dit Pitt avec entrain. Vous êtes seul ?

— Bonjour, Mr. Pitt. Oui, je suis seul. Mon ami est parti.

— Puis-je m'asseoir avec vous, dans ce cas ?

Pitt posa la main sur le dossier de la chaise en face de Dominic. Ce dernier fut pris au dépourvu. Il n'avait pas l'habitude de faire la conversation aux policiers, surtout en public. Le bougre semblait n'avoir aucune conscience de son statut social.

— Si vous voulez, répondit Dominic à contre-cœur.

Pitt le gratifia d'un grand sourire et, tirant la chaise, s'installa confortablement.

— Merci. Ce café est encore chaud ?

— Oui. Servez-vous, je vous en prie. Vous désirez me parler ?

Il ne s'imposait tout de même pas à lui juste pour causer amicalement ! Il ne pouvait manquer de finesse à ce point-là.

— Merci.

Pitt prit la cafetière et se servit une tasse de café, les narines délicatement frémissantes.

— Comment allez-vous ? Et comment va votre famille ?

Il voulait certainement parler de Charlotte. Emily exagérait probablement, mais Pitt était épris de Charlotte, c'était flagrant.

— Plutôt bien, merci. Évidemment, ces tragédies dans Cater Street nous ont marqués. Vous n'avez pas progressé, j'imagine ?

Pitt fit une grimace. Il avait un visage extraordinairement mobile, expressif.

— Nous avons éliminé des hypothèses. C'est une manière de progrès, non ?

— Pas vraiment.

Dominic n'était pas d'humeur à se montrer généreux.

— Vous avez laissé tomber ? demanda-t-il. Puisque vous n'êtes pas revenu nous importuner.

— Je n'avais plus de questions à vous poser, répondit Pitt, raisonnable.

— Je n'ai pas remarqué que cela vous a freiné, dans le passé.

Qu'il aille au diable ! S'il ne pouvait résoudre un crime, il n'avait qu'à solliciter l'aide de ses supérieurs.

— Pourquoi ne transmettez-vous pas l'affaire à quelqu'un de plus haut placé dans la hiérarchie, ou ne demandez-vous pas une assistance ?

Pitt posa les yeux sur lui. La très vive intelligence qui se lisait dans ce regard mit Dominic légèrement mal à l'aise et l'intimida.

— Je l'ai fait, Mr. Corde. Tous ces messieurs de Scotland Yard se torturent les méninges à ce sujet, je vous l'assure. Mais il y a d'autres crimes, vous savez. Des escroqueries, des contrefaçons, des détournements de fonds, de la corruption, des cambriolages ou même d'autres meurtres.

Dominic était piqué. Cet individu le traiterait-il avec condescendance ?

— Bien entendu ! Je n'ai jamais pensé que les crimes commis dans notre quartier étaient les seuls de Londres. Mais vous considérez certainement les meurtres de Cater Street comme les plus importants ?

Le sourire de Pitt s'évanouit.

— Évidemment. Le meurtre en série est le pire des crimes. D'autant plus terrible que ce n'est sûrement pas fini. Quelle solution nous suggérez-vous ?

Dominic resta interdit devant la pure effronterie de cette remarque.

— Comment diable le saurais-je ? Je ne suis pas policier ! Mais peut-être que si vous travailliez avec d'autres policiers, plus expérimentés…

— Pour quoi faire ? dit Pitt en haussant les sourcils. Poser davantage de questions ? Nous avons mis au jour un nombre incroyable de bizarreries, petits actes immoraux, petites cruautés et trahisons sans intérêt, mais aucune piste concernant ces meurtres… en tout cas, rien de valable.

Son expression se fit grave.

— Nous avons affaire à un fou, Mr. Corde. Il est inutile de chercher des mobiles ou des schémas qui nous seraient familiers à l'un et à l'autre.

Dominic le fixa, effrayé. Ce diable d'homme parlait de quelque chose d'horrible, d'infernal et d'incompréhensible, et cela lui faisait peur.

— Quel genre d'individu cherchons-nous ? continua Pitt. Choisit-il ses victimes pour des raisons spécifiques ? Ou bien son choix est-il arbitraire ? Est-ce simplement le fait qu'elles se trouvent au bon endroit au bon moment ? Les connaît-il seulement ? Qu'ont-elles en commun ? Elles sont toute jeunes, et plutôt jolies, mais ce sont les seuls points communs que nous leur connaissons. Deux d'entre elles étaient domestiques, les deux autres, issues de familles respectables. La bonne des Hilton avait une morale assez souple, mais Lily Mitchell était d'une moralité irréprochable. Chloe Abernathy était un peu évaporée, mais c'est tout. Verity Lessing fréquentait la haute société. Dites-moi ce qu'elles avaient en commun, à part le fait d'être jeunes et d'habiter près de Cater Street !

— Ce doit être un fou ! dit Dominic, inutilement.

Pitt eut un sourire amer.

— Nous avons déjà compris cela.

— Un vol ? suggéra Dominic.

Il se rendit compte instantanément que c'était stupide.

Pitt haussa les sourcils.

— Sur la personne d'une servante, le soir où elle est en congé ?

— Ont-elles été… ?

Dominic n'aimait pas utiliser ce mot.

Pitt n'avait pas ce genre de scrupules.

— Violées ? Non. La robe de Verity Lessing était déchirée et sa poitrine entaillée assez profondément, mais rien de plus.

— Pourquoi ? s'écria Dominic, oublieux des regards qui se tournaient vers eux. Ce doit être un fou, un… ! Un… un…

Il ne trouvait pas le mot. Sa colère retomba.

— Ça n'a aucun sens, dit-il en désespoir de cause.

— Certes, acquiesça Pitt. Et pendant que nous essayons de comprendre, de trouver un schéma répétitif, nous devons continuer à résoudre d'autres crimes.

— Oui, bien sûr, dit Dominic en fixant le fond de sa tasse vide. Vous ne pouvez pas laisser ce travail à votre brigadier ou à quelqu'un d'autre ? C'est la panique, dans Cater Street. Tout le monde a peur de tout le monde.

Il pensa à Sarah.

— Cela affecte même l'opinion que nous avons les uns des autres.

— C'est normal, admit Pitt. Rien ne met autant l'âme à nu que la peur. Nous découvrons des choses en nous-mêmes et chez les autres que nous aurions préféré, et de loin, ne jamais savoir. Mais mon brigadier est à l'hôpital.

— Il est malade ?

Dominic ne s'en souciait pas réellement ; c'était plus pour parler.

— Non, il a été blessé. Nous sommes allés dans un quartier pauvre pour retrouver un faussaire.

— Et il vous a attaqués ?

— Non, dit Pitt avec une ironie désabusée. Les voleurs et les faussaires ont plutôt tendance à fuir qu'à se battre. Si vous connaissiez ces lieux labyrinthiques où ils vivent, vous n'auriez pas posé la question. Les maisons sont construites de façon si serrée qu'on a du mal à les distinguer les unes des autres. Mais chacune d'elles a une douzaine d'entrées et de sorties. Ils ont généralement un guetteur… un enfant, une vieille dame ou un mendiant, n'importe. Et puis ils fabriquent des pièges. Nous avons l'habitude de ces trappes qui s'ouvrent sous nos pieds et nous font tomber dans une espèce d'oubliette, un trou de cinq à sept mètres de profondeur, qui parfois même aboutit dans les égouts.

« Mais cette fois ç'a été différent, continua Pitt. Notre homme a filé vers le toit. Nous l'avons poursuivi dans les escaliers. Deux autres vilains s'étaient jetés sur moi, et j'essayais de m'en débarrasser. Le pauvre Flack a continué à monter les marches quatre à quatre. Le faussaire a disparu un peu plus haut et a ouvert une trappe dans le sol. Le boyau était hérissé de grandes piques en fer. L'une d'elles a traversé l'épaule de Flack, une autre a raté son visage de seulement quelques centimètres.

— Oh ! mon Dieu !

Dominic était horrifié. Des images de caves sombres et sales, de couloirs puant les détritus et pleins de rats furtifs lui traversèrent l'esprit. Il imagina la trappe se refermant sur lui, les pics en fer pénétrant dans sa chair, la douleur, le sang. Pendant un moment, il crut qu'il allait vomir.

Pitt l'observait.

— Il va sans doute perdre son bras, mais, à moins d'une gangrène, il vivra.

Il lui passa la cafetière.

— Vous voyez qu'il y a d'autres crimes, Mr. Corde.

— Vous l'avez attrapé ?

Dominic s'aperçut qu'il parlait d'une voix enrouée.

— Il faudrait le pendre ! ajouta-t-il.

— Oui, nous l'avons attrapé le lendemain. Il sera condamné au bagne, entre vingt-cinq et trente ans. D'après ce que j'ai entendu dire, ce sera une peine lourde. Peut-être sera-t-il utile à quelqu'un, en Australie.

— Je trouve tout de même qu'il devrait être pendu !

— C'est facile de juger, Mr. Corde, quand on est fils de gentleman. Qui plus est, vous avez des vêtements sur le dos et de la nourriture dans votre assiette tous les jours. Le père de William était résurrectionniste…

— Un homme d'Église !

Dominic était choqué.

Pitt eut un sourire sardonique.

— Non, Mr. Corde, quelqu'un qui gagne sa vie en volant des cadavres pour les vendre aux écoles de médecine. C'était avant que la loi ne change dans les années trente…

— Doux Jésus !

— À l'époque, il y avait de nombreux corps dont personne ne voulait, dans les taudis surpeuplés. C'était un crime, bien sûr, et cela demandait une bonne dose d'habileté et de courage pour les transporter clandestinement de l'endroit où on les volait à celui où l'on recevait l'argent. Parfois, ils étaient même habillés et maintenus en position assise, afin qu'on les prenne pour des passagers vivants…

— Arrêtez !

Dominic se leva.

— Je comprends que ce misérable n'ait pas vraiment eu conscience de la gravité de ses actes, mais je ne veux pas en savoir plus. Cela ne l'excuse nullement, pas plus que ça n'aide votre brigadier. Laissez donc cet homme fabriquer de la fausse monnaie. Que valent quelques guinées de plus ou de moins dans Londres ? Mais trouvez notre étrangleur !

Pitt n'avait pas bougé.

— Quelques guinées de plus ou de moins, ce n'est rien pour vous, Mr. Corde, mais pour une femme seule avec un enfant, cela peut faire la différence entre manger ou crever de faim. Et si vous pouvez m'indiquer une solution pour attraper notre assassin, je ne serai que trop heureux de l'appliquer.

Dominic quitta le café malheureux, troublé et très en colère. Pitt n'avait pas le droit de lui parler sur ce ton. Il ne pouvait rien faire pour l'aider à identifier l'étrangleur. Et c'était injuste de l'avoir obligé à l'écouter.

De retour à la maison, il ne se sentit pas mieux. Sarah l'accueillit dans le vestibule. Il l'embrassa, la prit dans ses bras, mais elle ne se laissa pas aller contre lui. Irrité, il desserra son étreinte.

— Sarah, j'en ai assez de ces enfantillages. Votre attitude est stupide et il est temps d'en changer !

— Savez-vous combien de nuits vous avez passées dehors, ce mois-ci ? contre-attaqua-t-elle.

— Aucune idée. Vous le savez, vous ?

— Oui. Treize nuits ces trois dernières semaines.

— Et tout seul. Si vous vous conduisiez avec dignité, comme une adulte et non comme une enfant gâtée, je vous aurais emmenée avec moi.

— Je n'apprécierais sûrement pas les endroits que vous fréquentez.

Il faillit répondre qu'ils iraient ailleurs, mais la colère l'empêcha de parler. Il ne servait à rien d'argumenter. Tant qu'elle était dans cet état d'esprit, c'était inutile. Il tourna les talons et alla dans le grand salon. Sarah retourna dans la cuisine.

Dans le salon, Charlotte peignait, debout devant la fenêtre ouverte.

— C'est un salon, Charlotte, pas un atelier, dit-il, hargneux.

Elle parut surprise, et légèrement peinée.

— Je suis désolée. Ils sont tous sortis ou occupés, et je ne vous attendais pas si tôt. Sinon, j'aurais rangé mon matériel.

Elle ne fit cependant aucun geste pour fermer sa boîte.

— J'ai rencontré votre fichu policier.

— Mr. Pitt ?

— Vous en avez un autre ?

— Je n'en ai aucun.

— Ne faites pas la mijaurée, Charlotte.

Il s'assit, irrité.

— Vous savez très bien que vous lui plaisez, et même qu'il est amoureux de vous. Si vous ne vous en êtes pas rendu compte, Emily vous l'aura certainement fait comprendre !

Charlotte rougit, gênée.

— Emily a dit cela par dépit. Vous êtes bien placé pour savoir qu'elle est capable de raconter n'importe quoi pour semer la zizanie !

Dominic se tourna pour mieux la regarder. Il avait été injuste. Pitt et Sarah l'avaient énervé. Et il passait sa colère sur Charlotte.

— Je suis désolé, dit-il avec sincérité. Oui, Emily tient des propos qui frisent l'inconscience, mais elle a peut-être raison à propos de Pitt. Après tout, pourquoi ne lui plairiez-vous pas ? Vous êtes extrêmement séduisante, et vous avez tout à fait le genre de caractère qui lui convient.

À son étonnement, Charlotte rougit de plus belle. Il avait dit cela pour la réconforter, non pour la mettre dans l'embarras. Charlotte était la personne la plus franche qu'il connût et, paradoxalement, celle qu'il avait le plus de mal à comprendre. Aucune femme n'aurait voulu certes être l'objet des attentions de quelqu'un comme Pitt. Cependant, cela ne méritait qu'un agacement passager, rien de plus.

— Où l'avez-vous rencontré ? s'enquit-elle en tripotant sa palette d'un air absent.

— Dans un café. Je ne savais pas que les policiers fréquentaient ce genre d'endroits. Il a eu le culot de venir s'asseoir à ma table !

Sa colère se raviva à ce souvenir.

— Que voulait-il ?

Charlotte paraissait inquiète.

Dominic fouilla sa mémoire, en vain. Pitt n'avait posé aucune question pertinente.

— Je ne sais pas. Peut-être seulement bavarder. Pourquoi ?

Elle haussa légèrement une épaule.

— Il a parlé de faussaires et de résurrectionnistes.

Elle se retourna.

— Des résurrectionnistes ? Qu'est-ce que c'est que ça ? Des prêcheurs charlatans ?

— Non. Des hommes qui volent des cadavres pour les vendre aux étudiants en médecine.

— Oh ! comme c'est pathétique !

— Pathétique ? C'est dégoûtant, oui !

— C'est également pathétique d'en arriver là.

— Et si c'était de leur propre gré ?

— Alors c'est encore plus triste.

Étrange créature ! Sarah n'aurait jamais réagi de la sorte. Il y avait chez Charlotte une innocence, une gentillesse déplacées et pourtant, c'était cela qui plaisait. Bizarre. Il avait toujours cru que c'était Sarah qui était gentille, et que Charlotte avait une tendance à… à la rébellion, attribut fort peu féminin. Il la regarda tandis qu'elle se tenait debout, son pinceau à la main. Elle n'était pas aussi jolie que Sarah, et il lui manquait des petits riens – la dentelle fine, les pendants d'oreilles, les boucles délicates sur la nuque –, et cependant, d'une certaine manière, elle était plus belle. Dans trente ans, quand Sarah serait replète, aurait le menton empâté et le cheveu terne, le visage de Charlotte garderait la beauté de ses lignes.

— C'est une responsabilité terrible, dit-elle lentement. Nous nous attendons qu'il résolve ces meurtres pour nous, qu'il nous permette de retrouver notre vie d'avant.

Et elle continuerait à dire ce qu'elle pensait, songea-t-il avec une ironie désabusée. Elle n'aurait jamais de ces petites fourberies qui rendent les femmes mystérieuses, féminines… qui constituent leur capital.

Charlotte n'était pas du genre à ruminer quelque offense imaginaire, elle provoquerait plutôt un esclandre. À long terme, c'était peut-être préférable, plus simple à vivre.

— Lui au moins n'est pas obligé d'habiter ici. Personne ne le soupçonne, dit Dominic pour en revenir à la remarque de Charlotte.

— Non, mais tout le monde lui en voudra s'il ne trouve pas l'assassin.

Dominic n'avait même pas pensé à cela. À présent, en l'écoutant, il eut comme un élan de compassion pour Pitt. Il regretta de l'avoir traité avec dédain au café.

Charlotte regardait sa peinture sur le chevalet.

— Je me demande s'il sait seulement qui il est ou s'il a simplement peur, comme nous.

— Bien sûr que non ! S'il le savait, il l'arrêterait !

— Pas Pitt ! Notre homme. Se souvient-il de quelque chose ? Ou bien est-il aussi apeuré et perplexe que nous ?

— Oh ! mon Dieu ! Quelle pensée innommable ! Qui vous a mis ça dans la tête ?

— Je ne sais pas. Mais c'est possible, non ?

— Je ne pense pas. Je préfère ne pas y penser. Si c'est vrai, ce pourrait être… ce pourrait être n'importe qui !

Elle posa gravement son regard gris sur lui.

— Ça peut être n'importe qui, à présent.

— Charlotte, arrêtez. Pour l'amour du ciel, prions pour que Pitt découvre qui c'est. Cessez d'y penser ! Nous ne pouvons rien faire, excepté ne jamais sortir seuls ; en aucune circonstance.

Il frissonna.

— Ne sortez que si c'est indispensable. Et emmenez Maddock ou votre père avec vous. Ou moi.

Elle sourit – un curieux petit sourire contraint – et se tourna à nouveau vers sa peinture.

— Merci, Dominic.

Il la regarda. Étrange, il l'avait toujours trouvée ouverte, facilement déchiffrable. Maintenant, elle paraissait énigmatique, plus mystérieuse que Sarah.

Apprend-on jamais à comprendre les femmes ?

Quelques jours plus tard, Dominic eut une nouvelle occasion de s'interroger sur l'âme féminine. Ils étaient tous assis dans le grand salon après dîner ; même Emily était à la maison. Grand-mère crochetait, plissant un peu les yeux chaque fois qu'elle regardait son ouvrage. La plupart du temps, elle travaillait sans le regarder. Ses doigts et sa longue habitude du crochet la guidaient.

— Je suis passée voir le pasteur, cet après-midi, dit grand-mère un peu sèchement.

Il y avait un reproche voilé dans sa remarque.

— Sarah m'a emmenée.

— Ah oui ? dit Caroline en levant les yeux. Ils vont bien ?

— Pas particulièrement. Le pasteur était en assez bonne forme, mais Martha m'a paru épuisée. Une femme ne devrait jamais se laisser aller comme ça. Elle commence à ressembler à une bête de somme.

— Elle travaille très dur, dit Sarah, prenant la défense de Martha.

— Ce n'est pas une raison, ma chère, objecta grand-mère sur un ton réprobateur. On doit soigner son apparence, aussi dur travaille-t-on. C'est très important.

Emily leva la tête.

— Je doute que le pasteur y attache de l'importance. À mon avis, il ne remarque même pas ces choses-là.

— Là n'est pas la question.

Grand-mère n'allait pas se laisser contredire.

— Une femme est tenue de se soigner. C'est un devoir.

— Et tout ce qui relève du devoir plaît au pasteur, ajouta Charlotte. Surtout si c'est déplaisant.

— Charlotte, nous savons tous que tu n'aimes pas le pasteur : tu as été très claire sur ce point.

Grand-mère la regarda d'un air méprisant.

— Néanmoins, des remarques comme celle-là ne servent à rien et ne te font pas honneur. Le pasteur est un être de grande valeur et, comme il sied à un homme d'Église, il désapprouve la frivolité, les visages peinturlurés et tout ce qui peut encourager à la prostitution.

— Même dans mes pensées les plus folles, je ne puis imaginer Martha Prebble encourageant la prostitution, si ce n'est en offrant l'exemple inverse, rétorqua Charlotte, nullement décontenancée.

Caroline laissa tomber sa taie d'oreiller en lin.

— Charlotte ! Que diable, que veux-tu dire ?

— Que la pâleur de Martha Prebble et l'idée de vivre avec quelqu'un d'aussi ronchon et imbu de soi que le pasteur ferait envisager la prostitution comme une possibilité nettement plus supportable, déclara Charlotte avec une franchise accablante.

— J'imagine, Charlotte, dit grand-mère, acerbe, que tu trouves ça drôle. Quand je vois la façon dont on se comporte aujourd'hui, il m'arrive de désespérer. Ce qu'on nomme l'esprit n'est que de la vulgarité !

— Je te trouve un peu dure, Charlotte, dit Caroline, moins sévèrement. Le pasteur est un peu difficile, je l'admets, ce n'est pas un homme très aimable, mais il fait beaucoup pour la communauté. Et la pauvre Martha est presque infatigable.

— Tu n'as pas l'air de te rendre compte, dit Sarah, de la somme de travail qu'elle abat. Ni du fait que ces meurtres l'ont profondément affectée. Elle aimait beaucoup Chloe et Verity, tu sais.

Charlotte parut surprise.

— Non, je l'ignorais. J'étais au courant pour Verity, mais je ne savais pas qu'elle connaissait Chloe. J'ai du mal à les imaginer ensemble.

— Je crois qu'elle essayait d'aider Chloe à… à garder les pieds sur terre. Chloe était un peu écervelée, mais très gentille au fond.

En l'écoutant, Dominic éprouva une immense bouffée de pitié pour la jeune fille. Il ne s'était jamais soucié de Chloe quand elle était vivante ; elle avait plutôt tendance à l'agacer. À présent, il ressentait pour elle quelque chose d'aussi fort que l'amour, mais beaucoup plus douloureux.

Instinctivement, il regarda Charlotte. Elle clignait rapidement des yeux. Une larme qu'elle n'avait pu retenir coulait sur sa joue. Caroline avait repris sa taie d'oreiller. Emily ne faisait rien, et grand-mère toisait Charlotte avec dégoût.

À quoi pensaient-elles ?

Grand-mère rendait tout le monde responsable du déclin de la morale. Caroline se concentrait sur sa couture. Emily aussi avait sûrement des préoccupations pratiques. Sarah avait défendu Chloe. Charlotte avait pleuré pour elle.

Jusqu'à quel point les connaissait-il les unes et les autres ?

Dominic continua à aller à son club et ailleurs pour dîner et s'offrir du bon temps. À plusieurs occasions, il vit George Ashworth qu'il trouvait d'un abord facile et de commerce agréable.

Il s'était réellement attendu à ce que Sarah oublie cette histoire absurde, cette accusation qu'Emily avait portée contre lui et Charlotte, mais apparemment Sarah y pensait toujours. Elle n'en parlait plus, mais sa froideur demeurait. Le fossé entre eux risquait de s'agrandir.

C'était une soirée glaciale de novembre. Le brouillard tournoyait dans les rues, enveloppait les réverbères de volutes brumeuses. Il faisait humide et terriblement froid. Dominic fut bien content quand son fiacre tourna au coin de Cater Street, s'engagea dans sa rue, avant de s'arrêter et de le laisser devant chez lui, quelques minutes plus tard. Il paya et entendit les sabots des chevaux s'éloigner en résonnant sur les pavés, bruit bientôt assourdi par le brouillard. Il se retrouva abandonné dans le petit îlot de lumière du bec de gaz, au milieu de ténèbres impénétrables. Le réverbère suivant semblait très loin.

Il avait passé une soirée délicieuse, chaleureuse, bien arrosée et en excellente compagnie. Cependant, perdu dans le brouillard, il ne songeait qu'à une chose : les femmes seules dans la rue, les pas derrière elles, peut-être même un visage ou une voix qu'elles connaissaient. Soudain, une douleur coupante à la gorge, le noir, les poumons qui éclatent et la mort… un corps flasque sur les pavés humides, retrouvé au matin par quelque passant, puis examiné par la police.

Dominic frissonna, accablé et transi de froid. Il se hâta de gravir les marches et frappa fort à la porte. Le temps lui parut interminable avant que Maddock lui ouvre et s'efface pour le laisser pénétrer au chaud, dans la maison bien éclairée. Dominic fut content quand on referma la porte sur la rue avec son brouillard, ses ténèbres et Dieu seul sait quelles créatures innommables.

— Miss Sarah s'est retirée, Monsieur, dit Maddock derrière lui. Pas depuis longtemps. Mr. Ellison est dans son bureau en train de lire et de fumer. Mais il n'y a personne dans le grand salon, si vous désirez que je vous apporte quelque chose. Préféreriez-vous une boisson chaude, Monsieur, ou du cognac ?

— Rien, merci, Maddock. Je pense que je vais aller me coucher aussi. Il fait affreusement froid dehors, et on nage dans la purée de pois.

— Oui, Monsieur. C'est vraiment déplaisant. Voudriez-vous que je vous fasse couler un bain chaud ?

— Non, ça va, merci. Je vais aller au lit. Bonne nuit.

— Bonne nuit, Monsieur.

À l'étage, tout était silencieux. Seule une veilleuse éclairait le palier. Dominic entra dans le dressing et ôta ses vêtements. Dix minutes plus tard, il ouvrit la porte de la chambre.

— Ce n'est pas la peine de marcher sur la pointe des pieds, dit Sarah froidement.

— Je pensais que vous dormiez.

— Vous *espériez* que je dormais !

Il ne comprit pas.

— Pourquoi devrais-je m'inquiéter de savoir si vous dormez ou pas ? Je voulais simplement ne pas vous déranger, au cas où vous vous seriez endormie.

— Où étiez-vous ?

— À mon club.

Ce n'était pas vrai à proprement parler, mais suffisamment proche de la vérité. Le mensonge lui-même ne tirait pas à conséquence.

Sarah haussa les sourcils d'un air sarcastique.

— Toute la soirée ?

Elle ne l'avait encore jamais questionné. Il fut trop surpris pour en prendre ombrage.

— Non, je suis allé dans un ou deux autres clubs. Pourquoi ?

— Seul ?

— Eh bien, pas avec Charlotte, si c'est ce que vous imaginez, répondit-il sèchement.

— Je n'imagine pas Charlotte dans ce genre d'endroits, même avec vous.

Sarah le fixait, glaciale.

— Que vous arrive-t-il, grand Dieu ? Je suis sorti avec George Ashworth. Je croyais que vous aviez de l'estime pour lui !

Sarah détourna les yeux.

— Je suis allée voir Mrs. Lessing, aujourd'hui.

— Ah oui ? dit-il en s'asseyant sur le tabouret de la coiffeuse.

Il ne se souciait nullement de savoir à qui elle avait rendu visite, mais à l'évidence, elle avait une idée derrière la tête.

— J'ignorais que vous connaissiez aussi bien Verity, poursuivit Sarah. Chloe, oui, mais Verity, ç'a été une surprise.

— Quelle importance ? Je ne lui ai adressé la parole que trois ou quatre fois. Je pense qu'elle m'aimait bien. Mais la pauvre enfant est morte. Juste ciel, Sarah, vous ne pouvez pas être jalouse d'une morte ! Songez à l'endroit où elle se trouve, à présent !

— Je n'ai pas oublié l'endroit où elle se trouve, Dominic, ni que Chloe y est aussi.

— Et Lily, et Bessie. Ou bien êtes-vous également jalouse des femmes de chambre ?

Il commençait à être vraiment en colère. Il n'avait jamais regardé Charlotte autrement que comme une sœur, et c'était déjà suffisamment pénible que Sarah l'eût accusé d'avoir eu une histoire avec elle… mais *ça*, c'était ridicule, et obscène.

Sarah était assise très droite dans son lit.

— Qui est Bessie ? La bonne des Hilton ? Je ne connaissais même pas son prénom. Comment l'avez-vous su ?

— Aucune idée ! Quelle importance maintenant ? Elle est morte !

— Je le sais, Dominic. Elles sont toutes mortes.

Il la regarda. Elle le fixait, les yeux grands ouverts, comme s'il n'était qu'un étranger et qu'elle le vît pour la première fois, comme s'il venait de surgir du brouillard, un fil d'acier dans les mains.

Mais pourquoi ces pensées horribles ? Parce qu'elle avait peur de lui, il le voyait sur son visage. Elle était assise dans son lit, crispée, les épaules voûtées. Son cou, sa gorge trahissaient sa tension.

— Sarah !

Elle semblait figée, inflexible, incapable de parler.

— Sarah ! Pour l'amour du ciel !

Il vint vers elle, s'assit sur le lit, se pencha pour poser les mains sur ses bras nus. Elle se raidit à son contact.

— Vous n'imaginez pas que... Sarah ! Vous me connaissez ! Vous ne pensez pas que je pourrais avoir...

Sa voix se brisa. Sarah ne réagit pas.

Dominic capitula. Soudain, il n'avait plus envie de la toucher. Il était glacé de l'intérieur, comme s'il venait de recevoir une blessure et en mesurait l'effroyable gravité. Mais le choc empêcha la blessure de le faire souffrir. La douleur viendrait plus tard, demain peut-être.

Il se leva.

— Je vais dormir dans le dressing. Bonne nuit, Sarah. Fermez la porte à clé, si ça peut vous rassurer.

Il l'entendit prononcer son nom, doucement, d'une voix rauque, mais il referma la porte sans se retourner. Il voulait être seul, digérer ce qui s'était passé, et dormir.

10

Évidemment, Charlotte ne savait rien de ce que ressentait Dominic, ni de ce qui s'était passé entre Sarah et lui quand il était rentré de son club. Mais le lendemain, elle ne put s'empêcher de remarquer une grande tension entre eux. Une tension due à une cause plus grave que les soupçons tenaces de sa sœur vis-à-vis d'elle et de Dominic.

Cependant, l'incident lui sortit brusquement de la tête dans l'après-midi, alors qu'elle était seule à la maison, occupée à copier des recettes de cuisine pour Mrs. Lessing. Elle venait juste de se tourner vers la fenêtre pour regarder les nuages s'amonceler dans le ciel. Tous les autres étaient sortis rendre visite à des amis. Charlotte se dit qu'ils allaient se faire tremper quand on frappa à la porte, des coups à la fois timides et pressants.

— Entrez, dit-elle distraitement.

Il était trop tôt pour le thé. Il devait donc s'agir de quelque problème relatif à la préparation du dîner.

C'était Millie, la nouvelle bonne. Elle paraissait terrifiée. Charlotte pensa aussitôt qu'elle avait dû sortir faire une course, peut-être même n'était-elle pas allée plus loin que la courette. Soit elle s'était fait attaquer, soit elle avait vu quelqu'un ou quelque chose qui lui avait fait penser à l'assassin.

— Entrez, Millie, répéta Charlotte. Vous devriez vous asseoir. Vous avez une mine épouvantable. Que se passe-t-il ?

— Oh ! Miss Charlotte !

La pauvre enfant tremblait comme si elle avait la fièvre.

— Je suis tellement contente que ce soit vous !

— Asseyez-vous, Millie, et dites-moi ce qui s'est passé.

Mais Millie restait clouée sur place. Ses mains se tordaient, comme animées d'une vie propre. Soudain, les mots lui manquèrent, et elle faillit partir en courant.

— Pour l'amour de Dieu, Millie, soupira Charlotte en la prenant à bras-le-corps et en la poussant sur une chaise. Que s'est-il passé ? Vous êtes sortie faire une course ? Ou dans la cour ?

— Oh ! non, Miss Charlotte !

Millie parut surprise.

— Eh bien, qu'y a-t-il, alors ? Où étiez-vous ?

— Là-haut, dans ma chambre, Miss. Oh ! Mrs. Dunphy m'avait dit que je pouvais y aller !

Charlotte recula d'un pas. Elle était elle-même troublée. Elle avait cru que le comportement et la pâleur de Millie avaient un rapport avec l'assassin. À présent, il semblait que non.

— Alors, qu'est-ce qui ne va pas, Millie ? Vous êtes malade ?

— Non, Miss.

Millie regarda fixement ses mains qui se tordaient toujours sur son giron. Charlotte suivit son regard et s'aperçut qu'elle tenait quelque chose.

— Que cachez-vous là, Millie ?

— Oh !

Les yeux de Millie se remplirent de larmes.

— Je ne l'aurais pas apportée, Miss, mais j'avais peur pour ma réputation !

Elle renifla bruyamment.

— Je suis tellement contente que ce soit vous, Miss.

Elle se mit à pleurer avec un désespoir résigné.

Charlotte était perplexe. Non seulement elle était désolée pour Millie, mais elle avait un peu peur.

— Qu'est-ce que c'est, Millie ?

Charlotte tendit la main.

— Donnez-moi ça.

Lentement, les petits doigts blancs de Millie s'ouvrirent sur une cravate froissée. Pour Charlotte, cela ne signifiait absolument rien. Elle ne voyait pas pourquoi Millie lui avait apporté cette cravate, ni pourquoi elle devait en éprouver une quelconque émotion, a fortiori cette terreur qui paralysait Millie.

Charlotte prit la cravate. Millie la regardait, les yeux écarquillés.

— C'est une cravate, dit Charlotte, déconcertée. Quel est le problème ?

Puis une pensée lui traversa l'esprit.

— Millie, vous n'avez pas cru que quelqu'un s'était fait étrangler avec une cravate, n'est-ce pas ?

De soulagement, elle sentit presque ses genoux flageoler. Elle avait envie de rire.

— Ce n'était pas une cravate, Millie ! Mais un fil d'acier. Rien qui ressemble à ça ! Reprenez-la, et donnez-la à Maddock pour qu'il la nettoie. Elle est sale !

— Oui, Miss Charlotte, dit Millie.

Mais elle ne bougea pas. Elle était toujours blême ; la peur la clouait sur place.

— Continuez, Millie !

— Elle est à Mr. Dominic, Miss Charlotte. Je le sais, parce que c'est moi qui ramasse le linge. Celles du maître sont faites dans une autre matière. On voit toujours la différence entre les deux. Quand je remets le linge en place, je n'ai qu'à regarder pour savoir à qui sont les cravates.

Charlotte sentit son angoisse revenir, bien que ce fût sans raison. Dominic avait égaré une cravate, soit, mais en quoi cela avait-il une importance ?

— C'est donc une cravate de Mr. Dominic, dit-elle après avoir dégluti rapidement. Elle est sale. Remettez-la avec le linge.

Millie se leva très lentement en serrant fort la cravate, en la tordant dans ses mains.

— Cela n'a rien à voir avec moi, Miss Charlotte. Je vous le jure. Dieu m'est témoin, Miss, je peux le jurer !

L'intensité de sa peur, son besoin d'être crue la faisaient trembler.

Charlotte ne put se dérober plus longtemps. L'estomac noué, elle éprouva une sensation de froid. Il ne pouvait y avoir qu'une question importante. Elle la posa.

— Où l'avez-vous trouvée, Millie ?

— Dans ma chambre, Miss.

Millie rougit douloureusement.

— Coincée à la tête du lit. Elle est tombée quand j'ai retourné le matelas, Miss. C'est pour ça qu'elle est toute froissée et poussiéreuse. Elle était là avant que j'arrive, Miss. Je le jure !

Charlotte avait l'impression que son univers venait d'exploser. Une voix lui soufflait qu'elle aurait dû s'y attendre. Elle chercha dans ce chaos quelque chose à sauver, afin de pouvoir reconstruire. Cette chambre avait été celle de Lily pendant des années. Sarah n'y avait jamais dormi. Dominic n'avait aucun motif légitime pour y entrer. Lily pouvait-elle avoir eu quelque raison d'y emporter du linge ? Aurait-elle pris cette cravate pour la raccommoder ? Cette hypothèse fut facilement écartée. Il n'y avait pas d'accroc dans le tissu. Millie mentait-elle ? Il suffisait de la regarder pour exclure cette possibilité.

— Je suis désolée, Miss, souffla Millie, désespérée. Ai-je mal agi ?

Charlotte toucha le bras replié de la jeune fille.

— Non, Millie, vous avez bien fait, et il n'y a pas de quoi avoir peur. Mais n'en parlez à personne, ça pourrait être mal interprété, à moins que…

Charlotte ne voulut pas continuer.

— À moins que quoi, Miss ?

Millie la regardait avec de grands yeux pleins de gratitude.

— Que dois-je dire si l'on me pose la question, Miss Charlotte ?

— Je ne vois pas pourquoi on vous questionnerait, mais si ça arrive, alors dites la vérité, Millie. Dites exactement ce que vous savez, rien d'autre. Ne faites pas de suppositions. Compris ?

— Oui, Miss Charlotte. Et… merci, Miss.

— C'est bon, Millie. Vous devriez laver cette chose et la mettre avec le reste du linge. Occupez-vous-en vous-même, s'il vous plaît. Faites en sorte que Miss Sarah ne le sache pas.

Le visage de Millie blêmit.

— Miss Charlotte, vous pensez…

— Je ne pense rien, Millie. Et je ne veux pas que Miss Sarah s'imagine quoi que ce soit. Maintenant allez et faites ce qu'on vous a demandé.

— Oui, Miss.

Millie fit une petite révérence et faillit trébucher en sortant.

Dès qu'elle fut partie, Charlotte se laissa tomber sur le siège le plus proche, les jambes tremblantes, des fourmis dans les doigts.

Dominic et Lily ! Dominic sur le lit de Lily ! Dominic enlève sa cravate, sa chemise, peut-être d'autres vêtements. Puis les remet avec une telle hâte qu'il en oublie sa cravate. Charlotte avait envie de vomir. Lily… la petite Lily Mitchell.

Charlotte avait aimé Dominic de tout son cœur, sans rien demander en retour, et il était allé trouver Lily, la bonne. Y avait-il quelque chose qui ne tournait pas rond chez Dominic, chez tous les hommes ? Ou bien était-ce elle, Charlotte ? Son franc-parler était-il en cause ? Manquait-elle de féminité ? On l'appréciait, certes, mais le seul à qui elle avait plu en tant que femme, le seul qui était tombé amoureux d'elle, était ce malheureux Pitt.

C'était ridicule. S'apitoyer sur soi ne servait à rien. Elle devait penser à autre chose. Lily était morte. Avait-elle aussi aimé Dominic ou était-ce seulement… non, pas ça ! Dominic était beau, charmant… le cœur de Charlotte manqua un battement. Pourquoi ne plairait-il pas aux femmes ? Il avait plu à Verity, et à Chloe ; Charlotte l'avait lu dans les yeux de cette dernière. Et elles étaient mortes toutes les deux !

Charlotte se figea sur son siège. C'était impossible ! Dominic avait vu papa dans Cater Street, le soir où Lily avait été assassinée. Cela signifiait que Dominic y était, lui aussi. Ils n'y avaient pas pensé. Ils ne s'étaient préoccupés que de papa. Jamais Charlotte n'avait imaginé que Dominic…

Que lui arrivait-il ? Elle aimait Dominic, l'avait toujours aimé, depuis qu'elle était adulte. Comment une telle pensée avait-elle pu l'effleurer ?

Que valait l'amour qu'elle éprouvait pour lui ? À quoi rimait-il si elle ne pouvait savoir, en son âme et conscience, de quoi il était capable ? Jusqu'à cet après-midi, il eût été inconcevable de l'imaginer couchant avec Lily ! Et voilà qu'en moins d'une heure, elle l'avait admis. Son amour était-il d'abord de la fascination, l'amour de l'amour, l'amour de l'image qu'elle avait de lui ? Aimait-elle son visage, son sourire, ses yeux, la forme de sa chevelure ? Connaissait-elle ou aimait-elle le tréfonds de son âme ? Quels étaient les sentiments ou les pensées de Dominic, sans rapport avec elle, ni même avec Sarah ? Était-il possible qu'il eût aimé Lily, ou Verity… ou qu'il les eût haïes ?

Plus Charlotte y pensait, plus elle perdait pied, plus elle doutait d'elle-même et de l'amour qu'elle croyait avoir ressenti si passionnément pendant toutes ces années.

Elle ne savait plus ni où elle était, ni depuis combien de temps elle était assise dans ce fauteuil quand on frappa à la porte. C'était Dora. La femme du pasteur était là. Et fallait-il servir le thé, vu qu'il était près de quatre heures ?

Charlotte fit un effort considérable pour se ressaisir. Elle n'avait envie de voir personne et surtout pas Martha Prebble.

— Oui, bien sûr, Dora, dit-elle machinalement. Et faites entrer Mrs. Prebble.

Martha Prebble paraissait moins abattue que la dernière fois. La femme du pasteur semblait avoir recouvré une part de son énergie. Une détermination nouvelle se lisait sur ses traits.

Elle s'avança, les mains tendues, fronçant légèrement les sourcils.

— Ma chère Charlotte, je vous trouve bien pâle. Vous vous sentez bien, mon enfant ?

— Oh ! oui. Merci, Mrs. Prebble.

Puis elle songea à l'expression qu'elle devait avoir et décida qu'une explication s'imposait.

— Un peu fatiguée, peut-être. Je n'ai pas bien dormi la nuit dernière. Mais rien de grave. Asseyez-vous, je vous en prie.

Elle lui indiqua le fauteuil capitonné, le plus confortable.

Martha s'assit.

— Faites attention à vous, dit-elle. Vous avez été d'un grand secours à Mrs. Lessing. Il ne faut pas vous épuiser à ce point-là.

Charlotte se força à sourire.

— S'il y a quelqu'un qui ne peut se permettre de donner ce genre de conseil, c'est bien vous. Vous semblez être partout, prête à aider tout le monde.

Une pensée soudaine lui traversa l'esprit.

— Et vous êtes venue ici toute seule ! Vous avez marché seule dans la rue ? Vous ne devriez pas faire ça ! Je demanderai à Maddock de vous raccompagner. La nuit sera tombée quand vous partirez. Ce pourrait être dangereux !

— C'est très gentil à vous, mais je n'ai guère l'habitude de me faire escorter dans mes déplacements.

— Dans ce cas, il faut rester chez vous, au moins… au moins jusqu'à ce que…

Martha se pencha en avant. Un léger sourire flottait sur son visage énergique.

— Jusqu'à quand, ma chère ? Jusqu'à ce que la police arrête cet homme ? Et combien de temps ça va prendre, à votre avis ? Je ne puis interrompre mon travail dans la paroisse. Nombreux sont ceux qui ont besoin de moi. La fortune ne sourit pas à tous pareillement, vous savez. Il y a des gens qui sont seuls, âgés ou malades. Les femmes abandonnées par leur mari, ou veuves, les femmes qui doivent élever leurs enfants sans aucune assistance. Les nantis ne veulent pas savoir qu'ils existent, et pourtant ils sont là.

— Dans ce quartier ?

Charlotte était surprise. Elle pensait que tous les habitants de Cater Street avaient au moins un train de vie acceptable, bénéficiaient de l'essentiel, et même d'un certain confort. Elle n'avait jamais vu un pauvre, en tout cas pas dans le voisinage.

— Oh ! c'est un quartier très respectable.

Martha regarda par la fenêtre.

— La pauvreté est cachée. Les vêtements sont rapiécés, indéfiniment raccommodés. Il peut n'y avoir qu'une seule paire de chaussures, qu'un seul repas par jour. L'essentiel est de préserver une apparence de dignité.

— Mais c'est affreux !

Malgré cette phrase banale, Charlotte était réellement touchée. C'était affreux. Ça lui faisait de la peine. Ce n'était pas comme la misère noire, ces crève-la-faim dont lui avait parlé l'inspecteur Pitt, mais il s'agissait tout de même d'une souffrance. Pénible, constante, épuisante. Charlotte n'avait jamais eu faim de sa vie, elle ne s'était jamais souciée de savoir si quelque chose était ou non dans ses moyens. Certes, elle avait admiré des toilettes qu'elle ne pouvait s'offrir, mais elle avait plus d'habits qu'il ne lui en fallait.

— Je suis désolée. Puis-je faire quelque chose ?

Martha sourit et lui effleura le genou.

— Vous êtes gentille, Charlotte. Vous tenez de votre mère. Je suis certaine que vous pourriez vous rendre utile, que cela vous est déjà arrivé. C'est très regrettable que toutes les jeunes filles de la paroisse ne se conduisent pas comme vous.

Elle fut interrompue par Dora qui apporta le thé.

Quand Dora fut partie, que Charlotte eut rempli et tendu une tasse à Martha, celle-ci continua :

— La tendance est à la frivolité, à la recherche du plaisir.

À contrecœur, Charlotte pensa à Emily. Elle avait beau l'aimer tendrement, à sa connaissance Emily ne se préoccupait que de sa propre personne.

— Je le crains, oui, acquiesça-t-elle. Peut-être est-ce simplement un manque de discernement ?

— L'ignorance n'excuse pas tout. Nous détournons si souvent les yeux de peur d'être obligés d'intervenir.

C'était indéniablement vrai. Une vérité qui inspirait à Charlotte un vague sentiment de culpabilité. Par inadvertance, elle pensa à Pitt. Il l'avait forcée à découvrir une réalité qu'elle aurait préféré ignorer. Une réalité qui l'avait dérangée, qui avait ruiné sa tranquillité d'esprit, son confort. Et elle lui en avait profondément voulu.

— J'ai essayé de le faire comprendre à Verity, dit Martha en regardant Charlotte. Elle avait tellement de qualités, cette pauvre Verity !

— Et vous connaissiez également bien Chloe, je crois.

Charlotte regretta aussitôt d'avoir dit cela. C'était raviver un souvenir douloureux, réveiller une souffrance. Elle vit le visage de Martha se crisper, un spasme lui contracter les mâchoires.

— Pauvre Chloe, dit-elle sur un ton que Charlotte ne sut définir. Si frivole, si légère. Riant quand elle n'aurait pas dû rire. Cherchant à se mêler à la haute société. Je la soupçonne, hélas, d'avoir eu parfois des pensées impures, des pensées de…

Martha reprit son souffle.

— Mais ne médisons pas des morts. Elle a payé pour son péché. Tout ce qui était corrompu et corruptible en elle s'en est allé.

Charlotte la regarda fixement. Son beau visage énergique était troublé et malheureux.

— Parlons d'autre chose, déclara fermement Charlotte. J'ai copié quelques recettes. Je suis sûre qu'au moins l'une d'elles vous intéresserait. Sarah a dit que vous aviez demandé celle du fricandeau aux épinards, je m'en souviens. Il paraît que Mrs. Hilton a une excellente cuisinière. En tout cas, c'est ce que Mrs. Dunphy a dit à maman.

— Oui, tout à fait. Et tellement dévouée, acquiesça Martha. Elle donne beaucoup de son temps pour les fêtes paroissiales. Elle réussit très bien la pâtisserie. Toutes les cuisinières ne savent pas faire une bonne pâte feuilletée. Elles la malaxent trop. Il faut avoir la main rapide et légère. Elle est aussi douée pour les conserves et les fruits confits. Elle envoyait toujours sa bonne avec…

Martha s'interrompit, blême, l'air à nouveau désemparé.

Charlotte tendit instinctivement la main vers elle.

— Je sais. Tâchons de ne pas y penser. Nous n'y pouvons plus rien. Je vais vous trouver la recette du fricandeau.

Elle retira promptement sa main et se leva. Martha la suivit. Charlotte fit le tour de la table. Elle voulait que cette conversation se termine. C'était embarrassant. Elle ne s'en était pas bien sortie. Charlotte éprouvait une profonde pitié pour Martha, à la fois pour la détresse que lui inspirait la mort de ces jeunes filles et parce que cette femme vivait avec le pasteur, un sort qui lui apparaissait aussi peu enviable que l'existence dont lui avait parlé Pitt.

— Tenez, dit Charlotte en tendant une feuille de papier à Martha. J'ai déjà copié le fricandeau. Je peux facilement en faire une autre copie. Vous voulez bien ? Et j'insiste pour que Maddock vous raccompagne chez vous.

— Ce n'est pas nécessaire, dit Martha.

Elle prit la recette sans la regarder.

— Je vous assure !

— Je refuse de vous laisser repartir toute seule, décréta Charlotte, catégorique.

Elle tendit la main vers le cordon de la sonnette.

— Je me sentirais coupable toute la soirée. Je serais malade d'inquiétude !

Et Martha fut obligée d'accepter. Elle partit dix minutes plus tard, Maddock consciencieusement sur ses talons.

Charlotte n'eut pas le loisir de passer une soirée paisible à essayer de voir clair dans ses sentiments chaotiques. Emily arriva à la maison avec une nouvelle qui fit l'effet d'une bombe : elle avait invité George Ashworth à dîner, peu après sept heures.

À cette annonce, un vent de panique souffla sur la maisonnée. Seule grand-mère sembla en tirer un plaisir sans mélange. Ravie d'observer cette frénésie, elle débita une tirade sur la façon de tenir une maison de sorte que même la visite impromptue d'une Altesse puisse être assumée avec dignité et une table pour le moins convenable. Ni Emily, trop excitée, ni Caroline, trop anxieuse, ni Charlotte, trop occupée par ses propres problèmes, ne lui répondirent. Ce fut finalement Sarah qui lui dit sèchement de se taire. Résultat, la rage de grand-mère outragée atteignit un paroxysme tel que la vieille dame dut monter s'étendre.

— Bien joué, fit Charlotte, laconique.

Sarah lui décocha un sourire, le premier depuis des semaines.

Tout était calme, du moins en apparence, cinq minutes avant l'arrivée de George Ashworth. Ils étaient tous assis dans le grand salon. Emily était en rose vif, couleur qui lui allait très bien, même si papa désapprouvait qu'on lui fît encore une nouvelle robe. Sarah portait du vert, également très seyant, et Charlotte un bleu sourd, dans les tons ardoise, une teinte qu'elle avait détestée, jusqu'au moment où elle s'était vue dans la glace et avait constaté combien ce bleu se mariait bien avec ses yeux, tranchait sur l'éclat chaud de sa peau et de ses cheveux.

Elle rougit, gênée, quand George Ashworth se pencha pour baiser sa main, et que son regard admiratif s'attarda sur elle. Elle ne l'aimait pas, convaincue qu'il se jouait d'Emily. Elle le salua de façon conventionnelle, sans plus de chaleur que ne le requérait la politesse.

Pendant la soirée, toutefois, elle fut obligée de réviser en partie son jugement. Ashworth ne fit aucune faute notable. En fait, n'eût-il pas risqué d'affecter Emily dans sa réputation et ses sentiments, Charlotte se serait prise d'amitié pour lui. Il avait de l'esprit et un certain franc-parler, même si un homme de son rang pouvait se permettre de dire n'importe quoi sans craindre les conséquences. Il alla même jusqu'à flatter grand-mère, ce qui n'était pas difficile, un joli garçon ne pouvant que lui plaire, sans parler du titre.

Charlotte regarda de l'autre côté de la table et vit un petit sourire se dessiner sur le visage d'Emily. Visiblement, elle savait parfaitement à quoi il voulait en venir, et cela l'arrangeait. Une fois de plus, Charlotte sentit sa colère monter. Maudit soit-il s'il faisait du mal à Emily. Pour ce qui était de l'expérience de la vie, Emily était une enfant, comparée à lui !

Lorsque ensuite il s'adressa à Charlotte, elle lui répondit avec une réelle froideur. Elle vit Dominic la regarder avec perplexité, mais elle était trop furieuse pour s'en préoccuper. Puis son trouble ancien revint. Elle avait tant aimé Dominic et, à présent, elle ne ressentait plus qu'un besoin pressant et bouleversant de le protéger de… de quoi ? De Pitt, de la police… ou de lui-même ?

Il semblait que la soirée s'étirait indéfiniment. Il n'était pourtant que onze heures quand George Ashworth prit congé. Charlotte s'excusa aussitôt pour monter se coucher avec soulagement. Elle s'attendait que des pensées fiévreuses la tiennent éveillée toute la nuit, mais à peine se fut-elle allongée qu'elle sombra dans un sommeil de plomb.

Le lendemain, quelque chose d'infiniment pire l'attendait. Il n'était que dix heures du matin quand Maddock vint lui dire que l'inspecteur Pitt était dans le vestibule et souhaitait la voir.

— Moi ?

Elle essaya de se dérober, espérant qu'il verrait quelqu'un d'autre. Peut-être même était-il venu voir papa et voulait-il seulement s'assurer que celui-ci serait là en début de soirée.

— Oui, Miss, dit Maddock fermement. Il a spécialement demandé à vous parler.

— Assurez-vous que ce n'est pas le maître qu'il veut voir ce soir, vous voulez bien, Maddock ?

— Bien, Miss.

Maddock tourna les talons, mais lorsqu'il arriva à la porte, Pitt lui-même l'ouvrit et entra.

— Inspecteur Pitt ! fit Charlotte d'un ton tranchant.

Elle voulait le faire partir. Pitt était la dernière personne au monde que Charlotte avait envie de voir. La cravate de Dominic occupait tellement ses pensées que Pitt n'aurait qu'à parler avec Millie, semblait-il, mettre un pied dans la cuisine ou la buanderie pour que cette histoire lui saute aux yeux, avec toutes ses implications horribles. Charlotte avait encore plus peur de ce qu'elle-même pourrait dire. L'effort de concentration que cela lui demandait, son angoisse viraient à l'obsession.

— Bonjour, Miss Ellison.

Pitt regarda Maddock disparaître dans le couloir et ferma la porte derrière lui.

— Charlotte, je suis venu vous parler de George Ashworth.

Charlotte ressentit un immense soulagement. Cette visite n'avait rien à voir avec Dominic.

— Vous êtes au courant ? fit-il, surpris.

Quel visage étonnant il avait ! Ses sentiments s'y reflétaient finement, comme grossis par une loupe.

Charlotte était troublée.

— Non ? Qu'y a-t-il ? Vous avez découvert quelque chose ?

À nouveau, elle eut peur en pensant à Emily. Était-ce finalement Ashworth ? Au moins, cela signifiait qu'il ne pourrait plus faire de mal à Emily, l'humilier en la quittant pour une autre. À cette idée se mêlait un profond regret, ce qui était ridicule. Elle ne l'avait trouvé agréable que l'espace d'un très bref instant.

Pitt la contemplait.

— Vous l'aimez bien, observa-t-il dans un sourire.

Le regard du policier était doux.

— Il me déplaît vivement, riposta-t-elle avec brutalité.

— Pourquoi ? Parce que vous avez peur pour Emily ? Peur qu'il ne la tue, ou peur qu'il ne finisse par se lasser d'elle et ne se tourne vers une autre, une jeune fille riche peut-être, ou noble ?

Elle lui en voulut de la justesse de son analyse, de son intrusion dans ses pensées. L'humiliation et la douleur d'Emily ne le regardaient nullement.

— Peur qu'il ne la tue, bien sûr ! Qu'avez-vous à me dire, inspecteur Pitt ?

Peu affecté par sa brusquerie, il continua à sourire.

— Qu'il ne connaissait probablement pas la bonne des Hilton, et qu'il n'a pas tué Lily Mitchell, aucun doute là-dessus. Nous avons le détail de ses faits et gestes pendant ces vingt-quatre heures.

Charlotte était heureuse, absurdement heureuse. On venait de lui annoncer qu'Ashworth avait toujours la possibilité de faire souffrir Emily, or elle n'y tenait pas du tout.

— Ainsi vous avez éliminé un suspect de plus, déclara-t-elle en cherchant quelque chose à dire, n'importe quoi, pour éviter le silence et les yeux qui l'observaient, souriants, déchiffrant toutes ses expressions, toutes ses pensées.

— Oui, acquiesça-t-il. Ce n'est pas une méthode de détection très satisfaisante.

— Est-ce là tout ce dont vous êtes capable ?

C'était une question, pas un reproche.

Pitt eut un petit sourire désabusé, comme pour s'excuser.

— Presque. J'essaie de me représenter le genre d'individu que nous cherchons, l'homme qui se sent poussé à commettre de tels actes.

Involontairement, Charlotte exprima à haute voix l'idée qui avait horrifié Dominic.

— Pensez-vous qu'il puisse s'agir de quelqu'un qui ne sache pas *lui-même* ce qu'il a fait, ni pourquoi, voire qui oublie tout après coup ? Il serait alors aussi perdu et effrayé que vous tous.

— Oui, dit-il simplement.

Ce n'était guère réconfortant. Charlotte aurait préféré qu'il dise non. Cela rapprochait cet homme, ce bourreau, de leur univers. Cela supprimait le fossé entre eux. Ce pouvait être n'importe qui. Dieu seul savait ce qu'il éprouverait quand il découvrirait qui il était !

— Je suis navré, Charlotte, répondit-il d'une voix douce. Cela m'effraie aussi. Il faut le retrouver, mais ce n'est pas une idée qui me réjouit.

Elle était à court de paroles. Dans sa tête, elle ne voyait que la cravate de Dominic, suffisamment grande pour étrangler le monde entier. Elle souhaitait que Pitt s'en aille, avant que cette pensée omniprésente dans son esprit ne la pousse à commettre un impair.

— J'ai vu votre beau-frère l'autre jour, poursuivit-il.

Charlotte se figea. Heureusement, elle lui tournait le dos. Il ne vit donc pas sa gorge se nouer, sa peur panique. Elle essaya de parler, de prendre une voix normale, mais aucun son ne sortit de sa bouche. Était-ce la vraie raison de sa visite, savait-il ou se doutait-il de quelque chose ?

— Dans un café.

— Ah oui ?

Elle réussit finalement à recouvrer sa voix.

Pitt ne répondit pas. Il l'observait jusqu'à ce que le silence devînt insupportable.

— J'imagine que vous n'avez pas eu grand-chose à vous dire.

— Nous avons parlé de l'assassin. C'est à peu près tout, à part une brève discussion sur d'autres crimes. Il considère cette affaire comme la plus importante de toutes.

— Pas vous ?

Charlotte se retourna pour tenter de déchiffrer son expression.

— Si, bien sûr, mais il y a beaucoup d'autres crimes. Mon brigadier a perdu son bras, la semaine dernière.

— Perdu son bras ! répéta Charlotte, horrifiée. Comment ? Que s'est-il passé ?

La jeune fille avait un souvenir très vif de ce petit homme. Comment avait-il fait pour avoir un accident aussi terrible ?

— Gangrène, dit Pitt simplement.

Mais elle surprit une lueur de colère dans ses yeux. Pendant quelques instants, elle oublia totalement Dominic.

— Une pique en fer lui a transpercé le bras, poursuivit Pitt. Nous étions dans les taudis, à la recherche d'un faussaire.

Il lui raconta tout l'épisode.

— C'est horrible, s'exclama Charlotte fougueusement. Ça vous arrive… souvent ?

Elle lut de l'espoir dans ses yeux, puis de la dérision : il se moquait de ses propres sentiments. Emily avait raison sur un point : cet homme-là attachait de l'importance à ce qu'elle pensait de lui.

— Non, pas trop, répondit-il. Cela peut être aussi tragique, aussi pitoyable, voire aussi drôle que violent. La plupart des gens préfèrent purger leur peine et rester en vie. Les actes de violence sont punis trop sévèrement pour qu'on s'y risque à la légère. Ceux qui tuent sont pendus.

— Drôle ? dit Charlotte, incrédule.

Il se percha sur l'accoudoir d'un fauteuil.

— À votre avis, comment les gens survivraient-ils dans les taudis s'ils n'avaient pas le sens de l'humour ? Sans un certain sens du ridicule, sans un minimum de présence d'esprit, ils mourraient. Vous ne comprendriez pas le marchand des quatre-saisons, les prostituées, les receleurs, mais si c'était le cas, vous les trouveriez drôles : féroces, sans merci, et ne s'attendant pas à ce qu'on leur fasse grâce, inventifs, cupides, mais souvent amusants. C'est l'univers dans lequel ils vivent. Les faibles et les traîtres meurent.

— Et les malades, les orphelins, les vieillards ? demanda-t-elle. Comment envisager leur situation avec humour ?

— Ils meurent, exactement comme dans votre milieu, répondit-il. Leur fin est différente, c'est tout. Qu'arrive-t-il à une femme divorcée dans votre monde ou à une femme qui a un enfant illégitime, à une femme dont le mari meurt ou ne peut plus payer les factures ? Il est poliment conduit à sa ruine et souvent acculé au suicide. Pour vous, ces gens-là sont perdus le jour de leur disgrâce. Vous ne les croisez plus dans la rue. Vous n'allez plus leur rendre visite l'après-midi. Ils n'ont pas la possibilité de travailler, les filles ne peuvent plus se marier, les commerçants ne leur font plus crédit. C'est un autre genre de fin, mais bien souvent une fin inéluctable, comme partout ailleurs.

Il n'y avait rien à rétorquer. Charlotte aurait voulu fulminer, nier ou bien justifier cet état de choses, mais elle savait au fond d'elle-même que c'était vrai. Des bribes de souvenirs lui revenaient, des gens dont on ne parlait plus, qu'on cessait subitement de voir.

Pitt lui toucha doucement le bras, lui transmettant sa chaleur.

— Je suis désolé, Charlotte. Je n'avais pas le droit d'en parler comme si c'était votre faute, comme si vous preniez part à cet état de fait, volontairement ou consciemment.

— Cela ne change rien, n'est-ce pas ? dit-elle sombrement.

— Non.

— Racontez-moi certaines de vos anecdotes. Je crois que j'en ai besoin.

Il se laissa aller en arrière, retira sa main. Elle eut froid, soudain. Elle aurait dû prendre ombrage de son geste familier. À sa grande surprise, elle constata qu'il n'en était rien.

Il eut un petit sourire désabusé.

— Vous vous souvenez de Willie, que vous avez rencontré au poste de police ?

Involontairement, Charlotte sourit aussi. Elle n'avait pas oublié le visage mince, le mélange sympathique d'intérêt et de dédain que son ignorance avait suscité chez lui.

— Oui, oui. Il doit en avoir des histoires pittoresques à conter.

— Des centaines. Il y en a même qui sont vraies. Je me souviens de cette anecdote sur le marchand des quatre-saisons et sa famille, et d'une histoire longue et rocambolesque sur la revanche dont fut victime un passeur…

— Un quoi ?

— Un type qui écoule des faux billets. Et Belle… j'allais dire qu'elle vous aurait plu, mais c'est une prostituée…

— Elle m'aurait peut-être plu quand même, répliqua Charlotte.

Puis elle se demanda si elle n'avait pas parlé un peu trop vite.

— Peut-être… répéta-t-elle.

Pitt lui lança un regard amusé et son visage s'adoucit.

— Belle est née à Bornemouth. Ses parents étaient respectables, mais extrêmement pauvres, domestiques dans une maison bourgeoise. Belle fut séduite – apparemment, ce fut plus une question de force que de charme – par le fils de la maison, et à cause de cela mise à la porte. Dès lors, elle était déshonorée. Naturellement, on n'évoqua jamais le fait qu'il aurait dû l'épouser. Elle vint à Londres et s'aperçut qu'elle était enceinte.

« Au début, poursuivit-il, Belle travailla comme couturière, fit des chemises… cousit des cols, des manchettes, six boutonnières chaque fois, quatre coutures verticales sur le devant, deux pence et demi la chemise. Vous cousez, Charlotte ? Vous savez combien de temps il faut pour confectionner une chemise ? Vous tenez les comptes de la maison ? Vous savez ce qu'on peut acheter avec deux pence et demi ?

« Elle essaya l'hospice, dont on lui refusa l'entrée, parce qu'elle ne disposait pas d'un droit d'accès officiel. C'est alors qu'un gentleman lui fit des avances, un monsieur trop jeune et pas encore assez riche pour faire un mariage avantageux, mais doté de solides appétits. Cela rapporta suffisamment à Belle pour nourrir son enfant et lui acheter une couverture.

« Et cela lui ouvrit un monde nouveau, dit Pitt. Elle put écrire à ses parents toutes les semaines. Ce qu'elle continue à faire, de même qu'elle leur envoie toujours un peu d'argent. Ils pensent qu'elle gagne sa vie comme couturière. Et à quoi ça servirait qu'ils découvrent la vérité ? Ils ignorent combien gagne une couturière à Londres.

« Elle s'était trouvé un logeur comme protecteur, mais il a commencé à lui réclamer de plus en plus d'argent. Seulement, cette fois elle avait des amis… de tous bords, pas uniquement des clients. C'est une jolie fille, maligne, mais pas méchante. Et elle est capable de pratiquement tout prendre avec philosophie.

— Qu'a-t-elle fait ? s'enquit Charlotte avec intérêt.

— Elle avait un amant régulier qui vivait de sa plume. Il écrivait des lettres, faisait de faux certificats, de fausses attestations et ainsi de suite. L'un de ses oncles était dénicheur de moineaux. Il s'est arrangé pour que le logeur soit harcelé par ses petits protégés chaque fois qu'il sortait. On lui volait sa montre, ses sceaux, son argent. Mais, pire que cela, ils se moquaient de lui, épinglaient des petits mots sur ses habits, en faisaient la risée générale.

— Si on le volait, pourquoi n'appelait-il pas la police ?

Charlotte se sentit obligée de poser cette question.

— Surtout s'il savait de qui il s'agissait et que ça continuait, ajouta-t-elle.

— Oh ! il a prévenu la police ! C'est comme ça que j'ai appris cette histoire.

— Vous les avez arrêtés ?

Charlotte était horrifiée et furieuse.

Pitt lui sourit, la regarda droit les yeux.

— Malheureusement, j'avais des crampes dans une jambe ce jour-là, et j'étais incapable de courir assez vite pour en attraper un. Le brigadier Flack a eu une poussière dans l'œil, et le temps qu'il s'arrête pour l'enlever, ils avaient disparu.

Charlotte ressentit un immense soulagement.

— Et Belle ?

— Elle a négocié un loyer raisonnable et gardé le reste de ses gains.

— A-t-elle continué comme prostituée ?

— Qu'aurait-elle pu faire d'autre ? Se remettre à confectionner des chemises à deux pence et demi l'unité ?

— Bien sûr que non. C'est une question idiote. Maintenant, j'ai un peu plus conscience de la chance que j'ai d'être née dans cette famille. J'ai toujours trouvé injuste ce dicton sur les péchés des pères se reportant sur les fils jusqu'à la troisième et la quatrième génération. Mais il ne l'est pas, n'est-ce pas ? C'est une réalité de la vie. Nous récoltons ce que nos parents ont semé.

Charlotte leva la tête et rencontra le regard de Pitt. La douceur qu'elle y lut la mit mal à l'aise, et elle se détourna.

— Et l'assassin ? Pensez-vous qu'il… que c'est plus fort que lui ?

— Je crois possible qu'il ne se rende pas vraiment compte de ce qu'il fait, répondit Pitt. Cela explique peut-être pourquoi ses proches ne se sont aperçus de rien.

Charlotte repensa tout à coup à la cravate noire avec terreur, une terreur glacée. Pendant un moment, elle l'avait oubliée, elle avait oublié de considérer Pitt comme une menace pour ne voir en lui qu'un… non, c'était ridicule !

Elle se leva avec une certaine raideur.

— Merci d'être venu me prévenir, pour Lord Ashworth. C'est très aimable à vous, et ça m'a rassurée, du moins sur mon inquiétude la plus grave.

Pitt se leva aussi, acceptant de se faire congédier, mais la déception se lisait clairement sur son visage. Charlotte en fut navrée : il ne le méritait pas. Mais elle avait trop peur de lui pour le laisser rester. Il avait la faculté de la deviner, il lisait trop bien ses pensées. Sa sympathie spontanée, son intelligence amèneraient Charlotte à se trahir et à trahir Dominic.

Il la regardait toujours, que le diable l'emporte !

Oh ! Seigneur ! L'avait-elle congédié si vitc qu'il avait senti sa peur ? Ne l'avait-elle pas renvoyé juste après qu'ils eurent mentionné l'assassin et la possibilité qu'il n'ait pas conscience de ses actes ? Pour l'empêcher de se douter de quelque chose, il fallait qu'elle répare son erreur.

— Excusez-moi, Mr. Pitt, je ne voulais pas être impolie. Je ne vous ai rien offert à boire.

Elle se força à le regarder et sourit, l'air crispé. Elle devait avoir une mine épouvantable.

— Puis-je sonner pour qu'on vous apporte quelque chose ?

— Non, merci.

Il se dirigea vers la porte, puis se retourna, fronçant légèrement les sourcils.

— De quoi avez-vous peur, Charlotte ?

Elle prit une grande inspiration, la gorge serrée. Il s'écoula quelques secondes avant qu'elle pût proférer un son.

— De l'assassin, bien sûr, pourquoi ? N'est-ce pas pareil pour tout le monde ?

— Si, dit-il calmement. Y compris peut-être pour l'assassin lui-même.

La pièce tangua autour d'elle. Un tremblement de terre devait faire cet effet-là. C'était ridicule. Elle ne devait pas s'évanouir. Dominic était faible, il sacrifiait à ses penchants ? Tous les hommes étaient comme lui, il fallait l'accepter. Mais associer Dominic à des meurtres, à un fil de fer autour de gorges blanches et haletantes, quelle idée ! Il fallait être folle, lâche et déloyale pour se laisser aller à de tels soupçons.

— Oui, acquiesça-t-elle. Sans doute. Mais vous devez tout de même l'arrêter, pour le salut de tous.

Elle avait délibérément parlé d'une voix plus légère, avec un certain entrain, comme si cette affaire ne la touchait pas de près, que ce fût une préoccupation d'ordre général et non un souci personnel.

Pitt eut un sourire en coin, inclina imperceptiblement la tête et sortit de la pièce. Charlotte entendit Maddock lui ouvrir la porte d'entrée, puis la refermer.

Ses genoux la lâchèrent, et elle s'écroula en larmes sur le sofa.

Quand Dominic revint le soir, Charlotte n'eut pas le courage de le regarder en face. Sarah ne parla pas de tout le dîner. Emily était sortie avec George Ashworth et plusieurs de ses amis. Grand-mère monologua sur le déclin des bonnes manières en société. Edward et Caroline entretenaient un semblant de conversation que personne n'écoutait.

Après dîner, Sarah annonça d'un ton guindé qu'elle avait mal à la tête et monta se coucher. Maman accompagna grand-mère dans son boudoir, au premier, pour lui faire la lecture pendant à peu près une heure. Papa se retira dans son bureau pour fumer et rédiger son courrier.

Dominic et Charlotte se retrouvèrent seuls dans le grand salon. Une situation que Charlotte avait appréhendée, mais qu'elle accueillit presque avec soulagement. La réalité ne serait peut-être pas aussi terrible que ses angoisses du moment.

Elle attendit quelques minutes après que les autres furent partis. Puis elle leva la tête, de peur qu'il ne s'en aille aussi si elle ne se décidait pas très vite à parler.

— Dominic ?

Il se tourna vers elle.

Elle était seule avec lui. Elle avait toute son attention. Les yeux sombres ne regardaient qu'elle, un peu inquiets. Cela aurait dû lui faire battre le cœur. Mais elle ne pouvait penser qu'à Lily Mitchell et à Sarah, à l'étage, malheureuse à cause d'une vétille, alors qu'il y avait des choses bien pires dont Sarah ne se doutait pas… ou bien s'en doutait-elle ? Et Pitt. Elle revoyait le visage de Pitt, les yeux vifs, pénétrants, qui lui donnaient l'impression d'être si proche de lui. Elle se secoua violemment. Cette pensée était absurde.

— Oui ? dit Dominic, l'incitant à parler.

Charlotte n'avait jamais eu beaucoup de tact, elle n'avait jamais été capable d'aborder un sujet indirectement. Maman s'en serait bien mieux tirée qu'elle.

— Vous aimiez bien Lily ? demanda-t-elle.

Le visage de Dominic se plissa de surprise.

— Lily, la bonne, Lily Mitchell ?

— Oui.

— Si je l'aimais bien ? répéta-t-il, incrédule.

— Oui, est-ce qu'elle vous plaisait ? Répondez-moi honnêtement, s'il vous plaît. C'est important.

C'était très important, même si elle n'était pas sûre de savoir quelle réponse elle espérait. L'idée qu'il l'avait aimée était suffisamment douloureuse, et pourtant l'hypothèse qu'il se soit servi d'elle sans éprouver de sentiment était pire. C'était encore plus minable, plus dégoûtant, plus significatif.

Il avait vaguement rougi.

— Oui, je l'aimais bien. C'était une drôle de gamine. Elle parlait souvent de la campagne où elle avait grandi. Pourquoi ? Vous voulez faire quelque chose pour elle ? Elle était orpheline, enfant illégitime, je pense. Il n'y a pas de famille.

— Non, je ne pensais pas à ça, dit-elle un peu sèchement.

Charlotte n'avait jamais su que Lily était orpheline. La jeune fille avait vécu dans sa maison toutes ces années, et vu le peu d'intérêt que Charlotte lui avait accordé, Lily aurait tout aussi bien pu ne pas exister. Dominic était-il réellement pire qu'elle ?

— Je voulais le savoir à cause de vous.

— Moi ?

Charlotte se trompait-elle, ou la rougeur de Dominic s'était-elle accentuée ?

— Oui, dit-elle.

Il était inutile de mentir, de tourner autour du pot. Il la regardait fixement. Mais pourquoi diable avait-elle tellement envie de le toucher, là, maintenant ? Pour s'assurer qu'il était toujours la même personne, le Dominic qu'elle avait aimé depuis qu'elle était adulte ? Ou bien éprouvait-elle un sentiment proche de la pitié ?

— Je ne vous comprends pas, fit-il lentement.

Elle plongea son regard dans le sien avec une franchise inimaginable un mois plus tôt. Pour la première fois, elle le scrutait sans avoir le cœur qui flanche ou le pouls qui s'accélère. Elle regardait l'être et oubliait l'homme, la beauté, l'excitation.

— Si, vous comprenez très bien. Millie m'a apporté la cravate qu'elle a trouvée à la tête du lit en retournant le matelas. C'était la vôtre.

Visiblement, Dominic ne cherchait pas à mentir. Sa rougeur était désormais flagrante, mais il ne détourna pas la tête.

— Oui, elle me plaisait. Elle n'était pas… bien compliquée. Sarah est parfois affreusement collet monté.

— Vous aussi, dit-elle brutalement, et à sa propre surprise.

Une pensée furieuse naquit dans son esprit, et immédiatement elle l'exprima tout haut :

— Que ressentiriez-vous si Sarah allait se donner à Maddock ?

Le visage de Dominic s'allongea de stupeur.

— Ne soyez pas ridicule !

— Pourquoi ridicule ? demanda Charlotte froidement. Vous couchiez bien avec la bonne, non ? Lily n'était même pas majordome, mais une simple bonne !

— Sarah ! Mais une chose pareille ne lui viendrait même pas à l'esprit ! Ce n'est pas une garce. C'est inouï et dégradant pour vous de tenir de tels propos, même pour plaisanter.

— Loin de moi l'idée de plaisanter ! Pourquoi vous sentez-vous insulté si j'évoque cette possibilité pour Sarah, alors que vous admettez, vous, l'avoir fait sans en éprouver la moindre honte ? Vous n'avez pas honte, n'est-ce pas ?

Dominic rougit à nouveau et, pour la première fois, détourna les yeux.

— Je n'en suis pas très fier.

— À cause de Sarah, ou parce que Lily est morte ?

Pourquoi le voyait-elle soudain si nettement ? C'était affreux, comme la lumière du matin sur la peau, qui en révèle toutes les imperfections.

— Vous ne comprenez pas, dit-il, exaspéré. Quand vous serez mariée, vous comprendrez.

— Je comprendrai quoi ?

— Que…

Il se leva.

— Que les hommes… les hommes vont parfois…

Il s'interrompit, incapable de parachever sa pensée avec délicatesse.

Elle termina la phrase pour lui.

— Que vous avez des règles de conduite pour vous-mêmes, et d'autres pour nous, dit-elle avec aigreur.

Sa gorge la picotait, comme si elle avait envie de pleurer.

— Vous exigez une parfaite loyauté de notre part, mais vous vous estimez libres de distribuer votre amour comme bon vous semble…

— Ce n'est pas de l'amour ! explosa-t-il. Bonté divine, Charlotte…

— C'est quoi ? Du désir ? De la luxure ?

— Vous ne comprenez pas !

— Alors expliquez-moi.

— Ne soyez pas naïve. Vous n'êtes pas un homme. Si vous étiez mariée, vous comprendriez peut-être que les hommes sont différents. Les sentiments féminins, les principes des femmes ne s'appliquent pas aux hommes.

— D'après moi, le principe de la loyauté et de l'honneur est valable pour tout le monde.

Il était furieux, à présent.

— Cela n'a rien à voir avec la loyauté et l'honneur ! J'aime Sarah : du moins je l'aimais jusqu'à ce qu'elle…

Soudain son visage devint blême.

— … jusqu'à ce qu'elle me soupçonne d'être l'assassin.

Il regardait Charlotte. Elle lut le désespoir, la douleur dans ses yeux.

Elle se leva aussi. Sans réfléchir, elle lui prit la main, et il s'y raccrocha.

— Charlotte, c'est ce qu'elle croit ! Elle l'a clairement laissé entendre !

— Elle a cru Emily, dit Charlotte calmement. Et peut-être était-elle au courant pour Lily.

— Grand Dieu ! Ça n'a rien à voir avec le fait de tuer quatre filles sans défense et d'abandonner leurs corps dans la rue !

— Si elle était au courant pour Lily et si elle me met en cause, moi aussi, alors vous l'avez blessée. Il se pourrait qu'elle ait voulu vous blesser à son tour.

— C'est absurde ! Elle ne peut pas être blessée au point de… de…

Il regarda intensément Charlotte.

Elle lui rendit son regard, l'air grave.

— C'est possible. Si je vous avais donné tout mon amour, mon cœur, mon corps, si je vous avais été fidèle, y compris en pensée, et si j'apprenais que vous avez couché avec ma bonne, et si en plus je pensais que vous faites la cour à ma sœur, je préfère ne pas imaginer à quel point je souffrirais. Et il n'est pas impossible que je veuille vous faire du mal à mon tour, de toutes mes forces. Si vous étiez capable de me trahir à ce point, un meurtre ne me paraîtrait guère plus terrible.

— Charlotte !

Sa voix se brisa et monta d'un ton.

— Charlotte, vous n'êtes pas sérieuse ? De grâce ! Je veux dire, je n'ai pas… je n'ai fait de mal à personne !

Il saisit à nouveau sa main et la serra à lui broyer les doigts.

Elle ne se dégagea pas.

— Excepté à Sarah, et peut-être à Lily ? Elle vous aimait, elle aussi, ou bien les bonnes sont-elles autorisées à avoir des lubies, comme les hommes ?

— Charlotte, pour l'amour du ciel, ne soyez pas sarcastique ! Aidez-moi !

— Je ne vois pas comment !

Elle répondit à sa demande en étreignant sa main plus fort pendant quelques instants.

— Je ne peux obliger Sarah à avoir d'autres sentiments. Je ne peux retirer ce qu'elle a dit, ni vous le faire oublier.

Il resta immobile un long moment, près d'elle, ses yeux dans les siens.

— Non, dit-il finalement.

Il ferma les paupières.

— Mon Dieu, murmura-t-il, vous ne pouvez pas me prouver non plus que ce n'est pas moi. D'après votre fichu policier, cet homme pourrait ne pas avoir conscience de ses actes. Autrement dit, ce pourrait être moi. Je pourrais très bien faire ça, sans le savoir. J'ai vu votre père dans la rue. Personne, pour le moment, ne semble en déduire que j'étais là aussi. Et je connaissais les quatre filles… et j'étais dehors chaque fois que l'une d'elles s'est fait tuer !

Elle ne trouva qu'une seule réponse qui fût à la fois réconfortante et vraie.

— Si Pitt doutait de votre innocence, il serait revenu ici pour vous questionner. Il ne vous exclurait pas simplement parce que vous êtes un gentleman.

— Vous pensez qu'il a vraiment son idée sur la question ? s'enquit-il avec ferveur.

À l'évidence, il désirait ardemment la croire, mais n'y arrivait pas tout à fait.

— Je sais que vous ne l'aimez pas, mais imaginez-vous que vous pourriez le duper longtemps ?

Dominic esquissa une moue désabusée.

— Je ne le déteste pas. Je crois que j'ai peur de lui.

— Parce que vous le considérez comme quelqu'un d'intelligent ?

— Oui.

Il soupira.

— Merci, Charlotte. Oui, Pitt nous a étudiés de près. S'il soupçonnait l'un d'entre nous, nous serions déjà cernés. Or ce n'est pas le cas, n'est-ce pas ?

Il était au bord de la panique.

Cette fois elle mentit, comme pour protéger un enfant.

— Non.

Il poussa un nouveau soupir et s'assit.

— Comment Sarah peut-elle penser une chose pareille ? Quand on me connaît un peu… Vous dites qu'elle m'aime, comment peut-on aimer quelqu'un et se méfier de lui ?

— Parce qu'aimer quelqu'un ne veut pas dire le connaître, répliqua-t-elle, les mots résonnant violemment et clairement dans sa tête.

Seraient-ils aussi lourds de sens pour lui que pour elle ?

— Elle ne m'aime pas vraiment, dit-il lentement. Sinon, elle n'aurait pas pensé cela.

— Vous l'avez pensé vous-même !

— C'est différent. Je me connais. Mais je n'ai jamais pensé du mal d'elle, jamais.

— Alors vous ne la connaissez pas, pas plus qu'elle ne vous connaît.

Charlotte était sincère, même si elle en prit conscience en parlant.

— Que voulez-vous dire ?

— Nous avons tous des défauts… Sarah aussi. Si vous vous attendez à ce qu'elle soit parfaite, vous vous faites du tort mutuellement.

— Je ne vous comprends pas, Charlotte.

Il fronça les sourcils.

— Parfois j'ai l'impression que vous ne savez pas ce que vous dites.

— En effet.

Elle avait mal, parce qu'elle se rendait compte qu'il ne comprenait vraiment pas.

— Ça ne m'étonne pas.

Elle se décida rapidement, d'instinct.

— Je vais monter voir si Sarah va bien.

— Sarah ? fit-il, surpris.

Elle alla jusqu'à la porte, puis se retourna.

— Oui.

Dominic la regardait, les sourcils froncés. Elle souffrait jusqu'au plus profond d'elle. Elle aurait voulu le prendre dans ses bras, chasser cette peur qui l'habitait. Mais elle éprouvait désormais pour lui un genre d'amour différent. Un amour qui n'avait plus rien de mystérieux, de romantique, qui ne lui faisait plus battre le cœur. Elle se sentait plus âgée que lui, et plus forte.

— Charlotte…

Elle savait ce qu'il voulait dire ; il voulait dire : « Aidez-moi » et ne savait pas comment.

Elle sourit.

— Je ne lui parlerai de rien. N'importe quel homme, dans Cater Street, qui a un tant soit peu réfléchi, doit nourrir les mêmes craintes que vous.

Il soupira et essaya de sourire.

— Merci, Charlotte. Bonne nuit.

À l'étage, Charlotte trouva Sarah assise dans son lit. Elle regardait fixement le mur, un livre ouvert sur les couvertures, posé sur la tranche.

— Comment ça va ? demanda Charlotte.

— Que veux-tu ?

Sarah la considéra froidement.

— Je peux aller te chercher quelque chose ? Une boisson chaude ?

— Non, merci. Que se passe-t-il ? Dominic refuse de te parler ?

Sa voix était empreinte d'amertume. Charlotte eut l'impression que sa sœur se retenait de pleurer.

Elle s'assit au bord du lit.

— Il vient de me parler pendant assez longtemps.

— Ah !...

Sarah affecta la désinvolture.

— De quoi ?

— Du meurtrier.

— C'est horrible. Tu vas faire des cauchemars.

Charlotte lui prit la main.

— Sarah, tu ne devrais pas lui laisser croire que tu le soupçonnes...

— Il s'est plaint à toi, il a pleuré sur ton épaule ?

— C'est facile de voir ce que tu penses ! Sarah !

Charlotte serra plus fort la main que Sarah essayait de retirer.

— Même si tu en es convaincue, aie la gentillesse ou l'intelligence de ne pas le lui montrer. Dans l'hypothèse où il serait coupable, tu auras tout le temps d'y penser une fois que ce sera prouvé. S'il est innocent, et que tu le soupçonnes à tort, tu vas creuser entre vous un fossé qu'il sera difficile de combler par la suite.

Sarah ne put retenir ses larmes plus longtemps.

— Je ne le soupçonne pas, dit-elle en ravalant ses sanglots. Pas vraiment. Ça m'a juste traversé l'esprit à un moment. Est-ce si dur à comprendre ? Je n'ai pas pu m'en empêcher ! Il est tellement sorti, ces derniers temps ! Il ne me regarde pratiquement plus. Est-il amoureux de toi, Charlotte ? Dis-le-moi honnêtement. Je crois que je préfère savoir.

— Non.

Charlotte secoua la tête en souriant.

— J'ai été amoureuse de lui, c'est ça que voulait dire Emily. Mais il ne me voyait même pas.

Des larmes ruisselaient sur les joues de Sarah.

— Oh ! Charlotte, je suis désolée. Je ne savais pas.

— Je ne voulais pas que tu saches.

Charlotte se força à sourire. Ses propres sentiments lui apparaissaient soudain très clairement. Elle plaignait Sarah, elle la plaignait terriblement, parce que sa sœur avait blessé Dominic et s'était infligé à elle-même une blessure inguérissable. Encore maintenant, Sarah ne comprenait pas ce qu'elle avait fait, pas plus qu'elle ne semblait capable d'y remédier.

Sarah la regardait avec compassion à travers ses larmes.

— Oh ! tout va bien, dit Charlotte tranquillement. Je ne suis plus amoureuse de lui. Je l'aime beaucoup, mais je ne suis plus amoureuse.

Sarah sourit et renifla.

— Ton malheureux policier ?

Charlotte fut choquée.

— Grand Dieu, non !

Le sourire de Sarah s'épanouit.

Charlotte se pencha en avant. Plus que tout au monde, elle voulait aider et protéger Sarah, retrouver leurs relations d'antan.

— Sarah, dis à Dominic que tu ne le soupçonnes pas sérieusement, que cette terrible pensée t'a simplement effleurée. Mens même, s'il le faut. Mais il ne doit plus s'imaginer que…

— Il ne viendra pas à moi.

— Alors fais le premier pas !

— Non.

Sarah secoua la tête.

— Sarah !

— Je ne peux pas.

Charlotte n’avait plus rien à ajouter. En silence, elle repoussa une mèche de cheveux qui cachait les yeux de Sarah. Puis elle se leva et sortit lentement. Ce bouleversement dans sa vie l’avait trop fatiguée, trop secouée pour qu’elle puisse réagir ce soir. La peur et la pitié viendraient demain.

11

Sarah réfléchit aux paroles de Charlotte, mais ne put se résoudre à parler à Dominic. Il s'était montré si froid ces derniers temps, si distant. Elle craignait une nouvelle rebuffade. Du reste, s'il était réellement blessé, il pouvait facilement venir la trouver.

Ou bien était-ce autre chose ? Éprouvait-il un sentiment de culpabilité d'un autre ordre ? Elle se souvenait des œillades entendues de Lily, suivies d'un rire. À l'époque, Sarah avait refusé de comprendre, même si elle connaissait trop bien les femmes pour ne s'apercevoir de rien. Elle avait pensé que c'était fini, et, pour sa tranquillité d'esprit, elle s'était peu à peu conditionnée à oublier. Et voilà que cela resurgissait dans toute sa cuisante laideur. Était-ce la mort de Lily qui avait ravivé ce souvenir dans la mémoire de Dominic ?

Cependant, s'il lui posait la question, elle lui dirait aussitôt et sans la moindre équivoque qu'elle ne l'avait jamais cru capable de tuer. Ce n'avait été qu'une crainte absurde, passagère, que sa raison avait écartée dès qu'elle se l'était avouée.

Mais il ne vint pas la trouver, et elle ne lui parla pas.

Ces événements avaient changé au moins une chose : les sentiments de Sarah à l'égard de Charlotte. Son aveu expliquait tout. Maintenant, Sarah comprenait pourquoi Charlotte avait montré si peu d'intérêt pour les jeunes gens que maman avait réussi à lui présenter parmi les partis acceptables. À la lumière de cet aveu, elle se souvenait de petits incidents, de mots, de regards, de colères et de larmes inexpliquées.

Elle s'étonnait que Charlotte ait pu lui cacher aussi bien son secret… elle n'avait rien remarqué, en dehors même de son mariage avec Dominic. Comment avait-elle pu être aveugle à ce point ? Toute à son bonheur, elle ne s'était jamais préoccupée de Charlotte. Emily s'en était aperçue et, dans un moment de colère, avait trahi sa sœur. C'était difficile à pardonner.

Mais la chose était réglée. Charlotte n'était plus amoureuse. Était-il concevable qu'elle fût attirée par cet affreux policier ? Certainement pas ! Cependant, si une femme était capable d'une telle folie, d'une telle mésalliance, c'était bien Charlotte !

Enfin, ils auraient tout le temps d'y penser si cela arrivait. Papa expédierait la question rapidement, même s'il n'avait pas l'air de réagir au sujet d'Emily et de ce dandy d'Ashworth. Il faudrait qu'elle lui rappelle d'intervenir, sinon Emily risquait non seulement d'être humiliée, mais déshonorée. Sur le moment, Sarah fut tentée de penser que cela la punirait d'avoir trahi Charlotte, mais peut-être la vie se chargerait-elle de lui donner une leçon sans l'intervention de sa famille.

Deux jours plus tard, Sarah était chez Martha Prebble pour les affaires de la paroisse, quand il fut question de Mrs. Attwood, l'invalide que papa était allé voir le soir de la mort de Lily.

— Pauvre âme, dit Martha avec un petit soupir. C'est une vraie croix.

Sarah se souvint des paroles de papa.

— J'ai entendu dire qu'elle avait tendance à exagérer et qu'elle s'inventait des souvenirs. Peut-être prend-elle ses désirs pour des réalités ?

Martha haussa les sourcils.

— Je n'étais pas au courant. Quand je l'ai vue, elle n'a fait que parler, et toujours de sa gloire passée. Cela dit, j'avoue ne pas avoir écouté avec suffisamment d'attention pour savoir si ce qu'elle racontait était vrai. J'imagine que la pauvre femme est surtout très seule.

— Personne ne lui rend visite ? demanda Sarah dans un élan de pitié, peu désireuse cependant d'y aller elle-même.

— Ses visiteurs sont rares. Comme je vous l'ai dit, elle est plutôt fatigante.

— Elle est invalide, je crois, condamnée à rester chez elle ?

Sarah se sentait obligée de poursuivre. Elle aurait eu honte d'ignorer une femme dans le besoin… surtout si, dans le passé, son mari avait réellement rendu service à papa.

— Absolument pas, répondit Martha, catégorique. Elle ne souffre que des petits maux liés à l'âge.

— Elle n'est pas infirme ? dit Sarah en fronçant les sourcils.

Avait-elle mal compris papa ? Elle essaya de se souvenir précisément de ce qu'il avait dit, mais en vain.

— Non. Mais je suis sûre qu'elle vous serait très reconnaissante de lui rendre visite, juste pour faire un brin de causette.

— Est-elle dans le besoin ? Je veux dire financièrement.

Sarah aurait préféré donner de l'argent plutôt que son temps.

— Ma chère Sarah, comme c'est généreux de votre part ! Je vous reconnais bien là, à vouloir aider votre prochain, à vous sacrifier pour les autres sans épargner votre peine. Mais elle n'est pas démunie, je vous l'assure, excepté moralement. Elle a besoin d'amis, dit Martha d'une voix hésitante, resserrant les mains sur les épaules de Sarah. Et d'un peu de chaleur humaine.

Sa voix s'était voilée, comme si elle luttait contre une forte émotion. Au début, Sarah en fut gênée, puis elle se souvint de la vertueuse froideur du pasteur et tenta de se mettre à la place de Martha. Curieusement, l'attitude distante de Dominic l'y aida. Elle répondit à l'étreinte de Martha en lui pressant le bras.

— Bien sûr, dit-elle calmement. On en a tous besoin. Je passerai la voir cet après-midi. Je ne peux rien lui apporter cette fois. Je lui rendrai juste une visite, puisque je peux utiliser la voiture. Mais je reviendrai la voir, avec Charlotte ou maman, et je lui offrirai quelque chose, un petit cadeau symbolique.

Martha la regardait, l'œil vitreux.

— Vous n'êtes pas d'accord ? fit Sarah en contemplant son visage pâle. D'après vous, je ne devrais pas y aller avant d'avoir été présentée ?

Le regard de Martha s'éclaircit.

— Bien sûr que si, dit-elle en reprenant son souffle. Il faut y aller, oui. Allez-y aujourd'hui.

— Vous vous sentez bien, Mrs. Prebble ?

Maintenant Sarah s'inquiétait pour elle. Martha paraissait épuisée, à bout. Sarah l'avait-elle involontairement contrariée ? Ou bien songeait-elle à sa propre vie également dénuée d'émotions ?

Sarah prit les mains de Martha et les serra très fort. Puis, quand elle sentit ses muscles se contracter, elle se pencha vers elle, l'embrassa gentiment sur la joue et se dirigea vers la porte.

— Je lui dirai que vous vouliez avoir de ses nouvelles. Ça lui fera sûrement plaisir. Vous donnez tant de vous-même, et à tellement de gens, qu'il ne doit pas y avoir un seul foyer dans la paroisse où l'on ne vous bénisse pas.

Et, avant que Martha pût marmonner une réponse, Sarah s'excusa et partit.

Sarah ne savait pas trop à quoi elle s'attendait, mais la femme qui finit par lui ouvrir la surprit à un point tel qu'elle demeura figée sur le pas de la porte.

— Oui ?

La femme haussa les sourcils, l'air interrogateur.

Sarah déglutit et se ressaisit.

— Je m'appelle Sarah Corde. Je n'ai pas eu le plaisir de vous rencontrer plus tôt, mais Mrs. Prebble m'a tant parlé de vous que j'ai décidé, si toutefois vous êtes d'accord, de faire votre connaissance.

Le visage de l'inconnue s'éclaira aussitôt. C'était une femme séduisante, qui avait dû être belle vingt-cinq ans plus tôt. Les vestiges de cette beauté transparaissaient dans la structure du visage, le mouvement élégant de la chevelure, désormais sans éclat, mais toujours abondante. Sarah ne vit là rien de pathétique, et si cette femme souffrait de la solitude, elle ne le montrait pas.

— Entrez, je vous en prie, dit-elle, s'effaçant pour que Sarah puisse répondre à son invitation.

Le petit salon était meublé avec une simplicité peu commune, mais Sarah eut l'impression que c'était plus par goût que par manque d'argent. Et curieusement, elle apprécia cette sobriété. C'était plus reposant que les pièces surchargées dont elle avait l'habitude, avec leurs dizaines de photographies, de peintures, d'oiseaux empaillés, de compositions de fleurs séchées, de broderies et d'ornements, et des meubles partout où il y avait de la place. Ici, l'air lui parut plus léger, l'ambiance moins oppressante.

— Merci, dit-elle en s'asseyant dans le fauteuil qu'on lui proposait.

Elle se félicitait de ne pas avoir apporté de nourriture à lui offrir. C'eût été superflu, voire offensant.

— C'est gentil à Mrs. Prebble d'avoir parlé de moi, dit la femme. Malheureusement, je ne la connais pas très bien. Je trouve ces pratiques religieuses…

Elle s'interrompit. À l'évidence, elle venait de se rendre compte que Sarah s'y adonnait probablement, et elle cherchait maintenant à se rattraper.

Sarah se surprit à sourire.

— Ennuyeuses, acheva-t-elle.

Le visage de Mrs. Attwood se détendit.

— Je vous remercie de votre franchise. Je le crains, oui. Elle se consacre aux œuvres de charité, mais il faut être une sainte pour continuer à supporter ces conversations futiles et ces commérages. Des commérages, ma chère, qui ne sont même pas intéressants !

— Les commérages sont-ils jamais intéressants, sauf pour ceux qui les colportent ?

— Bien sûr ! Certains sont pleins d'esprit, d'autres ont l'étoffe des vrais scandales. Ou avaient. Voilà des années que je n'ai pas entendu parler d'un scandale digne de ce nom. Cela dit, presque plus personne ne vient me voir, aujourd'hui. Je suis devenue respectable. Quelle terrible épitaphe !

La curiosité de Sarah s'aiguisait. Qui, précisément, était cette femme ? Jusque-là, elle n'avait rien de la créature pathétique et délirante dont avait parlé papa. Tout au contraire, elle était de compagnie agréable et tout à fait maîtresse d'elle-même.

— L'emploi du mot épitaphe n'est-il pas prématuré ? demanda Sarah en souriant. Vous n'êtes pas encore morte.

— C'est comme si je l'étais, assise dans ce salon de Cater Street, à regarder la vie passer sans me voir. Et puis je n'ai personne pour m'écouter, même si je suis capable de remarques spirituelles ! C'est terrible, ma chère, d'avoir de l'esprit et pas d'auditoire pour l'exercer. Puis-je vous offrir quelque chose à boire, du thé, peut-être ? Je n'ai pas de bonne, comme vous n'aurez pas manqué de le constater, mais je peux le préparer moi-même, si vous voulez bien m'excuser.

— Oh ! non, je vous en prie.

Sarah tendit la main, comme pour l'arrêter.

— Je viens de prendre le thé avec Mrs. Prebble.

C'était un mensonge, mais elle ne voulait pas déranger son hôtesse.

— À moins, bien sûr, ajouta Sarah, que vous n'en preniez vous-même ? Dans ce cas, permettez-moi de m'en occuper.

— Grand Dieu, mon enfant, vous tenez à vous rendre utile ! Très bien, ce sera tout à fait plaisant de me faire servir. Vous trouverez tout dans la cuisine. S'il y a quelque chose qui vous manque, n'hésitez pas à me le demander.

Un quart d'heure plus tard, Sarah revint avec un grand plateau et du thé pour deux. Elle le servit, puis les deux femmes reprirent leur conversation.

— Vous habitez Cater Street depuis longtemps ? demanda Sarah.

Mrs. Attwood sourit.

— Depuis la mort de mon mari, et depuis que ce cher Edward m'a trouvé cette maison.

— Edward ? Est-ce votre fils ?

La femme haussa ses sourcils bien dessinés, surprise et amusée.

— Juste ciel, non ! Il était mon amant. Notre rencontre date d'il y a plus de vingt-cinq ans. J'avais quarante ans, lui la trentaine.

— Vous ne l'avez pas épousé ?

Elle eut un rire sonore.

— Bien sûr que non ! Il était déjà marié, à une très jolie femme, d'après ce qu'on m'a dit. Et il avait une fille. Ma chère, qu'avez-vous ? Vous êtes toute pâle. Vous avez avalé de travers ?

Sarah était abasourdie. Une pensée inexprimable venait de germer dans son esprit. Elle fixait le visage de cette femme, essayant de l'imaginer telle qu'elle avait pu être vingt-cinq ans plus tôt. Était-ce la véritable raison pour laquelle papa était venu ici ? Était-ce pour ça qu'il avait d'abord menti, disant qu'il était à son club toute la soirée, jusqu'à ce que Dominic le trahisse involontairement ? Était-ce pourquoi il avait refusé de donner à Pitt le nom de la femme et son adresse ?

Plus Sarah cherchait à éluder la conclusion, plus elle s'imposait à elle. Elle s'entendit demander, d'une voix qui venait d'ailleurs :

— Il vous a fait ce cadeau au moment de vous quitter, j'imagine, pour s'assurer que vous seriez bien logée ?

— Comme c'est romantique, dit Mrs. Attwood en souriant. Un adieu grandiose où l'on retient ses larmes, des souvenirs qu'on garde toute sa vie, dans du papier de soie enrubanné ? Il n'est pas mort, ma chère, pas plus qu'il n'a émigré. En fait, il va parfaitement bien, et nous restons assez bons amis, autant que la discrétion et l'usure du temps peuvent le permettre. Rien d'aussi romantique que vous l'imaginez. Simplement une liaison, devenue une amitié, puis rien de plus qu'une relation entre deux personnes qui partagent des souvenirs agréables.

— Dans ce cas, il ne doit pas habiter loin ?

Sarah s'obstinait encore, dans l'espoir qu'un détail mettrait fin à ses craintes. Chaque fait nouveau était une chance supplémentaire de découvrir qu'il ne pouvait s'agir de papa.

La femme sourit, l'œil pétillant de malice.

— En effet, mais ce serait indiscret de ma part de vous en dire plus. Ce pourrait être quelqu'un que vous connaissez !

— Peut-être, répondit Sarah machinalement.

Elle s'exprimait sur un ton emprunté, mais le chaos régnait dans son esprit. Elle essayait de s'y retrouver entre les fragments de certitudes concernant papa et Dominic. Maman le savait-elle ? Avait-elle toujours su, avait-elle accepté de fermer les yeux ? Y attachait-elle de l'importance ? Ou bien son éducation l'y avait préparée, comme à un attribut de la nature masculine ? Mais les hommes en général étaient différents de votre propre père… ou mari !

Sarah n'admettait pas cette idée, ne pouvait l'admettre. Elle n'avait jamais pensé à un autre que Dominic ; sa vision de l'amour le lui défendait. La fidélité faisait partie de l'amour. On échangeait des promesses et on les tenait. On pouvait à l'occasion se montrer égoïste, déraisonnable ou agressif, négligé ou extravagant. Mais on ne mentait ni en paroles ni en actes.

Elle resta encore un peu pour causer avec Mrs. Attwood, sans trop savoir ce qu'elle disait… des remarques polies et dénuées de sens, des phrases toutes faites que personne n'écoute. Puis elle prit congé et monta dans la voiture pour rentrer à la maison.

Caroline était assise, seule, dans sa chambre. Sarah venait juste de sortir et de refermer la porte.

Elle se sentait engourdie, l'esprit figé, bloqué sur cette seule et unique pensée, la ressassant sans fin, comme si elle allait devenir plus supportable à force de répétition. Edward avait eu une liaison avec une autre femme ; pendant vingt-cinq ans, il avait conservé des liens avec elle, il continuait même aujourd'hui à aller la voir. Était-ce de l'amour ? Les braises d'un amour passé ? Ou bien une dette dont il ne pouvait se libérer ? Voire de la pitié ?

Pauvre Sarah !

Sarah était venue pour qu'elle la conseille, pour s'assurer qu'elle n'était pas seule, victime d'une trahison particulière. Et Caroline avait été incapable de la réconforter. Sarah s'était troublée. Elle était elle-même trop choquée pour comprendre ce qu'elle faisait et se rendre compte que Caroline n'avait jamais rien su de cette histoire. En une demi-heure, Sarah avait ruiné trente ans de paix.

Caroline s'examina dans le miroir. Ce n'était même pas une question d'âge. L'autre femme était plus vieille ! Qu'Edward lui avait-il trouvé que Caroline n'avait pas ? La beauté, la chaleur humaine, l'esprit, la sophistication ? Ou était-ce simplement de l'amour, un amour irrationnel ?

Pourquoi avait-il quitté sa maîtresse ? Pour éviter le scandale ? À cause des enfants ? Pour un motif aussi banal que l'argent ? Caroline ne le saurait jamais, car comment savoir s'il lui dirait la vérité ?

Cela soulevait une autre question. Allait-elle lui avouer qu'elle était au courant ? Cela ne servirait pas à grand-chose, à présent. D'un autre côté, arriverait-elle à le cacher ? Elle ne pourrait décemment plus éprouver la même chose pour lui. Les années avaient créé entre eux un sentiment de familiarité, un certain détachement vis-à-vis de leur mode de vie, l'habitude de passer sur les petits défauts et les faiblesses de l'autre. Mais il y avait toujours eu cette confiance, cette certitude que les inconvénients n'étaient que superficiels.

Ses pensées revenaient sans cesse sur cette femme. Quel genre de personne était-ce ? Avait-elle aimé Edward, s'était-elle livrée corps et âme à lui ? Ou bien était-ce une simple liaison, à classer dans les profits et pertes, une histoire de prestige, d'intérêt, un désir de sécurité, la recherche du plaisir ? Que lui avait-elle donné que Caroline ne pouvait lui donner ?

Elle essaya de se remémorer l'état d'esprit de ces premières années. Sarah devait être une toute petite fille, Charlotte une nouveau-née, quant à Emily, on n'y pensait pas encore. Était-ce la cause de cette liaison ? Avait-elle été trop absorbée par les enfants ? L'avait-elle négligé ? Certainement pas. Elle croyait se souvenir d'heures innombrables passées ensemble, de longues soirées à la maison, de soirées dehors, de dîners, de fêtes et même de concerts. Ou bien était-ce plus tard ? Les dates se brouillaient, se télescopaient.

Avait-il aimé cette autre femme, ou n'était-ce qu'une distraction, l'assouvissement d'un désir ? Tout le passé n'était-il qu'un mensonge ?

L'idée qu'il eût aimé Mrs. Attwood effrayait, blessait profondément Caroline, altérait des années de sentiments, brisait la sérénité, détruisait toute tendresse, toute confiance. Même le fait qu'il pût s'agir d'un simple désir ne la consolait guère.

Elle frissonna. Elle se sentait souillée, comme envahie d'une substance impure dont elle ne pouvait se débarrasser. Le souvenir de ses gestes tendres, de leur intimité, devint une offense, qu'elle voulait oublier, parce qu'elle ne pouvait l'anéantir.

Elle se leva, arrangea machinalement sa coiffure, rajusta sa robe. Elle devait descendre et présenter à la famille une façade qui masquerait, au moins en partie, son chagrin et son désarroi.

Grand-mère remarqua que quelque chose n'allait pas, à la fois chez Caroline et Sarah. Tout d'abord, elle crut qu'elles s'étaient querellées et, naturellement, elle voulut savoir pourquoi. Le lendemain matin, Sarah se trouvait dans le petit salon. Grand-mère entra, en apparence pour s'informer des dispositions à prendre pour le thé de l'après-midi, savoir quels visiteurs ils attendaient ; en réalité pour découvrir la nature de la querelle.

— Bonjour, Sarah, ma chérie, dit-elle ostensiblement.

— Bonjour, grand-mère, répondit Sarah, sans lever les yeux de la lettre qu'elle écrivait.

— Tu es un peu pâlotte. Tu n'as pas bien dormi ? poursuivit grand-mère en s'asseyant sur le sofa.

— Si, merci de vous en inquiéter.

— Tu es sûre ? Tu me parais un peu nerveuse.

— Je me sens parfaitement bien, merci. Ne vous tracassez pas pour moi.

Grand-mère profita de l'occasion.

— Mais je me fais du souci, ma chérie. Je ne puis m'en empêcher, quand je vous vois, toi et maman, fatiguées et contrariées. S'il y a eu quelque désaccord entre vous, je pourrais peut-être vous aider à le régler ?

Si Charlotte s'était trouvée à la place de Sarah, elle aurait rétorqué sans ménagement que grand-mère risquait plutôt d'envenimer la situation, mais Sarah étant Sarah, elle demeura polie, du moins dans ses propos.

— Nous ne nous sommes pas disputées, grand-mère. Nous sommes très proches l'une de l'autre.

Elle sourit avec une amertume non dissimulée.

— En fait, nous sommes unies dans le malheur.

— Le malheur ? De quel malheur s'agit-il ? Je ne suis pas au courant.

— C'est normal. Ça s'est passé il y a vingt-cinq ans.

— Que veux-tu dire, pour l'amour du ciel ? demanda grand-mère. Que s'est-il passé il y a vingt-cinq ans ?

Sarah battit en retraite.

— Rien que vous ayez besoin de savoir. C'est fini, à présent.

— Cela vous rend encore malheureuses, ta mère et toi, ce n'est donc pas fini ! dit grand-mère d'un ton sec. Que s'est-il passé, Sarah ?

— Les hommes, répondit Sarah. La vie. Peut-être même que cela vous est arrivé, à vous aussi.

Elle eut un petit sourire crispé.

— Ça ne m'étonnerait pas ! Ça ne m'étonnerait pas du tout !

— De quoi parles-tu ? Quoi, les hommes ?

— Ils sont superficiels, fourbes et hypocrites ! s'exclama Sarah, furieuse. Ils prêchent une chose et en pratiquent une autre. Ils ont des principes pour eux, et d'autres pour nous.

— Certains, oui. Forcément. Mais pas tous. Il existe des hommes honnêtes et droits. Ton père en est un. Je suis désolée si ce n'est pas le cas de ton mari.

— Papa ! siffla Sarah. Espèce de vieille imbécile ! C'est le pire de tous. Dominic a peut-être porté ses regards là où il ne fallait pas, mais il n'a jamais entretenu une maîtresse pendant vingt-cinq ans !

Ces mots ne signifiaient rien pour grand-mère. C'était un mensonge grotesque. Sarah devait avoir perdu la raison. Le choc ressenti en découvrant les frasques de Dominic avait dû la rendre momentanément folle. Évidemment, épouser un aussi beau garçon ne pouvait conduire qu'au désastre. Grand-mère le savait depuis le début. Elle l'avait dit à Caroline. Mais, bien entendu, Caroline n'écoutait jamais.

— Sottises ! dit-elle avec humeur. C'est infantile, et ridicule, de tenir des propos pareils. Je veux bien t'excuser pour cette fois, car tu es perturbée par ce que tu as découvert sur ton mari et que j'aurais pu prédire dès le début. En fait, je l'avais dit à ta mère. Mais si tu répètes de telles calomnies sur ton père ailleurs que dans cette pièce, ou en présence d'autres personnes, je te…

Elle hésita, ne sachant quelle menace employer pour faire peur à Sarah.

— Vous feriez quoi ? dit Sarah durement. Vous prouveriez que c'est faux ? C'est impossible ! Si vous avez un après-midi à perdre, je vous emmènerai la voir ! Elle est vieille, plus vieille que papa, mais encore très séduisante. Elle a dû être très belle.

— Sarah ! Cela n'a vraiment rien de drôle. Reprends-toi immédiatement. C'est un ordre ! Si tu ne peux pas, alors monte t'étendre jusqu'à ce que tu sois calmée. Respire des sels, et passe-toi le visage sous l'eau froide.

— L'eau froide ! Papa a une maîtresse, et vous me suggérer de régler le problème en me passant la figure sous l'eau froide ! s'écria Sarah, élevant la voix pour souligner le ridicule de la situation.

« Vous avez également offert des sels à maman ? C'est ce que vous faisiez, respirer des sels ? Grand-père entretenait-il une maîtresse, lui aussi ?

Ses paroles éveillèrent de vieux souvenirs déplaisants.

— Sarah, tu deviens hystérique ! dit grand-mère sèchement. Sors de cette pièce. Tu te conduis comme une servante. Ressaisis-toi et tâche de rester digne. Tu ferais mieux de t'allonger jusqu'à ce que tu recouvres ton bon sens.

Comme Sarah ne bougeait pas, grand-mère s'emporta.

— Tout de suite ! fit-elle en haussant le ton. Je dirai à ta mère que tu ne te sens pas bien. Je ne souhaite pas que tu te donnes en spectacle, et toi non plus, j'en suis sûre. Imagine qu'un domestique entre ! Tu veux qu'on parle de toi à l'office ? Et dans les offices de toutes les maisons de la rue ?

Sarah sortit avec un regard haineux.

Grand-mère s'assit lourdement. Quelle horrible matinée ! Sarah ! Avait-on idée de faire des allégations aussi choquantes ! Elle devait avoir complètement perdu le contrôle d'elle-même.

Edward avait sans doute commis les indiscrétions habituelles, mais cela ne pouvait lui valoir d'être accusé de déloyauté ! Demander à un homme de ne pas fauter en trente ans de mariage était impensable. N'importe quelle femme savait cela. On acceptait cet état de choses, on le supportait avec courage et surtout avec dignité.

Mais installer une maîtresse dans une maison et subvenir à ses besoins matériels, c'était différent. C'était impardonnable. Comment Sarah osait-elle suggérer cela ? Quels que fussent ses griefs contre Dominic, salir le nom de son père d'une telle manière était inexcusable. Et certainement pas fondé.

Vraiment ?

Grand-mère se disait qu'Edward ne pouvait s'être conduit de la sorte, quand Charlotte entra. Elle aussi avait la mine sombre et paraissait tendue. De toute façon, elle était bizarre, fantasque et d'humeur changeante. Peut-être était-elle également déçue par Dominic. Tout à fait stupide, cet entichement pour Dominic. Charlotte aurait réellement dû dépasser le stade des amours infantiles.

— Qu'y a-t-il, Charlotte ? demanda-t-elle. Tu n'as tout de même pas prêté foi aux divagations de Sarah ?

Charlotte fit brusquement volte-face. Grand-mère prit une nouvelle inspiration.

— Elle est bouleversée, naturellement, d'avoir découvert que Dominic était faillible, mais elle s'en remettra, si tu l'aides, au lieu de répandre la tristesse autour de toi comme un personnage de tragédie. Ressaisis-toi, ma fille, cesse d'être égoïste.

— Et maman ? dit Charlotte avec amertume. Elle va se ressaisir et s'en remettre, elle aussi ?

— Je ne vois pas de quoi elle devrait se remettre ! riposta grand-mère, cinglante. Je m'étonne que tu sois assez sotte et crédule pour écouter Sarah. Tu ne vois donc pas qu'elle est perturbée ?

— Évidemment qu'elle est perturbée ! Moi aussi, je le suis. Et si vous ne l'êtes pas, alors vos critères moraux sont différents des miens !

C'en était vraiment trop ! Grand-mère se sentit outragée au point de manquer de souffle. L'insolence de Charlotte dépassait les bornes.

— Mes critères moraux sont différents des tiens, c'est sûr ! dit-elle avec aigreur. Je ne suis pas tombée amoureuse du mari de ma sœur !

— Vous n'avez jamais été amoureuse, oui, rétorqua Charlotte, glaciale.

— Je n'ai jamais perdu le contrôle de moi-même, dit grand-mère méchamment, si c'est ça que tu appelles « être amoureuse ». À mon sens, les émotions excessives ne sont pas une excuse pour avoir un comportement immoral. Si tu avais reçu une éducation convenable, tu penserais de même !

C'était la chance que Charlotte attendait. Une expression de triomphe farouche illumina ses traits.

— Vous voilà prise à votre propre piège, grand-mère. Si l'éducation est en cause, alors qu'est-il arrivé à papa ? Pourquoi ne lui avez-vous pas expliqué qu'on ne trahit pas sa femme et ses enfants en entretenant une maîtresse pendant vingt-cinq ans ?

Grand-mère sentit le sang lui monter au visage. Elle avait la tête qui tournait, de peur, d'indignation… et du fait que son corset était trop serré.

— Comment oses-tu répéter des mensonges aussi méchants et injustifiés ! Va dans ta chambre ! Si ce n'était pas à la fois embarrassant et blessant pour ton père, je te demanderais d'aller lui présenter tes excuses.

— À mon avis, ce serait embarrassant pour vous deux, dit Charlotte avec un sourire cynique. Vous verriez à sa tête qu'il est coupable et vous seriez obligée de revenir sur vos déclarations, ainsi que sur bon nombre de vos principes.

— Sottises ! fit grand-mère, glaciale.

Elle ne laisserait pas Edward se faire critiquer par cette enfant insolente. Comment Sarah osait-elle répandre ces calomnies partout ? C'était impardonnable.

— Il est possible que ton père ait satisfait à certains penchants – tous les gentlemen le font –, mais rien de malhonnête, ni de déshonorant, comme tu le suggères. Parler de trahison est ridicule !

Charlotte eut une moue de dégoût.

— Dominic me plaisait. Et bien que je n'aie rien dit, jamais mentionné mon attachement, je suis immorale. Papa, qui garde une maîtresse pendant vingt-cinq ans, lui achète une maison et l'entretient, se comporte en gentleman, c'est tout. Il n'y a là rien de déshonorant. Espèce d'hypocrite ! Je sais qu'il y a une échelle de valeurs pour les femmes, et une autre pour les hommes, mais même vous ne pouvez la rendre élastique à ce point-là !

« Pourquoi, continua Charlotte, serait-ce un péché impardonnable pour une femme que de trahir un homme, et une peccadille, rien qui mérite de s'y arrêter, quand un homme trahit une femme ? Un péché est un péché, aucun doute là-dessus, quel que soit celui qui le commet. Simplement, certains devraient bénéficier d'un surcroît d'indulgence pour cause d'ignorance ou de plus grande faiblesse ? Est-ce le fléau de l'homme, une faiblesse plus marquée ? On dit toujours que c'est nous, les plus faibles, ou bien est-ce seulement physiquement ? Sommes-nous censées être plus fortes moralement ?

— Ne dis pas de sottises, Charlotte !

Mais le ton de la vieille dame avait perdu son tranchant. Elle revit le visage de Caroline, au petit déjeuner. À moins qu'elle ne se fût grandement trompée, il y avait des traces de larmes, soigneusement poudrées. Grand-mère avait encore une assez bonne vue pour s'en apercevoir.

Caroline croyait à cette trahison.

Était-ce possible ? Edward avait-il eu une autre femme toutes ces années ? Et quel genre de femme ?

Grand-mère regarda le visage dur et meurtri de Charlotte.

Charlotte la vit hésiter, vit le doute, le dégoût passer dans son regard.

Le froid de la désillusion s'insinua dans l'esprit de grand-mère, lui laissant la sombre conviction qu'il devait y avoir du vrai dans cette histoire. Elle avait toujours adoré Edward, s'était accrochée à l'image de son père en lui et, d'une certaine manière, à celle de sa jeunesse et des souvenirs agréables qui s'y rattachaient. Elle voyait en Edward la quintessence de ce qu'il y avait d'admirable chez un homme : le meilleur de son père, sans le pire.

À présent, elle était obligée d'admettre qu'elle l'avait vu ainsi parce qu'elle le regardait de loin. Eût-elle regardé de plus près, comme Caroline, elle aurait repéré ses défauts. Et le choc aurait été moindre. Car non seulement ses certitudes à propos d'Edward étaient ébranlées, mais les siennes propres. Les anciennes valeurs s'écroulaient, et il n'y avait rien pour les remplacer. Grand-mère se sentit vieille et cruellement seule. Le monde auquel elle appartenait était mort, et ses vestiges, qui perduraient chez son fils, l'avaient trahie.

Elle en voulait à Charlotte de l'avoir mise face à la réalité.

— Tu n'es pas forte, Charlotte, dit-elle méchamment, répondant à sa question. Tu es dure. C'est pour ça que Dominic t'a préféré Sarah.

Grand-mère chercha quelque chose de plus blessant encore.

— Jamais un homme ne t'aimera. Tu es dénuée de toute féminité. Et ce malheureux policier te trouve à son goût parce qu'il est vulgaire et ne sait pas les qualités d'une dame. Il se dit que, grâce à toi, il pourrait s'élever socialement. Bien entendu, même si tu acceptais cet homme – et ce pourrait bien être ta seule demande en mariage –, tu ne l'élèverais pas jusqu'à ta condition sociale. Il est né vulgaire et le restera. Et là peut-être d'ailleurs est ta vraie place !

Charlotte était livide.

— Vous n'êtes qu'une horrible mégère, dit-elle doucement. Cela ne m'étonnerait pas que grand-père aussi ait eu une maîtresse, pour vous fuir. Peut-être était-ce quelqu'un de gentil. Peut-être que papa a eu un mauvais exemple sous les yeux. Il est possible qu'il ne soit pas vraiment fautif. C'est quelque chose que j'ai appris de votre policier vulgaire : combien nos parents nous modèlent, combien ils influent non seulement sur notre éducation, notre condition sociale, le fait que nous soyons riches ou pauvres, mais aussi sur nos valeurs. En vous regardant, je me dis que papa n'est pas forcément coupable.

Sur ce, Charlotte tourna les talons et se dirigea vers la porte, laissant grand-mère suffocante, la gorge noyée, ses baleines lui rentrant dans la chair comme des couteaux. Elle appela à l'aide, espérant instinctivement susciter la pitié, mais Charlotte avait déjà refermé la porte.

Le déjeuner fut épouvantable et consommé dans un silence presque total. Après quoi chacun trouva une excuse pour s'éclipser le plus vite possible. Emily dit qu'elle allait chez la couturière. Maman voulait-elle bien l'accompagner pour qu'elle ne sorte pas seule ? Grand-mère eut un regard méchant pour Charlotte, puis déclara qu'elle montait dans sa chambre, car elle se sentait extrêmement mal. Sarah exprima le désir de rendre visite à Martha Prebble, femme sympathique et sage. L'ambiance chez le pasteur était peut-être pesante à force de vertu, mais se libérer des pensées charnelles et des péchés de la chair convenait de mieux en mieux à Sarah.

— Sarah, tu ne devrais pas y aller seule, dit Charlotte rapidement. Veux-tu que je vienne avec toi ?

C'était bien la dernière chose qu'elle avait envie de faire, mais depuis la première visite de Dominic dans cette maison, depuis qu'elle avait tout juste cessé d'être une enfant, c'était la première fois que Charlotte se sentait aussi proche de Sarah. Elle souffrait pour sa sœur, pour la déception, la dépossession, le choc qu'elle endurait. Charlotte partageait ces émotions d'autant plus qu'elle aussi avait aimé Dominic. Bien sûr, leurs rapports étaient différents. Elle était d'ailleurs surprise de s'en remettre aussi facilement. Son amour était-il plus superficiel qu'elle ne l'avait cru, un amour né non pas de la connaissance, mais de l'imagination ? Sarah, en revanche, perdait une intimité, des moments partagés, des faits, pas des rêves.

Sa sœur la regardait.

— Non, merci, dit-elle avec son plus beau sourire. Je sais à quel point tu détestes le pasteur, or il pourrait bien être chez lui. Et s'il n'est pas là, j'aimerais autant parler avec Martha seule à seule.

— Je pourrais venir et te laisser devant la porte, insista Charlotte.

— Ne sois pas ridicule ! Dans ce cas, il faudrait que tu reviennes seule. Je ne risque rien. Ce détraqué est sans doute déjà parti. Ça fait un moment qu'il ne s'est rien passé. Nous nous sommes probablement trompés. Il devait venir des taudis, et il a dû y retourner.

— Ce n'est pas l'avis de l'inspecteur Pitt, fit Charlotte, se levant à moitié.

— Es-tu aussi éprise que lui ? s'enquit Emily en haussant les sourcils. Il n'est pas infaillible, tu sais !

— J'irai directement chez le pasteur, puis de maison en maison pour les œuvres paroissiales, déclara fermement Sarah. Je pense que Martha m'accompagnera. Je n'ai donc rien à craindre ! Ne vous tracassez pas. Je vous verrai tous ce soir. Au revoir.

Les autres partirent également, et Charlotte se retrouva seule sans aucun projet particulier. Elle chercha rapidement une occupation qui lui éviterait de s'appesantir sur papa ou sur Dominic, sur la douleur que causait la désillusion, sur la sottise d'idéaliser les gens. Et, par-dessus tout, demeurait la peur terrible de l'assassin. Car en dépit de ce que pensaient Sarah et Emily, Charlotte ne croyait pas un instant qu'il eût regagné les quartiers pauvres d'où il était censé venir. Il habitait Cater Street, ou à proximité. Charlotte le sentait au plus profond d'elle-même.

Il était trois heures moins vingt. Elle était occupée à écrire une série de lettres à des parents éloignés avec qui elle se devait de correspondre de temps à autre, lettres dont elle retardait la rédaction comme une corvée, lorsque Maddock vint lui annoncer que l'inspecteur Pitt était à la porte et souhaitait la voir.

Charlotte en éprouva un plaisir déraisonnable, presque un soulagement, comme s'il pouvait, d'une certaine façon, alléger son sentiment de désillusion. Cependant, elle avait également peur de lui. Tout le monde à la maison savait le comportement de papa, même s'ils n'en discutaient jamais à plusieurs. On n'en parlait que sur le ton de la confidence. Pourtant, il semblait que la maison elle-même fût au courant. Si papa était capable d'une telle trahison, d'une tromperie de vingt-cinq ans, quels autres secrets ne leur avait-il pas cachés ? Cette autre existence dont ils ignoraient tout pouvait contenir toutes sortes de choses. Peut-être papa lui-même n'en était-il pas totalement conscient ?

Cette pensée monstrueuse avait tourmenté Charlotte pendant des heures. Elle la laissait en paix, à présent. Était-il possible qu'un homme se conduise de cette façon ? Pouvait-il avoir eu d'autres maîtresses ? Avoir fait des avances aux jeunes filles assassinées ? Puis, plutôt que d'être découvert, les avoir tuées ? Certainement pas ! Papa ? Que s'imaginait-elle, grand Dieu ? Elle avait connu papa toute sa vie. Il l'avait tenue sur ses genoux, avait joué avec elle quand elle était petite. Elle se souvenait d'anniversaires, de Noëls, de jouets qu'il lui avait offerts.

Mais pendant tout ce temps, il avait fréquenté une autre femme habitant à deux pas de chez eux ! Et la pauvre maman ne l'avait jamais su !

— Miss Charlotte ?

Maddock la ramena au moment présent.

— Oui, Maddock, faites-le entrer.

— Souhaitez-vous que j'apporte des rafraîchissements, Miss ?

— Certainement pas, dit-elle un peu sèchement. Je doute qu'il reste plus d'une demi-heure.

— Bien, Miss.

Maddock se retira. Quelques instants plus tard, Pitt fit son entrée. Il était aussi débraillé que d'habitude et arborait son sempiternel sourire.

— Bonjour, Charlotte, dit-il gaiement.

Elle fronça les sourcils pour signifier que cette familiarité lui déplaisait, mais il ne s'en émut guère.

— Bonjour, Mr. Pitt. Pouvons-nous à nouveau vous aider dans votre enquête ? Avez-vous l'impression d'approcher du but ?

— Oh ! oui, nous avons éliminé beaucoup plus de possibilités que prévu.

Il souriait toujours. Avait-il donc une peau si épaisse que rien ne pénétrait en dessous ?

— Je suis bien contente de l'apprendre. Dites-moi, vous interrogez beaucoup de gens ?

Il haussa les sourcils.

— Quelque chose vous chagrine, déclara-t-il.

C'était un constat, quoique teinté d'une légère interrogation.

— Plusieurs choses me chagrinent, mais aucune d'elles ne vous regarde, répondit-elle froidement. Ça n'a rien à voir avec l'assassin.

— Si elles vous chagrinent, alors elles me concernent.

Elle se retourna et vit qu'il la regardait gentiment, et même plus que gentiment. Cette expression, que Charlotte n'avait jamais vue chez un homme, la troubla profondément. Le sang lui monta au visage. Une chaleur inaccoutumée l'envahit. Elle détourna la tête, désemparée.

— C'est très aimable de votre part, dit-elle maladroitement, mais ce sont des problèmes de famille, qui se résoudront d'eux-mêmes le moment venu.

— Êtes-vous toujours inquiète à propos d'Emily et de George Ashworth ?

Elle les avait totalement oubliés, mais c'était une échappatoire idéale à la réalité. Et Pitt lui-même lui avait tendu la perche.

— Oui, mentit-elle. J'ai peur qu'il ne la fasse souffrir. Elle n'est pas de son milieu, il va finir par se lasser d'elle. Après quoi, la réputation d'Emily sera ruinée, et elle n'aura gagné qu'une immense déception amoureuse.

— Vous croyez qu'il ne la demandera pas en mariage parce qu'il est d'un milieu supérieur au sien ? demanda Pitt.

C'était une question idiote, et elle lui en voulut de l'avoir posée.

— Évidemment qu'il ne la demandera pas en mariage ! Les hommes de son rang se marient soit pour des raisons familiales, soit pour des raisons matérielles. Emily ne correspond à aucun des deux cas de figure.

— Vous trouvez ça bien ?

Charlotte fit volte-face.

— Bien sûr que non ! C'est lâche, méprisable. Mais c'est ainsi.

Elle vit le sourire sur le visage de Pitt, et aussi autre chose. Était-ce de l'espoir ? Charlotte sentit ses joues s'enflammer. C'était absurde ! Elle prit une grande inspiration et tenta de recouvrer son sang-froid.

Il la regardait toujours, mais cette fois avec l'air de se moquer de lui-même. Très gentiment, il l'aida à se sortir de l'embarras.

— Je pense que vous vous faites trop de souci pour Emily. Elle est bien plus réaliste que vous ne semblez le croire. Ashworth s'imagine peut-être qu'il mène le jeu, mais à mon avis, qu'il l'épouse ou non, la décision appartiendra à Emily. Une femme comme elle pourrait être un atout pour un homme dans sa position. Emily est beaucoup plus intelligente que lui, et suffisamment fine pour le lui cacher, ne jamais lui laisser sentir une quelconque infériorité. Elle réussira, mais elle le convaincra qu'il s'agissait de son idée à lui.

— Vous la faites passer pour une… intrigante.

— Elle l'est.

Pitt sourit.

— Elle est votre opposé en tout. Au moment où vous chargez tête baissée, Emily attaquera par la bande et surgira par-derrière.

— À vous entendre, c'est *moi* qui suis stupide !

Son sourire s'épanouit franchement.

— Pas du tout. Jamais vous ne pourriez conquérir Ashworth, mais vous avez également l'intelligence de ne pas le vouloir !

Charlotte se détendit malgré elle.

— Ça, c'est certain. Pourquoi êtes-vous venu, Mr. Pitt ? Sans doute pas pour parler à nouveau d'Ashworth et d'Emily ? Vous n'avez toujours pas progressé, sur les traces de l'assassin ?

— Je ne suis pas sûr d'avoir progressé, dit-il honnêtement. Une fois ou deux, j'ai cru le tenir, mais c'était une fausse alerte. Si seulement nous savions pourquoi ! Pourquoi il a fait ça, pourquoi ces filles-là. Pourquoi pas une victime parmi des centaines d'autres jeunes filles ? N'était-ce réellement que le hasard ?

— Mais…

Elle hésita.

— … si ce n'est que le hasard… comment allez-vous jamais le trouver ? Ce pourrait être n'importe qui !

— Je sais.

Il ne lui offrait ni faux espoirs ni propos rassurants. Elle lui en sut gré, tout en le lui reprochant intérieurement. Elle voulait être rassurée et elle voulait la vérité. Apparemment, les deux n'étaient pas compatibles.

— Il n'y a pas de lien, il n'existe pas quelqu'un qu'elles connaissaient toutes et qui… ?

— Nous continuons à chercher. C'est pour ça que je suis venu, aujourd'hui. J'aimerais parler à Dora, si possible, et aussi à Mrs. Dunphy. J'ai entendu dire que Dora était amie avec la bonne des Hilton, beaucoup plus proche d'elle qu'elle n'a bien voulu l'admettre. Elle l'a peut-être nié par peur. Nombre de gens gardent les informations pour eux. Un meurtre, ils trouvent ça scabreux et pensent que le simple fait de savoir quelque chose fait rejaillir le scandale sur eux. Ils se sentent coupables par association.

Il esquissa une moue désabusée.

— Et Mrs. Dunphy ? dit Charlotte. Elle pourrait bien avoir gardé une information pour elle. Elle déteste le scandale.

— J'en suis certain. Tous les bons domestiques font ça, ils en font même plus que leurs maîtres, si toutefois c'est possible. En fait, j'ai seulement besoin d'une confirmation. Histoire que Dora cesse de se dérober. Elle peut me mentir, à moi, mais, comme la plupart des bonnes, elle n'osera pas mentir à la cuisinière.

Charlotte sourit. C'était parfaitement vrai.

Puis une autre pensée lui traversa l'esprit. N'avait-il rien d'autre à demander ? Et même si c'était tout, Dora ou Mrs. Dunphy dévoileraient-elles, sans le vouloir, la tension qui actuellement régnait dans la maison ? C'était une illusion dictée par l'instinct de conservation, par la dignité, de supposer que les domestiques ignoraient tout des larmes et des querelles de l'étage supérieur. Ils avaient des yeux, des oreilles, ils étaient curieux. Quelqu'un était forcément au courant. Les commentaires seraient discrets, voire compatissants, mais il y aurait des commentaires. Évidemment, ils ne sortiraient pas de la maison. On pouvait compter sur leur loyauté, la fierté d'appartenir à la maisonnée, mais ils sauraient.

— Voulez-vous que je l'appelle ? proposa Charlotte.

Elle pensait pouvoir contrôler la situation, de façon à empêcher tout dérapage.

— À moi non plus, elle ne mentira pas.

Pitt la regarda en plissant les yeux.

— Ne vous donnez pas cette peine. En outre, je crains qu'elle ne répugne à parler devant vous. Je ne souhaite pas non plus l'interroger en présence de Mrs. Dunphy. Je veux seulement avoir confirmation de ce que je pense auprès de Mrs. Dunphy, puis utiliser l'information pour inciter Dora à parler. Si elle a fait quelque chose de répréhensible à vos yeux, elle ne le dira pas en votre présence, mais elle pourrait me le dire à moi.

Charlotte aurait voulu protester, invoquer une raison d'assister à l'entretien, mais elle ne trouva rien de plausible. Pourtant, il ne fallait pas que Pitt apprenne l'histoire de papa et de cette femme. Il considérerait cela comme une trahison, tout comme elle, une forme de déloyauté que l'on peut pardonner en théorie, mais qu'on n'oublie jamais. Le respect anéanti, on ne pouvait plus jamais accorder sa confiance.

C'était stupide. Pitt était un homme, et pour lui, comme pour tous les hommes, c'était une situation banale, acceptable… du moment qu'une femme ne se permettait pas la même chose. Peut-être s'inquiétait-elle inutilement. Pour les hommes, un meurtre était très différent de l'adultère.

— Comment va votre brigadier ? demanda-t-elle dans l'espoir de le retenir, le temps qu'elle trouve un prétexte pour l'empêcher de voir Dora seul à seule.

— Il va mieux, merci.

Si cette question le surprit, il n'en montra rien.

— Vous en avez un autre ?

— Oui.

Il sourit.

— Il vous plairait, ajouta-t-il. C'est un personnage amusant. Un peu comme Willie.

— Ah oui ?

Son intérêt était tout à fait sincère. Et puis, c'était toujours quelques minutes de gagnées.

— À mon avis, dit Charlotte, Willie ne serait pas très à l'aise en policier.

— Oh ! Dickon était mal à l'aise au début, car il a dû travailler très jeune, et, naturellement, il lui a été plus simple de trouver des emplois malhonnêtes. Il a acquis une excellente connaissance de la pègre. Et ensuite, après l'avoir échappé belle, il a jugé qu'il serait plus sûr d'user de ses connaissances du côté de la loi que contre elle.

Pitt eut un grand sourire.

— En fait, il est tombé fou amoureux d'une jeune fille d'un rang social plus élevé que le sien. Il lui a promis de se ranger si elle l'épousait. Jusqu'ici, il a tenu parole.

— Pourquoi a-t-il dû trouver du travail si jeune ?

Charlotte avait réellement envie de le savoir, tout en souhaitant tenir Pitt à distance de la cuisine. Elle avait un souvenir très vif du visage ironique et désabusé de Willie, et mentalement, elle voyait ce Dickon sous les mêmes traits.

— Son père est mort à une pendaison, en 47 ou 48, et sa mère s'est retrouvée seule avec cinq enfants. Dickon était le dernier. Les quatre autres étaient des filles.

— Oh non ! Comment a-t-elle fait ? Faut-il être irresponsable pour commettre un crime passible de la peine de mort !

Charlotte ne pouvait penser qu'à cette pauvre femme avec cinq enfants à nourrir.

— Il n'a pas été pendu, rectifia Pitt. Il s'est fait tuer pendant une pendaison. Les pendaisons étaient publiques à l'époque et considérées comme une attraction.

Charlotte ne le crut pas.

— Les pendaisons ? Ne soyez pas ridicule. Qui aurait envie de voir un criminel se balancer au bout d'une corde ?

Elle déglutit avec effort, les narines dilatées de dégoût.

— Beaucoup de gens, répondit Pitt, sérieux. C'était un vrai spectacle. Des centaines de personnes y assistaient ; d'autres venaient leur faire les poches, jouer, vendre des petits pains, des bigorneaux et des marrons chauds en hiver. Sans oublier les déplorables combats de chiens pour exciter le public.

« Les pauvres se massaient sur le pavé, tandis que les gens de qualité, les gentlemen, louaient des pièces dans les maisons voisines, avec les fenêtres donnant sur la place…

— C'est obscène ! s'exclama Charlotte farouchement. C'est dégoûtant !

— Ils les louaient très cher, continua Pitt comme si elle n'avait rien dit. Malheureusement, l'excitation liée à la pendaison gagnait souvent la foule. Des bagarres éclataient partout. Le père de Dickon fut battu à mort dans une de ces rixes.

L'horreur qui se lisait sur le visage de Charlotte arracha un petit sourire à Pitt.

— Il n'y a plus de pendaisons publiques. Maintenant, laissez-moi parler à Dora. Je ne sais pas si je découvrirai ce dont vous avez si peur, mais je dois essayer.

Elle déglutit à nouveau.

— Je ne vois pas ce que vous voulez dire ! Demandez à Dora tout ce que vous désirez. Il n'y a rien que je craigne, excepté l'assassin, et je ne suis pas la seule.

— Mais vous avez peur que ce soit quelqu'un que vous connaissez, n'est-ce pas, Charlotte ?

— Ce n'est pas quelqu'un que je connais ? Que nous connaissons tous ? demanda-t-elle.

Il ne servait plus à rien de mentir.

— En tout cas, je sais que ce n'est pas moi, dit-elle, une face cachée de mon être, sombre et terrible, dont j'ignore l'existence. Mais tout homme doué d'imagination doit y avoir songé au moins une fois, au cœur de la nuit.

— Et vous y avez pensé pour eux, conclut-il gentiment. Votre père, Dominic, George Ashworth, Maddock, probablement le pasteur et le sacristain. Pour lequel tremblez-vous à présent, Charlotte ?

Elle ouvrit la bouche pour protester, puis comprit que c'était inutile. Elle refusa simplement de se compromettre.

Pitt effleura sa main, sortit dans le couloir et se dirigea vers la cuisine à la recherche de Dora.

12

Charlotte retourna à ses lettres, puisque Pitt ne voulait pas interroger Dora en sa présence. Elle ignorait s'il avait l'intention de revenir la voir avant de partir, s'il lui parlerait de son entretien avec Dora, dans la mesure où il présentait un quelconque intérêt. Pendant un quart d'heure, elle pensa seulement à ce qui se disait dans la cuisine… elle se demandait si Pitt s'intéressait à autre chose qu'à la bonne des Hilton, ou s'il apprendrait, même par hasard, cette histoire sur papa et la femme de Cater Street.

Lorsqu'elle se résolut finalement à écrire, Charlotte rédigea des lettres décousues, sans doute pleines de redites et de phrases sans queue ni tête. Cependant, c'était mieux que de se laisser obnubiler par ce qui se passait dans la cuisine.

Vers quatre heures, il commença à faire nuit. Le brouillard montait du fleuve en tourbillonnant et formait déjà un halo autour des réverbères dans la rue.

Maman et Emily revinrent quelques minutes plus tard. Elles avaient froid et n'étaient pas contentes de la robe. Elles sonnèrent pour avoir du thé et demandèrent si Sarah était rentrée.

— Non, dit Charlotte avec un léger froncement de sourcils. L'inspecteur Pitt est passé. Il est peut-être même encore là.

Maman leva les yeux, l'air agité.

— Pourquoi est-il venu ?

Nourissait-elle les mêmes craintes que Charlotte : que Pitt découvre la liaison entre papa et Mrs. Attwood ? Charlotte préféra ne pas poser la question, au cas où sa mère n'y avait pas songé.

— Parce que Dora connaissait bien la bonne des Hilton, mais ne l'a pas dit, semble-t-il, répondit-elle.

— Pourquoi Dora aurait-elle menti ? s'enquit Emily.

Elle reposa sa tasse toujours pleine, car le thé était trop chaud.

— De toute façon, ce ne doit pas être un mensonge bien grave.

— Elle aura menti par peur sûrement, dit Charlotte. Peur du scandale. Elle ne voulait pas avoir affaire à la police. C'était plus simple de nier.

— Peut-être que Pitt se trompe ? suggéra Emily. Mais peu importe, au fond. Tu sais qu'il fait très sombre dehors. Sarah ne traîne tout de même pas à une heure pareille avec Martha Prebble, pour les affaires de la paroisse ?

Caroline se leva et alla à la fenêtre. Dans la rue, tout n'était qu'obscurité et brouillard opaque.

— Si c'est le cas, je vais lui parler sans ambages à son retour. À moins que quelqu'un ne soit tombé malade, il n'est pas utile de rester dehors aussi tard, surtout par un soir comme celui-là. Il faut envoyer Maddock la chercher. Elle ne peut rentrer seule dans un brouillard pareil.

— Je pense que le pasteur va la raccompagner, dit Emily tranquillement. Je ne l'aime pas, pas plus que Charlotte – elle lança un regard en direction de sa sœur –, mais il ne manque pas de courtoisie ou d'éducation au point d'abandonner Sarah à la nuit tombée.

— Non, c'est sûr, dit Caroline.

Elle se détourna de la fenêtre et revint s'asseoir, s'efforçant résolument de recouvrer son calme.

— C'est stupide. Je ne vois pas pourquoi je m'inquiète. Nous savons où elle est, et, de plus, elle est occupée à une tâche louable. Ni la naissance ni la mort ne s'en tiennent à des horaires civilisés ou à un temps clément. Et sûrement pas la maladie. J'ai entendu dire que la vieille Mrs. Petheridge allait très mal. Peut-être Sarah est-elle chez elle ?

— Oui, c'est possible, acquiesça vivement Charlotte.

Elle chercha un autre sujet de conversation, suffisamment captivant pour retenir leur attention.

— Vous croyez que Sir Nigel va épouser Miss Decker ? Elle a déployé des efforts considérables en ce sens.

— Probablement, dit Emily, ironique. Sir Nigel est un âne.

Elles réussirent à entretenir la conversation pendant encore une heure, l'agrémentant de petites astuces destinées à la relancer. Et ce jusqu'au retour d'Edward, peu après cinq heures.

— Où est Sarah ? demanda-t-il immédiatement.

— Chez le pasteur et Mrs. Prebble, répondit Caroline, jetant instinctivement un coup d'œil par la fenêtre.

— À cette heure-ci ? dit Edward en haussant les sourcils. Il y a eu une urgence ? On ne fait pas de visites dans le noir. Avez-vous une idée du temps qu'il fait dehors ?

— Évidemment ! répliqua Caroline avec brusquerie. Je suis moi-même sortie, et j'ai des yeux pour voir, même d'ici.

— Bien sûr, ma chère. Je suis désolé, dit gentiment Edward. C'était une question stupide. Je suis un peu inquiet pour Sarah. Elle consacre beaucoup trop de temps à ce travail. Je n'ai rien contre la charité, mais cela l'accapare trop. Elle va s'épuiser, et par une soirée comme celle-ci, elle pourrait attraper froid.

Il ne mentionna pas l'assassin, mais seulement un refroidissement possible dû au brouillard. Charlotte ressentit un soudain élan de tendresse pour lui. Peut-être son aventure avec Mrs. Attwood n'était-elle qu'une bêtise qu'il regrettait et dont il n'avait pu s'affranchir. Charlotte se leva et l'embrassa rapidement sur la joue. Il fut trop surpris pour réagir. Arrivée à la porte, Charlotte se retourna et croisa son regard. Était-ce de la gratitude qu'elle lut dans ses yeux ? Elle s'était levée pour aller faire un tour à la cuisine et découvrir ce que Dora avait raconté à Pitt.

— Je vais voir où en est le dîner, annonça-t-elle. Je ne pense pas que Dora soit contrariée, mais il vaut mieux que je m'en assure.

— Pourquoi Dora serait-elle contrariée ? entendit-elle Edward demander, alors qu'elle refermait la porte.

Apparemment, il n'était pas ressorti grand-chose de l'interrogatoire de Dora, hormis les détails de son amitié avec la bonne des Hilton. Charlotte revint dans le salon parfaitement satisfaite.

Il était six heures moins vingt, quand la porte donnant sur le couloir s'ouvrit et Pitt apparut, le teint cireux, sur le seuil du salon. Maddock n'était nulle part en vue.

Edward se retourna. En apercevant Pitt, il se leva à moitié. Il allait réclamer des explications pour cette apparition inopinée, quand il l'observa plus attentivement. Le visage de Pitt, miroir de ses émotions, exprimait à présent la détresse, le choc, bien au-delà de tout ce qu'ils avaient pu voir jusqu'ici. Les yeux du policier s'arrêtèrent un instant sur Charlotte, puis revinrent sur Edward.

— Pour l'amour de Dieu, mon vieux, qu'y a-t-il ?

Edward se leva.

— Êtes-vous malade ?

Il l'était sûrement, pour avoir une mine aussi épouvantable.

Pitt réussit à faire quelques pas vers eux. Il les voyait mal, semblait-il.

Charlotte sentit son sang se glacer dans ses veines.

— Sarah, dit-elle calmement. C'est Sarah, n'est-ce pas ?

Pitt acquiesça d'un hochement de tête. Ferma les yeux.

— Je suis navré, dit-il.

Edward semblait ne pas comprendre.

— Quoi, Sarah ? Que lui est-il arrivé ! Y a-t-il eu un accident ?

Il chancelait légèrement.

Charlotte se leva, s'approcha de lui, glissa son bras sous le sien et le tint serré.

Elle regarda Pitt ; son cœur battait la chamade ; elle avait dans les doigts des fourmis qui peu à peu lui paralysaient les bras. Elle connaissait déjà la réponse avant même d'avoir ouvert la bouche.

— L'assassin ? demanda-t-elle.

Elle ne voulait pas savoir si Sarah avait elle aussi été mutilée. C'était insupportable.

— Oui, dit Pitt, le visage défait par la douleur et le remords.

— C'est impossible ! fit Edward en secouant la tête, sans comprendre, incapable de le croire. Pourquoi Sarah ? Qui voudrait faire du mal à Sarah ?

Sa voix trembla et il lutta pour continuer.

— Elle était tellement…

Il s'interrompit : des larmes ruisselaient sur son visage.

Derrière eux, Emily se leva pour s'asseoir à côté de Caroline, l'entoura de ses bras, l'étreignit, cacha son visage dans le creux de son épaule. Caroline pleurait sans retenue, désespérément, s'abandonnant à son chagrin.

— Je ne sais pas, répondit Pitt. Grand Dieu, je ne sais pas !

— Il y a quelque chose à faire ? demanda Charlotte d'une voix rauque.

Elle avait à présent des fourmis jusque dans les coudes. Le visage de Pitt semblait se dissoudre dans le lointain.

— Non, répondit-il avec un geste de dénégation.

— Où est Maddock ?

— Je crains qu'il… ne soit pas bien. Il a vraiment accusé le coup. Je l'ai envoyé chercher du cognac et des sels, au cas où…

Sa phrase resta en suspens, car il ne savait pas quoi dire d'autre.

Charlotte serra plus fort le bras de son père.

— Papa, venez vous asseoir. Il n'y a rien à faire. Il y aura des dispositions à prendre demain, mais pour ce soir, tout est fini.

Edward recula jusqu'à son fauteuil, obéissant. Ses jambes semblèrent se dérober sous lui.

Quelques minutes plus tard, Maddock entra avec un plateau, la carafe à cognac et des verres. Il regardait par terre sans mot dire. Emily et Caroline ne le virent pas. Maladroitement, il posa les sels sur la table. Il allait ressortir quand Charlotte l'interpella.

— Maddock, il vaudrait mieux que vous annuliez le dîner et que vous demandiez à Mrs. Dunphy de préparer un repas froid pour huit heures, s'il vous plaît.

Il lui lança un regard incrédule, comme atterré par son insensibilité, sa dureté de cœur. Elle ne put lui expliquer qu'elle était anéantie, tellement anéantie qu'elle ne supportait pas d'y penser. Se préoccuper de détails pratiques, du chagrin des autres était plus tolérable que de songer à sa propre douleur.

Elle se tourna vers Pitt et lut à nouveau dans ses yeux cette tendresse qui l'avait tant embarrassée auparavant. Mais cette fois, ce fut comme une vague de chaleur et de douceur qui l'enveloppa. Il comprenait sa réaction. Elle détourna rapidement les yeux ; les larmes l'étouffaient. C'était beaucoup plus difficile à supporter que l'incompréhension. Là, elle ne pouvait plus lutter.

— Merci, inspecteur Pitt.

Elle dut faire un effort pour que le tremblement dans sa voix ne déforme pas ses paroles.

— Peut-être pourriez-vous nous poser vos questions demain ? Nous ne pouvons pas vous dire grand-chose ce soir, sinon que Sarah est allée chez Mrs. Prebble, en tout début d'après-midi. Elle devait ensuite visiter quelques paroissiens. Si vous interrogez Mrs. Prebble, elle vous dira sans doute… à quelle heure…

Elle se trouva incapable de finir. Tout à coup, ils ne parlaient plus de faits, mais de Sarah. Elle la voyait clairement dans sa tête. Elle chassa cette image de son esprit. Elle voulait que Pitt s'en aille avant qu'elle ne s'effondre.

— Demain, nous serons plus à même de répondre à vos questions.

— Bien sûr, acquiesça-t-il précipitamment. D'ailleurs, il faut que j'aille parler au pasteur et à Mrs. Prebble.

Pitt se tourna à nouveau vers Edward. Il semblait incapable de regarder Caroline.

— Je suis… je suis navré, balbutia-t-il.

Edward se leva.

— Je comprends. Je suis sûr que vous avez fait tout votre possible. Les hommes sains d'esprit sont démunis face à la folie. Merci d'être venu nous prévenir vous-même. Bonne nuit, inspecteur.

Il n'y avait rien à dire, dans le silence qui suivit le départ de Pitt. Aucune question à se poser, excepté celle pour laquelle il n'existait pas de réponse : pourquoi Sarah ?

Il s'écoula un long moment avant que quiconque ne bouge. Puis Edward alla dans la cuisine annoncer officiellement la nouvelle aux domestiques. Emily emmena Caroline à l'étage. Le dîner consista en un plat froid servi dans le grand salon. Ils se forcèrent tous à manger, sauf Caroline. À neuf heures, Edward envoya

Charlotte et Emily se coucher. Il attendit, seul, le retour de Dominic pour le mettre au courant.

Charlotte monta avec soulagement. La soirée s'éternisait, et la jeune fille avait de plus en plus de mal à contenir sa douleur. Elle s'était soudain sentie fatiguée, incapable de retenir ses larmes plus longtemps.

Dans sa chambre, elle se déshabilla, accrocha ses vêtements sur les cintres, se lava le visage à l'eau chaude, puis à l'eau froide, dénoua ses cheveux, les brossa. Ensuite elle se mit au lit et pleura enfin tout son soûl, jusqu'à ce que ses forces l'abandonnent.

Le lendemain matin, le temps était triste et froid. Charlotte se réveilla et, pendant quelques minutes, tout lui parut comme d'habitude. Puis elle se souvint que Sarah était morte. Elle dut se le répéter plusieurs fois. Ça lui rappelait la matinée qui avait suivi le mariage de Sarah. Cette fois-là aussi, ç'avait été la fin d'une relation de toute une vie. Sarah n'était plus sa sœur, mais la femme de Dominic.

Charlotte se souvenait de ses années d'enfance. C'était Sarah qui, la première, lui avait appris à boutonner ses chaussures, Sarah avec qui elle avait joué à la poupée. Elle avait grandi dans les vêtements de Sarah, c'était Sarah qui lui avait appris à lire, Sarah à qui elle avait confié ses premiers émois amoureux et ses premières peines de cœur. Quelque chose avait disparu de sa vie quand Sarah s'était mariée et avait cessé d'être toute à elle. Mais c'était normal, Charlotte avait grandi. Elle avait toujours su que ça arriverait un jour. Mais là, c'était différent. Ce n'était pas naturel. C'était monstrueux. Et cette fois, Charlotte n'éprouvait aucune jalousie. Juste une douleur déchirante, insoutenable.

Sarah avait-elle compris ce qui lui arrivait, avait-elle vu le visage de son assassin ? Avait-elle senti cette peur suffocante, qui glace le cœur ? Oh ! mon Dieu, pourvu que c'eût été rapide !

Il était inutile de rester couchée à ruminer. Mieux valait se lever, se trouver une occupation pratique. Ce devait être pire pour maman. Il y a quelque chose de terrible, d'inconcevable, dans le fait de perdre un enfant, un être à qui vous avez donné la vie.

Au rez-de-chaussée, Charlotte retrouva tout le monde. Debout et habillés, eux aussi cherchaient quelque chose à faire.

Le petit déjeuner eut lieu dans un silence quasi absolu. Dominic, blême, évitait le regard des autres. Charlotte l'observa pendant un moment. Puis, de peur qu'il ne s'en aperçoive, elle baissa les yeux sur son toast. Les gestes mécaniques qu'on accomplit en mangeant prenaient une importance excessive. C'était une façon de s'occuper l'esprit.

Où Dominic était-il allé la veille au soir ? Sarah serait-elle restée à la maison s'il n'était pas sorti ou si elle avait su qu'il allait rentrer ? Pouvait-on décemment se poser cette question ? Ou bien l'assassin l'avait-il cherchée, elle, Sarah ? S'il ne l'avait pas eue hier, l'aurait-il tuée à un autre moment ?

Était-ce un dément venu des taudis noyés de brume, que la pauvreté et la crasse avaient rendu fou au point qu'il ne pensait qu'à une chose : tuer ? Ou bien était-ce un riverain de Cater Street qui les connaissait toutes, qui les guettait, attendait sa chance, qui les suivait, qui peut-être même leur parlait, marchait avec elles et soudain sortait le fil d'acier…

Il ne fallait plus penser à Sarah. C'était le passé. Que sa sœur ait été plus ou moins consciente, qu'elle ait souffert, qu'elle ait eu peur, c'était fini, à présent.

Connaissait-elle l'assassin ?

Que ressentait-il ce matin ? Était-il en train de déjeuner ? Avait-il faim ? Était-il seul dans une chambre insalubre, à grignoter du pain, ou bien assis à une table cirée, dans une salle à manger, entouré de sa famille, dégustant des œufs, des rognons et des toasts ? Peut-être parlait-il à ses proches, voire à ses enfants ? De quoi pouvait-il parler ? Sa famille avait-elle la moindre idée de sa véritable nature, des endroits qu'il fréquentait ? Avaient-ils peur, comme Charlotte ? Avaient-ils éprouvé les mêmes soupçons… l'idée qui effleure l'esprit, le dégoût de soi et le remords d'avoir pensé cela, puis l'examen de certains détails du passé, leur confrontation avec les faits, et, finalement, le spectre de la peur ?

Et lui, à quoi pensait-il ? Ou bien n'était-il pas au courant ? Se posait-il les mêmes questions que Charlotte en regardant les autres, son père, son frère, craignant pour eux ?

Charlotte scruta à nouveau Dominic, assis en face d'elle. Où était-il allé hier soir ? Le savait-il… précisément ? Pitt ne manquerait pas de le lui demander.

Les reliefs du petit déjeuner furent débarrassés. Chacun se chercha une occupation jusqu'à ce que la police arrive et commence à poser les inévitables questions.

Grâce à Dieu, ils n'attendirent pas longtemps. Pitt et son nouveau brigadier arrivèrent avant neuf heures. Pitt avait l'air fatigué – comme s'il avait veillé tard dans la nuit – et, pour une fois, très soigné. Curieusement, cela semblait le gêner ; on eût dit qu'il s'était préparé à quelque épreuve.

— Bonjour, dit-il d'un ton solennel. Je suis navré, mais ceci est indispensable.

Tout le monde en convint. C'était plus simple d'en finir. Ils s'assirent, excepté Dominic qui resta debout en attendant que Pitt commence.

Le policier n'y alla pas par quatre chemins.

— Vous êtes sorti hier soir, Mr. Corde ?

— Oui.

Dominic rougit péniblement. En le regardant, Charlotte sentit qu'il se posait la même question qu'elle : s'il n'était pas sorti la veille, Sarah ne serait-elle pas restée à la maison ?

— Où ?

— Comment ?

Dominic paraissait perdu.

— Où étiez-vous ? répéta Pitt.

— À mon club.

— Encore ? Y avait-il quelqu'un avec vous ?

Dominic blêmit : il voyait bien où Pitt voulait en venir. Bien que ce fût Sarah, la victime, il était néanmoins considéré comme suspect.

— Oui… oui, balbutia-t-il. Plusieurs personnes. Je ne me souviens pas de tous les noms. Vous… vous en avez besoin ?

— Je préférerais les avoir, Mr. Corde, avant que vous n'oubliiez… ou qu'eux n'oublient.

Dominic ouvrit la bouche, peut-être pour protester, et renonça. Il débita une demi-douzaine de noms.

— Je… je pense que ce sont les bons. Qu'ils étaient là hier soir. Je n'ai pas passé toute la soirée avec eux, vous comprenez.

— Nous devrions pouvoir reconstituer le déroulement de la soirée, dit Pitt. Pourquoi étiez-vous à votre club hier soir, Mr. Corde ? Y avait-il un événement particulier ?

D'abord surpris, Dominic se troubla en suivant le raisonnement de Pitt. Pourquoi n'était-il pas à la maison ?

— Euh… non, rien de spécial.

Pitt ne poursuivit pas plus avant. Il se tourna vers Caroline, se ravisa et parla à Charlotte.

— Mrs. Corde est partie tôt dans l'après-midi pour rendre visite à la femme du pasteur ?

— Oui, tout de suite après le déjeuner.

— Seule ?

— Oui.

Charlotte baissa les yeux. Elle se souvint, avec douleur, et maintenant avec remords, de cette scène d'un passé si proche. Comment toute une vie pouvait-elle basculer en un éclair ?

— Pourquoi ?

Elle soutint son regard.

— Je lui ai proposé de l'accompagner, mais elle a préféré y aller seule. Elle voulait parler à Martha Prebble en privé, avant de s'occuper des œuvres paroissiales.

Charlotte avait du mal à parler. Sa gorge lui faisait mal, et elle dut s'interrompre.

— Elle travaillait beaucoup pour la paroisse, dit calmement Emily.

— Pour la paroisse ? Vous voulez dire qu'elle rend visite aux pauvres, aux malades ?

Inconsciemment, Pitt utilisait le présent.

— Oui.

— Savez-vous à qui elle avait l'intention de rendre visite hier ?

— Non. Qu'a dit Martha ? Mrs. Prebble.

— Que Sarah a cité plusieurs noms, mais qu'elle a quitté la maison du pasteur assez tard, et n'a pas précisé qui elle allait voir, ni dans quel ordre. Mrs. Prebble elle-même ne se sentait pas bien et lui a déconseillé d'y aller seule, mais Sarah n'a pas voulu l'écouter. Apparemment, il y avait quelques malades…

Il se tut.

— Vous croyez… commença Charlotte, que c'est juste un hasard ?

— Je ne sais pas. Peut-être. Possible qu'il ait simplement attendu quelqu'un… n'importe qui…

— Alors comment allez-vous jamais le trouver ? s'écria Edward. Vous pouvez difficilement truffer les rues de policiers jusqu'à ce qu'il frappe à nouveau. Il attendra simplement que vous partiez. Il pourrait vous croiser dans la rue, vous parler, porter la main à son chapeau pour vous saluer, et vous ne feriez pas la différence entre lui et… et le pasteur ou l'un des vôtres !

Personne ne lui répondit.

— Vous dites qu'elle travaillait beaucoup pour la paroisse, ces derniers temps, reprit Pitt. Le faisait-elle régulièrement, et toujours avec les mêmes gens ?

Dominic le regardait fixement.

— Vous pensez qu'il en voulait… à Sarah ? Je veux dire, à Sarah en particulier ?

— Je ne sais pas, Mr. Corde. Connaissez-vous quelqu'un qui l'aimait ou la haïssait suffisamment pour faire ça ?

— L'aimait ! dit Dominic, incrédule. Grand Dieu ! Vous voulez parler de moi ?

C'était la première fois qu'on le disait tout haut. Charlotte regarda les autres pour savoir qui y avait pensé. Seul papa n'y avait pas songé, semblait-il. Elle regarda à nouveau Pitt, attendant qu'il parle.

— Je ne sais pas de qui il s'agit, Mr. Corde, sinon la chasse serait terminée.

— Mais ce pourrait être moi !

La voix de Dominic monta de plusieurs tons, hystérique.

— Bien que cette fois on ait tué Sarah, vous pensez tout de même que ce pourrait être moi !

— Êtes-vous sûr que ce n'est pas vous ?

Dominic le contempla en silence pendant une minute.

— À moins que je ne sois complètement fou, susceptible de devenir quelqu'un d'autre, quelqu'un dont j'ignore tout, jamais je n'aurais fait de mal à Sarah. Je ne sais pas exactement à quel point je l'aimais, à quel point je suis capable d'aimer, mais en tout cas, je l'aimais trop pour lui avoir fait du mal délibérément. Accidentellement, oui, et par entêtement – l'un comme l'autre –, mais rien de tel, non !

Charlotte ne put retenir ses larmes plus longtemps. Si seulement Sarah n'en avait pas douté ! Pourquoi ne dit-on rien aux autres tant qu'il est encore temps ? Au lieu de s'attacher à des bêtises !

Mais elle ne voulait pas peiner les siens en pleurant devant eux. Elle se leva.

— Excusez-moi, dit-elle rapidement.

Puis elle sortit. Sans courir, car c'eût été trahir la force de son désarroi.

Emily, quant à elle, ne tremblait pas pour Dominic, mais pour son père. L'idée que Dominic pût avoir une face cachée ne l'avait jamais effleurée. Il était ce qu'il semblait être : beau garçon, facile à vivre, bien qu'un peu enfant gâté, spirituel à ses heures et charmant le plus souvent… mais également sans grande imagination. Elle s'étonnait que Charlotte fût tombée amoureuse de lui. Il n'était pas du tout fait pour elle et l'aurait rendue terriblement malheureuse. Jamais il n'aurait éprouvé les mêmes sentiments profonds que Charlotte, et elle aurait passé sa vie à chercher quelque chose qui n'existait pas.

Mais papa était différent. À l'évidence, il y avait chez lui des désirs ardents qu'aucun d'entre eux n'avait détectés jusque-là. Et il n'avait pas voulu ou pas pu s'empêcher de les satisfaire.

La femme de Cater Street était-elle la seule ? C'était une vieille femme à présent, d'après ce qu'avait dit Sarah. Quand papa avait rompu avec elle, qui l'avait remplacée ? C'était là une question que les autres ne s'étaient pas posée, pensait Emily.

En cousant, dans l'après-midi, elle se demanda si Pitt, lui, se poserait cette question quand il découvrirait la vérité. Car il l'apprendrait inévitablement, par les commérages dans le quartier à la suite d'une visite de Sarah, grâce au lapsus d'un domestique, ou même de Charlotte. Sa sœur était transparente comme de l'eau de roche ! Ou peut-être était-il allé voir la femme lui-même. Il pouvait manquer d'élégance, être de modeste extraction, mais il était loin d'être sot.

Quoi qu'il en soit, se dit Emily, mieux valait avoir une bonne opinion de lui. Car il allait trouver le courage de demander Charlotte en mariage, c'était certain. Et elle pourrait bien accepter, si elle en avait l'audace et l'intelligence. Papa en perdrait l'usage de la parole, grand-mère aurait une attaque, mais quelle importance ?

À moins, bien sûr, que papa n'ait commis quelque chose de plus grave que d'entretenir une maîtresse, voire même une ribambelle de maîtresses. Dans ce cas, ils seraient tous ruinés. Toute idée de mariage deviendrait hypothétique, pour Charlotte comme pour elle-même. Était-ce possible ? Emily n'arrivait pas à le croire. Cependant, pour se libérer de ses craintes insidieuses, elle devait en avoir le cœur net.

Elle savait qu'il était seul dans la bibliothèque. L'inénarrable pasteur, par sens du devoir, viendrait sans doute présenter ses condoléances aujourd'hui ou demain, car la police était partie, du moins jusqu'à nouvel ordre. C'était le moment ou jamais.

Edward leva les yeux, surpris, quand elle entra dans la bibliothèque.

— Emily ? Tu cherches de la lecture ?

— Non.

Elle s'assit dans le grand fauteuil en cuir, en face de son père.

— Alors qu'y a-t-il ? Tu as du mal à rester seule ? J'avoue que je suis moi-même bien content que tu viennes mc tenir compagnie.

Elle sourit imperceptiblement. Ça allait être plus difficile que prévu.

— Papa ?

— Oui, ma chérie ?

Comme il avait l'air fatigué ! Elle avait oublié son âge.

— Papa, la dame de Cater Street… elle a été votre maîtresse pendant combien de temps ?

Autant être directe. Elle pouvait louvoyer avec la plupart des gens, mais elle n'avait jamais eu le cœur de tromper papa.

— Comme tu ressembles à Charlotte, par moments, dit-il.

Il sourit, avec une expression de profond regret, et elle sut instinctivement qu'il ne pensait ni à elle ni à Charlotte, mais à Sarah.

— Pendant combien de temps ? répéta-t-elle.

Il fallait en finir tout de suite. Une nouvelle tentative ne ferait que remuer le couteau dans la plaie.

Il la regarda. S'interrogeait-il sur ce qu'elle pouvait bien savoir ? Se demandait-il s'il pouvait encore mentir, se dérober ?

— Nous savons qu'elle existe, dit Emily, impitoyable. Sarah est allée la voir, pour les œuvres de la paroisse. Elle a découvert la vérité. S'il vous plaît, papa, n'aggravez pas la situation.

La voix d'Emily tremblait. Elle détestait faire ça, mais le doute lui pesait encore plus. L'incertitude était comme un cancer, plus grave que la douleur franche de la vérité. Elle ne devait pas le laisser mentir, s'avilir.

Il la regardait toujours. Elle aurait voulu fermer les yeux, se rétracter, mais elle savait qu'il était trop tard.

Il finit par capituler.

— C'est une vieille histoire, dit-il avec un soupir. Notre liaison n'a pas duré longtemps en comparaison. Tout a été fini un an ou deux après ta naissance. Mais j'aimais bien cette femme. Ta mère était souvent occupée… avec toi. Tu ne l'as pas connue à l'époque, mais elle était un peu comme Sarah : obstinée, convaincue d'avoir toujours raison.

Soudain les yeux d'Edward se remplirent de larmes. Emily détourna la tête afin de lui éviter tout embarras.

Elle se leva et alla jusqu'à la fenêtre, pour lui donner le temps de se ressaisir.

— Y a-t-il eu quelqu'un, après elle ?

Autant tout savoir d'un coup.

— Non, dit-il, déconcerté. Bien sûr que non ! Pourquoi cette question, Emily ?

Elle aurait voulu inventer un mensonge rapidement, afin qu'il ne se doute pas de ses soupçons. Bêtement, elle souhaitait à présent le ménager. Elle avait cru qu'elle ne lui pardonnerait jamais d'avoir fait souffrir maman. Mais en fait, elle cherchait à le protéger, comme si c'était lui qui avait souffert. Elle ne se comprenait pas elle-même, sensation nouvelle pour elle, et pas totalement déplaisante.

— À cause de maman, bien sûr, répondit-elle. On peut passer sur une erreur, surtout s'il s'agit d'un événement ancien. Mais on ne peut pardonner quelque chose qui se répète sans cesse.

— Crois-tu que ta mère pense la même chose ? questionna-t-il pathétiquement, sur un ton plein d'espoir.

Emily fut un peu gênée.

— Je vais le lui demander, dit-elle précipitamment. Il me semble qu'elle est allée s'étendre en haut. La mort de Sarah l'a beaucoup affectée.

Il se leva.

— Oui, je sais. Moi non plus, je n'avais pas conscience à quel point je l'aimais.

Il mit son bras autour d'Emily et l'embrassa doucement, sur un sourcil. Emily se raccrocha à lui, pleurant sur Sarah, sur elle-même, sur tout le monde, parce que c'était vraiment trop dur à supporter.

En fin d'après-midi, George Ashworth vint présenter ses condoléances. Naturellement, celles-ci concernaient la famille entière. Par conséquent, il fut reçu dans le grand salon par Edward, comme l'exigeaient les convenances. Bien entendu, on offrit le thé, et, bien entendu, il fut refusé. Après quoi, George demanda à parler à Emily.

Elle le reçut dans la bibliothèque, car c'était là qu'ils risquaient d'être le moins dérangés.

Il referma la porte derrière lui.

— Emily, je suis désolé. Peut-être n'aurais-je pas dû venir aussi vite, mais je ne supportais pas que vous puissiez me croire indifférent à votre douleur. C'est stupide de demander si je peux faire quelque chose ?

Emily fut touchée et surprise de sa réaction, plus humaine que ne l'exigeait le savoir-vivre. Elle désirait l'épouser – elle avait même prévu de le faire – depuis un certain temps. Elle l'aimait réellement beaucoup, mais elle ne le savait pas aussi sensible. Ce fut une révélation réconfortante, et qui, curieusement, lui fit perdre de cette assurance qu'elle avait acquise depuis peu.

— Merci, dit-elle. C'est gentil à vous de me le proposer, mais il n'y a vraiment rien à faire. Excepté supporter son chagrin, jusqu'au moment où l'on sent qu'on peut recommencer à vivre comme avant.

— Ils ne savent toujours pas qui c'est, j'imagine ?

— Je ne le crois pas. Je commence à me demander s'ils vont jamais le trouver. J'ai entendu un domestique, l'autre jour, un domestique idiot, suggérer qu'il ne s'agissait pas d'un être humain, mais d'une créature surnaturelle, un vampire ou un démon.

Elle émit un petit bruit de gorge, qui se voulait rire méprisant, mais qui mourut sur ses lèvres.

— Vous n'y avez pas prêté foi, n'est-ce pas ? demanda-t-il maladroitement.

— Bien sûr que non ! dit-elle avec dégoût. C'est quelqu'un de Cater Street, ou du quartier, un homme affligé d'une folie abominable qui le pousse à tuer. Je ne sais pas s'il tue les gens pour une raison précise, ou simplement parce qu'ils sont là quand sa folie le prend. Mais il est tout à fait humain, je n'en doute pas un seul instant.

— Pourquoi en êtes-vous si sûre, Emily ?

Il s'assit sur l'accoudoir d'un fauteuil.

Elle le regarda avec curiosité. C'était l'homme qu'elle avait l'intention d'épouser, dont elle allait dépendre tout le reste de sa vie. Il était d'une beauté peu commune, et qui plus est, il lui plaisait… d'autant plus qu'il s'inquiétait d'elle et que c'était inattendu.

— Parce que je ne crois pas aux monstres, dit-elle franchement. Aux hommes diaboliques, oui, et à la folie, mais pas aux monstres. Je pense qu'il aimerait que nous le considérions comme tel, afin que nous cessions de le chercher parmi les humains. Peut-être même arrêterions-nous de le chercher tout court.

— Quelle femme réaliste vous êtes, Emily ! fit George avec un sourire. Vous arrive-t-il de commettre des extravagances ?

— Pas souvent, répondit-elle, sincère.

Puis elle sourit, elle aussi.

— Vous me voudriez plus extravagante ?

— Grand Dieu, non ! Vous êtes le mélange idéal. Vous avez l'air fragile, féminine, vous savez parler et vous taire au moment où il faut. Et pourtant, vous vous conduisez avec une intelligence digne des hommes les plus avisés.

— Merci, dit-elle, rougissant de plaisir.

— En fait, déclara-t-il en fixant le sol, puis en levant à nouveau la tête, si j'avais un tant soit peu de bon sens, je vous épouserais.

Elle inspira, retint son souffle, puis vida ses poumons.

— En avez-vous ? s'enquit-elle prudemment.

Le sourire d'Ashworth s'épanouit.

— Généralement pas. Mais je crois qu'en cette occasion, je vais faire une exception !

— Est-ce une demande en mariage, George ?

Elle se retourna vers lui.

— Vous n'avez pas compris ? dit-il.

— J'aimerais en être tout à fait certaine. Ce serait trop bête de se tromper sur un sujet d'une telle importance.

— Oui, c'en est une…

Son regard en fit une question. Il parut soudain vulnérable, comme s'il redoutait sa réponse.

Emily découvrit qu'elle l'aimait encore plus qu'elle ne le croyait.

— J'en serais très honorée, dit-elle honnêtement. Et j'accepte. Il faudra que vous en parliez à papa dans quelques semaines, à un moment plus approprié.

— Mais certainement, acquiesça-t-il en se levant. Et je ferai en sorte qu'il juge mon offre acceptable. À présent, mieux vaut que je m'en aille, avant de passer les bornes de la bienséance. Bonne journée, ma chère Emily.

13

Ce soir-là, Edward décida qu'il n'allait pas continuer à exiger de Caroline qu'elle apaise grand-mère, qu'elle supporte ses critiques et sa mauvaise humeur. Il dépêcha Maddock chez Susannah avec un message lui annonçant qu'il lui enverrait grand-mère le plus tôt possible, avec ses vêtements et ses affaires de toilette. Il précisait qu'ils ne s'attendaient pas à la voir revenir avant qu'eux-mêmes se soient remis du décès de leur fille. Ce ne serait pas un plaisir pour Susannah, mais c'était l'une des charges liées à la vie de famille, et il lui faudrait s'en arranger le mieux possible.

Grand-mère se plaignit, s'apitoya amèrement sur son sort et prononça au moins une tirade étourdissante, mais personne ne lui accorda la moindre attention. Emily était dans un monde à elle. Edward et Caroline semblaient avoir réglé la question de Mrs. Attwood. La veille au soir, ils avaient longuement parlé. Caroline avait beaucoup appris, pas seulement sur Edward, mais sur la solitude, le fait de vivre en dehors d'un cercle cohésif et sur elle-même. À présent, il existait une compréhension accrue entre eux, et ils semblaient avoir beaucoup à se dire.

Pour une fois, Dominic ne fit pas montre de sa diplomatie habituelle, et Charlotte n'était sûrement pas d'humeur à tergiverser. En conséquence, le lendemain matin, Caroline et Emily aidèrent grand-mère à faire ses bagages. À dix heures, elles l'accompagnèrent en voiture jusque chez Susannah.

Charlotte était donc seule, lorsque le pasteur et Martha Prebble vinrent exprimer, comme il se devait, leur sympathie et le choc qu'ils avaient éprouvé à l'annonce de la mort de Sarah. Dora les fit entrer.

— Ma chère Miss Ellison, commença le pasteur, solennel. Les mots me manquent pour vous dire notre douleur.

Charlotte espérait qu'ils continueraient à lui manquer, mais son attente fut vaine.

— Quel est ce monstre diabolique qui circule parmi nous, poursuivit-il en prenant la main de Charlotte, et qui a pu frapper une femme comme votre sœur, dans la fleur de l'âge, laissant son mari et sa famille au désespoir ? Soyez assurée que tous nos vertueux paroissiens se joignent à moi pour vous présenter, ainsi qu'à votre pauvre mère, leurs plus sincères condoléances.

— Merci, dit Charlotte en retirant sa main. Je ne doute point de vos meilleures intentions. Je ferai part de votre bonté à ma sœur, à mes parents, et bien sûr à mon beau-frère.

— C'est notre devoir, répondit le pasteur, apparemment sans soupçonner qu'aux yeux de Charlotte, cette remarque ôtait toute valeur à sa démarche.

— Y a-t-il quelque chose que nous puissions faire ? proposa Martha.

Charlotte se tourna vers elle avec soulagement, un soulagement qui fut de courte durée. Elle n'avait jamais vu à Martha un visage aussi défait. Ses yeux étaient cernés de noir, ses cheveux pendaient comme des ficelles en rebiquant sur ses oreilles.

— Votre sympathie m'est d'une aide précieuse, dit gentiment Charlotte, prise d'une profonde pitié pour cette femme.

Vivre avec un être aussi imbibé de la notion du devoir que le pasteur était sans doute plus que n'en pouvait supporter une épouse aimante.

— Quand sera-t-il possible de consulter votre père pour les… euh, dispositions funéraires ? s'enquit le pasteur sans regarder Martha. On doit y penser, vous savez. Il faut respecter l'ordre des choses. Nous retournons à la poussière d'où nous venons, et nos âmes sont livrées au jugement de Dieu.

Il n'y avait rien à répondre à cela. Aussi Charlotte en revint-elle à sa première question.

— Je n'en ai pas la moindre idée, mais j'aurais jugé plus approprié de voir cela avec mon beau-frère, au moins pour commencer.

Elle était satisfaite de trouver un point de bienséance sur lequel reprendre le pasteur.

— Si mon beau-frère se sent incapable de régler la question, alors papa s'en occupera.

Le pasteur s'efforça de cacher son agacement. Il sourit, découvrant ses dents, mais ses joues s'empourprèrent, et son regard se durcit.

— Bien sûr, acquiesça-t-il. J'avais pensé que peut-être… un homme plus mûr… la douleur…

— C'est fort possible, dit Charlotte.

Elle était bien déterminée à ne pas lui concéder la moindre victoire. Elle sourit à son tour, tout aussi froidement.

— Mais ce serait plus cruel encore de ne pas le consulter, et inutilement blessant, non ?

Le visage du pasteur se crispa.

— La police a-t-elle une chance de retrouver l'auteur de ces crimes atroces ? J'ai cru comprendre que vous étiez… assez proche… de l'un des policiers.

Il prononça ce dernier mot sur le ton qu'il aurait employé en parlant d'un éboueur ou des hommes de la dératisation. Ses yeux brillaient d'un malin plaisir.

— Je ne sais pas qui vous avez écouté, pasteur, pour avoir cette impression.

Charlotte le regarda droit dans les yeux.

— Les domestiques ont parlé ? demanda-t-elle.

Le rouge de la colère monta au visage du pasteur.

— Je n'écoute pas les domestiques, Miss Ellison ! Et je n'apprécie pas ce genre de suggestions. Je ne suis pas une femme friande de ragots !

— Ce n'était pas une insulte, mentit Charlotte sans le moindre scrupule. Étant moi-même une femme, je n'aurais pas glissé ce sous-entendu désobligeant dans ma phrase.

— Évidemment, dit le pasteur avec aigreur. Dieu a créé la femme comme Il a créé l'homme… un réceptacle plus faible, certes, mais néanmoins création du Tout-Puissant.

— J'avais cru comprendre que tout était création divine, dit Charlotte, déterminée à ne rien laisser passer. Mais il est toujours réconfortant de se rappeler qu'on en fait partie. Pour répondre à votre question, j'ignore si la police a fait de nouvelles découvertes dans le cadre de son enquête, mais si c'est le cas, il ne leur appartient naturellement pas de me tenir au courant.

— Je vois que cela vous préoccupe.

Le pasteur changea de ton, devint sentencieux.

— Et c'est normal. C'est un poids beaucoup trop lourd à porter pour quelqu'un comme vous, d'un âge si tendre, et de naissance privilégiée. Vous devez vous appuyer sur l'Église, faire confiance au Seigneur Tout-Puissant pour vous aider dans cette épreuve. Lisez votre Bible chaque jour. Vous y puiserez un grand réconfort. Observez ses commandements avec diligence, et vous aurez l'âme joyeuse, même au cœur des plus noires vicissitudes de cette vallée de larmes.

— Merci, dit Charlotte sèchement.

Jusqu'ici, elle avait pris plaisir à lire sa Bible, mais cela suffisait pour lui en rendre la lecture peu attrayante.

— Je transmettrai votre conseil aux autres. Je suis sûre qu'il nous sera bénéfique à tous.

— Et ne craignez pas que les êtres malfaisants échappent au châtiment. S'ils n'ont pas affaire à la justice en ce monde, la vengeance de Dieu les rattrapera dans l'éternité, et ils périront dans les flammes de l'enfer ! Le prix du péché est la mort. La luxure plonge dans le feu éternel les âmes des corrompus, et aucun homme n'y échappera. Non, aucune pensée liée aux plaisirs de la chair ne passera inaperçue à l'heure du Jugement dernier !

Charlotte frissonna. L'idée du réconfort, dans une telle philosophie, lui semblait effrayante. Elle nourrissait des pensées dont elle avait honte, des désirs et des rêves qu'elle préférait garder secrets, et comme elle avait besoin qu'on les lui pardonne, elle pardonnait aux autres.

— Peut-être, les pensées que l'on maîtrise, dit-elle, hésitante, et qu'on ne met pas en pratique…

Martha leva soudainement les yeux, le visage blême, les mâchoires crispées. Quand elle parla, ce fut d'une voix rauque et mal assurée.

— Un péché est un péché, ma chère. La pensée entraîne le désir, et le désir aboutit au passage à l'acte. Par conséquent, la pensée elle-même est diabolique et doit être arrachée, éradiquée comme une mauvaise herbe empoisonnée qui grandira et étouffera les graines du Seigneur en vous. Si ton œil droit t'offense, arrache-le ! Mieux vaut couper un bras que de laisser s'infecter le corps entier !

— Je… je n'avais pas envisagé les choses comme ça, balbutia Charlotte.

L'émotion de Martha, la passion que l'on devinait au-delà des mots la mettaient mal à l'aise. Elle ressentit d'une façon presque tangible une douleur dont l'intensité dépassait tout ce qu'elle avait connu à ce jour. Et elle eut peur car elle ne voyait pas comment consoler Martha.

— Croyez-moi, dit Martha sur un ton pressant. C'est comme ça que ça se passe. Le péché est omniprésent, profondément ancré dans nos cœurs et dans nos esprits. Le diable s'évertue à nous attirer dans son camp, repère les faiblesses de la chair, cherche à nous gouverner. Il est plus intelligent que nous, et jamais il ne s'endort. Souvenez-vous-en, Charlotte ! Soyez toujours sur vos gardes. Priez continuellement pour que la grâce salvatrice de notre Rédempteur vous montre le Malin sous son vrai visage, que vous le reconnaissiez, extirpiez le mal de votre poitrine, détruisiez son influence et restiez pure !

Martha s'interrompit soudain et baissa les yeux sur ses mains.

— Je jouis de l'immense bénédiction d'avoir un homme de Dieu dans mon foyer pour me guider. Dieu a été extrêmement bon avec moi. Il m'a préservée de toutes mes faiblesses, m'a montré le chemin. Je ne suis pas certaine d'être digne d'une telle bénédiction.

— Allons, allons, ma chère, dit le pasteur, posant une main sur l'épaule de sa femme. Les bénédictions que nous recevons sont à la mesure de nos mérites. Vous n'avez pas besoin de vous rabaisser. Dieu a créé les femmes pour être les servantes de ses serviteurs, et vous vous êtes remarquablement acquittée de votre devoir. Vous n'avez jamais cessé d'œuvrer pour les pauvres et les âmes déchues. Je suis certain que cela ne passe pas inaperçu au ciel.

— Ni sur terre, dit Charlotte rapidement. Sarah s'extasiait toujours sur le merveilleux travail que vous faisiez.

La jeune fille se trouva à nouveau au bord des larmes pour avoir mentionné le nom de Sarah. C'était embarrassant. Elle ne voulait surtout pas pleurer devant le pasteur.

— Sarah, dit Martha.

Une expression indescriptible altéra ses traits. Elle semblait lutter contre un tourment intérieur, tout en s'efforçant désespérément de maîtriser son trouble. Lutte qui dura un certain temps, spectacle à la fois pitoyable et déchirant.

— Je suis sûre qu'elle repose en paix, à présent, dit Charlotte, prenant la main de Martha, oubliant son propre chagrin pour apaiser celui de l'autre. Si tout ce qu'on dit sur le paradis est vrai, il ne faut pas nous affliger pour elle, mais pleurer sur nous-mêmes, parce qu'elle nous manque.

— Le paradis ? répéta Martha. Puisse Dieu avoir la clémence de lui pardonner tous ses péchés, de se ressouvenir seulement de ses vertus et de la laver dans le sang du Christ.

— Amen, dit le pasteur d'une voix sonore. Maintenant, ma chère Miss Ellison, nous devons vous laisser à vos délibérations et à la solitude dont vous pourriez avoir besoin. Veuillez, je vous prie, prévenir votre beau-frère que je le recevrai à l'heure qui lui conviendra. Venez, Martha, ma chère, d'autres devoirs nous attendent. Au revoir, Miss Ellison.

— Au revoir, pasteur.

Charlotte tendit la main à Martha.

— Au revoir, Mrs. Prebble. Maman sera très touchée par vos marques de sympathie.

Le pasteur et Martha s'en furent. Charlotte s'assit lourdement dans le fauteuil capitonné du grand salon ; elle avait froid et se sentait terriblement malheureuse.

Naturellement, Charlotte rapporta en substance son entrevue avec le pasteur à maman et à Emily lorsqu'elles rentrèrent déjeuner. Elles ne firent aucun commentaire, prenant seulement note de cette visite comme l'exigeait la bienséance.

Maman retourna dans sa chambre. Elle devait passer l'après-midi à rédiger des lettres. Il lui fallait annoncer la mort de Sarah aux autres membres de la famille, aux parrains, aux cousins. Emily s'affaira dans la cuisine, et Charlotte s'occupa du raccommodage. Cette tâche incombait à Millie, mais elle ne voulait pas rester inactive. Millie devrait se trouver un autre travail, quitte à recommencer le repassage.

Il était près de trois heures quand Pitt revint. Pour la première fois, Charlotte admit sans détour qu'elle était contente de le voir.

— Charlotte, dit-il, lui prenant la main avec douceur.

Sa peau était chaude, et Charlotte n'eut pas envie de se dégager. Son imagination l'entraîna même à souhaiter autre chose.

— Bonjour, inspecteur, dit-elle d'un ton formel.

Elle tenait à garder la maîtrise d'elle-même.

— Que pouvons-nous faire, cette fois ? Avez-vous pensé à d'autres questions ?

— Non, répondit-il en souriant tristement. Je n'ai pensé à rien d'autre. Je suis seulement venu pour vous voir. J'espère ne pas avoir besoin d'une excuse.

Charlotte, gênée, se trouva à court de mots. C'était ridicule. Aucun homme ne l'avait troublée à ce point, excepté Dominic. Mais avec Dominic, ce fut un émoi stérile, sans issue. Cette fois, son cœur frémissant lui faisait espérer une issue bien précise.

Elle retira sa main.

— J'aimerais tout de même savoir si vous avez de nouvelles informations. Des pistes, peut-être ?

— J'en ai une, oui.

Il regarda le fauteuil, pour demander s'il pouvait s'asseoir. Charlotte acquiesça d'un hochement de tête. Pitt s'assit et se détendit, sans la quitter des yeux.

— Mais ce n'est qu'une idée floue. Je n'arrive pas à la cerner, et peut-être, quand j'y parviendrai, je m'apercevrai que ce n'était qu'une illusion.

Elle désirait lui parler de la détresse que lui inspirait Martha Prebble, du chagrin profond, palpable, de cette femme, qui avait imprégné l'atmosphère de la pièce. Et de sa propre impuissance face à quelque chose qu'elle croyait avoir perçu, mais qu'elle n'avait pas compris.

— Charlotte ? Qu'est-ce qui vous inquiète ? S'est-il passé quelque chose depuis ma dernière visite ?

Elle se tourna vers lui. Pour une fois, elle ne savait pas trop comment formuler ses pensées, un handicap auquel elle n'était pas habituée. C'était difficile d'exprimer cette sensation d'oppression qui l'avait tourmentée pendant et après la visite des Prebble, sans paraître sotte ou fantasque. Pourtant, elle souhaitait lui en faire part. Ce serait un tel réconfort, s'il comprenait. Peut-être même serait-il capable de la libérer de cette impression, de lui prouver que c'était un fruit de son imagination.

Il attendait toujours, conscient apparemment qu'elle cherchait ses mots.

— Le pasteur et Mrs. Prebble étaient là ce matin, commença-t-elle.

— C'est naturel. Il ne pouvait faire autrement que passer.

Pitt changea de position.

— Je sais que vous ne l'aimez pas. Je dois dire que j'ai moi-même le plus grand mal à rester poli avec lui.

Il eut un petit sourire.

— C'est encore plus dur pour vous, j'imagine.

Elle lui jeta un coup d'œil pour voir s'il se moquait d'elle. Oui, il se moquait d'elle, mais son visage respirait la tendresse, et une certaine ironie. Pendant un moment, la chaleur de son regard, le plaisir si doux qu'il procura à Charlotte chassèrent Martha Prebble de l'esprit de la jeune fille.

— Pourquoi cela vous a-t-il bouleversée ?

Il la ramena dans le présent.

Elle se détourna pour cacher son trouble.

— J'ai toujours éprouvé des sentiments ambivalents à l'égard de Martha.

Cette fois, elle s'efforça réellement d'exprimer ses pensées encore floues.

— Son discours sur le péché était tellement affligeant ! Elle tient les mêmes propos que le pasteur, elle voit le mal là où il n'y a sans doute que de la frivolité, qui passe avec le temps et les responsabilités. Les gens comme le pasteur semblent toujours enclins à gâcher le plaisir, comme si le plaisir en soi était une offense contre Dieu. Je comprends que certains plaisirs le soient, ou qu'ils nous distraient de nos obligations, mais…

— Peut-être le pasteur le considère-t-il comme son devoir ? suggéra Pitt. C'est clair et net, plus simple que de prêcher la charité, et sans doute plus facile que de la pratiquer.

— Sûrement, oui. Si je vivais avec quelqu'un comme lui, il me faudrait apprendre à voir les choses de la même façon que Martha Prebble. Peut-être son père était-il pasteur, lui aussi. Je n'avais jamais pensé à ça.

— Et quel est votre autre sentiment ? demanda Pitt. Vous avez parlé de sentiments ambivalents.

— Oh ! la pitié, bien sûr. Et l'admiration, je crois. Vous savez, elle essaie réellement de mettre en pratique les enseignements de ce triste individu. Et même plus. Elle passe son temps à rendre visite aux malades et aux personnes seules, à s'inquiéter d'eux. Je me demande parfois jusqu'à quel point elle croit à ce qu'elle raconte sur le péché, si elle ne le dit pas simplement par habitude, parce qu'elle pense devoir le dire, parce que lui le dirait.

— À mon avis, elle ne le sait pas elle-même. Mais ce n'est pas tout, Charlotte. Pourquoi vous ont-ils bouleversée aujourd'hui, tout particulièrement ? Ils ont toujours été comme ça, vous ne pouviez pas vous attendre à autre chose.

Quelle était cette impression de malaise qu'elle avait ressentie ? Elle voulait la partager avec lui. En fait, elle avait besoin de la partager avec lui.

— Elle a parlé de la nécessité du châtiment, de principes comme « si ton œil t'offense, arrache-le », et elle a parlé de couper des mains. Cela semble tellement… tellement extrême, comme si elle en avait peur, comme si elle était vraiment paniquée. Elle a parlé de se laver dans le sang du Christ.

Charlotte le regarda.

— Et puis elle a mentionné Sarah comme si elle avait été possédée par le démon. Apparemment, il ne s'agissait pas de la faiblesse propre à tous les humains. Martha donnait l'impression d'être au courant de quelque chose. C'est ce qui me bouleverse. J'ai eu l'impression qu'elle savait quelque chose que j'ignorais.

Pitt fronça les sourcils.

— Charlotte, dit-il lentement, ne m'en veuillez pas, je vous prie, mais pensez-vous que Sarah lui aurait confié un secret qu'elle vous cachait, à vous ? Est-ce possible ?

Cette pensée répugnait à Charlotte, et pourtant elle se souvint que Sarah avait voulu voir Martha seule à seule. Elle avait fait confiance à Martha. Il était parfois plus simple de parler à quelqu'un d'extérieur à sa famille.

— Peut-être, admit-elle à contrecœur. Mais je ne le crois pas. Je ne sais pas ce que Sarah avait à cacher, mais probablement…

Pitt se leva et s'approcha d'elle. Elle sentait sa présence comme un halo de chaleur. Elle n'avait aucune envie de s'écarter de lui. Si seulement ce n'était pas malséant ou présomptueux, elle l'aurait touché.

— Ce pourrait être quelque chose de très anodin, dit-il gentiment. Une broutille. Mais pour Martha Prebble, à travers le regard du pasteur, il peut s'agir d'un péché qui a besoin d'être pardonné. Et puis, pour l'amour du ciel, ne confondez pas le pasteur avec Dieu. Je suis sûr que Dieu n'a rien d'un pharisien !

Charlotte sourit malgré elle.

— Ne soyez pas ridicule, dit-elle. Dieu est amour. Et je parie que le pasteur n'a jamais aimé personne.

Une pensée navrante la frappa.

— Pas même Martha.

Charlotte prit une profonde inspiration.

— Pas étonnant que cette pauvre femme soit désespérée, sous le couvert de toutes ses bonnes œuvres, et de sa condamnation du péché. Ne pas être aimée, ne pas aimer…

Pitt lui effleura le bras.

— Et vous, Charlotte ? Vous aimez toujours Dominic ?

Elle rougit, honteuse d'avoir été aussi transparente.

— Qu'est-ce qui vous a fait croire… que je…

— Je le savais forcément.

Une note de regret perçait dans sa voix, l'écho d'une souffrance.

— Je vous aime. Comment pouvais-je ignorer le fait que vous aimiez quelqu'un d'autre ?

— Oh !…

— Vous ne m'avez pas répondu. L'aimez-vous toujours ?

— Ne savez-vous pas que je ne l'aime plus ? Ou bien cela n'a-t-il plus d'importance pour vous, à présent ?

Charlotte était presque sûre de la réponse. Cependant, elle voulait l'entendre.

Il l'empoigna par le bras et la fit pivoter vers lui.

— Ça a de l'importance pour moi. Je ne veux pas être le second dans votre cœur…

Il termina sa phrase sur une note interrogative.

Très lentement, elle leva les yeux vers lui. Tout d'abord, elle eut un peu peur. Elle fut troublée par la puissance des sentiments qu'elle lut sur le visage de Pitt, et par l'intensité et la douceur de ses propres sentiments. Brusquement, elle décida d'abandonner toute dissimulation, tout faux-semblant.

— Vous n'êtes pas le second dans mon cœur, dit-elle clairement.

Charlotte leva la main et toucha sa joue, d'abord timidement.

— Dominic n'était qu'un rêve. Je suis bien réveillée à présent, et c'est vous que je préfère.

Il prit sa main et la porta à son visage, à ses lèvres.

— Et vous avez le courage d'épouser un simple policier, Charlotte ?

— Vous doutez de mon courage, Mr. Pitt ? En tout cas, vous ne pouvez douter de mon opiniâtreté !

Il sourit lentement, un sourire qui s'épanouit jusqu'à l'illuminer tout entier.

— Alors je dois me préparer à engager la bataille avec votre père.

Puis il redevint sérieux.

— Mais j'attendrai que cette affaire soit résolue, et qu'un laps de temps convenable se soit écoulé.

— Vous pourrez la résoudre ? demanda-t-elle, dubitative.

— Je pense. J'ai le sentiment que la réponse est là, pas loin. J'ai entrevu une solution saugrenue que nous n'imaginions même pas jusqu'ici. Je n'arrive pas bien à la cerner, mais la solution est là. J'ai senti le souffle de sa noirceur et de sa souffrance.

Charlotte frissonna.

— Soyez prudent. Il n'a pas encore tué d'homme, mais si sa propre vie est en danger…

— Je vais faire attention. Maintenant il faut que j'y aille. Il reste quelques questions en suspens, des faits qui pourraient nous aider à conclure, à mettre un visage sur cette ombre. Nous sommes si près du but. Il suffit de réfléchir un peu et…

Charlotte se détacha lentement de lui, avec une impression de bonheur lumineux et chantant. Elle se sentait libérée de l'assassin.

Le lendemain, on prit des dispositions pour les funérailles de Sarah. Tout le monde était occupé quand Millie arriva avec un petit mot disant que Martha Prebble était malade et clouée au lit.

— Oh ! mon Dieu, c'en est vraiment trop ! dit Caroline, exaspérée. Il y avait tellement de détails dont elle devait se charger, surtout à l'église. Je ne sais même pas ce qui a été fait !

Elle se laissa tomber sur une chaise en bois.

— Je vais devoir rédiger une liste de questions et envoyer l'un des domestiques la lui porter. Cela semble cruel, si la pauvre femme est malade, mais que puis-je faire d'autre ? Et en plus, il pleut !

— On ne peut pas envoyer un domestique, maman, dit Charlotte d'un ton las. La moindre des politesses serait d'y aller nous-mêmes. Elle visite tous les malades et les pauvres de la paroisse. Elle leur apporte des provisions ; il lui arrive même de les veiller toute la nuit, quand ils sont très mal. Ce serait impardonnable, maintenant qu'elle est souffrante, de nous contenter de lui expédier un domestique, qui viendrait simplement voir où elle en est dans l'organisation des funérailles dont elle s'occupe à notre place. L'une d'entre nous doit y aller, et lui apporter quelque chose.

— À mon avis, c'est déjà fait, remarqua Emily. Toute la paroisse doit être au courant de sa maladie. Les nouvelles vont vite.

— Et tout le monde aura le même raisonnement que toi, pensant que quelqu'un d'autre va passer, objecta Charlotte. De toute façon, là n'est pas la question.

— Quelle est la question ?

— La question, c'est que nous devons lui porter quelque chose, même si sa maison regorge de présents, pour lui témoigner notre affection.

Emily haussa les sourcils.

— J'ignorais que tu avais de l'affection pour elle. Je croyais que Martha t'était indifférente et que tu détestais cordialement le pasteur.

— C'est vrai. Mais dans ces moments-là, il faut se montrer charitable ! Martha n'y peut rien, si elle est antipathique. Tu le serais toi aussi, si tu avais passé ta vie aux côtés du pasteur !

— Je ne serais pas seulement antipathique, dit Emily, acide. Je serais carrément folle, à présent. Je trouve cet homme répugnant !

— Emily, s'il te plaît !

Caroline était au bord des larmes.

— Je ne peux me passer de vous deux. Emily, veux-tu bien t'assurer que nous avons prévenu tous ceux que nous devions prévenir, relire ma liste, voir sur qui nous pouvons compter et t'occuper du buffet avec Mrs. Dunphy ? Charlotte, tu devrais aller voir à la cuisine si tu trouves quelque chose pour Martha, puisque tu insistes. Et, pour l'amour du ciel, arrange-toi pour savoir, avec le plus grand tact possible, où en est l'organisation de l'office. Et n'oublie pas de lui demander ce qu'elle a, si ce n'est pas indélicat. Il faut que je le sache, sinon je vais passer pour une femme sans cœur.

— Oui, maman. Que dois-je lui apporter ?

— C'est difficile à dire, étant donné que nous ne connaissons pas la nature de sa maladie. Vois si Mrs. Dunphy a fait de la crème renversée. Elle la réussit très bien, contrairement à la cuisinière de Martha.

Mrs. Dunphy n'avait pas fait de crème renversée. Le temps qu'elle en prépare une et envoie le message à Charlotte, au premier, pour l'avertir que c'était prêt, l'après-midi était déjà bien avancé.

Charlotte enfila sa cape, mit son chapeau, puis descendit à la cuisine chercher la crème.

— Voilà, Miss Charlotte.

Mrs. Dunphy lui donna un panier, le tout bien emballé, avec une serviette par-dessus.

— La crème renversée est dans un plat. J'ai ajouté un petit pot de confiture, et un peu de bouillon de viande. La pauvre âme. J'espère qu'elle va guérir vite. C'en est trop pour elle, toutes ces tragédies. Elle connaissait toutes ces pauvres filles. En plus, elle se démène pour les miséreux. Elle n'arrête pas une minute. C'est le moment que quelqu'un montre un peu de gentillesse à son égard.

— Oui, Mrs. Dunphy, merci, dit Charlotte en prenant le panier. Je suis sûre que ça lui fera plaisir.

— Transmettez-lui tous mes vœux de guérison, voulez-vous, Miss Charlotte ?

— Bien sûr.

Au moment où elle tournait les talons, Charlotte ressentit une terreur sans nom en voyant, sur la desserte, un fil d'acier long et fin avec une poignée à chaque extrémité. Son sang se glaça dans ses veines, comme si quelqu'un tenait cet objet-là, comme si, récemment, on l'avait serré très fort autour d'une gorge.

— Mrs. Dunphy, balbutia-t-elle. Que… au nom du ciel…

Mrs. Dunphy suivit le regard de Charlotte.

— Oh, Miss Charlotte, dit-elle en riant. Enfin, ce n'est qu'un fil pour couper le fromage. Grand Dieu ! Vous sauriez cela, si vous vous intéressiez un peu plus à la cuisine. Qu'avez-vous imaginé… oh ! par tous les saints ! Vous avez cru que c'était un fil pour étrangler ! Mon Dieu !

Elle se laissa tomber lourdement sur une chaise.

— Miséricorde ! Il y en a un comme ça dans toutes les cuisines. Ça coupe le fromage de façon bien nette, mieux qu'un couteau. Un couteau a tendance à coller à la pâte. Vous allez sortir toute seule, Miss Charlotte ? Il va faire nuit d'ici une heure ou deux, et je ne serais pas surprise que la pluie s'arrête et qu'il y ait du brouillard.

— Il faut que j'y aille, Mrs. Dunphy. Mrs. Prebble est malade, et en plus, on voudrait connaître les dispositions prises pour les funérailles de Sarah.

Les traits de Mrs. Dunphy se décomposèrent. Charlotte craignit qu'elle n'éclate en sanglots. Elle lui tapota le bras. Puis elle s'éclipsa rapidement.

Dehors, il faisait froid et humide. Charlotte marcha aussi vite que possible, emmitouflée dans sa cape, la capuche relevée. Il cessa de pleuvoir juste au moment où elle tourna dans Cater Street. Mais le ciel était lourd de nuages quand elle arriva chez les Prebble.

La bonne la fit entrer et la conduisit directement à la chambre de Martha. Une pièce très sombre, bourrée de meubles, et étonnamment peu accueillante, contrairement à sa chambre à elle, Charlotte, avec ses tableaux, ses ornements, ses livres d'images, les reliques de son enfance.

Martha était assise dans son lit avec des oreillers dans le dos et un traité sur les sermons de John Knox. Elle avait le visage hagard, l'air de quelqu'un qui émerge à peine d'un cauchemar, encore hanté par ses visions. À la vue de Charlotte, elle esquissa un sourire forcé.

Charlotte s'assit sur le lit, posa le panier entre elles.

— Je suis vraiment désolée que vous soyez malade, dit-elle, sincère. Je vous ai apporté quelques petites choses. J'espère que ça vous fera du bien.

Elle ôta la serviette du dessus du panier, pour montrer à Martha ce qu'il y avait à l'intérieur.

— Maman et Emily vous envoient leurs amitiés, et Mrs. Dunphy, notre cuisinière, tous ses vœux de guérison. Elle trouve que vous vous dévouez beaucoup pour les autres.

— C'est très gentil à elle, dit Martha en s'efforçant de sourire. Veuillez la remercier de ma part, ainsi que votre mère et Emily, bien sûr.

— En quoi puis-je vous être utile ? demanda Charlotte. Qu'est-ce qui vous ferait plaisir ? Désirez-vous que je rédige votre courrier, ou que je vous soulage de menues corvées ?

— Je ne vois rien, non.

— Le docteur est venu ?

— Non, je n'ai pas jugé utile de le déranger.

— Vous avez tort. À mon sens, il ne verrait pas cela comme un dérangement, mais plutôt comme son devoir.

— Je vous promets que je l'enverrai chercher, si je ne guéris pas rapidement.

Charlotte posa le panier sur le sol.

— Je regrette de devoir aborder un tel sujet alors que vous êtes malade, et que vous avez déjà tant fait pour nous, mais maman aimerait savoir quelles dispositions il reste à prendre avec l'église, pour l'enterrement de Sarah.

Une expression indescriptible se peignit sur les traits de Martha. Charlotte eut à nouveau l'impression d'avoir réveillé une profonde souffrance.

— Vous n'avez pas besoin de vous en inquiéter. Dites à votre maman, je vous prie, qu'on se charge de tout. Heureusement, j'ai eu le temps de tout finir avant de tomber malade.

— Vous êtes sûre ? C'est un travail considérable pour une seule personne. J'espère qu'il n'a pas précipité l'apparition de votre maladie ?

— Je ne pense pas. C'était la moindre des choses. Il nous incombe de…

Elle s'humecta les lèvres et poursuivit d'une voix tendue :

— … faire notre possible pour les morts. Ils ne sont plus de ce monde. Libérés de la chair corruptible, ils s'élèveront vers un jugement juste. Après quoi, lavés dans le sang du Christ, les élus siégeront aux pieds de Dieu pour l'éternité. Le péché sera anéanti.

Embarrassée, Charlotte ne sut quoi répondre, mais il semblait que Martha se parlait surtout à elle-même.

— C'est notre devoir de faire disparaître la souillure qui reste, poursuivit-elle, ses yeux caves fixés sur un point du mur, au-dessus de l'épaule de Charlotte. Tout ce qui est corrompu, dégradé, doit être éliminé, enfoui dans la terre. Puis les paroles de purification doivent être prononcées. C'est notre devoir, notre devoir envers les morts, et envers les vivants.

— Oui, bien sûr, dit Charlotte.

Elle se leva.

— Peut-être devriez-vous vous reposer. Vous me semblez fiévreuse.

Charlotte se pencha vers Martha, posa la main sur le front de la malade : il était brûlant et moite. Elle repoussa doucement les mèches folles.

— Vous avez un peu chaud. Puis-je aller vous chercher quelque chose à boire ? Un peu de bouillon de viande, peut-être ? Ou préférez-vous de l'eau ?

— Non, non. Merci.

Martha avait haussé la voix. Elle remua, tirant sur les draps.

Charlotte vit que le lit était à moitié défait. Il ne devait plus être très confortable. Les oreillers n'avaient pas été redressés ; ils étaient aplatis au milieu.

— Laissez-moi refaire votre lit, proposa-t-elle. Vous êtes mal installée, là.

Et sans attendre de réponse, parce qu'elle était impatiente de faire quelque chose de concret, puis de s'excuser et de partir, Charlotte se baissa à nouveau et commença à réarranger la literie. Elle souleva Martha pour rajuster le drap sous elle, pour tapoter les oreillers. Puis elle la prit dans ses bras et la réinstalla dans la même position. Après quoi elle fit rapidement le tour du lit, tira sur les couvertures et les glissa sous le matelas.

— J'espère que ça va mieux, dit-elle en inspectant son travail d'un œil critique.

Martha s'était un peu empourprée. Il y avait deux taches rouges sur ses joues, ses yeux brillaient d'un éclat fiévreux. Charlotte était inquiète pour elle.

— Vous n'avez pas l'air bien du tout, dit-elle, fronçant inconsciemment le nez.

À nouveau, elle posa la main sur le front de Martha, se pencha en avant.

— Avez-vous de l'eau de Cologne ? demanda-t-elle, tout en cherchant une bouteille des yeux.

Le flacon se trouvait sur une petite table, près de la fenêtre. Charlotte traversa la pièce pour aller le chercher et le rapporta, un mouchoir dans l'autre main.

— Voilà, je vais vous rafraîchir un peu les cheveux. Peut-être qu'ensuite vous arriverez à dormir. Pour moi, le sommeil est encore le meilleur remède.

Martha ne dit rien. Charlotte évita son regard, parce qu'elle ne savait pas de quoi lui parler.

Quinze minutes plus tard, Charlotte était à nouveau dans la rue. Elle avait laissé Martha calée contre ses oreillers, l'œil caverneux, le visage rouge et constellé de gouttes de sueur. Si demain son état ne s'était pas amélioré, il fallait espérer que le pasteur enverrait chercher le docteur à la première heure.

Il faisait plus froid dehors. Le brouillard formait déjà des nappes qui ne présageaient rien de bon. Les pavés mouillés étouffaient le bruit des pas de Charlotte. Les réverbères étaient voilés, comme autant de lunes jaunes. La jeune fille frissonna, resserrant sa cape autour d'elle.

La soirée était sinistre. Cater Street semblait s'étirer en longueur. Mieux valait penser à quelque chose d'agréable, histoire de raccourcir le trajet et de se réchauffer. Charlotte sourit en repensant à la soirée de la veille… et à Pitt. Papa n'allait pas vraiment apprécier qu'elle se marie avec un homme d'un rang social inférieur. Mais d'un autre côté, il serait soulagé qu'elle ait reçu au moins une demande en mariage ! Surtout si elle était aussi maladroite que le croyait grand-mère. De toute façon, avec ou sans l'accord de papa, elle épouserait Mr. Pitt. C'était la première fois de sa vie qu'elle était aussi sûre d'elle. Le simple fait de penser à cet homme éveillait en elle une chaleur suffisante pour dissiper le brouillard et le froid du crépuscule de novembre.

Seraient-ce des pas qu'elle entendait derrière elle ?

Sottises ! Et quand bien même ce serait le cas ? Il était encore tôt. Il devait y avoir d'autres passants dans Cater Street. Elle ne pouvait pas être seule dehors.

Néanmoins, elle accéléra l'allure. C'était stupide et irrationnel, d'imaginer que ces pas la suivaient. Ils étaient encore à une certaine distance, et ressemblaient plus à la démarche d'une femme qu'à celle d'un homme.

Charlotte marcha un peu plus vite.

Et si c'était un homme ? Elle connaissait presque tous les hommes qui habitaient ce quartier. Ce ne pouvait être qu'un ami, ou une connaissance. Peut-être même l'accompagnerait-il jusque chez elle.

Le brouillard était réellement épais, à présent, ses volutes formaient des couronnes et des guirlandes. Pourquoi pensait-elle à des couronnes ? Normal, Sarah allait être enterrée d'ici quelques jours. Pauvre Sarah.

Oh ! Seigneur ! Sarah avait-elle marché vite comme ça, dans la rue, et entendu des pas derrière elle, dans la brume, quand soudain… ?

« Ne sois pas sotte. Il n'y a aucune raison de penser cela ! » Se rendrait-elle ridicule si elle se mettait à courir ? Et quelle importance si elle était ridicule ?

Charlotte se hâta encore davantage. Les pas étaient tout près, maintenant. Elle avait toujours le panier à la main. Y avait-il quelque chose dedans dont elle pût se servir comme d'une arme ? Du verre, un objet lourd ? Non. Une femme n'avait-elle pas utilisé un gros bocal de cornichons ? Charlotte n'avait rien.

Au moins lui ferait-elle face… si c'était *lui* ! Elle verrait son visage et crierait, de toutes ses forces, crierait son nom, afin que toutes les maisons de Cater Street l'entendent.

Les maisons ! Évidemment ! Elle entrerait dans la prochaine maison, après avoir longé le mur de ce jardin, elle cognerait à la porte jusqu'à ce qu'on lui ouvre. Quelle importance s'ils la prenaient pour une folle hystérique ? Quelqu'un la ramènerait chez elle. On se moquerait d'elle, mais tant pis !

Les pas étaient juste derrière elle. Elle ne se laisserait pas prendre par surprise. Elle fit volte-face pour affronter l'homme.

Il était là, devant elle, de la même taille qu'elle, pas plus grand, mais plus robuste, beaucoup plus robuste. Le réverbère éclaira sa tête lorsqu'il avança.

« Ne sois pas bête. C'est Martha, seulement Martha Prebble. »

— Martha ! souffla Charlotte avec un soulagement qui frôlait l'extase. Que faites-vous dehors, grand Dieu ? Vous êtes malade ! Vous avez besoin d'aide ? Attendez, laissez-moi…

Mais le visage de Martha était complètement métamorphosé par une distorsion méconnaissable, les yeux brillants, les lèvres retroussées. Elle leva ses bras vigoureux. Dans la lueur du réverbère apparut l'acier fin d'un fil à couper le fromage.

Charlotte se figea.

— Espèce de saleté ! dit Martha entre ses dents.

Il y avait de la salive sur ses lèvres, elle tremblait.

— Créature du démon ! Tu m'as tentée avec tes bras blancs et ta chair, mais tu ne gagneras pas ! Le Seigneur a dit : Il eût mieux valu que tu ne sois pas née, plutôt que d'avoir tenté l'un de mes agneaux, de les avoir menés à leur perte. Mieux vaut qu'on te mette un boulet autour du cou, et qu'on te jette à la mer. Je te détruirai, même si tu reviens, encore et encore, avec tes mots doux, et l'attouchement du péché. Mon âme ne déchoira pas ! Je sais combien ton corps brûle, je connais tes désirs secrets, mais je vais toutes vous anéantir, jusqu'à ce que vous me laissiez en paix. Satan ne vaincra jamais !

Charlotte comprenait à peine… quelque trame torturée d'amour et de solitude, de désirs tordus, réprimés pendant de longues années, jusqu'à ce qu'ils éclatent sous forme de violence, une violence qui ne pouvait se nier plus longtemps.

— Oh ! non ! Martha !

La pitié avait consumé la peur.

— Oh ! Martha, vous avez mal compris, ma pauvre…

Mais Martha avait levé le fil d'acier, tendu entre ses mains, et venait vers Charlotte. Elle était à moins d'un mètre d'elle.

Charlotte sortit de sa transe.

Elle cria aussi fort que ses poumons le lui permirent. Elle hurla le nom de Martha, encore et encore. Elle lui lança le panier à la figure, espérant l'effrayer, l'aveugler momentanément, voire même la faire tomber.

Cela sembla durer une éternité ; les mains de Martha étaient déjà sur ses bras, la serraient comme un étau d'acier, quand l'immense silhouette de Pitt surgit du brouillard, suivie de deux agents, une seconde plus tard. Ils saisirent Martha, la tirèrent en arrière, l'obligeant à mettre ses bras dans son dos.

Charlotte s'écroula, glissant contre le mur de la rue. Ses genoux n'avaient plus la force de la porter, semblait-il. Elle avait des fourmis dans les mains.

Pitt se pencha vers elle, prit tout doucement son visage dans ses mains.

— Espèce d'idiote ! dit-il, la gorge nouée. Pourquoi êtes-vous allée la voir toute seule, grand Dieu ? Vous vous rendez compte que si je n'étais pas revenu vous voir, et qu'on ne m'avait pas dit où vous étiez, vous seriez étendue là, sur ces pavés, morte, comme Sarah et toutes les autres ?

Charlotte déglutit et acquiesça d'un hochement de tête. Des larmes commençaient à ruisseler sur ses joues.

— Oui.

— Vous… vous…

Il ne trouvait pas de mot assez fort.

Avant qu'il puisse continuer, on entendit à nouveau des pas lourds sur le trottoir. Quelques instants plus tard, la silhouette massive du pasteur se matérialisa dans le brouillard.

— Que se passe-t-il ? demanda-t-il. Qu'est-il arrivé ? Qui est blessé ?

Pitt se tourna vers lui, avec amertume et dégoût.

— Personne n'est blessé, Mr. Prebble… pas dans le sens où vous l'entendez. Il s'agirait plutôt d'une blessure de toute une vie.

— Je ne sais pas de quoi vous parlez. Expliquez-vous ! Martha ! Que font ces policiers avec Martha, juste ciel ? Elle devrait être à la maison, dans son lit. Elle est malade. Je ne l'ai pas trouvée en rentrant. C'est pourquoi je suis ressorti. Vous pouvez la lâcher maintenant. Je vais la ramener chez nous.

— Non, Mr. Prebble, vous n'allez pas la ramener chez vous. Mrs. Prebble est en état d'arrestation ; elle reste avec nous.

— En état d'arrestation !

La figure du pasteur se convulsa.

— Vous êtes fou ? Martha ne peut rien avoir fait de mal ! C'est une femme très bonne. Si elle a commis une sottise…

Sa voix se teinta d'irritation, comme si on l'avait offensé.

— Elle n'est pas bien…

Pitt l'interrompit.

— Non, Mr. Prebble, elle n'est pas bien. Elle est tellement malade qu'elle a tué et défiguré cinq femmes.

Le pasteur le regarda fixement. Son visage se tordit, tandis qu'il oscillait entre l'incrédulité et la rage. Il pivota vers Martha. Elle était avachie, l'œil fou, de la salive sur les lèvres et le menton. Les policiers la tenaient. Le pasteur se tourna à nouveau vers Pitt.

— Possédée ! lança-t-il, furieux. Le péché !

Puis il éleva la voix :

— Fragilité, ton nom est femme.

Pitt le toisa avec colère.

— Fragile ? dit-il. Parce qu'elle se soucie des autres et pas vous ? Parce qu'elle est capable d'amour, et pas vous ? Parce qu'elle a des faiblesses, des désirs, de la compassion, autant de sentiments qui vous sont étrangers ? Allez-vous-en, Mr. Prebble, et priez, si vous savez comment.

Le brouillard tourbillonna autour de lui et l'aspira.

— J'avais pitié d'elle, fit Charlotte tout bas.

Elle renifla.

— Et je la plains toujours. J'ignorais qu'une femme pouvait ressentir cela… pour d'autres femmes. Je vous en prie, ne soyez pas fâché contre moi.

— Oh ! Charlotte… je…

Il capitula.

— Levez-vous. Vous allez attraper froid sur ces pavés. Ils sont tout mouillés.

Il la remit sur ses pieds, regarda les larmes qui coulaient sur ses joues. Puis il l'enlaça et la serra de toutes ses forces, sans prendre la peine de repousser les cheveux qui lui tombaient sur les yeux, ni de ramasser le panier. Il se raccrochait à elle, tout simplement.

— Je sais que vous la plaignez, chuchota-t-il. Mon Dieu ! moi aussi !

LE MYSTÈRE DE CALLANDER SQUARE

Traduit de l'anglais
par Roxane AZIMI

1

L'air automnal était doux et légèrement brumeux ; sous le soleil de cette fin d'après-midi, les feuilles mortes formaient des taches jaunes sur l'herbe de Callander Square. Dans le petit jardin au milieu du square, deux hommes armés de pelles contemplaient une excavation à la surface du sol. Se baissant, le plus grand plongea les mains dans la terre humide. Avec précaution, il en sortit l'objet qu'il cherchait : un petit os ensanglanté.

Son compagnon reprit bruyamment son souffle.

— Ce serait quoi, à ton avis ? Trop gros pour un oiseau.

— Une bestiole, répondit le premier. Un chien qu'on aurait enterré là-dessous.

L'autre secoua la tête.

— Ils devraient pas faire ça ici.

Il regarda d'un œil torve les pâles façades déployant leur austère élégance classique derrière la dentelle des bouleaux et les tilleuls.

— Ils ont des jardins pour ça. Ils ont aucun respect ou quoi ?

— Ce doit être un petit chien.

Le plus grand retourna l'os dans sa main.

— Ou alors un chat.

— Un chat ! Allons bon ! Les gentlemen n'ont pas de chats, et les dames, elles creusent pas de trous dans les jardins. Elles distingueraient pas une pelle d'un râteau.

— C’est sûrement un domestique. Une cuisinière, je parie.

— Tout de même, ils auraient pas dû.

L’homme ponctua ses paroles d’un vigoureux hochement de tête.

— J’aime bien les bêtes, moi. Un animal qui s’est rendu utile dans la maison, ça s’enterre correctement, et pas là où on risque de le déterrer par inadvertance.

— Ils pensaient p’t-être pas qu’on allait creuser ici. Ça fait un bail qu’on a rien planté par là. Y aurait pas eu cet arbuste…

— On a qu’à le mettre ailleurs, sur la gauche, tiens. Laissons la pauvre petite bestiole tranquille. Faut pas déranger les morts, même quand c’est qu’un animal. Y a probablement quelqu’un qui l’a aimé. Il devait chasser les souris dans la cuisine.

— Pas sur la gauche, andouille ! Ça va tuer le forsythia.

— Me parle pas sur ce ton, eh ! Mettons-le à droite, alors.

— On peut pas. Ce rhodo, là, il pousse comme c’est pas permis. Non, faut le planter ici.

— Ben, mettons le chat sous le rhodo. Déterre-le, et moi, je vais l’ensevelir.

— C’est bon.

Le jardinier enfonça sa pelle là où il pensait exhumer le cadavre d’un seul tenant et pesa sur le manche de tout son poids. La terre riche en humus céda facilement. Les deux hommes écarquillèrent les yeux.

— Dieu de la miséricorde !

La pelle lui tomba des mains.

— Seigneur, ayez pitié de nous.

— Que… qu’est-ce que c’est ?

— C’est pas un chat. Je… je crois que c’est un bébé.

— Oh, Sainte Vierge ! Qu’est-ce qu’on fait ?

— Vaudrait mieux appeler la police.

— Ouais.

Il reposa la pelle tout doucement, lentement, comme si cela avait encore une importance.

— Tu y vas ?

Son compagnon le regardait fixement.

— Non. Non, je reste ici. Toi, file chercher un agent. Et grouille-toi… il fera bientôt nuit.

— Ouais ! Ouais !

Il ne se fit pas prier, désespérément soulagé d'avoir quelque chose à faire et, surtout, de s'éloigner de ce trou dans la terre et de la bouillie sanglante sur la pelle.

L'agent de police était jeune et encore novice dans le métier. Les beaux quartiers l'impressionnaient par la splendeur de leurs équipages, leurs valets en livrée qui allaient toujours par deux et leur innombrable domesticité. Ils l'intimidaient, tous ces majordomes imposants, ces irascibles cuisinières, ces jolies femmes de chambre. Les grooms, les filles de cuisine, les petites bonnes étaient davantage son rayon.

En voyant le trou dans la terre et la trouvaille des jardiniers, il se sentit totalement dépassé et, avec horreur et soulagement, leur dit d'attendre là sans bouger, sans toucher à rien. Lui-même prit ses jambes à son cou et courut au poste de police prévenir son inspecteur.

Il fit irruption dans le bureau, oubliant dans son excitation ses bonnes manières.

— Mr. Pitt ! Mr. Pitt ! C'est horrible, monsieur, c'est effroyable !

Pitt se tenait devant la fenêtre. C'était un homme de haute taille, au nez long et busqué, à la bouche ironique. D'apparence plutôt ordinaire, et surtout incroyablement débraillée, il dégageait cependant une impression d'esprit et d'intelligence. L'entrée précipitée de l'agent lui fit hausser les sourcils.

— Qu'est-ce qui est effroyable, McBeath ?

Il avait une très belle voix.

L'agent de police pantelait, incapable d'articuler une phrase tant il était essoufflé.

— Il y a un cadavre… monsieur. Dans Callander Square. C'est pitoyable… vraiment. Ils viennent juste de le trouver… les jardiniers… en creusant. Au milieu. Ils voulaient planter un arbre, je crois.

Pitt plissa le front, surpris.

— Callander Square ? Vous en êtes sûr ? Vous ne vous êtes pas encore perdu, par hasard ?

— Non, monsieur. Oui, monsieur, en plein milieu. Callander Square, monsieur. Je ne me trompe pas. Il faudrait que vous alliez voir.

— Un cadavre enterré ?

Pitt fronça les sourcils.

— Quelle sorte de cadavre ?

— Un bébé, monsieur.

McBeath ferma les yeux : il semblait au bord du malaise.

— Un tout petit bébé, on dirait un nouveau-né. Il me fait penser à ma petite sœur, quand elle est née. Pitt exhala un lent soupir.

— Brigadier Batey ! fit-il en élevant la voix.

La porte s'ouvrit, et un policier en uniforme passa la tête à l'intérieur.

— Monsieur ?

— Appelez une ambulance, ainsi que le Dr Stillwell, et venez à Callander Square.

— Une agression, monsieur ?

Le brigadier s'anima.

— Un cambriolage ?

— Non. Vraisemblablement, un simple drame d'ordre privé.

— Un drame d'ordre privé ?

McBeath haussa le ton, outré.

— Un meurtre, oui !

Batey ouvrit de grands yeux.

— J'en doute, répondit Pitt calmement. Il s'agit probablement de quelque malheureuse servante séduite, qui a accouché seule, et l'enfant est mort. Elle a dû l'enterrer en cachette et garder son chagrin pour elle-même, de peur de se retrouver à la rue sans travail et sans références pour obtenir un autre emploi. Dieu sait que ça arrive couramment, ces choses-là.

McBeath était pâle, les traits tirés.

— Vous croyez, monsieur ?

— Je n'en sais rien.

Pitt se dirigea vers la porte.

— Mais ce ne serait ni la première, ni la dernière fois. Allons voir sur place.

En une demi-heure, pendant qu'il faisait encore jour, Pitt examina le petit corps, fouilla la terre meuble à la recherche d'éventuels indices et trouva le second cadavre, minuscule, froid et difforme. Il les expédia en ambulance avec le médecin, renvoya McBeath, livide et tremblant, dans ses pénates et posta Batey et ses hommes autour du jardin. Il n'y avait rien d'autre à faire ce soir-là, sinon attendre les conclusions du médecin sur l'âge des bébés, la date présumée de leur décès et, si possible, le mal dont souffrait le second, enterré en profondeur avec son crâne déformé. Il ne fallait tout de même pas trop espérer établir les causes de leur mort.

Il arriva chez lui dans l'obscurité et un brouillard fin, pénétrant d'humidité. La lueur jaune des lampes à gaz promettait, accueillante, non seulement de réchauffer le corps, mais d'apaiser l'esprit et le tumulte des sentiments.

Il poussa la porte avec un plaisir intense que deux années de mariage n'avaient nullement amoindri. Au printemps 1881, il avait été appelé à résoudre la terrifiante affaire de l'étrangleur de Cater Street[1], qui assassinait les jeunes femmes à l'aide d'un garrot et abandonnait leurs cadavres au visage boursouflé dans les rues sombres. C'était dans ces circonstances tragiques qu'il avait rencontré Charlotte Ellison. Bien sûr, à l'époque, elle l'avait traité avec la dignité hautaine qu'une jeune personne de sa condition réserve à un policier, situé sur l'échelle sociale au-dessous d'un bon majordome. Mais Charlotte était quelqu'un d'extraordinairement honnête, non seulement avec les autres, source de désordre en société, mais aussi vis-à-vis d'elle-même. Elle avait reconnu qu'elle l'aimait et trouvé le courage de l'épouser au mépris des convenances.

Ils étaient pauvres, étonnamment pauvres, comparativement à l'aisance qu'elle avait connue chez ses parents, mais avec ingénuité et selon sa rectitude coutumière, elle apprit à se passer de la plupart des attributs symboliques du rang sans lesquels ses amies d'antan n'auraient su vivre. À l'occasion, lorsque son époux abordait ce point sensible, elle disait en plaisantant qu'elle était soulagée de ne plus devoir jouer la comédie, et en un sens, ce n'était pas entièrement faux.

À présent, elle sortait du petit salon avec ses quelques meubles soigneusement cirés et des fleurs d'automne dans un vase en verre. Elle portait l'une des robes qu'elle avait emportées de chez elle, couleur lie-de-vin, déjà un peu démodée, mais son visage rayonnait, et la lumière des lampes rehaussait les reflets acajou de sa chevelure.

Il éprouva une bouffée de joie, d'excitation presque, et voulut aussitôt la toucher, l'embrasser.

Au bout d'un moment, elle s'écarta et le regarda.

— Que se passe-t-il ? demanda-t-elle, une note d'anxiété dans la voix.

1. *L'Étrangleur de Cater Street*, 10/18, n° 2852.

Dans la chaleur soudaine, enveloppante, de leurs retrouvailles, il avait oublié Callander Square. À cet instant, la mémoire lui revint. Mais il n'avait pas envie d'en parler à Charlotte. Après les horreurs de Cater Street, Dieu sait qu'elle était capable de tout entendre, mais à quoi bon la bouleverser inutilement ? Elle était prompte à compatir : les petits cadavres, crime ou simple tragédie, ne manqueraient pas de lui faire vivre en imagination la douleur, la peur et la solitude, les terribles pensées qui avaient dû habiter la mère.

— Que se passe-t-il ? répéta-t-elle.

Il l'enlaça et la fit pivoter vers le salon… séjour eût été un terme plus approprié pour une aussi petite maison.

— Une affaire, répondit-il. Dans Callander Square. Sans grande importance, je pense, mais l'enquête ne sera pas facile. Quel est le menu de ce soir ? Je viens du dehors et j'ai faim.

Elle n'insista pas, et il passa une paresseuse et douillette soirée au coin du feu, à regarder Charlotte penchée sur son ouvrage, un linge usé jusqu'à la trame. Les années à venir promettaient beaucoup de reprisage et de ravaudage, beaucoup de repas sans viande et, avec l'arrivée des enfants, des habits de seconde main, mais, pour le moment, ce labeur-là symbolisait la douceur du foyer. Il se surprit à sourire.

Le lendemain matin fut une tout autre histoire. Il partit de bonne heure, tandis que la brume d'octobre s'accrochait encore au feuillage humide, sans un souffle de vent. Il se rendit d'abord au poste de police, pour voir s'il y avait du nouveau du côté du Dr Stillwell.

Le visage austère de Stillwell paraissait plus long encore que d'habitude. Il regarda Pitt d'un air maussade ; sa simple présence évoquait la mort et la précarité de la condition humaine.

Le sentiment de chaleur, de bien-être qui accompagnait Pitt depuis son réveil se dissipa aussitôt.

— Alors ? questionna-t-il sombrement.

— Le premier, à ma connaissance, semble parfaitement normal, répondit Stillwell à voix basse. Mais ça ne nous avance pas à grand-chose. Il est décédé il y a six mois environ, le pauvre petit. Impossible de dire s'il était mort-né ou si le décès est survenu dans les vingt-quatre ou les quarante-huit heures. Rien dans l'estomac.

Il poussa un soupir.

— Je ne saurais même pas dire s'il s'agit d'une mort naturelle ou s'il a été tué. La suffocation, c'est facile et ça ne laisse pas de traces. Au fait, c'était une fille.

Pitt prit une profonde inspiration.

— Et l'autre, celui qui était en dessous ?

— C'est plus vieux déjà : la mort remonte à deux ans, dirais-je. Et encore, ce n'est qu'une hypothèse. Là aussi, j'ignore s'il était mort-né ou s'il est décédé peu après la naissance. Mais il était anormal, c'est certain…

— Je m'en suis aperçu. Quelle en est la cause ?

— Aucune idée. C'est congénital, et non pas un accident au moment de la naissance.

— Y aurait-il quelque chose dans l'histoire des parents… ?

— Pas forcément. Nous ignorons l'origine de ces malformations. Ça arrive même dans les meilleures familles ; simplement, on réussit mieux à le cacher.

Pitt réfléchit quelques instants. Était-ce là l'explication : un objet de gêne à supprimer ?

— Et celui du dessus ?

Il regarda Stillwell.

— Avait-il un problème lui aussi, le cerveau endommagé peut-être ?

Stillwell secoua la tête.

— Je n'ai rien constaté de tel, mais à cet âge-là, bien sûr, on ne peut pas se prononcer sur une éventuelle déficience mentale. Il avait tout au plus quelques jours. S'il n'était pas mort-né.

Il fronça les sourcils.

— Quoique j'en doute. Je n'ai relevé aucune anomalie susceptible de provoquer la mort. Le cœur, les poumons, les intestins, tout semblait en ordre. Évidemment, le corps était plus ou moins décomposé. Franchement, je ne sais pas, Pitt. Vous n'avez qu'à ouvrir une enquête et vous verrez bien de quoi il retourne.

— Je vous remercie.

Il n'y avait rien d'autre à dire. Pitt prit Batey, et ils sortirent en silence dans la brume matinale. Les rues plantées d'arbres sentaient les feuilles pourrissantes et la pierre humide.

Callander Square était désert ; les badauds qu'une pareille découverte n'eût pas manqué d'attirer ailleurs n'osaient pas s'aventurer dans ce sanctuaire de l'élégance. Il n'y avait aucun signe de vie derrière les façades majestueuses, excepté le crissement d'un balai sur les marches d'un perron et un valet qui battait bruyamment la semelle. Il était encore trop tôt pour les garçons de courses ; cuisinières et femmes de chambre avaient à peine terminé de servir le petit déjeuner aux derniers levés.

Pitt se dirigea vers la maison la plus proche, gravit les marches, frappa discrètement et recula d'un pas.

Au bout de quelques minutes, un valet, bel homme d'allure ténébreuse, vint lui ouvrir. De sous ses paupières lourdes, il considéra Pitt avec dédain. Des années de métier lui avaient appris à juger un homme avant même qu'il n'ouvre la bouche. Il comprit instantanément que Pitt valait mieux qu'un marchand, mais que ce n'était point un homme de qualité, et encore moins un gentleman.

— Monsieur ? fit-il en haussant légèrement le ton.

— Inspecteur Pitt, police.

Pitt soutint posément son regard.

— J'aimerais parler à la maîtresse de maison.

Le valet ne broncha pas.

— Nous n'avons pas été cambriolés, que je sache. Vous ne vous trompez pas d'adresse ? Ici, c'est la résidence du général et de Lady Augusta Balantyne.

— Ah oui ? Je l'ignorais. Mais c'est la situation de cette maison qui m'intéresse. Puis-je entrer ?

Le valet hésita. Pitt ne bougea pas d'un pouce.

— Je vais voir si Lady Augusta peut vous recevoir. Venez. Vous attendrez au petit salon pendant que je me renseigne pour savoir si Madame a fini son petit déjeuner.

Il s'ensuivit une longue et exaspérante demi-heure d'attente avant que la porte du petit salon ne s'ouvre sur Lady Augusta Balantyne. C'était une belle femme aux traits fins et aristocratiques ; sa tenue classique dénotait un certain luxe. Elle regarda Pitt sans curiosité.

— Max dit que vous désirez me voir, Mr… euh…

— Pitt. Oui, madame, avec votre permission.

— À quel sujet, je vous prie ?

Pitt la contempla. Manifestement, elle n'était pas femme à tergiverser. Il se jeta à l'eau.

— Hier soir, deux cadavres ont été déterrés dans le jardin au milieu du square…

Lady Augusta haussa un sourcil incrédule.

— Dans Callander Square ? Ne soyez pas ridicule ! Des cadavres de quoi, Mr… euh… ?

— Pitt, répéta-t-il. De bébés, madame. Les restes de deux nouveau-nés ont été découverts dans le jardin. L'un a été enterré il y a six mois environ, l'autre il y a deux ans.

— Oh, mon Dieu !

Elle était visiblement émue.

— Quelle tragédie ! J'imagine qu'une servante… à ma connaissance, ce n'est pas quelqu'un de la maison, mais naturellement je vais m'informer, si vous le souhaitez.

— Je préfère le faire moi-même, madame, si vous n'y voyez pas d'objection.

Il s'efforça d'affermir sa voix, comme pour s'assurer de son accord plutôt que de solliciter son autorisation.

— Évidemment, je passerai dans toutes les maisons du square...

— Bien sûr. Ma proposition tenait de la simple courtoisie. Si vous découvrez quelque chose qui concerne ma maisonnée, vous me le ferez savoir, bien entendu.

Là encore, ce n'était pas une question, mais une affirmation. L'autorité lui seyait comme un habit familier : elle n'avait guère besoin de la manifester.

Il sourit pour montrer qu'il avait compris, mais s'abstint de se commettre verbalement.

Elle tendit la main vers la sonnette. Le majordome parut.

— Hackett, Mr. Pitt est de la police. On a trouvé deux bébés dans le jardin. Il va interroger tous les domestiques du voisinage. Voulez-vous l'installer dans une pièce tranquille où il pourra s'entretenir avec le personnel ? Et arrangez-vous pour que tout le monde soit disponible.

— Bien, madame.

Hackett considéra Pitt d'un air dégoûté, mais obéit précisément aux ordres.

— Merci, Lady Augusta.

Pitt inclina la tête et suivit le majordome dans une petite pièce du fond qui devait servir de salon à la gouvernante. Il obtint la liste complète du personnel féminin, ainsi que l'essentiel des renseignements concernant chacune des servantes. Cette fois-ci, il se contenta de leur parler. La réaction fut unanime : choc, consternation, pitié. Tout aussi unanimement, elles nièrent être au courant de l'affaire. Exactement comme il s'y attendait.

Il était dans le vestibule, cherchant le majordome ou l'un des valets pour dire qu'il avait terminé, quand une autre jeune femme sortit d'une des pièces. Ce n'était certainement pas une servante ; plus que sa robe de soie ou sa magnifique coiffure, c'étaient un léger déhanchement, un demi-sourire sur sa petite bouche pulpeuse, l'assurance, la lueur audacieuse dans ses yeux frangés de longs cils qui trahissaient son rang.

— Juste ciel ! s'exclama-t-elle en feignant la surprise. Qui êtes-vous ?

Elle le toisa d'un regard bleu amusé.

— Vous n'êtes sûrement pas venu rendre visite à l'une des bonnes ; ce n'est pas encore l'heure ! Vous désirez voir papa ? Seriez-vous une ancienne ordonnance ?

Seule Charlotte avait jamais réussi à décontenancer Pitt, mais c'était parce qu'il l'aimait. Il regarda la jeune fille avec calme.

— Non, madame, je suis de la police. J'ai parlé à certains de vos domestiques.

— De la police ? claironna-t-elle, ravie. Mais quelle horreur ! Pour quoi faire ?

— Pour recueillir des informations.

Il sourit imperceptiblement.

— En général, c'est ce pour quoi la police s'adresse aux gens.

— J'ai l'impression que vous vous moquez de moi.

Ses yeux dansaient.

— Mr… ?

— Inspecteur Pitt.

— Inspecteur Pitt, répéta-t-elle. Je suis Christina Balantyne, mais je suppose que vous le savez déjà. Pourquoi interrogez-vous les domestiques ? Y a-t-il eu un crime ?

Épargnant à Pitt la peine d'inventer une réponse polie et évasive, la porte de la salle à manger s'ouvrit, et un homme, sans doute le général Balantyne, en sortit. Presque aussi grand que Pitt, il était aussi plus noueux, d'un maintien plus rigide. Il avait un visage maigre, lisse et aquilin. Un visage saisissant : trop arrogant pour être beau, aux mâchoires trop carrées.

— Christina ! fit-il sèchement.

Elle se retourna.

— Oui, papa.

— Les rapports entre la police et les domestiques ne présentent aucun intérêt pour toi. N'as-tu pas de lettres à écrire ou de la couture à faire ?

La question, purement rhétorique, était en fait un congédiement. Elle obéit, raide et la lippe boudeuse.

Dissimulant son sourire, Pitt inclina très légèrement la tête.

— Merci, monsieur, dit-il au général après le départ de la jeune fille. Je ne savais comment lui répondre sans la perturber par un récit déplaisant.

La vérité était tout autre, mais il ne tenait pas à dévoiler ses batteries.

Le général émit un grognement.

— Avez-vous terminé ?

— Oui, monsieur. Je cherchais le majordome pour le prévenir.

— Avez-vous appris quelque chose ?

Le général le regarda avec des yeux vifs et intelligents.

— Pas encore, mais je viens seulement de commencer. Qui habite à côté ?

Il désigna la partie sud du square.

— Reggie Southeron. C'est notre voisin le plus proche. Ensuite, il y a le jeune Bolsover de ce côté-ci, Garson Campbell de l'autre, et Laetitia Doran en face de Southeron. La maison juste en face de nous est vide pour le moment. Depuis deux ans environ. Plus loin, il y a Sir Robert Carlton et un vieillard nommé Housmann qui vit en reclus. Pas de femmes parmi son personnel : il les déteste. Rien que des hommes.

— Merci, monsieur, ces renseignements me sont d'une grande utilité. Je vais continuer par Mr. Southeron.

Balantyne prit une inspiration. Pitt attendit, mais il n'ajouta rien.

C'était plus animé chez les Southeron : il entendit des rires d'enfants avant même d'avoir tiré sur le cordon de la sonnette. Ce fut une soubrette qui lui ouvrit, la plus ravissante des créatures.

— Oui, monsieur ? fit-elle sur un ton parfaitement formel.

— Bonjour, je suis l'inspecteur Pitt, de la police. Puis-je parler à Mr. ou à Mrs. Southeron ?

Elle recula.

— Si vous voulez bien entrer, monsieur, je vais demander s'ils peuvent vous recevoir.

Il la suivit dans le vestibule, richement décoré, mais moins spartiate que chez les Balantyne. Il y avait des colifichets sur les draperies, des fauteuils somptueusement houssés et même une poupée négligemment perchée sur un guéridon. Il regarda le dos droit de la femme de chambre : sa jupe virevoltait joliment lorsqu'elle marchait. Il sourit discrètement, puis pria dans un brusque et intense accès de compassion pour que ce ne fût pas elle… que ce ne fût pas le fruit de sa séduction, de son bref moment de faiblesse, qui avait été enterré là-bas, sous les arbres.

Elle l'introduisit dans le petit salon et le laissa seul. Il entendit une cavalcade dans l'escalier… une jeune bonne, un enfant de la maison ? La différence d'âge était quelquefois minime : certaines fillettes étaient placées comme domestiques à onze ou douze ans à peine.

La porte s'ouvrit à la volée, et un petit visage étroit aux yeux bleus parut dans l'entrebâillement. À en juger par sa désinvolture, ce devait être l'une des filles de la maison. Ses cheveux relevés retombaient en une cascade de boucles, et sa frimousse brillait comme un sou neuf.

— Bonjour, dit Pitt gravement.

— Bonjour.

Elle repoussa le battant sans le quitter des yeux.

— Vous avez une très belle maison, fit-il courtoisement, comme s'il s'adressait à une adulte et que la maison fût à elle. C'est vous, la maîtresse ?

Elle pouffa de rire, puis, se rappelant sa position, reprit son sérieux.

— Non, je suis Chastity Southeron. J'habite ici depuis que papa et maman sont morts. Papa était le frère d'oncle Reggie. Et vous, qui êtes-vous ?

— Mon nom est Thomas Pitt, je suis inspecteur de police.

Elle laissa échapper un long soupir.

— Quelqu'un a volé quelque chose ?

— Pas que je sache. Auriez-vous perdu quelque chose ?

— Non. Mais vous pouvez m'interroger.

Elle pénétra dans la pièce.

— J'aurai peut-être des choses à vous apprendre.

C'était une offre.

Il sourit.

— Je n'en doute pas, mais je ne sais pas encore quelles questions je vais poser.

— Ah !

Elle s'apprêtait à s'asseoir quand la porte s'ouvrit à nouveau, et Reginald Southeron fit son entrée. C'était un homme corpulent, au visage florissant et débonnaire.

— Chastity ? fit-il avec une exaspération bon enfant. Jemima doit te chercher partout. C'est l'heure de ta leçon. Remonte immédiatement.

— Jemima est ma gouvernante, expliqua Chastity à Pitt. Il faut que j'aille étudier. Vous reviendrez, dites ?

— Chastity ! répéta Southeron.

Elle esquissa une minuscule révérence à l'intention de Pitt et sortit en courant.

Southeron se raidit légèrement, sans toutefois se départir de sa bonne humeur.

— Mary Ann dit que vous êtes de la police.

Il paraissait vaguement incrédule.

— Est-ce exact ?

— Oui, monsieur.

Une fois de plus, il était inutile de se perdre en préambules. Pitt lui exposa succinctement le but de sa visite.

— Seigneur Dieu !

Reggie Southeron s'assit lourdement ; son visage rubicond était devenu tout pâle.

— Quelle… quelle…

Il parut se raviser et reprit, plus calmement :

— Quelle horreur ! Quelle histoire consternante. Je vous assure, je ne sais rien qui puisse vous aider.

— Naturellement, acquiesça Pitt, hypocrite.

Il contempla la grande bouche de son hôte, ses bajoues lascives, ses mains molles et soignées. Il ignorait peut-être l'existence des cadavres dans le square, mais s'il n'était pas au fait de leur conception, c'était plus une question de hasard que de volonté.

— Mais j'ai besoin de votre permission pour interroger votre personnel.

— Mon personnel ?

Il parut momentanément décontenancé.

— Les potins d'arrière-cuisine n'ont pas de prix, déclara Pitt chaleureusement. Quelqu'un de totalement étranger à l'affaire pourrait très bien avoir entendu quelque chose, un mot par-ci par-là.

— Oui. Oui, certainement. Ma foi, si vous y tenez. Mais je vous serais obligé de ne pas les perturber plus que de raison : il est si difficile de trouver de bons domestiques de nos jours. Vous me comprenez, j'en suis sûr… quoique… non, non, suis-je bête.

Il ne se rendait même pas compte de ce que son attitude avait de condescendant.

— Bien. J'imagine qu'on n'a pas le choix. Je vais prévenir mon majordome.

Il se remit debout et sortit sans un mot de plus.

Pitt parla à tous les membres du personnel, l'un après l'autre, puis alla trouver le majordome et prit congé. La matinée tirait à sa fin : il était temps de rentrer déjeuner. L'après-midi, il retourna au square. À deux heures, il frappait à la troisième porte, laquelle, selon le général Balantyne, était celle du Dr et de Mrs. Frederick Bolsover. Pendant le déjeuner, il avait revu Stillwell et lui avait demandé s'il connaissait Bolsover professionnellement.

— On n'est pas vraiment du même bord.

Stillwell fit la grimace.

— Il doit gagner plus en trois semaines que moi en un an. Forcément, s'il habite Callander Square. C'est un médecin mondain : son rôle est de réconforter les dames hypocondriaques qui n'ont rien d'autre à faire que de se préoccuper de leur santé. Belle clientèle, à condition d'avoir de la patience et de l'éducation ; or d'après ce que j'ai entendu dire, Bolsover ne manque ni de l'une ni de l'autre. Bonne famille, bons débuts, toutes les relations nécessaires.

— Bon médecin ? s'enquit Pitt.

— Aucune idée.

Stillwell haussa les sourcils.

— Est-ce important ?

— Pas le moins du monde.

Ce fut une femme de chambre étonnée qui lui ouvrit, vive et menue, à sa manière presque aussi jolie que la précédente. Évidemment, les femmes de chambre étaient sélectionnées pour leur physique. Celle-ci considéra Pitt d'un air quelque peu consterné. Il n'était pas de ceux qu'on laissait entrer par la grande porte, et ce n'était pas l'heure des visites. Il avait au moins une heure, sinon une heure et demie d'avance. D'ailleurs, c'étaient surtout les dames qui se déplaçaient pour les urbanités rituelles de l'après-midi.

— Oui, monsieur ? dit-elle au bout d'un moment.

— Bonjour, puis-je parler à Mrs. Bolsover, si elle est chez elle ? Mon nom est Pitt ; je suis de la police.

— La police ?

— Vous permettez ?

Il s'avança, et elle recula nerveusement.

— Mrs. Bolsover attend des visites, fit-elle précipitamment. Je ne crois pas…

— C'est important, insista Pitt. S'il vous plaît, demandez-lui.

La jeune femme hésita. Elle craignait visiblement qu'il fût toujours là quand les amies de sa maîtresse arriveraient, la plongeant ainsi dans l'embarras. Les gens respectables ne recevaient pas de policiers chez eux, et encore moins à la porte d'entrée.

— Plus vite vous lui parlerez, plus tôt j'en aurai terminé, fit remarquer Pitt, persuasif.

L'argument porta ; elle s'éclipsa, pressée de le voir partir.

Sophie Bolsover était plutôt jolie… un peu à l'image de sa propre femme de chambre, l'eût-on mise au régime, habillée de soie, frisée et coiffée.

— Bonjour, fit-elle rapidement. Polly dit que vous êtes de la police.

— Oui, madame.

Par respect pour ses obligations mondaines, il lui exposa aussi brièvement que possible les raisons de sa venue et lui demanda l'autorisation de parler à ses domestiques, comme il l'avait fait dans les autres maisons. On la lui accorda hâtivement, et il fut presque poussé dans le salon de la gouvernante pour y mener son enquête à l'abri des regards. Il commença par Polly, afin de la rendre à ses devoirs avant l'arrivée de la première visiteuse.

Il n'apprit pas grand-chose, hormis les noms et les visages ; il allait les stocker dans sa mémoire, les examiner, éliminer les impossibilités. Peut-être la tension même, la simple présence d'un policier dans la maison effrayerait-elle quelqu'un au point de l'acculer à l'indiscrétion, à l'erreur. Ou peut-être ne découvriraient-ils jamais l'histoire sordide, le drame secret d'amour et de trahison derrière ces petites morts.

Les Campbell et les Doran, ainsi que le général Balantyne l'avait dit, étaient absents pour le moment. Il passa devant la maison vide, s'assura que Housmann l'ermite n'employait en effet que du personnel masculin et, peu après quatre heures, frappa à la dernière porte, celle de Sir Robert et de Lady Carlton.

Une femme de chambre interloquée lui ouvrit.

— Monsieur ?

— Inspecteur Pitt, police.

Il savait qu'il tombait mal, au moment le plus inopportun pour une visite, celui où l'étiquette rigide de la hiérarchie sociale était observée à la lettre : les subtilités du rang, entrait-on ou laissait-on simplement sa carte, acceptait-on les visites, les rendait-on, qui parlait à qui, et en quels termes. Recevoir la police à cette heure-là était inconcevable. Il s'efforça de rendre sa présence aussi inoffensive que possible. Il n'était pas question de les prendre par surprise ; les langues allaient déjà bon train, lui facilitant la tâche : qui il avait vu, ce qu'il demandait, probablement même son signalement détaillé et l'évaluation précise de son statut social.

La femme de chambre inspira profondément.

— Entrez donc.

Elle recula, le scrutant avec anxiété et réprobation, comme s'il portait le crime en lui à la façon d'une maladie contagieuse.

— Venez avec moi, on va vous trouver un endroit. Madame ne peut pas vous recevoir. Elle a du monde. Lady Townshend, ajouta-t-elle fièrement.

Pitt, qui ignorait l'importance de Lady Townshend, prit un air dûment impressionné. À la vue de son expression, la femme de chambre se radoucit.

— Je vais chercher Mr. Johnson. C'est le majordome.

— Merci.

Pitt s'assit à la place qu'elle lui indiquait, et elle disparut.

À la maison, Charlotte Pitt avait remis de l'ordre dans son intérieur, ce qui lui prit une heure à peine, après quoi elle expédia son unique bonne acheter le journal pour savoir ce que Pitt lui cachait. Avant son mariage, son père lui interdisait ce genre de lecture. Comme la plupart des hommes de son rang, il jugeait cela vulgaire et totalement inconvenant pour une femme. Après tout, ce n'était qu'un salmigondis de crimes et de scandales, et de notions politiques impropres à la considération des personnes du sexe féminin, outre le fait, bien sûr, qu'elles leur étaient intellectuellement inaccessibles. Pour satisfaire sa curiosité, Charlotte devait soudoyer le majordome ou recourir à la complicité de son beau-frère, Dominic Corde. Elle sourit en repensant à son amour pour Dominic, à l'époque où Sarah était encore en vie. Son sourire s'évanouit. La mort de Sarah était un sujet douloureux, et sa passion pour Dominic s'était depuis longtemps muée en amitié. Quelle ne fut pas sa consternation lorsqu'elle avait découvert qu'elle était amoureuse de ce policier balourd et impertinent, qui l'avait troublée par des récits d'un univers dont elle ignorait l'existence, l'univers du crime sordide et d'une misère désespérément écrasante. Son propre confort aveugle était devenu une offense à ses yeux ; sa vision du monde avait changé.

Naturellement, ses parents avaient été choqués en apprenant son intention d'épouser un policier, mais ils y consentirent de bonne grâce. Car l'inacceptable franc-parler de Charlotte était un vrai handicap sur le marché du mariage. Certes, elle était charmante – Pitt la trouvait même belle –, mais sa fortune n'était pas suffisante pour pallier son tempérament rebelle et sa langue indisciplinée, défauts majeurs aux yeux de n'importe quel gentleman de son milieu. Sa grand-mère avait renoncé à tout espoir, sombrement convaincue que la pauvre Charlotte allait finir vieille fille. Heureusement, par compensation, Emily avait épousé un lord ! Et puis, stigmatisée par le meurtre commis en son sein, la famille Ellison ne figurait plus au rang des alliances convoitées !

Vis-à-vis de Charlotte, Pitt fit preuve d'une fermeté à laquelle elle ne s'attendait guère. Bien qu'éperdument amoureux, il se révéla aussi autoritaire que tous les autres hommes de sa connaissance. Stupéfaite, elle se rebiffa un peu au début, mais au fond d'elle-même, elle s'en réjouissait. Sans oser se l'avouer, elle avait redouté que le dévouement de Pitt et la différence de leurs positions sociales lui donneraient un ascendant sur lui, le soumettraient à sa volonté. Elle fut secrètement ravie de découvrir qu'il n'en était rien. Bien sûr, elle avait pleuré et tempêté lors de leur première querelle. Mais elle était allée se coucher en exultant intérieurement quand il l'avait approchée avec douceur, la prenant dans ses bras, mais refusant de manière catégorique et définitive de lui céder.

Cependant, il n'avait jamais objecté à ce qu'elle lise les journaux et, sitôt que la bonne revint avec un exemplaire de son quotidien, elle fouilla ses colonnes d'un doigt fébrile à la recherche d'une quelconque mention du crime de Callander Square. Elle ne la trouva pas tout de suite et dut renouveler ses recherches avec plus de minutie avant de tomber sur quelques lignes mentionnant que deux cadavres de nouveau-nés avaient été découverts dans le jardin et qu'on soupçonnait un drame de vie privée parmi les domestiques.

Elle comprit immédiatement pourquoi Pitt le lui avait caché. Elle-même attendait leur premier enfant. La pensée de quelque servante, seule, terrifiée à la perspective de perdre son gagne-pain, abandonnée par son amant, était proprement effrayante. Charlotte en eut froid dans le dos. Néanmoins, en reposant le journal, elle avait déjà résolu de ne pas en rester là. Peut-être pourrait-elle aider la malheureuse, si jamais elle était mise à la porte. C'était une possibilité : non pas elle-même, bien sûr, elle n'avait pas d'emploi à lui offrir. Mais Emily ! Emily était riche… et Charlotte la soupçonnait de s'ennuyer un peu. Mariée depuis deux ans, elle avait déjà rencontré tous les amis haut placés de George Ashworth et exhibé ses toilettes dans tous les endroits à la mode. Cette histoire pourrait l'intéresser. Sur un coup de tête, Charlotte décida d'aller voir Emily : de bonne heure, pour ne pas tomber sur ses visiteuses plus distinguées, et avant qu'Emily ne sorte elle-même.

À deux heures de l'après-midi, elle se présenta donc à la porte de la résidence londonienne d'Emily à Tavistock Square.

La femme de chambre, qui la connaissait, la fit entrer sans lui demander d'explication. Elle l'introduisit dans le boudoir où un feu brûlait déjà et où, à peine deux minutes plus tard, Emily la rejoignit. Elle était habillée pour sortir, superbe dans de la soie vert pomme avec des rubans de velours marron. Cette robe-là avait dû coûter plus que ce que Charlotte dépensait pour s'habiller en six mois. Rose de plaisir, Emily embrassa délicatement sa sœur, avec une chaleur non feinte.

— Bonté gracieuse, si tu entreprends de faire des visites, Charlotte, il faudra que je t'apprenne les horaires. On n'arrive jamais avant trois heures, au plus tôt. Les dames titrées viennent encore plus tard.

— Il ne s'agit pas d'une visite, répondit Charlotte rapidement. Cela ne m'aurait même pas effleurée. J'ai besoin de ton aide, si tu le veux bien, et si ça t'intéresse, évidemment.

Emily haussa ses sourcils couleur de miel, mais ses yeux pétillaient.

— À quel sujet ? Pas pour une œuvre de charité, s'il te plaît !

Charlotte connaissait trop bien sa sœur pour lui adresser une requête pareille.

— Bien sûr que non, rétorqua-t-elle sèchement. Je parle d'un crime…

— Charlotte !

— Je ne te demande pas de le commettre, bécasse, mais de m'aider, une fois qu'il sera élucidé.

Tout le vernis mondain d'Emily ne suffit pas à dissimuler son excitation.

— Et si nous aidions à le résoudre ? Si nous…

— Ce n'est pas un joli crime, Emily, pas un cambriolage ou quelque chose de propre, répondit Charlotte à la hâte.

— Alors, qu'est-ce que c'est ?

Emily n'avait pas l'air émue. Charlotte avait oublié son sang-froid, son aisance à s'adapter à l'adversité. Le jour où elle avait décidé d'épouser Lord George Ashworth, elle avait franchement reconnu qu'il avait des défauts et qu'elle ne les corrigerait certainement pas tous, mais sa décision était prise, et elle en acceptait les conséquences. Elle ne se plaignait jamais. Mais avait-elle seulement des raisons de se plaindre ?

— Juste ciel, Charlotte, persista Emily. Est-ce si terrible que tu as peine à l'exprimer ? C'est bien la première fois que je te vois à court de mots.

— Non, c'est simplement très triste. Deux cadavres de bébés ont été déterrés dans le jardin au milieu de Callander Square.

Étonnamment, Emily en fut ébranlée.

— De bébés ?

— Oui.

— Mais qui tuerait un bébé ? C'est insensé.

— Une servante qui est seule dans la vie, voyons.

Emily fronça les sourcils.

— Et tu veux savoir qui c'est ? Pourquoi ?

— Je ne veux pas savoir qui c'est, répliqua Charlotte impatiemment. Mais s'ils étaient mort-nés, ce qui est fort probable, tu pourrais peut-être lui trouver une autre place, au cas où elle serait congédiée…

Emily la regarda fixement ; ses pensées se lisaient clairement sur son visage à mesure qu'elles lui traversaient l'esprit.

Charlotte attendait.

— Je connais quelqu'un qui habite Callander Square, dit-elle enfin. Du moins, George le connaît… c'est Brandy Balantyne. Son père est général, je crois. Je suis sûre qu'ils vivent à Callander Square. Il a une sœur, Christina. Je demanderai à George de nous présenter : c'est jouable, en s'y prenant bien. Ensuite, j'irai la voir…

Sa voix commençait à monter dans l'excitation. Ses joues s'étaient colorées ; sa figure respirait la détermination.

— On va découvrir la vérité. Je peux apprendre des choses que la police ne saura jamais, car j'évolue dans les bons cercles. On me parlera sans difficulté. Toi, tu n'auras qu'à causer avec les domestiques… oh, les plus gradés, bien sûr : cuisinière, gouvernante et tutti quanti. Évidemment, tu ne leur diras pas que tu es mariée à un policier. On va commencer tout de suite. Dès que George sera rentré, je lui en toucherai deux mots, et il arrangera ça !

— Emily…

— Quoi ? Tu voulais mon aide, non ? Comment savoir quelle est la meilleure solution si nous ignorons la vérité ? Il vaut toujours mieux connaître la vérité, qu'on choisisse de l'occulter, de la cacher ou de l'oublier carrément. Si nous ne savons pas la vérité en premier lieu, nous risquons de commettre de regrettables erreurs.

Charlotte regarda les yeux brillants d'Emily, et tout ce qu'elle avait de bon sens en elle lui souffla de refuser sur-le-champ.

— Il faudra qu'on soit extrêmement discrètes.

Le bon sens avait fait long feu.

— Naturellement !

Emily prit un ton caustique.

— Ma chère Charlotte, je n'aurais pas survécu en société pendant deux années entières si je n'avais pas appris à parler de tout, sauf de ce que je pense réellement. Je suis la discrétion même. Mais ne perdons pas de temps. Rentre chez toi et vois ce que tu peux découvrir. Tu n'as jamais su être discrète, toi, mais au moins, tâche de ne pas éventer notre plan. Mr. Pitt pourrait ne pas être d'accord.

C'était le moins que l'on pût dire. Néanmoins, Charlotte se leva, fermement résolue à obéir, avec une pointe d'appréhension et un imperceptible frisson d'excitation sans doute transmis par Emily.

2

Le lendemain, Pitt retourna à Callander Square dans l'espoir d'interroger les domestiques des deux dernières maisons, mais ce fut seulement en début d'après-midi qu'ils rentrèrent de leur long week-end à la campagne. Il était donc plus de trois heures quand le majordome des Campbell l'introduisit dans un petit salon où il vit tour à tour les autres serviteurs. Naturellement, ils s'attendaient à ses questions : la nouvelle avait dû les accueillir pratiquement sur le pas de la porte en la personne d'une fille de cuisine, d'une bonne ou d'un groom impatients de leur rapporter les événements, ainsi que leur propre interprétation imagée des faits.

N'ayant rien appris de nouveau, Pitt s'apprêtait à partir quand il rencontra la maîtresse de maison. Fils cadet d'une famille riche et influente, l'honorable Garson Campbell menait un train de vie conforme à sa situation. Mariah Campbell était une femme agréable à regarder ; proche de la quarantaine, elle avait un visage ouvert et de beaux yeux noisette. Elle avait été occupée à défaire les bagages et à organiser l'emploi du temps de sa famille qui, expliqua-t-elle rapidement, comptait un fils, Albert, et deux filles, Victoria et Mary. En découvrant l'objet de la visite de Pitt, elle ne cacha pas son désarroi. Visiblement, les ragots n'étaient pas encore parvenus à ses oreilles, et elle le supplia d'être discret, afin d'épargner les enfants.

— Je vous assure, madame, qu'il ne me viendrait pas à l'idée d'aborder un tel sujet avec un enfant, dit-il sincèrement.

Il omit de préciser que si un enfant lui en parlait le premier, il ne répugnerait pas à l'écouter. Il avait remarqué que, généralement, les enfants étaient beaucoup moins affectés par la mort que les adultes. Et parmi eux, rares étaient ceux qui ne fourraient pas leur nez partout, qui n'étaient pas capables d'extorquer aux domestiques jusqu'au dernier détail, même brodé ou imaginaire.

— Je vous remercie, fit-elle courtoisement. Les enfants sont… vulnérables.

Elle s'était tournée vers la fenêtre.

— Il y a tant de laideur autour de nous. Le moins qu'on puisse faire, c'est de les en protéger aussi longtemps que possible.

Pitt ne partageait guère ce point de vue. Plus on cachait la vérité, pensait-il, plus elle était difficile à affronter quand, finalement, elle rompait toutes les digues, balayant au passage les barrières soigneusement dressées par la société. Il ouvrit la bouche pour objecter qu'à petites doses, cela rendait plus résistant à la douleur, quand il se rappela qui il était. Les policiers n'avaient pas de conseils à donner en matière d'éducation aux dames qui habitaient Callander Square. Les policiers ne philosophaient pas.

— Je crains, madame, qu'ils ne l'apprennent par les domestiques, fit-il avec douceur.

Elle fronça les sourcils.

— Je mettrai les domestiques en garde. Le premier qui en parlera perdra immédiatement sa place.

Pitt eut une pensée pour la servante étourdie qui, dans un moment d'insouciance, de volubilité, céderait à l'insistance enfantine, voire à un chantage mesquin, perdant ainsi travail et logement d'un seul coup. Son enfance à elle ne l'avait pas préservée de la face sombre de la vie.

— Certainement, acquiesça-t-il avec tristesse. Mais il y a d'autres domestiques dans le voisinage, madame, et d'autres enfants.

Il s'attendait à une réaction de colère ; elle le considéra simplement avec une soudaine lassitude.

— C'est vrai, Mr… Pitt, avez-vous dit ? Et les enfants aiment à se raconter des histoires lugubres. Cependant, je reste persuadée que vous n'effrayerez personne inutilement. Vous-même, avez-vous des enfants ?

— Pas encore, madame. Ma femme attend notre premier.

Il l'annonça avec un ridicule sentiment de fierté, guettant son approbation.

— J'espère que ça se passe bien.

Elle avait le regard éteint.

— Y a-t-il autre chose que vous désirez savoir ?

Il était perdu, déboussolé.

— Non, je vous remercie. Je serai certainement obligé de revenir. L'enquête risque d'être longue, à supposer qu'elle aboutisse un jour. Mais ce sera tout pour aujourd'hui.

— Au revoir, Mr. Pitt. Jenkins va vous reconduire.

— Au revoir, madame.

Il s'inclina imperceptiblement et rejoignit le majordome qui attendait pour lui ouvrir la porte donnant sur le square jonché de feuilles mortes.

La maison Doran offrait un contraste saisissant avec toutes les autres résidences de Callander Square. Elle croulait sous les photographies, les broderies et les fleurs séchées, sous verre, pressées, en pot et même des fleurs coupées dans des vases peints. Il y avait aussi au moins trois cages d'oiseaux garnies de franges et de clochettes.

Une femme de chambre d'âge mûr vint lui ouvrir. Elle incarnait une exception à la règle : il était difficile d'imaginer qu'on l'eût choisie pour son physique, sauf qu'elle avait des dents impeccables et une voix aussi riche et onctueuse que la crème du Devon.

— Nous vous attendions, dit-elle calmement, avec une légère pointe d'accent du Sud-Ouest. Miss Laetitia et Miss Georgiana sont en train de prendre le thé. Vous aimeriez sans doute leur parler d'abord.

Visiblement, sa réponse ne l'intéressait pas. Elle pivota, lui laissant le soin de refermer la porte et de la suivre à l'intérieur.

Laetitia et Georgiana étaient effectivement en train de boire le thé. Délicatement étendue sur une chaise longue, maigre comme un clou, Georgiana était exquisément vêtue dans les tons gris et mauves. Sa tasse était posée sur une table à trois pieds à côté d'elle. Elle regarda Pitt sans déplaisir.

— C'est donc vous, le policier ? Quelle drôle d'allure vous avez, franchement ! Surtout, ne soyez pas vulgaire avec moi. Je suis extrêmement fragile. Je suis souffrante.

— Désolé de l'apprendre.

Non sans mal, Pitt réussit à garder son sérieux.

— J'espère ne pas vous déranger trop longtemps.

— Vous m'avez déjà dérangée, mais je m'incline de bonne grâce, au nom de la nécessité. Je suis Georgiana Duff. Et voici…

Elle désigna une réplique un peu plus jeune et mieux conservée d'elle-même dans l'autre fauteuil.

— … ma sœur Laetitia Doran. C'est elle qui a eu le malheur, ou la mauvaise idée, d'acheter une maison dans ce quartier désastreux. C'est à elle, par conséquent, que vous devez adresser vos remarques.

Pitt se tourna vers Laetitia.

— Toutes mes excuses, une fois de plus, Mrs. Doran, mais compte tenu de la tragique découverte dans le jardin, nous sommes dans l'obligation d'interroger les domestiques, et plus particulièrement les jeunes servantes, de toutes les résidences donnant sur le square.

Laetitia cligna des paupières.

— Évidemment, riposta Georgiana d'un ton cassant. C'est tout ce que vous avez à dire ?

— J'ai besoin de votre permission pour parler à vos serviteurs.

— Vous le ferez de toute façon, grommela Georgiana.

— Je préfère avoir votre autorisation d'abord, madame.

— Ne m'appelez pas « madame ». Je n'aime pas ça. Et ne restez pas là, planté devant moi. Vous me donnez le vertige. Asseyez-vous ou je vais m'évanouir !

Pitt s'assit, réprimant un sourire.

— Merci. M'autorisez-vous à voir vos domestiques ?

Il regarda Laetitia.

— Oui, oui, certainement, répondit-elle, gênée. S'il vous plaît, tâchez de ne pas les contrarier. Il est si difficile de remplacer avantageusement quelqu'un, de nos jours. Et il faut que la pauvre Georgiana soit soignée correctement.

« La pauvre Georgiana », se dit Pitt en son for intérieur, s'arrangerait toujours, au paradis comme en enfer, pour être soignée correctement.

— Bien sûr.

Il se leva et se dirigea vers la porte pour ne pas l'incommoder davantage par sa présence.

— Auriez-vous renvoyé quelqu'un ces six derniers mois, une jeune femme qui aurait quitté la maison ?

— Personne, répliqua Laetitia précipitamment. Rien n'a bougé ici depuis des années ! Des années et des années !

— Vous n'avez pas d'enfants, madame ? Des filles qui se seraient mariées et seraient parties en emmenant une femme de chambre ?

— Absolument pas !

— Je vous remercie. Je ne vous importunerai pas plus longtemps.

Et il sortit, refermant la porte sans bruit.

Il passa deux heures dans la maison Doran, mais n'y apprit rien de plus.

Charlotte ne s'était pas trompée ; Emily commençait à trouver qu'il manquait quelque chose à la vie mondaine, un certain piment qu'elle recherchait de plus en plus. Incontestablement, son existence lui plaisait : elle n'aurait su rêver mieux pour elle. Alors que Charlotte et elle étaient encore à la maison, à Cater Street, chez papa et maman, à l'époque où la pauvre Sarah était en vie, elle savait déjà précisément ce qu'elle voulait. À peine s'étaient-ils rencontrés qu'elle avait résolu d'épouser Lord George Ashworth, union qu'elle jugeait maintenant parfaitement réussie. Naturellement, George avait des défauts, mais qui n'en avait pas ? Sa principale vertu était qu'il estimait Emily et se montrait à la fois généreux et urbain. Il n'était pas vilain garçon, et il lui arrivait même d'avoir de l'esprit. Bien sûr, c'eût été plus agréable s'il jouait un peu moins : quelle scandaleuse perte d'argent c'était ! Mais s'il courtisait d'autres femmes, il le faisait en toute discrétion. Il sortait rarement sans Emily et ne la harcelait pas sur ses occupations ou ses relations féminines. Ce qui était un point considérable en sa faveur. Emily connaissait nombre d'épouses que leurs maris abandonnaient pour se rendre dans des endroits totalement infréquentables, et qui pourtant leur reprochaient leur extravagance ou les réceptions qu'elles organisaient elles-mêmes l'après-midi.

Il y avait cependant une lacune, une certaine absence de motivation dans son mode de vie quotidien. Depuis qu'elle était devenue Lady Ashworth, elle avait gravi avec une relative aisance les échelons de la hiérarchie mondaine dont elle rêvait et, pour le moment du moins, l'abominable énigme de Charlotte lui offrait justement la diversion souhaitée, avec l'avantage supplémentaire de réellement aider quelqu'un, à supposer qu'on retrouve la malheureuse !

Et puis, elle était très attachée à sa sœur. En société, évidemment, Charlotte était un vrai cauchemar ! Ce n'était pas la peine de songer à l'emmener aux après-midi, aux dîners et aux bals qu'elle fréquentait elle-même ; bien que, dans les grandes occasions, elle se surprît déjà à se demander comment Charlotte aurait réagi en telle ou telle circonstance. Par ailleurs, cette histoire leur offrait l'occasion de faire quelque chose ensemble, ce qui était déjà plaisant en soi.

Lorsque George rentra, juste à temps pour se changer avant le dîner, oubliant sa dignité, elle monta l'escalier quatre à quatre pour le rattraper. Sur le palier, il se retourna, étonné.

— Que se passe-t-il ?

— Je voudrais rencontrer Christina Balantyne, déclara-t-elle de but en blanc.

— Ce soir ?

Un sourire incrédule effleura ses lèvres bien dessinées.

— Elle n'est pas si drôle que ça, je vous assure.

— Je n'ai pas envie de rire. Ce que je veux, c'est être invitée chez elle, ou du moins pouvoir lui rendre visite sans avoir l'air de rechercher sa compagnie trop ostensiblement.

— Mais pour quoi faire ?

Il haussa les sourcils.

— Est-ce Augusta que vous désirez approcher ? Elle est très grande dame, Augusta. Son père était duc, et elle a vécu toute sa vie à l'avenant. Sans trop se forcer, à mon avis.

Bien que ce ne fût pas la vraie raison, le prétexte semblait excellent.

— Oui, c'est ça. S'il vous plaît, George.

Elle lui sourit franchement.

— Vous allez être déçue. Elle ne vous plaira pas.

Il regarda en bas en fronçant légèrement les sourcils.

— Qu'elle me plaise ou non, ça m'est égal. Je veux seulement pouvoir aller chez eux.

— Pourquoi ?

— George, je ne vous interroge pas sur vos fréquentations chez White ou chez Boodle, alors laissez-moi me distraire en fréquentant qui bon me semble.

Elle lui sourit avec un mélange de charme, parce qu'elle avait une réelle affection pour lui, et de sincérité, car s'il y avait comédie entre eux, c'était uniquement par respect des convenances, sans aucune intention de tromperie.

Il lui tapota la joue et l'embrassa.

— Ce ne devrait pas être difficile d'aborder Brandy Balantyne qui est un garçon charmant. Le meilleur, et de loin, de toute la famille. Les autres vous décevront, je vous préviens !

— Peut-être.

Entièrement satisfaite, elle le gratifia d'un sourire angélique.

— Mais j'aimerais pouvoir en juger par moi-même.

Trois jours passèrent avant qu'Emily pût mettre son plan à exécution. Finalement, elle s'habilla avec soin, dans les bruns pastel passementés d'or, avec un manchon fourré contre le froid, et partit rendre visite à Christina Balantyne. Sa mise lui apparaissait comme une juste alliance de dignité et d'assurance, doublée du degré d'amitié qu'une dame de la noblesse pouvait témoigner à quelqu'un qui était presque du même rang qu'elle, mais pas tout à fait. Elle avait également pris la peine de vérifier que Christina serait chez elle dans l'après-midi. Pour ce faire, sa femme de chambre avait dû jouer les limiers ; il se trouvait qu'elle connaissait vaguement la femme de chambre d'une certaine Susanna Barclay qui était une habituée de Callander Square. En fait, il y avait plus de points communs entre Emily et Mr. Pitt que ce dernier ne l'eût imaginé.

Emily fit arrêter son équipage avec ses valets et, à quatre heures moins le quart, se présenta à la porte des Balantyne. Comme tous les après-midi, ce fut une femme de chambre qui lui ouvrit. Emily lui adressa un sourire enjôleur, sortit sa carte de son étui en ivoire et la lui tendit de sa petite main élégamment gantée. Elle était très fière de ses mains.

La servante prit la carte, la lut sans en avoir l'air et lui rendit son sourire.

— Si Madame veut bien se donner la peine d'entrer, Lady Augusta et Miss Christina reçoivent dans le boudoir.

Cet accueil, étonnamment volubile, s'expliquait uniquement par le fait qu'Emily était vicomtesse : c'était sa première visite, et elle s'était déplacée en personne au lieu de laisser sa carte. C'était donc un honneur, et une femme de chambre expérimentée était aussi bien versée dans ces subtiles distinctions sociales que sa maîtresse.

Elle ne frappa pas à la porte – c'eût été vulgaire –, mais la poussa directement et annonça Emily.

— Lady Ashworth.

Bien que dévorée de curiosité, Emily parvint à le dissimuler magnifiquement. Elle fit son entrée, la main tendue, sans regarder ni à droite ni à gauche. Il y eut un léger remous parmi les cinq ou six visiteuses, vite réprimé, protocole oblige. On n'étalait pas un sentiment aussi naïf en public.

Lady Augusta demeura assise.

— Quelle délicieuse surprise ! fit-elle en élevant la voix. Je vous en prie, Lady Ashworth, prenez place. Comme c'est gentil de votre part de venir nous voir !

Emily s'assit, rajustant sa jupe presque machinalement, mais précisément tout à son avantage.

— Je suis sûre que nous avons de nombreux amis communs, dit-elle d'un ton détaché. C'est un pur hasard que nous ne nous soyons pas rencontrées plus tôt.

— En effet.

Augusta ne voulait pas se compromettre non plus.

— Je sais que vous connaissez ma fille Christina.

C'était un constat. Emily regarda le joli minois de Christina, avec son petit menton doux et ses lèvres pulpeuses. C'était un visage peu ordinaire ; bien plus que la beauté, on y lisait de la personnalité et une bonne part de provocation. Les hommes ne manqueraient pas de succomber à son charme. Il promettait à la fois appétit et reddition. On devait admettre que les hommes étaient d'une bêtise incomparable, dès qu'il s'agissait de femmes. Emily avait décelé au premier coup d'œil la dureté dans les contours du nez impertinent et dans la courbure des lèvres. Plus prompte à prendre qu'à donner, décida-t-elle. Elle garda son jugement pour elle et se tourna vers la femme qu'Augusta lui désignait déjà.

— Lady Carlton, disait-elle. Sir Robert est au gouvernement, vous savez, aux Affaires étrangères.

Emily lui sourit. Cette femme-là était entièrement différente : grande bouche, moins jolie, plus chaleureuse. Mais ses mains étaient serrées sur ses genoux, et elle avait d'imperceptibles rides autour des yeux et des lèvres. Plus âgée que Christina, elle devait avoir une trentaine d'années ; on sentait une certaine tension, une nervosité derrière son aimable contenance. Emily et elle échangèrent un signe de la tête et quelques mots polis.

Une fois les présentations terminées, la conversation démarra, d'abord sur le temps, exceptionnellement doux pour un mois d'octobre, ensuite sur la mode, pour se porter enfin sur un sujet réellement intéressant : les derniers potins. Le thé fut servi à quatre heures, apporté par la femme de chambre et versé par Lady Augusta.

Emily s'arrangea pour causer avec Christina et Euphemia Carlton. Très vite, on aborda la découverte des corps dans le jardin.

— Quelle horreur ! frissonna Euphemia. Pauvres petites âmes.

Son visage s'était assombri.

— Ils ne se sont rendu compte de rien, répliqua Christina, prosaïque. C'étaient des nouveau-nés, je crois. Peut-être même étaient-ils déjà morts à la naissance.

— Cela n'empêche pas qu'ils avaient une âme, fit Euphemia, le regard lointain.

Emily dressa instantanément l'oreille, mais à son excitation se mêlait un étrange désarroi. Serait-ce possible… aussi vite, aussi facilement ? Était-ce le remords qu'on lisait sur le visage d'Euphemia Carlton ? Tâche d'en savoir plus sur elle. Pourquoi aurait-elle commis un acte aussi abominable ? Quelle femme de qualité, mariée et riche aurait agi de la sorte ? Il faudrait questionner Charlotte plus en détail sur les bébés. Étaient-ils noirs, présentaient-ils quelque autre particularité témoignant d'infidélité conjugale ?

— Vous n'êtes certainement pas au courant de notre histoire d'horreur, reprit Christina.

— Je vous demande pardon ?

Emily la considéra d'un air innocent.

— Notre horreur, répéta Christina. Les cadavres enterrés dans le square.

— En dehors des quelques bribes que vous avez mentionnées, non, mentit Emily sans le moindre scrupule. S'il vous plaît, si ce n'est point trop pénible pour vous, éclairez-moi.

Christina ne pouvait, certes, lui en apprendre plus que Charlotte, mais elle souhaitait voir la réaction d'Euphemia, et celle de Christina également, le cas échéant.

— Il n'y a pas grand-chose à raconter, commença Christina aussitôt. Les jardiniers creusaient la terre pour planter une espèce d'arbuste quand ils ont découvert ces cadavres de bébés. Naturellement, ils ont appelé la police.

— Comment le savez-vous ? s'enquit Emily.

— Mais par les domestiques, ma chère ! Comment se tient-on informé de ce qui se passe en général ? Et alors, un policier très bizarre est arrivé. Vraiment, on n'a jamais vu ça : tout en bras, jambes et cheveux ! Je parie qu'il ne connaît pas le barbier, et encore moins le peigne ou les ciseaux. Ou peut-être que les classes laborieuses n'ont pas de barbiers. En plus, il était gigantesque !

Emily sourit intérieurement à cette description de Pitt qui ne manquait pas de véracité.

— Imaginez ma surprise, poursuivait Christina, quand il a ouvert la bouche et m'a parlé le plus courtoisement du monde. Si je ne l'avais pas vu, je l'aurais pris pour un gentleman.

— Il ne vous a tout de même pas interrogée ?

Emily prit un air scandalisé, essentiellement pour cacher son hilarité.

— Bien sûr que non ! Je l'ai simplement croisé dans le vestibule. Il était là pour questionner tous les domestiques du square. Je suppose qu'il doit s'agir d'une pauvre fille, incapable de se contrôler.

Elle baissa les yeux, comme en proie à un embarras momentané. Lorsqu'elle releva la tête, son regard brillait à nouveau.

— Quelle aventure, vous pensez, d'avoir des policiers partout ! Évidemment, mère trouve ça macabre ; d'après elle, ça va nuire à la réputation du quartier. Moi, je crois que les gens comprendront. Tout le monde a des domestiques, non ? Ce genre de problème peut arriver à n'importe qui. Le nôtre est juste un peu plus sinistre, c'est tout.

Euphemia était pâle ; à l'évidence, elle ne désirait pas poursuivre cette conversation. Emily vola à son secours.

— Assurément, acquiesça-t-elle. Lady Carlton, Lady Augusta a dit que votre mari était au gouvernement. Je suppose que vous devez faire très attention à vos domestiques et exiger d'eux la plus totale discrétion.

Euphemia sourit.

— Sir Robert rapporte rarement du travail confidentiel à la maison, mais, en effet, il faut que les domestiques restent discrets quant aux conversations entendues à table, par exemple.

— Comme c'est intéressant !

Emily feignit une exaltation juvénile et poursuivit ce sujet jusqu'à ce qu'elle eût fini son thé et que vînt l'heure de prendre congé. Elle reviendrait ; autrement elle allait passer pour une farfelue. Une femme cultivée ne se bornait jamais à une seule visite. Elle venait encore au moins une fois et laissait sa carte à deux autres occasions.

Elle s'excusa, cherchant fébrilement un prétexte pour retourner à Callander Square, de préférence dans le courant de la semaine.

— C'était charmant, murmura-t-elle à Lady Augusta. George m'a tant parlé de vous… j'ai été ravie de vous rencontrer.

C'était pour lui rappeler que George était un ami de Brandy Balantyne et qu'ils évoluaient dans les mêmes cercles.

— Très aimable à vous, répondit Augusta distraitement. Nous organisons un petit divertissement vendredi après-midi. Si vous n'avez pas d'autres projets, peut-être serez-vous des nôtres ?

— Avec plaisir, dit Emily tout aussi nonchalamment. Je tâcherai de passer.

Et elle quitta la pièce en proie à une immense satisfaction.

Le lendemain après-midi, elle mit une simple robe verte, prit un seul valet sans livrée et se rendit directement chez Charlotte. C'était bien plus facile que d'attendre sa visite. Premièrement, parce qu'elle n'avait pas d'équipage à elle et devait louer un cab. Et deuxièmement, bien sûr, parce qu'Emily ne tenait pas en place.

Elle fit irruption chez sa sœur qu'elle trouva en plein raccommodage.

— Mais que fais-tu, voyons ? Pose ça et écoute-moi !

Charlotte leva le torchon qu'elle tenait à la main.

— Je croyais que les femmes du monde ne se déplaçaient pas avant trois heures. Or il n'est que deux heures moins le quart, observa-t-elle avec un sourire.

Emily s'empara du torchon et le jeta sur le canapé.

— J'ai appris des tas de choses ! s'exclama-t-elle. Je suis allée chez les Balantyne ; j'ai fait la connaissance de Christina et de Lady Augusta, mais surtout d'une certaine Lady Euphemia Carlton qui supporte mal d'entendre parler des bébés du square ! Je la soupçonne d'être au courant de quelque chose. On la sent tourmentée, je te le jure. Charlotte, crois-tu que j'aie déjà résolu le mystère ?

Charlotte la regarda sérieusement.

— Lady Carlton n'est pas mariée ?

— Bien sûr que si ! rétorqua Emily impatiemment. Mais peut-être qu'elle a un amant. Les enfants, les bébés, risquaient peut-être de la trahir. Avaient-ils des signes particuliers tels qu'une peau foncée ou des cheveux roux, par exemple ?

Emily reprit sa respiration et enchaîna sans laisser à Charlotte le temps de réagir.

— Son mari est au gouvernement. Elle pourrait avoir une liaison avec un étranger, un Grec ou un Indien. Il pourrait y avoir des secrets en jeu. Qu'en penses-tu, Charlotte ? Elle a beaucoup de charme, tu sais ; elle n'est pas belle, mais elle est très chaleureuse. Tout à fait du style à tomber amoureuse et à commettre des folies.

Charlotte la contemplait d'un air songeur.

— Il faudra que je demande à Thomas, mais je doute qu'il me réponde…

— Allons, ne sois pas aussi velléitaire, s'écria Emily avec exaspération. Ne me dis pas que tu n'arriveras pas à l'amadouer ! Cet homme-là est fou de toi. Invente un prétexte ! Il faut que je sache, sinon pourquoi aurait-elle fait ça ? Une femme ne tue pas ses propres enfants, ne les enterre pas même quand ils sont mort-nés, sans quelque impérieuse raison.

— C'est vrai, admit Charlotte sagement. Mais je doute que Thomas prenne mon intérêt pour de la simple curiosité. Il n'est pas aussi commode que George, ni aussi innocent, ajouta-t-elle.

Emily n'avait jamais considéré George Ashworth comme quelqu'un d'innocent, mais, à la réflexion, elle comprit ce que Charlotte entendait par là. Seulement, ce n'était pas tant de la naïveté que de l'insouciance. Il pensait savoir exactement comment Emily se comporterait dans une situation donnée et faisait confiance à son jugement. Pitt, en revanche, était bien trop lucide pour se fier à quelque chose d'aussi chaotique que le jugement de Charlotte.

— Essaie quand même, insista-t-elle.

Charlotte sourit, perdue dans ses pensées.

— Bien sûr. Je me suis toujours intéressée à son travail. Je serai ravie de l'aider.

Son sourire s'élargit.

— D'un point de vue féminin, qu'il n'obtiendra évidemment pas de ses collègues de la police.

Emily poussa un soupir de soulagement, et Charlotte se mit à rire.

Lorsque, vendredi après-midi, Emily arriva à Callander Square, elle savait déjà par Charlotte que le second bébé ne présentait malheureusement aucun signe particulier. Le premier, cependant, celui qui avait été enterré plus en profondeur, avait une tête difforme. Elle avait repris espoir quand Charlotte lui avait fait remarquer que, les infortunés corps ayant séjourné sous terre depuis quelque temps déjà, il était impossible de se prononcer sur la couleur de leur peau ou de leurs cheveux. Emily n'avait pas songé à la putréfaction, et cette idée l'affecta inexplicablement. Naturellement, la chair ne subsistait pas. D'après Pitt, lui dit Charlotte, seule la nature argileuse du sol les avait conservés jusque-là. C'était une évocation extrêmement désagréable.

Elle n'y pensait déjà plus quand elle sonna à la porte des Balantyne. On lui ouvrit aussitôt et on l'introduisit dans la grande salle de réception où se pressaient les invités, hommes et femmes. Un énorme et luisant piano à queue se dressait au milieu de la pièce, les pieds pudiquement camouflés. Au premier coup d'œil, Emily aperçut Christina, Euphemia Carlton, Lady Augusta et plusieurs autres personnes qu'elle comptait également parmi ses relations mondaines. Elle reconnut aussi Brandy Balantyne, grand, mince et brun comme sa mère et sa sœur, mais au visage plus plaisant, plus ouvert. Il se retourna et, à la vue d'Emily, un sourire illumina ses traits.

— Lady Ashworth, quel plaisir de vous voir !

Il vint à sa rencontre.

— Vous connaissez Alan Ross ? Non ? Hélas pour lui.

— Mr. Ross, le salua-t-elle gracieusement.

Il s'inclina d'un air quelque peu emprunté. Âgé d'une trentaine d'années, il était d'une constitution frêle, mais avec un visage expressif et délicat, d'une gravité peu commune.

— Très honoré, Lady Ashworth.

Il s'abstint de tout autre compliment, ce dont elle lui sut gré. À la longue, la flatterie devenait assommante. Ce n'était, finalement, qu'une formule de politesse dans la bouche de la plupart des hommes, un réflexe comme bonjour ou au revoir.

La conversation tourna autour d'un sujet anodin, auquel chacun ne prêta qu'un minimum d'attention polie. Le regard d'Emily s'arrêta sur Euphemia Carlton. Dépitée, elle dut s'avouer que cette dernière avait une mine superbe ; on pouvait même dire sans exagération qu'elle rayonnait. La tension, le remords qu'Emily avait perçus chez elle étaient-ils dus à une indisposition passagère ? Emily chassa cette pensée. Il était trop tôt pour en juger.

Elle accepta un rafraîchissement raffiné des mains d'une soubrette au tablier empesé. Il y avait un valet devant la porte, bel homme au regard lourd et à la physionomie lascive. Elle avait déjà vu cet air-là chez les dandys et les noceurs qui sortaient du club de George, perdants et gagnants confondus. N'étaient-ce les hasards de la naissance, cet homme aurait pu faire partie du nombre. À présent, il se tenait dos au mur dans la maison d'un général, vêtu d'une livrée, pour servir les dames et les quelques gentlemen qui n'avaient rien de mieux à faire de leur après-midi. Elle vit Christina Balantyne passer en riant devant lui, sans plus se soucier de lui que s'il avait été un meuble ou une vasque à fleurs.

Le divertissement commença, d'abord par une valse de Chopin exécutée avec davantage de précision que de lyrisme ; puis une contralto mal assurée chanta trois ballades. La mine passionnément absorbée, Emily laissa vagabonder ses pensées.

Bien qu'elle n'eût pas été présentée à Sophie Bolsover, elle avait entendu son nom dans une conversation et appris qu'elle habitait également Callander Square. Elle lui lança un coup d'œil oblique, d'une part par curiosité, et d'autre part parce qu'il était plus facile de garder son sérieux sans plonger son regard dans les yeux candides de la contralto. Sophie Bolsover appartenait à cette catégorie avec laquelle elle avait eu le temps de se familiariser ces deux dernières années : encore très jeune, suffisamment gâtée par la nature pour être capable de masquer ses défauts et faire ressortir ses avantages. Issue d'une bonne famille, sa fortune lui avait permis d'espérer faire un beau mariage. Elle n'avait pas craint de rester vieille fille, dépendante des autres ; elle n'avait pas dû se battre pour devancer les innombrables sœurs dans une maison envahie par les femmes. Tout cela, Emily le comprit à son assurance tranquille et somme toute superficielle.

Sitôt le concert terminé et dûment applaudi, elle se fit un devoir de lier connaissance avec Sophie. Emily était charmante, habile et passée maître dans l'art des mondanités. Au bout de cinq minutes, elle causait avec Sophie de mode, de relations communes et se demandait avec elle qui allait épouser qui. Emily orienta la conversation sur les habitants du square en commençant par un compliment à l'adresse de Christina.

— Très belle fille, acquiesça Sophie en souriant.

Emily n'était pas vraiment d'accord avec le choix des mots. Christina était sophistiquée, séduisante, aux yeux des hommes en tout cas, mais certainement pas belle.

— En effet, renchérit-elle sur le ton de la confidence. À mon avis, elle ne manquera pas de prétendants.

— À un moment, j'ai cru qu'elle épouserait Mr. Ross.

Sophie inclina imperceptiblement la tête en direction d'Alan Ross, absorbé dans une discussion avec Euphemia Carlton.

— Mais à vrai dire, il n'a jamais oublié la pauvre Helena.

Emily dressa l'oreille.

— Helena ? répéta-t-elle en feignant magistralement l'indifférence. Lui est-il arrivé quelque malheur ?

— On n'en parle jamais, répondit Sophie avec une certaine inconséquence.

L'intérêt d'Emily grandit encore.

— Mon Dieu, mais c'est passionnant ! Qui n'en parle jamais ?

— Laetitia Doran, voyons.

Sophie ouvrit de grands yeux.

— Helena était son unique enfant. À l'époque, évidemment, Georgiana n'habitait pas chez elle.

— Elle est venue… après ?

Emily s'efforçait d'y voir clair.

— Oui, pour la consoler.

— La consoler de quoi ?

— De quoi ? Mais après qu'Helena s'est enfuie. S'est fait enlever… dit-on. Comment peut-on être aussi stupide et irresponsable ! Et quelle honte pour sa mère !

— Qui l'a enlevée ? Pourquoi ne l'a-t-elle pas épousé ? Bonté gracieuse, ce n'était quand même pas un domestique ?

— Qui sait ? Personne ne l'a vu.

— Quoi ? Vous voulez rire ?

Emily n'en croyait pas ses oreilles.

— Était-il tellement affreux qu'elle n'osait pas… oh, ciel ! Il n'était pas déjà marié ?

Sophie pâlit.

— Seigneur, j'espère que non. Ce serait horrible. Mais non, je ne le pense pas. Elle était très belle, Helena, vous savez. Elle aurait pu choisir parmi… oh, je ne sais pas combien de prétendants. Le pauvre Mr. Ross a été complètement anéanti quand elle est partie.

— Il l'a su ?

— Bien sûr. Elle a laissé un mot pour dire qu'elle se sauvait. Il suffisait d'un peu de bon sens pour comprendre qu'elle avait un soupirant. Les femmes sentent ces choses-là. Sur le moment, je me souviens, j'ai trouvé ça très romantique. Je ne pensais pas que ça finirait aussi tragiquement.

— Je ne vois pas ce qu'il y a de tragique, répliqua Emily en fronçant les sourcils, si elle s'est enfuie pour l'épouser quelque part ailleurs. C'était peut-être quelqu'un que sa mère n'acceptait pas, mais qui l'aimait. D'accord, c'est un peu stupide, surtout s'il était sans le sou, mais pas totalement dramatique. Les amours romantiques manquent de pragmatisme dans le quotidien, quand il s'agit de payer la cuisinière, la couturière et autres. Mais quand on a du bon sens, c'est supportable. L'une de mes sœurs a fait une mésalliance flagrante, et elle nage dans un bonheur tout à fait écœurant. Mais elle est spéciale, je suis la première à le reconnaître.

— Est-elle réellement heureuse ?

Surprise et intriguée, Sophie haussa les sourcils.

— Oh oui ! Mais pour vous et moi, ce serait un cauchemar. Si Helena est comme elle, et si elle craignait la réaction de sa mère, elle a peut-être choisi la solution la plus simple.

Le visage de Sophie s'anima.

— Quelle charmante idée ! Elle est probablement en Italie, mariée à un pêcheur ou à un gondolier.

— Avez-vous beaucoup de gondoliers en circulation dans Callander Square ? s'enquit Emily poliment.

Sophie s'esclaffa, puis regarda autour d'elle, atterrée par son propre impair… le rire spontané, non la question idiote.

— Vous êtes d'une fraîcheur délicieuse, Lady Ashworth, fit-elle entre ses doigts. Je n'ai jamais rencontré quelqu'un d'aussi drôle.

Ravalant la réplique cinglante qui lui montait aux lèvres, Emily se contenta de sourire.

— Pauvre Mr. Ross, dit-elle d'un ton détaché. J'imagine qu'il tenait beaucoup à elle. C'était il y a longtemps ?

— Bien plus d'un an, oui, je dirais même presque deux.

Une vague de découragement submergea Emily. Helena Doran lui apparaissait comme la suspecte idéale. Mais la réponse de Sophie la reléguait au rang des improbabilités. Instinctivement, elle risqua un coup d'œil en direction d'Euphemia. Il y avait un homme à ses côtés qu'Emily n'avait pas encore vu, un homme excessivement distingué, proche de la soixantaine.

— Cet élégant gentleman, là-bas, avec Lady Carlton, qui est-ce ? demanda-t-elle.

Le regard de Sophie suivit le sien.

— Ah, c'est Sir Robert. Ne le saviez-vous pas ?

— Non.

Emily secoua légèrement la tête. Il devait avoir au moins vingt ans de plus que sa femme... détail fort intéressant.

— Je pense que j'aurais été mal à l'aise avec un mari aussi imposant, hasarda-t-elle. Il a l'air d'un grand personnage. Il est au gouvernement, je crois ?

— En effet. J'ai la même impression que vous, vous savez. Vous êtes très perspicace. Vous avez su exprimer exactement ce que je ressentais sans m'en rendre compte.

Emily était lancée.

— Il ne doit pas être drôle tous les jours.

— Non.

Sophie l'enveloppa du regard et se rapprocha un peu. Sentant venir la confidence, Emily, dont le sang bouillonnait, l'encouragea d'un sourire.

— Elle est très... – Sophie hésita – attirée par Brandy Balantyne. C'est un garçon charmant, Brandy. Si je n'étais pas aussi attachée à Freddie, je jure que je serais moi-même tombée amoureuse de lui !

Emily prit une profonde inspiration. Son cœur battait la chamade.

— Vous voulez dire, fit-elle, incrédule, qu'elle est la maîtresse de Brandy ?

Sophie mit un doigt sur ses lèvres, mais ses yeux dansaient.

— Et elle est enceinte ! ajouta-t-elle. De deux mois ou plus !

3

Ce fut seulement trois jours après qu'Emily put aller voir Charlotte pour lui raconter son vendredi après-midi et lui annoncer l'incroyable nouvelle. Le week-end était totalement exclu, non seulement parce que George avait déjà établi leur programme : une journée aux courses samedi suivie d'un dîner chez des amis, et un mariage mondain dimanche, avec l'inévitable banquet ; mais surtout, parce que Pitt serait à la maison. Ayant atteint le grade d'inspecteur, il n'était pas tenu de travailler ces jours-là, sauf en cas d'urgence. Or la mort de deux nouveau-nés, fruits probablement illégitimes des amours d'une servante, n'entraient pas dans cette catégorie.

Emily n'avait aucunement honte de ce qu'elle faisait, mais elle préférait que Pitt n'en sût rien, du moins pour le moment.

Lundi cependant, n'y tenant plus, elle prit la décision inouïe de réclamer son équipage à dix heures du matin et se fit conduire droit chez Charlotte.

Charlotte l'accueillit d'un air à la fois incrédule et amusé. Elle ouvrit elle-même la porte, vêtue d'une simple robe en laine et d'un tablier.

— Emily ! Pour l'amour du ciel, que fais-tu ici ?

Elle ne lui demanda pas s'il était arrivé une catastrophe. Emily rayonnait ; à vrai dire, Charlotte ne lui avait pas vu une mine aussi radieuse depuis le jour où elle avait annoncé qu'elle allait épouser George Ashworth… lequel, à l'époque, ne se doutait évidemment de rien.

— J'ai une nouvelle époustouflante pour toi ! clama Emily, repoussant presque Charlotte pour pouvoir entrer. Tu ne vas pas me croire.

Charlotte comprit immédiatement de quoi il s'agissait.

— Ça te réussit de jouer les limiers, dit-elle, les yeux agrandis. Tout compte fait, c'est toi qui aurais dû épouser Thomas !

Emily la considéra d'un air sceptique, puis atterré. Il lui fallut un moment pour se rendre compte que Charlotte la taquinait.

— Voyons, Charlotte… tu…

Elle ne trouvait pas de mot assez fort pour décrire ses sentiments sans dépasser les limites de la bienséance.

Charlotte rit.

— Allons, raconte-moi ce que tu as découvert, avant d'exploser !

Emily aurait voulu distiller ses informations afin de faire monter la tension, mais ce fut au-dessus de ses forces.

— Euphemia Carlton a un amant ! déclara-t-elle fièrement, s'attendant à une réaction de stupeur de la part de Charlotte.

Elle ne fut pas déçue. Les yeux écarquillés, Charlotte lâcha le chiffon à poussière.

— Là !

Emily respirait la satisfaction.

— Pitt n'était pas au courant, n'est-ce pas ? Il s'agit de Brandy Balantyne, et ce n'est pas tout !

Elle marqua une pause pour soigner son effet.

Charlotte s'assit.

— Eh bien ?

Emily prit place à côté d'elle.

— Elle est enceinte ! Depuis deux mois déjà !

Charlotte était sincèrement impressionnée. Que ce fût exact ou non, Pitt l'ignorait, elle en était sûre.

— Comment l'as-tu su ?

C'était une curieuse révélation à faire à quelqu'un qu'on connaissait à peine.

— Par Sophie Bolsover. C'est une petite sotte inoffensive : elle ne s'est absolument pas rendu compte de ce que ça signifie.

— Ou alors elle sait que ça ne signifie rien du tout.

Charlotte ne voulait pas gâcher le plaisir d'Emily, mais la vérité sortait de sa bouche sitôt qu'elle lui venait à l'esprit, et elle n'avait pas encore appris à se contrôler. Du reste, il était plus charitable de ne pas la laisser s'emballer sans avoir examiné son hypothèse.

— Comment aurait-elle découvert ça ? s'exclama Emily. Si Euphemia est la maîtresse de Brandy Balantyne, l'enfant est sûrement de lui. Autre chose que je ne t'ai pas dite… J'ai vu Sir Robert Carlton. Il est assez âgé. Très imposant, très distingué, mais effroyablement sinistre. Il est blond aux yeux clairs. Brandy est très brun : cheveux noirs et yeux marron foncé.

Charlotte ne bronchait pas.

— Euphemia est blonde ! éclata Emily, excédée. Elle a une chevelure magnifique, d'un blond vénitien. Si l'enfant est brun, tu imagines le scandale ? Pas étonnant qu'elle ait peur.

Elle cligna des paupières.

— Dieu merci, George est brun, et moi, je suis blonde. Quel que soit mon enfant, il ne soulèvera pas de commentaires, observa-t-elle au passage.

Par-dessus tout, Emily était une personne pragmatique. Charlotte accepta sa remarque comme telle.

— C'est extrêmement important, dit-elle avec sérieux. Je veux parler d'Euphemia et de Brandy Balantyne.

Emily s'épanouit. Elle avait beau avoir plus de sens pratique, plus d'assurance que Charlotte, il y avait quelque chose chez sa sœur, peut-être une sorte de certitude intérieure, qui conférait une valeur particulière à ses compliments.

— Tu vas le dire à Mr. Pitt ?

— Je pense qu'il le faut. Tu ne le crois pas ?

— Bien sûr que si. Sinon, pourquoi t'en aurais-je parlé ? Tu n'imagines tout de même pas, ma chère, que je t'aurais confié un secret ?

Elle avait froissé Charlotte ; cela se lisait sur son visage.

— Pas parce que tu le trahirais, ajouta Emily précipitamment. Mais tu es incapable de mentir. Il suffirait d'un coup d'œil sur ta mine déconfite pour savoir que tu es au courant de quelque chose. Tu serais obligée de jurer de garder le silence ; ce serait affreux, et toute l'affaire prendrait plus de proportions que le secret lui-même.

Charlotte la regarda fixement.

— Moi, je mens très bien, déclara Emily. C'est un atout pour quiconque veut mener une enquête, surtout quand on n'est pas de la police et donc qu'on n'a pas intérêt à être franc. Dès que j'aurai du nouveau, je te préviendrai.

Charlotte réfléchit un instant, puis dit avec circonspection :

— Essaie peut-être de savoir depuis combien de temps dure cette liaison. Mais je t'en supplie, Emily… sois prudente ! Ne te laisse pas griser par tes succès. Si l'on te démasque, ils risquent de t'en vouloir.

Elle prit une profonde inspiration.

— Plus que de t'en vouloir, même. Comme tu dis, il y aura un scandale épouvantable. Sir Robert est au gouvernement. Si Euphemia était prête au mieux à enterrer ses enfants morts sans aucun rite chrétien et, au pire, à les tuer pour protéger sa réputation, elle ne se laissera pas faire facilement !

Pas un instant, Emily n'avait envisagé un quelconque danger pour elle-même ; en fait, il ne lui était pas venu à l'esprit que cette affaire pourrait l'affecter personnellement. Tout à coup, elle eut très froid. Son scénario était devenu réalité.

Charlotte vit son visage pâlir, ses mains se crisper involontairement. Elle sourit et posa ses doigts sur les siens.

— Fais attention, c'est tout. Mener une enquête n'est pas une simple gymnastique de l'esprit, tu sais. Les êtres humains sont réels, et l'amour et la haine sont dangereux.

Lorsque Pitt rentra ce soir-là, Charlotte l'accueillit presque sur le pas de la porte. La découverte d'Emily avait mijoté dans sa tête toute la journée et, quand elle entendit les pas de Pitt sur le trottoir, elle la sentit arriver à ébullition. Elle le saisit par les revers de son pardessus et l'embrassa rapidement.

— Emily est passée ce matin ! annonça-t-elle au moment même où elle le lâchait. Elle a découvert quelque chose de prodigieux. Venez, je vais vous expliquer.

C'était presque un ordre. Se dégageant de son étreinte, elle pénétra dans le séjour et se posta au milieu pour observer sa réaction pendant qu'elle débitait sa tirade.

Il entra ; son visage singulier reflétait une certaine appréhension.

— Emily a appris qu'Euphemia Carlton était la maîtresse du jeune Brandon Balantyne ! déclara-t-elle d'un ton théâtral. Et qu'elle attendait un enfant !

Si elle avait eu l'intention de le choquer, elle pouvait s'estimer pleinement satisfaite. L'expression de Pitt se figea tandis qu'il digérait l'information, puis se teinta de doute.

— Êtes-vous bien sûre qu'elle ne…

Il haussa les sourcils.

— … ne colporte pas les ragots, les rumeurs à scandale ?

— Évidemment qu'elle colporte des ragots, rétorqua-t-elle avec humeur. Connaissez-vous un autre moyen de s'informer ? À vous de déterminer si c'est vrai ou non. C'est pourquoi elle est venue me voir, pour que je vous en parle. Ce ne devrait pas être difficile…

Elle s'interrompit car il riait maintenant.

— Qu'est-ce qui vous amuse ?

— Mais vous, ma chère. Où Emily a-t-elle glané ce précieux… racontar ?

Il alla s'asseoir près de la cheminée.

Elle le suivit et s'agenouilla à ses pieds, réclamant son attention.

— Auprès de Sophie Bolsover, apparemment inconsciente de son importance. Et ce n'est pas tout. Sir Robert, paraît-il, est beaucoup plus vieux qu'Euphemia, en outre très imposant et sinistre. Et il a les cheveux blonds.

— Les cheveux blonds ? répéta Pitt, dardant sur elle un regard perçant.

Le cœur de Charlotte bondit dans sa poitrine. Elle sut qu'elle avait éveillé son intérêt.

— Oui !

— Si j'ai bien compris, Brandon Balantyne est brun ?

— Très. Vous voyez ?

— Bien sûr que je vois. Euphemia a une magnifique chevelure blond-roux et le teint très clair. Vous ne pouvez pas le savoir, mais naturellement, Emily vous l'a déjà dit.

Elle sourit, comblée.

Il effleura sa joue du bout du doigt, repoussant une mèche échappée de sa coiffure, mais son visage était inhabituellement sévère.

— Charlotte, il faut mettre Emily en garde. Les gens de la haute société tiennent énormément à leur réputation, plus que nous ne saurions l'imaginer. Ils risquent de le prendre très mal, si jamais Emily se mêle…

— Je sais, le rassura-t-elle avec empressement. Je le lui ai dit. Elle va juste essayer de découvrir depuis combien de temps dure cette liaison, s'ils étaient déjà amants au moment de la mort des deux bébés.

— Non. Laissez-moi faire. Allez la voir demain pour lui recommander la prudence.

Sa main retomba, et il l'agrippa par l'épaule tandis qu'elle se raidissait d'appréhension.

— Il y a des chances pour qu'on la prenne simplement pour une commère, dont le passe-temps favori est de faire circuler les rumeurs, mais si Robert Carlton est un homme influent…

— Sir Robert ?

Surprise, elle ne voyait pas où il voulait en venir.

— Mais oui, Robert, ma chère. S'il a été trois fois cocu, je doute qu'il ait envie de le crier sur les toits. Être mêlé à un scandale, c'est une chose, mais être un objet de risée, c'est tout autre chose. Emily pourrait vous le confirmer.

— Je n'y avais pas pensé.

Elle se sentait très malheureuse. Finie, la soudaine gloire d'Emily, balayée en un éclair ! Quelles dindes elles avaient été, à jouer les détectives.

— J'irai la voir demain matin. Et, si elle ne m'écoute pas, je parlerai à George. Il lui fera entendre raison.

Il la gratifia d'un petit sourire indéchiffrable.

— Mais l'information elle-même est utile ?

Elle revint à la charge.

— Extrêmement, oui.

Son approbation était sincère.

— Il se peut même qu'elle nous conduise à la solution. Le problème, maintenant, est de situer cette histoire dans le temps et de savoir si elle a eu d'autres enfants.

Il grimaça, de plus en plus férocement à mesure que la réponse lui échappait.

— C'est facile.

Charlotte se leva : elle commençait à avoir des fourmis dans les pieds.

— Vous n'avez qu'à causer avec sa femme de chambre…

— Les femmes de chambre sont d'une loyauté exemplaire, et elles tiennent également à conserver leur situation. Je la vois mal m'expliquer que sa maîtresse a un amant et qu'elle a déjà eu deux bébés qui ont disparu depuis !

Arrivée à la table, Charlotte se retourna, tortillant son pied pour le dégourdir.

— Évidemment ! lâcha-t-elle avec dédain. Pas de propos délibéré ! Débrouillez-vous pour savoir la taille de ses vêtements, si elle a augmenté dernièrement, ainsi qu'il y a deux ans et il y a six mois. Vérifiez les coutures de ses corsages. Si j'avais pu les voir, je vous aurais dit tout de suite si elles avaient été défaites.

Pitt eut un grand sourire.

— N'est-ce pas de l'investigation ? interrogea-t-elle fougueusement. Et demandez si elle est allée à la campagne.

Elle fronça les sourcils.

— Non, puisque les corps ont été enterrés à Callander Square, c'est peu probable.

Son visage s'éclaira à nouveau.

— Voyez si elle a été malade, si elle a eu des nausées, des évanouissements. A-t-elle bon ou mauvais appétit ? Si elle a trop mangé et grossi, vous avez la réponse ! Surtout si elle a eu des envies qui ne correspondaient pas à ses goûts en temps ordinaire. Inspectez ses habits vous-même et ne questionnez pas sa femme de chambre sur les malaises et l'appétit, ou elle saura sans difficulté ce que vous avez derrière la tête. Parlez nourriture à une fille de cuisine, et santé à une bonne quelconque.

Il souriait toujours.

Elle le regarda et commença à douter elle-même. Pourtant, au moment où elle les dispensait, ces conseils lui avaient paru excellents.

— N'est-ce pas une bonne approche ?

Elle cilla.

— Très professionnelle. Je me demande comment on a fait pour résoudre les crimes sans une seule femme dans la police.

— À mon avis, vous vous moquez de moi !

— Très certainement. Mais vos conseils n'en sont pas moins judicieux, et j'ai bien l'intention de les suivre.

— Parfait.

Se détendant, elle lui adressa un sourire éblouissant.

— J'aime à croire qu'il m'arrive parfois de me rendre utile.

Il accueillit cet aveu d'un grand éclat de rire.

Le lendemain matin, comme convenu, Charlotte se rendit chez Emily. Elle la mit très solennellement en garde, lui parla de la vengeance qu'elle risquait de s'attirer ou même d'attirer sur George si, volontairement ou non, elle faisait courir des bruits au sujet d'Euphemia Carlton.

Emily l'écouta d'un air calme et docile et jura de ne plus poursuivre ses investigations, de se limiter aux simples relations mondaines. Charlotte la remercia et repartit avec l'inexplicable sentiment d'avoir échoué. Pour commencer, cela avait été beaucoup trop facile. Elle n'avait décelé, dans les yeux d'Emily, nulle trace de peur susceptible de justifier une capitulation aussi soudaine, mais elle pouvait difficilement exiger plus d'une promesse à la fois. De retour chez elle, elle infligea à son séjour un furieux nettoyage de printemps, malgré le fait qu'on était déjà au mois de novembre et qu'il pleuvait dehors.

Pitt retourna à Callander Square où, à dix heures et quart, il frappa chez les Carlton et demanda à s'entretenir de nouveau avec les domestiques. On l'introduisit dans le salon de la gouvernante, et l'on fit venir la femme de chambre chargée du service au rez-de-chaussée.

— Entrez.

Pitt s'assit dans l'un des gros fauteuils pour ne pas l'écraser de sa haute taille.

— Prenez place. J'espère que cette histoire ne vous a pas trop remuée.

Elle le regarda, intimidée.

— Non, je vous remercie, monsieur. Enfin, si, ajouta-t-elle après réflexion. Je veux dire, c'est affreux, n'est-ce pas ? Je n'imagine vraiment pas qui ça pourrait être !

— Et votre maîtresse ? Elle a dû être bouleversée, non ?

— Pas plus que ça. Elle était triste, bien sûr. Mais en ce moment, elle se porte comme un charme. Je ne l'ai jamais vue en aussi bonne forme.

— Son appétit n'en a pas souffert ? Ça arrive quelquefois, chez les personnes de constitution délicate.

— Lady Carlton n'est pas délicate, monsieur, elle est solide comme un bœuf, pardonnez-moi l'expression. Ce n'est pas elle qui aurait des vapeurs… enfin…

Il haussa les sourcils avec un air d'intérêt amical.

— Ma foi, elle a eu un petit malaise une fois ou deux, mais à mon avis, ce doit être plutôt son état. Oh, mince !

La main sur la bouche, elle le considéra avec des yeux ronds.

— Vous m'avez eue !

— Mais non, répondit-il avec douceur. C'est le passé qui m'intéresse, pas le futur.

Il dissimula sa contrariété. Il n'était plus possible de soutirer d'autres informations à cette fille sans éveiller sa méfiance. Mieux valait s'adresser ailleurs, avant qu'elle ne donne l'alerte, même sans le vouloir.

Il monta voir la femme de chambre personnelle de Madame, malgré les protestations indignées de la gouvernante, car il tenait à examiner sa garde-robe lui-même… sous quel prétexte, il n'en savait encore rien.

Il trouva la femme de chambre de Lady Carlton occupée à brosser un habit de cavalière et à nettoyer la jupe là où la boue d'automne l'avait éclaboussée. À sa vue, elle lâcha tout, alarmée.

— Ne vous fatiguez pas, madame.

Il ramassa lui-même l'habit et le palpa, admiratif, sans le lui rendre.

— En voilà de la belle étoffe.

Il le rabattit, de sorte à le tenir par la taille.

— La coupe est excellente également.

Il tâta rapidement les coutures. Rien. Sur les conseils de Charlotte, il jeta un coup d'œil sur la ceinture. Il remarqua immédiatement l'extension, à l'aide d'une pièce rapportée. Négligemment, il remit l'habit à la femme avec un sourire.

— C'est agréable de voir une dame joliment vêtue.

— Oh, celui-ci est de l'année dernière, répliqua-t-elle précipitamment. Une vieillerie en quelque sorte. Lady Euphemia en a de beaucoup mieux que ça !

— Vraiment ? J'aimerais bien les voir.

Une note poliment incrédule se glissa dans sa voix.

— Car c'est du très beau tissu, réellement.

Elle s'approcha d'une gigantesque armoire et ouvrit ses portes. Les reflets de lumière jouèrent sur la soie mauve, fuchsia et vert d'eau.

— C'est magnifique, dit-il, sincère.

Il effleura les étoffes douces et brillantes, oubliant momentanément sa mission. Il y avait là une robe dans les tons ambrés, presque dorée à la lumière, et d'un fauve flamboyant dans la pénombre. Elle devait être splendide sur Euphemia Carlton, mais il la vit sur Charlotte. Son cœur se serra à l'idée qu'il n'avait pas les moyens de la lui offrir. Il ne pensait plus ni à la femme de chambre ni à Callander Square ; fébrilement, il réfléchissait à une solution, une autre activité qui lui permettrait de gagner plus d'argent.

— C'est joli, n'est-ce pas ?

La voix de la femme de chambre, empreinte de mélancolie elle aussi, le ramena brutalement à la réalité. Il la contempla, engoncée dans sa robe en lainage foncé avec un tablier blanc.

— Oui, très joli.

Rapidement, il chercha les coutures à la taille, les côtés qu'on aurait lâchés.

— Ça demande beaucoup d'entretien, j'imagine.

Jusque-là, il n'avait rien trouvé.

— Vous devez être très habile de vos doigts.

Ce compliment la fit sourire.

— En général, les hommes ne pensent pas à ces choses-là. J'ai pas mal de travail, c'est vrai, mais quand elle sort d'ici, c'est un bonheur de la voir. Je ne la laisse pas partir si tout n'est pas parfait.

Pitt profita de l'aubaine pour examiner ouvertement les points minuscules. À n'en pas douter, la taille avait été desserrée, de quatre ou cinq centimètres.

— Vous êtes une véritable artiste.

Il le pensait en partie. Que devait ressentir une femme qui consacrait tous ses efforts, tout son amour, à rendre une autre femme belle ? Tout cela pour la regarder partir aux réceptions et aux bals, danser toute la nuit et se faire admirer, pendant qu'elle-même restait à la maison en attendant de récupérer les toilettes, les nettoyer et les raccommoder pour la fois suivante.

— Vous avez tout à fait raison d'en être fière.

Il laissa retomber la soie et referma les portes de l'armoire.

Elle s'empourpra de plaisir.

— Oh, merci bien, balbutia-t-elle.

Il devait lui demander quelque chose, sinon elle finirait par avoir des soupçons. Il fouilla son cerveau à la recherche d'une question plausible.

— Votre maîtresse donne-t-elle ses vieux vêtements aux servantes méritantes, par exemple ?

Il connaissait déjà la réponse : aucune maîtresse ne voudrait voir sa servante, aussi méritante fût-elle, porter des habits du même style et de la même qualité que les siens.

— Oh non, monsieur ! Lady Euphemia les expédie à la campagne, à une cousine à elle qui n'y connaît rien, à la mode, et qui est bien contente de les avoir.

— Je vois. Merci.

Il la gratifia d'un sourire rassurant et se rendit aux cuisines.

Ni la cuisinière ni ses aides ne lui apprirent rien de concluant, sinon qu'Euphemia avait parfois de brusques accès de fringale, après quoi, ayant pris du poids, elle se mettait au régime. Elles l'attribuaient à son solide appétit, son goût pour les sucreries qu'elle sacrifiait ensuite à un regain de vanité et aux exigences de la mode. Il n'y avait rien pour confirmer ou infirmer leurs dires. Il les remercia et quitta la maison, en attendant de revenir à une heure où Sir Robert Carlton et Lady Euphemia seraient chez eux pour le recevoir.

Il repassa peu après six heures. Le moment était mal choisi, mais existait-il seulement un moment propice pour le genre de questions auxquelles il cherchait une réponse ?

Le valet l'accueillit fraîchement et le conduisit dans la bibliothèque. Plusieurs minutes s'écoulèrent. Finalement, la porte s'ouvrit ; Sir Robert Carlton entra et la referma sans bruit. De taille légèrement supérieure à la moyenne, il était mince et raide. Son visage, comme l'avait dit

Charlotte, était extrêmement distingué, mais, du fait de son expression placide, totalement dépourvu d'arrogance.

— Vous désirez me voir, je crois ? fit-il doucement.

Sa voix, claire et précise, ne masquait pas son étonnement.

— Oui, monsieur. S'il vous plaît. Je m'excuse de venir à cette heure-ci, mais je voulais être sûr de vous trouver chez vous.

Carlton attendait poliment. Pitt poursuivit :

— J'ai tendance à penser que la mère des nouveau-nés découverts dans le jardin pourrait faire partie de la maisonnée...

Il s'interrompit, prêt à affronter l'indignation, les protestations. Mais, pour toute réaction, les hautes pommettes de Carlton se contractèrent, comme dans l'anticipation de la douleur. Pitt se demanda brièvement s'il savait déjà ou, du moins, s'il soupçonnait son épouse. Était-il possible qu'il eût accepté la situation, ayant livré depuis longtemps sa propre bataille intérieure ?

— Je suis désolé, murmura Carlton. Pauvre femme !

Pitt le dévisagea fixement.

Carlton se tourna vers lui. Son regard anxieux reflétait la compassion. C'était une chose qui échappait à sa compréhension, mais qu'il s'efforçait d'imaginer et qui le rendait profondément malheureux. Pitt éprouva une bouffée de colère contre Euphemia et contre le jeune Brandon Balantyne qu'il ne connaissait pas encore. Carlton s'était remis à parler.

— Avez-vous la moindre idée de son identité, Mr. Pitt ? Et du sort qui l'attend ?

— Ça dépend des circonstances, Sir Robert. Si les enfants étaient mort-nés, il n'y aura probablement pas de poursuites judiciaires. Mais elle perdra son emploi et, à moins d'un coup de chance, elle n'en retrouvera pas d'autre.

— Et s'ils n'étaient pas mort-nés ?

— Dans ce cas, elle sera inculpée pour meurtre.

— Je vois. C'est sûrement inévitable. Et la malheureuse sera pendue.

Pitt comprit trop tard qu'il n'aurait pas dû s'engager, qu'il aurait fallu laisser planer le doute. Cet unique faux pas risquait de le priver du soutien de Carlton. Il tenta de faire machine arrière.

— Ce n'est qu'une opinion. Il peut y avoir des circonstances atténuantes…

Personnellement, il en voyait un certain nombre, mais aucune qui pût convaincre les juges.

— Vous avez dit quelqu'un de la maison, reprit Carlton comme s'il n'avait pas parlé. Vous ne savez donc pas encore qui c'est ?

— Non, monsieur. Peut-être Lady Carlton, connaissant mieux les domestiques, pourra-t-elle m'éclairer.

— Je suppose qu'on ne peut pas éviter de la mêler à ça.

— Vous m'en voyez navré.

— Très bien.

Carlton tendit la main vers le cordon de la sonnette. Quand le valet parut, il le pria d'aller chercher Lady Euphemia. Ils attendirent son arrivée en silence. Elle referma la porte et se tourna vers eux. Son visage lisse respirait l'innocence, même lorsqu'elle aperçut Pitt. Si elle avait commis une faute quelconque, elle était soit une actrice accomplie, soit l'un de ces rares êtres qui se préoccupent sincèrement et exclusivement de leurs intérêts.

— Ma chère, l'inspecteur Pitt pense que la mère de ces infortunés enfants pourrait faire partie de la maisonnée, dit Carlton courtoisement. Je regrette, mais il a besoin de votre aide.

Elle pâlit légèrement.

— Oh, mon Dieu, je suis désolée. Ça ne change rien au fond du problème, mais je ne voudrais pas que ce soit quelqu'un que je connais. En êtes-vous sûr, inspecteur ?

Elle se retourna vers lui. Elle avait beaucoup de charme ; la chaleur qui émanait d'elle avait infiniment plus d'attrait que la beauté.

— Non, madame, mais j'ai des raisons de le croire.

— Quelles raisons ?

Pitt inspira profondément et se jeta à l'eau.

— Il semblerait que quelqu'un ici ait une aventure, une aventure galante.

Il observait son visage. Au début, elle demeura parfaitement sereine, juste intéressée ; puis ses mains se crispèrent imperceptiblement sur la soie prune de sa robe. Sa gorge se colora faiblement. Pitt jeta un regard sur Carlton, mais ce dernier n'avait apparemment rien remarqué.

— Ah oui ? fit-elle après une fraction de seconde.

— Il y a de fortes chances, continua-t-il, pour qu'à la suite de cette liaison, elle se soit retrouvée enceinte.

Une rougeur pénible lui monta aux joues. Elle détourna la tête afin de garder son visage dans l'ombre.

— Je comprends.

Carlton ne voyait toujours rien, sinon l'inquiétude d'une maîtresse de maison pour ses servantes.

— Vous devriez peut-être vous renseigner, ma chère. C'est bien ce que vous souhaitez, inspecteur ?

— Si Lady Carlton pense qu'elle pourrait découvrir quelque chose.

Pitt la regarda, choisissant délibérément ses mots pour qu'elle saisisse le message, malgré son apparente nonchalance.

Le visage d'Euphemia était toujours dans l'ombre.

— Que désirez-vous savoir au juste, Mr. Pitt ?

— Depuis combien de temps dure cette… liaison, répondit-il calmement.

Elle prit une profonde inspiration.

— Il ne s'agit pas forcément…

Elle chercha en vain la bonne expression.

— … de la situation ou des… sentiments que vous décrivez.

— Les sentiments ne nous intéressent pas, ma chère, fit Carlton doucement. Et la situation est claire, puisqu'on a trouvé deux enfants morts dans le square.

Elle fit volte-face, les yeux agrandis d'horreur.

— Vous n'imaginez pas… enfin, vous ne déduisez pas tout de suite… parce que quelqu'un est… a une aventure, qu'il est responsable de ces… morts ! Il y a des tas de gens dans le square qui doivent avoir des relations, des…

— Il y a un monde entre un simple flirt et une idylle qui engendre deux enfants, Euphemia.

Carlton ne s'était toujours pas départi de sa courtoisie, de son attitude raisonnable, presque indifférente.

— Nous ne parlons pas de quelque admirateur secret.

— Bien sûr que non ! rétorqua-t-elle sèchement.

Voyant la surprise se peindre sur les traits élégants de son mari, elle se ressaisit avec effort. Pitt, qui se tenait à côté d'elle, vit les muscles de sa gorge se contracter, le tissu de sa robe se tendre tandis qu'elle retenait son souffle. Carlton était-il aussi insensible à son tourment qu'il en avait l'air ? Ils formaient un couple mal assorti, et pas seulement à cause de la différence d'âge. Avait-elle été contrainte, par des parents ambitieux ou désargentés, à un mariage de convenance… leur convenance ? Une pensée fugace lui traversa l'esprit : qu'aurait ressenti Charlotte, qu'aurait-elle fait à la place d'Euphemia ? Il résolut de rencontrer le jeune Brandon Balantyne le plus tôt possible.

— Je tâcherai de découvrir ce que je peux, Mr. Pitt.

Elle le regarda en face, plongeant ses yeux dorés dans les siens.

— Mais si quelqu'un sous mon toit entretient une liaison de cette sorte, je ne suis au courant de rien.

— Merci, madame.

Il savait ce qu'elle essayait de lui dire : qu'elle l'avait compris et qu'elle niait la durée de sa propre aventure, mais il ne pouvait se permettre de la croire sur parole. Il s'excusa et prit congé avec le même sentiment de tristesse qu'il avait déjà éprouvé à maintes reprises, lorsqu'il lui était arrivé d'entrevoir la réalité d'un drame qui s'était soldé par un crime.

Emily n'avait strictement aucune intention de suivre les instructions de Charlotte, si ce n'était prendre plus de précautions qu'elle n'avait fait jusque-là. Elle ne poserait plus de questions directes, bien qu'avec Sophie Bolsover ce ne fût guère nécessaire. Elle se contenterait de cultiver ses relations ; dans cette optique, elle retourna à Callander Square, cette fois spécialement pour voir Christina. Elle s'était renseignée sur une couturière qui, elle le savait, intéressait la jeune fille. Elle prit donc la liberté de lui rendre visite dans la matinée afin d'échapper au rituel mondain de l'après-midi.

Ce fut Max, le valet, qui lui ouvrit.

— Bonjour, Lady Ashworth, dit-il, à peine surpris.

Son regard sombre s'attarda un instant sur son habit avant de revenir se poser sur son visage. Elle le toisa avec froideur.

— Bonjour. Miss Balantyne est-elle là ?

— Oui, madame. Si vous voulez bien entrer, je vais la prévenir de votre arrivée.

Il ouvrit la porte en grand et s'effaça. Elle le suivit dans le vestibule, puis dans le boudoir où brûlait déjà un feu.

— Désirez-vous quelque chose, madame ?

— Non, merci, rétorqua-t-elle, évitant délibérément de le regarder.

Il sourit imperceptiblement, inclina la tête et la laissa.

Au bout de dix minutes, elle commençait à s'impatienter quand finalement Christina parut. Se retournant pour la saluer, Emily fut étonnée de la voir aussi négligée, débraillée presque. Des mèches brunes s'échappaient de sa coiffure, et elle était d'une pâleur maladive.

— Ma chère, je vous surprends peut-être à un moment inopportun.

Emily avait failli lui demander si elle était souffrante, mais suggérer à une femme qu'elle avait mauvaise mine n'était guère flatteur, or elle ne tenait pas à compromettre son amitié précaire avec Christina.

— J'avoue…

Christina s'appuya sur le dossier d'un fauteuil.

— … que je ne me sens pas au mieux de ma forme, ce matin. Ce qui n'est pas franchement dans mes habitudes.

— Asseyez-vous donc.

Emily s'approcha d'elle et lui prit la main.

— J'espère sincèrement qu'il s'agit d'une indisposition passagère, un léger refroidissement, peut-être ? On a vite fait d'attraper froid à la suite d'un changement de temps.

Elle n'y croyait pas vraiment ; Christina était quelqu'un d'extrêmement robuste et ne présentait aucun symptôme propre à un coup de froid : fièvre, gorge irritée ou nez qui coule.

La jeune fille se laissa glisser dans le fauteuil. Elle était blanche comme un linge ; un fin voile de sueur perlait sur son front.

— Une petite tisane ? suggéra Emily. Je vais appeler le valet.

Christina secoua la tête, protesta, mais Emily avait déjà sonné. Elle resta à côté de la sonnette et, quand Max entra, lui parla par-dessus la tête de Christina.

— Miss Balantyne ne se sent pas très bien. Dites à la cuisinière de lui préparer une tisane, voulez-vous ?

Le regard lourd de l'homme se posa sur Christina, et Emily l'intercepta. Il se détourna précipitamment et battit en retraite.

— Je regrette de vous trouver dans cet état, déclara Emily avec toute la jovialité et la sympathie dont elle était capable. J'étais juste venue vous donner le nom de la couturière que vous m'aviez demandé. Bien qu'elle croule sous les commandes, j'ai réussi à la convaincre de s'occuper de nous deux. Elle crée des modèles tellement ingénieux que la plus laide des créatures en vient à paraître gracieuse.

Elle regarda le visage blême de Christina et sourit.

— Et les finitions sont très soignées : pas de fils ou de boutons à moitié cousus. Elle est tellement habile qu'elle peut cacher les centimètres en trop sans que votre propre mère s'aperçoive que vous avez grossi.

Christina rougit subitement et violemment.

— De quoi parlez-vous, voyons ? Je n'ai pas grossi.

Elle croisa les mains sur son estomac.

Les pensées d'Emily tourbillonnaient.

— Vous avez de la chance, répondit-elle d'un ton léger. Moi, je prends toujours du poids en hiver.

C'était une pure invention de sa part.

— Ça ne rate jamais. Tous ces puddings chauds, vous comprenez… et puis, j'ai un faible pour la sauce au chocolat.

— Si vous voulez bien m'excuser.

Christina se leva, les mains toujours devant elle.

— Je crois que je vais remonter. L'idée de nourriture me donne la nausée. Je vous serais obligée de ne pas le dire à Max. Vous n'avez qu'à boire la tisane vous-même. Oh, mon Dieu !

Emily la rattrapa.

— Je suis désolée. Laissez-moi vous aider ; vous n'êtes pas en état de rester seule. Je vais au moins vous reconduire dans vos appartements, et votre femme de chambre pourra s'occuper de vous. Dois-je demander qu'on fasse venir le docteur ?

— Non !

Les yeux de Christina lançaient des éclairs.

— Je vais très bien. Ce n'est rien du tout. J'ai dû manger quelque chose qui ne m'a pas réussi. S'il vous plaît, n'en parlez pas. Je le tiendrai pour une véritable preuve d'amitié si vous gardez cet incident pour vous.

Elle agrippa Emily d'une petite main glacée.

— Bien sûr, la rassura Emily. Vous pouvez compter sur moi. Qui aime étaler ses petites indispositions en public ? C'est une affaire personnelle, après tout.

— Je vous remercie.

— Il faut que vous remontiez, maintenant.

Elle la raccompagna jusqu'au grand escalier ; sur le palier, elles croisèrent la femme de chambre qui prit Christina en main.

Emily redescendit. Au pied des marches, elle manqua entrer en collision avec un homme de haute taille, à la carrure athlétique, qui la bouscula presque sur son passage.

— Perkins ! cria-t-il, irrité. Perkins, nom d'un chien !

Emily se figea.

Il pivota sur lui-même et l'aperçut. Il ouvrit la bouche comme pour crier à nouveau, quand il se rendit compte qu'elle n'était pas l'introuvable Perkins. Il avait un visage saisissant, tout en os. À l'idée de s'être donné en spectacle, il s'empourpra légèrement et se redressa encore plus.

— Bonjour, madame. Puis-je vous être utile ? Qui cherchez-vous ?

— Général Balantyne ? demanda-t-elle avec un calme olympien.

— À votre service, fit-il avec raideur, dissimulant à grand-peine sa mauvaise humeur.

Emily le gratifia d'un sourire dévastateur.

— Emily Ashworth.

Elle lui tendit la main.

— J'étais venue voir Miss Balantyne, mais comme elle est très légèrement indisposée ce matin, je m'apprêtais à prendre congé. Vous avez perdu votre majordome ? Je crois l'avoir vu partir dans cette direction.

Elle esquissa un vague geste de la main. C'était totalement faux, mais elle voulait passer pour quelqu'un de serviable et même, si possible, engager la conversation avec le général.

— Non. La bonne. Une vraie calamité, celle-là : elle déplace toujours mes papiers. À vrai dire, je ne me souviens plus si elle se nomme Perkins, mais Augusta appelle toutes les bonnes Perkins, quel que soit leur nom.

— Vos papiers ?

Une idée brillantissime commençait à germer dans l'esprit d'Emily.

— Seriez-vous en train d'écrire quelque chose ?

— L'histoire de la famille, madame. Depuis deux cents ans, les Balantyne ont pris part à toutes les grandes batailles de la nation.

Emily reprit son souffle, faisant appel à tous ses talents de comédienne pour manifester un intérêt vraisemblable. En réalité, les récits de guerre l'ennuyaient à mourir, mais il fallait bien qu'elle trouve une remarque intelligente.

— Comme c'est passionnant ! répondit-elle. L'histoire de nos guerriers est l'histoire de notre race.

Elle fut très fière de son image ; c'était une excellente observation.

Il la regarda attentivement.

— Vous êtes la première femme que je rencontre à penser cela.

— C'est grâce à ma sœur, dit-elle rapidement. Elle s'est toujours beaucoup intéressée à ces choses-là. C'est elle qui m'a fait découvrir leur importance. On ne s'imagine pas… mais je vous distrais de votre travail. Si je ne peux pas vous être utile, au moins que je ne vous retarde pas. Il vous faudrait quelqu'un pour vous aider, pour mettre de l'ordre dans vos documents… quelqu'un qui soit versé dans le sujet, qui suive vos recherches de près et éventuellement prenne des notes, qu'en pensez-vous ? Ou peut-être l'avez-vous déjà ?

— Si je l'avais, madame, je ne serais pas en train de courir après une bonne pour savoir ce qu'elle a fait de mes papiers !

— Une personne de ce genre pourrait donc vous rendre service ?

Elle fit de son mieux pour prendre un ton négligent.

— Trouver une femme qui s'y connaît en histoire militaire serait non seulement une aubaine, madame, mais surtout un événement quasi incroyable.

— Ma sœur est très compétente, monsieur. Et, comme je vous l'ai dit, elle se passionne depuis fort longtemps pour les faits d'armes. Mon père, naturellement, ne voyait pas cela d'un bon œil ; elle n'a donc pas pu donner libre cours à son penchant. Mais personne, j'en suis sûre, ne verra d'inconvénient à ce qu'elle consacre un peu de temps à aider quelqu'un comme vous.

Elle s'abstint évidemment de préciser que Charlotte était mariée à un policier.

Il l'examina de son regard perçant. Une femme de moindre trempe qu'Emily eût probablement flanché devant lui.

— En effet. Eh bien, si votre père est d'accord, cela pourrait certainement m'être utile. Soyez gentille de lui poser la question et de soumettre la proposition à votre sœur. Si elle accepte, qu'elle vienne me voir, et nous trouverons un arrangement susceptible de nous satisfaire tous les deux. Je suis votre obligé, Miss…

Il avait oublié son nom.

— Ashworth.

Emily sourit à nouveau.

— Lady Ashworth.

— Lady Ashworth.

Il s'inclina légèrement.

— Je vous souhaite le bonjour.

Emily esquissa une petite révérence et se hâta de sortir, transportée de joie.

Elle grimpa dans sa voiture et ordonna au cocher de la conduire séance tenante chez Charlotte. Peu lui importait l'heure ; elle brûlait de dévoiler son projet et d'informer pleinement Charlotte de la part qu'elle allait y jouer.

Elle avait complètement oublié les mises en garde de sa sœur et la promesse qu'elle lui avait faite.

— Je rentre à l'instant de Callander Square ! annonça-t-elle dès que Charlotte lui eut ouvert la porte.

Elle passa devant elle et, pénétrant dans le séjour, fit volte-face.

— J'ai appris des choses inouïes ! Tout d'abord, Christina Balantyne est indisposée : nausées dès le matin ! Et elle a bien failli me mordre quand j'ai suggéré qu'elle pouvait grossir. Elle m'a suppliée de ne le dire à personne ! M'a implorée ! Qu'en penses-tu, Charlotte ? Vrai ou non, quelle que soit la réalité, j'ai compris parfaitement ce qu'elle redoutait. Il n'y a qu'une explication possible. Et elle n'a pas voulu que j'appelle le médecin.

Charlotte était pâle. Les yeux agrandis, elle se tenait sur le pas de la porte.

— Emily, tu m'avais promis !

Emily ne voyait absolument pas de quoi elle parlait.

— Tu avais promis, répéta Charlotte avec force. Imagine la réaction des Balantyne, s'ils découvrent que tu es au courant d'une chose pareille. D'après le portrait que tu m'as brossé de Lady Augusta, je doute qu'elle te laisse ruiner la réputation de Christina. N'as-tu donc pas une once de bon sens ? Je vais le dire à George ; peut-être réussira-t-il à t'empêcher de te conduire comme une idiote !

Emily balaya ses arguments d'un geste.

— Oh, pour l'amour du ciel, Charlotte ! Crois-tu que je ne sais pas me tenir en société ? J'ai grimpé plus d'échelons que tu n'en graviras jamais, essentiellement parce que tu ne veux pas t'en donner la peine. Si toi, tu es incapable de garder secrètes tes opinions, penses-tu que je te ressemble ? Je peux mentir sans que Mr. Pitt s'en rende compte, et Augusta Balantyne, encore moins. Je n'ai aucune intention de me saborder, ni de saborder George.

« Maintenant, écoute bien ce que j'ai à te dire à propos de Christina. Je ne vois pas du tout qui est l'homme dans cette affaire, mais, pendant que j'étais là-bas, une occasion s'est présentée à moi, et j'ai eu une idée de génie. Naturellement, j'en ai profité. Le général Balantyne rédige l'histoire militaire de sa famille, dont il semble tirer une fierté extraordinaire. Il a besoin d'aide pour organiser son travail, prendre des notes et ainsi de suite.

Elle s'interrompit pour reprendre sa respiration, les yeux rivés sur Charlotte. Pour la première fois, il lui vint à l'esprit que cette dernière pourrait refuser.

— Et alors ?

Charlotte fronça les sourcils.

— Je ne vois pas le rapport entre les mémoires du général Balantyne et les angoisses de Christina.

— Mais c'est la solution idéale, voyons !

Dépitée par une attitude aussi obtuse, Emily frappa sa jupe.

— Je lui ai proposé ton assistance ! Tu es exactement la personne qu'il lui faut. En plus, tu aimes bien les histoires militaires… tu te rappelles qui a combattu qui, dans quelle bataille, alors que la plupart des gens ne savent même pas pourquoi et s'en moquent certainement. Tu iras là-bas et…

Le visage de Charlotte s'allongea, incrédule.

— Emily, tu as perdu la tête ! Moi, aller travailler pour le général Balantyne ? C'est grotesque !

Mais, alors même qu'elle prononçait ces paroles, son indignation retomba. Emily sentit que, malgré la virulence de sa réaction, elle ne rejetait pas complètement son idée. En fait, tout en fustigeant son absurdité, elle envisageait déjà l'invraisemblable perspective de l'accepter.

— Thomas ne voudra jamais, dit Charlotte, prudente.

— Et pourquoi donc ?

— Ce serait… inconvenant.

— Pourquoi ? Tu n'as pas besoin de te faire payer, si c'est au-dessous de ta dignité. Il suffit qu'il sache que tu aides un ami parce que le sujet t'intéresse. Songe à ce que tu pourrais découvrir ! Car tu seras sur place, jour après jour.

Charlotte ouvrit la bouche pour protester, mais son regard se perdit au loin, au-delà d'Emily, dans les abysses de son imagination. Ses yeux s'étaient illuminés, et Emily comprit qu'elle avait gagné. Elle n'avait toutefois pas le temps de pavoiser.

— Je passe te chercher demain matin, à neuf heures et demie. Mets ta plus belle robe, la lie-devin : elle est suffisamment récente, et la couleur te va bien…

— Je n'y vais pas pour le séduire, objecta Charlotte machinalement.

— Ne sois pas stupide. Une femme qui veut réussir est toujours obligée de séduire un homme d'abord. De toute façon, quel que soit ton but, ça ne peut pas faire de mal !

— Emily, tu es la plus sournoise des créatures.

— Toi aussi, seulement tu n'oses pas te l'avouer.

Emily se leva.

— Je te laisse. J'ai d'autres visites qui m'attendent. S'il te plaît, sois prête demain à neuf heures et demie. Raconte ce que tu veux à Pitt.

Elle cligna des paupières.

— Bien entendu, je n'ai pas précisé au général Balantyne que tu étais mariée à un policier, et encore moins à l'inspecteur chargé d'enquêter sur les cadavres dans le jardin. J'ai dit que tu étais ma sœur. Tu n'auras qu'à redevenir Miss Ellison.

Elle sortit avant que Charlotte ne songe à protester, bien qu'en réalité celle-ci fût trop absorbée par le projet pour formuler des objections ; elle méditait déjà l'explication la plus judicieuse à offrir à Pitt et la meilleure façon de satisfaire aux exigences professionnelles du général.

Le lendemain matin, pendant que Charlotte s'inspectait devant la glace, rajustant sa robe pour la dixième fois et vérifiant encore et toujours que sa coiffure était en ordre et mettait sa chevelure en valeur, Augusta Balantyne dévisagea son mari, assis en face d'elle à la table du petit déjeuner.

— Si je vous ai bien compris, Brandon, vous avez engagé une jeune femme d'origine indéterminée et aux ressources limitées pour qu'elle vienne ici vous aider à rédiger…

Elle prit un ton glacial.

— … votre chronique familiale ?

— Non, vous ne m'avez pas bien compris, Augusta. Lady Ashworth qui, me semble-t-il, figure parmi vos amies, m'a recommandé sa sœur, une personne convenable et intelligente qui pourrait mettre de l'ordre dans mes papiers et prendre des notes sous ma dictée. On ne vous demande pas de la recevoir ; d'ailleurs, je ne vois vraiment pas ce qui vous inquiète. Elle ne saurait être plus ordinaire ou plus sotte que certaines de vos connaissances.

— Parfois, Brandon, j'ai l'impression que vous dites ça uniquement pour me provoquer. On ne peut pas choisir ses fréquentations en fonction de leur physique ni, malheureusement, de leur intelligence.

— Moi, je trouve ces critères tout aussi valables que la fortune ou la naissance.

— Ne soyez pas naïf, riposta-t-elle sèchement. Vous savez parfaitement ce qui compte en société, et ce qui ne compte pas. Cette jeune personne ne prendra pas ses repas dans la salle à manger, j'espère ?

Il haussa les sourcils, surpris.

— Je n'avais pas pensé aux repas. Mais maintenant que vous le dites, peut-être la cuisinière pourra-t-elle lui préparer une collation qui lui sera servie dans la bibliothèque, comme à la gouvernante dans le temps.

— La gouvernante mangeait dans la salle de classe.

— Il n'y a que l'appellation qui change.

Il se leva.

— Que Max la conduise à la bibliothèque dès son arrivée. Vous savez, je n'aime pas du tout cet homme-là. Un petit passage à l'armée lui ferait du bien.

— C'est un excellent valet ; un « passage à l'armée » le briserait. S'il vous plaît, ne vous mêlez pas de l'organisation domestique de cette maison. C'est ce pour quoi nous employons Masters ; qui plus est, vous n'y connaissez rien.

Il lui lança un regard noir et sortit, refermant la porte d'un coup sec.

Augusta s'arrangea pour se trouver dans le couloir à dix heures précises, au moment de l'arrivée de Charlotte. Elle vit Max ouvrir la porte et observa la scène avec intérêt, contemplant la jeune femme avec un curieux mélange de condescendance et d'approbation involontaire. Elle s'était attendue à quelqu'un de mal fagoté, à la figure maigre et soumise ; or elle aperçut une robe chatoyante lie-de-vin, un peu démodée mais toujours seyante, et un visage tout sauf soumis. En fait, il se dégageait de ce visage-là une impression de force peu commune, mais en même temps la bouche, l'arrondi de la joue, la courbe harmonieuse de la gorge respiraient la douceur. Ce n'était définitivement pas une femme qu'elle souhaitait voir sous son toit, une femme qu'elle pourrait apprécier ou comprendre ; une femme qui se plierait aisément aux règles de la société qui gouvernaient la vie d'Augusta, règles qui lui avaient permis de mener et de gagner ses innombrables et complexes batailles.

Elle s'avança, drapée dans la froideur.

— Bonjour, Miss… ?

Elle haussa un sourcil interrogateur.

Charlotte soutint son regard sans ciller.

— Miss Ellison, Lady Augusta, mentit-elle spontanément.

— Vous m'en direz tant.

Son sentiment d'antipathie s'accrut ; elle sourit à peine.

— Je crois que mon mari vous attend.

Elle jeta un coup d'œil sur Max qui, docilement, alla ouvrir la porte de la bibliothèque.

— Car vous venez bien pour des travaux d'écriture, n'est-ce pas ?

Autant lui faire comprendre tout de suite où était sa place.

— Miss Ellison.

Le regard lourd de Max suivit Charlotte, s'attardant sur ses épaules et sa taille.

La porte se referma derrière elle, et elle s'immobilisa, attendant que le général lève les yeux. Elle ne tremblait plus intérieurement : l'attitude hautaine de Lady Augusta avait transmué sa peur en colère.

Le général Balantyne trônait derrière un énorme bureau. Elle vit sa belle tête, son visage à l'ossature longiligne. Son intérêt s'éveilla d'emblée. Son imagination lui dépeignit la longue suite de batailles qui s'étendait derrière lui : Crimée, Waterloo, Corunna, Plassey, Malplaquet…

Il se redressa. Son expression de politesse impersonnelle s'évanouit : il la regarda fixement. Elle en fit autant.

— Comment allez-vous, Miss…

— Comment allez-vous, général Balantyne ? Ma sœur, Lady Ashworth, estime que je pourrais vous être utile. J'espère que c'est vrai.

— Oui.

Il se leva, clignant des paupières et, sans la quitter des yeux, fronça légèrement les sourcils.

— Elle dit que vous vous intéressez aux récits militaires. Je suis en train de mettre en forme l'histoire de ma famille qui s'est distinguée dans toutes les grandes batailles depuis l'époque du duc de Marlborough.

Charlotte réfléchit rapidement à la meilleure réponse à apporter.

— Vous devez en être très fier, déclara-t-elle avec sincérité. C'est bien de tout consigner par écrit, surtout en prévision du futur, quand les témoins de nos grandes batailles ne seront plus là.

Il ne dit rien, mais carra les épaules en la regardant ; un imperceptible sourire jouait aux coins de sa bouche.

Le reste de la maisonnée vaquait à ses occupations quotidiennes : les femmes de chambre s'affairaient frénétiquement à tous les étages. Augusta les supervisait personnellement, car elle recevait des hôtes de marque à dîner, et parce qu'elle n'avait rien d'autre à faire. À dix heures et demie, elle n'arrivait pas à mettre la main sur la petite bonne. La malheureuse avait laissé une traînée visible de poussière sur les cadres des tableaux du palier – la trace grise sur le doigt d'Augusta en témoignait –, et maintenant, elle était introuvable.

Augusta connaissait depuis longtemps la cachette favorite des domestiques fainéants, entre le garde-manger et l'office, et ce fut là qu'elle dirigea ses pas. Si la gamine traînait avec les grooms ou les valets, elle lui passerait un savon qu'elle ne serait pas près d'oublier.

À la porte du garde-manger, elle s'arrêta : il y avait quelqu'un dans la petite pièce. Elle entendit un murmure, mais sans distinguer les paroles – elle n'aurait même pas su dire s'il s'agissait d'un homme ou d'une femme – puis le bruissement… de la soie sur une servante ?

Elle entrouvrit la porte sans bruit et vit les bras d'un habit noir autour d'un corsage en taffetas, et, au-dessus d'une épaule gracile, les yeux veloutés, le visage sensuel de Max, les lèvres sur un cou blanc. Elle reconnut ce cou, ces élégantes torsades de cheveux bruns. C'était Christina.

Dieu merci, ils ne l'avaient pas vue ! En cet instant, elle eût été incapable de regarder quelqu'un en face. Son sang se glaça ; son cœur cognait douloureusement dans sa poitrine. Elle recula. Sa fille, gloussant dans les bras d'un valet ! L'horreur paralysait son cerveau d'ordinaire agile. Le temps parut se figer avant qu'elle pût même commencer à songer aux mesures à prendre pour anéantir une monstruosité pareille, l'effacer à jamais. Cela demandait des efforts, de l'habileté, mais il fallait le faire. Sinon, Christina était perdue ! Quel homme de qualité, sain d'esprit, l'épouserait si cela venait à se savoir ?

4

Assis dans sa bibliothèque, Reggie Southeron fixait les arbres dénudés de Callander Square. Les nuages gris défilaient dans le ciel bas de novembre, et les premières grosses rafales de pluie martelaient le carreau. Un grand verre de brandy était posé sur une petite table à portée de sa main, et la carafe scintillait agréablement à la lueur des flammes. En d'autres circonstances, il eût été parfaitement heureux, mais cette déplorable affaire du jardin le rongeait insidieusement. Évidemment, il ne voyait pas du tout qui avait fait cela… ç'aurait pu être n'importe qui ! Il y avait peu de distractions dans l'existence d'une servante, et tout le monde savait que les filles, surtout celles qui venaient de la campagne pour s'élever dans l'échelle sociale, ne répugnaient pas à se divertir. C'était bien connu, du moins de ceux qui menaient un certain train de vie. Mais il était fort possible que la police, qui ne valait guère mieux que les marchands ou les serviteurs eux-mêmes, voie les choses d'un tout autre œil. Certes, bien des policiers, à la campagne notamment, savaient se montrer discrets, mais ce n'était pas pareil à Londres, où ils avaient souvent affaire au milieu criminel et où personne, probablement, n'avait la moindre notion du rang social ou du raffinement.

C'était cela qui inquiétait Reggie. Comme la plupart des hommes, dans son opinion, il se permettait de batifoler de temps à autre avec une jolie femme de chambre. Du reste, quel homme dans la force de l'âge, réveillé chaque matin dans son lit par une enfant gironde au teint clair, ne serait pas tenté ? Et si elle n'était pas trop farouche, comme c'était presque toujours le cas, pourquoi résister ? Son épouse, Adelina, n'était pas déplaisante, et elle lui avait donné trois enfants, bien que, malheureusement, le garçon ne vécût pas. Mais elle n'aimait pas ça ; elle endurait ses attentions avec stoïcisme, accomplissant ce qu'elle estimait être son devoir. Les servantes, en revanche, en redemandaient, riaient et réagissaient d'une façon inconcevable pour une femme de qualité.

Naturellement, on n'épousait pas une servante. Bien que ce genre de situation fût monnaie courante, il fallait se conduire avec discrétion. Personne n'avait envie d'alimenter les commérages ni de mettre sa femme dans l'embarras. Les spéculations étaient une chose, et les faits établis, une autre.

Mais ainsi qu'il s'en était déjà rendu compte, la police ne comprendrait pas forcément les rouages du mécanisme qui fonctionnait à la satisfaction de tous les intéressés. Ce serait très gênant si cet individu, Pitt, découvrait le penchant actuel de Reggie pour sa femme de chambre, Mary Ann. Il pourrait tout interpréter de travers. Cette fille était d'une beauté rare, comme Reggie n'en avait encore jamais vu, et elle était à leur service depuis trois ans déjà.

Bonté gracieuse ! Serait-ce possible qu'elle… justement… ? Malgré le feu, Reggie se couvrit de sueur froide. Il vida promptement le brandy et emplit à nouveau son verre. Pour l'amour du ciel, calme-toi, vieux ! Rappelle-toi la taille fine, le postérieur rebondi. Jamais elle n'avait été enceinte dans cette maison. Il n'était tout de même pas distrait au point de n'avoir rien remarqué ! C'était une fille robuste. Sa silhouette aurait-elle subi une transformation visible ? Il fallait bien l'admettre, il n'était pas très constant dans ses assiduités. Il lui arrivait de s'absenter pendant plusieurs semaines… non, c'était ridicule ! Quelqu'un s'en serait aperçu. Il se tracassait pour rien.

Simplement, il devait s'assurer que la police ne se hâterait pas d'en tirer des conclusions stupides et totalement injustifiées. Ce type, Pitt, était-il intelligent ? Avait-il de l'expérience ? Certains membres des classes laborieuses pouvaient être étonnamment bornés : tout à fait vulgaires dans leur manière de parler et de se tenir à table, sans mentionner l'habillement, mais d'une pudibonderie inimaginable dès qu'il était question de vie privée. Il était très pénible alors d'avoir affaire à eux. Dommage que l'enquête n'eût pas été confiée à un gentleman qui aurait tout compris, sans même avoir besoin d'explications.

Autant anticiper en allant voir les autres résidents du square, ceux qui pourraient être dans la même situation que lui, afin de convenir d'une attitude commune. À eux tous, ils devraient réussir à éviter le gros des ennuis.

Une fois sa décision prise, il se sentit considérablement plus à l'aise. Juste à ce moment-là, on frappa à la porte. Il en fut surpris. Les domestiques ne frappaient pas. S'ils avaient quelque chose à faire, ils entraient directement et s'acquittaient de leur tâche.

— Oui, répondit-il en pivotant face à la porte.

Celle-ci s'ouvrit sur Jemima, la gouvernante.

Reggie se redressa avec un sourire. Jolie fille, Jemima, bien qu'un peu maigrichonne. Il aimait les poitrines plus rondes, les épaules plus enrobées, mais elle avait du charme, du caractère – ça se voyait à son port de tête – et une ossature délicate. Bien des fois il avait failli l'enlacer, alléché par la fragile féminité de son dos, mais elle s'esquivait toujours, ou alors quelqu'un d'autre apparaissait.

Debout devant lui, elle le regardait posément.

— Oui, Jemima ? dit-il, jovial.

— Mrs. Southeron m'a conseillé de m'adresser à vous pour les leçons de musique de Miss Faith, monsieur. Miss Faith souhaite apprendre le violon au lieu du piano…

— Eh bien, soit. Vous avez des compétences en la matière, non ?

Pourquoi diantre Adelina l'ennuyait-elle avec des questions aussi triviales ?

— Oui, Mr. Southeron. Mais puisque Miss Chastity joue déjà du violon, cela nous fera deux violons et un violoncelle. Or il y a très peu de partitions pour ce genre de trio.

— Ah oui, je vois. Alors peut-être Chastity aimerait-elle apprendre le piano ?

— Ça m'étonnerait, sourit Jemima.

Elle avait un sourire charmant, qui illuminait tout son visage. Elle aurait fait une excellente femme de chambre, si elle avait été un peu plus enveloppée.

— Envoyez-la-moi, je vais tâcher de la convaincre.

Se calant dans son fauteuil, Reggie étendit les jambes en direction du feu.

— Bien, monsieur.

Jemima se dirigea vers la porte. Elle avait une jolie façon de marcher, le dos droit et la tête haute. Comme beaucoup de filles de la campagne, elle avait la démarche élastique. Elle lui faisait penser à un grand ciel bleu et à un rivage dépouillé, battu par le vent, spectacle plaisant à contempler de son fauteuil en hiver, ou bien sur un tableau. Elle était très agréable, cette Jemima.

Cinq bonnes minutes s'écoulèrent avant l'arrivée de Chastity.

— Entre.

Reggie sourit et se redressa légèrement.

Elle obéit, l'air grave ; ses cheveux tirés en arrière lui agrandissaient démesurément les yeux.

— Assieds-toi.

Reggie lui indiqua le fauteuil en face du sien.

Au lieu de se percher sur le bord comme les autres enfants, elle se pelotonna au fond à la manière d'un chat, les jambes repliées, sans se départir de son expression docile. Elle attendait qu'il parle.

— Aimerais-tu jouer du piano, Chastity ?

— Non, merci, oncle Reggie.

— C'est un art extrêmement utile. On peut chanter en même temps. Mais on ne chante pas en s'accompagnant au violon, observa-t-il.

Elle leva le menton.

— Je ne sais pas chanter, répliqua-t-elle sans ambages. Même en m'accompagnant.

Elle hésita, le regard pensif.

— Faith, elle chante très bien.

L'argument porta, et il lut dans ses yeux brillants et directs qu'elle en avait conscience.

— Pourquoi Faith ne jouerait-elle pas du violoncelle ? persista-t-elle. Alors Patience pourrait apprendre le piano. Elle aussi, elle sait chanter.

Il la considéra d'un œil torve.

— Et si je te disais de te mettre au piano ?

— Je n'y arriverais pas, affirma-t-elle avec conviction. Il n'y aurait pas de trio, et ce serait dommage.

Les yeux étrécis, il se versa un autre brandy, admirant son chatoiement couleur de topaze brûlée dans les reflets du feu.

— Ce serait malheureux.

Chastity continuait à le fixer d'un air placide.

— Parce que tante Adelina aime bien quand on joue pour ses invités, certains après-midi.

Il capitula. Il allait essayer une autre tactique, la ruse, la subornation, quand le valet ouvrit la porte pour annoncer l'inspecteur Pitt.

Reggie étouffa un juron. Il n'avait pas encore réfléchi à sa défense. Chastity se blottit tout au fond du fauteuil. Il la regarda.

— Tu peux partir maintenant. On en discutera une autre fois.

— Mais c'est le policier à la tignasse hirsute, oncle Reggie. Et moi, je l'aime bien.

— Quoi ?

Il était déconcerté.

— Je l'aime bien. Ne puis-je pas rester pour lui parler ? Je lui apprendrai peut-être quelque chose.

— Non, c'est hors de question. Tu ne sais absolument rien qui puisse lui être utile. Allez, va boire ton thé. Ce doit être l'heure. Il commence à faire sombre.

Elle s'extirpa du fauteuil à contrecœur et se dirigea en zigzag vers la porte que Pitt lui tenait ouverte. S'arrêtant, elle rejeta la tête en arrière pour le regarder.

— Bonjour, Miss Southeron, dit-il avec gravité.

Elle esquissa une révérence, accompagnée d'un petit sourire oblique.

— Bonjour, monsieur.

Comme elle s'attardait, Reggie l'apostropha d'un ton sec. Elle se retira alors, drapée dans sa dignité, ce qui était une peformance quand on portait une jupe courte et un tablier. Pitt ferma la porte.

— Toutes mes excuses, fit Reggie, affable. Cette enfant est une plaie.

Il jeta un coup d'œil sur le visage de Pitt, sur son accoutrement plutôt débraillé. Et décida sur-le-champ de jouer la carte de la franchise, de faire de lui son allié ou du moins son confident.

— Les enfants sont prompts à tout interpréter de travers, ajouta-t-il en souriant. Comme la plupart des gens, d'ailleurs. Mais vous, vous êtes un homme d'expérience ; vous connaissez la vie et savez démêler le vrai du faux. Un verre de brandy ?

Dommage d'offrir son meilleur brandy à un policier, probablement incapable de faire la différence avec la bibine servie dans les tavernes. Mais l'investissement pourrait s'avérer payant à long terme.

Pitt hésita, se décida rapidement et accepta.

— Asseyez-vous, l'invita Reggie, expansif. Sale histoire ! Je ne vous envie pas. Ce doit être sacrément dur de faire la part de la vérité parmi toutes les inventions.

Pitt sourit lentement et lui prit le brandy des mains.

— Les domestiques racontent forcément des bobards, poursuivit Reggie. C'est normal. Elles lisent trop de romans à quatre sous ; elles ont trop d'imagination. Elles ne se rendent pas compte du mal que ça peut causer.

Pitt haussa les sourcils d'un air interrogateur et but une gorgée de brandy.

Le voyant si bien disposé, Reggie résolut de battre le fer tant qu'il était chaud. Autant mettre les choses au clair pour anticiper sur les ragots qu'il ne manquerait pas d'entendre à l'office, où il se rendrait certainement avec le temps.

— C'est facile à comprendre.

Il tenta d'adopter le ton de la plaisanterie sans avoir l'air condescendant.

— Elles n'ont pas une vie très passionnante, les pauvres. Quelqu'un d'instruit s'ennuierait à mourir. Alors elles brodent, pour embellir la réalité.

— Ça peut être fâcheux, concéda Pitt.

Son regard clair sourit à Reggie.

Brave type, pensa Reggie. Il ne devrait pas être bien difficile de détourner son attention des choses déplaisantes que l'on risquait de lui conter.

— Tout à fait. Je vois que vous comprenez. Vous avez déjà dû rencontrer ça dans le passé. Ça arrive souvent, hein ?

Pitt avala une autre gorgée de brandy.

— Pas dans les mêmes conditions. Pas dans les quartiers aussi… distingués.

— Oui, oui, bien sûr. Heureusement, eh ? Mais vous avez dû en rencontrer, des servantes qui ont déjà eu ce genre d'ennuis.

Reggie rit.

Pitt le regarda, flegmatique ; son visage d'ordinaire si expressif ne trahissait aucune émotion.

— J'ai vu toutes sortes de gens à problèmes, acquiesça-t-il.

— Ah, mais vous voyez bien les ennuis dont je parle.

Un instant, Reggie se demanda s'il n'avait pas affaire à un imbécile. Peut-être faudrait-il être plus explicite.

— Ces bébés, c'est sûrement une servante qui les a mis au monde. L'homme ne voulait pas l'épouser, ou alors, elle ne savait même pas qui c'était, ha !

Les yeux de Pitt s'agrandirent légèrement.

— Vous en avez, des filles avec ce tempérament-là, à votre service, monsieur ?

— Ciel, non !

Reggie se raidit d'indignation, puis se rendit compte avec colère qu'il venait de contrer son propos.

— Enfin, je veux dire, pas à ma connaissance. Mais il suffit d'une erreur ! Une fille qui caresse des rêves romantiques, qui se croit supérieure aux autres ou… je ne sais pas, moi !

Il s'interrompit, à court de suppositions.

— D'après vous, une personne comme celle-ci pourrait…

Pitt chercha la bonne formule.

— … prendre ses rêves pour des réalités et causer du tort par inadvertance ?

— Absolument !

Reggie bondit sur l'occasion. Enfin, le visiteur semblait avoir saisi le message.

— C'est exact. Vous m'avez parfaitement compris. Ce serait gênant, non ?

— Très, répondit Pitt. Et très difficile à démentir.

Il sourit avec candeur, et Reggie éprouva un vif sentiment de malaise. Les paroles de l'inspecteur contenaient une part – fort déplaisante – de vérité.

— Il doit y avoir des lois contre ce genre de… d'irresponsabilité, déclara-t-il fougueusement. Il existe sûrement un moyen pour protéger les honnêtes gens !

— Mais tout à fait, le rassura Pitt. Un procès en diffamation, ça finit toujours au tribunal.

— Au tribunal ? Ne soyez pas ridicule, mon vieux ! Quel homme a déjà traîné une de ses servantes en justice parce qu'elle l'accuse d'avoir couché avec elle ? Il serait la risée de tout le monde !

— Sans doute parce que dans la plupart des cas ce serait vrai.

Pitt contempla le brandy couleur de bronze dans son verre.

— Personne ne croirait à son innocence ; de toute façon, je pense que cela n'aurait pas grande importance.

Reggie se couvrit de sueur froide.

— Il y a certainement une loi, quelque chose, pour empêcher ça ! C'est monstrueux ! On ne peut pas ruiner quelqu'un comme ça !

Il fit claquer ses doigts de rage, mais la chair molle refusa d'obéir.

— Damnation ! jura-t-il, dépité.

— Je suis d'accord.

Pitt termina le brandy et reposa son verre.

— Il faut faire très attention lorsqu'on engage la réputation d'autrui. Les dommages peuvent être incalculables. Bien sûr, il peut y avoir réparation financière, mais quand le mal est fait, il n'y a pas de retour en arrière possible.

Reggie s'était ressaisi, du moins en apparence.

— Je congédierai sans références quiconque parmi les domestiques s'avisera de répandre des calomnies ou des propos malveillants, décréta-t-il d'un ton sans appel.

— Sans références, répéta Pitt.

Son visage reflétait une certaine amertume. Reggie n'y comprenait plus rien. Quel drôle de type ! En tout cas, pas très fiable.

— Certainement, confirma-t-il. Celui ou celle qui se conduit de la sorte est un individu dangereux, impropre au service. Mais enfin, vous le savez déjà. La diffamation, vous connaissez, hein ? Après tout, c'est un crime, et le crime est votre gagne-pain, pardi.

Pitt ne discuta pas. Il demanda simplement la permission de parler à nouveau aux domestiques et, quand celle-ci lui fut accordée, prit congé. Ce fut seulement dans la soirée, longtemps après son départ, que Reggie se demanda pourquoi diable Pitt avait voulu le voir. Peut-être le spectacle du brandy et du feu lui avait-il juste donné envie de profiter d'un moment de détente. C'était bien connu, chez les masses laborieuses : ces gens-là, dès qu'ils trouvaient une occasion pour fainéanter, ils s'empressaient d'en profiter. Mais enfin, ce n'était pas entièrement leur faute. Leur existence n'était que grisaille. Il aurait fait pareil.

Cette pensée continua à le hanter après le dîner. Dans quel but le bougre était-il venu ? Aurait-il déjà entendu jaser ? Il fallait étouffer l'affaire dans l'œuf, avant qu'elle ne prît de l'ampleur. Une telle accusation, dans un certain milieu, pouvait le tourner en ridicule, l'exposer à la risée générale. S'offrir du bon temps avec une femme de chambre, c'était communément admis : la moitié de Londres devait en faire autant. Mais qu'on en parle ouvertement, c'était une autre histoire. La discrétion et le bon goût étaient les deux piliers d'une attitude de gentleman. Il existait des fonctions que tout le monde connaissait, mais dont on ne s'entretenait pas en société. Assouvir ses instincts avec les servantes en faisait partie. C'était normal, c'était dans la nature d'un homme : même si l'on vous soupçonnait de vous livrer à cette activité, cela ne méritait pas de commentaires. Mais il suffisait qu'on l'apprenne autrement que par vos propres allusions, et vous passiez pour un débauché, un individu méprisable. Pis que ça, on vous taxait de mauvais goût.

Mieux valait réagir tout de suite. La soirée était agréable, pour une fin de mois de novembre. Il décida de traverser le square à pied pour se rendre chez Freddie Bolsover. C'était un chic type, Freddie, une tête. Enfin quoi, nom d'une pipe, les médecins étaient censés connaître la vie, l'homme dans tous ses états, sans fard ni paillettes, non ?

Il trouva Freddie au salon, en train d'écouter Sophie jouer du piano. Quand Reggie entra, il se leva promptement en souriant. C'était un grand jeune homme svelte au visage ouvert et régulier. Sophie et lui formaient un couple charmant, bien assorti.

— Reggie, quelle bonne surprise ! Tout va bien, j'espère ? Vous avez l'air plutôt en forme.

— Oh, ça peut aller.

Reggie s'empara de sa main et la serra un instant.

— B'soir, Sophie, trésor.

Il déposa un baiser sur son bras, au-dessus du coude, en le pressant légèrement. Joli morceau, Sophie, à sa manière, belle chevelure, plus belle que celle d'Adelina, mais un peu maigre aux épaules, pas assez de poitrine au goût de Reggie.

— Et vous ? ajouta-t-il comme s'il venait juste d'y penser.

— Ça va très bien, répondit Sophie.

Freddie hocha la tête.

— J'ai un petit problème d'un autre genre, vieux.

Reggie jeta un bref coup d'œil en direction de Sophie pour signifier qu'il s'agissait d'une affaire entre hommes et qu'il faudrait la congédier poliment.

Freddie obtempéra, et Sophie partit vaquer à quelque occupation improvisée.

Freddie se rassit, étendant les jambes vers le feu. C'était une belle pièce ; Reggie savait, par Adelina, que les tentures et les meubles dernier cri étaient tout neufs. Il accepta le porto que Freddie lui offrit. Excellent, ce porto, et fichtrement vieux.

— Alors ? demanda Freddie.

Reggie fronça les sourcils, cherchant à formuler ses pensées sans trop se trahir. Freddie était un brave garçon, mais il n'était pas utile de lui révéler ce qu'il n'avait pas besoin de savoir.

— Ce type de la police, il est encore revenu fouiner chez vous ? fit-il en levant les yeux.

Freddie haussa ses sourcils blonds d'un air étonné.

— Je n'en sais rien. J'imagine qu'il doit interroger les domestiques. Moi, je ne l'ai pas vu et, de toute façon, je n'ai rien à lui dire. Je ne suis pas de près les idylles d'arrière-cuisine ! sourit-il.

— Oui, bien sûr. C'est normal. Mais avez-vous songé aux dégâts que des ragots malveillants pourraient provoquer dans notre entourage ? J'ai discuté avec ce policier. Il est assez courtois, mais, évidemment, ce n'est pas un gentleman. Ses idées, ce sont celles des classes laborieuses. Il ne doit pas avoir de domestiques, à part une femme de ménage pour le gros du travail…

Il s'interrompit, ne sachant pas trop si Freddie l'avait suivi.

— Des dégâts ?

Freddie avait l'air perplexe.

— Vous voulez dire, s'ils racontaient des bêtises à cet individu, des mensonges et autres ?

— Ça, acquiesça Reggie, ou bien… oh, allons, Freddie ! On a tous pincé quelques fesses, embrassé une jolie bonne, pris du bon temps, quoi !

Freddie parut recouvrer la mémoire.

— Ah oui, c'est vrai. Vous êtes inquiet à cause de Dolly ? C'est bien comme ça qu'elle s'appelait, non ?

Reggie se sentit profondément gêné. Il avait espéré que Freddie avait oublié cette histoire. Dolly était morte ; c'était du passé maintenant. Bien sûr, c'était triste. La pauvre fille n'aurait jamais dû aller voir une faiseuse d'anges. Il se serait occupé d'elle, lui aurait trouvé une place quelque part à la campagne où personne ne la connaissait, loin de Callander Square. Elle n'avait aucune raison de s'affoler de la sorte. Ce n'était tout de même pas sa faute à lui ! Malgré tout, il eût préféré que Freddie oublie. Il avait été obligé de faire appel à lui. La fille était morte sous son toit, et il n'avait pas eu le temps de faire venir un médecin ordinaire. Freddie était juste à côté. Il était resté un long moment avec elle avant sa mort. Reggie n'avait aucune idée de ce qu'elle avait pu lui baver à cette occasion. Plût au ciel qu'il n'en crût pas un mot.

— Oui, dit-il, se souvenant à son tour.

Freddie attendait toujours sa réponse.

— Oui, Dolly. Mais ça n'a rien à voir avec notre affaire. C'était il y a des années, la pauvre petite. Voilà quatre ans qu'elle est morte. Mais vous connaissez les domestiques ; elles enjolivent tout. Si ce type les interroge, quelque sotte fille pourrait commettre une indiscrétion. Dire que j'avais un faible pour elle. Et la police risque de prêter plus de crédit à ses racontars qu'ils ne le méritent.

— Effectivement, acquiesça Freddie. On ne peut pas leur demander de comprendre.

— Ça nous ferait du tort, à chacun d'entre nous. Pensez donc au scandale. Le square a une mauvaise réputation : on en souffrira tous. Ça déteint forcément. La boue, ça colle à la peau.

— Tout à fait.

Le visage de Freddie s'assombrit : il songeait aux paroles de Reggie et aux inconvénients qui en découleraient pour eux tous.

Reggie se demanda s'il avait envisagé les retombées sur sa jeune carrière prometteuse, qui reposait en grande partie sur les principes de la probité et de la discrétion. Fallait-il lui mettre les choses au clair ? Il tâta délicatement le terrain.

— L'ennui, c'est que tout le monde connaît tout le monde. Bigre, les femmes passent leurs après-midi à jacasser…

— Oui.

Le visage plaisant de Freddie se plissa.

— Oui. Mieux vaut prévenir que guérir. Il suffit de faire attention, d'empêcher les bavardages, et ils n'auront rien à se mettre sous la dent. Peut-être serait-il judicieux d'en parler au majordome pour s'assurer qu'à l'avenir, il soit là chaque fois que ce Pitt interrogera une servante.

Reggie fut submergé de soulagement.

— C'est une sacrée bonne idée, Freddie, mon garçon. La voilà, la solution. Je verrai ça avec Dobson, pour qu'aucune femme ne soit…

Il sourit légèrement.

— … harcelée, hein ? Merci, Freddie, vous êtes un type bien.

— Il n'y a pas de quoi.

Freddie lui sourit du fond de son fauteuil.

— Encore un peu de porto ?

Reggie s'installa confortablement et remplit son verre.

Le lendemain soir, il jugea bon de consolider sa position en allant voir Garson Campbell pour lui glisser également un mot discret. Campbell était un homme d'expérience, un homme d'affaires, habitué à prendre les choses en main. Dehors, il tombait de la neige fondue ; à plusieurs reprises, son regard alla de la fenêtre où, dans l'obscurité tumultueuse, tourbillonnaient les feuilles mouillées, les pavés luisant sous les réverbères, au feu dans la cheminée, avec l'idée que cela pouvait bien attendre un jour de plus. Puis il se rappela que ce satané policier risquait de revenir fouiner à l'office ; Dieu sait ce qu'il allait entendre, et il serait alors trop tard pour réagir.

Avec un dernier coup d'œil nostalgique sur son fauteuil confortable, il but deux doigts de brandy, prit son pardessus des mains du valet et sortit. C'était à moins de deux cents mètres, mais lorsqu'il arriva à l'abri du porche des Campbell, il grelottait déjà, peut-être plus à cause de l'idée qu'il se faisait du froid que du froid lui-même.

Le valet des Campbell ouvrit la porte, et Reggie entra prestement, se débarrassant de son manteau presque avant que l'homme eût le temps de le lui prendre.

— Mr. Campbell est là ?

— Je vais voir, Monsieur.

C'était la formule d'usage. Naturellement, il savait si Campbell était là ou non ; il s'agissait plutôt de s'enquérir s'il désirait recevoir Reggie. On l'introduisit au petit salon où des braises rougeoyaient encore dans l'âtre, et il resta dos à la cheminée pour se réchauffer les jambes jusqu'au retour du valet qui le pria de le suivre.

Il fut reçu dans le grand salon d'apparat. Campbell se tenait devant le feu qui flambait à mi-hauteur du foyer ; c'était un homme large de torse, au nez long, ni laid ni beau. Son charme résidait dans la dignité de son maintien et dans un raffinement à la fois des manières et de sa personne.

— Bonsoir, Reggie, dit-il cordialement. Il doit y avoir urgence pour que vous désertiez votre coin du feu par un soir pareil. Que se passe-t-il, vous êtes à court de porto ?

— Si jamais ça se produit, je vire le majordome.

Reggie le rejoignit devant la cheminée.

— Sale temps. Je hais l'hiver à Londres, sauf que c'est encore pire à la campagne. Les gens civilisés devraient aller en France ou ailleurs. Sauf que les Français sont des barbares, hein ? Ne savent pas se tenir. À Paris, il fait aussi mauvais qu'ici, et, dans le Sud, il n'y a rien à faire !

— Et l'hibernation, y avez-vous songé ?

Campbell haussa un sourcil sardonique.

Reggie se demanda vaguement s'il ne se moquait pas de lui, mais cela ne le gênait pas. Campbell avait tendance à cultiver l'ironie. Cela faisait partie de son personnage. Allez savoir pourquoi ! Les gens se donnaient toutes sortes de genres, et Reggie n'était pas susceptible.

— Souvent, répondit-il avec un sourire. Malheureusement, les affaires réclament une certaine présence, de temps à autre. Comme cette sordide histoire de cadavres dans le square, un immonde gâchis.

— Absolument. Mais qui ne nous concerne guère. Nous n'y pouvons rien, si ce n'est faire davantage attention à nos domestiques. Il y a toujours moyen d'aider la fille, j'imagine, s'il s'avère que l'enfant était mort-né. Lui trouver une place à la campagne, où personne n'a entendu parler d'elle. C'est ça que vous voulez ? J'ai des tas de parents qui seraient heureux de me rendre ce service.

— Pas tout à fait.

Reggie se rapprocha du feu. Pourquoi donc ce diable d'homme ne lui offrait-il pas à boire ? Il risqua un coup d'œil sur le visage caustique de Campbell et surprit son regard bleu sur lui. Le bougre savait très bien qu'il avait soif et, délibérément, ne lui proposait rien. Il avait un sens de l'humour fort déplaisant, l'honorable Garson Campbell.

— Ah ?

Campbell attendait.

— Je me fais un peu de souci, à cause de la police.

Évitant son regard, Reggie prit un air absorbé, comme s'il savait quelque chose que Campbell ignorait.

— Ils viennent fouiner à l'office. Je me demande à quel point on peut leur faire confiance. Ce sont des gens ordinaires, le prolétariat, quoi. Ils seraient bien capables de faire courir des ragots stupides sans se rendre compte des conséquences. Freddie est d'accord avec moi.

Campbell tourna la tête pour mieux le voir.

— Freddie ?

— Je l'ai vu hier, lâcha Reggie négligemment. Je lui ai parlé des répercussions sur nous tous, si le square était réputé pour son ambiance de débauche, ses domestiques immoraux, le mauvais goût en général, et tout. Ce n'est pas bon, vous savez. On n'a pas envie d'être la cible des commérages, même si ce ne sont que des suppositions.

La bouche de Campbell s'affaissa légèrement.

— Je vois ce que vous voulez dire, répondit-il d'une voix grinçante. Ce pourrait être ennuyeux. Même si les gens n'y croient pas, ils vont le répéter. On va nous fuir dans les clubs, rire de nous.

Son visage prit une expression orageuse.

— Sacré nom d'un chien ! Quelque idiote qui…

Sa colère retomba tout aussi soudainement.

— C'est ça, la vie. Pauvre petite garce ! Au fait, pourquoi êtes-vous venu me voir, la commisération mise à part ?

Reggie inspira profondément.

— La commisération ne sert pas à grand-chose…

— À rien du tout, acquiesça Campbell.

— Mieux vaut prévenir que guérir.

Pour la première fois, Campbell parut manifester un certain intérêt.

— Que suggérez-vous, Reggie ?

— Un mot discret, au majordome ou à la gouvernante, parler au reste des domestiques. Veiller à ce que l'un ou l'autre soit présent chaque fois que la police interroge quelqu'un du personnel. Qu'ils se débrouillent pour qu'il n'y ait pas de propos stupides. C'est normal, non ?

D'empêcher qu'on malmène les petites servantes. De les protéger, hein ?

Campbell eut un sourire rogue.

— Tiens, tiens, Reggie, je ne vous soupçonnais pas tant de subtilité... ni de bon sens.

— Vous le ferez ?

— Mon cher nigaud, ma domesticité a déjà été avertie qu'un mot de trop pourrait leur coûter leur place ; mais j'avoue que la présence du majordome ou de la gouvernante offre une protection supplémentaire, si jamais ce... comment s'appelle-t-il ?... Pitt revenait. Personnellement, je pense qu'après un déploiement de forces convaincant, ils vont laisser tomber. Au fond, qui se soucie de savoir qu'une servante a mis au monde deux enfants mort-nés ? Il n'y a pas de quoi crier au scandale dans un quartier comme le nôtre. Il sait qu'il ne découvrira rien d'intéressant et indisposera un tas de gens qui pourraient lui compliquer singulièrement la vie, s'il le cherche. Ne vous mettez pas martel en tête, Reggie. Ils vont s'agiter pour créer une impression d'efficacité, puis l'affaire sera discrètement classée. Désirez-vous un verre de porto ?

L'idée mit un moment à faire son chemin dans l'esprit de Reggie, soulagé, avant qu'il ne se rende compte que Campbell lui avait enfin offert le porto.

— Volontiers, accepta-t-il gracieusement. Merci, c'est très aimable à vous.

— Pas du tout.

Réprimant un sourire, Campbell alla chercher la carafe sur la desserte.

Augusta avait remarqué l'indisposition de Christina et, au début, ne s'en était pas inquiétée outre mesure. Elle avait bu ou mangé quelque chose qui ne lui avait pas réussi : rien de plus simple. Mais après avoir surpris sa fille dans les bras de ce misérable, Max, elle repensa à l'incident avec une anxiété croissante. Lorsque la même chose se reproduisit une semaine plus tard, et qu'elle sut par la femme de chambre que Christina allait garder le lit toute la matinée, elle s'alarma pour de bon.

Elle préférait ne pas en parler au général Balantyne : si jamais ses pires craintes se confirmaient, il ne leur serait d'aucun secours ; dans le cas contraire, il était inutile de l'affoler. Ils prenaient leur petit déjeuner quand elle apprit la nouvelle ; après un moment de panique silencieuse, elle remercia poliment la femme de chambre et l'envoya s'occuper de Christina, puis elle pria le général de lui passer la marmelade d'orange pour tartiner son toast.

— Dommage, fit le général doucement en lui tendant le pot. Pauvre petite ! J'espère que ce n'est pas grave. Désirez-vous qu'on fasse venir le médecin ? On peut toujours demander à Freddie de faire un saut, si elle ne veut pas d'histoires.

— Il ne pourra rien contre un coup de froid, répondit-elle posément.

Juste ciel, la dernière personne qu'il leur fallait, c'était un médecin !

— Aussi charmant soit-il, il est incapable d'influer sur le temps. L'automne est l'époque de tous les miasmes. Je lui ferai préparer une décoction ; ce sera tout aussi efficace. D'ici un jour ou deux, il n'y paraîtra plus.

Il lui jeta un regard surpris, mais plutôt que de discuter, retourna à ses rognons sauce moutarde, ses œufs au bacon et ses toasts.

Lorsqu'elle eut terminé son repas, sans se presser afin de ne pas avoir l'air d'accorder une importance exagérée à la faiblesse passagère de Christina, elle s'excusa et monta à l'étage. S'il n'y avait pas de quoi s'alarmer, tant mieux, mais si le pire était à craindre – elle se souvint avec un frisson glacé de la familiarité de cette étreinte dans le garde-manger, de l'aisance avec laquelle les mains avaient caressé le corsage en soie au-dessous des seins –, si c'était vrai pour de bon, alors elle devait trouver une solution. Pour avoir une chance de sauver la situation, il fallait agir immédiatement. Chaque jour qui passait ne faisait qu'aggraver le problème.

Si elle échouait – une nature plus faible eût sans doute fui cette pensée, mais même ses ennemis, et elle en avait, reconnaissaient le courage d'Augusta –, Christina ne pouvait s'attendre qu'à une longue vie de souffrance. Avoir un enfant illégitime était un péché impardonnable dans la société où elle évoluait, où elle avait grandi et où elle avait tous ses amis, la seule société, au fond, qui lui permettait de mener l'existence qui lui convenait. Il était possible, avec un peu d'imagination et de l'argent distribué à droite et à gauche, de l'éloigner sous un quelconque prétexte de Londres le temps nécessaire, et de faire élever l'enfant à la campagne, adopté par quelque brave servante. Cela exigeait du doigté, mais ce n'était pas irréalisable : d'autres l'avaient certainement déjà fait avant ! Christina ne serait pas la première ni la dernière à se retrouver dans le pétrin.

Si seulement il n'y avait que ça !

Mais il y avait Max, un individu ambitieux et sans scrupules. Bien sûr, elle avait senti le jour où elle l'avait engagé qu'il tenait par-dessus tout à s'élever au-dessus de sa condition. Cela en ferait un excellent valet, avait-elle pensé. Les serviteurs ambitieux étaient les meilleurs ; du reste, Max l'avait prouvé : toujours impeccable, toujours ponctuel, toujours courtois à l'extrême. Elle n'avait eu que des compliments à son sujet. À présent, elle se reprochait de n'avoir pas compris que son ambition le pousserait à utiliser n'importe quel moyen pour se propulser vers le haut, quitte à coucher avec la fille de son employeur. Elle n'était pas dupe : d'un côté comme de l'autre, il n'était pas question d'affection. Elle aurait dû mieux connaître sa fille ; elle aurait décelé sa faiblesse et l'en aurait protégée. Sinon, à quoi servait une mère ?

Max s'était forgé une arme. S'il choisissait de s'en servir, de répandre les ragots, peu à peu, comme un poison lent, Christina était perdue. Aucun homme de son rang n'accepterait de l'épouser, quel que fût le montant de sa dot. Il y avait une flopée de jeunes filles de belle allure sur le marché du mariage, et Christina ne présentait aucun avantage particulier, du moins qui pût l'emporter sur sa réputation de catin. Avoir du tempérament était une chose, être une traînée et donner naissance à l'enfant d'un valet en était une autre. Le seul univers qu'elle connaissait et où elle était capable de survivre lui serait aussi fermé que la Banque d'Angleterre.

Max devait être réduit au silence, mais pas au moyen de l'argent. Il suffisait de lui céder une fois, et ils seraient ses otages pour le restant de leurs jours. Non, il fallait le menacer d'une catastrophe d'ampleur égale. Pas seulement pour le bien de Christina, mais pour celui de toute la famille : le général, le jeune Brandy, ainsi qu'elle-même, évidemment. Si Brandy tombait amoureux ou s'intéressait simplement à une jeune fille bien née, quels parents donneraient leur fille à un homme issu de la même famille que Christina ?

Elle leva la main pour frapper à la porte de Christina quand la pire de toutes les pensées lui traversa l'esprit. Elle en défaillit presque d'horreur. Max était à leur service depuis six ans. Elle était sincèrement persuadée que si un pareil désastre s'était produit plus tôt, elle l'aurait su… mais si elle se trompait ? Et la police, la croirait-elle ? Pourrait-elle seulement se permettre de la croire ? Sauf erreur de sa part, ce jeune homme, Pitt, était d'une intelligence peu commune. Il poursuivrait ses investigations, interrogerait Christina, peut-être même découvrirait que c'était Max et tirerait de lui toute la sordide vérité. Que penserait-il alors des cadavres dans le square ? Que devait-elle en penser, elle ?

Sa main retomba sur le bois et, sans attendre la réponse de Christina, elle poussa la porte.

Pâle et les traits tirés, Christina était couchée dans son lit, ses cheveux bruns répandus sur l'oreiller autour d'elle.

Augusta ressentit de la pitié pour elle, mais cela ne dura pas, et elle banda sa volonté pour affronter une souffrance plus grande encore.

— Barbouillée ? demanda-t-elle simplement.

Christina hocha la tête.

Augusta entra et ferma la porte. Inutile de tourner autour du pot. Elle s'assit au pied du lit et regarda sa fille.

— Est-ce Max qui t'a transmis cette maladie ? s'enquit-elle en la fixant droit dans les yeux.

Christina essaya d'éviter son regard, en vain. Elle obtenait toujours ce qu'elle désirait, à force de charme ou d'autorité, mais jamais, depuis son enfance, elle n'avait réussi à tenir tête à sa mère.

— Que… que voulez-vous dire, maman ? fit-elle, l'air compassé.

— Cesse de tergiverser, Christina. Si tu es enceinte, nous avons beaucoup à faire. Je ne voudrais pas t'effrayer inutilement, mais, à mon avis, tu n'as pas conscience de la gravité de la situation.

Christina ouvrit la bouche et la referma.

Augusta attendit.

— Je n'en sais rien, murmura-t-elle.

Sa voix chevrotait ; elle dut lutter pour ne pas fondre en larmes. Seul l'orgueil l'en empêcha, et le fait de savoir que sa mère, elle, n'aurait pas pleuré.

Augusta posa alors la question fatidique. Elle avait l'intention d'aller jusqu'au bout.

— Est-ce la première fois ?

Christina ouvrit des yeux immenses, d'abord avec une indignation incrédule, puis avec horreur quand elle comprit à quoi Augusta faisait allusion. Elle était blanche comme la mort.

— Oh, mère ! Vous n'imaginez pas que j'aie… oh non !

— Parfait. Non, je ne le pensais pas. Mais ce n'est pas mon opinion qui compte, c'est celle de la police. Si elle a des raisons d'envisager l'hypothèse…

— Mère… !

— Je m'en occupe. Tu ne reverras plus Max. Tant que je ne me serai pas assuré son silence, tu garderas le lit. Tu as attrapé froid. Est-ce clair ?

— Oui, maman.

Elle était trop choquée, trop effrayée pour protester.

— Croyez-vous que… la police… je veux dire… ?

— Je veillerai à ce qu'ils ne sachent rien qui puisse les influencer dans un sens ou dans l'autre. Pour cela, tu feras exactement ce que je te dis.

Christina hocha silencieusement la tête. Augusta contempla son visage pâle, se rappelant ce qu'elle avait ressenti les premières semaines, quand elle-même avait été enceinte, de Christina, justement. C'était, semblait-il, il y a une éternité. Brandy était tout petit à l'époque – il portait encore des robes –, et son père était plus jeune, la figure moins décharnée, quelques kilos en moins, mais aussi droit que maintenant, les épaules aussi larges et raides. Comment pouvait-on changer aussi peu ? Sa voix, ses manières, voire ses pensées semblaient être les mêmes.

— Ça passera, dit-elle avec douceur. C'est une question de semaines ; après, ça ira mieux. Je vais te faire préparer du bouillon.

— Merci, maman, chuchota Christina en fermant les yeux.

Augusta se creusait la cervelle à la recherche d'un moyen pour faire taire Max sans lui fournir une arme dont il se servirait dans le futur. Mais le lendemain matin, elle n'avait réussi qu'à éliminer toutes les impossibilités, sans plus. Elle n'était guère d'humeur à recevoir Pitt lorsqu'il arriva à dix heures et quart.

C'était Max qui lui avait ouvert. En l'apprenant, elle fut saisie de panique, puis se dit que l'ambition de Max ne lui permettrait pas de gaspiller les précieux renseignements en les donnant à Pitt sans aucune contrepartie, avant de les proposer à Augusta moyennant rétribution, financière d'abord, pour ensuite négocier un avancement et atteindre Dieu sait quels sommets de la cupidité.

Elle trouva Pitt au petit salon, se réchauffant les mains devant le feu. Il faisait un temps de chien : un violent vent d'est soufflait en rafales de la mer du Nord, crachant de la neige fondue. On pouvait difficilement reprocher à quiconque de rechercher la chaleur ; pourtant, la vue de ce policier devant son feu l'incommoda. Il ne bougea pas car il ne l'avait pas entendue entrer.

— Bonjour, Mr. Pitt, dit-elle froidement. C'est à quel sujet, cette fois ?

Pris au dépourvu, il s'accorda quelques secondes pour se ressaisir avant de faire volte-face.

— Bonjour, madame. Nous n'avons malheureusement pas encore découvert la vérité concernant les cadavres dans le square…

— Croyez-vous sérieusement, Mr. Pitt, que vous la découvrirez un jour ?

Elle haussa un sourcil incrédule.

— Peut-être pas, madame, mais je dois redoubler d'efforts avant d'abandonner l'enquête.

— En effet. Je trouve que c'est un gaspillage de fonds publics.

— Il y a eu gaspillage de vies humaines, qui sont infiniment plus précieuses.

— Et infiniment moins rares, observa-t-elle, caustique. Mais vous devez sans doute accomplir votre devoir, tel que vous l'entendez. Alors, en quoi selon vous puis-je vous être utile ?

— Permettez-moi de m'entretenir à nouveau avec votre personnel, ainsi que peut-être avec Miss Christina Balantyne. Elle a pu observer un certain comportement, quelque signe sans importance qu'étant trop occupée, vous n'auriez pas remarqué.

Augusta sentit son estomac se nouer. Aurait-il déjà appris quelque chose ? Se pouvait-il que Max… non, certainement pas ! Max était ambitieux avant tout. Il voulait profiter de son avantage, et non le laisser filer.

— Je regrette, vous pouvez parler aux domestiques… bien que je vous demande de ne pas les perturber inutilement ; à cette fin, je vous ferai accompagner par quelqu'un de responsable, mais ma fille est souffrante et doit garder la chambre. Naturellement, elle n'est pas en état de voir qui que ce soit.

— J'en suis navré.

Le visage expressif de Pitt prit un air compatissant. Était-il sérieux ? Elle n'en avait pas la moindre idée.

— J'espère qu'il s'agit d'un mal passager.

— Très sûrement. Ce doit être la saison. On est souvent sensible au changement de temps. Combien de domestiques désirez-vous voir ? Seulement les femmes, j'imagine ?

— Avec votre permission.

Elle tendit la main vers la sonnette.

— Le majordome vous assistera.

— J'aurais préféré leur parler en tête à tête. Sa présence risque de les intimider ; elles se sentiront moins libres de…

— Peut-être. Mais, pour leur protection, le majordome restera avec vous. Je ne veux pas que des jeunes filles placées sous ma responsabilité cèdent à l'intimidation, même involontaire, au point de tenir des propos qu'elles regretteront par la suite. Vous n'avez pas idée combien certaines d'entre elles sont jeunes et ignorantes, très influençables et faciles à manipuler.

— Lady Augusta…

— Dans ces conditions seulement, vous pouvez les interroger, Mr. Pitt. Cela ne me paraît pas déraisonnable.

Il n'avait pas d'autre argument à lui opposer sans dévoiler les soupçons qu'il pouvait nourrir à l'égard d'une personne précise et, à ce stade, elle le mettait au défi de le faire.

— Madame, acquiesça-t-il, lui concédant la victoire avec un léger sourire.

Eût-il été un gentleman, elle l'aurait presque trouvé sympathique.

Elle n'éprouvait en revanche aucune sympathie pour Charlotte Ellison qui arriva peu avant midi pour aider le général dans son travail. Elle ne pouvait se prendre d'amitié pour quelqu'un comme Miss Ellison que son tempérament trop passionné, trop imprévisible rendait dangereuse. On ne savait jamais à quoi s'attendre avec elle car elle ne suivait pas les règles du jeu. Pourtant, elle avait l'air plutôt inoffensive. Elle allait et venait sans bruit ; elle était polie et, du moins selon les apparences, bien élevée. Mais enfin, quel intérêt une jeune personne avait-elle à aider un général d'un certain âge, plongé dans ses papiers parlant de batailles et de régiments, plutôt que de se chercher un mari ? Si elle avait été moins préoccupée, c'était une question qu'elle n'aurait pas manqué d'examiner de près.

En l'occurrence, ellc se contenta de demander à Brandon à l'heure du déjeuner quelle sorte de créature elle était et si elle lui donnait entière satisfaction en tant qu'assistante.

— Oui, répondit-il, un peu surpris. Elle m'a l'air d'une intelligence rare, pour une femme.

— Vous voulez dire que, pour une femme, elle professe un intérêt rare pour les sujets qui vous passionnent ? fit Augusta avec une pointe d'acidité.

— N'est-ce pas plus ou moins ce que j'ai dit ?

— Non. La plupart des femmes sont parfaitement intelligentes dans les principaux domaines, comme par exemple l'organisation de la vie quotidienne ; simplement, elles ne se consacrent pas à la dissection des batailles qui ont concerné d'autres gens dans d'autres pays et à d'autres époques. Pour ma part, je trouve ce penchant très excentrique et tout à fait déplacé chez une jeune personne bien éduquée.

— Sottises ! répliqua-t-il énergiquement. Tout être doué d'intelligence devrait apprécier l'histoire grandiose de notre pays. Nous sommes la plus grande nation militaire du monde ; nous avons étendu notre civilisation à toutes les terres, à tous les climats que Dieu a créés. Nous avons fondé un empire, l'envie et la bénédiction de la planète. Toute femme qui a du sang britannique dans ses veines devrait en être fière.

— Fière, bien entendu, répliqua-t-elle, agacée, en se servant du pâté d'anchois. Mais pas préoccupée par les détails !

Il prit le dernier toast sans se donner la peine de répondre.

Après cette conversation, Augusta consacra toutes ses pensées exclusivement à la question du silence de Max et, finalement, aboutit à une solution satisfaisante. Ce fut à un moment paisible précédant le dîner qu'elle décida de la mettre en pratique. Elle se rendit au petit salon où elle était sûre de ne pas être dérangée et envoya chercher Max.

Quand il entra, sa vue lui inspira une aversion irrépressible, quasi suffocante. Il avait la mine placide, comme si elle l'avait convoqué pour discuter d'un menu problème domestique. Jamais encore elle n'avait remarqué à ce point-là l'insolence de son regard voilé. Il fallait absolument qu'elle garde une parfaite maîtrise d'elle-même.

— Bonsoir, Max, dit-elle sèchement.

— Bonsoir, Madame.

— Il est inutile de se perdre en préliminaires. Je vous ai fait venir afin de régler une question sinon à notre avantage mutuel, du moins de sorte à ne pas nous désavantager tous les deux. Le résultat dépend de vous.

— Madame ?

Son visage restait impénétrable.

— Vous avez été assez sot pour avoir une aventure avec ma fille. À partir de maintenant, vous ne lui adresserez plus un seul regard. Vous allez quitter cette maison et prendre un emploi en Écosse, emploi que je vous trouverai et pour lequel je vous fournirai des références…

— Je n'ai aucune envie de travailler en Écosse, Madame.

Solidement campé devant elle, il la considérait d'un air vaguement amusé.

— Peut-être. Mais ça, je m'en moque. J'ai de la famille dans le Stirlingshire : ils seront ravis de me rendre ce service. L'autre solution, c'est la prison, qui doit être encore plus froide et barbare que l'Écosse.

— La prison, Madame ?

Il haussa un sourcil étonné.

— Coucher avec une femme de qualité, surtout, dois-je ajouter, quand elle est plus que consentante, est peut-être malséant, voire insultant aux yeux de certains, mais ce n'est pas un crime. Et quand bien même c'en serait un, je doute que vous cherchiez à m'en accuser.

Un rictus distinct lui tordit la bouche.

— Certes, non. Mais voler de l'argenterie à ses maîtres est un crime.

Elle soutint son regard sans ciller.

Il se figea un instant ; une lueur de compréhension perça dans ses yeux.

— Je n'ai pas volé d'argenterie, Madame.

— Non. Mais si des couverts viennent à manquer et qu'on les retrouve dans vos affaires, vous aurez beaucoup de mal à vous disculper.

— C'est du chantage.

— Comme vous êtes perspicace ! J'étais sûre que nous nous comprendrions facilement.

— Si j'étais victime d'une telle accusation, je serais obligé, à ma décharge, d'en fournir la raison.

Il l'observait attentivement, guettant le moindre signe de faiblesse.

Mais elle ne broncha pas.

— Soit, répondit-elle froidement. Ce serait stupide, car on vous jugerait pour diffamation par-dessus le marché. Qui croira-t-on, selon vous : Lady Augusta Balantyne, aux prises avec un serviteur malhonnête en proie à un sentiment de supériorité, ou ledit serviteur, furieux d'avoir été découvert ? Allons, Max, vous êtes tout sauf un sot.

Il l'enveloppa d'un regard malveillant ; son visage lascif transpirait la haine.

Elle ne baissa pas les yeux, mais le toisa tout aussi fixement.

5

Le général Balantyne était très content de la progression de ses mémoires. L'histoire militaire de sa famille était réellement remarquable et, plus il mettait de l'ordre dans ses papiers, plus il percevait son caractère exceptionnel. Pareil héritage de rigueur et de sacrifice, n'importe qui en serait fier. Qui plus est, il s'en dégageait une effervescence, une fièvre bien plus palpable que les détails mesquins et la courtoisie factice de sa routine quotidienne à Callander Square. Pendant que les premières pluies d'hiver inondaient les pavés gris du dehors, son imagination lui dépeignait les averses des Quatre-Bras et de Waterloo où, presque soixante-dix ans plus tôt, son grand-père avait perdu un bras et une jambe, pataugeant dans la boue des champs belges sur les traces du Duc de Fer ; les tuniques rouges et bleues, la charge des Écossais, la chute d'un empire et le début d'une ère nouvelle.

Le feu de la cheminée lui soufflait sa chaleur sur les jambes, et il y sentait la brûlure du soleil des Indes ; il songeait au sultan du Mysore et au Trou noir de Calcutta où avait péri son arrière-grand-père. La fournaise, il connaissait. Sa blessure à la cuisse, infligée par une lance à peine trois ans plus tôt, lors des guerres contre les Zoulous, n'était pas entièrement guérie. Dès qu'il faisait froid, elle se rappelait à son souvenir. C'était peut-être sa dernière bataille, comme l'enfer de Crimée avait été la première. Il en avait gardé, au fond de sa mémoire, la terreur du froid glacial lors du massacre de Sébastopol : les morts éparpillés dans tous les sens, cadavres rongés par le choléra, déchiquetés par les balles, gelés dans des positions grotesques, certains recroquevillés comme des enfants endormis. Et les chevaux ! Dieu sait combien de chevaux avaient été sacrifiés, pauvres bêtes. C'était idiot de se préoccuper autant des chevaux.

Il avait dix-huit ans à Balaklava. Il était arrivé avec un message de son commandant pour Lord Cardigan, juste à temps pour assister à l'inoubliable charge. Il se rappelait le vent qui lui soufflait au visage, l'odeur du sang et de la poudre, la terre labourée par six cent soixante-treize cavaliers s'élançant au galop sur les positions retranchées des Russes. Debout à côté de ces vieillards chenus, étourdi par le vacarme, plein de colère, il avait vu deux cent cinquante hommes et six cents chevaux se faire massacrer pour avoir obéi aux ordres. Son père faisait partie du onzième hussards : il était de ceux qui n'étaient pas revenus en titubant du champ de bataille.

Son oncle, qui était dans le quatre-vingt-treizième Highlanders, avait défendu la fameuse « fine ligne blanche », cinq cent cinquante hommes barrant le passage vers Balaklava à trente mille Russes. Comme beaucoup d'autres, il était tombé sur place. Ce fut lui, Brandon, qui, à l'abri d'une tranchée glaciale, avait dû écrire à sa mère pour lui annoncer la mort de son frère et de son époux. Il se souvenait encore du supplice qu'il avait vécu à essayer de trouver les mots. Puis il était parti se battre à Inkerman et assister à la chute de Sébastopol. On eût dit que toute l'Asie déferlait alors sur eux, entraînant la moitié de la terre dans son sillage.

Assurément, les générations à venir entendraient dans leur cœur les canons de ces batailles-là, ressentiraient la fierté et la douleur, la confusion… et le souffle de l'histoire ? Pouvait-on être incohérent au point de l'avoir vécu soi-même, sans avoir su transmettre ce goût dans la bouche, les pulsations du sang, les larmes à la fin ?

Cette jeune personne, Miss Ellison, avait l'air compétente et plutôt agréable. Quoique « agréable » ne fût pas le terme exact. Elle était trop tranchée dans ses attitudes et ses opinions pour lui plaire vraiment. Mais qu'elle fût intelligente, cela ne faisait pas l'ombre d'un doute. Il n'avait pas besoin de multiplier les explications ; en fait, plus d'une fois, il s'était rendu compte qu'elle avait cerné le problème avant même qu'il eût fini de donner ses instructions. Il s'en était trouvé vaguement contrarié. Pourtant, elle n'était ni méchante ni prétentieuse. Ainsi, elle semblait parfaitement heureuse de prendre ses repas à l'office, plutôt que d'obliger la cuisinière à lui faire monter un plateau à part.

À plusieurs reprises, elle lui avait fait des suggestions qu'il avait eu beaucoup de peine à accepter. Mais force lui fut d'admettre que ses idées étaient bonnes ; à dire vrai, lui-même n'avait pas su trouver mieux. En ce moment même, assis dans la bibliothèque, il réfléchissait à ce qu'il allait écrire et à ce que Miss Ellison lui aurait conseillé à ce sujet.

À son grand dam, Max l'interrompit pour lui annoncer que Mr. Southeron était dans le petit salon et demandait à le voir… Monsieur était-il chez lui ?

Il hésita. La dernière chose dont il avait envie, c'était de s'encombrer de Reggie Southeron, mais en tant que voisin, il était bien obligé de le supporter. Autrement, il risquait de déclencher toute une suite de réactions et pourrait provoquer nombre de menus désagréments.

Max attendait en silence. Sa mise impeccable et son sourire tranquille ennuyaient le général presque autant que l'objet de sa requête. Si seulement Augusta voulait bien se débarrasser de lui et trouver quelqu'un d'autre !

— Oui, bien sûr, répliqua-t-il d'un ton revêche. Et apportez-nous à boire… du madère, mais pas le meilleur.

— Bien, Monsieur.

Max se retira et, l'instant d'après, Reggie fit son entrée, massif, affable, les habits confortablement froissés, bien qu'il dût les avoir enfilés à peine deux heures plus tôt.

— B'jour, Brandon, lança-t-il, jovial.

Son regard fit le tour de la pièce, notant le feu, les fauteuils profonds et moelleux, cherchant la carafe et les verres.

— Bonjour, Reggie. Qu'est-ce qui vous amène chez nous, un samedi matin ?

— Ça fait un moment que je veux vous voir.

Reggie s'assit dans le fauteuil le plus proche de la cheminée.

— Je n'en ai pas eu l'occasion, toujours quelque chose sur le feu, eh ? Ce n'est plus un square ici, c'est une ruche.

Balantyne qui, jusque-là, l'écoutait d'une oreille distraite perçut une certaine tension dans la voix de Reggie. Sa bonhomie apparente semblait dissimuler une angoisse qu'il avait visiblement besoin de partager. Max n'allait pas tarder à arriver avec le madère ; d'ici là, il était inutile de songer à aborder un sujet sérieux.

— Vous étiez occupé, je présume, fit-il sur le ton de la conversation.

— Moi, pas vraiment. Mais ces satanés policiers, on ne voit plus qu'eux. Ce je-ne-sais-quoi Pitt fouine chez les domestiques, met la maison sens dessus dessous. Dieu, que je déteste la pagaille ! Les domestiques sont en ébullition. Bon sang, vieux, vous savez combien il est difficile de recruter du personnel correct, de le former à votre goût, pour qu'il vous donne entière satisfaction. Ça prend du temps. Or il suffit d'une histoire absurde comme celle-ci, et pan ! c'est la débandade. C'est déjà assez dur comme ça de garder un bon domestique. Avec leurs rêves de grandeur, ils veulent tous travailler pour un comte ou un duc. Ils ont tous envie de voyager à l'étranger. Du moment qu'ils ne passent pas la saison à Londres, l'été à la campagne et le pire de l'hiver dans le sud de la France, ils se croient mal lotis ! Et ils sont d'une susceptibilité ! À la moindre broutille, ils claquent la porte. Dieu sait pourquoi, la plupart du temps ; la loyauté n'est plus ce qu'elle était. Mais il ne faut pas être bien malin pour savoir qu'ils partiront tous, si ce fichu Pitt continue à les harceler de questions sur leur vie privée et leurs mœurs, sans parler de ses indiscrétions et ses insinuations.

Il se tut, exaspéré par la morne perspective de devoir former de nouvelles servantes parfaitement inefficaces, ce qui signifiait pièces froides, repas brûlés et habits non repassés.

Balantyne ne croyait pas un instant à une telle issue. Il est vrai que s'il n'attachait pas une grande importance à son confort personnel, il tenait en revanche à sa tranquillité d'esprit. L'idée du conflit domestique qu'une crise pareille pouvait provoquer était effectivement très pénible à envisager. Il n'aimait pas beaucoup Reggie – ils étaient aux antipodes l'un de l'autre –, mais il lui faisait pitié, même si ses craintes n'étaient probablement pas fondées.

— À votre place, je ne m'inquiéterais pas, observa-t-il nonchalamment.

Max entra avec la carafe et les verres, les posa et sortit, refermant la porte sans bruit. Reggie se servit sans y avoir été invité.

— Ah oui ? fit-il, mi-angoissé, mi-vexé.

— Je pense que c'est peu probable.

Balantyne refusa le madère. Il n'aimait pas ça, et, de toute façon, il était trop tôt pour boire de l'alcool.

— Une bonne domestique ne vous donnera pas sa démission parce qu'on lui a posé quelques questions, à moins d'avoir déjà une autre place en vue. Et puis, ce type, Pitt, est extrêmement courtois. Chez nous, personne ne s'est plaint.

— Pour l'amour du ciel, vieux ! Qu'en savez-vous ?

Reggie finit par perdre patience.

— Augusta dirige votre maisonnée comme un régiment. C'est la femme la plus efficace que je connaisse. Même s'il y avait une émeute, elle ne vous en parlerait pas. Elle prendrait les choses en main, et votre dîner serait servi à l'heure, comme les autres jours.

Balantyne lui en voulut de sous-entendre qu'il était un élément inutile sous son propre toit, mais il le mit sur le compte de la peur, même s'il ne voyait pas ce qui pouvait l'effrayer tant.

— Je doute qu'une des filles parte maintenant, dit-il calmement. Ce serait se rendre suspecte aux yeux de la police et se compliquer la vie bien plus qu'en restant et en continuant comme d'habitude.

Curieusement, malgré sa logique imparable, cet argument ne parut pas soulager Reggie. Tassé dans le fauteuil, il fixait sombrement son verre.

— Sale histoire, déclara-t-il d'un ton lugubre. Ça m'étonnerait qu'ils trouvent qui c'est. Ils perdent leur temps. Il n'en sortira que des tas de spéculations et de commérages.

Il leva les yeux.

— Ça pourrait nous porter préjudice, Brandon. Ce n'est pas bon d'avoir la police à demeure. Les gens vont croire qu'il y a anguille sous roche.

Balantyne comprenait son inquiétude, mais, d'une part, ils n'y pouvaient rien, et, d'autre part, il était enclin à penser que Reggie exagérait.

— Je vous parie dix contre un que Carlton sera d'accord, dit Reggie précipitamment, haussant la voix.

« Au-dessus de tout soupçon », vous savez, la « femme de César » et tout ça. Les étrangers sont quelquefois bizarres. On doit garder une réputation irréprochable.

Là-dessus, il avait probablement raison. Fronçant les sourcils, Balantyne considéra Reggie, les yeux plissés. Ce dernier s'était servi un autre verre ; sauf erreur de sa part, ce ne devait pas être son deuxième, ni même son troisième de la journée. Mais de quoi donc avait-il si peur ?

— Qu'en dit-il ? persista Reggie.

— Je ne lui en ai pas parlé, répondit Balantyne honnêtement.

— Il serait peut-être bon de le faire.

Reggie essaya de sourire, mais ne réussit qu'à montrer les dents.

— Je l'aurais fait moi-même, mais je ne le connais pas aussi bien que vous. C'est un homme influent, Carlton. Il pourrait arriver à raisonner la police. Ils ne retrouveront jamais cette femme, jamais de la vie. Il s'agit sûrement d'une servante qui est partie depuis. Qui a envie de se faire pendre, pardi ?

— La police a dû envisager cela. Nous n'avons renvoyé personne, et personne ne nous a quittés ces deux dernières années. Et vous ?

Brusquement, la mémoire lui revint, en un éclair. Tout devenait d'une clarté lumineuse.

— Ça fait combien de temps que Dolly est morte ? interrogea-t-il de but en blanc.

Le sang déserta le visage de Reggie, et Balantyne crut qu'il allait s'évanouir. Sa peau prit une teinte gris sale.

— L'enfant qui l'a tuée, était-ce le vôtre, Reggie ?

Reggie ouvrit la bouche comme un poisson et la referma sans mot dire. Il ne trouvait pas de mensonge convenable.

— Ça remonte à plus de deux ans, me semble-t-il, poursuivit Balantyne.

— Mais bien sûr !

Les lèvres rigides, Reggie recouvra enfin l'usage de la parole.

— C'était il y a quatre ans. Ça n'a rien à voir. Mais vous savez comment sont les gens : qui veut noyer son chien… Ils vont penser que… parce que…

S'empêtrant dans ses mensonges, il se resservit un verre de madère.

Inutile de le cuisiner désormais : elle n'était que trop évidente, la raison pour laquelle il voulait éloigner la police du square, des domestiques bavards. Pauvre imbécile !

— À mon avis, ils ne tarderont pas à abandonner d'eux-mêmes, dit Balantyne, apitoyé et fâché de l'être. Mais à l'occasion, je tâcherai de sonder Carlton là-dessus. Je doute que ce Pitt s'obstine à explorer une impasse. Ce sera mauvais pour sa carrière.

— C'est vrai.

Reggie se ragaillardit considérablement.

— On n'a sûrement pas besoin de lui expliquer ça.

Son élocution était légèrement brouillée.

— Mais essayez tout de même de parler à Carlton. Il connaît du monde ; quelques mots à qui de droit, et l'affaire sera classée. Ça nous épargnera bien des médisances, et l'État économisera de l'argent. Quelle perte de temps, cettc histoire !

Il se leva, chancelant.

— Merci, vieux. Je savais bien que vous comprendriez.

Christina ne descendit pas déjeuner ; Brandy passait la semaine à la campagne chez des amis, et Balantyne se retrouva seul à table avec Augusta.

— Christina ne va pas mieux ? s'enquit-il avec une pointe d'anxiété. Pourquoi n'a-t-elle pas vu un médecin ? Demandez à Freddie qu'il jette un œil sur elle, si Meredith n'est pas libre.

— Ce n'est pas la peine.

Augusta tendit la main vers le saumon froid.

— C'est juste un refroidissement. La cuisinière lui a préparé un plateau. Goûtez donc ce saumon. C'est celui que Brandy a pêché le week-end dernier dans le Cumberland. Il est très bon, qu'en dites-vous ?

Il prit une tranche et se coupa un morceau.

— Excellent. Êtes-vous sûre que ce n'est pas plus grave ? Elle est alitée depuis un certain temps déjà.

— Tout à fait sûre. Quelques jours au lit ne lui feront pas de mal. Elle s'est beaucoup dépensée ces temps-ci. Trop de réceptions. À ce propos, vous souvenez-vous que nous dînons chez les Campbell, ce soir ?

Il l'avait oublié. Bah, ç'aurait pu être pire. Garson Campbell était un type intéressant, pince-sans-rire, voire un brin cynique, et Mariah, quelqu'un de particulièrement sensé. Contrairement à la plupart des femmes, elle n'était portée ni sur les commérages ni sur la coquetterie.

— N'est-ce pas Reggie Southeron qui est passé dans la matinée ? demanda Augusta.

— Si.

— Que voulait-il, un samedi matin ?

— Pas grand-chose. Il se fait du souci parce que la police perturbe les domestiques en les harcelant de questions et d'insinuations.

— Perturbe les domestiques ? répéta-t-elle, incrédule.

Il la regarda par-dessus le plat de saumon.

— Eh bien, oui. Pourquoi ?

— Ne soyez pas ridicule, Brandon. Reggie se moque éperdument des domestiques, les siens ou ceux des autres. Qu'attendait-il de vous, de toute façon ?

Il sourit malgré lui.

— Qu'est-ce qui vous fait croire ça ? Qu'il attendait quelque chose de moi ?

— Il n'était pas venu ici boire votre madère. Vous lui offrez toujours ce que vous avez de pire, et il le sait. Que voulait-il ?

— Que je parle à Robert Carlton pour voir s'il ne pourrait pas convaincre la police d'abandonner ses investigations. Ils ne découvriront sans doute jamais la vérité ; ils ne réussiront qu'à perdre leur temps et à faire jaser. Il a probablement raison.

— Il a raison, acquiesça-t-elle sèchement. Mais à mon avis, ce n'est pas ça qui l'inquiète. Et je doute que ce curieux jeune homme – il s'appelle Pitt, je crois – abandonne l'enquête sans avoir poussé ses recherches beaucoup plus loin qu'il ne l'a fait jusqu'à présent. Enfin, vous pouvez toujours essayer, si ça vous chante. Pour éviter à Reggie de se couvrir de ridicule. Ça risquerait de déteindre sur nous tous. Sans parler de la position gênante d'Adelina, la pauvre.

— Pourquoi Reggie se couvrirait-il de ridicule ?

Il n'avait aucune intention de lui parler de Dolly. Ce n'était pas un sujet à aborder avec une honnête femme.

Augusta soupira.

— Quelquefois, Brandon, j'ai l'impression que vous affectez d'être obtus uniquement pour me contrarier. Reggie préfère éviter que la police questionne ses domestiques de trop près, vous le savez aussi bien que moi.

— J'ignore de quoi vous parlez.

Il n'avait guère envie de se lancer dans des explications susceptibles de la choquer ou de la heurter. Elle trouverait cela sordide, à raison sans doute, cette simple faiblesse humaine que les femmes, qui en étaient les victimes, avaient tendance à juger différemment, et sans la compassion qu'elle pouvait inspirer à un homme.

Augusta renifla et repoussa son assiette vide. On apporta le pudding. Lorsqu'ils furent à nouveau seuls, elle le regarda avec froideur.

— Je vais vous le dire alors, avant que vous ne commettiez un impair qui nous mettrait tous dans l'embarras. Comme Reggie couche avec ses femmes de chambre, il a sûrement peur que la police ne le découvre et ne se laisse aller à des indiscrétions. À moins qu'on ne lui prête des faits moins avouables encore.

Il était abasourdi. Elle en parlait comme s'il s'agissait d'une bagatelle.

— Comment diable le savez-vous ? demanda-t-il d'une voix rauque.

— Mon cher Brandon, tout le monde le sait. On n'en discute pas, bien sûr, mais ce n'est un mystère pour personne.

— Et Adelina ?

— Pour elle non plus. La prenez-vous pour une sotte ?

— Et ça ne la… gêne pas ?

— Je n'en ai pas la moindre idée. On ne lui pose pas la question et, naturellement, elle n'en parle pas.

Il n'en croyait pas ses oreilles. Aucune réponse cohérente ne lui venait à l'esprit. Il avait toujours su que les femmes, dans leur manière de penser et leurs sentiments, fonctionnaient selon un mode incompréhensible pour les hommes, mais jamais encore il n'y avait été confronté avec autant de force.

Augusta ne le quittait pas des yeux.

— J'aimerais qu'il soit possible de cacher la vérité à ce policier afin d'épargner Adelina, mais jusque-là, je n'y avais pas vraiment réfléchi. Il serait peut-être bon, en effet, que vous essayiez d'approcher Robert Carlton pour voir s'il arrive à faire clore l'enquête. Elle ne sert plus à grand-chose maintenant, même dans le cas improbable où ils découvriraient la pauvre fille qui a fait ça.

— Il y a le petit problème de la justice, rétorqua-t-il avec indignation.

Il n'en revenait pas. Comment diantre pouvait-elle en parler comme d'un détail secondaire, comme s'il ne s'agissait pas d'enfants, d'êtres humains, morts, assassinés peut-être ?

— Franchement, Brandon, vous faites mon désespoir, dit-elle en lui passant la sauce au caramel. Vous êtes l'homme le moins pragmatique que je connaisse. Pourquoi les soldats sont-ils aussi rêveurs ? Quand on commande une armée, on est censé avoir le sens pratique, à défaut d'autre chose, non ? soupira-t-elle. Ou peut-être pas, tout compte fait, vu que la guerre est la plus absurde des occupations.

Il la dévisagea comme si elle avait changé de forme sous ses yeux pour se transformer en une parfaite étrangère.

— Bien sûr, vous ne comprenez rien à la guerre.

C'était un sujet qui ne nécessitait pas de discussion.

— Mais même si la justice est un concept trop abstrait pour vous, vous qui êtes une femme, qui avez eu des enfants aussi, vous êtes tout de même capable d'éprouver de la compassion ?

Elle posa sa fourchette et sa cuillère et se pencha en avant.

— Ces enfants sont morts. Qu'ils soient morts à la naissance ou bien après, nous ne pouvons plus rien pour eux. Leur mère a dû vivre un calvaire que ni vous ni moi non plus sans doute ne saurions imaginer. Qui qu'elle soit, elle l'aura payé de son chagrin dans cette vie-ci et en répondra devant Dieu dans la prochaine. Que lui demander de plus ? Son exemple n'empêchera pas la même histoire de se reproduire, croyez-moi, aussi longtemps qu'il y aura des hommes et des femmes en ce monde.

« Oui, votre notion de la justice est beaucoup trop abstraite pour moi. Ce mot a une sonorité ronflante et agréable pour vous, mais vous n'avez pas idée de ce qu'il peut signifier au quotidien ; votre soif d'idéal est satisfaite, et c'est quelqu'un d'autre qui doit la payer de sa peau.

« Mieux vaut enterrer toute l'affaire. C'est bien dommage, pour commencer, que ces hommes aient voulu planter leur arbre. Si vous arrivez à convaincre Robert Carlton d'user de son influence pour que la police abandonne l'enquête, vous pourrez considérer que vous n'avez pas perdu votre journée.

« Maintenant, si vous avez l'intention de manger votre pudding, faites-le avant qu'il ne refroidisse, ou vous aurez une indigestion. Moi, je monte voir Christina.

Elle se leva et quitta la pièce sous le regard médusé de son époux.

L'après-midi, Balantyne travailla sur ses papiers militaires car, au moins, c'était quelque chose dont il était sûr. Avec le temps, Augusta finirait probablement par s'expliquer, ou alors la question tomberait aux oubliettes et n'aurait plus d'importance.

En début de soirée, alors qu'il faisait déjà noir et très froid, Max annonça Robert Carlton. Balantyne aimait bien Carlton, sa tranquille assurance et sa dignité du parfait Anglais qui suivait les militaires aux quatre coins de l'empire pour gouverner et enseigner la civilisation là où elle était jusqu'alors inconnue. Ils défendaient tous deux la même cause et, pensait-il, se comprenaient d'instinct car ils avaient un sens inné du devoir et de la justice.

Lassé par la somme de travail, il fut ce soir-là particulièrement content de voir Carlton. Sa tâche s'avérait plus ardue en l'absence de Miss Ellison et, à dire vrai, ne lui procurait pas la satisfaction coutumière. Il se leva en souriant, la main tendue.

— Bonsoir, Robert, entrez donc ! Venez vous réchauffer : c'est le plus beau feu de la maison. Vous prendrez bien un sherry ou un whisky si vous préférez ? Ce doit être l'heure.

Il jeta un coup d'œil sur la grosse horloge en cuivre sur le manteau de la cheminée. Comme il détestait la pendule du salon en similor, avec ses angelots joufflus : elle n'était même pas capable de donner l'heure exacte !

— Non, merci, pas tout de suite.

Balantyne le regarda, étonné, et vit son visage clairement pour la première fois. Il avait des cercles gris sous les yeux et, dans l'ensemble, semblait plutôt abattu. Augusta, elle, savait être subtile. Lui en était incapable.

— Buvez un coup, tudieu, j'ai l'impression que vous en avez besoin. Que vous arrive-t-il ?

Debout près de la cheminée, Carlton hésita, ne sachant par où commencer, et Balantyne comprit qu'en mettant le doigt sur une préoccupation cachée, inexprimée jusque-là, il l'avait plongé dans l'embarras. À son tour, il fut embarrassé par sa propre maladresse. Pourquoi ne pouvait-il être plus chaleureux, plus intuitif ? Il savait agir en cas de crise, mais très souvent, il ne savait quoi dire.

Le silence se prolongeait, devenait encore plus douloureux.

Ce fut Carlton qui le rompit.

— Désolé. Oui, je veux bien un whisky. Je suis un peu contrarié ce soir…

Il s'interrompit, toujours sans regarder Balantyne, les yeux rivés sur les flammes.

— Je vous empêche de vous changer pour le dîner ?

— Non, non. J'ai tout mon temps. On va chez les Campbell.

— Ah oui, c'est vrai. Nous aussi. J'avais oublié.

Balantyne leur servit deux whiskies de la carafe sur le buffet et lui en tendit un. Il allait bien finir par parler. N'était-ce pas ce pour quoi il était venu ?

— Quelque chose ne va pas ? demanda-t-il.

— Ce policier, Pitt… il est revenu.

Balantyne ouvrit la bouche pour s'enquérir s'il avait ennuyé les domestiques, mais se dit qu'un dérangement aussi mineur ne saurait expliquer la détresse qu'il avait cru déceler chez son visiteur. Il demeura donc silencieux, attendant que Carlton exprime ce qu'il avait sur le cœur.

Cela mit quelques minutes à venir, mais ce silence-là était dicté par la patience.

— Je pense qu'il soupçonne Euphemia, dit Carlton finalement.

Balantyne fut frappé de stupeur. Il ne trouvait rien de cohérent à répondre. Comment pouvait-on soupçonner Euphemia Carlton ? C'était grotesque. Il avait dû mal comprendre ; d'ailleurs, plus il y réfléchissait, plus il était convaincu qu'il s'agissait d'une frasque de Reggie. Et Reggie le savait : voilà pourquoi il était dans tous ses états.

Il se souvint soudain que Reggie lui avait demandé d'intervenir auprès de Carlton pour faire cesser les investigations. C'était ridicule !

— C'est impossible, répliqua-t-il, catégorique. Ça ne tient pas debout ; or si Pitt est un type ordinaire, ce n'est certainement pas un imbécile. On ne l'aurait pas nommé inspecteur s'il se livrait à des accusations aussi insensées. Vous avez dû comprendre de travers. Toutes les autres considérations mises à part, Euphemia n'a aucune raison de faire ça !

Carlton continuait à fixer le feu.

— Si, Brandon. Elle a un amant.

Venant d'un bon nombre d'hommes, cela n'eût pas signifié grand-chose, du moment que ce n'était pas de notoriété publique, mais pour Carlton, c'était un sacrilège contre son foyer, contre l'aspect le plus intime de sa personne. Cela, Balantyne pouvait le comprendre, même s'il ne ressentait pas à ce point l'outrage à la pureté et à l'amour-propre. Si Augusta l'avait trompé, il eût été par-dessus tout surpris, et furieux bien sûr, mais blessé non, ou alors seulement en surface.

— Je suis navré, dit-il simplement.

— Merci.

Carlton accepta sa sympathie aussi poliment qu'il eût accepté un compliment ou un verre de vin, mais ses traits tirés témoignaient de son désarroi.

— Voyez-vous, poursuivit-il, il pense qu'elle aurait pu se débarrasser des enfants au cas où ils… auraient attiré l'attention… sur sa situation.

— Oui, bien sûr. Mais tout de même, vous l'auriez remarqué, non ? Je veux dire… la femme qui partage votre vie… votre femme ! Si elle avait été enceinte… ?

— Je ne demande pas… grand-chose à Euphemia, fit Carlton gauchement, les épaules rigides et le regard ailleurs. Je suis considérablement plus âgé qu'elle… je ne… veux pas…

Il ne trouvait pas les mots pour achever sa phrase, mais le sens en était évident.

Balantyne, qui n'avait jamais fait preuve de délicatesse en matière de sentiments, et surtout pas envers ceux d'Augusta, eut soudain l'impression d'être un mufle. Il eut honte de lui et ressentit inexplicablement de la peine pour Carlton. Comment Euphemia avait-elle pu faire ça à un homme aussi sensible, aussi profondément épris d'elle ? Mais ni sa colère ni son dégoût ne seraient d'aucun secours à Carlton.

— Je suis désolé, répéta-t-il. Vous savez qui c'est ?

— Non. Pour le moment, tout se passe dans la… discrétion la plus totale. La police en dit le moins possible.

— Savez-vous si elle… tient à lui ?

— Non. Pas du tout.

— Vous ne lui avez pas demandé ?

Carlton se retourna, la stupéfaction l'emportant momentanément sur la douleur.

— Bien sûr que non. Je ne pourrais pas… lui parler… de ça. Ce serait…

Il leva les mains en un geste d'impuissance.

— Oui.

Balantyne ne comprenait pas pourquoi il avait acquiescé. Il acquiesçait pour Carlton, pas pour lui-même – il aurait fait un esclandre de tous les diables –, mais il voyait bien que cet homme réservé, avec qui il se croyait tant de points communs, était en fait très différent de lui.

— Je suis terriblement navré, Robert. Je ne sais même pas quoi dire.

Pour la première fois, Carlton sourit faiblement.

— Merci, Brandon. Il n'y a véritablement rien à dire. Je ne vois même pas pourquoi je vous ai importuné avec ça, si ce n'est que j'avais besoin de parler à quelqu'un.

— Oui.

Balantyne se sentit à nouveau mal à l'aise.

— Oui, oui, certainement. Je… euh…

Carlton finit son whisky et reposa le verre.

— Il faut que je rentre. C'est bientôt l'heure du dîner. Je dois me changer. Mes compliments à Augusta. Bonsoir et merci.

— Bonsoir…

Il reprit sa respiration. Il n'y avait rien à ajouter.

À plusieurs reprises, il fut tenté d'en parler à Augusta, mais chaque fois le cœur lui manqua. C'était une affaire privée, entre hommes. Mettre une femme dans la confidence, ce serait remuer le couteau dans la plaie.

Il y pensait encore quand Miss Ellison arriva lundi matin pour continuer son travail. Il fut étonnamment content de la voir, peut-être parce qu'elle venait de l'extérieur et ne connaissait ni Callander Square ni ses blessures cachées. Qui plus est, elle était gaie, sans une once de coquetterie. Avec l'âge, il supportait de moins en moins les femmes coquettes.

— Bonjour, Miss Ellison, dit-il avec un sourire spontané.

Elle était agréable à regarder, pas belle dans le sens conventionnel du terme, mais épanouie : éclatante chevelure auburn, teint clair, yeux pétillants d'intelligence. Pour une femme, elle disait remarquablement peu de sottises ; bizarre, elle devait avoir trois ou quatre ans à peine de plus que Christina qui parlait surtout de potins, de mode et de qui allait épouser qui.

Il se rendit compte brusquement qu'elle attendait ses instructions.

— J'ai un paquet de lettres ici, fit-il en exhumant une boîte. De mon grand-père. Voudriez-vous les trier, s'il vous plaît : d'un côté, celles qui traitent de questions militaires, de l'autre, celles qui sont purement personnelles ?

— Entendu.

Elle prit la boîte.

— Désirez-vous que je les classe par catégories ?

— Par catégories ?

Il n'arrivait toujours pas à se concentrer.

— Oui. Celles qui datent de la guerre d'Espagne, celles qui ont été écrites avant les Quatre-Bras et après Waterloo, celles de l'hôpital militaire et celles des Cent-Jours. Ce pourrait être intéressant, ne croyez-vous pas ?

— Si, si. Tout à fait. Excellente idée.

Il la regarda prendre les lettres et aller s'asseoir à l'autre bout de la pièce, près du feu, la tête penchée sur le vieux papier et l'encre défraîchie de l'écriture juvénile. L'espace d'un instant, il vit en elle sa grand-mère, telle qu'elle avait dû lire ces lettres dans une Angleterre en guerre contre l'Empereur, jeune épouse avec des enfants en bas âge. Il ignorait totalement à quoi elle ressemblait. Avait-elle la même courbe ovale des joues, le même cou gracile, tellement féminin, avec de petites mèches tendres bouclant sur la nuque ?

Il se ressaisit avec énergie. Quelle pensée ridicule : c'était juste une jeune femme qui s'intéressait aux vieilles lettres et qui avait les compétences requises pour les archiver.

Charlotte, de son côté, ne prêtait aucune attention au général. Elle l'avait oublié sitôt qu'elle avait lu la première phrase tracée d'une écriture ronde et passée. Son imagination l'emporta vers des contrées inconnues ; elle s'efforça de partager les émotions décrites par le jeune soldat, sa terreur devant les hommes en rangs serrés, qu'il devait cacher, son amitié avec le chirurgien, sa rencontre mémorable avec le Duc de Fer en personne. Il y avait de l'humour dans ces lignes-là, un pathos inconscient quelquefois, et beaucoup de choses qu'il ne disait pas sur le froid et la faim, les jambes douloureuses, les blessures et la peur, la longue monotonie des jours et la soudaine confusion de l'action.

Elle descendit déjeuner comme dans un rêve, et l'après-midi s'écoula sans qu'elle eût la moindre notion du temps. Il faisait sombre quand elle rentra chez elle. Moins d'une demi-heure après, Emily frappait à sa porte ; les chevaux de son attelage piaffaient dans le froid glacial, et leur souffle ajoutait au brouillard de ce début de soirée.

— Alors ? questionna-t-elle aussitôt qu'elle fut à l'intérieur.

Charlotte était toujours en Espagne, au moment des guerres napoléoniennes. Elle contempla Emily d'un air ahuri.

Emily referma la porte et prit une grande inspiration.

— Qu'as-tu découvert chez les Balantyne ? demanda-t-elle patiemment. Tu y es allée, je suppose ?

— Ah oui, bien sûr.

Charlotte s'aperçut avec remords qu'elle n'avait rien fait pour justifier la confiance d'Emily, pendant les six jours qu'elle avait déjà passés à Callander Square.

— Plusieurs fois, ajouta-t-elle. Je commence à bien connaître certains domestiques.

— Qu'importent les domestiques ! Je te parle de Christina. Est-elle enceinte ? Et, qu'elle le soit ou non, pourquoi croit-elle l'être ? Qui est le père ? Pourquoi ne l'épouse-t-elle pas, plutôt que de subir cette situation ridicule ? Est-il déjà marié, ou bien promis à une autre ?

Ses yeux s'agrandirent.

— Mais oui, bien sûr ! Ce serait une mésalliance. Un mariage d'amour !

Sa figure s'allongea à nouveau.

— Non, pas Christina.

Elle poussa un soupir.

— Oh, Charlotte ! N'as-tu donc rien appris du tout ?

Son visage se plissa de déception, et Charlotte eut sincèrement pitié d'elle, d'autant plus qu'elle avait trompé son attente.

— J'essayerai demain, promis. Depuis que je vais là-bas, Christina n'a pas quitté sa chambre. Elle a pris froid, paraît-il, mais ils n'ont pas appelé le médecin…

— Qui ça, ils ? demanda Emily avec un regain d'intérêt.

— Les domestiques, bien sûr. Bonté gracieuse, Lady Augusta ne m'adresse pas la parole, sinon pour être polie, et le général ne me parle que de ses papiers. Les domestiques, en revanche, sont très curieux, tu sais. Ils ne se laisseraient pas aller à ce qu'on pourrait taxer de commérages, mais s'il y a moyen de nommer ça autrement, ils te diront tout ce qu'ils savent et, la plupart du temps, ce ne sont que des suppositions.

— Eh bien ? s'exclama Emily. Quelles sont-elles, ces suppositions ? Pour l'amour du ciel, parle avant que j'explose !

— D'après eux, la police ne découvrira jamais la vérité et ne cherchera d'ailleurs pas trop à résoudre le mystère car, quel que soit le coupable, l'affaire implique sûrement un gentleman, et donc, de toute façon, il n'y aura pas de poursuites. J'aimerais leur donner tort, mais, hélas, je crains qu'ils ne parlent d'expérience.

— Quel gentleman ?

Emily se contenait à grand-peine ; dans son exaspération, les mots lui échappaient entre les dents.

— Il y a autant d'hypothèses là-dessus que de domestiques pour les formuler, répondit Charlotte honnêtement. Il y a même eu quelques échanges passionnés à ce sujet. L'une des bonnes assure que ce ne peut pas être le jeune Brandon Balantyne parce qu'il ne lui a jamais fait d'avances ; or, d'après la cuisinière, ce n'était pas faute d'occasions propices. Une autre bonne est persuadée que c'est lui, exactement pour la même raison ! Il ne lui a pas fait d'avances, donc il doit avoir quelque horrible secret…

— Évidemment ! Euphemia Carlton !

Mais la réponse d'Emily manquait d'enthousiasme.

— À vrai dire, je répugne à penser que c'est elle, peut-être parce que je l'aime bien. Je ne suis pas faite pour jouer les détectives. Cependant, j'aurai bientôt la possibilité de leur rendre une autre visite, sans paraître trop empressée à entretenir cette relation.

Elle soupira à nouveau.

— Et toi, Charlotte, tâche de faire mieux. Tu n'essaies même pas ! Comment peux-tu trouver plus d'intérêt à une guerre qui s'est terminée en 1814 qu'à une affaire de meurtre qui se déroule en ce moment même ?

— 1815, rectifia Charlotte machinalement, et nous ne savons pas s'il s'agit d'un meurtre.

— Oh, je t'en prie, cesse de chipoter ! Peu importent les détails. Le scandale est énorme, et tu ne peux pas en dire autant de tes malheureuses guerres. Reprends-toi, s'il te plaît, et fais fonctionner ton cerveau !

— Je te le promets. Je ferai de mon mieux pour voir Christina de mes propres yeux et essayer de savoir pourquoi elle n'épouse pas son amant et qui il est, si possible.

— Merci.

Emily arborait un air de généreuse indulgence, comme quelqu'un qui a décidé d'ignorer un affront.

— Tu auras peut-être même l'occasion de bavarder avec d'autres domestiques du square. Si c'est le cas, surtout profites-en !

Charlotte faillit rétorquer à sa jeune sœur qu'elle n'avait pas d'ordres à lui donner, puis elle se souvint qu'Emily prenait la question très à cœur et qu'elle-même risquait fort de s'ennuyer dans ses inutiles visites mondaines ; elle se contenta donc de réitérer sa promesse d'exploiter toutes les pistes qui se présenteraient.

Pitt arriva un peu plus tard, au moment où Emily allait partir, un large sourire d'anticipation aux lèvres.

— On dirait un chat qui a repéré le canari hors de sa cage, observa Pitt lorsque la porte se fut refermée.

— Elle se porte très bien, répondit Charlotte d'un ton vague.

— Je n'en doute pas. Un chat en excellente santé. Qui est l'infortuné canari, cette fois ?

— C'est injuste.

Elle ne tenait point à lui fournir d'explications. Jusqu'à présent, il savait seulement qu'elle aidait le général Balantyne dans un travail de rédaction, sur un sujet qui la passionnait depuis longtemps, mais que son père lui avait défendu d'explorer. Il ne soupçonnait pas qu'elle s'intéressait ou comptait s'intéresser de près à l'affaire de Callander Square ; pas plus ne se doutait-il qu'Emily avait rompu sa promesse de renoncer à ses investigations.

— Elle s'est simplement livrée à quelques spéculations oiseuses, c'est tout.

Voilà qui devrait le satisfaire, sans qu'il faille recourir à un mensonge.

— À propos de qui ?

— Pardon ?

— Allons, Charlotte !

La main sur son épaule, il la fit pivoter vers lui. Sa chaleur et sa force lui donnaient encore le frisson. Elle leva les yeux sur lui, en partie tout à fait sincèrement, parce qu'elle l'aimait et voulait le lui montrer, et aussi un peu pour détourner son attention.

Au bout d'une minute ou deux, il la lâcha.

— Charlotte, que fait Emily à Callander Square ? Et, plus important encore, que faites-vous là-bas… à part ranger les papiers du général Balantyne ?

Elle envisagea de mentir, mais, comme l'avait dit Emily, elle n'était pas très douée pour le mensonge. Elle opta donc pour une retraite stratégique.

— Emily n'a pas mis les pieds à Callander Square dernièrement. Si elle y va trop souvent, elle risque de se faire remarquer et ainsi de compromettre sa mission. Elle voulait savoir si j'avais appris quelque chose sur Christina Balantyne. Naturellement, la réponse est non. Christina est au lit à la suite d'un refroidissement ; je ne l'ai même pas rencontrée. Emily insiste pour que j'essaie de découvrir qui est son amant, et pourquoi elle ne l'épouse pas, plutôt que de rester couchée.

— Charlotte ?

Il fronça les sourcils. Son regard amusé s'était teinté d'appréhension.

Elle se sentait l'innocence même.

— Oui ?

— Qu'est-ce qui vous fait croire que Christina a un amant ?

— Oh… !

Elle se rendit compte qu'elle s'était trahie. Pitt attendait, et il n'y avait plus moyen d'éluder ses questions, à part mentir, or elle s'y refusait.

— Emily l'a su, avoua-t-elle, et me l'a dit : Christina craint d'être enceinte. Ce qui signifie, évidemment, qu'elle doit avoir un amant.

Il la regarda fixement. Elle n'avait pas la moindre idée de ce qu'il pensait. Ses yeux s'agrandirent ; il arqua les sourcils. Elle ne connaissait personne qui eût des yeux aussi clairs et aussi pénétrants ; elle eut l'impression qu'il la scrutait au plus profond d'elle-même. Puis soudain, il parut se raviser.

— Quelle femme entreprenante, cette Emily !

Une note d'admiration perçait dans sa voix, et d'ironie aussi, pensa-t-elle.

— Ceci explique pourquoi Lady Augusta n'a pas voulu que je la voie. Voilà une question intéressante : pourquoi ne pas se marier tout simplement, même à la hâte ?

Son visage redevint soucieux.

— Charlotte, il faut dire au général Balantyne que vous ne pouvez plus l'aider.

Elle fut frappée d'horreur.

— Oh non ! Je ne peux pas faire ça ! Je n'en suis même pas à la moitié…

— Charlotte ! S'ils ont quelque chose à cacher…

— Il n'y a pas de danger, répondit-elle précipitamment. Je ne pose pas de questions. J'écoute seulement les conversations des domestiques à l'heure des repas. Je ne suis pas comme Emily, je serai extrêmement discrète…

Il ne put s'empêcher de rire.

— Ma chère, vous n'avez rien de commun avec Emily ; c'est un modèle de discrétion à côté de vous. Vous allez vous excuser, dire que vous êtes souffrante, ou que votre mère est…

— Non ! Que peuvent-ils me faire ? Je n'ai pas de rang social à perdre ; ils ne me considèrent même pas comme une personne. Ils ne se douteront de rien. Je me contenterai d'écouter, je vous le promets.

Une autre idée lui vint à l'esprit, et elle joua son va-tout.

— Si je pars maintenant, ils pourraient se demander pourquoi et se donner la peine de découvrir qui je suis.

Elle s'abstint de lui rappeler les conséquences éventuelles sur sa propre carrière ; c'était le dernier argument à lui opposer.

— La meilleure solution, reprit-elle, c'est de continuer normalement ; ainsi, ils ne s'apercevront de rien.

Et, sûre d'elle, elle ponctua ses propos d'un sourire angélique.

Il hésita, soupesant sa décision.

— Me promettez-vous de ne pas poser de questions ? dit-il finalement.

Elle se demanda si elle en serait capable. Et elle se jeta à l'eau.

— Oui. J'écouterai seulement. Je vous en donne ma parole.

Elle se haussa sur la pointe des pieds pour l'embrasser, mais il l'observait attentivement, pour s'assurer qu'elle entendait bien tenir sa promesse.

Promesse qui se révéla singulièrement difficile à respecter, car la journée du lendemain fut riche en occasions de poser des questions, discrètement et sans franchir les limites d'un simple intérêt amical. Et, bien sûr, il y avait aussi la promesse faite à Emily. La chance lui sourit à l'heure du déjeuner : la femme de chambre d'étage était débordée, harassée par ses multiples tâches, et Charlotte lui offrit de monter le plateau de Christina, au moins pour lui épargner cette corvée-là.

— Oh, vous n'êtes pas obligée de faire ça, miss !

Mais le visage de la jeune femme s'illumina d'espoir.

— Sottises !

D'un geste prompt, Charlotte lui enleva le plateau sous le nez.

— Ça ne me gêne nullement, et mon déjeuner est trop chaud, de toute façon : je ne peux pas manger tout de suite.

— Oh, merci, miss. Faudrait pas que vous tombiez sur Madame !

— Pas de danger, déclara le groom joyeusement. Elle est en train de déjeuner, elle aussi. Elle se lèvera pas de table tant que le général n'aura pas mangé son pudding chaud. Sinon, ça y donne une sacrée indigestion, et après, ça y joue sur le caractère.

Charlotte le remercia et s'empressa de monter avant que l'un ou l'autre change d'avis. Sur le palier, elle dut arrêter une petite bonne pour lui demander où était la chambre de Christina.

Elle frappa à la porte et entra. La chambre n'était pas très différente de celle qu'elle avait eue à Cater Street : un peu plus spacieuse, un peu plus richement meublée peut-être. L'espace d'un instant, elle se revit jeune fille ; c'était un doux souvenir, mais seulement un souvenir, et c'était tant mieux. Son bonheur actuel n'avait rien à voir avec ce dont elle avait rêvé ; cependant, il était plus profond, d'une dimension dont elle n'avait pas soupçonné l'existence. Elle regarda Christina assise dans son lit, ses cheveux bruns cascadant sur ses épaules, son joli petit minois figé de surprise. Quelle sorte de bonheur voyait-elle dans ses rêves, et avec qui ? Les rêves d'une jeune fille étaient parfois tellement innocents, tellement naïfs aussi.

— Qui êtes-vous ? s'enquit Christina avec humeur.

— Charlotte Ellison.

Elle se rappela le « Ellison » juste à temps.

— J'aide le général Balantyne pour ses mémoires, et comme votre femme de chambre se débattait avec trois tâches différentes à la fois, je vous ai monté votre déjeuner. J'espère que vous vous sentez mieux.

Elle accompagna ses paroles d'un regard attentif qu'elle essaya de faire passer pour de la simple courtoisie. Selon toutes les apparences, Christina se portait comme un charme. Elle avait de belles couleurs, les yeux clairs ; ses joues et son nez n'étaient pas bouffis, comme lorsqu'on attrape froid.

— Oui, merci, répondit Christina froidement.

Soudain, elle parut se souvenir de sa situation.

— Aujourd'hui, je me sens mieux, mais malheureusement, ça va, ça vient.

— Je suis désolée.

Charlotte posa le plateau avec précaution.

— Ce doit être le temps.

— Sûrement. C'est gentil de m'avoir monté le plateau. Je n'ai plus besoin de rien, merci. Vous pouvez partir.

Charlotte sentit son visage se crisper ; une attitude hautaine la faisait sortir de ses gonds plus vite que toute autre chose. Elle dut faire un effort considérable pour se maîtriser.

— Merci, répondit-elle avec raideur. J'espère que vous vous rétablirez bientôt. C'est tellement dommage de rester au lit, on rate tellement de choses ! C'est ahurissant, en société, comme on se retrouve vite à la traîne !

Et, satisfaite de sa pique finale, elle sortit, refermant la porte d'un coup sec.

Une fois en bas, son entrain retomba. Emily aurait usé de son charme, elle aurait feint, gardé son calme et conservé une amie. Charlotte, en revanche, venait assurément de se faire une ennemie. Mais comme elle n'éprouvait pas la moindre sympathie pour Christina, elle avait sans doute précipité ce qui n'aurait pas manqué d'arriver de toute façon.

En milieu d'après-midi, il en fut tout autrement. On lui demanda à titre de faveur, puisque la femme de chambre du rez-de-chaussée avait eu un léger malaise, de se rendre avec une commission dans la maison d'à côté, chez les Southeron. Elle accepta avec joie, ravie de profiter de l'aubaine, et, sitôt introduite dans la cuisine des Southeron, y rencontra Jemima Waggoner, la gouvernante. Elle lui plut immédiatement : Charlotte sentit chez elle une franchise proche de la sienne, et peut-être des sentiments que la bienséance et sa position subalterne l'empêchaient d'exprimer. Tout cela, elle crut le lire dans les grands yeux gris et dans le pli amusé de la bouche.

— Voulez-vous une tasse de thé, Miss Ellison ? proposa Jemima. Justement, c'est l'heure : nous nous apprêtions à prendre le nôtre. Faites-nous donc le plaisir de vous joindre à nous.

— Très volontiers, je vous remercie, répondit Charlotte sans hésiter.

Le général attendrait. Lui aussi ferait certainement une pause thé. S'il lui en offrait à son retour, elle serait obligée d'accepter, même si elle était pleine à ras bord. Mais c'était peu probable ; il pensait rarement à ces choses-là, trop absorbé qu'il était par la poussière des batailles pour se préoccuper de tasses de thé.

Quelques instants plus tard, elle se retrouva seule avec Jemima dans le bureau de la gouvernante, en train de boire le thé et de manger des sandwiches.

— Est-il vrai que vous aidez le général Balantyne pour ses histoires de guerre ? demanda Jemima. Je ne sais jamais si je dois croire ou non la rumeur.

— C'est normal. À moins d'être celui ou celle qui l'a lancée… et encore, au bout d'une semaine, on ne la reconnaît déjà plus ! Enfin, en l'occurrence, c'est parfaitement exact.

— Et ça vous plaît ? s'enquit Jemima, comme si elle s'attendait à une réponse affirmative.

— Oh oui, beaucoup. C'est très intéressant, surtout la correspondance d'époque. Les lettres des soldats sont tellement différentes, vous n'imaginez pas ! Mais celles des épouses et des fiancées… on ne change pas, vous savez ; les préoccupations sont toujours les mêmes : amours, maladies, enfants, derniers potins.

Elle en rajoutait un peu, mais son but était d'en revenir à Callander Square, et elle avait l'impression que Jemima n'aimait pas les ragots.

— Les potins, ça ne change pas, fit Jemima, pensive, en regardant le thé frémir dans sa tasse après qu'elle l'eut remué. On s'interroge toujours sur les bêtises ou les méfaits d'autrui.

Charlotte ouvrit la bouche pour renchérir, pour ramener la conversation sur Callander Square, quand elle s'aperçut qu'elle n'en avait pas envie. Jemima avait exprimé ses propres pensées : c'étaient toujours les péchés et les malheurs des autres dont on se repaissait à outrance.

Elle le lui dit ; la jeune fille lui adressa un regard chaleureux, et Charlotte en fut touchée. Elle lui rendit son sourire.

— Combien d'enfants avez-vous à votre charge ? demanda-t-elle.

— La plupart du temps, juste les trois filles de la maison, mais Victoria et Mary Campbell viennent assister aux cours trois fois par semaine. Vous connaissez les Campbell ? Ils habitent en face.

Elle esquissa une petite grimace ironique.

— Je n'ai pas une grande passion pour Mr. Campbell. Il a beaucoup d'esprit, mais il y a toujours comme un fond de désespoir chez lui, comme s'il faisait seulement semblant de s'amuser, tout en sachant combien c'est futile. Je trouve ça déprimant et un peu effrayant.

Elle regarda Charlotte pour voir si elle comprenait.

— Moi aussi, le cynisme me fait peur. On peut combattre un tas de choses, mais on ne peut pas convaincre quelqu'un d'espérer. Et Mrs. Campbell, est-elle comme ça, elle aussi ?

— Oh non, pas du tout. Elle est plutôt du genre calme et efficace. En fait, c'est la meilleure mère pour laquelle j'aie travaillé : elle ne gâte pas trop ses enfants, elle n'est ni indifférente ni exagérément sévère. Je trouve qu'elle a une très forte personnalité.

Cette dernière remarque s'accompagna d'un regard songeur.

Elles parlèrent encore quelques minutes des autres résidents du square, un peu des Balantyne et du travail de Charlotte. Elle apprit que Jemima avait rencontré le jeune Brandon Balantyne à deux ou trois occasions et, à la voir se colorer délicatement, conclut qu'il ne lui déplaisait point, même si, naturellement, elle ne l'eût jamais avoué. Une gouvernante n'avait pas à juger des qualités de fils de généraux et petits-fils de ducs.

Elles avaient fini de boire leur thé quand la porte s'ouvrit à la volée, sur la plus ravissante femme de chambre que Charlotte eût jamais vue. Elle était rouge de colère, et son uniforme était en désordre.

— Un jour, je vais lui coller une bonne gifle, je le jure ! déclara-t-elle, furieuse. Ce sera plus fort que moi !

Tout à coup, elle se rendit compte que Charlotte ne faisait pas partie de la maison.

— Oh, pardon, miss ! Je ne vous avais pas vue. Je m'excuse.

— Ce n'est pas grave, répliqua Charlotte amicalement.

Et, oubliant sa promesse à Pitt :

— Quelqu'un se serait-il permis des privautés ?

— Des privautés ! Je pense bien.

— Mary Ann, intervint Jemima, dissipant la gêne, je vous présente Miss Ellison qui aide notre voisin, le général Balantyne, avec ses papiers.

Mary Ann inclina poliment la tête ; en tant qu'employée, Charlotte ne pouvait prétendre à une révérence.

— Je suppose que vous avez déjà pris votre thé, dit-elle avec un coup d'œil sur la théière. Il doit en rester dans la cuisine.

Et elle sortit en tirant sur sa jupe pour la remettre en place.

— Elle devrait peut-être le gifler un bon coup, observa Charlotte quand la porte se fut refermée. On ne marque jamais trop clairement ses limites.

— Le gifler ?

Jemima esquissa une petite moue dubitative et rit.

— Mr. Southeron a très bon caractère, mais je doute qu'il apprécie de recevoir une claque de la part d'une femme de chambre.

— Mr. Southeron !

Charlotte s'efforça de dissimuler sa surprise et son exultation. Maintenant, elle avait véritablement du nouveau pour Emily, et ce, sans avoir eu besoin de poser des questions, sauf une fois, par accident.

Visiblement, Jemima regrettait d'avoir parlé aussi librement.

— J'ai eu tort de dire ça, fit-elle, confuse. Ce ne sont que des suppositions, d'après ce que j'ai pu entendre. Je ne devrais pas en tirer de conclusions trop hâtives. Peut-être que Mary Ann exagère ?

— En tout cas, elle est en colère, dit Charlotte prudemment. Mais il ne faut certes pas nous laisser emporter par notre imagination. Je présume que vous-même n'avez jamais été…

Délicatement, elle laissa sa phrase en suspens.

À son étonnement, Jemima pouffa de rire.

— Une fois ou deux, j'ai cru qu'il allait le faire, mais je me suis éclipsée. C'est vrai qu'il a eu l'air contrarié. Mais du moment qu'on autorisc lcs familiarités, on ne peut plus revenir en arrière ; on renonce à sa position, pour ainsi dire.

Elle haussa légèrement les sourcils, pour voir si Charlotte avait bien saisi le sens de ses paroles.

— C'est vrai, acquiesça Charlotte.

Et, bien que ce fût une simple supposition, elle éprouva une bouffée de compassion pour cette jeune fille obligée de vivre et de travailler chez les autres, sans oser courir le risque de les offenser.

Elle resta encore un peu, puis s'excusa et retourna auprès du général Balantyne, qui la surprit car il arpentait la bibliothèque en l'attendant. Tout d'abord, elle crut qu'il allait lui reprocher son absence, mais sa mauvaise humeur se dissipa, et il se remit au travail après s'être juste plaint pour la forme.

Ce soir-là, Pitt rentra tard, et Charlotte n'eut pas l'occasion de lui raconter ce qu'elle avait appris. Le lendemain matin, il partit de bonne heure, et elle arriva à Callander Square, prête à reprendre ses fonctions. Lorsque, à nouveau, l'opportunité se présenta de se rendre dans une autre demeure du square, elle s'empressa de la saisir. Aussi, à deux heures moins le quart, se retrouva-t-elle dans le salon surchargé des Doran, un bouquet de fleurs séchées à la main, face à Miss Georgiana.

Parée de mousseline grise et de fleurs artificielles, Georgiana reposait dans une chaise longue, un bras sur le dossier. Elle était si pâle, si décharnée que, n'étaient-ce ses yeux brillants, Charlotte l'eût prise pour un cadavre artistement exposé dans son linceul parmi les fleurs. Cette idée lui donna envie de rire, et elle ne réussit à se maîtriser qu'au prix d'un immense effort. Elle sentait le rire bouillonner en elle ; son sens du ridicule lui avait toujours joué des tours pendables.

Georgiana l'examina avec attention.

— Qui êtes-vous, déjà ?

— Charlotte Ellison, Mrs. Duff. Lady Augusta m'a chargée de vous apporter ceci. C'est excellent pour la maison, paraît-il, un parfum très délicat.

Elle mit le bouquet dans la petite main semblable à une patte d'oiseau et parée de bijoux.

— Sottises.

Georgiana le porta à son nez.

— Ça sent la poussière. Mais tout de même, c'est gentil de la part d'Augusta. Elle a dû penser qu'elles conviendraient à Laetitia, et elle a sûrement raison.

Charlotte ne put s'empêcher de risquer un coup d'œil sur les roses en velours et peluche qui ornaient le canapé, les coussins et Georgiana elle-même.

Les petits yeux de Georgiana, aigus comme un diamant, interceptèrent son regard.

— Tout à fait autre chose, dit-elle simplement. J'aime la beauté. Je suis extrêmement sensible. Je souffre, vous comprenez, et ça aide d'avoir des fleurs.

— Je n'en doute pas.

Charlotte ne trouvait pas de réponse intelligente à cette remarque. Elle s'attardait gauchement au milieu de la pièce, ne sachant si elle devait rester ou bien s'excuser.

Georgiana l'observait avec curiosité.

— Vous n'avez pas l'air d'une servante. Que faites-vous, déjà ?

— J'aide le général Balantyne pour ses mémoires de guerre.

— C'est dégoûtant. Pourquoi une jeune femme comme vous s'intéresserait-elle à des mémoires de guerre ? Pour de l'argent, j'imagine ?

— Je trouve ça passionnant.

Charlotte ne voyait pas l'utilité de biaiser ni de cacher ses sentiments.

— Je pense qu'il est bon de connaître l'histoire de son pays et la nature des sacrifices consentis par ses hommes.

Georgiana plissa les yeux.

— Quelle drôle de créature vous êtes ! Asseyez-vous, je vous prie, ou alors partez. Vous êtes grande et, à force de vous regarder par en dessous, j'ai mal au cou. Je suis quelqu'un de fragile, vous savez.

Charlotte serait bien restée, mais elle songea au général qui l'attendait et à ses devoirs ; non seulement c'était une question d'honneur, mais si elle abusait de sa patience, elle risquait de perdre sa place et par là même l'opportunité de poursuivre ses investigations.

— Merci, Mrs. Duff, répondit-elle sagement. Il faut que je rentre. J'ai été très heureuse de vous rencontrer.

— Revenez donc me voir. Je vous trouve tout à fait divertissante.

Georgiana s'allongea pour mieux l'observer.

— Je ne sais plus ce qui se passe dans le monde. Remerciez Augusta de ma part. Ne lui dites pas que je n'aime pas ses fleurs ou qu'elles sentent la maison inhabitée.

— Bien sûr que non.

Et Charlotte la laissa, les yeux rivés sur la porte Balantyne l'attendait dans la bibliothèque.

— Georgiana vous a fait la causette ? s'enquit-il avec un sourire, le premier qu'elle lui voyait. Pauvre vieille ! Ce ne doit pas être facile de vivre là-bas avec Laetitia. J'ai parfois l'impression qu'elle a l'esprit un peu dérangé depuis le départ d'Helena.

— Helena ?

Charlotte n'arrivait pas à situer ce nom, même si elle croyait l'avoir déjà entendu dans la bouche d'Emily.

— La fille de Laetitia. Cette malheureuse s'est enfuie avec un homme il y a deux ans environ. On n'a jamais su qui c'était. La pauvre Laetitia a été bouleversée. Elle ne parle jamais d'Helena. Elle fait comme si elle n'avait pas d'enfants. Son mari est mort depuis des années et, comme elle n'a personne d'autre, Georgiana est venue vivre avec elle.

— C'est triste.

Charlotte imagina le gâchis et tenta de se figurer la solitude, l'amour – ou la tentation – d'Helena, les inévitables regrets. Était-elle heureuse ?

— N'a-t-elle jamais écrit à sa mère depuis ?

— Pas que je sache. C'était d'autant plus dur que Laetitia avait beaucoup d'admiration pour Ross.

— Qui est Ross ?

— Alan Ross. Il était amoureux d'Helena. Tout le monde pensait que leur mariage n'était qu'une question de temps. Ça montre bien les inepties qu'on peut raconter !

Il se rassit derrière son bureau ; son regard posé sur elle la troublait légèrement.

— Il ne s'en est jamais remis, ajouta-t-il.

Les seules réponses qui lui venaient à l'esprit étaient d'une banalité affligeante.

— On connaît rarement les véritables sentiments d'autrui, dit-elle, se replongeant dans les papiers. J'ai là le journal de votre oncle. Désirez-vous que je numérote les pages traitant plus spécifiquement de la guerre ?

— Comment ?

Elle répéta sa question en levant les cahiers pour les lui montrer.

— Ah oui, oui, s'il vous plaît. Votre aide m'est précieuse…

Il marqua un temps d'arrêt.

— … Miss Ellison.

Elle sourit brièvement et baissa les yeux.

— Tant mieux. Croyez-moi, j'y trouve mon compte aussi.

Elle ouvrit aussitôt le premier cahier et s'absorba dans la lecture. À cinq heures précises, elle le referma, prit congé du général, et Max lui appela un cab. Elle donna au cocher l'adresse d'Emily et s'engouffra en cahotant dans l'obscurité, impatiente de lui révéler ses dernières découvertes.

6

Noël approchait à grands pas ; à quinze jours des célébrations, Augusta décida qu'il fallait régler le problème de Max et de Christina. Sa fille n'allait tout de même pas passer les fêtes au lit, mais avant qu'elle ne se lève, Max devait quitter la maison. Elle avait contacté sa famille dans le Stirlingshire, et on lui arrangea une place. Il n'avait plus qu'à accepter l'inévitable et donner son congé de bonne grâce. Augusta avait déjà commencé à se renseigner discrètement en vue de son remplacement. Il serait difficile de trouver quelqu'un d'aussi compétent, voire d'aussi beau, pour former une paire avantageuse avec Percy, l'autre valet, car les valets allaient toujours par deux, mais c'était une considération secondaire.

Afin de l'informer de l'imminence de son départ, elle fit venir Max au petit salon. Elle n'avait encore rien dit au général ; elle aurait tout le temps de lui en parler une fois que tout serait terminé. Et puisqu'il la harcelait depuis des mois pour qu'elle se débarrasse de Max, cela lui ferait certainement plaisir.

Max entra et referma la porte sans bruit.

— Madame ?

— Bonjour, Max.

— Bonjour, Madame.

— J'ai pris des dispositions pour votre nouveau poste dans le Stirlingshire. Vous entrerez chez Lord et Lady

Forteslain. C'est une cousine à moi. Vous aurez une position équivalente, même si elle ne vous permet pas forcément d'exploiter vos capacités comme à Londres. Mais c'est un inconvénient dont il faudra vous accommoder.

— J'ai réfléchi à la question, Madame.

Un petit sourire satisfait jouait sur ses lèvres. Augusta se demanda comment Christina avait pu le trouver à son goût, au point de se laisser embrasser, toucher par lui. Cette simple idée la révoltait.

— Ah oui ? répondit-elle froidement.

— Je ne tiens pas à aller dans le Stirlingshire, Madame, ni en Écosse en général.

Elle haussa légèrement les sourcils.

— C'est bien dommage. Mais vos préférences ne m'intéressent pas. Vous serez obligé de vous y faire.

— J'en doute, Madame. J'aime mieux rester à Londres. En fait, Callander Square me convient parfaitement.

— Peut-être, mais ce n'est pas possible. Je croyais pourtant avoir été claire.

— Vous m'avez fait part de votre opinion, oui. Mais comme je viens de le dire, j'ai réfléchi et abouti à une solution qui me semble infiniment préférable.

— Je ne l'accepterai pas !

Elle essaya de lui faire baisser les yeux, mais son insolence était insurpassable.

— Navré d'être aussi discourtois, Madame, mais ce n'est pas mon problème. Comme vous l'avez fait remarquer la dernière fois que nous avons parlé, il y a des choses qu'on est obligé d'accepter, qu'on le veuille ou non.

— Je n'ai rien à accepter de vous, Max. Je vous ai dit ce que je ferais, si vous n'alliez pas en Écosse, et de bon gré. Je n'ai rien d'autre à ajouter.

— Si vous m'accusez de vol, Madame, vous le regretterez.

Il la regarda sans ciller.

Elle se raidit ; elle sentait la peau de son visage lui tirailler.

— Vous me menacez, Max ?

— S'il vous agrée, Madame, de le considérer sous cet angle-là, oui.

— Ce sont des menaces en l'air. Vous ne pouvez rien faire. C'est moi qu'on croira, pas vous.

Il ne broncha pas.

— Tout dépend de ce qui compte le plus à vos yeux, Lady Augusta. Certes, si je dis que j'ai couché avec votre fille, le tribunal se rangera de votre côté, pas du mien, si vous jurez que mes propos m'ont été dictés par un désir de vengeance. Ce serait un mensonge…

Il sourit imperceptiblement, une lueur sarcastique dans son regard lourd.

— Mais je ne me fais pas d'illusions : ça ne vous empêchera pas de prêter serment.

Elle s'empourpra ; le feu lui monta au visage, attisé par son mépris, parce qu'elle ne valait pas mieux que lui et qu'elle lui avait donné l'occasion de le prouver.

— Cependant, poursuivit-il, je ne dirai pas que c'est moi qui ai couché avec elle. J'ai un ami qui n'est pas domestique ; c'est un débauché… un joueur qui a connu des jours meilleurs, mais il est beau, dans le genre vulgaire, et il ne manque pas de relations féminines. La plupart sont des filles publiques, mais elles le trouvent séduisant. Malheureusement…

Sa bouche se tordit.

— … il a contracté une maladie.

Il haussa les sourcils, comme pour s'assurer qu'elle l'avait bien compris.

Augusta frémit de dégoût.

— Je dirai, reprit Max, que c'est lui qui a séduit Miss Christina, ou plutôt il le dira lui-même. Ça n'aura aucun rapport avec mes propres ennuis, et ce sera extrêmement difficile à démentir ; je doute même que ça en vaille la peine. Le mal aura été fait. La nouvelle fera le tour des clubs, dans la plus grande discrétion, rien de public, rien que vous puissiez nier. Si vous m'accusez de vol, je vous jure que c'est ce qui va se passer.

Elle avait peur, réellement peur. Cet homme-là était fort, et sûr de sa victoire. Elle chercha ses mots. Il n'était pas question de capituler.

— Et pourquoi croirait-on que votre répugnant ami a seulement vu Christina, fit-elle lentement, ou qu'elle lui a adressé la parole, voire qu'elle l'a touché ?

— Parce qu'il sera capable de décrire cette maison en détail : sa chambre, jusqu'aux ornements sur son lit…

— Que vous connaissez, vous ! rétorqua-t-elle vivement. Il peut l'avoir appris de n'importe quelle bonne. Ça ne veut rien dire.

Elle éprouva une bouffée d'espoir.

Le regard lent, humide, de Max la balaya de la tête aux pieds.

— Elle a un grain de beauté sous le sein gauche, répondit-il distinctement, et une cicatrice sur la fesse, gauche également, si mes souvenirs sont bons. Vous me direz que je le savais aussi, mais je doute que ce soit le cas d'une bonne. Vous me suivez, Madame ?

Seul un incroyable effort de volonté l'empêcha de hurler, de tempêter, de donner libre cours à sa rage et à son dépit et de lui crier : « Hors de ma vue ! » Elle inspira profondément et fit appel à son implacable discipline.

— Oui, je vous suis, dit-elle calmement, presque posément. Vous pouvez disposer.

Il tourna les talons, mais hésita à la porte.

— Vous préviendrez votre famille dans le Stirlingshire que je ne viendrai pas, n'est-ce pas ?

— Oui. Allez-vous-en maintenant.

Il s'inclina très légèrement, toujours souriant.

— Merci, Madame.

Sitôt la porte refermée, son sang-froid l'abandonna. Pendant cinq bonnes minutes, elle se laissa aller à frissonner de colère et de dégoût. Avoir cédé à un serviteur, un valet sans moralité ! Jamais elle n'oublierait son regard brûlant, familier. Dire que Christina avait couché de son propre gré avec cet… individu ! Qu'en ce moment même, elle portait peut-être son enfant. C'était intolérable. Elle devait se ressaisir. Il y avait certainement quelque chose à faire. Si elle ne voyait pas présentement comment se débarrasser de Max, elle devait au moins s'assurer qu'il ne toucherait plus à Christina. À partir de maintenant, Christina se devait d'avoir une conduite irréprochable. Max ne jouerait pas sa carte maîtresse à moins d'y être contraint, à moins de n'avoir plus rien à perdre, car il n'avait qu'un seul jeu en main. La perte de Christina entraînerait sa propre perte ; il ne la poursuivrait donc pas, si elle le traitait dorénavant avec une totale indifférence. Et de cela, Augusta pouvait répondre !

Elle se leva et composa son maintien. Christina n'avait plus aucune raison de rester au lit. Elle était parfaitement rétablie. Autant qu'elle quitte la chambre et reprenne une vie normale ; c'était même mieux, avant qu'on ne commence à s'interroger sur les causes de son absence. Si par malheur elle était effectivement enceinte, Augusta s'arrangerait pour la marier au plus vite, dans l'espoir de faire passer l'enfant pour un prématuré. Par chance, Christina était aussi brune que Max : la naissance d'un enfant brun ne susciterait donc pas de commentaires. D'ailleurs, il serait bon de la marier le plus tôt possible, de toute façon. Manifestement, elle témoignait d'un penchant qui exigeait une solution, or Augusta n'en voyait qu'une. Pendant qu'elle traversait le vestibule et gravissait l'escalier, elle entreprit d'énumérer mentalement toutes les possibilités. Il fallait trouver quelqu'un qu'on puisse convaincre de se marier rapidement, sans causer trop de haussements de sourcils : quelqu'un donc qu'elle connaissait déjà, pour qu'on pense qu'il avait eu le temps de lui faire la cour. Il était peu probable qu'un homme doté d'un charme dévastateur qui rende crédible la thèse d'un coup de foudre épouse une personne autre que l'objet de son choix ; qu'un tel homme croise la route de Christina dans les semaines à venir et tombe amoureux d'elle, c'était vraiment trop demander à la Providence.

Elle passa en revue les partis convenables : la liste s'avéra déplorablement courte. Parmi eux, la plupart ne devaient rien aux Balantyne, n'attendaient rien d'eux qui justifie un mariage dépourvu de tendre inclination. Les hommes se mariaient généralement sous l'impulsion de leur épouse ou de leur belle-mère virtuelles ; cependant, ils aimaient à croire que la décision venait d'eux. Dans le cas présent, créer une pareille illusion ne serait pas facile. Par bonheur, Christina était suffisamment avenante, jolie, pétillante et s'habillait avec beaucoup de goût. Elle ne manquait ni d'esprit ni d'entrain, ce qui plaisait particulièrement aux hommes.

En arrivant devant la chambre de Christina, elle avait arrêté son choix sur trois candidats potentiels, dont le meilleur semblait être Alan Ross. Bien sûr, tout le monde savait qu'il ne s'était jamais entièrement remis de son béguin pour Helena Doran, mais cela signifiait aussi qu'il n'avait pas d'autres attaches et qu'il pourrait accepter leur proposition. Harcelé, il pouvait se montrer intraitable – c'était un homme de caractère –, mais si l'on usait de charme, si Christina s'employait à le conquérir, à l'enjôler, à le courtiser, il avait des chances, avec une intervention discrète de la part du général, de se laisser convaincre. En tout cas, cela valait la peine d'essayer. Il y en avait d'autres, qu'on pouvait acheter avec de l'avancement militaire, ce qui était faisable, mais ils étaient beaucoup moins susceptibles de rendre Christina heureuse.

Elle frappa à la porte et entra aussitôt. Quelle ne fut pas sa surprise de trouver Christina debout, en train de s'habiller. Elle ouvrit la bouche pour lui adresser des remontrances, quand elle se rendit compte qu'elle allait à l'encontre de ses propres plans.

— Je suis bien contente que tu ailles mieux, dit-elle donc.

Christina pivota, étonnée. Elle était vraiment charmante à voir : halo de cheveux bruns, peau blanche, grands yeux bleus en amande, petit nez impertinent, menton arrondi. Et ses manières pouvaient être exquises, quand elle le voulait. Oui, c'était réalisable.

— Maman !

— Je vois que tu as décidé de te lever. Tant mieux, il était temps.

Le visage de Christina refléta momentanément la stupeur, avant qu'elle ne la masque.

— Oui. Cette Miss… quel est son nom déjà… que papa emploie m'a fait comprendre tout ce que je rate. Et puis, ça va commencer à jaser, si je ne reparais pas bientôt. Inutile de prêter le flanc aux mauvaises langues avant l'heure. D'ailleurs, je ne suis peut-être pas enceinte. Je me sens parfaitement bien, à présent. Je n'ai pas eu le moindre malaise depuis des jours.

Une note de défi se glissa dans sa voix.

— Tu n'as aucune raison d'en avoir, acquiesça Augusta. La grossesse est un processus tout à fait naturel, pas une maladie. Les femmes connaissent ça depuis Ève.

— Je ne suis pas forcément enceinte, répéta Christina fermement.

— Non, mais d'un autre côté, il est possible que tu le sois. Il est trop tôt pour juger.

— Si c'est le cas…

Christina releva ostensiblement la tête.

— … j'irai voir Freddie Bolsover.

— Il n'en est pas question. Le Dr Meredith sera tout aussi capable de s'occuper de toi, le moment venu.

— Je n'ai pas l'intention de garder l'enfant de Max, maman. J'ai réfléchi pendant que j'étais couchée. Je verrai Freddie ; il a des adresses, paraît-il…

Pour la première fois depuis sa propre jeunesse, Augusta fut sincèrement choquée, à la fois par sa fille et par le fait que Freddie Bolsover pratiquait des avortements lui-même ou connaissait des gens qui le faisaient.

— Tu n'y penses pas, répondit-elle presque doucement. C'est un péché que je ne pardonnerai pas. Tu peux te le sortir de la tête à partir de maintenant. Je n'ai aucune envie que le sang de cet innommable valet coule dans les veines d'un de mes petits-enfants, mais comme tu as fait ton lit, nous sommes obligés d'y coucher…

— Maman, je ne veux pas… ne comprenez-vous pas ? Je n'aime pas Max, je ne l'ai jamais aimé…

— Je n'en doute pas, répliqua Augusta avec froideur. Tout comme je suis sûre qu'il ne t'aime pas non plus. La question n'est pas là. Tu ne commettras pas un meurtre sur la personne de ton futur nouveau-né, à supposer qu'il existe vraiment. Tu épouseras quelqu'un qui prendra soin de toi et donnera un nom à ton enfant…

— Certainement pas ! riposta Christina, le visage en feu. Si vous croyez que je vais supplier quelque respectable mollasson de m'épouser juste pour que mon enfant ait un père, vous vous trompez lourdement. Ce serait intolérable ! Il me le ferait payer jusqu'à la fin de mes jours. Il me traiterait de… traînée… et il n'aimerait pas l'enfant, ni ne lui offrirait un foyer digne de…

— Calme-toi, Christina. Il ne s'agit absolument pas de cela. Tu te marieras avec quelqu'un de ton milieu, qui ne se doutera pas le moins du monde de ton état. Tu diras que l'enfant, si enfant il y a, est prématuré.

En aucun cas, tu n'iras voir Freddie Bolsover ou qui que ce soit d'autre.

Christina esquissa une moue de mépris incrédule.

— Et à qui pensez-vous, maman ? Qui voudrait m'épouser à temps pour sauver la situation ? Et qu'arrivera-t-il s'il ne croit pas à cette histoire de naissance prématurée ?

— Il y a plusieurs possibilités. Alan Ross apparaît de loin comme la meilleure d'entre elles. Tu l'épouseras juste après Noël…

— Mais lui non plus ne m'aime pas !

— Tu te débrouilleras pour y remédier. Tu peux être tout à fait charmante, quand tu t'en donnes la peine. Pour ton propre bien, ma chère, tu ferais mieux de séduire Alan.

— Et si je n'étais pas enceinte ?

Christina leva le menton brusquement, avec défi.

— Au moment où tu en auras la certitude, il sera déjà trop tard. De toute façon, il est mieux pour toi que tu sois mariée.

Augusta inspira et reprit posément :

— Christina, tu n'as pas l'air de te rendre compte de ta position. Si tu portes un enfant sans père, tu vas te retrouver au ban de la société. Et ne t'imagine surtout pas que tu réussiras à passer outre. D'autres ont essayé, bien mieux nées et plus fortunées que toi, et toutes ont échoué. Aucun homme de ton rang ne voudra t'épouser ; tu seras en butte aux moqueries ; les femmes honnêtes ne t'adresseront pas la parole. Tous les lieux que tu fréquentes aujourd'hui te seront interdits. Je regrette de te dire cela, mais il faut bien que tu comprennes.

Christina ouvrait de grands yeux.

— Par conséquent, ma chère, tu déploieras ton charme, qui est considérable, pour conquérir Alan Ross, de sorte qu'il soit heureux de t'épouser. Toi-même, tu feras mine d'être amoureuse de lui. C'est un homme bon ; il te traitera avec douceur, à condition que tu t'y prêtes.

— Et s'il n'a pas envie de m'épouser ?

Une note aiguë de panique perça pour la première fois dans la voix de Christina. Augusta ressentit de la pitié pour elle, mais ce n'était guère le moment de s'attendrir.

— Cela m'étonnerait. Sinon, je trouverai quelqu'un d'autre. Nous avons le choix. Ton père est un homme influent…

— Je ne supporterais pas qu'il le sache ! Ou même qu'il s'en doute !

— Ton père ? fit Augusta, surprise.

— Alan Ross ! Ou… quiconque…

— Bien sûr que non, riposta Augusta sèchement. Ce n'est absolument pas dans mes intentions. Maintenant, ressaisis-toi et tâche de t'arranger au mieux. Nous allons donner une série de réceptions, et tu seras sans doute invitée ailleurs. Plus tôt la question sera réglée, mieux cela vaudra. Par chance, tu connais Alan depuis longtemps ; il n'y aura donc pas de commentaires quand nous aurons fixé la date du mariage.

— Comment persuaderez-vous Alan qu'il faut faire vite ?

— Ne t'inquiète pas pour ça, je trouverai un moyen. Entre-temps, tu ignoreras totalement Max, dans les limites, bien sûr, de la civilité ordinaire envers un serviteur. S'il essaie de te réclamer davantage, tu demanderas de l'aide, l'accuseras de familiarité, et il sera renvoyé.

— Je voudrais bien que vous le renvoyiez de toute façon. Le simple fait de penser à lui m'indispose maintenant.

— Certainement. J'ai du mal à comprendre comment tu as pu réagir autrement. Mais malheureusement, il n'est pas toujours facile d'échapper à nos fautes. Max s'est arrangé pour m'en empêcher ; je n'ai pas encore réfléchi au moyen de le circonvenir, mais j'y arriverai. Toi, songe à ton avenir et fais appel à tout ton charme ; tu t'es bien appliquée à séduire les hommes dans le passé. N'en fais pas trop : Alan, comme la plupart des hommes, préférera croire que l'initiative vient de lui. Laisse-le persister dans cette conviction. Et porte du rose le plus souvent possible. Il te va bien, et les hommes aiment ça.

— Oui, maman.

— Parfait. Maintenant, reprends-toi, et dirigeons nos efforts vers la réalisation de notre projet.

— Oui, maman.

Le lendemain matin, Augusta s'attarda dans la salle du petit déjeuner, ce qui ne lui ressemblait guère. Elle avait mal dormi. Toute cette histoire avec Max l'avait ébranlée plus qu'elle ne l'aurait cru sur le moment. Peut-être sa maîtrise d'elle-même n'était-elle pas aussi inexpugnable qu'elle le pensait. Elle était toujours à table à neuf heures et demie quand Brandy passa prendre une tasse de thé. Il s'assit en face d'elle et la regarda attentivement.

— Vous avez l'air patraque ce matin, mère. En fait, vous êtes dans le même état que moi après une nuit au club.

— Pas d'impertinences, s'il te plaît, répliqua-t-elle, mais sans irritation.

Elle aimait beaucoup son fils ; pour être tout à fait honnête, c'était lui qu'elle préférait dans la famille. Sa joie de vivre le rendait plus gentil que Christina, plus chaleureux que son père. Et il était l'un des rares à arriver à la faire rire, même quand elle n'en avait pas envie.

À présent, il la scrutait d'un air songeur.

— J'espère que vous n'avez pas attrapé le mal de Christina.

— C'est fort peu probable, dit-elle avec un frisson.

— Je ne vous vois pas passer une journée au lit.

Il s'empara d'un toast et entama son second petit déjeuner.

— Ce serait avouer trop de fragilité. Mais ce n'est pas forcément déraisonnable. Pensez-y, mère, fit-il en souriant. Si vous voulez, je jurerai que vous êtes partie aux courses ou bien faire des emplettes.

— Où donc pourrais-je aller aux courses, à cette époque de l'année ?

— Très bien. Je dirai que vous êtes allée assister à un combat de coqs !

Son sourire s'élargit.

— On te croira plus facilement si tu laisses un mot disant que nous y sommes allés tous les deux.

Elle le regarda, souriant malgré elle.

Il frémit.

— Balivernes. Je ne supporte pas les sports violents.

— Et moi alors ?

— Certainement que si. Vous auriez flanqué la frousse du siècle à Napoléon, s'il vous avait rencontrée dans une soirée.

Elle renifla.

— Ne viens-tu pas de vider la théière ?

— Je ne me serais pas permis. Franchement, mère, vous avez une petite mine. Prenez votre journée. Il fait beau, un peu froid, mais sec. Je vous emmène faire un tour. On sortira nos meilleurs chevaux !

L'offre était tentante. Rien ne lui plairait davantage qu'une promenade loin de Callander Square, avec Brandy. Elle en savourait déjà l'idée.

— Allons ! la pressa-t-il. L'air pur, des chevaux rapides, le crissement des roues sur un chemin neuf. Il reste encore des feuilles rouges sur les bouleaux.

Elle contempla son visage lisse et mat et vit l'enfant en lui, tout comme vingt ans plus tôt, elle avait vu l'homme dans ses traits. Mais avant qu'elle pût répondre, la porte s'ouvrit, et Max entra dans la pièce.

— L'inspecteur Pitt est là, Madame, de la police. Désirez-vous le voir ?

L'air frais, le cliquetis des sabots et les rires s'évanouirent.

— Je suppose que je n'ai pas le choix.

Elle repoussa sa chaise et se leva.

— Si je ne le fais pas maintenant, ce sera partie remise. Conduisez-le au petit salon, Max. J'arrive dans quelques minutes.

Brandy continuait à manger.

— C'est toujours au sujet de ces malheureux bébés ? Je me demande pourquoi ils s'obstinent ; ils ne trouveront jamais d'où ils viennent, les pauvres petits diables. Ils sont bien obligés de chercher, j'imagine, mais quel travail pourri ! Voulez-vous que j'y aille ? À mon avis, il a juste besoin d'une nouvelle permission pour interroger les domestiques.

— Non, merci, c'est gentil de ta part, mon cher. J'aurais été ravie d'aller faire un tour avec toi, mais je ne peux pas.

— Pourquoi ? Il ne va pas s'enfuir avec l'argenterie !

— Je ne peux pas le laisser, répéta-t-elle mécaniquement.

Elle ne tenait pas à lui en dire plus.

— À quel point connais-tu Alan Ross, Brandy ?

— Quoi ?

De surprise, il laissa retomber sa main avec le toast.

— À quel point connais-tu Alan Ross ? La question est pourtant simple.

— C'est un gentil garçon. Je le connais bien, je pense. Il s'est replié sur lui après la disparition d'Helena, mais il recommence à s'ouvrir. Pourquoi ?

— Je voudrais qu'il épouse Christina.

Il cessa de faire mine de manger et reposa son toast.

— Ton père n'est pas encore au courant, poursuivit-elle. Mais j'ai d'excellentes raisons. Si tu pouvais m'aider dans ce sens-là, ça me ferait grandement plaisir. Bon, il faut que j'aille voir ce policier.

Et elle sortit sous son regard médusé.

Pitt attendait devant la cheminée où les premières flammes léchaient le bois dans l'âtre encore froid. Elle referma la porte et s'arrêta. Il la regarda en souriant. N'y avait-il donc pas moyen de décontenancer ce diable d'homme ? Peut-être n'avait-il aucun sens des convenances et, partant, des inconvenances ? Il était immense et mal fagoté, avec trop de couches vestimentaires à la fois, et il la salua avec une spontanéité à laquelle elle ne s'attendait guère, même de la part de ses amis.

— Bonjour, Lady Augusta, dit-il joyeusement. Je vous serais très obligé de répondre à quelques questions.

— Moi ?

Elle entendait lui réserver un accueil glacial, mais il la prenait de court.

— Je ne suis au courant de rien, je vous assure.

Il s'écarta du feu pour lui faire de la place. Inexplicablement, ce geste de courtoisie l'irrita, peut-être parce qu'elle eût préféré le prendre en faute.

— Vous n'avez certainement pas conscience de savoir quelque chose, sinon vous me l'auriez dit. Mais il y a des détails que vous auriez pu remarquer, sans soupçonner leur importance.

— J'en doute, mais enfin, si vous insistez…

— Merci. Il s'avère extrêmement difficile de retrouver la femme dans cette affaire…

— Ça ne me surprend guère !

— Moi non plus.

Son visage mobile prit une expression faussement navrée.

— On aura peut-être plus de succès si on l'aborde sous un autre angle… celui de l'homme.

Il vint à l'esprit d'Augusta que ce serait peut-être l'occasion de se débarrasser de Max…

Déconcertée, elle surprit son regard gris et brillant sur elle. Par-dessus tout, elle était consciente de l'intelligence de cet homme : c'était une sensation déplaisante, et tout à fait nouvelle. Elle était incapable de le dominer.

— Vous avez une idée ?

Un petit sourire jouait aux coins de sa bouche.

— Non, opposa-t-elle immédiatement.

Puis elle décida de temporiser, au cas où une possibilité se présenterait plus tard.

— Enfin, je ne le crois pas.

— Vous êtes une femme sagace…

Un instant, elle craignit qu'il ne recoure à la flatterie.

— … et vous avez une fille jeune et jolie.

Il ne semblait manifester aucun penchant pour la tromperie, ce qui était déjà singulier en soi. La vie en société voulait qu'on se dupe mutuellement, d'un commun accord.

— Vous avez dû vous forger une opinion sur les habitudes, les inclinations des hommes de votre milieu, ceux qui sont fréquentables et ceux qui ne le sont pas, et, par-dessus tout, ceux dont vous réprouvez formellement les mœurs.

C'était une constatation qu'elle ne pouvait raisonnablement démentir. Sa conclusion était inévitable.

— Bien sûr, acquiesça-t-elle. Mais j'hésiterais, en parlant à la police, à faire passer pour des soupçons les inimitiés ou les impressions personnelles. Elles pourraient bien se révéler sans fondement, et j'aurais ainsi, involontairement, commis une injustice.

Elle haussa légèrement les sourcils, le questionnant à son tour, lui renvoyant la balle.

La bouche de Pitt s'incurva. Si seulement il n'avait pas le regard aussi direct ! Elle aurait compris beaucoup plus facilement que Christina s'amourache d'un homme comme lui. De toute façon, il l'aurait certainement envoyée sur les roses. Elle se ressaisit. Cette idée était ridicule… et insultante.

— Je tiendrai compte de votre conseil, madame, répondit-il avec douceur. Je saurai ainsi par où commencer. Vous m'accorderez, n'est-ce pas, que jusque-là j'ai été extrêmement discret ?

— Je ne vois rien qui puisse vous inciter à l'indiscrétion, dit-elle calmement, avec une pointe de froideur.

Il sourit de plus belle.

— Voilà qui confirme mon propos.

— Au contraire, fit-elle, laconique. Ce serait en présumer la véracité.

Il battit gracieusement en retraite, au grand dam d'Augusta.

— Vous avez raison. Cependant, plus tôt je finirai mon enquête, plus vite l'affaire sera résolue, ou alors classée comme insoluble.

— Je comprends votre raisonnement, Mr. Pitt. Que désirez-vous donc savoir ?

Au moment où il allait répondre, la porte s'ouvrit sur Brandy. Pitt ne l'avait encore jamais vu, et elle surprit une rapide lueur d'intérêt dans son regard.

— Mon fils, Brandon Balantyne, dit-elle brièvement.

À en juger par son expression, Brandy éprouvait la même curiosité à l'égard de l'inspecteur.

— Vous n'allez tout de même pas soupçonner mère ! lança-t-il, désinvolte. Ou êtes-vous venu la consulter pour connaître les derniers potins ?

— Vous croyez que c'est une bonne idée ?

— Oh oui, excellente. Elle prétend être au-dessus de la mêlée, mais en fait, elle est au courant de tout.

— Brandon, ce n'est pas le moment de badiner, fit-elle d'un ton cassant. Deux enfants sont morts, et quelqu'un en est responsable.

Son humeur folâtre se dissipa aussitôt. Il regarda Pitt d'un air contrit.

— Les potins sont souvent précieux.

Pitt rompit le silence gêné, balayant la tension d'un geste de la main.

— Vous n'imaginez pas combien de fois la solution d'un crime réside dans un fait insignifiant connu du voisinage depuis le début. Seulement, personne ne nous en parle parce qu'on part du principe que nous sommes forcément au courant.

Brandy se détendit. Il fit une petite remarque en réponse, mais avant que Pitt pût reprendre ses questions, Christina parut.

Augusta en fut contrariée. C'était la curiosité qui l'amenait, et aussi la crainte qu'il se passe quelque chose en son absence. Le fait d'être restée au lit lui donnait l'impression d'être dépassée par la vie. Elle s'était habillée avec un soin méticuleux. Ses yeux brillaient ; elle s'était même fardé les joues comme si elle attendait la visite d'un soupirant ! Elle souriait à Pitt… pour peaufiner sa technique ! Franchement, à quoi pensait-elle ?

— Bonjour, inspecteur… Pitt ?

Elle hésita, affectant de n'être pas sûre de son nom. Puis elle s'avança ; on eût dit qu'elle allait lui tendre la main. Soudain, elle se souvint qu'il était policier, du même niveau social que les marchands ou les artisans. Sa main retomba. C'était mesquin, voire arrogant ; sans le sourire, c'eût été carrément rude.

— Bonjour, Miss Balantyne, répliqua Pitt, s'inclinant légèrement. Heureux de vous voir rétablie. Vous me paraissez en pleine santé.

— Merci.

— Peut-être pouvez-vous m'aider également. Il y a sûrement des hommes dans votre entourage dont la réputation laisse à désirer. Vous savez très bien, j'imagine, qui parmi eux est digne de confiance et qui ne l'est pas. Les jeunes filles discutent souvent de ces choses-là pour se soutenir mutuellement.

Il se tourna sans crier gare vers Brandy.

— Ou bien vous, Mr. Balantyne. Auriez-vous des amis qui entretiennent des rapports avec une personne de rang inférieur ?

— Bonté gracieuse, ils doivent être légion.

Pris au dépourvu, Brandy avait répondu sans louvoyer.

— Mais normalement, on a le bon sens de ne pas faire ça sous son propre toit !

Pitt réprima un sourire.

— Tout à fait. Et vos domestiques ? Vous avez un valet qui m'a l'air d'avoir du tempérament.

Il pivota jusqu'à ce que son regard scrutateur se pose sur Christina.

Augusta sentit le sang déserter son visage, tandis que celui de Christina virait à l'écarlate. Le coup avait été porté à l'improviste, sans qu'elle eût le temps de préparer sa défense. Elle ouvrit la bouche pour intervenir et vit Pitt qui la regardait, attentivement, sans ciller. Elle se mordit la langue. Son élocution même risquait de la trahir, trop véhémente, alors qu'elle aurait dû faire preuve d'indifférence.

— Ce n'est qu'un valet, rétorqua Christina froidement, mais sa voix vacilla, comme si elle était restée coincée dans sa gorge. Je ne me suis jamais intéressée à sa vie privée. Vous avez peut-être du mal à comprendre, car vous n'avez pas de serviteurs à demeure, mais, dans notre monde, on ne converse pas avec les domestiques. Ils sont là pour travailler, pour faire tourner la maison ; ce sont les seuls sujets qu'on aborde avec eux, et encore, généralement par l'intermédiaire du majordome. C'est là la fonction d'un majordome. Vous n'avez qu'à leur parler directement. Ces filles-là doivent être davantage son rayon, ne croyez-vous pas ?

— Très certainement.

Pitt n'était nullement affecté par sa morgue. Son visage était parfaitement lisse ; son ton, chaleureux.

— Mais il n'est pas obligé de les trouver à son goût.

— Je ne connais pas ses goûts ! siffla Christina. Franchement, c'est le cadet de mes soucis.

Pitt émit un grognement ; apparemment, il était en train de soupeser cette considération. Son regard ne quittait pas Christina. Elle détourna les yeux.

— Depuis combien de temps est-il à Callander Square ? demanda-t-il.

— Depuis six ans environ.

Ce fut Brandy qui répondit, l'air innocent. Augusta songea à le renvoyer sous un prétexte quelconque pour se débarrasser de lui, mais voyant le visage intelligent, attentif de Pitt, comprit que ce serait une erreur de jugement, allant dans le sens des soupçons qu'il pouvait nourrir.

— C'est un bon valet ? s'enquit Pitt.

— Excellent, répliqua Brandy. Je ne l'aime pas beaucoup, mais je n'ai rien à lui reprocher. Sincèrement, s'il ne tenait qu'à moi, je l'aurais déjà jeté dehors !

— Et qu'est-ce qui vous empêche de le faire ?

Pitt feignit l'ignorance.

— À vrai dire, rien, fit Brandy avec nonchalance. Enfin, bon, il ne me gêne pas. Et, visiblement, les autres en sont contents.

— Pas de réclamations de la part du personnel féminin ?

— Non, pas du tout.

— Les bonnes sont consentantes ? Ou bien cherche-t-il son plaisir ailleurs ?

— Mr. Pitt !

Augusta finit par s'interposer.

— Consentantes ou non, je n'autorise pas la fornication sous mon toit ! Quels que soient leurs appétits, je vous assure que mes valets les satisfont ailleurs.

Mais Pitt observait Christina. Seigneur miséricordieux ! Il ne pouvait tout de même pas être au courant ? Il n'avait aucun moyen… aucun !

— Si vous pensez que Max est responsable, inspecteur, dit-elle avec tout le sang-froid dont elle était capable, et sans regarder Christina, je vous suggère de chercher la femme en dehors de cette maison. Peut-être devriez-vous interroger à nouveau les autres domestiques du square ?

— Ce serait plus simple de demander à Max, glissa Brandy. La pauvre fille a peu de chances d'avouer, surtout maintenant. Cuisinez-le un peu, mettez-le sur le gril. Trouvez qui sont ses petites amies…

Augusta étouffa une exclamation, mais ce fut Christina qui l'interrompit.

— Non ! bredouilla-t-elle. Ce serait stupide.

Elle avait peine à articuler.

— Et injuste ! Rien ne te prouve que Max soit mêlé à cette affaire. Je ne veux pas que tu perturbes nos domestiques. Mère, s'il vous plaît !

— Cela me semble injustifié.

Augusta choisit ses mots avec la plus grande précaution.

— Avez-vous des raisons de le soupçonner, inspecteur ? Car, si ce n'est pas le cas, je me verrai obligée de vous interdire de harceler mon personnel. Revenez avec des preuves, et vous aurez tout mon appui.

Christina respira profondément.

La porte s'ouvrit, et le général entra. Il s'arrêta, surpris.

— Bonjour, monsieur, dit Pitt courtoisement.

— Encore vous ? répliqua Balantyne. Avez-vous découvert quelque chose ?

— Il cherche l'homme, fit Brandy. Il pense que ce pourrait être Max. Il veut lui parler.

— Bonne idée, décréta le général. Comme ça, on saura à quoi s'en tenir.

Il se pencha et, avant qu'Augusta pût l'en empêcher, tira sur le cordon de la sonnette. L'instant d'après, Max parut. Il devait attendre dans le vestibule.

Pitt croisa son regard, examina le visage ténébreux et lascif, la mise impeccable.

— Monsieur ? dit Max.

— Des attaches sentimentales, une maîtresse ? questionna Balantyne à brûle-pourpoint, avec la délicatesse d'une charge de cavalerie.

Augusta grimaça.

Max broncha à peine.

— Je vous demande pardon ?

— Ne suis-je pas assez clair ? Avez-vous des attaches sentimentales ? Des amies de cœur, appelez ça comme vous voulez.

— Je n'ai pas l'intention de me marier, Monsieur.

— Ce n'est pas ce que j'ai dit, nom d'un chien ! Ne faites donc pas l'imbécile.

— Ma dernière idylle vient juste de s'achever, hélas !

Souriant sous ses paupières lourdes, Max coula un coup d'œil imperceptible en direction de Christina.

— Qui était-ce ?

— Sauf votre respect, Monsieur, ça n'a aucun intérêt pour la police. Il s'agit d'une femme respectable, de bonne famille.

Sa voix frémissait d'une hilarité cachée.

Impuissante, Augusta ne pouvait qu'assister au désastre. En choisissant de protéger ses intérêts, Max protégerait Christina. C'était son seul espoir.

Pitt attendait, cantonné dans un simple rôle de spectateur.

— De bonne famille ? répéta le général, incrédule.

— Oui, Monsieur.

— Qui est-ce ?

— Je préfère ne pas la nommer, Monsieur. Il n'est pas nécessaire de prononcer son nom devant la police.

Lady Augusta est au courant ; si vous souhaitez lui demander…

Il laissa la phrase en suspens.

Christina était blême ; ses joues fardées flamboyaient comme un masque de clown.

— Ce sera tout, Monsieur ? s'enquit Max.

Balantyne fixait sa femme.

Augusta se ressaisit.

— Oui, merci, Max. Si on a besoin d'autre chose, on vous appellera.

— Merci, Madame.

Il s'inclina très, très légèrement et sortit, refermant la porte en douceur.

— Alors ? questionna Balantyne.

— Il a tout à fait raison, répliqua-t-elle précipitamment. Ça ne présente aucun intérêt pour la police.

Pitt demanda doucement et très poliment :

— Pourquoi ne pas me l'avoir dit dès le début, madame ?

Elle sentit son sang se figer.

— Je vous demande pardon ?

Elle cherchait à gagner du temps, quelques secondes pour trouver une réponse.

— Pourquoi ne pas m'en avoir parlé quand nous avons soulevé la question, Lady Augusta ?

— Je… j'avais momentanément oublié. Ce n'est pas important.

— Qui est cette femme… de bonne famille, Lady Augusta ?

— Je ne me sens pas autorisée et je n'ai pas non plus envie de révéler son nom.

— Oh, allons, Augusta ! dit Balantyne, exaspéré. Si elle n'est pas impliquée, Pitt ne lui fera rien. Vous serez discret, n'est-ce pas ? Du reste, la conception que Max a d'une « bonne » famille est très différente de la nôtre.

— Je préfère m'abstenir.

Elle n'allait pas mentir et accuser quelqu'un de totalement innocent : même si c'était possible, ce serait immoral.

Pitt se retourna vers Christina, pétrifiée.

— Miss Balantyne ? fit-il lentement. Peut-être voudriez-vous m'éclairer ?

Elle était sans voix.

— Christina ?

Pour la première fois, le général eut l'air de douter.

— Peu importe, dit Pitt avec calme. Je poursuivrai mes investigations ailleurs et reviendrai ici à un autre moment.

— Mais oui, tout à fait, acquiesça Augusta.

Elle sentit la tension l'abandonner et, malgré ses efforts, ne put masquer son soulagement. Elle comprenait ce qu'il voulait dire : il était au courant pour Max et Christina et chercherait à savoir par d'autres moyens si c'était elle qui avait donné naissance aux deux enfants. Mais Augusta était sûre que ce n'était pas Christina. Elle l'aurait su : Christina n'aurait eu ni le courage ni l'habileté de le lui cacher. Et maintenant qu'elle avait eu le temps d'y réfléchir, sa fille n'en avait pas eu la possibilité non plus. Elle ne s'était pas rendue opportunément quelque part où elle aurait pu dissimuler son état.

Sereinement, elle fit face à Pitt.

— Ce serait de loin la meilleure solution.

L'air entendu, il posa sur elle ses yeux curieux et pénétrants. Ils s'étaient compris. Elle ne bluffait pas, elle avouait, et il le savait.

— Excellent conseil.

Il inclina légèrement la tête.

— Bonne journée, Lady Augusta, Miss Balantyne, mon général, Mr. Balantyne.

Après son départ, Balantyne se tourna vers Augusta, la mine ombrageuse.

— De quoi s'agit-il, Augusta ? À quoi joue-t-il ?

— Aucune idée, mentit-elle.

— Ne soyez pas ridicule ! Lui et vous vous compreniez à demi-mot, même moi je m'en suis rendu compte. Que se passe-t-il ? Et quel rapport avec Max ? J'exige une réponse.

Elle réfléchit un instant. Elle avait oublié sa pugnacité, quand il daignait s'intéresser à quelque chose. Elle l'avait tant aimé vingt ans plus tôt ! Il avait été la virilité même : net, puissant et aussi un peu comme une idole parce que inconnu. Au fil des ans, elle apprit à le connaître ; sa force, découvrit-elle, était spasmodique. La sienne était plus profonde, plus souple, prête à faire face, jour après jour : la force qui endure les guerres, pas seulement les batailles.

— Tu peux partir, Christina, dit-elle calmement. Tu n'as pas à t'inquiéter pour Mr. Pitt, du moins pas pour le moment. Occupe-toi de tes propres affaires et prépare-toi pour le dîner de ce soir. Brandy, tu peux t'en aller aussi.

— Je préférerais rester, mère.

— Peut-être, mais tu vas nous laisser quand même.

— Mère…

— Brandon, fit Balantyne d'un ton tranchant.

Brandy et Christina sortirent en silence.

— Alors ? demanda Balantyne.

Augusta lui jeta un regard incrédule. Il n'avait toujours pas compris.

— La jeune fille en question, c'est Christina, déclara-t-elle sans ambages. Elle a eu une aventure avec Max. Je croyais que vous l'aviez deviné. Mr. Pitt a tout saisi, lui.

Il écarquilla les yeux.

— Vous avez dû vous tromper !

— Ne soyez pas jobard ! Vous me voyez commettre une erreur pareille ?

Ses nerfs avaient fini par lâcher. Elle allait soit sortir de ses gonds, soit fondre en larmes.

— Ne prenez pas cet air affolé. Je m'en occupe. Inutile de lui parler d'une éventuelle grossesse.

— J'entends la marier le plus tôt possible, à Alan Ross de préférence…

— Et lui, souhaite-t-il l'épouser ?

— Pas encore, mais cela ne saurait tarder. Ça dépend de nous…

— Nous ?

— Évidemment, « nous ». La petite ne peut pas y arriver toute seule. Je vous dirai quand ce sera le moment de l'approcher. Peut-être à Noël.

— N'est-ce pas un peu précipité ?

Il la regarda fixement.

— Si. Mais ce pourrait être préférable.

Le visage du général se crispa.

— Je vois. Et puis-je savoir pourquoi Max est toujours à la maison ? Elle n'a tout de même pas l'intention de l'épouser ?

— Bien sûr que non ! Il ne l'intéresse pas en dehors… de… enfin, c'est fini de toute façon. Je me débarrasserai de lui à la première occasion. Pour le moment, l'essentiel est qu'il se taise. Et le meilleur moyen de s'en assurer est de le garder ici, du moins en attendant.

— En attendant le mariage de Christina, vous voulez dire.

— Plus ou moins.

— Augusta ?

Pour la première fois, elle leva les yeux sur lui.

— Non, dit-elle simplement, répondant à sa question informulée. Je me suis certes lourdement trompée au sujet de Max. J'ai mal jugé Christina ; je ne la connais pas aussi bien que je devrais, mais elle n'a rien à voir avec les enfants du jardin. Cela, je l'aurais su.

Singulièrement, à soutenir ainsi son regard, elle eut honte. C'était son rôle de bien connaître sa fille afin d'éviter ce genre de turpitudes.

Balantyne gardait le silence.

— Je suis désolée.

Elle se sentait obligée de s'excuser.

Il lui tapota le bras, puis retira sa main comme s'il ne savait pas très bien pourquoi il avait fait cela.

— Et la police ? demanda-t-il.

— Je pense que Pitt et moi nous sommes entendus. Il est très intelligent. Il a compris que je sais que ce n'est pas Christina. Voilà qui devrait le satisfaire, du moins pour un bon moment. Bien sûr, il peut soupçonner Max d'avoir… d'autres…

Elle se reprit.

— Enfin, notre problème immédiat, ce n'est pas Mr. Pitt. Il faut qu'on réfléchisse à Christina et Alan Ross.

— Je me demande comment vous pouvez être… aussi…

Il la considéra avec incompréhension et même une vague aversion.

Curieusement, elle en souffrit.

— Qu'auriez-vous préféré ? rétorqua-t-elle avec raideur. Que je pleure ? Que je m'évanouisse ? À quoi cela aurait-il servi ? Nous devons régler cette question maintenant. Nous aurons tout le temps d'épancher nos sentiments une fois qu'elle sera mariée.

— Et si Ross n'a pas envie de l'épouser ?

— L'envie, on peut la susciter. Sinon on trouvera quelqu'un d'autre. Commencez à réfléchir aux éventuels candidats, juste au cas où…

— C'est tout l'effet que ça vous fait ? Votre fille a couché avec un valet, sous notre propre toit…

— Qu'importe où c'est arrivé ! Bien sûr que ça me fait quelque chose… mais je n'ai pas l'intention de m'écrouler pour qu'une erreur se transforme en désastre. Retournez donc à vos papiers ; cette malheureuse Miss je-ne-sais-comment ne va pas tarder. Si vous voulez vous rendre utile, pensez aux autres prétendants possibles pour Christina, au cas où ça ne marche pas avec Ross. Moi, je vais établir l'agenda mondain de Christina.

Et, avant qu'il pût protester, elle quitta la pièce. Il y avait beaucoup à faire.

À son arrivée, Charlotte fut conduite directement dans la bibliothèque où elle s'attaqua immédiatement aux lettres qu'elle avait commencé à répertorier la veille. Elle ne remarqua pas que le général parut seulement une demi-heure plus tard.

— Bonjour, Miss Ellison.

— Bonjour, général Balantyne.

Elle leva les yeux, ainsi que le voulait la politesse, et nota une raideur inhabituelle dans son maintien, comme s'il était mal à l'aise ou subitement intimidé. Elle chercha mentalement la cause de cette attitude et n'en trouva point.

— Désolé de vous avoir fait attendre, dit-il à la hâte. J'espère que vous n'étiez pas… inquiète… ?

Elle sourit dans l'espoir de le rasséréner.

— Pas du tout, je vous remercie. J'ai pensé que vous étiez sollicité par d'autres tâches et j'ai continué mon travail.

— C'était la police, fit-il en s'asseyant.

Sachant que ce devait être Pitt et que Balantyne ne se doutait pas qu'elle était sa femme, Charlotte eut l'impression d'être une hypocrite. Elle était là justement pour observer les faits qu'ils ne dévoileraient pas spontanément à la police, et pourtant elle le redoutait. Elle aimait bien Balantyne et aurait préféré conserver son estime.

— Ils sont bien obligés de poursuivre l'enquête, dit-elle doucement. On ne peut pas l'abandonner comme ça.

— Dommage, répondit-il, le regard vague. Ça crée beaucoup de souffrances pour tout le monde. Mais vous avez raison, bien sûr : la vérité doit être faite, quel qu'en soit le prix. L'ennui, c'est qu'on découvre un tas d'autres choses en même temps. Enfin…

Il se redressa.

— Nous avons du pain sur la planche. Je vous serais obligé de classer tout ça par ordre chronologique, dans la mesure du possible. Je crains qu'elles ne soient pas toutes datées. Mais peut-être que vos souvenirs d'histoire…

Il laissa la phrase en suspens pour ne pas paraître désobligeant quant à ses connaissances.

— Oh, il y a un excellent ouvrage là, sur l'étagère, sur les campagnes de Marlborough. Je vous ai demandé la permission de l'emprunter il y a deux jours, et vous avez eu la bonté de me l'accorder.

— Ah oui ?

Elle comprit à sa mine perplexe qu'il avait des soucis plus graves qu'elle ne l'avait cru au début.

— Ah oui, répéta-t-il bêtement. J'avais oublié. Évidemment, vous saurez…

Elle lui sourit.

— Si vous avez d'autres occupations, je peux très bien travailler seule. Vous n'avez pas besoin de me surveiller, si ça vous pose un problème.

— Vous êtes très aimable, mais je n'ai rien d'autre à… du moins, pas maintenant. Merci.

Et, la figure légèrement empourprée, il se pencha sur ses papiers.

Il lui adressa encore la parole une fois ou deux, mais ses remarques furent sans signification réelle, et, le sachant préoccupé, elle ne réagit pas. Avait-il découvert quelque chose sur Christina ? Qu'clle craignait d'être enceinte ? Ou même pire ? La compassion lui défendait d'essayer d'en savoir plus. Elle aurait voulu le réconforter ; son instinct la poussait à le toucher pour alléger la tension qui l'habitait, l'aider à se détendre. Se laisser aller quelques instants ne pouvait que le fortifier.

Mais bien sûr, ce serait totalement malséant. Au lieu du soutien qu'un être humain apporte à un autre être humain, son geste engendrerait l'embarras, l'incompréhension, voire la peur. Des années de conventions figées les séparaient. Elle fit donc mine de n'avoir rien remarqué. Elle pouvait au moins respecter sa solitude : c'était un pis-aller, mais c'était mieux que rien et, en agissant de la sorte, elle se conformait sans doute à son désir.

Peu avant midi, Max vint annoncer que Garson Campbell était au petit salon et souhaitait voir le général Balantyne. Fallait-il le faire entrer ?

— Comment ?

Max répéta sa question. En le regardant, Charlotte se dit qu'elle n'avait jamais vu quelqu'un d'aussi repoussant. Cette bouche ourlée, cette moiteur qu'elle trouvait répugnante, comme s'il s'humectait constamment les lèvres, alors qu'il n'en était rien…

— Mais oui, répondit Balantyne. Conduisez-le ici. Je ne sors pas, sinon il va croire que je n'ai rien d'autre à faire de la journée.

Garson Campbell arriva quelques instants plus tard. Charlotte ne l'avait encore jamais vu ; elle resta parfaitement immobile dans son coin, le livre sur Marlborough à la hauteur de sa tête, dans l'espoir de passer inaperçue. Prudemment, elle risqua un coup d'œil par-dessus la tranche.

Campbell avait un visage intelligent, un nez long, une bouche dure et ironique, des yeux vifs. Il tapa légèrement du pied, sans doute pour se réchauffer.

— Bonjour, Balantyne.

Apparemment, il n'avait pas remarqué Charlotte. Elle se figea : avec un peu de chance, le général l'oublierait aussi.

— Bonjour, Campbell.

— Toujours occupé à ressusciter les lauriers du passé ? Enfin, ça vaut mieux que l'apathie actuelle, du moment qu'on ne les considère pas comme un succédané.

— On ne retient pas grand-chose de l'histoire si l'on choisit de ne pas s'en souvenir, répliqua Balantyne, sur la défensive.

— Mon cher Balantyne..., dit Campbell en s'asseyant. Le jour où l'humanité apprendra à profiter des leçons de l'histoire, je saurai que l'avènement du Messie est proche. Toutefois, c'est un exercice inoffensif et probablement plaisant à lire. Beaucoup moins dangereux que la politique. Dommage que certains de vos collègues militaires n'occupent pas leur temps de manière tout aussi innocente. Pourquoi les hommes s'imaginent-ils qu'en ayant acheté une charge dans l'armée et ayant eu la chance de ne pas se faire occire, ils peuvent également s'offrir un siège à Westminster et survivre aux guerres infiniment plus subtiles de la politique ?

— Je n'en ai pas la moindre idée, dit Balantyne, laconique. Ce n'est pas à moi qu'il faut poser cette question-là.

— Pour l'amour du ciel, c'était juste une observation en passant. Je ne vous demande pas une réponse ! Je n'attends de réponses de personne. Le mieux que je puisse espérer, c'est de trouver ici ou là quelqu'un qui reconnaisse au moins la question. Cette fichue police est encore venue fouiner chez vous ?

Balantyne se raidit.

— Oui. Pourquoi ?

— Il serait temps qu'ils abandonnent. Cette histoire n'est qu'un exercice théorique, de toute façon. Une affaire d'image de marque. Ils y ont déjà sacrifié suffisamment. Jamais ils ne trouveront qui c'est et, s'ils avaient une once de bon sens, ils n'auraient pas la prétention d'y parvenir.

— Ils sont bien obligés d'essayer. Il s'agit d'un crime grave.

— Quelque malheureuse qui a accouché d'un enfant mort-né ou qui l'a tué à la naissance. Bon sang, Balantyne, il y a des morts partout. Savez-vous seulement combien d'enfants miséreux meurent à Londres chaque année ? Ceux-ci ne se sont sûrement rendu compte de rien. Et quelle sorte d'existence auraient-ils menée ? Épargnez-moi le charabia sentimental. Comment diable étiez-vous sur le champ de bataille ? Terrifié d'ordonner la charge de peur d'avoir des blessés ?

— On peut difficilement comparer une guerre où l'on se bat pour ses idéaux ou pour son pays à un assassinat de nouveau-nés !

Balantyne bouillait intérieurement. Charlotte vit la lumière jouer sur ses mâchoires crispées. Il avait un visage plus énergique que Campbell, plus mince, aux contours plus nets, mais la courbure des lèvres trahissait une certaine douceur, un soupçon de vulnérabilité. Elle aurait aimé affronter Campbell elle-même, parer son cynisme brillant par ses propres traits acérés. Elle n'avait pas peur de lui : elle savait au fond de son cœur que l'absence d'optimisme, siège d'espoir irrationnel dans l'âme plutôt que dans le cerveau, était un défaut fatal, le germe de la mort.

Campbell soupira avec une patience ostensible.

— On n'y peut plus rien, Balantyne. Pour l'amour de Dieu, essayons au moins de sauver les meubles. J'ai déjà glissé un mot ici et là pour faire classer l'affaire. La police a bien travaillé ; maintenant, elle peut arrêter. Vous avez des amis, Carlton aussi. Voyez ce que vous pouvez faire. Je suis sûr que Carlton va réagir. Le pauvre diable a déjà découvert un nid de vipères dans sa propre maison. S'il a été surpris, il est bien le seul. Une jeune femme épanouie comme Euphemia, épouser un vieux pruneau, à quoi s'attendait-il donc ! Tout de même, c'est dommage de l'étaler au grand jour. Ce n'était pas indispensable, si seulement la police s'était mêlée de ce qui la regarde.

Balantyne était livide.

— On n'a pas besoin de l'étaler au grand jour, sauf si vous choisissez de le faire expressément. Mais puisque vous êtes un gentleman, je doute que vous agissiez de la sorte !

Il s'était soulevé de son siège, comme pour appuyer ses propos d'une menace physique.

Campbell semblait plus amusé qu'impressionné.

— Mais bien sûr. Tout le monde a un cadavre dans son placard. Je n'ai encore rencontré personne qui n'ait rien à se reprocher et surtout rien à cacher. Asseyez-vous donc, Balantyne. Vous êtes ridicule. Je voulais juste le mentionner, c'est tout.

Pour la première fois, il jeta un coup d'œil sur Charlotte, et elle baissa instantanément les paupières, mais non sans avoir croisé son regard, pétillant et appréciateur. Que croyait-il qu'elle faisait ici ? Elle sentit le sang lui monter au visage tandis que la réponse évidente s'imposait à elle. Pourvu que le général fût trop innocent, et trop rigide, pour y avoir songé également !

Cependant, après le départ de Campbell, il se tourna vers elle, rouge lui aussi.

— Charlotte, je… je m'excuse pour Campbell. Je suppose seulement qu'il ne s'est pas aperçu tout de suite de votre présence. Je… je vous assure…

L'embarras du général lui fit oublier le sien.

— Ce n'est pas grave, répondit-elle en souriant. À dire vrai, je n'y pensais pas ; pour moi, ce ne sont que quelques mots déplaisants, rien de plus. N'en parlons plus, voulez-vous ?

Il la scruta avec attention et se détendit, soulagé.

— Merci… euh, merci.

Une semaine entière s'écoula avant qu'Augusta trouve finalement un moyen satisfaisant pour se débarrasser de Max. Elle avait demandé de l'aide et avait dû inventer une explication plausible avant de contacter des parents éloignés pour leur proposer un échange de services. Tout était arrangé enfin ; il ne lui restait plus qu'à informer Max.

C'était huit jours avant Noël. Elle se sentait infiniment mieux que ce désastreux matin de la visite de Pitt. Christina avait joué son rôle à la perfection, et Alan Ross semblait s'être résigné à son sort. Cet après-midi même, elle l'avait vu escorter Christina pour une promenade dans sa voiture. Elle-même se trouvait dehors à ce moment-là. Brandy était sur le trottoir aussi, bavardant avec la jolie petite gouvernante des Southeron. Charmante créature, un peu maigre, mais d'une grâce singulière, et avec un si beau sourire : exactement ce qu'il fallait pour s'occuper d'enfants.

Elle était seule à la maison. Brandy était parti au club, le général aussi. La jeune personne, Miss Ellison, était rentrée chez elle de bonne heure. Elle sonna Max.

Il parut au bout de quelques minutes.

— Madame ?

Il avait l'air sournois, comme toujours.

— J'ai pris des dispositions pour votre nouvelle place, Max…

— Madame…

Il la fixa d'un œil bovin.

— À Londres, poursuivit-elle, chez Lord Veitch. Je vous donnerai d'excellentes références. Vous serez valet de pied et valet de chambre lors de ses voyages à l'étranger, et ils sont fréquents. Il passe la saison à Londres et l'été à la campagne. Il y va aussi pour chasser, bien sûr. Il séjourne souvent à Paris et à Vienne. Vous l'accompagnerez dans ses déplacements et toucherez un salaire supérieur à celui que nous vous versons actuellement. C'est une promotion, n'êtes-vous pas d'accord ?

— Certainement, Madame.

Il s'inclina avec un lent sourire.

— Je vous suis très reconnaissant. Quand dois-je partir ?

— Immédiatement. Demain matin. Lord Veitch va à la campagne pour Noël et à Paris pour le jour de l'An.

— Merci, Madame.

Il s'inclina à nouveau, toujours souriant, et se retira.

Elle l'annonça à Balantyne le soir même, assise devant sa coiffeuse, les cheveux défaits ; la femme de chambre les avait brossés avant d'être congédiée.

Drapé dans sa robe de chambre, Balantyne ouvrit de grands yeux.

— Vous avez laissé partir cette canaille pour une meilleure place ? Et Bertie Veitch ? Qu'a-t-il fait pour mériter ça ?

— Il me doit une faveur.

— Augusta !

— Je l'ai prévenu, rétorqua-t-elle impatiemment. Et je réglerai la différence de salaire.

— Pendant combien de temps ? Moi, je refuse de rétribuer ce… porc… pour son infâme…

— Il n'en profitera pas longtemps, Brandon. Bertie l'emmènera à l'étranger, à Paris, puis à Vienne. Là-bas, il trouvera un prétexte afin de le renvoyer pour malhonnêteté. Je doute que Max apprécie les prisons viennoises.

Balantyne la dévisagea, blême.

— Comment avez-vous pu, Augusta ? C'est déloyal !

— C'est tout ce qu'il mérite.

Glacée intérieurement, elle croisa son regard et détourna les yeux.

— Qu'auriez-vous préféré, que je le garde ici pour lui permettre de nous faire chanter ? Dans cette maison, avec Christina et Alan Ross ?

— Bien sûr que non ! Mais pas ça !

— Quoi alors ? Avez-vous une autre idée ?

Grand, droit, le corps figé, il la contempla en silence.

Elle se leva et se dirigea vers son lit, les cheveux tombant sur les épaules. Elle se sentait terriblement vulnérable, telle une jeune mariée dans une chambre avec un étranger.

7

Noël passa avec son attirail traditionnel : décorations, bals, mets raffinés et vins capiteux, flirts, cadeaux, cloches, chants et même, à l'occasion, les prières.

Cette semaine-là, Charlotte n'alla pas à Callander Square, mais se consacra à son foyer. L'année précédente, jeune épousée, elle avait été moins sensible à l'atmosphère confortable et chaleureuse de la simple amitié, de la participation sans angoisse ni désir de plaire. Mais cette fois, elle para le salon de lanternes et de guirlandes de couleur, acheta un petit sapin qu'elle décora et s'absorba dans la préparation de caramels, fondants, pâte d'amande et chocolats à la menthe à distribuer aux chanteurs des rues, sans oublier les petits paquets-cadeaux pour sa famille.

Le 2 janvier, l'affaire de Callander Square se rappela à son souvenir et, après que Pitt partit le matin au poste de police, elle s'acquitta plutôt distraitement de ses tâches ménagères et s'en fut chez les Balantyne dans l'intention d'en apprendre davantage sur les autres habitants du square, à commencer par les Southeron. En effet, si Reggie Southeron avait coutume de harceler ses servantes, toutes n'étaient peut-être pas aussi récalcitrantes que Mary Ann. Du reste, il n'était pas certain que Mary Ann elle-même ne récriminait pas pour la forme, pour préserver sa dignité. Il serait bon de savoir depuis combien de temps Mary Ann travaillait à Callander Square et de se renseigner au passage sur celle qui l'avait précédée à ce poste.

À cette fin, Charlotte profita de sa sympathie spontanée pour Jemima Waggoner et accepta une invitation à déjeuner pour le lendemain. Ce jour-là, à midi, elle s'excusa auprès du général et se hâta de gagner sous la pluie l'entrée de service des Southeron. Une fille de cuisine hilare lui ouvrit et la conduisit à l'étage, dans la salle de classe où Jemima déjeunait seule : Faith, Patience et Chastity étaient invitées chez les Campbell pour fêter l'anniversaire de Victoria Campbell.

Jemima bondit sur ses pieds, le visage illuminé d'un grand sourire.

— Ah, Charlotte, je vous en prie, entrez. Je suis si contente que vous ayez pu venir. Le général Balantyne ne vous a rien dit ?

— Bien sûr que non, du moment que je reviens vers deux heures. De toute façon, lui aussi doit déjeuner. À dire vrai, nous avons classé presque tous les papiers et, à mon avis, il ne sait pas très bien quoi faire ensuite.

— C'est un personnage assez intimidant, n'est-ce pas ?

Plutôt qu'une question, c'était l'expression d'une opinion. Tout en parlant, Jemima mettait une nappe et le couvert sur une petite table. Sitôt qu'elle eut fini, une bonne apporta le plateau préparé par la cuisinière. C'était une collation étonnamment copieuse pour un repas de midi ; Charlotte pensa en la voyant qu'elle reflétait sûrement le goût de Reggie Southeron pour le confort et la bonne chère.

Elle s'extasia devant le menu, et elles se mirent à parler nourriture et vie quotidienne chez les Southeron. Puis, quand elles eurent terminé le plat principal et qu'on leur eut servi le pudding, Jemima revint sur le travail de Charlotte.

— Est-ce confidentiel ? demanda-t-elle.

— Oh non, je ne le crois pas. En fait, plus les gens sont au courant, plus ils s'intéressent au sujet, et plus mon employeur est content. Il est très fier de sa famille, vous savez. Moi aussi, je l'avoue, je le serais si ma famille s'était distinguée de la sorte. Il y a eu un Balantyne dans presque toutes les grandes batailles depuis l'époque du duc de Marlborough.

Jemima sourit, le regard lointain et rêveur.

— C'est un héritage prestigieux. Il ne doit pas être facile, pour quelqu'un qui naît là-dedans, de se sentir à la hauteur. Je me demande bien si le jeune Mr. Balantyne prendra part à de telles batailles et deviendra général à son tour.

— Ma foi, il n'y a plus beaucoup de guerres, répondit Charlotte.

Elle songeait toutefois non pas aux engagements militaires, mais aux engagements du cœur. L'expression du visage de Jemima la préoccupait. Elle n'avait rien à voir avec son propre intérêt impersonnel, son enthousiasme devant la force, le courage, la souffrance des hommes tombés au champ d'honneur. Et tout à voir avec Brandy Balantyne, son sourire, sa svelte silhouette, sa tête brune.

Jemima ne trouvait pas de mots pour répondre ; elle avait l'air perdue.

— Je l'espère, dit-elle enfin, contemplant la cuillère dans sa main. C'est effarant de penser aux jeunes gens qui partent se battre à l'étranger, participer aux campagnes qui nous concernent si peu et qui se font mutiler ou tuer.

— Nous concernent-elles si peu que ça ? fit Charlotte, songeuse. Notre mode de vie – richesse et sécurité, commerce maritime avec le monde entier, marchés pour nos produits et objets exotiques qu'on achète chez nous – tient au simple fait que notre empire s'étend aux quatre coins du globe. Et beaucoup considèrent de leur devoir, poursuivit-elle en regardant Jemima en face, de répandre la civilisation, le christianisme et la bonne méthode de gouverner chez les peuples qui ignorent ces notions-là.

— Peut-être, acquiesça Jemima à contrecœur. Mais le prix à payer est terrible. Il y en a tant qui ne reviennent pas. Pensez aux épouses, aux familles.

— Il y a peu de choses qu'on acquiert sans payer le prix fort.

Charlotte songeait aux rares véritables trésors qu'elle connaissait : la compassion, la reconnaissance, la compréhension.

— Et ce pour quoi on ne verse pas une contrepartie d'une façon ou d'une autre, on a malheureusement tendance à ne pas l'apprécier à sa juste valeur.

Elle sourit pour atténuer un peu ses propos.

Jemima fronça les sourcils.

— Croyez-vous que nous accordons parfois de l'importance à quelque chose simplement parce que nous l'avons payé ? Trop payé, d'ailleurs ? Alors, nous nous y raccrochons et continuons à payer ?

Charlotte réfléchit un instant. Elle s'était retrouvée engagée, investie dans une situation en raison seulement de tout ce qu'elle lui avait déjà sacrifié. Son amour de jeunesse pour Dominic devait probablement tenir du même raisonnement. Jemima pensait-elle au prix des possessions, de la guerre… ou bien craignait-elle que Brandy Balantyne ne fût tué dans une bataille ? Elle se rappela d'autres bribes de leurs conversations, les remarques fréquentes, chaleureuses, sur les Balantyne.

— C'est possible, répondit-elle, revenant au moment présent. Les hommes réagissent de la sorte lorsqu'il s'agit de guerres ou de politique, et les femmes sans doute quand il est question de mariage.

Jemima se détendit avec un petit soupir mélancolique.

— Et que peuvent-elles faire d'autre ? On n'abandonne pas son mariage, aussi inconsistant soit-il ; la seule solution, c'est d'y travailler. On n'a pas les moyens de partir. Même si on avait de l'argent à soi, une fois qu'on est mariée, ça devient la propriété du mari. Si on s'en va, on s'en va les mains vides. Et personne ne vous aidera parce que la société n'admet pas le divorce. Ma sœur aînée… mais c'est une triste histoire ; je suis sûre que vous n'avez pas envie de l'entendre. Parlez-moi plutôt de votre travail. Vous m'avez dit que le général Balantyne avait vu de ses propres yeux la charge de la Brigade légère ! Je prie pour qu'il n'y ait plus jamais un gaspillage aussi effroyable de vies humaines. Comment les femmes peuvent-elles pardonner toutes ces morts, ces pertes inutiles ? Un peu de bon sens aurait…

— Le bon sens est une denrée rarissime, l'interrompit Charlotte. J'ai bien souvent vu des choses que j'aurais refusé d'écouter sur le moment.

Elle se demanda si elle ne devrait pas mentionner Brandy Balantyne. C'était sa relation avec Euphemia Carlton qui la préoccupait, bien sûr. S'il était réellement son amant, alors il était totalement dénué de scrupules et ne pouvait que briser le cœur de Jemima. Il suffisait d'avoir aimé une seule fois, d'avoir souffert en silence, sans être payé de retour, pour savoir déceler les mêmes symptômes chez les autres.

Elle avait mal pour Jemima.

Non, mieux valait ne rien dire. Elle-même serait rentrée sous terre, dans le passé, si quelqu'un avait découvert ses sentiments. Aujourd'hui, elle aimait Pitt, et cela n'avait plus guère d'importance. Mais Jemima vivait la même chose au présent, et sans Pitt.

Charlotte lui parla donc d'autres sujets, de l'enseignement de l'histoire aux enfants, et entendit des anecdotes de salle de classe dont certaines la firent rire. Finalement, elle prit congé et retourna chez les Balantyne, bien décidée à régler la question elle-même.

Ce problème la préoccupa toute la soirée, jusqu'à ce que Pitt lui demande ce qui la tracassait. Naturellement, elle fut incapable de répondre. Il s'agissait d'une confidence de femme à femme : il ne pourrait pas comprendre. Elle expliqua qu'elle se faisait du souci pour la vie sentimentale d'une amie, et il parut s'en contenter. Du reste, c'était la stricte vérité.

Elle ne dormit pas une bonne partie de la nuit, débattant avec sa conscience pour savoir si elle devait se mêler de cette affaire, au risque de causer de l'embarras. Lorsqu'elle se leva, elle n'était toujours pas sûre d'avoir raison ; néanmoins, elle avait résolu d'aborder Brandy Balantyne d'une manière qui eût contrarié Pitt, s'il l'avait su, et horrifié ses parents. Seule Emily l'aurait soutenue peut-être, mais même elle l'aurait jugé contraire à la bienséance.

L'occasion se présenta dans l'après-midi. En rentrant du dehors, transi de froid, Brandy vint se réchauffer près du feu de la bibliothèque, le meilleur de la maison. Le général s'était momentanément absenté.

Brandy entra gaiement en se frottant les mains et en grelottant. C'était un garçon charmant ; elle eût de loin préféré se prendre d'amitié pour lui. Elle dut se remémorer son inconséquence, sa cruelle indifférence envers les sentiments d'autrui pour ne pas se laisser attendrir malgré elle.

— Alors, toujours au travail ? sourit-il sans la moindre trace de condescendance. Ça vous plaît, honnêtement ?

— C'est extrêmement intéressant.

Radoucie, elle allait évoquer avec ferveur les personnalités qu'on entrevoyait à travers ces lettres, la tendresse, la fragilité, les brusques accès de peur et de chagrin, quand elle se souvint de sa décision de lui parler de Jemima.

— Mr. Balantyne, dit-elle d'un ton ferme.

Il parut légèrement surpris.

— Oui ?

Elle se leva.

— J'ai une requête plutôt personnelle à vous soumettre. Ça vous ennuie que je ferme la porte ?

— À moi ?

Il n'avait pas l'air gêné, ainsi qu'elle l'avait redouté, pensant que dans ce cas-là il refuserait de l'écouter.

Elle poussa le battant jusqu'à ce qu'elle entende le déclic. Puis elle fit volte-face. Il fallait faire vite : le général allait revenir d'un moment à l'autre. Or elle ne voulait pas laisser cette affaire en plan.

— J'ai énormément d'estime pour Miss Waggoner, commença-t-elle, la gorge sèche, s'efforçant de dissimuler sa nervosité. Compte tenu de mon amitié pour elle, je n'ai pas envie de la voir souffrir.

— Mais bien sûr ! Qui vous dit qu'elle risque de souffrir ? Elle a toujours l'air de bien se porter.

— Toujours ? fit Charlotte rapidement.

— Eh bien, chaque fois que je la vois.

Il fronça les sourcils.

— Que craignez-vous au juste, Miss Ellison ?

Il était inutile de se perdre en préambules ; d'ailleurs, elle en était incapable. Dommage qu'Emily ne fût pas là pour le formuler avec plus de délicatesse, en respectant toutes les nuances de la subtilité. Elle prit une grande inspiration.

— Vous, Mr. Balantyne.

À voir sa mine ahurie, il eût été facile de croire qu'il ne se doutait de rien.

— Moi ? dit-il, incrédule.

Elle respira lentement pour se ressaisir.

— Je suis au courant de votre relation avec Lady Carlton. Si je peux l'empêcher, je ne vous laisserai pas agir de la sorte avec Miss Waggoner. Et ne me dites pas que vous ne voyez pas les domestiques sous ce jour-là. Quelqu'un qui se permet une aventure avec la femme d'un voisin n'a pas de scrupules vis-à-vis d'une gouvernante.

Charlotte n'arrivait pas à le regarder. Elle se sentait étrangement vidée de lui avoir dit tout ce qu'elle avait sur le cœur.

— Pour l'amour de Dieu, n'allez pas… je veux dire… s'il vous plaît…

Il parlait d'une voix si pressante qu'elle leva les yeux sur lui. Son inquiétude semblait presque sincère.

— Écoutez…

Il écarta les mains, désemparé, et les laissa retomber, faute de pouvoir fournir une explication.

— Vous ne comprenez pas !

Elle luttait pour conserver sa carapace de froideur… elle avait tant envie de céder à la sympathie qu'il lui inspirait !

— Qu'y a-t-il à comprendre sinon qu'elle vous plaît et que vous avez abusé de la situation ? rétorqua-t-elle sèchement.

— Il y a tout à comprendre !

— Ça ne me regarde pas, mais je ne peux pas juger, si on ne m'explique pas.

— Et si on ne vous explique pas, vous serez prête à croire le pire et à le répandre autour de vous.

Sa voix, son expression reflétaient un désespoir croissant.

— Je ne vais rien répandre du tout, répliqua-t-elle, agacée.

Quelle abominable supposition !

— Je voudrais juste m'assurer que vous ne ferez pas de mal à Jemima.

— Mais pourquoi ? Pourquoi Jemima ? repartit-il.

— Ne soyez pas naïf ! Parce qu'elle vous trouve séduisant, sans savoir que vous…

Aucun mot qu'elle eût souhaité employer ne lui vint à l'esprit.

— Très bien, fit-il, lui tournant le dos. Mais je doute que vous me croyiez.

Elle attendait, les yeux rivés sur sa tête brune dans la lumière hivernale.

— Robert Carlton est un brave type, mais sacrément distant, réservé…

— Ce n'est pas une excuse…

— Ne m'interrompez pas, dit-il d'un ton brusque. Plus que tout au monde, Euphemia désire un enfant. Elle a trente-six ans. Elle n'a pas l'éternité devant elle. Or si Robert persiste à la traiter avec courtoisie et un excès de considération, soit parce qu'il a peur de montrer ses sentiments, soit parce qu'il s'imagine à tort que c'est ce qu'elle souhaite, elle n'en aura jamais. Elle craint que les relations physiques ne l'indiffèrent et qu'il ne la méprise s'il apprend qu'elle y attache de l'importance, donc elle n'ose pas lui en parler.

« Nous avons toujours été amis. J'aime bien Euphemia ; c'est quelqu'un de généreux, qui a de l'esprit et du cœur. J'ai bien vu que quelque chose la rongeait. Elle a fini par se confier à moi. Notre arrangement était de pure convenance, seulement jusqu'à la conception de l'enfant. Libre à vous de me croire ou non. Mais c'est la vérité. Et quoi que vous pensiez de moi, je vous demande au nom d'Euphemia – et de Robert Carlton – de ne pas le crier sur les toits.

Pour la première fois, il se retourna, l'air sérieux.

— S'il vous plaît.

C'était probablement ridicule, mais elle le crut. Et elle le lui dit sans réfléchir.

— Je vous crois. Mais… tâchez d'éviter les paroles ou les gestes inconsidérés vis-à-vis de Miss Waggoner. Quand on aime sans espoir, ça peut faire très mal.

Il la scruta attentivement, une soudaine lueur de compréhension dans ses yeux noisette.

— Oh, je ne parle pas de maintenant, fit-elle rapidement. Mais ça m'est arrivé autrefois. C'était le mari de ma sœur. Ça m'a passé, je l'ai vu différemment. Sur le moment, cependant, j'ai eu très mal.

Il se détendit.

— S'il vous plaît, pas un mot sur Euphemia, demanda-t-il à nouveau.

Elle songea à Pitt, aux bébés du square.

— Je promets de ne rien dire qui ne soit pas dans son intérêt, répondit-elle solennellement.

Mais il n'était pas satisfait ; il sentait qu'elle se dérobait.

— Qu'entendez-vous par là ?

— Je pensais à la police. Ils savent qu'Euphemia est enceinte et que l'enfant est de vous. Ils pourraient bien la soupçonner dans cette affaire de nouveau-nés dans le jardin, vous savez.

Son visage se révulsa d'horreur : à l'évidence, cette idée ne l'avait même pas effleuré.

— Leur dire la vérité, fit Charlotte doucement, pourrait rendre un grand service à Euphemia, ne pensez-vous pas ?

— On ne me croira pas.

La bouche crispée, il était toujours sous le choc.

— Peut-être que si.

— Comment… comment ont-ils su… pour l'enfant… pour moi… et tout ?

— Ils sont malins, et il leur arrive souvent de chercher de ce côté-là.

— C'est possible. D'après ma mère, ce Pitt est un type intelligent, et elle se trompe rarement. Il n'y a pas beaucoup de gens qui trouvent grâce à ses yeux de ce point de vue-là.

Charlotte, qui ne tenait nullement à lui révéler ses liens avec Pitt, se demanda si la fierté qui l'avait submergée ne débordait pas à l'extérieur.

— C'est ce que je voulais dire, répondit-elle prudemment. Bien, je pense qu'il est préférable de clore cette discussion avant le retour du général. N'êtes-vous pas de mon avis ?

— Oh… si, tout à fait. Vous ne… ?

— Bien sûr que non ! Je me faisais du souci pour Jemima, c'est tout.

Un léger sourire joua sur les lèvres de Brandy.

— J'aime bien Jemima. Elle est un peu comme vous, à certains égards. Et à d'autres, vous êtes un peu comme ma mère…

Cette comparaison, censée être un compliment, pétrifia Charlotte.

Le sourire de Brandy s'élargit.

— Ne prenez pas cet air affolé. Ma mère est la personne la plus courageuse que je connaisse : elle pourrait en remontrer à tous les vieux généraux du club de papa ! Et elle a été très belle également. Seul ennui, elle n'était pas coquette ; elle n'a jamais été douée pour les faux-semblants.

Charlotte rougit. Elle avait bel et bien mis les pieds dans le plat, sans déployer la moindre finesse. Peut-être ressemblait-elle plus à Lady Augusta qu'elle n'aurait voulu l'admettre. Elle leva les yeux sur Brandy pour s'excuser, pour atténuer la dureté de son discours, quand le général entra. À la vue de son fils, la stupeur se peignit sur ses traits.

— Le meilleur feu de la maison, fit Brandy précipitamment. C'est ce que vous avez toujours affirmé.

— Cela ne signifie pas que tu dois passer l'après-midi ici à distraire Miss Ellison dans sa tâche.

— Dommage ! On ne saurait tuer le temps plus agréablement par une sale journée d'hiver. Ne voyez-vous pas les gouttières, elles débordent carrément !

— Va donc changer de bottes. J'ai du travail à finir. Tu ferais bien de te trouver une occupation, toi aussi.

— Je peux difficilement écrire mes mémoires, je n'ai pas grand-chose à me remémorer.

Le général lui lança un regard suspicieux, comme pour voir s'il ne le taquinait pas en douce, mais le visage de Brandy respirait l'innocence. Il se dirigea vers la porte.

— Bon après-midi, Miss Ellison. Merci de m'avoir permis de me réchauffer près de votre feu, fit-il en sortant.

— Vous a-t-il dérangée ? s'enquit Balantyne d'un ton cassant.

— Pas du tout. Il n'était pas là depuis longtemps. Je pense avoir trié toutes les lettres de l'époque de Marlborough ; désirez-vous y jeter un coup d'œil ?

Depuis sa visite à Charlotte, Emily s'était déjà rendue plusieurs fois à Callander Square et avait même réussi à lier amitié avec Christina. Elle ne fut donc pas étonnée quand, à la fin de la première semaine de janvier, Christina lui annonça son prochain mariage avec Alan Ross.

La confidence elle-même ne surprit guère Emily ; depuis qu'elles se connaissaient, elle avait œuvré précisément dans ce sens. Mais en d'autres circonstances, le choix du futur époux l'eût laissée extrêmement perplexe. Alan Ross et Christina Balantyne formaient à ses yeux un couple on ne peut plus mal assorti. D'après ce qu'elle avait vu de lui, Ross était un homme sérieux et plutôt crispé, un homme profond sans doute, alors que Christina était gaie, quand elle le voulait bien, délicieusement sophistiquée et foncièrement superficielle. Cependant, il venait d'une bonne famille, était suffisamment fortuné et, le plus important, visiblement prêt à se marier dans les plus brefs délais.

— Le mariage est prévu pour la fin du mois, dit Christina, assise en face d'Emily devant la cheminée du petit salon.

— Toutes mes félicitations !

À présent, pensait Emily, Christina devait savoir si elle était enceinte ou non. Elle évitait de regarder sa taille, susceptible de trahir son état. Mais elle avait déjà pris soin d'admirer sa robe, pour pouvoir l'examiner de près. Il n'y avait aucun signe visible de grossesse. C'était trop tôt encore. Charlotte avait entamé son cinquième mois, et elle avait l'air parfaitement normale. Évidemment, Charlotte était plus grande que Christina ; cela aussi, il fallait en tenir compte.

— Merci, répondit Christina sans enthousiasme. J'aimerais que vous soyez là, si vous êtes disponible.

— Mais naturellement. Ce sera charmant. Quelle église avez-vous choisie ?

— St Clement. Tout est déjà arrangé.

— J'espère que vous avez une bonne couturière. Il n'y a rien de plus agaçant que de se retrouver en plan à la dernière minute. Je peux vous donner des noms, si vous n'avez personne de précis en tête.

— Oh si, je vous remercie. Miss Harrison est quelqu'un de tout à fait fiable.

— Tant mieux.

Emily sentait une certaine contrainte dans l'attitude de Christina, une tension cachée, comme si elle avait envie de dire quelque chose, mais n'arrivait pas à se décider.

— Vous ferez une ravissante jeune mariée, poursuivit-elle. Mr. Ross a beaucoup de chance.

— Je l'espère.

Emily feignit d'être légèrement surprise.

— En douteriez-vous ? Je pense que vous serez une excellente épouse pour lui, à condition de le vouloir.

Le petit visage de Christina se durcit.

— Justement, je ne suis pas sûre de le vouloir. Je ne suis pas sûre de vouloir renoncer à ma liberté.

— Bonté gracieuse, mon enfant, vous n'avez pas à renoncer à votre liberté, ni à quoi que ce soit d'autre – sauf l'argent, bien sûr –, mais cela aussi peut se régler, avec un peu de prévoyance.

Christina leva les yeux sur elle.

— De quoi parlez-vous ? J'épouse un homme que je n'aime pas. Y a-t-il pire sacrifice que celui-là ?

Il était temps de lui enseigner un peu de bon sens.

— Ma chère, très peu de femmes se marient par amour, déclara Emily fermement. Et celles qui le font découvrent bien souvent que c'était une erreur. Le genre d'homme dont on tombe amoureuse est généralement drôle, spirituel et beau, mais le plus fréquemment, il n'a pas les moyens de vous entretenir, il manque de sérieux et, la plupart du temps, il vous abandonne pour s'éprendre de quelqu'un d'autre. Pour se marier, il faut choisir un homme facile à vivre, doué en affaires ou bien pourvu d'un revenu considérable ; il doit être modérément sobre, ne pas trop s'adonner au jeu, se comporter avec gentillesse et avoir un physique présentable.

— Tout cela me paraît mortellement ennuyeux, observa Christina avec aigreur. Et je n'ai pas vraiment l'impression que George Ashworth soit comme ça !

— Peut-être, mais j'ai travaillé beaucoup plus dur que vous n'étiez prête à le faire. N'ayant pas vos atouts, j'ai dû créer les miens. Mr. Ross semble cependant courtois et d'un commerce agréable ; il est fortuné, dit-on, et physiquement tout à fait acceptable. Raisonnablement, on ne peut rien demander de plus.

— Certes, mais ce n'est pas du tout ce que je veux !

— Eh bien, si vous savez être discrète, vous pourrez toujours tomber amoureuse après. Mais en attendant, je vous conseille de tirer le meilleur parti de la situation. Vous n'êtes pas du genre à vous enfuir avec quelque jeune homme romantique sans le sou. Plus vite vous le reconnaîtrez, plus vite vous commencerez à travailler à ce que vous avez. Ne vous y trompez pas, ma chère, vous serez bien obligée d'y travailler.

— D'y travailler ? Je ne vois pas de quoi vous parlez. C'est déjà fait : on se marie à la fin du mois. Il ne peut plus me laisser tomber. Il se retrouverait dans une position impossible.

Emily soupira. Elle ne pensait pas que l'on pût grandir dans une pareille ignorance. Où Lady Augusta avait-elle donc la tête ? Ou peut-être les Balantyne avaient-ils suffisamment d'argent et d'influence, et Christina était-elle suffisamment jolie pour qu'ils n'eussent pas jugé nécessaire de l'éduquer sur ce point. Ou alors Lady Augusta lui avait prodigué des conseils dont, dans son arrogance, Christina n'avait tout simplement pas tenu compte.

— Christina, dit-elle lentement, si vous voulez être heureuse, n'oubliez pas que votre bonheur dépend de celui de votre mari et du fait qu'il vous laisse mener votre vie comme vous l'entendez. Il faut lui apprendre à désirer ce que vous désirez et même, si possible, lui faire croire que l'idée vient de lui. S'il pense que c'est lui qui l'a trouvée, il ne vous dira jamais non, y compris s'il change d'avis. Il faut vous habituer à le traiter avec courtoisie en permanence, ou presque ; à ne jamais le contredire ni lui désobéir en public et, si vous le faites en privé, employez le sourire ou les larmes. Ne perdez pas votre temps à raisonner : les hommes ne s'y attendent pas, et ça les déconcerte. Surveillez votre mise ; ne soyez pas extravagante au-dessus de vos moyens et veillez à ce que la maison tourne bien. Évitez à tout prix les problèmes domestiques ; les hommes n'aiment pas qu'on dérange leurs habitudes, surtout s'il y a des querelles sous leur propre toit.

« Si vous avez un admirateur, pour l'amour du ciel, soyez discrète ; toujours, quoi qu'il vous en coûte, soyez discrète. Aucune histoire d'amour ne mérite qu'on lui sacrifie son mariage. Et, pour être honnête, ma chère, je vous vois mal aimer quelqu'un au point d'en perdre la tête. Vous lui donnerez votre cœur, pour un temps, ou vos désirs, si vous êtes incapable de vous contenir, bien que ce soit préférable, mais n'oubliez jamais les conséquences d'un scandale sur une femme. Votre mari pourra tolérer beaucoup de choses, si vous le traitez bien, mais pas le scandale.

Elle regarda le minois boudeur de Christina.

— Un dernier détail. S'il témoigne de l'intérêt à une autre femme, affectez de ne rien remarquer. Quoi que vous fassiez, surtout pas de scènes. Les hommes détestent ça. La jalousie est la plus disgracieuse des conduites. Ne perdez jamais votre sang-froid, et prenez garde de ne pas pleurer trop souvent. À la longue, ça devient assommant et, quand vous en avez vraiment besoin, ça ne marche plus. Je m'étonne que votre mère ne vous ait pas donné ces conseils-là.

Christina la dévisagea.

— Elle n'arrête pas, depuis des années. Je n'y fais pas attention. Les mères passent leur temps à donner des conseils.

Emily attendait, la fixant droit dans les yeux, sans ciller. L'heure de vérité avait sonné.

Christina finit par baisser les paupières.

— Je crois que je n'ai pas envie de me marier, fit-elle tout bas. Apparemment, ça demande beaucoup de travail.

— Avez-vous réellement le choix ?

Emily n'y alla pas par quatre chemins.

Christina plissa les yeux ; son visage se crispa.

— Qu'entendez-vous par là ? s'enquit-elle durement.

Emily affecta l'innocence.

— Que c'est à vous de vous décider, répliqua-t-elle, affable. Et, quoi que vous fassiez, faites-le bien. Nous ne pouvons nous permettre d'agir autrement. Tout le monde en société est au courant de nos faits et gestes ; une rumeur qui court n'est jamais totalement oubliée. On la traîne comme un boulet toute sa vie durant, alors réfléchissez avant d'agir. C'est tout ce que j'ai voulu dire.

Christina inspira profondément et exhala son souffle avec lenteur.

— Vous êtes d'un pragmatisme révoltant. Je parie que vous êtes incapable d'éprouver la moindre passion.

— Peut-être, répondit Emily. Mais ne confondez pas passion et amour. Je sais aimer.

Elle se leva.

— Je crains que votre passion à vous tienne du caprice, or un caprice, c'est égoïste et ça se paie.

— Je n'ai pas l'intention de payer si je n'y suis pas obligée. Mais je me souviendrai de vos recommandations, que je les suive ou non. Vous pouvez toujours venir au mariage, si vous le souhaitez.

— Merci, fit Emily avec une pointe d'ironie. J'en serai ravie.

Quant à l'affaire des nouveau-nés du square, Emily décida de rayer Christina de sa liste. En premier lieu, parce qu'elle n'était ni assez audacieuse ni assez volontaire pour commettre un acte pareil. Lady Augusta, en revanche, l'était certainement, mais elle était aussi, à moins qu'Emily ne se fût radicalement trompée sur son compte, suffisamment sensée pour ne jamais en arriver là.

Il était donc temps de reporter son attention sur les autres résidences. Charlotte lui avait dit que ce ne pouvait être Euphemia Carlton, sans lui préciser pourquoi, mais ses explications avaient manifestement satisfait Pitt. Or, tout personnage singulier qu'il fût, Emily le tenait en très haute estime, en tant que policier, bien sûr ; socialement, il était infréquentable. Par conséquent, s'il était satisfait au sujet d'Euphemia, elle l'était également.

Il fallait chercher ailleurs, dans la mesure des possibilités. D'après les renseignements glanés par Charlotte, tout semblait désigner Reggie Southeron, mais il serait peut-être fructueux de cultiver Sophie Bolsover, et aussi d'en savoir plus sur Helena Doran. Elle était partie au moment du décès du premier enfant, voilà deux ans environ. Il n'était pas impossible qu'il y eût un lien entre les deux, pourquoi pas ? Pourquoi n'avait-elle jamais écrit ? Qui était cet amant que personne n'avait vu ? Avait-il eu d'autres aventures… avec différents résultats ? Le premier corps avait séjourné en terre six mois, mais peut-être plus ? Suffisamment pour avoir été conçu avant la disparition d'Helena et de son mystérieux amant ? Était-ce la raison pour laquelle l'enfant avait été supprimé… fruit d'une histoire d'amour qui s'était achevée dans la désertion et la haine ? Assurément, c'était une énigme qui méritait d'être élucidée.

À cette fin, elle projetait d'aller voir Charlotte dans deux jours car, le lendemain matin, elle était prise par un petit problème domestique à régler, et l'après-midi, elle devait être chez elle pour recevoir les visites. Il fallait bien remplir ses obligations mondaines.

La seconde matinée, elle fut cependant libre de se consacrer à l'affaire qui occupait toutes ses pensées.

— Voyons, chez qui pouvez-vous aller à cette heure-ci ?

George, qui s'était attardé au petit déjeuner, feuilletait les pages mondaines du journal. Il était très élégant dans sa robe de chambre en soie. Elle songea une fois de plus à la chance qu'elle avait eue d'épouser un homme susceptible de lui offrir tous les avantages sociaux et financiers qu'elle désirait, quelqu'un par-dessus le marché qu'elle pouvait aimer sincèrement. Bien sûr, il était pourvu de nombreux traits de caractère auxquels, une fois cette passionnante énigme de Callander Square résolue, elle comptait s'attaquer. Seulement, s'il n'y avait pas de travail à faire, la vie conjugale deviendrait rapidement monotone, pour la femme en tout cas.

— Je vais voir Charlotte, répondit-elle. Je peux lui rendre visite à n'importe quelle heure.

— Tout à coup, vous ne pouvez plus vous passer d'elle, dit-il en fronçant légèrement les sourcils. À quoi jouez-vous, Emily ?

— À quoi je joue ?

Elle ouvrit de grands yeux.

— Oui, ma chère, à quoi jouez-vous ? Vous avez l'air trop contente de vous pour ne pas avoir une idée derrière la tête. Je veux savoir ce que c'est.

Elle s'y attendait et avait déjà une réponse toute prête.

— J'ai entrepris de présenter Charlotte à quelques-unes de mes relations, dans un cercle qui pourrait l'intéresser.

Ce n'était pas entièrement faux, même si la raison différait de celle qu'elle laissait supposer. En dehors des besoins de l'enquête, Callander Square ne présentait aucun intérêt pour Charlotte. Ni, à vrai dire, pour Emily.

George lui jeta un coup d'œil de derrière son journal.

— Vous me surprenez. Je croyais que Charlotte se moquait éperdument des mondanités. Je vous aurais dit de ne pas l'entraîner quelque part contre son gré, juste pour vous faire plaisir : seulement, je doute que vous y arriviez. Si mes souvenirs sont bons, Charlotte n'est pas femme à se laisser régenter.

Il reposa le journal.

— Mais au cas où elle souhaiterait réellement rencontrer du monde, pourquoi ne pas l'inviter ici ? On donnerait une réception afin de la présenter comme il se doit. Elle est plutôt jolie, pas dans le sens conventionnel peut-être, mais jolie tout de même.

— Ne soyez pas ridicule ! s'exclama Emily. Ça n'a rien à voir avec son physique, c'est sa langue. On ne peut l'emmener nulle part : elle dit toujours ce qui lui passe par la tête. Demandez-lui son opinion sur un sujet et, au lieu de choisir une réponse appropriée, elle vous dira ce qu'elle pense réellement. Sans le vouloir, elle se saborderait au bout d'un mois, et ne parlons pas de nous ! Et puis Pitt n'est pas un gentleman. Il est beaucoup trop intelligent, pour commencer.

— Je ne vois pas pourquoi un gentleman ne serait pas intelligent, Emily, répliqua-t-il, acerbe.

— Mais tout à fait, mon cher, fit-elle avec un sourire. Seulement, il devrait avoir le bon goût de ne pas le montrer. Vous le savez très bien. Ça indispose les gens et ça implique un effort. Or il ne faut jamais avoir l'air d'accomplir un effort. C'est comme l'enthousiasme : avez-vous remarqué que les dames ne s'enthousiasment jamais en public ? Sinon on est taxé de naïveté. De toute façon, je ne connais rien qui mérite un enthousiasme public. Rentrerez-vous dîner ?

— Nous sommes invités à dîner chez Hetty Appleby, répondit-il en la fixant d'un œil perçant. Vous l'avez déjà oublié, je parie ?

— Complètement, avoua-t-elle. J'y vais maintenant, j'ai tant de choses à dire à Charlotte.

— Vous pouvez toujours l'inviter à dîner ici, lança-t-il. J'aime bien Charlotte. Elle ne convient peut-être pas à la vie en société, mais, à moi, elle me convient parfaitement !

Bien entendu, Emily trouva Charlotte chez elle et, qui plus est, ravie de s'arracher à ses corvées domestiques, bien que son intérieur – elle était la première à le reconnaître – fût plutôt négligé depuis qu'elle assistait le général Balantyne dans son travail.

— On peut exclure Christina, annonça-t-elle de but en blanc, en entrant et en retirant ses gants. Je l'ai étudiée de près et je ne pense pas qu'elle en aurait eu le courage.

Charlotte s'efforça en vain de dissimuler son sourire.

— Tant mieux, je suis très contente.

— Pourquoi ? Ne me dis pas que tu l'aimes bien !

— Oh non, sûrement pas ! Mais j'aime bien le général, et Brandy aussi, je crois.

— Ah oui ? fit Emily, surprise. Et pourquoi Brandy ? Je t'ai pourtant parlé d'Euphemia Carlton.

— Je sais. De quel côté vas-tu chercher à présent ? Moi, je penche pour Reggie Southeron. Il a indéniablement un gros faible pour ses femmes de chambre. Je doute que ce soit nouveau…

— Certainement pas. Mais en même temps, il serait bon d'envisager le mystère Helena Doran.

— Pourquoi, voyons ? Elle est partie il y a deux ans déjà.

— Je suis au courant, rétorqua Emily impatiemment. Mais son amant ? Qui était-il ? Était-elle la seule ? Pourquoi ne pas l'avoir courtisée ouvertement, si c'était un homme d'honneur ? Pourquoi personne ne sait-il qui il était ?

Charlotte comprit immédiatement.

— Tu veux dire qu'il aurait pu avoir d'autres aventures et que les enfants en seraient le fruit ? D'après Thomas, la date de leur mort a été établie de façon très approximative.

Elle plissa le nez.

— Tout dépend de la nature du sol, de l'humidité et ainsi de suite. C'est horrible de penser à des êtres humains en ces termes, mais enfin, nous serons tous mis en terre un jour. Nous ne sommes que poussière, de toute façon, une fois que notre âme nous a quittés. Comme c'est absurde d'aimer notre corps à ce point-là. Je pourrais peut-être en parler à Jemima.

Emily connaissait suffisamment sa sœur pour deviner sans peine que la dernière phrase se référait à la disparition d'Helena Doran.

— Comment est-elle, cette Jemima ?

— Tout à fait digne de confiance.

Charlotte pensait bien qu'Emily s'intéressait à elle en tant que témoin, et non pour son esprit ou son caractère chaleureux.

— Ce ne peut pas être elle, j'imagine.

Emily lui lança un regard oblique.

— Non, répondit Charlotte, catégorique. Du moins, pas si l'on juge quelqu'un à sa personnalité.

Emily réfléchit un instant.

— Pour moi, ce n'est pas un critère, décréta-t-elle. Mais examinons le cas Helena Doran d'abord. Incontestablement, il y a là un mystère. Interroge Jemima, mais, pour l'amour du ciel, sois un peu plus discrète que d'habitude. Moi, je vais retourner voir Sophie Bolsover. Elle adore les potins. Il faut que j'en trouve pour la régaler en échange.

Après être restée un moment pour discuter, et pour le simple plaisir de la compagnie de sa sœur, Emily rentra chez elle et se prépara à lancer sa nouvelle offensive. Pour commencer, elle se rendrait chez Sophie à une heure où elle avait des chances de la voir seule ; ensuite, elle essayerait de lier plus ample connaissance avec la dernière habitante du square dont la maison pouvait receler des secrets, Mariah Campbell.

Fort dépitée de ne pas trouver Sophie chez elle, elle laissa sa carte dans un accès d'humeur et réfléchit à ce qu'elle pourrait bien dire à Mariah Campbell, quelle excuse elle pourrait invoquer pour rendre une visite impromptue à quelqu'un qu'elle connaissait à peine. Un message, on le remettait généralement à un domestique. Il fallait donc qu'elle eût quelque chose à lui demander. Mais quoi ?

Elle était déjà presque à sa porte. Rester dans une voiture à l'arrêt risquait d'éveiller la curiosité ; elle devait descendre et se fier à sa présence d'esprit, si jamais Mariah Campbell était là et acceptait de la recevoir.

Elle s'en enquit auprès de la femme de chambre qui l'accueillit avec courtoisie. Oui, Mrs. Campbell était là et serait heureuse de la recevoir. On l'introduisit au petit salon familial où Mariah était installée avec ses filles.

Apparemment, elles n'avaient pas repris leurs leçons après les fêtes de fin d'année. Elles se levèrent toutes les deux lorsque Emily fut annoncée, esquissèrent une révérence et se retirèrent docilement.

Mariah Campbell était une femme d'aspect avenant ; elle n'était point jolie, mais dotée d'une distinction certainement plus durable que la beauté. Elle était vêtue avec goût, mais sans aucune concession aux caprices de la mode.

— Comme c'est aimable à vous de venir nous voir !

Elle se leva également, car Emily appartenait à la noblesse titrée, et pas elle. Elle ne manifesta pas de fausse chaleur : elles étaient étrangères et le savaient l'une et l'autre.

— J'espère que vous prendrez un rafraîchissement, une tasse de thé, peut-être ?

— Avec plaisir.

Ne pouvant donner la véritable raison de sa visite – la curiosité –, Emily devait vite en fournir une autre.

— J'ai appris par Lady Anstruther…

Elle espérait sincèrement que la dame en question n'existait pas.

— … que vous avez séjourné en Écosse, chez les Tait (autre invention). Mon mari est fermement décidé à y aller… nous avons été invités, voyez-vous. Mais il paraît que la maison est un véritable cauchemar ! Aussi froide qu'un tombeau, avec des domestiques qui ne sont jamais là quand on a besoin d'eux, et qui ne parlent même pas l'anglais. Je comptais sur vous pour me dire si c'est vrai. Cette chère Marjorie a tendance à exagérer, à enjoliver ses récits pour les rendre plus vivants !

Mariah avait l'air totalement mystifiée. Évidemment, elle savait encore moins de quoi Emily lui parlait qu'Emily elle-même.

— Malheureusement, je n'en ai pas la moindre idée, avoua-t-elle. Lady Anstruther – dites-vous ? – a dû me confondre avec quelqu'un d'autre. Campbell est un nom écossais, en effet, mais extrêmement courant. Moi-même, je n'ai jamais mis les pieds en Écosse. Je regrette, mais je ne peux pas vous éclairer.

— Oh, ce n'est pas grave.

Emily agita la main pour clore le sujet avant de s'enferrer et, oubliant ce qu'elle avait raconté au début, courir le risque de se contredire.

— J'arriverai sans doute à dissuader George d'y aller. De toute façon, ce n'est pas un fanatique de la chasse.

Elle ne savait même pas si c'était la saison de la chasse, mais, avec un peu de chance, Mariah ne serait guère plus renseignée qu'elle.

— D'ailleurs, poursuivit Emily, animée d'une soudaine inspiration, il faut que je sois là pour le mariage !

Mariah cligna des yeux.

— Le mariage ?

— De Christina Balantyne avec Mr. Ross ! confirma Emily avec entrain. Je suis si heureuse que le pauvre Mr. Ross se soit entièrement remis du brusque départ d'Helena Doran. Pour lui, le choc a dû être terrible.

— Ç'a été un choc pour tout le monde. Ou en tout cas, une surprise. Pour ma part, je ne m'y attendais pas du tout.

— Saviez-vous au moins qu'elle avait un autre soupirant ?

Emily haussa un sourcil intrigué.

— À dire vrai, ma famille me prend tellement de temps que je voyais très peu Miss Doran, comme les autres familles du square, d'ailleurs, sauf Adelina Southeron bien sûr, à cause des enfants.

Voilà qui semblait mettre un terme à la conversation ; cependant Emily ne s'avouait pas vaincue.

— Si elle le décide, je suis sûre que Christina saura le contenter.

— Le contenter ?

Mariah avait saisi la nuance ; sa voix trahissait la pitié qu'elle éprouvait vis-à-vis d'un sentiment aussi tiède.

Mais Emily ne voulut pas en démordre.

— Je pense, oui. À mon avis, c'est tout ce qu'on peut faire pour quelqu'un. Le bonheur, c'est à chacun d'y accéder personnellement. Ne croyez-vous pas ?

Mariah la regarda attentivement, mais avant qu'elle pût formuler sa réponse, la porte s'ouvrit sur Garson Campbell. Emily ne l'avait rencontré qu'une seule fois, et elle ne l'aimait pas beaucoup.

Apparemment, il se souvenait d'elle.

— Bonjour, Lady Ashworth.

Il n'adressa pas la parole à Mariah.

— Bonjour, Mr. Campbell.

Emily pria avec ferveur pour que Mariah ne lui répète pas son histoire à dormir debout, inventée pour expliquer sa visite.

— Vous allez bien, j'espère ? demanda-t-elle.

— Aussi bien que possible. C'est très aimable à vous de venir nous voir.

— Nous allions prendre le thé, dit Mariah doucement. Voulez-vous vous joindre à nous ?

— Je ne le crois pas.

Sa bouche s'incurva légèrement.

— Je doute de pouvoir contribuer à vos bavardages. Je préfère quelque chose de plus politique.

— Que quoi ? riposta Emily aussitôt, sans penser qu'il n'était peut-être pas dans son intérêt de l'indisposer.

— Je vous demande pardon ?

— Vous préférez quelque chose de plus politique que quoi, Mr. Campbell ?

— Je vois où vous voulez en venir, Lady Ashworth. Je ne sais pas du tout de quoi vous discutiez. Je me réfère simplement à mon expérience. Je n'ai pas encore rencontré une honnête femme qui ait quelques notions en politique ; seules les filles publiques semblent avoir cette faculté-là.

— Ah oui ?

Les sourcils d'Emily s'arquèrent ; sa voix se teinta d'ironie.

— Je n'ai jamais parlé politique avec une fille publique. Mais je connais un peu Mr. Balfour.

— Toutes mes excuses, Lady Ashworth, fit-il avec un sourire amusé. Vous ai-je interrompues en pleine discussion politique ?

— Pas du tout. On discutait de Mr. Ross et on s'interrogeait sur le mystérieux admirateur d'Helena Doran.

Elle guettait sa réaction. Les hommes échangeaient parfois des confidences. Il était peut-être au courant. Son visage s'assombrit ; ses traits se crispèrent un bref instant. Emily jubilait intérieurement. Il savait quelque chose !

— C'est très gentil à vous de m'offrir le thé, dit-elle en se levant, mais comme je suis venue sans m'annoncer, je m'en voudrais terriblement de vous incommoder. J'ai été enchantée de mieux vous connaître, Mrs. Campbell. J'espère que nous nous reverrons.

Elle avait hâte de partir maintenant, de fuir Garson Campbell avant qu'il ne lise trop clairement dans ses desseins. Elle n'avait aucune envie de croiser le fer avec lui.

Mariah n'eut pas l'air surprise.

— Ce sera avec grand plaisir, répondit-elle, tendant la main vers la sonnette. C'est très généreux à vous d'être passée. Désolée de n'avoir pas pu vous renseigner sur l'Écosse.

— Oh, ne vous inquiétez pas pour ça.

Déjà, Emily se frayait le passage vers la porte : elle avait entendu la femme de chambre dans le vestibule.

— Je doute qu'on y aille, surtout si ce temps abominable se maintient.

— Il se maintiendra, Lady Ashworth, lança Campbell du milieu de la pièce. Comme toujours, invariablement, entre janvier et mars. Je ne l'ai encore jamais vu faire autrement. La seule différence avec l'Écosse, c'est que là-bas, c'est encore pire.

— Alors je n'irai pas, c'est sûr.

En reculant, Emily faillit entrer en collision avec la femme de chambre.

— Merci du conseil.

Il sourit, l'air légèrement méprisant, de sa bêtise, et elle s'empressa de sortir. Elle grimpa avec soulagement dans sa voiture, même s'il faisait froid à l'intérieur : la sensation qu'elle éprouvait lui faisait penser à un ressort qui se détend. Au moins, elle s'était épargné l'effort de s'arracher à une conversation de plus en plus inextricable. Quel individu déplaisant ! S'il y avait quelque chose de plus accablant que les sots, c'étaient bien les gens qui croyaient tout savoir… et qui n'appréciaient rien.

La fois suivante où elle se rendit chez Sophie Bolsover, elle y trouva Euphemia et Adelina Southeron ; elle ne put donc mentionner Helena Doran, ni espérer apprendre des choses intéressantes. Plusieurs journées laborieuses, désespérément fébriles, s'écoulèrent avant qu'elle juge convenable de retourner à Callander Square.

Cette fois-ci, elle eut plus de chance, même si la chance n'expliquait pas tout. Grâce au travail de reconnaissance effectué préalablement, elle eut enfin la satisfaction de trouver Sophie seule.

— Oh, Sophie, quel plaisir de vous savoir disponible ! s'écria-t-elle sans feindre. J'ai de superbes potins pour vous. Imaginez ma déception, si j'avais dû parler de la pluie et du beau temps.

Sophie s'anima instantanément. Rien ne lui plaisait plus que les potins… sinon les potins colportés par une aristocrate.

— Entrez donc, la pressa-t-elle. Mettez-vous à l'aise, ma chère Emily, et racontez-moi. Serait-ce au sujet de Lady Tidmarsh ? Je brûle de savoir si elle a réellement séjourné chez ces horribles Jones. Vite, je meurs de curiosité !

C'était précisément la question qu'Emily avait espérée : elle s'était donné beaucoup de peine pour découvrir la réponse.

— Évidemment ! déclara-t-elle, triomphante. Mais jurez-moi de ne pas le répéter.

Voilà qui ajoutait une touche irrésistiblement pimentée à son histoire. Sophie trépignait. Les yeux brillants, elle traîna presque Emily sur le canapé au coin du feu et se blottit à côté d'elle comme un petit chat.

— Dites-moi ! implora-t-elle. Dites-moi tout !

Emily s'exécuta, agrémentant son récit de détails suffisamment plausibles, juste pour apporter une note de couleur. Quand elle eut terminé, Sophie exultait. Maintenant, elle avait de quoi distiller les informations, les transmettre en privé aux personnes qu'elle désirait impressionner, leur faisant jurer de garder le secret à leur tour, et bien sûr de ne jamais les divulguer à celles qu'elle voulait ennuyer, en insistant lourdement sur le caractère remarquable et exclusif des faits qu'elle était dans l'impossibilité de révéler. Qui plus est, il serait tout à fait humain de laisser entendre qu'elle en savait beaucoup plus, mais qu'elle était liée par un vœu de silence absolu. Elle ne se tenait plus de joie.

C'était le moment idéal pour la questionner sur Helena Doran. Sophie lui dirait tout ce qu'elle savait, et même ce qu'elle subodorait. Emily ne lui cacha pas que cela l'intéressait.

— Oh, souffla Sophie, ravie, mais certainement.

Soudain, elle fronça les sourcils.

— Seulement, ce n'est pas tout récent. Vous voulez vraiment qu'on en parle ?

— Et comment, affirma Emily. Cette histoire m'intrigue énormément. Qui pouvait-il bien être ?

Sophie plissa le front, réfléchissant.

— Helena était très jolie, voyez-vous, on peut même dire très belle, avec ses cheveux couleur soleil d'hiver, selon la propre expression du pauvre Mr. Ross. Il a été terriblement bouleversé, vous savez. J'espère qu'il sera heureux avec Christina. C'est le jour et la nuit, physiquement bien sûr, mais aussi de caractère.

— Comment était Helena ? s'enquit Emily innocemment.

— Ah !...

Sophie réfléchit à nouveau.

— Calme ; elle ne suivait pas trop la mode. Évidemment, belle comme elle était, elle pouvait se permettre de s'habiller simplement. Et elle n'avait pas besoin d'avoir de l'esprit. Elle jouait très bien du piano. Elle chantait aussi. Je regrette parfois de ne pas savoir chanter. Et vous, vous chantez ?

— Pas très bien. Était-ce quelqu'un de secret ?

— Elle était réservée, oui. Maintenant que j'y pense, elle n'avait pas beaucoup d'amies proches. Elle aimait bien Euphemia Carlton.

— Quel était son genre d'hommes ?

Sophie grimaça, essayant de se souvenir.

— Des hommes consistants, pas seulement d'un point de vue matériel, mais des gens qui avaient réussi, qui avaient une position sociale. Des hommes plus âgés, en fait. Peut-être parce qu'elle avait grandi sans père, la pauvre. Tenez, elle admirait le général Balantyne, je me rappelle. Il a beaucoup de charme, ne trouvez-vous pas ? Et quelle autorité, quelle dignité ! Si je n'aimais pas Freddie, je crois que j'aurais succombé moi-même.

— C'est pourquoi elle n'a pas épousé Mr. Ross, parce qu'il était trop jeune, pas assez consistant pour elle ?

— Figurez-vous que je n'y avais pas pensé, mais c'est fort possible. Elle appréciait l'assurance, chez un homme. Sauf le pauvre Reggie Southeron, elle ne l'aimait pas du tout. Il faut dire qu'il est totalement irresponsable ! Il n'a pas cette... ce que les Romains appelaient *gravitas*, selon Freddie. C'est d'un viril, *gravitas*, ne croyez-vous pas ? Ça me donne le frisson !

— Elle ne se serait donc pas enfuie avec un rêveur sans le sou ? demanda Emily. Ou avec quelqu'un d'une condition inférieure à la sienne ?

Décidément, le mystère s'épaississait. C'était passionnant, et de moins en moins compréhensible.

Les yeux de Sophie s'arrondirent de surprise.

— Non ! Non, maintenant que j'y songe, elle n'aurait pas fait ça. Oh ! mon Dieu, pensez-vous qu'il était déjà marié et qu'ils ont simplement pris la poudre d'escampette ? Oh, c'est affreux !

— Où se retrouvaient-ils, d'après vous ? Car s'ils se rencontraient dans les réceptions ou autres, on aurait su qui il était. Or personne ne le sait !

— Ils devaient sûrement avoir un lieu de rendez-vous secret. Même Laetitia ignore qui c'est. Du moins, c'est ce qu'elle prétend, et pourquoi mentirait-elle ? Sauf si, bien sûr, il s'agit d'un monstre. Mais je vois mal Helena tomber amoureuse d'un monstre. Elle était bien trop fière et trop difficile.

— Elle était difficile ?

— Très. Non, indiscutablement, ils se voyaient quelque part en cachette.

— À mon avis, ce ne devait pas être très loin d'ici.

Emily réfléchissait à voix haute.

— Sinon, elle aurait été obligée de s'y rendre en voiture, et le cocher aurait été au courant. Il ne faut jamais se fier à un cocher, à moins de le payer soi-même, et encore, il est possible que quelqu'un le paie davantage. Non, je déconseille de faire confiance aux domestiques, surtout de sexe masculin : ils ont tendance à faire bloc avec les hommes en général.

— Où alors ? questionna Sophie. Oh ! Mais oui, bien sûr ! Je sais. Enfin, je vois au moins ce que j'ai à faire !

— Quoi ? Quoi ?

Emily perdit complètement contenance.

— Mais la maison vide, évidemment ! La maison, juste en face, de l'autre côté du square... elle est vide depuis des années ! Elle appartient à une vieille dame qui ne veut ni la vendre ni l'habiter. Il me semble qu'elle préfère la France ou quelque chose de tout aussi bizarre. La maison est dans un triste état maintenant, mais elle était très jolie autrefois, avec un pavillon au fond du jardin. L'endroit est romantique à souhait. C'est sûrement ça ! N'est-ce pas que je suis intelligente d'y avoir pensé ?

Emily se dit qu'elle était surtout stupide de ne pas y avoir songé plus tôt, mais le formuler tout haut eût été impoli et maladroit.

— Mais oui, acquiesça-t-elle avec entrain. Et vous avez certainement raison. Un jour, on finira bien par savoir qui c'était.

— Si on allait jeter un coup d'œil sur place ? suggéra Sophie. On découvrira peut-être un indice, quelque chose qu'ils auraient oublié. Qu'en pensez-vous ?

Emily avait pris exactement la même décision à l'instant où elle avait entendu parler de la maison. Elle n'avait aucune envie d'emmener Sophie, mais, visiblement, il n'y avait pas moyen de faire autrement.

— Excellente idée, répondit-elle. Nous irons à la première occasion. Si nous sortons avec cette pluie, on va se faire remarquer, et les gens trouveront notre conduite bizarre. Demain, si le temps est sec, je passerai vous prendre, et on ira ensemble.

Elle fixa Sophie droit dans les yeux pour bien lui faire comprendre que si, par hasard, elle s'y aventurait seule, plus jamais Emily ne lui raconterait de potins. Elle vit à l'expression de Sophie que le message avait été parfaitement reçu.

Emily se leva.

— Ma chère, voilà des mois que je n'ai pas passé de moments aussi palpitants. J'attendrai avec impatience de vous revoir.

Elle se dirigea vers la porte, suivie de Sophie qui, dans l'anticipation du lendemain, oublia de sonner la femme de chambre.

Avant de sortir, Emily se tourna vers elle.

— Ça ne vous ennuie pas que je vienne avec ma sœur, Charlotte ? C'est quelqu'un de très brillant : elle pourrait nous être utile.

La figure de Sophie s'allongea, mais à la mention d'une aide éventuelle, elle se ragaillardit.

— Bien sûr que non. Puisque c'est votre sœur, elle doit être charmante.

En temps normal, Emily l'aurait reprise : Charlotte était charmante seulement quand elle le désirait, et elle doutait que Sophie suscite de bons sentiments chez elle. Mais cela n'avait aucune espèce d'importance. Elle gratifia Sophie d'un sourire éclatant et prit congé, le cœur en liesse.

Ses prières furent exaucées : le lendemain, la journée fut froide et sèche. Elle passa donc chercher Charlotte sans lui laisser le temps de finir son déjeuner et prit à vive allure la direction de Callander Square. En chemin, elle lui expliqua sa mission et les raisons d'une telle précipitation. Elle se méfiait de Sophie qui pouvait très bien aller explorer les lieux sans attendre leur arrivée. Elle ne serait pas sortie avant midi, car la matinée avait été encore humide et glaciale, mais, après le déjeuner, elle pouvait tenter de fausser compagnie à Emily en espérant ne pas se faire prendre.

Arrivées à Callander Square, elles mirent pied à terre en enjoignant au cocher et au valet de ne pas bouger. Elles se firent annoncer chez Sophie qui les accueillit chaussée d'une paire de bottines, son manteau entre les mains du valet. Cinq minutes plus tard, elles étaient devant la grille de la maison inhabitée. Il leur fallut peser de tout leur poids sur le portail car il n'avait pas été ouvert depuis fort longtemps.

À l'entrée, elles hésitèrent.

Dans le jardin froid et immobile, les arbres étaient ourlés de givre, et les pierres du sentier, glissantes, envahies par la mousse. L'herbe était jonchée de feuilles mortes et les parterres de fleurs achevaient de pourrir. S'il restait encore la moindre vie, elle ne s'éveillerait pas avant le printemps.

— Un jardin, on ne devrait pas le laisser à l'abandon, dit Charlotte doucement. Quelqu'un a dû le dessiner avec soin ; on s'est promené ici en conversant.

— Helena Doran et l'inconnu, fit Emily, pragmatique. Allons-y.

Marchant sans bruit sur les feuilles humides, elles entrèrent à contrecœur. Charlotte referma le portail pour dissimuler leur présence. Elles suivirent le sentier avec précaution, craignant de glisser sur les pierres boueuses. Il contournait la maison et disparaissait dans l'herbe. La pelouse détrempée était recouverte de feuilles. Un pavillon en bois, au toit de chaume à moitié effondré, se dressait au milieu. Visiblement, une multitude d'oiseaux l'avaient dépouillé, brin par brin, au fil des ans.

— Là, déclara Emily, triomphante. C'est là que les amants se rencontraient.

Et elle s'engagea à la hâte sur l'herbe mouillée, où feuilles et brindilles s'accrochèrent à ses jupes. Charlotte lui emboîta le pas, mais Sophie, plus prudente, avança de pierre en pierre sur les reliefs du sentier.

Charlotte et Emily firent le tour du pavillon et jetèrent un coup d'œil à l'intérieur. Il était complètement délabré : le chaume pendait au plafond, plusieurs sièges avaient pourri et s'étaient écroulés.

— Oh ! Seigneur, fit Emily, dépitée. Ne me dis pas que c'est comme ça depuis deux ans seulement !

— Ça ne signifie pas grand-chose, répondit Charlotte derrière elle. N'oublie pas que nous sommes en janvier. L'été, ça n'a pas du tout la même allure. Les arbres sont verts ; il y a des fleurs, des oiseaux. Ça ressemble davantage à un jardin secret. Tant pis si c'est un peu négligé.

— Un peu !

— Plus concrètement…

Charlotte regarda autour d'elle.

— Vois-tu quelque chose qui témoigne d'un passage ici ? Elle aurait pu laisser tomber son mouchoir ou déchirer sa robe, par exemple. Ce ne sont pas les surfaces rugueuses qui manquent.

Elles commencèrent à chercher toutes les deux, et Sophie se joignit à elles. Au bout de quelques minutes, constatant qu'elles ne trouvaient rien, Charlotte et Emily sortirent par la porte qui donnait sur le fond du jardin. Sophie resta pour continuer son inspection.

Après avoir dépassé les buissons, Charlotte s'arrêta net et Emily se cogna à elle.

— Qu'est-ce qui t'arrive ? s'enquit-elle avec humeur.

Elle regarda par-dessus l'épaule de Charlotte, et son sang se glaça dans ses veines.

Elles se trouvaient en bordure d'une petite pelouse dominée par un arbre énorme. Une balançoire était accrochée à l'une des branches, et sur la balançoire, serrant les cordes entre ses doigts osseux, trônait le squelette en haillons d'une femme. Les lambeaux grisâtres de sa robe pendaient du siège en bois, décolorés par le soleil et la pluie. Les mouches et les petits animaux avaient dévoré la chair ; il ne restait plus qu'un peu de peau parcheminée, les cheveux blond pâle et les ongles des mains. Grotesquement, les baleines de son corset étaient restées intactes : elles s'étaient affaissées, recouvrant ce qui avait été son estomac et, au-dessus, libérés de ses entrailles, reposaient, minuscules comme ceux d'un oiseau, les ossements d'un fœtus.

— Helena, murmura Charlotte. Pauvre Helena !

8

En rentrant chez lui après avoir joué tout l'après-midi aux cartes, Reggie Southeron trouva Adelina blanche et les yeux humides. C'était ennuyeux. Lui-même était d'excellente humeur : il avait gagné une coquette somme d'argent, savouré du très bon brandy, des cigares fins et des plaisanteries plus fines encore. Il avait pleinement l'intention de continuer à planer sur son nuage rose ; aussi de découvrir Adelina dans cet état lui fit-il l'effet d'une douche froide. Il essaya de la dérider : les femmes pleuraient pour un oui ou pour un non ; il n'y avait certainement là rien de grave.

— Vous ne vous sentez pas bien ? s'enquit-il, jovial. Ça ne fait rien, ça va passer. Buvez donc une goutte de brandy, ça vous remontera. Je vous accompagne.

À sa surprise, elle accepta et, quelques minutes plus tard, ils s'installèrent dans le salon familial, les rideaux fermés sur la nuit, pour partager la chaleur d'une bonne flambée. Tout à coup, Adelina fondit en larmes, se tamponnant les yeux avec son mouchoir.

— Pour l'amour du ciel, ma chère, dit-il un peu sèchement. Reprenez-vous ! Il ne sert à rien de pleurnicher.

Elle lui lança un regard torve et s'essuya les yeux de plus belle.

— Vous n'êtes pas au courant, je présume, déclara-t-elle avec indignation.

— En effet. Et si ça vous rend aussi malheureuse que vous en avez l'air, je préfère croupir dans l'ignorance. S'il est arrivé malheur à quelqu'un, je le déplore, mais puisque je n'y peux rien, j'aime mieux me passer des détails sordides.

— Il est de votre devoir de vous informer ! rétorqua-t-elle sur un ton accusateur.

Il se mit à protester, mais elle ne désarmait pas.

— On a retrouvé Helena Doran !

— Est-ce une raison pour pleurer ? Elle s'est enfuie. Si son existence actuelle ne lui convient pas, tant pis pour elle. Nous n'en sommes pas responsables.

— Morte !

Le mot tomba comme un verdict.

— Morte depuis deux ans, sur la balançoire, dans le jardin de la maison abandonnée. Assise là, toute seule, comme si elle était encore en vie. Elle a dû être assassinée, bien sûr.

Il ne voulait pas le croire. C'était une horrible, obscène, immonde intrusion dans son univers confortable et douillet.

— Pourquoi « bien sûr » ? Elle aurait pu mourir d'une crise cardiaque ou d'une attaque quelconque.

— Elle attendait un enfant !

— Vous voulez dire qu'on l'a autopsiée ? demanda-t-il, surpris et quelque peu dégoûté. Déjà ?

— Ce n'était plus qu'un squelette.

Elle se remit à pleurer.

— On a trouvé des ossements. C'est Nellie qui me l'a dit.

— Qui est Nellie ?

Il ne connaissait personne de ce nom-là.

— La fille de cuisine. Vous n'êtes même pas capable de retenir les noms de vos propres domestiques ?

— Pour quoi faire ?

Sa stupéfaction était sincère.

— Je ne crois même pas l'avoir déjà vue. Je suis désolé pour Helena, mais franchement, ma chère, c'est un sujet par trop macabre. Parlons d'autre chose. Je suis sûr que ça vous fera du bien.

Il eut une soudaine inspiration.

— Il ne faut pas perturber les enfants. Si vous êtes triste, elles vont s'en apercevoir. Vous ne voulez tout de même pas qu'elles apprennent ce qui s'est passé, hein ?

C'était un espoir ridicule. Chastity en tout cas ne manquerait pas de tout découvrir dans les moindres détails ; peut-être était-elle déjà au courant. Mais en le disant, il faisait preuve à la fois de compassion et de sagacité.

Adelina le regarda d'un air dubitatif, mais n'objecta pas.

Reggie s'apprêta à passer une agréable soirée au coin du feu : un bon dîner, un verre de porto, voire encore une goutte de brandy. Rien ni personne ne pouvait aider Helena à présent, alors à quoi bon s'attarder sur des sujets profondément déplaisants comme les cadavres dans les jardins mouillés, les meurtres et autres joyeusetés du même genre ?

Toutefois, sa quiétude fut troublée aux environs de neuf heures quand le majordome lui apporta une nouvelle bouteille de porto et lui annonça en même temps la visite du Dr Bolsover.

Se redressant, Reggie ouvrit les yeux.

— Bon, eh bien, faites-le entrer, dit-il à contrecœur.

Il n'était pas vraiment d'humeur loquace, mais Freddie était un gentil garçon, bien élevé, qui savait entretenir la conversation et apprécier le bon porto.

— Apportez un autre verre, voulez-vous ?

— C'est fait, Monsieur. Je vais demander au Dr Bolsover de vous retrouver ici. Mrs. Southeron est toujours en haut.

— Ah, bien. Merci. Ce sera tout.

Il se cala à nouveau dans son fauteuil. Inutile de se mettre en frais pour Freddie, heureusement.

L'instant d'après, Freddie entra, élégant dans un smoking lie-de-vin qui se mariait bien avec sa blondeur.

— Bonsoir, Freddie, fit Reggie indolemment. Servez-vous à boire. Sale temps, hein ? Dieu merci, j'ai un bon feu. Asseyez-vous.

Freddie obtempéra et, le verre à la main, prit place dans le fauteuil d'en face. Lentement, il but une gorgée de porto qu'il garda un moment dans sa bouche.

— Pauvre Helena Doran, quelle lamentable histoire ! dit-il en regardant Reggie.

Ce dernier était ennuyé. Il n'avait pas envie d'en parler.

— Lamentable, acquiesça-t-il, laconique. Mais c'est fini maintenant.

— Ah, ça m'étonnerait, objecta Freddie avec un sourire.

— Elle est morte.

Reggie s'enfonça dans le fauteuil.

— On ne peut pas être plus fini.

— C'est la fin d'Helena, la malheureuse enfant.

Freddie leva son verre pour contempler la riche couleur rubis à la lumière.

— Mais le reste ne fait que commencer.

— Quel reste ?

— Eh bien, comment est-elle morte, tout d'abord ? dit Freddie, fixant Reggie de son œil bleu clair. Et qui l'a tuée ? La police cherchera forcément à le savoir.

— Il s'agit peut-être d'une mort naturelle.

Cette conversation pesait à Reggie. Si seulement Freddie pouvait changer de sujet !

— De toute façon, ça ne nous concerne pas.

— Avec des policiers dans tous les recoins du square, ça risque de nous concerner.

Freddie souriait toujours, sans le quitter des yeux. Charmant garçon, ce Freddie, mais pas aussi délicat que

Reggie l'aurait cru. Quelle idée de parler de ça autour d'un bon porto !

— Pas moi, en tout cas.

Reggie allongea les jambes. Le feu était à point ; il le chauffait des pieds à la tête.

— Oh, ils vont nous interroger à nouveau, c'est sûr.

— Je ne sais rien. Je ne peux rien. Son amant, je ne vois pas qui c'était. Ça ne m'intéresse pas. Les ragots, c'est l'affaire des femmes. C'est à elles qu'il doit poser la question, s'il connaît son métier.

— Pitt ?

— Si tel est son nom.

— Il le fera certainement. Mais nous, on n'y échappera pas non plus.

À son tour, Freddie s'enfonça un peu plus dans le cuir moelleux.

— Je n'ai rien à lui dire.

Reggie vida son verre et se resservit. La chaleur semblait de plus en plus forte ; la flamme, de plus en plus rouge.

— Absolument rien.

Il y eut un moment de silence.

— Admettons que ce ne soit pas vous, dit Freddie subitement.

— Moi ?

Reggie n'y pensait déjà plus ; plongé dans sa rêverie, il songeait à des choses plus agréables, les jolies femmes, Jemima en particulier. Adorable créature, tellement féminine.

— De quoi parlez-vous ?

— L'amant d'Helena.

Freddie continuait à sourire, presque imperceptiblement.

— Ce n'était pas vous, par hasard ?

— Cré nom de Dieu ! lâcha Reggie, se dressant en sursaut sur son fauteuil. Bien sûr que non !

— Je me le suis demandé, c'est tout. C'est bien votre péché mignon, non ?

— Mon péché mignon ? Que diable insinuez-vous par là ?

Reggie était offusqué. C'était une remarque du plus mauvais goût.

— Les jeunes filles, expliqua Freddie sans s'émouvoir. Mary Ann, Dolly et Dieu sait qui encore.

— Mary Ann est femme de chambre ! protesta Reggie, indigné. Tout le monde fricote plus ou moins avec les femmes de chambre, si l'on veut bien être honnête. Quant à Dolly, c'est une vieille histoire. Je préfère ne pas en parler. Je croyais vous l'avoir déjà dit.

— Je comprends que vous ne vouliez pas en parler. Surtout en ce moment.

— Comment ça, surtout en ce moment ?

Reggie n'aimait pas du tout le tour que prenait la conversation.

— Pourquoi en ce moment ?

— Eh bien, voyez-vous, Helena était enceinte également.

Freddie le dévisageait sans cesser de sourire.

— Et puis, il y a ces cadavres de nouveau-nés. Si jamais ils apprennent pour Mary Ann et pour la pauvre Dolly, ils risquent de faire un rapprochement malencontreux entre toutes ces histoires, ne pensez-vous pas ?

La chaleur du feu brûla les jambes de Reggie, tandis qu'un grand froid l'envahissait de l'intérieur. Cette hypothèse était consternante, affolante ! La bouche sèche, il regarda Freddie, feignant de ne pas comprendre, essayant de se mentir à lui-même.

— Vous voyez bien !

Le sourire de Freddie semblait plaqué sur son visage ; il flottait devant Reggie comme s'il n'y avait que lui dans la pièce.

— Vous me suivez, n'est-ce pas ? insista Freddie.

— Oui.

Reggie eut l'impression que sa propre voix venait de très loin. Il se racla la gorge et ajouta plus fort qu'il ne l'aurait voulu :

— Mais ça n'arrivera pas, il n'y a aucune raison pour qu'ils l'apprennent. Vous êtes le seul à être au courant, pour Dolly, j'entends.

— Absolument.

Freddie prit la bouteille de porto et remplit son verre, tout en continuant à fixer Reggie dans les yeux.

— En un sens, tout dépend de moi.

— Mais vous ne direz rien, n'est-ce pas ? Pour l'amour de Dieu !

— Oh non, répondit Freddie, sirotant délicatement son porto. Non, je ne le crois pas. Pas pour l'instant.

Il but une petite gorgée.

— Tant que je me souviendrai de mes déclarations et que je ne me contredirai pas.

— Vous ne ferez pas ça !

— J'espère que non. C'est ça, le hic. Il me faudrait un pense-bête.

— Que… que voulez-vous dire, Freddie ?

— Un pense-bête, répéta Freddie nonchalamment, quelque chose pour me rappeler ce que je dois faire, qui soit toujours là, quelque chose de suffisamment important pour que je le remarque.

Reggie le contempla avec une fascination glacée. Une lueur se fit jour dans son esprit, et ce n'était pas très ragoûtant.

— À quoi pensez-vous, Freddie ? demanda-t-il lentement.

À le voir assis, l'air content de lui, près du feu, Reggie eut envie de le frapper, de lui donner des coups de pied. Mais il ne pouvait se le permettre. La police veillait, guettant le moindre signe d'un fait nouveau en ce moment même. Un jour viendrait, une fois que tout serait terminé, où la vie reprendrait son cours normal : là, il pourrait régler son compte à Freddie. Quelle canaille, ce type !

Mais pour l'heure…

— Que voulez-vous, Freddie ? demanda-t-il à nouveau.

Freddie souriait toujours. Dire qu'il le trouvait charmant ! Et ce sourire si franc, si prompt à illuminer ses traits !

— J'ai cette fichue note de tailleur, fit-il, imperturbable, qui ne date pas d'hier. J'aurais besoin d'un coup de main, vieux. Rendez-moi ce service. Si je pouvais récupérer mes habits au lieu de les laisser à ce bougre, je vous serais extrêmement reconnaissant.

— Il y a de quoi, tudieu !

— Je vous le promets. Chaque fois que je m'habillerai, je penserai à vous.

— Combien ?

— Oh, une centaine de livres devraient suffire.

— Cent livres !

Reggie était anéanti. Il n'en dépensait pas autant pour se vêtir en une année, n'en donnait même pas la moitié à Adelina. Diantre, les femmes de chambre, il les payait vingt livres par an !

— Comment, nom de Dieu, en êtes-vous arrivé… ?

— J'aime être bien habillé.

Freddie se leva. Il était grand, svelte, élégant ; effectivement, il s'habillait bien, beaucoup mieux que Reggie. Certes, il était fait pour ça, mais quand même !

— Merci, mon vieux, dit-il joyeusement. Je ne l'oublierai pas.

— Cré nom, je ne vous le conseille pas !

Reggie sentait la colère et la panique monter en lui. Et si Freddie oubliait, s'il revenait sur sa parole…

— Ne vous inquiétez pas, lança Freddic, désinvolte. J'ai une excellente mémoire, quand je le veux. Le métier, vous comprenez. Les médecins ne dévoilent pas ce que leurs patients leur confient en privé. La police ne peut pas nous y obliger. Vous n'avez strictement rien à craindre.

Il se dirigea avec grâce vers la porte.

— Les cent livres, je les prendrai maintenant. Car mon tailleur s'impatiente, vous savez. Il refuse les nouvelles commandes tant que je n'ai pas payé. Un vrai rat.

— Je ne les ai pas ici, répliqua Reggie avec raideur. J'enverrai le valet à la banque demain à la première heure. Il vous les remettra dans la matinée.

— D'accord, mais n'oubliez pas, Reggie. Une bonne mémoire, ça peut être vital. Vous me comprenez, n'est-ce pas ?

Reggie comprenait à la perfection. Il allait expédier un valet à la banque dès l'ouverture. Maudit Freddie ! Le pire, c'était qu'il devait continuer à être poli avec ce gredin. Il n'avait pas le choix. S'il lui battait froid, les gens s'en apercevraient ; or il lui fallait à tout prix s'assurer les bonnes grâces de Freddie, du moins jusqu'à ce que la police abandonne et quitte le square.

Il s'était rassis après le départ de Freddie. Heureusement, Adelina n'était pas descendue. Il désirait être seul. Il avait subi un choc considérable et, plus il y pensait, plus ça sentait le roussi. Qui aurait cru cela de Freddie ? Être à court d'argent, ça, tout le monde pouvait le comprendre. Mais recourir à… eh bien, c'était du chantage pur et simple.

Tout allait se tasser, bien sûr, une fois que la police aurait retrouvé la malheureuse fille, ce qui était peu probable, ou qu'elle aurait clos l'enquête. C'était, compte tenu des circonstances, l'issue la plus vraisemblable. Soudain une autre pensée, fort désagréable, lui vint à l'esprit. Que faisait la police lorsqu'elle n'arrivait pas à résoudre un crime ? Abandonnait-elle l'affaire ? Ou bien la classait-elle, mais sans jamais vraiment la perdre de vue, en ayant quelqu'un pour la suivre de loin en loin ? Hypothèse effarante ! Et s'ils ne renonçaient jamais, s'ils la maintenaient en l'état, telle une plaie ouverte, la tâtant chaque fois qu'elle menaçait de se refermer ? Ce pouvait être très pernicieux, une rumeur sordide qui n'était ni rendue publique pour finir dans les oubliettes, ni définitivement proclamée comme étant fausse.

Bonté divine ! Qu'allait-il faire de Freddie, alors ? Ce dernier, s'il était suffisamment crapule, risquait de revenir à la charge encore et encore ! Cent livres par-ci, une faveur mondaine par-là, un conseil financier sous le manteau, telle ou telle chose en cadeau… Dieu du ciel, cela pouvait durer indéfiniment ! C'était monstrueux !

Le mieux, pour Reggie, serait que ce satané Pitt trouve la coupable et éclaircisse cette fichue affaire. Freddie pourrait alors raconter ce qu'il voudrait. La réputation de Reggie en souffrirait, bien sûr, et Adelina serait certainement malheureuse. Mais leurs rapports étaient déjà distendus, de toute façon ; les dégâts seraient minimes, comparés au harcèlement permanent de la part de Freddie ! Et le fait d'avoir trahi, en tant que médecin et ami, sa confiance nuirait bien plus gravement à Freddie lui-même. Qui donc, après ça, voudrait encore s'adresser à lui ? Non, avouer à la police, sous pression, était une chose – on bénéficiait dans ce cas d'une bonne excuse –, mais répandre des ragots, c'était impardonnable, et Freddie ne manquerait pas de s'en apercevoir.

Non, incontestablement, si Pitt découvrait qui c'était, Reggie serait tiré d'affaire. Se calant dans le fauteuil, il étendit à nouveau les jambes. Ce feu était vraiment excellent. Il sonna le valet, lui donna les instructions concernant la banque et réclama du porto. Jamais il n'aurait pensé qu'à eux deux, ils auraient liquidé une bouteille entière, mais elle était bel et bien vide. Néanmoins, une pareille mésaventure nécessitait un petit remontant. Rien de plus naturel, tudieu !

Il faudrait voir comment il pourrait aider ce policier à résoudre l'affaire ; ainsi, tout le monde saurait qui était coupable et qui ne l'était pas, et la police s'en irait traquer les criminels habituels qui étaient davantage de son ressort.

Au moment de s'endormir, il se demandait toujours de quelle manière il pourrait aider Pitt.

Le lendemain matin, Reggie s'éveilla tard, selon son habitude, se leva, se fit habiller par son valet et prit un bon petit déjeuner composé de porridge, d'œufs au bacon, de rognons à la moutarde, de saucisson et de champignons, suivis de plusieurs tranches de pain grillé avec beurre et confiture, et d'une seconde théière, bien sûr. Normalement, il aurait dû se sentir beaucoup mieux, mais ce ne fut pas le cas. Dans la grisaille prosaïque du jour, plus il songeait aux chances de la police de découvrir la coupable, moins il était convaincu de leur réussite. Ce Pitt était un type intelligent, méticuleux en tout cas, mais où trouverait-il les preuves ? Cela remontait à des mois, voire des années ! Ç'aurait pu être n'importe qui ! Même quelque misérable fille d'un quartier voisin. Ce n'était pas forcément quelqu'un de Callander Square. Ces imbéciles, y avaient-ils seulement pensé ?

« Ne sois pas un âne ! Calme-toi, Reggie. Bien sûr qu'ils y ont pensé. C'est sans doute ce à quoi ils ont dû s'occuper, quand ils n'étaient pas là. Et ils n'étaient pas là souvent, vu qu'ils travaillent sûrement du petit déjeuner jusqu'au dîner, cinq ou six jours sur sept. Mais oui, naturellement, ils ont dû interroger les gens un peu partout. » Il se ragaillardit et passa une matinée relativement agréable : il se rendit à la Cité, fit le tour de la banque dont il était le directeur, déjeuna longuement à son club et revint chez lui vers quatre heures et demie, alors qu'il faisait déjà sombre et qu'il commençait à bruiner. La brume voilait partiellement les becs de gaz dans le square, et les arbres tremblaient sous les rafales de vent. Quel temps de chien ! Heureusement, il avait un bon feu et une bonne table qui l'attendaient à la maison.

Il salua les enfants avec courtoisie, et Adelina aussi, bien sûr, mais tandis qu'il se reposait après le dîner, on frappa à la porte.

— Entrez, dit-il, surpris.

C'était Chastity, l'air très propre et sage.

— Qu'y a-t-il, mon petit ?

Sa vue le contraria. Il n'avait pas envie de parler.

— Oncle Reggie, Miss Waggoner m'a dit de vous demander la permission d'étudier les mathématiques. S'il vous plaît, je peux ?

— Non. À quoi ça va te servir, les mathématiques ?

— J'aimerais apprendre pour le plaisir d'apprendre, répondit-elle posément. Vous m'avez dit que c'était bien.

— Elles ne te seront d'aucune utilité, déclara-t-il d'un ton tranchant.

— La peinture non plus, mais vous m'avez recommandé de l'étudier.

— La peinture est un art, c'est tout à fait différent. Les femmes doivent savoir pratiquer un art : ça leur donne une occupation plus tard, quand elles sont grandes. Sinon, que feras-tu de ton temps ?

C'était d'une logique imparable. Elle n'aurait aucune objection à lui opposer. Il la contempla avec satisfaction.

— J'épouserai un policier, répliqua-t-elle instantanément. Et, comme je serai pauvre, je serai obligée de tenir moi-même ma maison. Ce pourrait être très utile de s'y connaître en mathématiques. Si jamais j'ai des déductions à faire.

— Ne sois pas ridicule !

Franchement, cette enfant devenait insupportable.

— Pourquoi veux-tu épouser un policier ?

— Parce que je les aime bien. J'aime bien Mr. Pitt. Je me marierais volontiers avec lui, seulement il est déjà marié. Il est repassé aujourd'hui. Il a discuté avec Mary

Ann. À mon avis, il ne trouvera jamais qui a tué ces bébés. Il le dit lui-même. Ça restera un mystère pour les siècles des siècles. On se demandera éternellement qui c'est, on se soupçonnera mutuellement, et on ne connaîtra jamais la réponse. Quand je serai très vieille, vers cinquante ans, j'en parlerai à mes petits-enfants ; je leur raconterai que le square est hanté par des bébés en pleurs, assassinés au temps jadis… c'est-à-dire maintenant, mais, à ce moment-là, ce sera déjà le temps jadis, sans qu'on ait jamais trouvé le coupable. Nous jouerons à deviner qui c'était, et…

— Ça suffit ! éclata Reggie.

Il n'était guère dans ses habitudes de perdre patience, mais ceci était proprement monstrueux. La fillette disait des inepties, des inepties absurdes, grotesques et effrayantes. Elle faisait naître les images d'un asservissement sans fin : il se voyait déjà saigné à blanc, rongé par la peur jusqu'à son dernier soupir…

— Assez ! cria-t-il. Ce n'est pas vrai. La police trouvera qui c'est. Elle est très habile. Elle le découvrira, c'est sûr. Et probablement très bientôt.

Son cœur battait toujours la chamade, mais il arrivait à se maîtriser un peu mieux.

Chastity le regarda, étonnée, sans se départir toutefois de son abominable sang-froid.

— Vous croyez ça, oncle Reggie ? Pas moi. Je pense que ce sera un terrible mystère pour les siècles des siècles et qu'on en parlera tout bas dans les coins. Puis-je étudier les mathématiques, s'il vous plaît ?

— Non !

— Mais j'en ai envie !

— J'ai dit non.

— Pourquoi ? demanda-t-elle, raisonnable.

— Parce que. Va au lit maintenant. Il doit être temps.

— Pas encore, il me reste une heure.

— Fais ce qu'on te dit, petite. Va te coucher.

Il savait que son attitude était totalement arbitraire, mais après tout, on n'était pas obligé de donner des explications aux enfants, ni même d'en avoir. On était libre d'agir selon son bon plaisir. Ça leur faisait du bien, aux enfants, d'apprendre à obéir.

Chastity se retira docilement, une lueur de déception dans les yeux, déception très nettement teintée de mépris. Son impertinence frappa Reggie.

Il fixa le fauteuil d'en face. Ses pensées tourbillonnaient, de plus en plus vite, de plus en plus désagréablement. Et si Chastity avait raison, s'ils ne trouvaient jamais qui c'était ? Les gens continueraient d'en parler… pourquoi s'arrêteraient-ils ? Les ragots étaient la quintessence des relations entre femmes. Si l'on ne disposait pas d'informations, on les inventait ! C'était la sinistre vérité. D'autres sujets surviendraient, bien sûr, d'autres scandales, mais, au moindre soupçon, toute cette affaire avec ses sordides spéculations renaîtrait de ses cendres.

Et Freddie, Freddie le saurait et s'en repaîtrait. Grands dieux, il allait peut-être le payer jusqu'à la fin de ses jours, se faire vider de sa moelle par une maudite sangsue… un vampire ! C'était épouvantable !

Il découvrit qu'il était debout alors qu'il ne s'était même pas vu se lever. Il fallait faire quelque chose, c'était certain. Mais quoi ? Son cerveau était pareil à du fromage blanc, complètement ramolli. Il ne s'en sortirait pas tout seul, là-dessus il n'y avait aucun doute. Il n'avait pas d'idées. Qui pourrait l'aider ? Surtout ne rien dire à Adelina, elle irait le raconter partout. Du reste, elle faisait partie de ceux qui ne devaient pas savoir. Elle ne comprendrait déjà pas pour Mary Ann, et encore moins pour Dolly. Elle lui rendrait la vie insupportable. Lui qui appréciait par-dessus tout le confort, l'aisance et la douceur de son foyer. Laisser pénétrer chez lui la laideur, la misère du monde extérieur, c'était hors de question.

Et, bien sûr, pour des raisons purement pratiques, il devait protéger son poste à la banque. C'était une situation plaisante et très lucrative. Il était quelqu'un.

Mais tout cela ne lui était d'aucun secours à présent ; il se voyait dépouillé, exposé au froid des dures réalités de la vie – plus de mets succulents, plus de feux crépitants, de fauteuils moelleux, de fraises les après-midi d'été, de serviteurs empressés, de réceptions quand il le désirait… il était nu, tel un grand animal blanc sans carapace ni fourrure, prêt à se ratatiner au premier souffle de la bourrasque.

Il avait besoin d'aide. Qui était la personne la plus pragmatique, la plus intelligente de son entourage ? La réponse lui vint promptement à l'esprit, sans hésitation aucune : Garson Campbell.

Il n'y avait pas une minute à perdre. De toute façon, il ne trouverait pas le repos tant qu'il n'aurait pas apaisé le tourment qui le rongeait. Il sonna le valet pour qu'il lui apporte son pardessus. Dehors, il faisait un temps abominable ; il avait horreur de se faire mouiller, mais son malaise intérieur était bien pire et grandissait à chaque nouvelle pensée qui l'effleurait.

Campbell était chez lui et prêt à le recevoir : vu la précipitation avec laquelle il s'était annoncé, il eût été étonné du contraire.

— Voyons, Reggie, pourquoi cet affolement ? s'enquit Campbell avec un sourire goguenard. D'après William, vous êtes dans tous vos états.

— Mon Dieu, Campbell, j'ai découvert quelque chose d'affreux.

Reggie s'effondra dans un fauteuil et, le cœur battant, leva les yeux sur son hôte.

— C'est tout simplement effroyable.

Campbell n'eut pas l'air de s'en émouvoir.

— J'imagine que vous avez besoin d'un verre de porto pour vous aider à vous en remettre.

C'était une remarque, pas une question.

Reggie se dressa sur son siège.

— Je ne plaisante pas, Campbell, c'est fichtrement sérieux !

Interloqué sans doute par son intonation, Campbell pivota devant le buffet.

Reggie sentit la panique monter en lui. Et si Campbell était incapable de l'aider ?

— On me fait chanter ! bredouilla-t-il. Pour de l'argent ! Du moins, pour l'instant, il ne s'agit que d'argent. Dieu sait comment ça va se terminer. Campbell, ma vie entière risque d'être brisée ! Il peut tout me prendre, comme un vampire à ma gorge, me vider de mon sang ! C'est scabreux, c'est effarant !

Enfin, Campbell parut impressionné ; son expression changea, et son regard se fit dur, attentif.

— Un chantage ? dit-il, la main sur la carafe de porto, mais distraitement, oubliant ce que c'était.

— Oui !

La voix de Reggie montait dans les aigus.

— Cent livres sterling !

Campbell s'était ressaisi. Les coins de sa bouche s'incurvèrent.

— C'est une grosse somme.

— Je pense bien ! Campbell, que dois-je faire ? Il faut qu'on y mette fin avant que ça prenne trop d'ampleur.

Campbell haussa les sourcils.

— Pourquoi « on », Reggie ? Le chantage, c'est odieux, j'en conviens, mais pourquoi m'en mêlerais-je ?

— Parce que c'est Freddie, espèce de crétin !

Reggie perdit à nouveau patience. Il était terrorisé ; leur mode de vie même était menacé, et Campbell était là, le porto à la main et un rictus aux lèvres, comme s'il s'agissait de quelque inconvénient mineur.

— Freddie ?

Une note métallique perça dans la voix de Campbell ; son ton avait radicalement changé. Ses traits se crispèrent ; même son corps se raidit.

— Freddie Bolsover ?

— Oui ! Ce damné Freddie Bolsover ! Il est venu tranquillement chez moi, s'est installé dans ma bibliothèque, a bu mon porto et m'a demandé cent livres pour taire mon penchant pour la femme de chambre !

— Et vous l'avez payé ?

Les sourcils arqués, Campbell le considéra avec un cynisme incrédule et vaguement amusé. Dieu sait pourtant que cela n'avait rien de drôle !

— Bien sûr que je l'ai payé ! éructa Reggie. Que penserait la police, à votre avis, en apprenant que j'ai un faible pour les femmes de chambre, avec ces cadavres dans le square ? On pourrait même croire que j'ai quelque chose à voir avec Helena Doran, alors que, Dieu m'est témoin, je ne l'ai pas touchée. Il m'est bien arrivé de badiner avec une ou deux servantes, mais rien de plus ! Seulement, allez expliquer ça à ces butors ! Eux-mêmes, ils font partie du prolétariat !

Campbell le regarda du haut de sa grande taille.

— Vous voilà dans de beaux draps, hein ?

Il versa enfin le porto et tendit son verre à Reggie.

— Même si je vois mal quel lien il pourrait y avoir entre Helena et vous…

Il hésita.

— Je me trompe ?

— Non !

— Alors pourquoi vous mettre dans cet état ? Que peut dire Freddie ? Qu'il vous soupçonne d'avoir lutiné votre femme de chambre ? Ce n'est pas un crime. Et comment diable le saurait-il, d'ailleurs ? Prête-t-il l'oreille aux ragots de cuisine ? Vous avez été stupide de payer.

Reggie trépigna dans son fauteuil. C'était la pensée de Dolly et de sa mort à la suite de ce malheureux avortement qui l'inquiétait… Mary Ann, comme Campbell l'avait fait remarquer, n'avait rien à voir là-dedans. Il le regarda, planté au milieu de la pièce, massif, large d'épaules, l'air narquois. Son intelligence ne faisait aucun doute : Reggie l'avait toujours su ; c'était évident, irréfutable. Mais oserait-il lui faire confiance ? Il avait besoin d'aide. Il fallait arrêter Freddie avant qu'il ne le dépouille de tout ce qui donnait un sens à sa vie. Sinon, il allait se nourrir de sa substance, telle une bête immonde, le priver de son confort, et il finirait comme une loque, à boire de l'eau de Seltz et à manger du pain avec de la confiture de coings. Plutôt mourir !

Il ne savait par où commencer.

Campbell attendait, les yeux rivés sur lui, l'ombre d'un sourire dans le regard.

— Il n'y a pas que ça, articula Reggie. On pourrait croire…

La bouche de Campbell frémit.

— … je veux dire, recommença Reggie, les autres femmes de chambre, on pourrait…

Que le diable l'emporte ! Pourquoi persistait-il à ne pas comprendre ?

— On pourrait vous juger responsable de la mort de Dolly, acheva Campbell.

Reggie se figea, glacé de l'intérieur comme si son valet lui avait par inadvertance fait couler un bain froid.

Campbell le contemplait avec ironie.

— Oui, ce serait embêtant, dit-il, songeur. Le médecin qu'on a appelé, c'était Freddie, n'est-ce pas ? Oui, il serait capable de raconter à la police exactement ce qui s'est passé. Et, bien sûr, il aurait une excuse pour violer le secret professionnel auquel il est tenu, ajouta-t-il en toussotant, en temps ordinaire. Finalement, vous avez peut-être bien fait de payer.

— Cré nom d'un chien !

Reggie s'extirpa du fauteuil et se planta face à Campbell.

— Vous ne m'aidez pas ! Que vais-je faire, moi ?

Campbell esquissa une moue.

— Vous contrôler, tout d'abord. Je suis entièrement de votre avis, mon vieux. C'est grave, très grave. Jamais je n'aurais imaginé ça de la part de Freddie.

— C'est un intrus, observa Reggie avec amertume. Un rustre.

— Sans doute, mais ça signifie simplement qu'il a le cran et la présence d'esprit de passer à l'acte, là où d'autres n'oseraient pas, à supposer qu'ils y aient songé. Ne soyez pas hypocrite, Reggie. Ce n'est pas le moment de se draper dans sa vertu ; outre le fait de vous ridiculiser, ça ne sert à rien.

— À rien ?

Reggie resta sans voix. Freddie était une crapule accomplie, or Campbell en parlait comme s'il s'agissait d'un problème de tous les jours, une question de logistique plutôt qu'un affront.

— Oui, à rien, répliqua Campbell sèchement. Vous voulez empêcher que ça dure indéfiniment, je suppose ? C'est pourquoi vous êtes venu, non ?

— Oui, naturellement ! Mais n'êtes-vous pas choqué ? Enfin, voyons… Freddie !

— Voilà des années que plus rien ne me choque.

Levant son verre de porto à la lumière, Campbell en examina la couleur.

— Il m'arrive d'être surpris, le plus souvent agréablement, lorsque je m'attends au pire et qu'il ne survient pas, quand la chance me sourit plus longtemps que je ne l'aurais cru. Mais la plupart des honnêtes gens le sont uniquement par manque de courage ou manque d'imagination. L'homme est un animal foncièrement égoïste. Observez les enfants, et vous vous en apercevrez très vite. On est tous pareils : on attrape ce qu'on peut d'une main, et on surveille d'un œil pour s'assurer que personne ne regarde et qu'on ne sera pas obligé de payer. Freddie est simplement plus doué à ce jeu-là que je ne le soupçonnais.

— Au diable la philosophie, qu'allons-nous faire ? s'exclama Reggie. On ne va pas le laisser continuer !

— Il n'y aura pas de quoi continuer. Quand la police aura trouvé la coupable, ce qui, je l'avoue, me semble fort peu probable, ou qu'elle aura abandonné la partie, ce qui ne tardera pas d'ici quelques semaines, tout sera terminé. Ils ne vont pas perdre leur temps indéfiniment à enquêter sur les fautes de quelque servante. En vérité, tout le monde s'en moque, et le fait de résoudre le problème ne l'empêchera pas de se reposer, encore et encore, dans un avenir indéterminé. Surtout, gardez votre calme. Je dirai deux mots à Freddie, l'avertirai des effets pervers sur sa clientèle, si jamais il prend de mauvaises habitudes.

Pour la première fois, Reggie entrevit une lueur d'espoir, un espoir sain, rationnel. Si Campbell parlait à Freddie, ce dernier comprendrait qu'à force d'exiger de l'argent, il finirait par se retrouver dans une situation inextricable. S'il n'avait pas peur de Reggie, peut-être prendrait-il Campbell plus au sérieux.

— Merci, fit-il avec sincérité. C'est exactement ce qu'il faut. Il verra que ça ne marche qu'un temps. Oui, c'est parfait. Merci encore.

Campbell grimaça, l'air incrédule et amusé à la fois, mais ne dit rien. Reggie repartit d'un pas raffermi. Enfin, il lui semblait voir le bout du tunnel.

Comme tout le monde, le général Balantyne avait entendu parler de la funeste découverte dans le jardin abandonné, et cela l'avait profondément choqué. Il savait peu de chose d'Helena, sinon qu'elle était charmante, douce, pleine de vie, une jeune fille à l'avenir prometteur. La retrouver dans une pareille… l'horreur en était inexprimable ! Quelqu'un avait abusé d'elle, lui avait fait violence et l'avait même probablement assassinée. Pour le moment, on n'en savait pas plus, et la police ne s'était pas encore manifestée. Très vraisemblablement, il fallait s'attendre à leur visite dans la journée.

Entre-temps, il allait se remettre au travail. Miss Ellison, qu'en son for intérieur il appelait maintenant Charlotte, s'était acquittée de sa mission et, à vrai dire, elle lui manquait. Sans elle, la bibliothèque lui semblait vide, et il avait plus de mal à se concentrer, comme dans l'attente de quelque chose.

Il avait toujours l'esprit ailleurs quand la police arriva. C'était le même individu, Pitt. Il le reçut dans la bibliothèque.

— Bonjour, inspecteur.

Inutile de lui demander pourquoi il était là.

— Bonjour, monsieur, répondit Pitt en entrant, la mine grave.

— Malheureusement, je n'ai rien d'intéressant à vous apprendre, déclara Balantyne tout de go. Je ne voyais Miss Doran qu'occasionnellement, quand elle rendait visite à ma femme et à ma fille. Vous voudrez leur parler, je suppose. Je vous serais très obligé de garder les détails les plus macabres pour vous. Ma fille se marie, après-demain pour être précis. Je ne tiens pas à gâcher…

Il s'interrompit : cela paraissait cruel, indécemment trivial, alors que l'autre jeune fille reposait seule, un tas d'os en guenilles dans une morgue, rongée par les vers et les petites bêtes ! Cela lui donnait la nausée.

Pitt sembla lire les pensées et les sentiments confus de Balantyne sur son visage.

— Certainement, répondit-il sans chaleur – du moins telle fut l'impression de Balantyne.

Et pourquoi se montrerait-il chaleureux ? Christina était vivante et bien portante, au seuil du mariage, d'une existence confortable et protégée, socialement privilégiée. Pour être tout à fait honnête, elle serait peut-être choquée, dégoûtée par les circonstances de la mort d'Helena, mais il serait fort surprenant qu'elle s'y attarde, et encore plus qu'elle verse des larmes de pitié.

— C'est la vie d'Helena qui m'intéresse, poursuivit Pitt. La cause de sa mort se trouve là, et non dans ce qui est arrivé à son corps par la suite. Saviez-vous qu'elle était enceinte ?

Cette double disparition ajoutait au désarroi de Balantyne.

— Oui, on me l'a dit. Dans un square comme celui-ci, les nouvelles vont vite, hélas.

— Savez-vous qui était son amant ? demanda Pitt à brûle-pourpoint.

Balantyne fut écœuré, heurté par la vulgarité de la question. Helena était une femme de qualité, une... Il croisa le regard de Pitt et se rendit compte qu'il se raccrochait à une chimère, une réalité qui n'était plus viable. Mais penser de la sorte... à une femme ! Maudit soit Pitt avec ses sordides vérités.

— Eh bien ? fit Pitt, même s'il était inutile d'insister.

La réaction viscérale de Balantyne fut suffisamment parlante.

— Non, évidemment.

Le général se détourna.

— Il est normal que vous soyez ému, dit Pitt à voix basse. Vous aviez beaucoup d'estime pour elle, n'est-ce pas ?

Ne sachant trop comment répondre, Balantyne hésita gauchement. Il avait toujours trouvé sa beauté blonde particulièrement douce et soignée ; peut-être l'idéalisait-il un peu.

— Je crois qu'elle vous admirait énormément, elle aussi, reprit Pitt derrière son épaule.

Balantyne se redressa, surpris.

Pitt sourit imperceptiblement.

— Les femmes aiment à se faire des confidences. Or j'interroge les femmes de ce square depuis un bon moment déjà.

— Ah oui ?

Balantyne, de nouveau, regarda ailleurs.

— Dans quelle mesure la connaissiez-vous, général Balantyne ?

Pitt s'exprimait calmement, mais une pensée soudaine et redoutable traversa l'esprit de Balantyne. Le visage en feu, il fit volte-face. Il scruta Pitt, à la recherche d'une lueur de suspicion dans ses yeux. Il n'y lut que de l'intérêt, vif, attentif, inquisiteur.

— Pas très bien, répondit-il maladroitement. Je vous l'ai dit... nous avions des rapports de voisinage. Sans plus.

Pitt se taisait.

— Sans plus, répéta Balantyne.

Il voulut ajouter quelque chose pour clarifier la situation, dissiper toute confusion dans l'esprit de Pitt, mais les mots moururent sur ses lèvres.

— Je vois.

Cela signifiait seulement que Pitt l'avait bien entendu. Il posa encore quelques questions, puis demanda l'autorisation de s'entretenir avec les femmes.

Après son départ, Balantyne se sentit stupide et considérablement secoué. Trois, et même encore deux mois plus tôt, sa vie avait été faite de certitudes inébranlables qui gisaient à présent en lambeaux méconnaissables et peu ragoûtants autour de lui. La plupart étaient liées aux femmes. Toutes les convictions qui formaient le fondement de son existence, non pas matériel, mais affectif, reposaient sur la conception qu'il avait des femmes. Or voilà que Christina s'était compromise avec cet abominable valet et qu'elle allait épouser Alan Ross. Dieu merci, le dénouement au moins était acceptable. Même si le rôle d'Augusta dans cette affaire ne lui paraissait pas encore très clair. Euphemia Carlton portait l'enfant d'un autre homme, chose qu'il n'arrivait pas à s'expliquer. Elle avait inexcusablement trahi un bon mari, qui l'aimait. Et la pauvre Helena Doran avait été séduite, abusée et assassinée. Mais était-ce réellement le cas ? Peut-être ne connaîtraient-ils jamais la vérité. Il avait mal, rien que d'y penser.

Mais le plus inquiétant en un sens, ce qu'il se refusait le plus à admettre, c'était ce sentiment chaleureux vis-à-vis de Charlotte Ellison, le plaisir qu'il éprouvait en sa compagnie, l'acuité avec laquelle il revoyait mentalement le contour précis de sa gorge, sa chevelure chatoyante, la façon qu'elle avait de le regarder et l'intensité qui émanait de tous ses gestes, de toutes ses paroles, aussi intempestives fussent-elles.

C'était ridicule. Il n'avait pas à se tourmenter, à osciller entre l'espoir et la gêne, et encore moins à se sentir seul à cause d'une jeune femme qui le considérait comme un simple employeur ! Ou peut-être plus, qui sait ? Il croyait qu'elle avait du respect pour lui, oserait-il dire de l'affection ? Non, bien sûr que non. Oublie cette idée. Il avait l'air d'un parfait imbécile.

S'emparant d'un papier, il se mit à le lire furieusement. Cinq bonnes minutes s'écoulèrent avant que les mots ne prennent forme sous ses yeux, émergeant du tumulte qui l'habitait.

Même au dîner, la conversation lui passa au-dessus de la tête. Naturellement, il payerait pour le mariage, mais il laissait toutes les formalités, à la fois pratiques et mondaines, à Augusta. Il ferait tout ce qu'on lui demanderait, serait aussi charmant qu'il le fallait, mais les préparatifs, ce n'était pas son rayon.

Il ne prêta pas vraiment attention à l'échange de piques entre Christina et Brandy à propos de la gouvernante d'à côté. Il crut seulement comprendre que Christina la dénigrait et que Brandy prenait sa défense avec une ferveur qui, en temps ordinaire, eût nécessité des explications. Inconsciemment, il dut être troublé par le fait que Brandy développait un penchant, propre à la famille, semblait-il, pour les amours ancillaires. Bien sûr, pour un homme, ce n'était pas pareil, mais il eût été infiniment plus raisonnable qu'il cherche à satisfaire ses lubies dans un périmètre moins proche.

Après le dîner, il convoqua Brandy dans la bibliothèque. Le majordome apporta le porto et se retira, fermant la porte derrière lui.

— Porto ? proposa Balantyne.

— Non, merci, c'est un peu trop lourd pour moi, fit Brandy en secouant la tête.

— Je comprends tes inclinations, commença Balantyne. Il n'y a rien de plus naturel…

— Je n'aime pas beaucoup le porto, c'est tout, répondit Brandy, désinvolte.

— Je ne te parle pas de porto !

Faisait-il semblant d'être obtus ?

— Mais de Miss Je-ne-sais-comment, la gouvernante d'à côté. Charmante enfant…

— Ce n'est pas une enfant ! explosa Brandy subitement. C'est une femme, exactement comme Christina ou comme votre Miss Ellison !

— Comme Christina, j'en doute, dit Balantyne froidement.

— Vous avez raison, siffla Brandy. Elle ne couche pas avec les valets !

Balantyne levada main pour le frapper ; son corps tout entier avait frémi sous l'insulte. Mais à la vue du visage calme et implacablement déterminé de Brandy, sa main retomba. Sa remarque caustique n'était pas dénuée de fondement, et il ne souhaitait pas se disputer avec son fils. Bien qu'ils fussent très différents l'un de l'autre, il l'aimait profondément.

— Voilà qui est inutilement méchant.

Il baissa la voix.

— Toi aussi, tu as dû fréquenter des lits où tu n'avais rien à faire.

À son étonnement, Brandy rougit jusqu'à la racine des cheveux.

— Toutes mes excuses, monsieur, fit-il doucement. C'était odieux de ma part. Simplement, j'ai beaucoup d'estime pour Jemima, et pas de l'espèce à laquelle vous pensiez. Comme je vous soupçonne d'en avoir pour Miss Ellison. Et je ne me permettrais de les insulter ni l'une ni l'autre par des privautés de cette nature-là.

Il eut un pâle sourire.

— À mon avis, si on essayait, on se ferait tirer les oreilles. Miss Ellison, en tout cas, en est parfaitement capable !

Excessivement gêné, Balantyne en voulut à Brandy de sa perspicacité. Bien qu'il fût au supplice, il esquissa un sourire forcé à son tour.

— Sans doute, répondit-il sourdement. Je crois qu'on ferait mieux de parler d'autre chose.

Mais à peine s'étaient-ils engagés sur un terrain moins glissant que le valet annonça Sir Robert Carlton. Avec un tact inhabituel, Brandy s'excusa.

Carlton lui aussi déclina le porto et resta planté un peu gauchement au milieu de la pièce. Son visage portait les marques d'une tension émotionnelle.

— Pauvre petite Doran, c'est terrible ! fit-il d'une voix entrecoupée. Pauvre créature, pauvre femme ! Dire qu'elle était là depuis tout ce temps, et qu'on n'en avait pas la moindre idée ; on vaquait tranquillement à nos occupations.

Balantyne n'avait pas envisagé les choses sous cet angle-là, et cette vision le révolta : leur indifférence, la proximité de la vie et de la mort. Ils étaient passés à côté, sans prêter attention à la souffrance d'un être.

Dieu du ciel, leur arrivait-il régulièrement de passer ainsi à côté les uns des autres ? Instinctivement, il chercha le regard de Carlton. Celui-ci exprimait quelque chose d'entièrement nouveau, quelque chose qu'il ne parvint pas à déchiffrer.

— À propos d'Euphemia…, fit Carlton, hésitant.

Balantyne s'efforça de prendre une contenance témoignant de la sympathie qu'il avait envie de ressentir, qu'il ressentait effectivement. Il ne dit rien, jugeant préférable d'attendre la suite.

— Je… bredouilla Carlton, cherchant ses mots. Je n'avais pas compris. Elle avait dû… me trouver… très froid. Elle voulait un enfant. Je… je ne le savais pas. Je regrette… qu'elle ne se soit pas décidée à me le dire. C'était sûrement de ma faute. J'étais trop… je la mettais sur un piédestal… je ne m'étais pas rendu compte à quel point le respect pouvait être pesant. Elle voulait un enfant… c'est tout.

— Je vois.

Balantyne ne voyait rien du tout, sinon que Carlton tâtonnait pour essayer de se convaincre que c'était compréhensible, qu'il comprenait lui-même.

— Oui, je vois, répéta-t-il.

— Je trouve…

Carlton déglutit.

— Je trouve ça dur à accepter, mais avec le temps, j'y arriverai. Je considérerai cet enfant comme le mien. Balantyne, vous… ?

Il s'empourpra violemment, incapable de l'exprimer en paroles.

— Mais bien sûr, répliqua Balantyne immédiatement. Toute autre réaction serait monstrueuse et totalement erronée !

— Je vous remercie.

Carlton serrait les poings ; une veine palpitait sur sa tempe.

— Je… je l’aime beaucoup, vous savez.

— C’est quelqu’un de très bien, dit Balantyne généreusement, et avec sincérité. Et elle vous aimera d’autant plus pour votre compréhension.

Carlton leva vivement les yeux sur lui.

— Vous croyez ?

L’espoir qui perçait dans sa voix faisait peine à entendre.

— J’en suis persuadé, affirma Balantyne avec conviction. Allons, vous êtes sûr que vous ne voulez pas un peu de porto ? Il est excellent. Recommandé par Reggie Southeron, et il s’y connaît, à défaut d’autre chose.

Carlton respira profondément.

— Oui, peut-être, merci.

9

Reggie Southeron ne reçut la visite de Pitt que le lendemain, en fin d'après-midi. Il venait juste de s'installer dans son fauteuil moelleux pour se remettre des désagréments du trajet – les ressorts durs, les courants d'air, la pluie dans le cou – quand on lui annonça l'inspecteur Pitt. Il envisagea sérieusement de refuser de le voir, mais sans doute était-ce déraisonnable. Cela pourrait l'inciter à creuser les questions qu'il valait mieux ne pas approfondir, et, par ailleurs, cette entrevue permettrait à Reggie de plaider sa propre cause, de se défendre avant d'être attaqué. Maudit soit Freddie Bolsover !

— Faites-le entrer, répondit-il avec irritation. Rangez donc le bon sherry et apportez-moi l'autre.

S'il ne lui offrait pas à boire, il risquait de l'offenser, mais ce n'était pas une raison pour gâcher du bon sherry.

Pitt arriva, débraillé comme toujours, le pardessus grand ouvert, mouillé aux épaules. Son expression était cordiale, empreinte de bonhomie, mais ses yeux semblaient plus perçants que dans le souvenir de Reggie.

— Bonsoir, monsieur, dit-il, affable.

Bizarre que quelqu'un comme lui ait une aussi belle voix, une diction pareille. Un prétentieux, sûrement ; il devait singer ses supérieurs.

— B'soir, répondit Reggie. Vous venez pour Helena Doran, j'imagine, la pauvre ? Je n'ai rien à vous dire ; je ne sais rien.

— Je n'en doute pas, acquiesça Pitt poliment. Si vous saviez quelque chose, vous nous en auriez parlé bien avant d'être sollicité par nous. Néanmoins…

Il sourit soudain ; en temps normal, on aurait pu dire qu'il avait du charme… s'ils avaient été socialement égaux, bien sûr.

— Néanmoins, vous serez peut-être en mesure de combler quelques lacunes.

— Sherry ? offrit Reggie en levant la carafe.

— Non, merci, déclina Pitt avec un petit geste de la main.

Fortement contrarié, Reggie remplit son propre verre. Il avait spécialement fait apporter ce tord-boyaux, et ce drôle de zèbre n'en voulait pas. Maintenant, comme un imbécile, il était obligé de le boire lui-même.

— Je vous l'ai déjà dit, déclara-t-il avec hargne, je ne sais rien au sujet d'Helena Doran.

— Sur sa mort, probablement pas, mais vous devez connaître sa vie. Peut-être mieux que vous ne le croyez. Votre avis m'intéresse. Vous êtes un homme d'expérience ; en tant que banquier, il vous arrive de porter des jugements sur les gens.

Reggie n'aurait pas dû être étonné. Naturellement, ce type s'était renseigné pour savoir ce qu'il faisait. Et c'était vrai, il était plutôt bon juge, en règle générale. Bien qu'il se fût trompé sur le compte de Freddie !

— Je suis à votre disposition.

Il s'était quelque peu radouci.

— Sale histoire… dire qu'elle était si jeune !

— Et jolie, paraît-il.

Pitt haussa un sourcil interrogateur.

— Très, dans le genre évanescent. Un peu trop blonde à mon goût, un peu trop frêle, mais parfaite pour ceux qui aiment ça. Moi-même, je préfère quelque chose de plus robuste.

Il ne fallait surtout pas qu'il se mette en tête de soupçonner Reggie. Autant tirer les choses au clair tout de suite.

— Ce n'est pas tout à fait mon style non plus, observa Pitt. Pas quand elles sont très blondes. Je les trouve trop froides.

Il n'était peut-être pas si mauvais, au fond. En tout cas, il était humain.

— Absolument, renchérit Reggie. C'était une gentille fille, toujours polie, d'une conduite irréprochable, si mes souvenirs sont bons. Dommage. Vraiment dommage.

Les yeux brillants de Pitt ne le quittaient pas un instant.

— Qui étaient ses admirateurs ? Car elle en avait certainement, non ?

— Bien sûr.

Ça, c'était une belle occasion.

— Alan Ross était très amoureux d'elle, à l'époque. Mais vous êtes au courant, je présume.

— Alan Ross ?

— Oui. Le garçon qui vient d'épouser Christina Balantyne, ce matin, exactement.

— Ah oui, c'est vrai. On m'avait dit qu'il avait un faible pour Helena Doran.

— Bigrement plus qu'un faible : il était fou d'elle. Il était effondré quand elle s'est enfuie… ou dois-je dire, quand elle a été assassinée ?

Il regarda Pitt.

— Elle a été assassinée, n'est-ce pas ?

— Hélas, oui. Sans l'ombre d'un doute.

— Comment le savez-vous ? Je croyais que le corps était… enfin…

— En effet. Il ne restait que quelques lambeaux de tissu, et les ossements, bien sûr. La chair avait été rongée, mais tous les os étaient là. Le cou était brisé. Il fallait avoir beaucoup de force dans les mains pour accomplir un travail aussi net.

Reggie grimaça de dégoût.

— Eh non, ce n'est pas très beau.

Il y avait quelque chose dans la voix de Pitt que Reggie ne parvint pas tout à fait à définir. Drôle d'oiseau, cet inspecteur de police. En tout cas, il servait sa cause et, avec un peu de doigté, il pourrait servir celle de Reggie également.

— Il était mal en point, reprit Reggie. Ça l'a déboussolé pour un bon moment, le pauvre vieux. Non pas que je veuille insinuer… évidemment…

— Mais c'est une possibilité, acheva Pitt à sa place.

Reggie prit un air réticent.

— Bien obligé de l'admettre, dit-il lentement.

— Ne vous a-t-il jamais parlé d'un autre homme, d'un amant éventuel ?

Reggie plissa le visage pour essayer de se rafraîchir la mémoire.

— Pas que je me souvienne. Mais, mon cher ami, je ne vais tout de même pas vous répéter une parole occasionnelle, à supposer que je me la rappelle, si elle risque d'expédier quelqu'un au gibet !

— Personne ne se fait pendre pour quelques mots, répondit Pitt doucement, souriant à nouveau. Et n'oubliez pas votre devoir moral.

— C'est vrai.

Reggie se réjouissait de la tournure que prenait cette discussion. Tant pis pour Alan Ross ; après tout, il aurait très bien pu tuer Helena dans un accès de jalousie. C'était de loin l'explication la plus plausible !

Pitt attendait.

— Ma foi…

Reggie hésita, non parce qu'il répugnait à parler, mais parce qu'il ne savait pas trop quoi dire.

— Je n'ai pas les mots exacts, évidemment…

Sa voix monta légèrement, comme s'il demandait à Pitt s'il voulait réellement entendre la suite, puis il se hâta d'enchaîner, au cas où Pitt s'aviserait de l'interrompre :

— Juste le sens global. Il était très amoureux d'elle. Nous pensions tous que leur mariage était pour bientôt. Personne, naturellement, ne se doutait qu'elle avait un autre amant. J'imagine que Ross l'a découvert. J'ignore comment. Il ne nous a rien dit, mais ça, c'est normal. Elle l'a fait tourner en bourrique, tudieu ! Vous aimez une femme, et elle partage son lit avec un autre.

— Oui, concéda Pitt gravement. C'est très pénible. Il y a de quoi réagir d'une manière brutale.

— Tout à fait, acquiesça Reggie avec empressement. Tout à fait.

— D'un autre côté, reprit Pitt après un moment de réflexion, ç'aurait pu être l'amant.

— L'amant ? fit Reggie, abasourdi. Mais pourquoi, nom d'un chien ? Il a obtenu ce qu'il voulait, non ?

Il essaya de sourire, mais le résultat ne fut pas très naturel.

— Il n'avait aucune raison de lui faire du mal.

— Elle était enceinte, lui rappela Pitt. De son amant.

— Et alors ?

Une idée sombre traversa l'esprit de Reggie ; il commençait à avoir peur.

— Il l'aurait épousée s'il avait été libre, ne croyez-vous pas ?

Pitt le fixait de ses yeux brillants, sans ciller.

Les pensées de Reggie se bousculaient. C'était stupide. Il n'avait jamais touché cette fille. Il n'y avait pas de quoi s'affoler. Mais c'était oublier Freddie et sa maudite langue. Si la police apprenait les incartades de Reggie, elle ne ferait pas forcément la différence !

— Ce n'était peut-être pas un bon parti, dit-il, pivotant face à Pitt. Ce pouvait être un commerçant ou autre. Elle n'allait quand même pas épouser un commerçant !

Ce n'était guère le moment de ménager les susceptibilités. Ce Pitt devait bien comprendre qu'il existait des distinctions sociales. C'était quelque chose qu'il ne pouvait ignorer, du reste.

Loin de s'offusquer, Pitt parut réfléchir à la question.

— Elle avait donc un penchant pour les commerçants ? s'enquit-il.

— Seigneur Dieu !

Reggie pataugeait lamentablement. Comment répondre à cela ? S'il disait oui, d'autres le feraient passer pour un menteur. Pitt allait nécessairement effectuer le tour du square. Helena n'avait pas regardé un commerçant de sa vie. Une sainte nitouche comme elle ! Le seul homme, en dehors de Ross, pour qui elle eût manifesté quelque admiration, c'était le voisin d'à côté, le vieux Balantyne. Sûrement qu'elle aimait la pompe et le prestige de l'uniforme.

— Non, répliqua-t-il aussi calmement que possible. Non, pas du tout.

Oui, c'était ça, la réponse.

— En fait, je ne l'ai jamais vue s'intéresser à quelqu'un…

Il pesait soigneusement ses mots.

— … excepté le vieux Balantyne, notre voisin. Bel homme, le général. Normal qu'une jeune fille se laisse impressionner.

Qu'il se débrouille avec ça. Inutile de signaler que le général était marié. Pitt avait évoqué lui-même le fait de n'être pas libre ; à lui de déduire le reste.

— Je vois.

Pitt contempla ses pieds, puis leva sur lui un regard moqueur.

— Et vous, monsieur, elle ne vous admirait pas ?

— Moi ? dit Reggie, choqué. Juste ciel, non ! Banquier, homme d'affaires, pensez-vous ! C'est beaucoup moins exaltant que l'armée. Moins prestigieux.

Il esquissa un sourire forcé.

— Pas de quoi enflammer l'imagination d'une jeune fille romanesque.

— Selon vous, cet amant inconnu, ce pourrait être Balantyne ?

— Voyons, je n'ai pas dit ça !

— Bien sûr que non, vous n'iriez pas jusque-là : loyauté oblige.

Pitt secoua la tête.

— C'est tout à votre honneur.

Pourquoi le bougre souriait-il intérieurement ?

— Et, si j'ai bien compris, ce genre de beauté vous laissait insensible.

— Comment ?

— Je veux dire, vous n'auriez pas été jaloux, par exemple.

— Ciel, non ! Enfin, excusez-moi… certainement pas. Elle était trop pâle, trop incolore à mon goût. J'aime mieux quelque chose de plus… Je suis un homme marié…

Non, c'était trop pompeux. Il préféra s'abstenir.

— Tout à fait ravissante, votre femme de chambre, observa Pitt négligemment. Je n'ai pas pu m'empêcher de le remarquer. Voilà bien longtemps que je n'ai pas vu une aussi jolie fille.

Reggie se sentit rougir. Quel toupet, ce type ! À quoi voulait-il en venir ? Il le scruta avec attention, mais le regard de Pitt ne reflétait qu'une appréciation innocente.

— Oui, répondit-il au bout d'un moment. Je les choisis pour leur physique. C'est la raison d'être d'une femme de chambre.

— Ah oui ? fit Pitt en feignant l'intérêt. Quelqu'un m'a dit en effet que vous vous y connaissiez.

Reggie se figea. Freddie aurait-il... ? Il évita le regard de Pitt.

— Qui ça, Freddie Bolsover ?

— Le Dr Bolsover ?

Apparemment, Pitt ne l'avait pas suivi.

— Oui. Est-ce le Dr Bolsover qui a parlé de moi à propos des... euh, des femmes de chambre ?

Reggie s'éclaircit la voix.

— Ne prenez pas trop au sérieux ce qu'il raconte. Il est jeune, vous savez. Avec un sens de l'humour plutôt imprévisible.

Pitt fronça les sourcils.

— Je crains de ne pas avoir bien compris, monsieur.

— Il a une bien curieuse manière de plaisanter. Il dit des choses qu'il croit drôles, sans se rendre compte que ceux qui ne le connaissent pas pourraient les prendre au pied de la lettre.

— Quel genre de choses ? J'entends par là : où s'arrête la vérité et où commence la plaisanterie ?

— Ah !...

Reggie réfléchit fébrilement. Surtout, ne pas paniquer. Rester calme.

— Sur les questions médicales, là, il est parfaitement sérieux. Mais il est tout à fait capable de plaisanter sur moi et les femmes de chambre, par exemple.

— Autrement dit, il peut vous prêter une aventure avec une femme de chambre, c'est bien ça ?

Le visage en feu, Reggie se détourna.

— Quelque chose comme ça.

Il essaya d'adopter un ton nonchalant et manqua s'étouffer.

— Vous êtes sûr que vous ne voulez pas un sherry ? Moi, je me ressers.

Et il joignit le geste à la parole.

— Dangereux, comme sens de l'humour, fit remarquer Pitt. Non, merci.

Il jeta un coup d'œil sur le sherry.

— À votre place, je lui en toucherais deux mots. Ce pourrait être gênant pour vous, surtout maintenant.

— Bien sûr, répondit Reggie aussitôt. Je vais m'en occuper. Bonne idée.

— Ça m'étonne que vous n'y ayez pas songé plus tôt. Car vous ne l'avez pas encore fait, n'est-ce pas ?

— Quoi ?

Reggie faillit lâcher la carafe.

— Vous ne lui avez pas encore parlé ? s'enquit Pitt, haussant les sourcils.

— Il... il vous a dit que je lui avais parlé ?

Au moment même où il prononçait ces paroles, Reggie se rendit compte de leur ineptie.

— Je... euh...

— Alors ?

— C'est-à-dire...

Que diable fallait-il répondre ? Ce fichu Pitt, que savait-il au juste ? Si seulement Reggie avait une idée des informations dont il disposait déjà, il pourrait ajuster ses réponses. Mais tâtonner ainsi à l'aveuglette, c'était effrayant.

Pitt esquissa une moue – quel visage étonnant il avait ! – et regarda ses ongles.

— Rien de plus naturel que d'admirer une jolie servante, fit-il, pensif. Ça arrive fréquemment. Il n'y a vraiment pas de quoi fouetter un chat. Sauf qu'en ce moment, ça pourrait paraître malencontreux.

Son regard brillant, pénétrant, se posa sur Reggie.

— Il ne vous importune pas, hein... le Dr Bolsover ?

Reggie le dévisagea, bouche bée. Il eut l'impression que son cerveau fondait avant de se solidifier à nouveau. Comment devait-il réagir ? Pouvait-il faire confiance à Freddie ? C'était peut-être l'occasion de régler la question une bonne fois pour toutes. Ou alors... Minute ! Et si Pitt allait voir Freddie pour le charger ? Freddie lui parlerait de Dolly, et ça changerait tout ! Étaient-ils déjà au courant qu'il avait retiré cent livres à la banque ? Pitt avait-il discuté avec le valet ? Était-ce là le nœud du problème ? Attention, Reggie, réfléchis avant de parler. Tu as failli tomber dans le panneau.

— Bonté gracieuse, non, articula-t-il avec un sourire blafard. Freddie est un brave type. Il lui arrive de se conduire comme un âne, mais c'est tout. Il n'est pas méchant pour un sou.

— Je suis content de l'apprendre, monsieur.

Pitt ne quittait pas son visage des yeux.

— J'ai cru un instant que vous aviez peut-être des ennuis.

— Des… ennuis ? Qu'est-ce qui vous fait dire ça ?

Il fallait absolument découvrir ce qu'il savait déjà.

— J'ai parlé aux domestiques, répondit Pitt d'un ton léger. Dans le cadre de l'enquête, vous comprenez.

Reggie le regarda fixement.

Il était au courant ! Pour le valet et la banque ! Si Reggie lui racontait un bobard sur la destination de ces cent livres, ce diable d'homme serait capable d'aller vérifier par lui-même et de découvrir la vérité. C'était trop facile. Il fallait inventer autre chose.

— Ma foi…, commença-t-il maladroitement, l'esprit en ébullition.

Qui pourrait-il accuser, si ce n'était pas Freddie ? Qui ne serait pas en mesure de le démentir ? Qui conviendrait le mieux pour ce rôle-là ?

— Ma foi, pour ne rien vous cacher, j'ai eu un petit problème… pas avec Freddie, non. Freddie est un gentleman. C'est la gouvernante…

Oui, c'était ça.

— La gouvernante s'est monté la tête… une femme seule, sans soupirants, coincée avec les enfants toute la sainte journée. Elle a déraillé et, du coup, c'est moi qui ai trinqué. En temps normal, je l'aurais mise à la porte, mais en ce moment, comme vous dites, c'est un peu délicat. Alors je l'ai payée. Je n'aurais sûrement pas dû, mais que ne ferait-on pas pour avoir la paix, hein ? Vous êtes un homme marié, vous pouvez comprendre ça. Plutôt ouvrir son porte-monnaie que prêter le flanc aux commérages. Elle ne recommencera pas. De toute façon, une fois que cette affaire sera résolue, ce ne sera plus nécessaire, pas vrai ?

— Oh non, dit Pitt avec une grimace. Vous ne voulez donc pas porter plainte ?

— Seigneur Dieu, non ! Si j'ai payé, c'est justement par souci de discrétion. Adressez-vous à elle, et elle niera tout. Moi aussi, d'ailleurs. Je n'ai pas le choix. J'ai une femme, moi. Et puis, il faut que je pense aux enfants. J'ai trois filles. Mais vous le savez déjà, non ? En fait, je n'en ai que deux. Chastity est la fille de mon frère. Il a été tué, le pauvre. Je l'ai recueillie, c'est normal.

— C'est une charmante enfant.

— Oui, oui. Et voilà, vous comprenez, n'est-ce pas ? Surtout, pas de scandale. Ce serait un désastre. Les filles sont très attachées à leur gouvernante. Et elle fait bien son travail, ajouta-t-il précipitamment. Très bien.

— Parfait. Eh bien, je vous remercie, monsieur. Votre aide m'a été précieuse.

— Bon. Bon. Vous allez nous régler ça rapidement, j'espère.

— Je l'espère aussi. Bonsoir, monsieur, et merci.

— Bonsoir, c'est cela, bonsoir.

Lorsqu'elle l'apprit le lendemain, Charlotte se mit en colère. Elle pivota devant le buffet et fit face à Pitt dans son fauteuil.

— Cette espèce de canaille lubrique a accusé Jemima de chantage, et vous l'avez écouté sans rien dire ? s'exclama-t-elle. Mais c'est ignoble !

— Je pouvais difficilement le contredire, répondit Pitt, raisonnable. Cela me paraît peu probable, mais aucunement impossible.

— Bien sûr que c'est impossible ! Jemima n'aurait pas idée de faire chanter qui que ce soit.

— C'était le cri du cœur…

Pitt lui sourit avec un mélange d'affection et d'ironie.

Mais Charlotte ne se laissa pas démonter. Elle était convaincue d'avoir raison ; le tout était de justifier son point de vue.

— Soit, déclara-t-elle, le fixant d'un air résolu. Parlons de manière rationnelle : croyez-vous vraiment que ça vaille la peine de dépenser de l'argent pour cacher le fait qu'il couche avec la femme de chambre ? Ce n'est un secret pour personne. Et de toute façon, Mary Ann n'est pas là depuis assez longtemps…

Une note de véritable triomphe intellectuel perça dans sa voix.

— Pas suffisamment pour être la mère du premier bébé ! Il y a eu quelqu'un avant elle, peu de temps : elle s'est mariée et elle est partie. Et celle d'avant est morte.

Elle dévisagea Pitt, en proie à une excitation croissante.

— Tout le monde sait qu'il se conduit mal, même sa femme, je parie, bien que, naturellement, elle soit obligée de prétendre le contraire…

Il fronça les sourcils.

— Pourquoi ? Pourquoi diable feindrait-elle l'ignorance ? Je la vois plutôt s'emporter et y mettre tout de suite le holà.

Charlotte soupira patiemment. Les hommes étaient parfois d'une naïveté !

— À mon avis, elle-même ne souhaite pas bénéficier de ses attentions en permanence, expliqua-t-elle, et ça l'arrange qu'il aille se consoler ailleurs. Mais si elle était contrainte à affronter la réalité, publiquement, j'entends, alors elle devrait se lamenter, jouer les femmes blessées, horrifiées et tout. C'est la société qui veut ça. En plus, elle aurait l'air bête, l'épouse bafouée… une position plutôt humiliante, non ?

— Mais c'est une épouse bafouée, observa Pitt. Sauf qu'elle ne croit pas au mensonge, mais l'affront est le même.

— Pas du tout.

Elle lui jeta un regard oblique. Affectait-il l'ignorance ou ne savait-il réellement pas ? Quelquefois, il lui arrivait de la taquiner sans pitié.

Il attendait innocemment.

— Ce n'est pas un affront, reprit-elle finalement, du moment qu'elle n'y voit pas d'objection ; en tout cas, pas vis-à-vis d'elle. L'affront serait de la ridiculiser en public. Tout le monde sait ce qu'il fait et aussi qu'elle, ça ne la dérange pas. Mais si elle était obligée de l'admettre, elle devrait soit lui faire une scène et se couvrir de ridicule, soit le cautionner ouvertement, et ce serait immoral.

— Quel cynisme ! Où avez-vous appris tout ça ?

Le visage de Charlotte s'allongea.

— Oui, je sais. Moi, je trouve ça écœurant, mais c'est ainsi. J'ai découvert beaucoup de choses au contact d'Emily. Elle est très observatrice et elle connaît un tas de gens dans ce milieu-là… la société, j'entends. Je serais incapable de réagir de la sorte. Je crois que je ferais un esclandre de tous les diables.

Il eut un grand sourire.

— Je n'en doute pas un instant, ma chère.

Elle le regarda rapidement.

Il leva les mains en un geste de défense.

— Ne vous inquiétez pas ; nous n'avons pas les moyens de nous payer une femme de chambre, et je vous jure de ne jamais toucher Mrs. Wickes.

Étant donné que Mrs. Wickes pesait quatre-vingt-dix kilos et avait une moustache, Charlotte jugea la concession bien minime.

— Et Jemima ? demanda-t-elle.

— Il ne souhaite pas la poursuivre en justice.

— Évidemment ! Puisqu'elle n'est pas coupable.

— Je suis bien de votre avis, dit-il pensivement. Reste à savoir pourquoi il m'a raconté ça. C'est une invention inutile et plutôt dangereuse, ne croyez-vous pas ?

— Je m'en moque ! Jemima ne peut pas le faire chanter.

— Qui, alors ? voilà la question intéressante.

Charlotte retint son souffle.

— Oh !

— Tout à fait.

Il se leva d'un bond.

— Vous n'allez pas l'inculper ? demanda-t-elle, l'agrippant par le bras.

— Non, mais je suis obligé de le signaler.

— Il le faut vraiment ?

— Bien sûr.

— Ça va lui nuire ! Elle ne pourra même pas le démentir ; ça va peut-être la poursuivre jusqu'à la fin de ses jours !

Il posa un instant sa main sur la sienne, avant de la retirer doucement.

— Je le sais bien, ma chère. Et je serais heureux de prouver qu'il ment.

Il ne servait à rien de discuter. S'il fallait intervenir rapidement, eh bien, elle allait s'en charger elle-même.

En conséquence, après le départ de Pitt, elle abandonna ses tâches ménagères et, laissant un mot sur la porte pour Mrs. Wickes, se rendit directement à Callander Square. Sa seule excuse était d'aller voir le général Balantyne et de concocter rapidement un prétexte quelconque, quelque chose qu'elle aurait oublié de lui dire.

Lorsqu'elle arriva devant sa porte et se trouva face au valet, elle n'avait toujours rien inventé de plausible, mais, par chance, il ne lui demanda pas les raisons de sa venue et l'introduisit simplement dans la bibliothèque. Assis derrière son bureau, le général n'avait pas l'air de travailler, car il n'y avait pas de stylo en vue ; il se contentait de fixer une pile de papiers. Quand elle entra, il leva les yeux avec un certain empressement.

— Charlotte, ma chère, quelle bonne surprise !

Elle ne s'attendait guère à un accueil aussi chaleureux. Quel homme imprévisible ! Serait-ce le contrecoup du mariage de Christina ?

— Bonjour, général Balantyne, répondit-elle d'un ton à la fois neutre et aussi amical que possible.

— Je vous en prie, entrez.

Il était déjà debout et contournait le bureau pour aller à sa rencontre.

— Asseyez-vous près du feu. Le temps est déplorable, mais c'est tout ce qu'on peut espérer pour un mois de janvier.

Elle s'apprêtait tout naturellement à refuser quand elle se souvint qu'elle n'avait toujours pas d'explication à sa visite. Au moins, cela lui permettrait de gagner du temps.

— Merci, oui, il fait très froid aujourd'hui. C'est le vent, surtout, qui est pénible à supporter.

Il la regardait toujours sans mot dire, ce qui la mit mal à l'aise.

— On a l'impression d'être à l'abri entre les bâtiments, poursuivit-elle pour rompre le silence, mais, en fait, ils forment des couloirs où le vent s'engouffre avec une force redoublée.

— Vous m'autoriserez à vous faire raccompagner par mon cocher, dit-il sérieusement. Peut-être désirez-vous boire quelque chose de chaud ? Une tasse de thé ?

— Oh non, je vous remercie, fit-elle à la hâte. Je ne voudrais pas vous déranger. Je suis venue juste pour…

Vite, au nom du ciel, pourquoi était-elle venue ?

— … parce que… je me suis soudain souvenue que j'avais… laissé de côté plusieurs lettres importantes, sans les inclure dans le classement. Du moins, c'est ce qu'il m'a semblé.

Était-elle crédible ?

— C'est très consciencieux de votre part, approuva-t-il. Mais je n'ai rien remarqué qui ne soit pas en ordre.

— Et si je vérifiais ?

Se levant, elle regarda le bureau. À sa vue, la notion même de l'ordre lui parut absurde. Elle se tourna, désemparée, vers le général.

— J'ai tout mis sens dessus dessous, avoua-t-il, énonçant l'évidence. Sincèrement, j'aurais à nouveau besoin de votre aide.

Quelque chose dans son expression la troubla, la douceur de son regard, cette façon directe qu'il avait de la contempler. Bonté gracieuse ! Il ne s'était tout de même pas mépris sur les raisons de son retour ? Son excuse était bien maigre, en vérité… mais pas pour ce motif-là ! Elle voulait intercepter Jemima ; seulement, si elle passait directement chez les Southeron, sans aucun prétexte, elle risquait d'éveiller des soupçons. Peut-être même Reggie Southeron se douterait-il de ses véritables intentions. Les gens qui avaient quelque chose à se reprocher, et c'était son cas, elle en était sûre, avaient tendance à se montrer excessivement suspicieux. Au mépris de toute logique, ils voyaient des accusations là où il n'y en avait point ; que dire alors lorsque tel était précisément le propos, mal déguisé, de surcroît ?

Balantyne attendait, sans la quitter des yeux.

— Oh !…

Elle se reprit ; le plus urgent était de le détromper.

— Ma foi…

Elle jeta un coup d'œil sur le fatras qui encombrait le bureau.

— Je serais heureuse d'y remettre un peu d'ordre, mais malheureusement, c'est tout ce que je puis vous proposer.

Elle sourit pour rendre son refus moins abrupt.

— Comme je n'ai pas de domestiques, j'ai du ménage en retard. Ça devient même assez urgent.

— Ah !...

La mine du général s'allongea.

— Pardonnez-moi d'avoir manqué de considération. Je... certainement. Je ne veux pas vous distraire de...

Il bégayait légèrement dans sa hâte de se ressaisir.

— Oui, je vois. Mais si vous acceptiez de rester aujourd'hui, je vous serais extrêmement obligé...

Il hésita, se demandant sûrement, pensa-t-elle, s'il devait lui offrir de la payer et comment s'y prendre avec tact. Son embarras la toucha. Elle lui sourit chaleureusement.

— À vrai dire, j'ai horreur du ménage et, pour une journée, je peux très bien m'arranger avec ma conscience. C'est une attitude fort peu féminine, mais je trouve la guerre de Crimée infiniment plus passionnante que mes fourneaux.

Elle s'approcha du bureau en ôtant ses gants ; elle lui tournait le dos pour ne plus avoir à croiser son regard, mais elle sentait avec acuité sa présence derrière elle.

Il lui fut impossible de s'excuser à l'heure du déjeuner ; elle profita donc de son unique opportunité de s'introduire dans la maison d'à côté un peu plus tard que prévu. Personne ne la vit cependant, hormis la fille de cuisine et l'aide-cuisinière, et elle se glissa dans la salle de classe avant le début des cours de l'après-midi.

Postée devant la fenêtre, Jemima regardait le square. En entendant Charlotte entrer, elle se retourna.

— Charlotte, quel plaisir de vous voir !

Elle rayonnait ; on eût dit qu'elle avait des étoiles dans les yeux.

— Vous êtes revenue travailler pour le général Balantyne ?

— Aujourd'hui seulement, répondit Charlotte sobrement. En fait, je suis là parce que je voulais vous voir sans trop attirer l'attention.

Inutile de temporiser : elle devait lui parler de Reggie, et ce avant le retour des enfants.

Jemima semblait n'avoir aucune conscience de l'imminence du danger.

— Je suis sûre que Mr. Southeron n'y verra pas d'inconvénient.

Elle ne regardait pas Charlotte, mais un peu au-delà.

— Dommage que vous ne soyez pas venue déjeuner. Il faut que vous reveniez demain.

N'avait-elle pas écouté ? Charlotte lui avait pourtant bien dit qu'elle était là pour une journée seulement.

Mais Jemima s'était à nouveau tournée vers la fenêtre.

Charlotte traversa la pièce et se posta à côté d'elle. Elle regarda en bas. Il n'y avait rien à voir, sinon le square silencieux et nu, trempé par la pluie, dans les tons noirs et gris ; même l'herbe avait perdu sa couleur verte. Le vent gémissait lugubrement dans les courettes et agitait les quelques feuilles mortes qui s'accrochaient encore aux arbustes. Il n'y avait rien qui pût retenir l'attention d'une jeune fille. Charlotte n'avait pas entendu d'équipage : les sabots des chevaux et les roues grinçantes faisaient suffisamment de bruit sur les pavés. Quelqu'un à pied, alors ? Par un temps pareil ? Oh non, pas Brandy Balantyne !

— Jemima !

Jemima se retourna ; ses yeux pétillaient de bonheur. Elle les baissa soudain, tandis qu'une légère roseur lui montait aux joues.

— Brandy Balantyne ? questionna Charlotte.

— Ne l'aimez-vous donc pas, Charlotte ? La dernière fois, j'ai cru comprendre le contraire.

Charlotte l'aimait beaucoup, mais elle n'osa l'avouer, ni mentir du reste et faire mal inutilement.

— Je l'ai croisé trois ou quatre fois, très brièvement. N'oubliez pas que je n'étais pas invitée chez eux ; j'étais là pour aider.

C'était cruel, certes, mais il ne fallait pas que Jemima se laisse griser par ses rêves. Plus on se prenait à rêver, plus le réveil était douloureux.

Jemima eut l'air peinée.

— Je sais, répondit-elle tout bas. Oui, je sais tout ça. Et je comprends ce que vous essayez de me dire. C'est vous qui avez raison.

Charlotte voulait la mettre en garde contre Reggie Southeron, mais évoquer, en cet instant précis, le maître qui couchait avec ses servantes eût été grossier et sans doute totalement déplacé. Il n'y avait aucun parallèle là-dedans, et Charlotte n'avait pas envie que Jemima lui prête ce genre d'idées. Il allait falloir remettre cette discussion à plus tard, quand elle susciterait moins de souffrance et d'incompréhension. Toutes les explications du monde ne suffiraient pas à rassurer Jemima si elle mettait Reggie, les femmes de chambre et le chantage sur le même plan que Brandy Balantyne.

— Je dois rentrer, dit-elle. Je voulais seulement vous voir et vous… prier de faire très attention à vous. Parfois, au cours d'une enquête comme celle-ci, il arrive qu'une personne qui a peur accuse quelqu'un d'autre. Je suis au courant pour la pauvre Miss Doran. Soyez extrêmement prudente dans tout ce que vous pouvez dire !

Quoique légèrement perplexe, Jemima acquiesça de bonne grâce et, cinq minutes plus tard, Charlotte se retrouva dans la rue glaciale pour regagner au plus vite la bibliothèque et les papiers du général. Elle était mécontente d'elle et doublement inquiète pour Jemima.

Après son mariage, Christina ne s'absenta que huit jours, peut-être à cause des drames survenus dans le square. Le moment était mal choisi pour les célébrations : personne n'avait le cœur à festoyer, et surtout pas Alan Ross. Même Christina, devenue sa femme quelques jours après la découverte du corps d'Helena, pouvait difficilement lui demander de songer à leur lune de miel. Emily, qui lui rendit visite sitôt que la bienséance l'y autorisa, considérait pour sa part que Christina pouvait s'estimer heureuse que le mariage lui-même ne fût pas reporté. C'eût été un désastre. Dans l'état où elle se trouvait peut-être, elle risquait, à quinze jours près, de passer pour une menteuse. Une naissance prématurée avait ses limites, si l'on voulait être crédible !

Elle arriva chez Christina sans aucun but particulier, sinon dans l'espoir d'en apprendre davantage sur Helena Doran. Elles avaient le même âge et certainement beaucoup de points communs : elles avaient dû assister aux mêmes réceptions, fréquenter les mêmes salons. Elles n'avaient sans doute pas été proches, et Christina éprouvait peut-être quelque amertume à l'idée d'avoir épousé un homme qui avait aimé Helena, du moins dans le passé. Mais elle savait sûrement quelque chose ; bien souvent, la vérité se nourrissait autant d'antipathie que d'amitié, notamment lorsqu'il s'agissait d'un défunt. C'était curieux comme la mort avait tendance à masquer les réalités congrues derrière le paravent des convenances. Voilà qui ne devait pas faciliter les investigations.

La maison d'Alan Ross était située dans une rue élégante à moins de huit cents mètres de Callander Square. Elle ne pouvait prétendre à la même opulence, ni à la même grâce raffinée ; cependant, c'était une demeure cossue et, quand Emily frappa à la porte, ce fut une femme de chambre soignée qui lui ouvrit.

Christina eut l'air contente de la voir, même si Emily lui trouva la mine un peu pâle. Une lune de miel représentait bien souvent un choc pour une femme, mais elle n'avait pas dû réserver de grosses surprises à quelqu'un qui avait joyeusement couché avec un valet.

— Bonjour, Emily, dit Christina d'un ton un peu guindé. C'est gentil à vous de venir me voir.

Emily croisa mentalement les doigts avant de mentir.

— Je voulais vous souhaiter la bienvenue et prendre de vos nouvelles, répondit-elle, l'air soucieux. Le sort a été cruel pour vous, je trouve. Quel malheur qu'on ait découvert cette pauvre fille juste à ce moment-là ! On ne saurait imaginer pire.

Christina la toisa avec froideur.

— Dommage surtout que vous ayez choisi ce moment-là pour vos explorations !

— Ma chère…

Emily réussit à prendre un air navré.

— Comment aurais-je pu me douter de ce qui m'attendait ? Je croyais, comme tout le monde, qu'elle s'était enfuie avec son amant, qu'ils s'étaient mariés et vivaient heureux quelque part… enfin, du moins qu'elle s'était mariée. À dire vrai, je n'étais pas convaincue qu'ils étaient heureux. Ces histoires romanesques finissent rarement bien.

— C'est ce que vous avez dit. Mais alors, que faisiez-vous dans ce jardin désert ?

— Simple curiosité, je suppose, répliqua Emily indolemment, se retournant pour admirer la pièce qui de fait était très joliment décorée. L'endroit est si romantique…

— Un jardin abandonné, en plein hiver ?

Une note acide se glissa dans la voix incrédule de Christina.

— Ce n'est pas toujours l'hiver, fit remarquer Emily, logique. Et le jardin devait être dans un bien meilleur état il y a deux ans.

— Je ne vous suis pas.

Christina demeurait résolument froide.

— Mais quand Helena y retrouvait son amant, voyons !

Emily se tourna vers elle.

— Comment était-elle ? Vous l'avez sûrement connue. Était-elle très belle, avec beaucoup de charme ?

— Pas spécialement, fit Christina, affectant le dédain. Elle était jolie, oui, dans le genre anémique, et sans une once d'esprit. En fait, je la trouvais plaisante, mais assez ennuyeuse.

— Oh, mon Dieu !

Emily esquissa, non sans effort, une moue désappointée. En réalité, elle était ravie. En lui révélant son véritable sentiment, Christina lui en dévoilait autant sur elle-même que sur Helena Doran.

— Quel dommage, reprit-elle. Je l'imagine mal séduire un amant romantique, à moins qu'il ne soit totalement novice. Ou alors, elle devait avoir des talents cachés.

— Si elle en avait, ils étaient bien cachés, rétorqua Christina sèchement. Personne, à ma connaissance, n'a réussi à les découvrir.

Emily savait être cruelle sans s'encombrer de scrupules.

— Pas même Mr. Ross ?

À sa grande surprise, Christina rougit violemment.

— Alan a été très déçu par elle. Elle ne lui inspire plus aucune admiration.

— Déçu ?

— Eh bien, contrairement aux apparences, ce n'était pas franchement une ingénue, déclara Christina, cinglante. Elle avait un amant qu'elle retrouvait dans un jardin abandonné et avec qui elle couchait, visiblement, puisqu'elle était enceinte. Il y a de quoi être déçu, non ?

— Dans ce cas, vous feriez bien d'observer la plus grande discrétion vous-même.

Emily n'aimait pas l'hypocrisie morale et n'aimait pas particulièrement Christina.

Cette dernière s'empourpra de plus belle et lui jeta un regard haineux. Était-il possible qu'à ce stade elle eût acquis quelque considération pour Alan Ross ? C'était l'explication la plus plausible. De par son mariage, elle jouissait enfin d'une respectabilité indispensable dans l'éventualité d'une grossesse, même si celle-ci paraissait de moins en moins probable. Au contraire de Charlotte, elle continuait à porter des robes cintrées, et sa silhouette ne laissait rien transparaître. Oui, peut-être avait-elle conçu une réelle estime pour son époux. Dommage, mais à moins que Christina ne change radicalement dans sa façon d'être, mieux Mr. Ross la connaîtrait, plus Emily doutait qu'il lui rende la pareille. Cet effort-là, cependant, Emily ne pouvait ni souhaitait l'accomplir à sa place.

Elle resta encore un peu pour reparler d'Helena, mais n'apprit rien, sinon que Christina la détestait cordialement. Elle n'aurait su dire toutefois si cette animosité était antérieure à l'affection de Christina pour Mr. Ross. Elle prit congé au bout d'une demi-heure, absorbée par ses nouvelles et intéressantes pensées.

Le lendemain du jour où elle avait entendu parler de cet épisode, et surtout des conclusions qu'Emily en avait tirées, Charlotte décida de retourner voir Jemima et, cette fois, au mépris d'une souffrance passagère, l'avertir du danger qui la guettait. Elle voulait également essayer d'en savoir plus sur Reggie Southeron pour découvrir qui le faisait chanter, si chantage il y avait. Quoi qu'il en fût, pour protéger Jemima, il fallait connaître les véritables raisons de l'accusation portée contre elle.

Pour lui parler en tête à tête, elle devait voir Jemima avant le début de la classe, qui commençait probablement à neuf heures du matin. À huit heures et quart donc, alors que le jour se levait à peine sur la grisaille faite de froid et de neige fondue, elle descendit du cab à Callander Square. Arrivé par erreur du mauvais côté du square, le cocher refusait d'en faire le tour, de peur que son cheval ne s'abîme les genoux sur les pavés glissants où le vent de la nuit avait empilé les feuilles mortes.

Charlotte ne discuta pas. Elle ne tenait guère à ce que le cheval tombe et se blesse, pas spécialement à cause du cocher, mais pour la bête elle-même.

Il ne lui restait plus qu'à continuer à pied ; plutôt que de risquer un accident à son tour, elle préféra couper par le jardin où il n'y avait pas de pierres et où le gel nocturne avait durci la terre au point que le sol pût supporter son poids sans qu'elle s'enfonce dans la boue. Le soir, elle ne s'y serait pas aventurée seule : le souvenir de Cater Street la hanterait sans doute jusqu'à la fin de ses jours. Mais quel rôdeur, sinon le plus désespéré, irait se tapir par cette matinée grise et glaciale parmi les branches noires et tordues et une végétation flétrie ?

Elle avançait d'un pas vif car le froid lui brûlait la peau et le vent lui envoyait de la neige fondue au visage. Elle regardait avec attention où elle mettait les pieds afin de ne pas trébucher sur une branche ou glisser dans une mare à moitié gelée. Elle ne vit donc la forme obscure qu'à la dernière minute. Pas tout à fait sur le chemin, mais au bord, comme si la bourrasque l'en avait repoussée. C'était bien trop volumineux pour une branche. Envahie d'un pressentiment, une impression de désastre, Charlotte s'arrêta à sa hauteur.

Elle vit des habits mouillés et, entre les racines des asters d'automne, la tête. Gorgés d'humidité, les cheveux devaient être blonds à l'origine, et la peau blême portait l'indiscutable empreinte de la mort.

Elle se pencha sur le cadavre, mais sans le toucher. L'homme gisait sur le flanc, le bras replié sous lui, comme s'il avait essayé d'arracher le couteau planté jusqu'à la garde dans sa poitrine. Elle se rappelait ne l'avoir vu qu'une seule fois, mais elle sut sans l'ombre d'un doute que c'était Freddie Bolsover.

Se redressant lentement, elle rebroussa chemin sous les rafales de vent à la recherche d'un agent de police.

10

Pitt fut appelé sur-le-champ, puisque tout ce qui touchait à Callander Square était de son ressort. Il n'était pas encore neuf heures et demie lorsqu'il s'agenouilla sur le sol toujours gelé devant le cadavre gardé par un agent de police. Rien n'avait été déplacé. Malgré ses protestations, Charlotte avait été renvoyée à la maison, même si, pensait Pitt, c'était surtout le froid qui avait dû vaincre sa résistance.

Il était accompagné d'un médecin légiste. Une fois qu'il eut bien observé le corps et que l'image se fut gravée dans son esprit, ensemble, ils retournèrent Freddie pour examiner la blessure. Le couteau était enfoncé jusqu'à la garde ; le manche filigrané ne portait aucune empreinte.

Pitt écarta légèrement les habits.

— Un seul coup, remarqua-t-il. Du travail propre.

— Ce pourrait être une question de chance, dit le médecin par-dessus son épaule. Pas nécessairement d'habileté.

— Et la force ? demanda Pitt.

— La force ?

Le médecin réfléchit un instant. Se baissant, il remua le couteau avec précaution.

— Pas un os n'a été atteint. Pile entre les côtes. Rien que du cartilage et un peu de muscle ; la lame est allée droit au cœur. Un adulte normal est capable de faire ça sans problème. La blessure est trop haute pour quelqu'un de petite taille. Le coup semble avoir été dirigé vers le bas ; votre assassin mesure donc au moins un mètre soixante-dix, sinon plus.

Pitt s'empara d'une des mains de Freddie.

— Pas de gants, fit-il avec un léger froncement de sourcils. Il a dû sortir à la hâte ; sans doute pensait-il ne pas en avoir pour longtemps. À mon avis, il avait rendez-vous avec quelqu'un qu'il connaissait.

Il regarda les ongles et les jointures.

— Pas une trace. Il ne s'est pas vraiment débattu.

— Attaqué par surprise, répondit le médecin. Il a tout juste eu le temps de comprendre avant de perdre conscience.

— Par surprise, répéta Pitt lentement. Et par-devant. Autrement dit, l'assassin ne lui était pas inconnu ; la surprise, c'est qu'il a frappé. Le Dr Bolsover le considérait comme quelqu'un de fiable, un ami.

— Ou une connaissance, ajouta le médecin.

— Va-t-on retrouver une simple connaissance au milieu du square, la nuit ?

— Je n'ai pas dit qu'il avait été tué pendant la nuit, rétorqua le médecin en secouant la tête. On ne peut pas savoir. Par ce temps-là, un corps gèlerait très vite. Ça va être dur de déterminer l'heure du décès.

— Qui oserait commettre un assassinat dans le square en plein jour ? fit Pitt avec douceur. Ce serait trop risqué. Les domestiques sont souvent aux fenêtres ; on a toutes les chances de se faire remarquer si l'on s'aventure dans le jardin. À la tombée de la nuit, en revanche, emmitouflé dans un cache-nez, le col relevé, ce qui est plutôt logique à cette époque de l'année, sitôt qu'on s'éloigne des becs de gaz, on devient invisible. Il aurait pu monter les marches d'un perron, descendre dans une courette, partir à la recherche d'un cab… n'importe.

— Tout à fait, acquiesça le médecin d'un air compassé. Admettons qu'ils se soient rencontrés à la nuit tombée. Vous ne trouvez pas ça bizarre, vous ? Se donner rendez-vous dehors dans le noir, alors qu'il gèle à pierre fendre ? Sans aller jusqu'à se faire poignarder, il y a de quoi glisser et se rompre le cou. On ne voit pas à deux pas devant soi.

— Voilà qui soulève un certain nombre d'interrogations, n'est-ce pas ?

Pitt baissa les yeux sur le cadavre.

Le médecin grogna.

— Il devait avoir quelque chose de très urgent et de très confidentiel à dire.

— Ou avoir l'intention de tuer, fit Pitt doucement.

Le médecin ne répondit pas.

Pitt se remit debout, quelque peu engourdi par le froid glacial.

— Je sens que j'aurai beaucoup de questions à poser à Mr. Reggie Southeron. Faites transporter Bolsover à la morgue, voulez-vous ? Et soyez très attentif quand vous pratiquerez l'autopsie, malgré l'évidence. Je doute qu'il y ait autre chose, mais on ne sait jamais.

Le médecin le regarda d'un œil torve et se dirigea vers l'agent de police, frappant dans ses mains pour rétablir la circulation.

Cette fois, Pitt choisit de ne pas s'embarrasser de préliminaires avec Reggie. Il alla droit à la porte d'entrée et annonça au valet qui lui ouvrit son intention de voir Mr. Southeron de toute urgence. Par une matinée aussi morne, pensait-il, Reggie n'avait pas dû se lever avant neuf heures ; il n'aurait pas pris son petit déjeuner et ne se serait pas préparé pour partir à la Cité avant dix heures au moins.

Il avait vu juste. Reggie était encore à table, prêt à se récrier face à cette interruption intempestive et à dire au valet, sur un ton plutôt sec, que la police pouvait bien attendre, quand, derrière la silhouette sobre de l'homme, il aperçut un géant drapé dans une cape : Pitt avait suivi le domestique précisément pour éviter de se faire traiter de la sorte.

— Franchement !

Reggie le foudroya du regard.

— J'ai tout à fait conscience de la difficulté de votre travail, mais quelques petits ennuis dans le square ne vous dispensent aucunement du respect des convenances. Je vous verrai quand j'aurai fini mon petit déjeuner ! Vous pouvez attendre au petit salon, si vous le désirez.

Pitt fixa le valet, constatant avec satisfaction que ce dernier craignait la police plus encore qu'il ne craignait son maître. Il se retira comme l'eau s'écoule dans un siphon, décrivant un arc de cercle et disparaissant dans le couloir.

— L'urgence de la situation ne tolère aucun délai, déclara Pitt fermement. Le Dr Bolsover a été assassiné.

Reggie le dévisagea, l'air bovin.

— Je vous demande pardon ?

— Le Dr Bolsover a été assassiné, répéta Pitt. Son corps a été découvert ce matin, peu après huit heures.

— Nom de Dieu !

Reggie lâcha sa fourchette chargée de nourriture ; elle tomba avec fracas, heurta le couteau et atterrit sur le parquet en entraînant bacon et saucisson dans son sillage.

— Nom de Dieu ! C'est horrible.

— Oui, acquiesça Pitt qui l'observait avec attention. Aurait-il seulement la présence d'esprit de jouer aussi bien la comédie ? Le choc semblait l'avoir pétrifié.

— Un meurtre est toujours horrible, poursuivit-il. D'une façon ou d'une autre. Évidemment, beaucoup de gens qui se font assassiner, sont en partie responsables de ce qui leur arrive.

— Que diable entendez-vous par là ?

Le visage massif de Reggie vira au cramoisi.

— Vous avez un sacré toupet, vous ! C'est d'un mauvais goût ! Le pauvre Freddie est mort, et vous dites qu'il l'a mérité !

— Non, rectifia Pitt soigneusement. C'est vous qui vous empressez d'en tirer cette conclusion. J'ai dit que certaines victimes d'assassinats l'ont parfois cherché : les maîtres chanteurs, par exemple.

Il se pencha en avant, guettant la réaction de Reggie sur son visage. Et il vit ce qu'il voulait voir : la pâleur soudaine, le spasme nerveux des muscles.

— Les maîtres chanteurs ? répéta Reggie d'une voix rauque, les yeux vitreux comme ceux d'une poupée de chiffon.

— Oui.

Pitt rapprocha une chaise et s'assit.

— Les maîtres chanteurs se font souvent assassiner. Généralement, leurs victimes ne voient que cette issue-là. Un maître chanteur ne se rend pas toujours compte qu'il a atteint un seuil critique. Il pousse le bouchon trop loin.

Il écarta les mains pour mimer une éruption, une explosion.

Reggie déglutit convulsivement, le regard rivé sur Pitt, comme hypnotisé. Il semblait incapable de proférer un son.

Pitt tenta sa chance.

— C'est bien ce qui est arrivé au Dr Bolsover, n'est-ce pas, monsieur ?

— Au Dr… Bolsover… ?

— Il vous faisait chanter, non ?

— Non, non ! Je vous l'ai dit. C'est… c'est la gouvernante, Jemima. On en a déjà parlé.

— C'est exact. Vous m'avez dit que la gouvernante exerçait un chantage sur vous à cause de votre liaison avec la femme de chambre. Seulement, je ne pense pas que cela valait la peine de la payer, dans la mesure où j'étais au courant, les domestiques aussi ; les voisins avaient sans doute deviné, et votre épouse, j'imagine, doit le savoir aussi, même si elle préfère feindre l'ignorance.

— Que diable voulez-vous dire ?

Reggie s'efforça de prendre un air outragé.

— Rien de plus que ce que j'ai dit, monsieur. J'ai du mal à croire que vous ayez cédé à un chantage portant sur un fait notoire, même si personne n'en parle, et qui, pour être sordide, n'en est pas moins courant. En tout cas, ce n'est certainement pas un crime.

— Je... je vous l'ai dit... bien sûr que ce n'est pas un crime ! Mais en ce moment précis, on pourrait mal l'interpréter. Les gens penseraient...

— Plus exactement, la police penserait... ?

Pitt haussa un sourcil sardonique.

Reggie s'empourpra : il venait de se rendre compte que son mensonge était ridicule. Pitt voyait presque son cerveau fonctionner fébrilement. Fallait-il le coincer maintenant, en cet instant de panique, ou bien attendre qu'il se trahisse davantage ?

— Euh...

Reggie cherchait à gagner du temps en attendant d'inventer quelque chose.

— ... ma foi... oui, ça peut paraître...

— Un peu léger, acheva Pitt à sa place. Et si vous me disiez la vérité ?

— Euh... la vérité ?

— Oui, monsieur. Pourquoi le Dr Bolsover vous faisait-il chanter ?

— Je...

Reggie semblait statufié.

— Si je dois interroger les autres pour connaître la réponse, ça risque d'être encore plus gênant pour vous, observa Pitt. Si vous me le dites, à supposer qu'il ne s'agisse pas d'un crime, je vous promets de rester aussi discret que possible. Le temps presse. Nous avons un assassin ici, dans ce square, et il n'a peut-être pas dit son dernier mot.

— Oh, Seigneur !

— Pourquoi le Dr Bolsover vous faisait-il chanter, Mr. Southeron ?

Reggie aspira une grande bouffée d'air et déglutit.

— Une autre aventure que j'ai eue.

Ses yeux brûlants, fuyants, cherchaient un point au-dessus de l'épaule de Pitt.

— Une femme mariée. Mari haut placé. Je pourrais avoir des ennuis, si jamais il l'apprenait. Vous me suivez ?

Pitt le contempla longuement. Il mentait.

— Comment la gouvernante a-t-elle eu vent de ça ?

— Quoi ? fit Reggie, relevant la tête d'un mouvement brusque. Ah… euh…

— Vous avez dit qu'elle vous faisait chanter, elle aussi, lui rappela Pitt. Désirez-vous vous rétracter maintenant ?

Soudain, le regard de Reggie s'éclaircit.

— Non ! Non, c'est la vérité. C'est une jeune personne âpre au gain. Voilà pourquoi Freddie a été tué ! Oui, tout concorde, ne voyez-vous pas ?

Il se redressa légèrement.

— Ils ont dû se quereller à cause de l'argent. Elle voulait plus que sa part, il a refusé, et elle l'a tué. Ça tombe sous le sens : tout colle !

— Comment la gouvernante a-t-elle découvert cette histoire ? Vous receviez votre maîtresse chez vous ?

— Ciel, non ! Pour qui me prenez-vous, tudieu ?

— Alors comment l'a-t-elle su, monsieur ?

— Aucune idée. Par Freddie sans doute.

— Pourquoi, voyons, lui en aurait-il parlé ? Pourquoi partager le butin, lorsque ce n'est pas nécessaire ? Cela me paraît peu probable.

— Comment diable le saurais-je ? s'exclama Reggie furieusement. Peut-être qu'il était son amant et qu'il a voulu se vanter. On ne connaîtra jamais la réponse. Le bougre est mort.

— Mais pas la gouvernante.

— Ne comptez pas sur elle pour vous dire la vérité !

Une note stridente perçait dans la voix de Reggie, proche de la panique.

Pitt prit un nouveau risque.

— J'ai l'impression, monsieur, que la maîtresse en question n'était pas l'épouse d'un personnage influent, mais plutôt une autre femme de chambre.

Le regard de Reggie étincela.

— Comme vous l'avez fait remarquer, inspecteur, je n'avais aucun intérêt à payer pour obtenir le silence sur un fait aussi banal.

— Peut-être, si c'était tout, répondit Pitt avec un petit sourire, sans quitter Reggie des yeux. Mais s'il y avait autre chose, un enfant par exemple ?

Reggie devint livide. Un instant, Pitt crut qu'il allait avoir une attaque.

— L'une de vos femmes de chambre est morte, n'est-ce pas ? demanda-t-il lentement en détachant chaque mot.

Reggie lutta pour reprendre son souffle.

— Vous ne l'avez pas assassinée, Mr. Southeron ?

— Seigneur ! Oh, Seigneur, non ! Elle est morte. Freddie était là. Nous l'avions appelé. Nous n'avions pas le choix. C'est comme ça qu'il a su.

— De quoi est-elle morte ?

— Je… je ne sais pas !

— Dois-je interroger les domestiques ? s'enquit Pitt doucement.

— Non !

Il y eut un silence.

— Non, fit Reggie plus calmement. Elle s'est fait avorter. Ça s'est mal passé. Elle est morte à cause de ça. Je n'étais au courant de rien. Je n'aurais pas pu la sauver. Il faut me croire.

— Mais l'enfant était de vous ?

— Comment le saurais-je ?

Pitt donna enfin libre cours à son dégoût.

— Vous voulez dire que vous la partagiez avec quelqu'un d'autre ? Le valet ou le groom peut-être ? demanda-t-il brutalement.

— Comment osez-vous ? Je vais vous faire remettre à votre place !

— Votre place, Mr. Southeron, riposta Pitt, cinglant, est pour le moment extrêmement inconfortable. Une femme de chambre qui porte votre enfant décède sous votre toit à la suite d'un avortement mal fait. Là-dessus, votre médecin vous fait chanter. Il est assassiné à quelques pas de chez vous. Quelle conclusion vous vient immédiatement à l'esprit ?

— Je… je vous l'ai dit, pantela Reggie. La gouvernante. Elle était dans le coup. Il devait coucher avec elle ; il lui a tout raconté. C'est elle qui m'a réclamé de l'argent. Elle a dû se disputer avec lui… une querelle de voleurs. C'est ça, la réponse. Qui allez-vous croire ? Moi qui n'ai rien fait de mal ou une fille qui ment, qui pratique le chantage et qui finit par tuer son amant et complice ? Je vous le demande !

Pitt soupira et se leva.

— Je ne croirai personne, Mr. Southeron, avant d'avoir réuni les preuves. Mais je me souviendrai de ce que vous m'avez dit, dans les moindres détails. Merci de m'avoir consacré votre temps. Au revoir, monsieur.

Sitôt qu'il sortit, Reggie s'effondra. C'était atroce ! Dieu seul savait comment ça allait se terminer. Le scandale ! La ruine ! Il en était malade. La pièce tanguait autour de lui, peuplée de visions de pénurie – floues, car il n'avait jamais réellement connu cela – mais non moins effrayantes.

Il était toujours affalé sur la table quand Adelina entra.

— Vous n'avez pas l'air bien, observa-t-elle. Auriez-vous trop mangé ?

Sa froide indifférence porta le coup de grâce à l'homme blessé, meurtri, qu'il était.

— Non, je ne suis pas bien, rétorqua-t-il avec irritation. L'inspecteur de police sort à l'instant d'ici. Freddie Bolsover a été assassiné.

Il contempla son expression choquée, satisfait de son effet.

— Assassiné !

Elle s'assit lourdement.

— Quelle horreur ! Mais pourquoi ? Lui a-t-on dérobé quelque chose ?

— Aucune idée. Il a été tué, c'est tout.

— Pauvre Sophie !

L'air absent, Adelina fixait la table.

— Elle doit être complètement perdue.

— Peu nous importe Sophie ! Songez plutôt à nous. Il a été assassiné, Adelina, ne comprenez-vous donc pas ? Ça signifie que quelqu'un l'a tué ; là, dans le noir, on lui a donné un coup de couteau ou on l'a frappé sur la tête, que sais-je.

— C'est très déplaisant. Les gens sont très méchants, quelquefois.

— Est-ce tout ce que vous avez à dire ?

Sa voix montait ; il criait presque, hors de lui.

— Bon sang, cette canaille de policier m'a pratiquement accusé de ce meurtre !

Elle ne parut pas impressionnée, et certainement pas effrayée.

— Mais pourquoi, voyons ? Vous n'aviez aucune raison de tuer Freddie. C'était un ami.

— C'était un maître chanteur !

— Freddie ? Balivernes. Qui aurait-il fait chanter ?

— Il était médecin, espèce de dinde ! Il pouvait faire chanter n'importe lequel de ses patients.

Elle n'avait toujours pas l'air émue.

— Les médecins n'ont pas le droit de révéler les secrets de leurs patients. Sinon, ils perdraient leur clientèle. Freddie n'aurait jamais fait ça. Ç'aurait été stupide. Et ne me traitez pas de dinde, Reggie. C'est très grossier, et rien ne justifie une telle grossièreté. Je suis désolée d'apprendre la mort de Freddie, mais il n'y a pas de quoi devenir hystérique.

— Je ne vous comprends pas !

Il était furieux, terrifié, et maintenant, complètement désorienté.

— Vous avez versé des larmes sur Helena, alors que la mort de Freddie semble vous laisser de marbre !

— Ce n'est pas pareil. Helena attendait un enfant.

À ce souvenir, elle baissa la voix.

— Cet enfant est mort avant d'avoir vu le jour. Si vous étiez une femme, vous comprendriez ça. Je regarde mes propres enfants et, naturellement, je pleure. C'est tout ce que nous avons en réalité, nous, les femmes : nos enfants.

Elle le toisa avec une soudaine dureté.

— On les conçoit, on les porte, on les met au monde, on les aime, on les écoute, on les conseille, on veille à ce qu'ils fassent un beau mariage. Vous, vous vous contentez de régler les notes et de vous vanter de leurs réussites. Je suis navrée pour Freddie, mais je n'ai pas envie de pleurer. Je plains Sophie, bien sûr, car elle n'a pas d'enfants. Et comment savez-vous que Freddie était un maître chanteur ?

— Quoi ?

— Vous avez dit que Freddie était un maître chanteur. Comment le savez-vous ?

— Oh !...

Il chercha une réponse.

— Quelqu'un m'en a parlé. Je ne peux pas vous en dire plus, c'est confidentiel.

— Ne faites pas le nigaud, Reggie. Personne n'ira vous confier ce genre de choses. Il a dû vous faire chanter, vous. N'est-ce pas ?

— Mais non, voyons ! À propos de quoi ?

— Alors pourquoi la police vous soupçonne-t-elle de l'avoir tué ? Ça ne tient pas debout.

— Je n'en sais rien ! hurla-t-il. Je ne leur ai pas demandé !

— Je pensais que c'était peut-être à cause de Dolly.

Il se figea. Elle avait l'air d'une étrangère trônant en tête de table, monstrueuse et inconnue, insondable. Elle proférait des horreurs, mais son visage n'exprimait qu'une vague curiosité.

— D... Dolly ? bégaya-t-il.

— Je vous aurais pardonné d'avoir couché avec elle, du moment que vous étiez discret, dit-elle en le regardant bien en face.

C'était la première fois, semblait-il, qu'elle le regardait vraiment.

— Mais pas d'avoir tué son enfant, Reggie... ça, jamais.

— Je n'ai pas tué l'enfant !

Il était au bord de la crise de nerfs. Il s'en rendait compte lui-même, mais ne pouvait pas se contenir.

— Elle s'est fait avorter. Ça a mal tourné. Ce n'était pas moi !

— Ne mentez pas, Reggie. Bien sûr que c'est vous. Vous l'avez laissée s'adresser à une faiseuse d'anges au lieu de l'envoyer à la campagne. Elle aurait pu rester là-bas ou bien nous aurions fait adopter l'enfant. Mais vous n'avez pas bougé. Jamais je ne vous le pardonnerai, Reggie, jamais.

Elle se leva et regarda ailleurs.

— Je présume que vous n'avez rien à voir avec la mort de Freddie. Ç'aurait été extrêmement stupide de votre part.

— Stupide ! Est-ce le seul mot que vous ayez à la bouche ? Stupide ! Me croyez-vous réellement capable d'avoir tué Freddie ?

— Non. Ça ne vous ressemble guère de commettre un acte aussi décisif. Mais je suis contente de vous l'entendre dire. J'espère que c'est la vérité.

— Douteriez-vous de moi ?

— À vrai dire, ça m'est égal, du moment qu'on évite le scandale. Si vous arrivez à maintenir la police en dehors de cela, c'est tout ce que je vous demande.

Il la contempla, désemparé. Brusquement, il avait froid, comme si on lui avait arraché une peau qu'il portait depuis longtemps, le laissant tout nu. Il la regarda sortir, comme un enfant abandonné dans le noir.

Ayant accusé Jemima de l'avoir fait chanter, et donc ne pouvant revenir en arrière, il jugea que la solution idéale serait de lui faire endosser également le meurtre de Freddie. Maintenant, il fallait que ça colle. Il devait se comporter comme s'il croyait à sa version des faits. C'était inconcevable que, sachant une chose pareille, un homme garde chez lui, auprès de ses enfants, une femme qui ne reculait ni devant le chantage, ni devant le meurtre. La seule issue possible était de la renvoyer sur-le-champ.

C'était malheureux, bien sûr. Vu les circonstances, elle n'avait aucune chance de trouver une place ailleurs, mais que pouvait-il faire d'autre ? Dommage qu'il n'eût pas profité de l'occasion pour en parler à Adelina… mais la pensée d'Adelina lui causait un profond malaise ; pour l'instant, mieux valait l'oublier. Il devait aller voir Jemima et lui dire de partir. Inutile de se perdre en explications : ce serait extrêmement gênant… il n'avait qu'à prétendre qu'il ne voulait pas porter d'accusations contre elle avant la police, au risque de nuire à la cause de la défense. Oui, l'idée était excellente. Il en vint même à éprouver un certain sentiment de rectitude morale. Se levant de table, il s'en fut sans tarder mettre son plan à exécution.

Tout cela, Charlotte l'apprit à midi, quand Jemima se présenta à sa porte, blanche comme un linge, une malle sur le trottoir à côté d'elle. Un cab s'éloignait déjà en brinquebalant pour tourner au coin de la rue. Elle avait dû rester un moment sur le pas de la porte avant de se résoudre à frapper.

Charlotte lui ouvrit elle-même, car il n'y avait personne d'autre pour le faire ; elle n'allait tout de même pas envoyer Mrs. Wickes avec ses mains mouillées, son tablier éclaboussé et ses cheveux en bataille.

— Jemima !

Elle aperçut la malle.

— Mais que vous arrive-t-il ? Entrez, vous avez l'air gelée et affamée. Pouvez-vous soulever l'autre côté de la malle avec moi ? On ne peut pas la laisser ici : quelqu'un va la voler.

Jemima se baissa docilement. Quelques minutes plus tard, elles étaient à l'intérieur, et Charlotte la regarda de plus près.

— Que se passe-t-il ? demanda-t-elle avec douceur. Mr. Southeron vous a accusée de le faire chanter ?

Jemima leva les yeux, choquée et soulagée à la fois de ne pas avoir à annoncer la nouvelle elle-même.

— Vous êtes au courant ?

Charlotte avait honte maintenant de ne pas l'avoir mise en garde, même si cela n'aurait sans doute pas changé grand-chose. Elle aurait dû trouver un moyen pour que Pitt empêche Reggie de répandre ses mensonges.

— Oui. Je voulais vous en parler quand je suis venue, l'autre jour.

Elle prit les mains de Jemima dans les siennes.

— Je suis désolée. Quand j'ai vu ce que vous ressentiez pour Brandy Balantyne, je n'ai pas eu le cœur d'évoquer Reggie et ses femmes de chambre dans la foulée, de peur que vous ne pensiez que je vous mettais dans le même sac.

Jemima parut décontenancée, mais il n'y avait pas l'ombre d'un reproche dans son regard.

— Comment l'avez-vous su ? Tout le monde a-t-il été prévenu, sauf moi ?

Elle déglutit avec effort.

— Pourquoi, Charlotte ? Pourquoi est-il allé chercher une chose pareille ? Il a certainement couché avec Mary Ann, mais ce n'est pas un secret ! Je n'en ai jamais parlé, et surtout pas à lui… pour demander de l'argent ! Pourquoi a-t-il raconté ça ?

— Parce que quelqu'un le faisait chanter et qu'il ne voulait pas avouer la vérité. C'était facile de vous accuser : vous étiez la dernière à pouvoir vous défendre.

— Mais qui le ferait chanter là-dessus ? C'est assez minable, d'accord, cette façon d'abuser à la fois de Mary Ann et de sa femme, mais ce n'est pas un crime ; il n'y a même pas de quoi crier au scandale, et sûrement pas de quoi ouvrir sa bourse.

— Je n'en sais rien, reconnut Charlotte. Venez donc vous asseoir. Je vais vous préparer une boisson pour vous réchauffer. Je crois qu'il me reste du cacao. Ensuite, nous réfléchirons à ce que nous allons faire.

Elle s'affaira énergiquement. Elles étaient dans la cuisine, la pièce la plus chaude de la maison. Charlotte ne pouvait se permettre d'allumer un feu au salon dans la journée. Mrs. Wickes avait fini de nettoyer le sol et était montée balayer en haut. Elles étaient toutes seules.

— Vous pouvez dormir dans la nursery, dit Charlotte, remuant le cacao avec une cuillère en bois pour éviter les grumeaux. Le lit est un peu petit, mais il fera l'affaire momentanément. Malheureusement, c'est tout ce que nous avons…

— Je ne peux pas rester ici, répondit Jemima rapidement. Oh, Charlotte, je vous remercie, mais la police va me rechercher bientôt. Le chantage est un crime, vous savez. Je ne veux pas vous mêler à cette ignominie…

— Oh !

Charlotte se retourna, surprise. Elle avait oublié que Jemima ignorait pratiquement tout d'elle.

— Ne vous inquiétez pas pour ça. Mon mari est dans la police ; c'est lui en fait qui est chargé de mener l'enquête. Il sait bien que vous n'avez fait chanter personne. Du moins, se corrigea-t-elle, il n'y croit pas. Rassurez-vous, il découvrira la vérité. Le Dr Bolsover a été assassiné. Le saviez-vous ? J'ai trouvé son corps ce matin. J'allais justement vous voir pour vous mettre en garde contre Mr. Southeron quand j'ai failli marcher sur lui. C'était peut-être lui, le vrai maître chanteur.

— Vous… la police… ?

Jemima était complètement désarçonnée.

— Mais… mais vous n'êtes pas mariée. N'êtes-vous pas la sœur de Lady Ashworth ? C'est ce que m'a dit le général Balantyne. J'ai eu votre adresse par lui, ce matin. J'ai été obligée de mentir. Je lui ai dit que je voulais vous écrire.

Elle grimaça et baissa la tête.

— Avant que Mr. Southeron ne parle de moi à tout le monde et que plus personne ne m'ouvre sa porte. Je ne savais pas vers qui me tourner…

Ses yeux débordèrent, et elle se cacha le visage pour dissimuler sa détresse.

Charlotte laissa le cacao et, s'approchant d'elle, la prit dans ses bras. Pendant un moment, Jemima pleura sans bruit ; puis elle se ressaisit, se moucha vigoureusement, s'excusa pour aller faire un brin de toilette et redescendit prendre le cacao, enfin chaud, avec des biscuits. Après quoi, elle regarda Charlotte en face et se déclara prête pour la bataille.

Charlotte lui sourit.

— Thomas découvrira la vérité, affirma-t-elle, même si elle savait que ce n'était pas toujours le cas.

Parfois, les crimes demeuraient irrésolus.

— Et, si possible, nous l'aiderons pour que ça aille plus vite. Je pense que je vais écrire à Emily pour l'informer des derniers événements. Elle pourra nous prêter main-forte, elle aussi.

— Vous êtes merveilleuse, dit Jemima en souriant faiblement. Avez-vous donc tellement l'habitude des meurtres qu'ils ne vous effraient plus ?

— Oh non !

Les atrocités de Cater Street lui revinrent en mémoire dans toute leur horreur. Et, à la pensée de Sarah, ses yeux se mirent à picoter.

— Non, répéta-t-elle doucement. Ça me fait très peur, pas seulement les meurtres, mais toutes les choses obscures que ça éveille chez ceux qui sont mêlés même de loin au premier crime. Car un crime en appelle souvent un autre. Les gens sont prêts à n'importe quoi pour masquer leur culpabilité. La peur rend cruel, égoïste. Une enquête criminelle nous révèle, aux uns et aux autres, tout ce que nous aurions préféré ignorer. Croyez-moi, je trouve ça terrifiant. Mais j'aime mieux être terrifiée ; autrement, ça voudrait dire que j'ai perdu la notion des choses. Cependant, il est dans mon caractère de me battre, et nous saurons le fin mot de cette histoire, n'en déplaise à tous les intéressés.

En rentrant tard chez lui ce soir-là, Pitt ne fut que modérément surpris de trouver Jemima assise avec Charlotte au coin du feu. Au début, elle parut à la fois intimidée et nerveuse, mais il fit de son mieux pour la mettre à l'aise bien qu'il tombât de fatigue et, lorsqu'elle monta se coucher, elle avait l'air mûre pour une bonne nuit de sommeil.

Après son départ, il apprit à Charlotte que Reggie l'avait également accusée du meurtre de Freddie. À son grand soulagement, Charlotte n'explosa pas et ne fondit pas en larmes, même s'il n'avait jamais vraiment cru à la seconde probabilité.

Le lendemain matin, il retourna à Callander Square ; il effectua une partie du chemin à pied pour être mieux à même de réfléchir.

Il ne doutait pas un instant que Freddie Bolsover eût été assassiné parce qu'il se livrait au chantage. Il ne pensait pas que ce fût l'œuvre de Reggie Southeron, ne serait-ce que parce qu'il était trop lâche et que la nouvelle de la découverte du cadavre lui avait causé un choc considérable. S'il avait été au courant, il aurait sûrement préparé une histoire plus plausible.

Seulement, si ce n'était pas Reggie, qui étaient les autres suspects ? Il y avait suffisamment de secrets à Callander Square qui devaient valoir leur pesant d'or.

Il décida de commencer par Balantyne.

Il le trouva chez lui, et tout à fait disposé à le recevoir. On l'introduisit dans le petit salon où, l'instant d'après, le général le rejoignit, la mine grave, car il avait appris la veille la mort de Freddie.

— Bonjour, inspecteur. Avez-vous découvert quelque chose au sujet de ce pauvre Freddie ?

— Oui, beaucoup de choses, monsieur. Mais malheureusement, rien de très agréable.

— Ça ne m'étonne pas. Pauvre diable, c'est bien triste ! Vous avez dit hier qu'il avait été poignardé. Y a-t-il eu du nouveau, depuis ?

— Peut-être me suis-je mal exprimé. Ce que j'ai découvert concerne le Dr Bolsover lui-même, pas l'assassinat, même si, à mon avis, c'est là qu'il faut chercher le mobile.

— Ah oui ? dit Balantyne, fronçant les sourcils. Comment ça ? Il n'y a tout de même pas de rapport avec les cadavres des nouveau-nés ? J'ai toujours cru que Freddie était un garçon plutôt continent, pas un coureur de jupons.

— De rapport direct, non, mais les deux affaires pourraient être indirectement liées. C'était un maître chanteur.

Balantyne ouvrit de grands yeux.

— Un maître chanteur ? répéta-t-il stupidement. D'où vous vient une idée… aussi… basse ?

— De l'une de ses victimes.

— C'est sûrement un mensonge ! Quelqu'un qui n'a pas la conscience tranquille pourrait fort bien être un menteur, par-dessus le marché. C'est forcément le cas ! Sinon, d'autres seraient au courant de ses crimes.

— Il ne s'agit pas obligatoirement d'un crime, monsieur, répondit Pitt avec douceur. Ce peut être quelque chose de confidentiel, une indiscrétion, une mésaventure. Comme quand sa propre fille a une liaison avec un valet et qu'elle se retrouve enceinte avant d'être mariée, ou bien…

Il s'interrompit. Il était inutile de continuer : Balantyne était écarlate. Pitt attendit.

— Je me ferais pendre plutôt que de payer le bougre, fit le général tout bas. Vous pouvez me croire.

— Vous en êtes sûr ? demanda Pitt, placide.

Ce n'était pas un défi ; il tâtait le terrain.

— Votre unique fille, juste avant son mariage avec un excellent parti ? Sérieusement ? Ne jugeriez-vous pas préférable de consentir à un petit sacrifice pour la protéger ?

Balantyne le regarda en clignant des yeux.

Pitt ne dit rien.

— Je ne sais pas, répliqua Balantyne finalement. Vous avez peut-être raison. Mais la question ne s'est pas posée. Freddie n'a jamais essayé de m'approcher.

Il contempla le tapis.

— Pauvre Sophie ! J'imagine qu'elle était à mille lieues de s'en douter. Je me suis souvent demandé comment Freddie faisait pour vivre sur un si grand pied. Je connaissais un peu la dimension de sa clientèle. Grands dieux, si j'avais pu penser… quelle histoire lamentable ! D'après vous, il savait d'où venaient ces enfants ?

— C'est possible, mais ça m'étonnerait. S'il avait tenté d'exploiter ce filon-là, il se serait fait assassiner beaucoup plus tôt. Bien sûr, il pouvait être en possession d'une information sans se rendre compte de son importance. Je l'ignore ; c'est pourquoi je dois interroger toutes les personnes sur qui, d'une manière ou d'une autre, il aurait pu exercer une pression.

— Certes, certes. Ça alors, si je m'étais douté… Je n'y tiens pas, mais si j'avais pu vous aider, je l'aurais fait.

— Je vous remercie. Puis-je parler à Lady Augusta, s'il vous plaît, et ensuite à Mr. Balantyne fils ?

Embarrassé, Balantyne rougit de nouveau.

— Lady Augusta ne vous apprendra rien, je vous assure. Elle n'a rien fait dans sa vie qui puisse justifier un chantage, et elle n'est certainement pas femme à se laisser intimider.

Pitt était d'accord avec cette dernière remarque ; néanmoins, si elle avait fait quelque chose, c'était avant tout au général qu'elle l'eût probablement dissimulé. Il s'abstint de le dire tout haut : ce serait gênant et ne servirait pas à grand-chose.

— Cependant, monsieur, elle sera peut-être en mesure de m'aider. Je sais bien qu'elle n'est pas encline aux commérages, mais nous avons un meurtre sur les bras, et j'ai besoin du moindre renseignement qu'on peut me fournir.

— Oui… oui, sans doute. Très bien.

Le général devait savoir que cette requête était de pure forme. Il ne pouvait s'opposer à Pitt, investi d'un mandat officiel.

Augusta le reçut au salon où il faisait encore frais car le feu venait tout juste d'être allumé.

— Bonjour, madame, commença Pitt d'un ton formel, quand le valet eut refermé la porte derrière lui.

— Bonjour, répondit Augusta.

C'était une belle femme, et elle semblait un peu plus détendue que lors de leur dernière entrevue.

— Que puis-je pour vous, inspecteur ? Je ne sais absolument pas qui a tué Freddie, ni pourquoi.

— Pourquoi, ce n'est pas difficile.

Pitt se planta devant elle.

— C'était un maître chanteur.

— Ah oui ? fit-elle, haussant légèrement les sourcils. Comme c'est déplaisant. Je n'en avais pas la moindre idée. Vous êtes sûr de ce que vous avancez, je présume.

— Tout à fait.

Il attendit de savoir ce qu'elle allait dire ensuite.

— Alors, c'est sa victime qui l'a assassiné. Je n'ai pas à vous l'apprendre !

Il sourit imperceptiblement.

— À supposer qu'il ait eu une seule victime, madame. Et pourquoi partirais-je de ce principe-là ?

Elle le regarda, et les coins de sa bouche frémirent.

— En effet. J'aurais dû y penser moi-même. Maintenant que vous le dites, cela me paraît évident. Et que croyez-vous donc que je puisse vous révéler ? Freddie Bolsover n'exerçait pas de chantage sur moi, je vous le promets.

— Même pas à propos de la malencontreuse histoire de Miss Christina avec le valet ?

Elle broncha à peine.

— Ce n'est pas l'affaire de la police, que je sache.

— Non, c'est exact. Elle a été révélée tout à fait incidemment. Mais vous n'avez pas répondu à ma question... le Dr Bolsover n'a-t-il pas abordé le sujet avec vous ?

— Certainement pas.

Elle sourit faiblement et le considéra sans inimitié.

— Je ne l'aurais pas payé. J'aurais trouvé un autre moyen, comme avec Max qui a voulu essayer aussi. J'ai trop de discernement et d'imagination, inspecteur, pour recourir à la violence.

Il eut un grand sourire.

— Je vous crois volontiers, madame. Si vous pensez à quelque chose qui puisse m'être utile, un détail, aussi insignifiant soit-il, j'espère que vous me le ferez savoir sur-le-champ. Pour l'amour du ciel, ne vous en occupez pas vous-même. Il a déjà tué une fois, peut-être plus.

— Je vous en donne ma parole, répliqua-t-elle avec conviction.

Il vit Brandy un peu plus tard dans la même pièce.

— Quoi encore ? s'exclama ce dernier. Ne me dites pas qu'il y a eu d'autres morts !

— Non, et j'entends faire en sorte que cela ne se reproduise pas. Il faut que je trouve qui a tué le Dr Bolsover, avant qu'il ne se sente menacé à nouveau.

— Menacé ? répéta Brandy, alarmé.

— Le Dr Bolsover était maître chanteur, Mr. Balantyne. C'est presque certainement la raison pour laquelle il a été tué.

— Qui faisait-il chanter, le savez-vous ?

— Mr. Southeron, en premier lieu.

— Bon... ce n'est pas Reggie qui l'a assassiné, tout de même ?

— Cela vous semble peu probable ?

— Ma foi... oui. Reggie ne m'a pas l'air... pour ne rien vous cacher, je ne pense pas qu'il en aurait eu le courage.

Brandy sourit, désolé.

— Moi non plus. Il dit que c'est Jemima Waggoner qui a tué le Dr Bolsover…

— Quoi ?

Le visage de Brandy perdit ses couleurs.

— Jemima ? Mais c'est idiot ! Pourquoi diable Jemima aurait-elle tué quelqu'un ?

— Parce qu'elle était sa complice : elle a réclamé une plus grosse part du magot ; ils se sont disputés, et…

— Il ment !

Cette fois, il était impossible de se tromper sur la réaction de Brandy. Il était fou de rage.

— La voilà, votre réponse. Reggie l'a tué et il ment pour se protéger. C'est bien une preuve, non ? S'il accuse Jemima de l'avoir fait chanter, alors c'est un menteur !

Sa figure déterminée respirait la colère et le défi.

— On peut mentir pour couvrir beaucoup de choses, Mr. Balantyne, répondit Pitt avec calme. Pas nécessairement un meurtre. Mr. Southeron panique facilement.

— C'est un menteur !

La voix de Brandy monta d'un ton.

— Vous n'allez pas croire qu'elle… que Jemima…

Il s'interrompit brusquement et fit un effort pour se maîtriser. Puis il déglutit et recommença :

— Excusez-moi. C'est un problème qui me tient très à cœur. Je suis persuadé que Jemima est innocente et je trouverai le moyen de vous le prouver.

— Toute assistance me serait extrêmement utile, sourit Pitt. Le Dr Bolsover ne vous a pas approché, monsieur ?

— Non. À quel sujet ?

— Argent, faveurs, n'importe.

— Bien sûr que non !

— Je pensais que vous auriez été prêt à payer, par exemple pour protéger Lady Carlton.

Brandy rougit jusqu'à la racine des cheveux.

— Comment avez-vous appris ça ?

Pitt s'abstint de répondre.

— Alors ?

— Non. Je suis sûr qu'il n'était pas au courant. Je ne vois pas comment il l'aurait découvert. Étant médecin, il savait peut-être qu'elle était enceinte, mais en ce qui me concerne, rien. Tout ça n'a aucune importance ; l'essentiel pour moi est que Jemima soit lavée de tout soupçon. S'il vous plaît, inspecteur…

Il hésita.

— S'il vous plaît, tâchez d'aller jusqu'au bout.

Pitt lui sourit avec infiniment de douceur.

— Vous tenez beaucoup à elle, n'est-ce pas ?

— Je…

L'air éperdu, Brandy leva les yeux.

— Oui, je… je crois que oui.

11

Pitt se rendit également chez Robert Carlton, plus pour l'informer des activités de Freddie que dans l'espoir que Carlton reconnaisse avoir été l'une de ses victimes. Ses questions furent discrètes, à la limite de l'inexistence : la coopération de Carlton lui était bien plus précieuse qu'un quelconque aveu obtenu à son corps défendant.

Les Doran, à ses yeux, n'avaient aucune raison d'intéresser Freddie. L'histoire d'Helena avait été rendue publique avant son assassinat ; il les laissa donc vivre leur deuil en paix.

Pour finir, il alla voir les Campbell. Il ne leur connaissait pas non plus de motifs susceptibles d'attirer sur eux l'attention d'un maître chanteur, mais il pouvait toujours y avoir un secret que personne n'avait encore deviné, même s'ils n'allaient certainement pas le lui révéler. Les réactions les plus réticentes étaient souvent riches en indices ; la réticence même témoignait d'un désir de dissimulation.

Il vit d'abord Mariah, car Campbell lui-même était occupé à rédiger ses lettres dans son bureau. Elle était très calme et n'exprima qu'une profonde compassion à l'égard de Sophie. Il ne retira rien de cet entretien, sinon l'impression qu'il avait affaire à une forte personnalité ; cette femme-là avait déjà dû surmonter bien des épreuves, voire des chagrins, et elle était prête à aider

Sophie à supporter le choc du moment présent et la honte qui était encore à venir.

Il fut obligé d'attendre un bon quart d'heure avant que Garson Campbell ne le fît entrer dans son bureau. Il le trouva debout devant la cheminée, les jambes écartées, se balançant légèrement d'avant en arrière. Il paraissait en colère.

— Eh bien, qu'y a-t-il, Pitt ? s'enquit-il d'un ton cassant.

Pitt décida d'emblée qu'il était inutile de finasser. Cet homme intelligent et agressif ne manquerait pas de repérer et de déjouer tous les pièges verbaux qu'on pourrait lui tendre.

— Saviez-vous que le Dr Bolsover était un maître chanteur ?

Campbell réfléchit un instant.

— Oui, répondit-il lentement.

Pitt sentit les battements de son cœur s'accélérer.

— Et comment l'avez-vous appris, monsieur ?

Le regard gris et froid de Campbell se posa sur lui avec une ironie amère.

— Pas parce qu'il me faisait chanter, inspecteur. L'une de ses victimes est venue me demander conseil. Naturellement, je ne peux pas vous révéler son identité.

Pitt savait qu'il était inutile d'insister. Il y avait des gens qu'il pouvait contraindre, intimider, soumettre par la seule force de sa volonté… mais Garson Campbell n'était pas de ceux-là.

— Pourriez-vous me dire ce que vous lui avez conseillé ? se contenta-t-il donc d'interroger.

— Oui, répondit Campbell en souriant. Je lui ai recommandé de payer, du moins en attendant. C'était une indiscrétion, pas un crime. Le risque qu'elle soit rendue publique et provoque de sérieux dégâts n'était que passager. Je lui ai aussi promis de parler à Freddie pour l'avertir que ça ne marcherait pas une seconde fois.

— Et vous l'avez fait ?

— Oui.

— Quelle a été la réaction du Dr Bolsover ?

— À mon avis, pas très concluante, inspecteur. Quelqu'un qui est capable de chantage ne rechignerait pas à mentir à l'occasion.

— Le chantage est un délit sournois, en sous-main, Mr. Campbell. Un maître chanteur œuvre dans le secret, et c'est généralement un lâche. Il a très bien pu avoir peur d'un personnage plus puissant… non pas Mr. Southeron, mais vous.

Campbell haussa un sourcil amusé.

— Vous étiez donc au courant ?

— Bien sûr.

Pitt s'offrit le luxe d'une certaine morgue.

— Et vous n'avez pas arrêté le pauvre Reggie ?

C'est un âne bâté. Il s'affole pour un rien.

— Je l'ai remarqué. Mais c'est aussi un poltron. Et il n'est sûrement pas le seul à Callander Square à pouvoir éveiller l'intérêt d'un maître chanteur.

Le visage de Campbell s'assombrit ; son grand corps se raidit. On eût dit qu'un spasme de douleur venait de le transpercer.

— À votre place, je surveillerais mes propos, Pitt. Vous risquez de vous attirer de gros ennuis en portant des accusations à la légère contre les résidents de ce square. Nous avons tous nos faiblesses, dont certaines pourraient certainement vous déplaire, mais nous n'aimons guère qu'on en parle. Tous les hommes suivent leurs inclinations, aussi loin qu'ils l'osent. Nous avons le privilège d'oser plus que la majorité ; cette position, nous l'avons acquise ou héritée. Trouvez qui a tué ces enfants, surtout ne vous gênez pas. Et cherchez celui qui a poignardé Freddie Bolsover, mais faites attention à Sophie et n'allez pas remuer la fange juste pour voir ce qui remonterait à la surface. Vous n'y gagnerez pas professionnellement, je vous le promets. Vous aurez beaucoup plus de chances de finir à faire la ronde quelque part du côté des docks.

Pitt le regarda en face. Il ne doutait pas un instant que Campbell fût sérieux, et que ce fût plus qu'un avertissement.

— Freddie Bolsover était un maître chanteur, monsieur, répliqua-t-il posément, et le chantage se nourrit de scandale. Je peux difficilement espérer découvrir son assassin sans connaître le mobile du crime.

— S'il était maître chanteur, il méritait la mort. Pour le bien-être de ceux qui restent dans ce square, vous feriez peut-être mieux d'abandonner. Je n'ai pas de scandale à cacher, comme vous le savez déjà sans doute, mais bon nombre de personnages haut placés ne pourraient pas en dire autant. Pour leur sécurité et pour ma convenance personnelle, je vous déconseille de creuser trop loin dans la boue. Nous avons la police depuis longtemps à Callander Square. C'est mauvais pour nous. Il est temps pour vous soit de conclure, soit de renoncer et de nous laisser tranquilles. Ne vous est-il pas venu à l'esprit qu'à force de fouiner, vous avez précipité ces drames, qu'au lieu d'arranger les choses, vous aggravez ce qui est déjà assez désastreux depuis le début ?

— Il arrive parfois qu'un assassin commette un second crime pour masquer le premier. Ce n'est pas une raison pour le laisser en liberté.

— Pour l'amour du ciel, épargnez-moi vos leçons de morale ! Qu'avons-nous là ? Une servante qui se fait engrosser et qui tue ses enfants… ou les enterre mort-nés ; une catin qui finit par lasser son amant et un maître chanteur ! La servante, vous n'avez strictement aucune chance de la retrouver maintenant, et d'ailleurs, qui s'en soucie, hein ? L'amant d'Helena doit être à l'étranger à l'heure qu'il est, et, comme manifestement personne ne l'a vu, vous avez autant de chances de le faire pendre que de passer la corde autour de la lune. Quant à Freddie, il l'aura largement cherché. Le chantage est un crime, même d'après vos critères. Et qui dit que c'est quelqu'un de Callander Square ? Il avait des patients un peu partout. Allez donc les voir. Ce pourrait être n'importe lequel d'entre eux. Mais ne venez pas vous plaindre s'ils vous font jeter dehors !

Pitt repartit, plus découragé qu'il ne l'avait jamais été depuis le début de l'enquête. À bien des égards, Campbell avait raison. Sa présence, en effet, avait pu précipiter à la fois le crime de Freddie et sa mort. Et il ne semblait guère plus près de la solution qu'au tout premier jour.

Aussi, deux jours plus tard, lorsqu'il fut convoqué par ses supérieurs qui lui demandèrent des comptes sans aménité, n'était-ce la détermination passionnée de Charlotte, il aurait cédé à la pression et reconnu sa défaite sur tous les points, hormis la mort de Freddie Bolsover.

— Vous avez fait de votre mieux, on le sait bien, Pitt, déclara Sir George Smithers avec irritation. Mais vous n'êtes guère plus avancé, n'est-ce pas ? Et nous ne sommes pas près de conclure. De toute façon, l'entreprise était hasardeuse depuis le départ.

— Nous avons besoin de vous pour des affaires plus importantes, ajouta le colonel Anstruther plus poliment. On ne va pas gâcher vos talents pour une cause désespérée.

— Et le Dr Bolsover ? riposta Pitt, cinglant. Va-t-on le classer dans les archives, lui aussi ? N'est-ce pas un peu prématuré ? Le public risque de croire que nous traitons nos affaires par-dessous la jambe.

Il était trop en colère pour songer à ménager les susceptibilités.

— Gardez vos sarcasmes pour vous, Pitt, dit Smithers avec froideur. Il est certain que nous devons faire un effort en ce qui concerne Bolsover, même si, semble-t-il, cette canaille a eu ce qu'elle méritait. Je connais moi-même Reggie Southeron : c'est un type inoffensif. Attaché aux plaisirs terrestres, mais pas méchant pour un sou.

Pitt ne répondit pas, mais il n'en pensait pas moins.

— Quelqu'un a bien planté un couteau dans le cœur de Bolsover, observa-t-il.

— Ciel, vous n'imaginez tout de même pas que c'est Reggie ?

— Non, Sir George. C'est pourquoi je dois identifier les autres victimes de Bolsover.

— À mon avis, c'est une tactique dangereuse.

Smithers secoua la tête avec réprobation.

— Source de beaucoup… euh… d'embarras. Oubliez ça et concentrez-vous sur les faits. Demandez les résultats de l'autopsie, la topographie des lieux, trouvez des témoins, que sais-je ? Tâchez de découvrir la vérité par ce biais-là.

— Je doute que ce soit possible, monsieur, fit Pitt en le fixant dans les yeux.

Smithers s'empourpra, courroucé par l'insolence non pas de la réponse, mais de ce regard.

— Alors, il faudra vous avouer battu. Mais essayez toujours ; on doit donner l'impression de faire tout notre possible.

Pitt perdit patience.

— Même si ce n'est pas vrai ?

— Faites attention, Pitt, l'avertit Anstruther calmement. Vous naviguez dangereusement près du vent. Il y a beaucoup de personnages importants à Callander Square. Ils commencent à en avoir par-dessus la tête de la police qui fouille dans leur vie privée.

— Ils se sont donc plaints ?

— Oui.

— Qui ça ?

— Plusieurs d'entre eux. Naturellement, je ne peux pas vous dire qui : cela risque de vous indisposer injustement contre eux. Allons, soyez gentil, occupez-vous des faits. On ne sait jamais, en interrogeant les domestiques, vous trouverez peut-être quelqu'un qui a vu quelque chose ; vous déterminerez au moins qui était sorti ce jour-là, les alibis et tout ça.

Pitt acquiesça : il ne pouvait rien faire d'autre. Il était en colère et proche de la défaite. N'était-ce la certitude que Charlotte allait le réchauffer, le fortifier, le défendre jusqu'au bout, il aurait été enclin à suivre les ordres aussi bien dans l'esprit qu'à la lettre.

Balantyne ignorait tout des pressions exercées sur Pitt car il était le seul, dans le square, à ne pas en avoir été l'instigateur. Quand Reggie vint le voir, tout guilleret d'avoir bénéficié d'un sursis, il n'avait pas la moindre idée de ce qui le réjouissait tant.

— C'est drôlement bon, hein ?

Reggie lampa le sherry qu'il s'était servi lui-même.

— On va bientôt revenir à la normale ; il était temps. Toutes ces sales histoires, c'est derrière nous maintenant.

— Ça m'étonnerait, répondit Balantyne avec raideur.

Il trouvait la jovialité de Reggie répugnante.

— Il subsiste la question des quatre meurtres, tout le reste mis à part.

— Quatre meurtres ?

Reggie blêmit, non pas à la pensée des meurtres, mais de ce « reste », à savoir la métamorphose d'Adelina. L'atmosphère chaleureuse de son foyer n'était plus qu'un souvenir. Il vivait aux côtés d'une étrangère qu'il ne connaissait pas ; elle, en revanche, le connaissait douloureusement bien, et ce depuis fort longtemps. C'était une sensation vraiment très déplaisante.

— L'auriez-vous oublié ? s'enquit Balantyne sèchement.

— Non, non. Seulement, je ne voyais pas en ces enfants des meurtres. Ils étaient probablement mort-nés, non ? Et comment savoir ce qui est arrivé à Helena ? Elle n'est plus là pour nous le dire, la pauvre. Peut-être qu'elle est tombée par accident ou quoi. Quant à Freddie, mon vieux, franchement, ce n'est pas une grosse perte. Cette crapule faisait chanter les autres. Non, le mieux serait que la police pose quelques questions par-ci par-là, voie si les domestiques n'ont rien remarqué et, si elle ne trouve rien, plie bagage et aille pourchasser des pickpockets ailleurs ; en tout cas, qu'elle décampe d'ici.

— J'en doute fort. Un meurtre, c'est autrement plus grave que le vol à la tire, rétorqua Balantyne d'un ton coupant.

— Eh bien, qu'ils ne comptent plus sur moi pour les aider.

Reggie se versa un second sherry de la carafe.

— Si jamais ce type-là revient, je ne le recevrai pas. Il peut parler aux domestiques, s'il en a envie. Ce n'est pas que je refuse de coopérer, mais je ne veux plus le voir. Je lui ai dit tout ce que je savais, point.

Il vida la moitié du verre et exhala dans un soupir :

— Fini, terminé !

Balantyne le dévisagea.

— Vous ne croyez tout de même pas que c'est un domestique qui a tué Freddie ? s'enquit-il avec une incrédulité caustique.

— Mon cher, je m'en moque comme d'une guigne. Plus vite la police renoncera et déguerpira d'ici, mieux ça vaudra.

— Ils ne renonceront pas. Ils resteront là tant qu'ils n'auront pas découvert le coupable.

— Des clous, oui ! J'en ai touché deux mots ici et là, au club, un peu partout. Ce Pitt, s'il ne se calme pas, va retourner faire les rondes, et vite. Un fauteur de troubles, voilà ce qu'il est. Son plaisir, c'est de confondre les gens de qualité. Tous pareils, ces prolétaires : donnez-leur un peu de pouvoir, et ils perdent la tête. Mais ne vous inquiétez pas, vieux, on n'en a plus pour longtemps. Il va fouiner à droite et à gauche, faire semblant de s'appliquer, puis, après un laps de temps convenable, il repartira courir après ses voleurs.

Balantyne était hors de lui : une fureur aveugle, incendiaire, le consumait. C'était bafouer les principes auxquels il avait cru toute sa vie : l'honneur, la dignité, la justice pour les vivants et les morts, l'ordre moral pour lequel il avait combattu, pour lequel ses pairs avaient péri en Crimée, aux Indes, en Afrique et Dieu sait où encore.

— Sortez d'ici, Reggie, dit-il posément. Et, s'il vous plaît, ne revenez pas. Vous n'êtes plus le bienvenu dans cette maison. En ce qui concerne la police, je remuerai ciel et terre, interviendrai auprès des autorités pour m'assurer qu'ils interrogent tout le monde, explorent la moindre piste jusqu'à ce qu'ils découvrent ce qui s'est réellement passé à Callander Square, et tant pis pour ceux que ça indispose. Suis-je clair ?

Reggie le regarda en clignant des yeux, son verre de sherry à la main.

— Vous êtes… saoul ! bégaya-t-il, sachant parfaitement que ce n'était pas vrai. Vous êtes devenu fou ! Avez-vous une idée des dégâts que ça peut causer ?

Sa phrase s'acheva dans un couinement.

— Allez-vous-en, Reggie. Vous aurez l'air ridicule si je vous fais jeter dehors.

Le teint de Reggie vira au rouge violacé, et il lança son verre dans le feu, le faisant voler en mille éclats incandescents. Puis il pivota sur ses talons et sortit d'un pas lourd, claquant la porte si violemment que les tableaux vacillèrent sur l'étagère et qu'un bibelot tomba par terre.

Resté seul, Balantyne mit plusieurs minutes à digérer ce qu'il venait de faire. Finalement il sonna et, lorsque le majordome parut, le pria d'envoyer le valet chercher son pardessus car il comptait se rendre chez Sir Robert Carlton.

Carlton était chez lui ; Balantyne le trouva au salon, assis près du feu en face d'Euphemia. Jamais il ne l'avait vue aussi épanouie : la chaleur semblait irradier d'elle, comme si elle était en plein soleil. Il aurait préféré que sa visite eût un autre motif, mais il continuait à bouillir d'indignation.

— Bonsoir, Carlton. Bonsoir, Euphemia, vous m'avez l'air fraîche comme une rose.

— Bonsoir, Brandon.

La voix d'Euphemia contenait une pointe d'interrogation.

— Désolé, Euphemia, il faut que je parle à Robert de toute urgence. Auriez-vous la générosité de nous excuser ?

Euphemia se leva, un peu perplexe, et quitta obligeamment la pièce.

Contrarié, Carlton fronça les sourcils.

— Que se passe-t-il, Balantyne ? J'espère que c'est important car je trouve votre conduite inacceptable. Vous vous êtes montré plus que cavalier envers ma femme.

Balantyne n'était pas d'humeur à perdre son temps en civilités.

— Avez-vous usé de votre influence pour empêcher la police d'enquêter sur les meurtres commis dans ce square ? questionna-t-il.

Carlton lui fit face ; son visage imperturbable n'exprimait ni réserve, ni scrupule.

— En effet. Je considère qu'ils ont fait assez de mal comme ça, et rien de bon ne sortira de leur obstination à fouiller dans notre vie privée, nos drames et nos erreurs. Ils ont eu tout le temps nécessaire pour découvrir qui a mis au monde ces infortunés enfants et ce qui leur est arrivé. Inutile d'espérer, après toutes ces années, qu'ils identifient ou retrouvent l'amant d'Helena Doran. Quant à Freddie Bolsover, c'était peut-être un maître chanteur et peut-être pas ; en tout cas, il a très bien pu être tué par un voyou de passage. Ce serait mieux pour Sophie si nous nous en tenions à cette hypothèse sans aller chercher plus loin…

— Foutaises ! cria Balantyne. Vous savez fichtrement bien qu'il a été assassiné par quelqu'un du square parce qu'il avait poussé le bouchon trop loin ; seulement, cette fois, il était tombé non pas sur quelque crétin lubrique qui s'amuse avec ses femmes de chambre, mais sur un meurtrier.

Le visage de Carlton se crispa.

— Vous le croyez vraiment ?

— Oui, et si vous voulez être honnête avec vous-même, vous le pensez également. Je sais que vous avez peur pour Euphemia. Moi aussi, j'ai peur. Mais j'ai bigrement plus peur de ce que je vais devenir si je cherche à étouffer cette affaire…

— Freddie était un maître chanteur, dit Carlton d'une voix moins assurée. Laissez-le reposer en paix, le misérable, ne serait-ce que par égard pour Sophie.

— Cessez de vous mentir, Robert. Il était ce qu'il était, mais on ne peut pas négliger son assassinat, s'en désintéresser sous prétexte que c'est sordide et que l'enquête policière nous dérange. À quoi diable croyez-vous, mon ami ? N'y a-t-il plus que votre confort qui compte ?

Carlton se redressa brusquement, le regard étincelant, mais il ne trouva rien à dire pour sa défense. Il ouvrit la bouche pour répondre : les mots lui manquèrent. Balantyne ne bronchait pas et, finalement, ce fut Carlton qui baissa les yeux le premier.

— Je parlerai demain au ministre de l'Intérieur, fit-il à voix basse.

— Parfait.

— Je ne vois pas à quoi cela va servir. Campbell et Reggie insistent lourdement pour faire clore l'enquête. Reggie tremble pour lui-même, bien sûr, mais Campbell, à mon avis, doit plaindre Sophie. C'est un vrai cauchemar pour elle, la pauvre enfant. Mariah s'occupe d'elle ; c'est une femme très capable, Mariah, elle sait toujours ce qu'il faut faire en cas de crise. Mais rien ne pourrait protéger Sophie de la disgrâce, si cette histoire venait à être rendue publique.

— Tant mieux s'il reste au moins une personne qui a su garder la tête sur les épaules.

Balantyne ne put résister à la tentation de décocher ce dernier trait, d'une honnêteté impitoyable : sa colère était encore trop vive.

— Je suis navré pour Sophie, mais la vérité ne peut être altérée. Toutes mes excuses à Euphemia.

Sur ce, il tourna les talons. Une fois qu'il aurait parlé à Brandy et à Augusta, qu'il leur aurait fait part de ses sentiments, son courroux s'apaiserait. Alors il reviendrait, le lendemain peut-être, pour faire la paix avec Carlton. À l'avenir, si l'on avait besoin de lui, il aiderait Sophie.

En arrivant dans son propre vestibule, il apprit par le valet que Miss Ellison demandait à le voir. Il en fut ennuyé, décontenancé. Il n'était guère à son avantage et ne voulait pas qu'elle le vît dans cet état. Le valet avait les yeux rivés sur lui, et son cerveau ne lui fournit aucune excuse plausible.

Elle l'attendait dans le bureau. Quand il entra, elle se retourna, et il se souvint combien elle lui plaisait, combien ses traits étaient purs et doux, passion sans artifice. Qu'elle fût totalement dénuée de sophistication le reposait et l'émoustillait tout à la fois.

— Charlotte, ma chère…

Il alla vers elle pour lui prendre les mains, mais elle se déroba.

— Qu'y a-t-il ?

Elle paraissait différente, et cela l'effraya : il ne voulait surtout pas qu'elle change.

— Général Balantyne, dit-elle sur un ton légèrement guindé.

Ses joues s'étaient colorées ; mais, bien que mal à l'aise, elle ne chercha pas à fuir son regard. Elle prit une profonde inspiration.

— J'ai bien peur de vous avoir menti. Je suis la sœur d'Emily Ashworth, mais non point célibataire, ainsi que je vous l'ai laissé croire. Ellison était mon nom de jeune fille. Je suis Charlotte Pitt…

Au début, ce nom-là ne lui dit rien. Il ne comprenait pas les raisons de ce mensonge. Pensait-elle qu'il aurait refusé de l'employer, s'il la savait mariée ?

— L'inspecteur Pitt est mon mari, fit-elle simplement. Je suis venue ici pour en savoir plus sur ces enfants et, si jamais ils étaient mort-nés, offrir mon soutien à la mère. À présent, je veux aider Jemima. Mr. Southeron l'accuse de l'avoir fait chanter et d'avoir tué le Dr Bolsover lors d'une querelle à propos de l'argent. Si Thomas est dessaisi de l'enquête et qu'on ne retrouve jamais l'assassin du Dr Bolsover, elle traînera ça toute sa vie.

— Vous êtes mariée à Pitt ? demanda-t-il en fronçant les sourcils. Le policier ?

— Oui. Je suis désolée de vous avoir trompé. Sur le moment, je n'aurais pas cru que cela aurait une quelconque importance. S'il vous plaît, pensez ce que vous voulez de moi, mais qu'on n'empêche pas Thomas de découvrir la vérité, du moins en ce qui concerne le Dr Bolsover. On n'accuse pas quelqu'un pour ensuite le laisser en plan sans la moindre preuve. Si Jemima avait été socialement son égale, jamais il ne se serait permis de faire ça. Il l'a dit uniquement parce qu'il la savait incapable de se défendre ou de contre-attaquer.

Il sentit qu'une illusion se dissipait, remplacée par une valeur nouvelle. Son rêve avait été fragile, insensé ; même en son for intérieur, il n'avait pas osé le nommer. Maintenant, à sa place, il y avait une douleur douce et tiède qui, avec le temps, deviendrait une compagne familière, de celles qui aident à mûrir.

Lentement, il poussa un soupir.

— J'ai déjà vu Sir Robert Carlton. J'arrive à l'instant de chez lui. Il parlera demain au ministre de l'Intérieur.

Le sourire naquit dans ses yeux, sur ses lèvres, et finit par l'illuminer tout entière, jusqu'à sa façon de se tenir, très droite, mais avec une grâce, une aisance évidentes dans les courbes mêmes de son corps.

— Je suis contente, dit-elle doucement. Je vous demande pardon de ne pas y avoir pensé.

Elle se drapa dans sa mante et passa devant lui.

Il la laissa partir : il était trop ému pour proférer un son. Ce compliment, cette confiance brûlaient dans son cœur plus ardemment que dans les moments enchantés de sa jeunesse.

Longtemps, il resta debout au milieu de la pièce avant d'envoyer chercher Brandy.

Lorsque celui-ci entra, il était prêt.

— Ce soir, je viens de rencontrer Robert Carlton, commença-t-il sans préambule. Je l'ai convaincu d'intervenir auprès du ministre de l'Intérieur pour que la police puisse continuer à enquêter sur les meurtres commis dans ce square, en prenant le temps qu'il faut et sans se préoccuper des conséquences, aussi fâcheuses soient-elles, l'essentiel étant de découvrir la vérité. Puisque Freddie Bolsover était un maître chanteur, c'est là très probablement la cause de sa mort. La police va sûrement poursuivre ses investigations dans ce sens-là… non, ne m'interromps pas, Brandon. Je t'en parle car ils ne manqueront pas de revenir ici. Ils sont déjà au courant de la bêtise de Christina avec Max. Si jamais tu as fait quelque chose qui aurait pu te valoir des pressions, je te conseille de me le dire et d'en informer la police. Si ça n'a rien à voir avec Freddie, je pense qu'ils se montreront discrets.

— Ils le savent déjà, répondit Brandy sobrement. Je les trouve extrêmement méticuleux en tout, sauf en ce qui concerne les meurtres eux-mêmes ! Mais merci de l'avertissement.

Il détourna les yeux.

— Je suis content que vous ayez vu Carlton. Reggie a accusé Jemima de l'avoir fait chanter et d'avoir tué Freddie à cause de l'argent. Mais il ne l'emportera pas au paradis, croyez-moi.

— Comment le sais-tu ?

Brandy se tourna vers son père.

— C'est l'inspecteur Pitt qui me l'a dit. Désolé, père.

Puis, ayant remarqué son embarras, il ajouta nonchalamment :

— Désirez-vous voir maman ? Il faudrait la prévenir, elle aussi, car elle a toujours tendance à régler ses affaires elle-même.

Balantyne grimaça au souvenir de Max. Il n'avait pas très envie de voir Augusta. Pas ce soir. Il avait beaucoup à lui dire, mais c'était encore trop tôt. Plus tard peut-être, lorsqu'il aurait mieux compris ce qui se passait en lui.

— Non, merci, répliqua-t-il. Tu n'as qu'à lui parler, si ça ne t'ennuie pas. Je ne pense pas qu'on ait besoin de l'avertir, mais faisons-le par courtoisie.

Brandy hésita un instant avant de sourire.

— Bien.

Il se dirigea vers la porte.

— Merci de ne pas vous être emporté, pour Jemima. J'ai l'intention de l'épouser, si elle accepte, bien sûr. Maman ne va pas être contente, mais elle s'y fera avec le temps, si vous êtes d'accord.

— Je n'ai pas dit… !

Mais Brandy était déjà parti, et Balantyne se retrouva à fixer la porte qui venait de se refermer.

Après tout, l'idée n'était pas si monstrueuse : il ne s'agissait pas d'une servante et, du reste, elle n'était pas très différente de Charlotte… mais ceci était un autre rêve qu'il préférait ne pas affronter ce soir-là.

Ce fut le lendemain après le déjeuner qu'il aperçut Alan Ross à son club. Spontanément – car Alan était à la fois un ami et son gendre – il s'approcha pour lui parler.

— Bonjour, Alan, comment ça va ? Christina va bien ?

— Bonjour, monsieur. Elle se porte comme un charme, je vous remercie. Et vous-même ?

— Très bien.

Quelle conversation affectée ! Pourquoi ne pas dire ce qu'il avait sur le cœur ? Cela, au moins, ne l'avait-il pas appris de Charlotte ?

— Non, ce n'est pas vrai. Vous êtes au courant, pour Freddie Bolsover ?

Ross fronça les sourcils.

— Oui. Quelqu'un a parlé de chantage… est-ce exact ?

— Hélas, oui. Il y a eu un effort concerté de la part des résidents du square pour faire stopper l'enquête policière : la peur du scandale, sans doute, même si ce n'était pas le motif officiellement invoqué. Tout le monde doit avoir quelque chose à cacher, une histoire sordide, grotesque ou tout simplement intime.

Ross esquissa une mimique d'acquiescement. Il leva les yeux comme pour répondre. Balantyne attendit, mais manifestement, il ne trouvait pas ses mots. Ils échangèrent quelques banalités, puis sentant que Ross désirait lui parler, Balantyne ramena la conversation sur Callander Square.

À nouveau, Ross sembla hésiter.

— Sauriez-vous quelque chose que j'ignore ? demanda Balantyne doucement, forçant Ross à le regarder.

— Non.

Alan secoua la tête, un petit sourire triste au coin de la bouche.

— C'est quelque chose que nous savons tous les deux, mais à mon avis, vous n'en êtes pas conscient.

Interloqué, Balantyne n'éprouvait cependant pas encore la moindre appréhension.

— Mais alors, si je suis déjà au courant, pourquoi avez-vous tant de peine à vous exprimer ? Et pourquoi en parler, d'ailleurs ?

Pour la première fois, Ross soutint réellement son regard, sans dérobade ni faux-fuyants.

— Parce qu'autrement, vous risquez de vous donner un certain mal pour essayer de me le cacher.

Balantyne ouvrit de grands yeux.

— Christina, répondit Alan. Je suis parfaitement au fait de son aventure avec Max et des raisons de son intérêt soudain pour moi. Non, ne prenez pas cet air-là. Je le savais déjà à l'époque. Ça ne me dérange pas. J'aimais Helena et je n'aimerai jamais quelqu'un d'autre. Je vous tiens en très haute estime, vous et – ça va vous étonner peut-être – Lady Augusta. J'étais tout à fait prêt à rendre service à Christina. Je ne l'aimerai jamais, mais je serai un bon mari pour elle, et j'entends faire en sorte qu'elle soit une bonne épouse pour moi, dans la mesure où nos sentiments, ou leur absence, peuvent le permettre. Amour ou pas, il y a toujours moyen de se conduire honorablement.

Il baissa les yeux un instant.

— En fait, j'essaie de vous dire ceci : ne craignez pas que d'éventuelles révélations changent mon attitude à l'égard de Christina.

Un sourire illumina son regard.

— Par ailleurs, j'ai énormément d'affection pour Brandy. Même s'il a tendance à m'éviter depuis mes fiançailles. À mon avis, il doit avoir mauvaise conscience. Tricher n'est pas dans sa nature : ça lui réussit mal.

Balantyne se serait défendu contre l'accusation implicite d'être lui-même un tricheur ; seulement, c'était la stricte vérité, et il n'avait rien à dire pour sa défense. Du reste, le visage de Ross n'exprimait aucun reproche. Il eut soudain l'impression que Christina ne méritait pas quelqu'un comme lui, quelqu'un qu'il aimait bien lui-même et qu'il respectait tout à la fois.

— Merci, dit-il avec chaleur. Vous auriez très bien pu me laisser mariner dans la peur, voire me trahir, et vous auriez eu raison. C'est extrêmement généreux de votre part. J'espère qu'avec le temps vous nous pardonnerez, non seulement par charité, mais de par votre compréhension, même si je n'ai pas le droit de vous demander cela.

— J'aurais fait la même chose.

Ross balaya ses remerciements d'un geste.

— Ça peut encore m'arriver, si j'ai des enfants. Vous prendrez bien un verre de bordeaux avec moi ?

— Merci, accepta Balantyne avec un plaisir non feint, une profonde sensation de bien-être. Très volontiers.

Convoqué à nouveau chez le colonel Anstruther, Pitt fut surpris et soulagé d'apprendre qu'à la suite d'un changement de directives au ministère de l'Intérieur, il pouvait reprendre l'enquête concernant l'ensemble des affaires de Callander Square. Il fut surpris parce qu'il ne s'y attendait pas : il ignorait la démarche de Charlotte auprès du général Balantyne et, même s'il en avait été informé, il n'aurait pas vraiment cru à une issue favorable. Et il fut soulagé parce qu'il avait l'intention de poursuivre sa tâche, d'exploiter le moindre indice, et ce quoi qu'on dise. Bien sûr, il aurait fallu agir de manière détournée et à ses heures perdues, ce qui n'était pas commode. Il ne désirait pas particulièrement encourir un blâme sévère pour désobéissance, et il préférait passer ses moments libres à la maison, avec Charlotte, surtout maintenant qu'elle en était à quatre mois de la naissance de leur premier enfant.

Ce fut donc en proie à une certaine effervescence qu'il descendit les marches en courant et héla un cab pour se faire conduire sur-le-champ à Callander Square.

Pendant qu'il cahotait sur les pavés inégaux, il repassa mentalement en revue tout ce qu'il savait déjà.

Sans l'ombre d'un doute, Freddie Bolsover avait été tué parce qu'il se livrait au chantage. Qu'il eût utilisé ou non l'information qui avait causé sa mort, le simple fait d'être en sa possession lui avait été fatal ; le danger qu'il la divulgue se révélait trop grand pour son assassin. Le crime avait été expéditif et audacieux. Son auteur se considérait en situation de péril imminent. De quoi pouvait-il bien s'agir ? Une liaison, un enfant illégitime ? C'était peu probable. Avec tous ces scandales à Callander Square, le mobile paraissait bien maigre pour un meurtre. Freddie connaissait-il la mère ou, plus vraisemblablement, le père des nouveau-nés enterrés dans le jardin ? Pas au début en tout cas : il s'en serait servi plus tôt ou on l'aurait tué plus vite…

Sauf s'il venait juste de le découvrir, bien sûr !

Autre possibilité : l'assassin s'était subitement aperçu que Freddie était au courant, soit que ce dernier n'eût pas l'intention d'utiliser l'information, la sachant trop dangereuse, soit qu'il n'eût pas conscience de sa valeur. Oui, cela tombait sous le sens ! On l'avait supprimé à la hâte, avant qu'il ne comprenne la valeur de ce qu'il savait.

Il était arrivé à Callander Square et se tenait engoncé dans son pardessus, le col relevé, en regardant le cab s'éloigner, brinquebalant, dans la brume, quand une dernière hypothèse s'imposa à son esprit. Ce fut en apprenant le chantage exercé par Freddie sur Reggie Southeron que l'assassin s'était rendu compte de la menace qui pesait sur lui ! Cette piste s'avérait la plus prometteuse et représentait un excellent point de départ.

Il traversa le square par le jardin bourbeux, passa devant l'endroit où l'on avait découvert les cadavres des nouveau-nés, puis là où Freddie avait été poignardé ; l'écho de ses pas résonna à nouveau, sonore, sur la chaussée, le trottoir et les marches du perron de Reggie Southeron.

Comme la journée était froide et excessivement désagréable, Reggie ne s'était pas dérangé pour aller à la banque ; cependant, il avait envoyé un message pour prévenir qu'il refusait de recevoir la police et défendait au reste de la maisonnée de le faire de leur côté.

Pitt répliqua au valet qu'il avait une autorisation du ministère de l'Intérieur, et si Mr. Southeron l'obligeait à revenir avec un mandat, il le ferait bien sûr, mais dans la mesure où personne d'autre dans le square n'avait réagi de la sorte – c'était normal, puisqu'il n'avait pas encore vu les autres –, cela risquait d'être plus gênant pour Mr. Southeron que pour lui-même.

Dix minutes plus tard, Reggie parut, rouge et très en colère.

— Pour qui diable vous prenez-vous, à me citer le ministre de l'Intérieur ? s'écria-t-il, claquant violemment la porte.

— Bonjour, monsieur, répondit Pitt avec courtoisie. Il y a juste une chose que j'aimerais savoir : à qui d'autre avez-vous parlé de la tentative de chantage du Dr Bolsover ?

— À personne. Ce n'est pas le genre de choses qu'on raconte aux amis ! riposta Reggie d'un ton cassant. Question idiote.

— C'est curieux, Mr. Campbell m'a dit que vous vous étiez confié à lui et lui aviez demandé conseil.

Pitt haussa les sourcils.

— Bougre d'âne ! jura Reggie. Peut-être bien. Sûrement, puisqu'il le dit.

— Et à qui encore ? C'est très important, monsieur.

— Pourquoi ? Qu'est-ce que ça change maintenant ?

— Vous semblez oublier, Mr. Southeron, qu'il reste un assassin à Callander Square. Il a déjà tué une fois, peut-être plus. Il peut tuer à nouveau, s'il se sent menacé. Ça ne vous effraie donc pas ? Il pourrait s'agir du prochain ami avec qui vous bavarderez en rentrant chez vous, la prochaine silhouette emmitouflée qui viendra vous dire bonne nuit et vous plantera un couteau dans le cœur. Le Dr Bolsover a été poignardé par-devant, par quelqu'un qu'il connaissait et dont il ne se méfiait pas, à vingt mètres de sa propre maison. Ça ne vous trouble pas ? Moi, à votre place, je ne serais pas très à l'aise.

— D'accord !

La voix de Reggie monta dans les aigus.

— D'accord ! Je n'ai parlé à personne d'autre que Campbell. Carlton est fichtrement vieux jeu, et Balantyne ne vaut guère mieux ; il n'y a pas d'homme chez les Doran, et Housmann, la vieille chouette d'en face, ne nous adresse pas la parole. Campbell est un type efficace : il ne joue pas les saintes nitouches et n'a pas peur de sa propre ombre pour dire ce qu'il pense. Je lui ai tout raconté. Et il y a mis le holà !

— En effet.

La réponse de Pitt était lourde d'un sens qui échappa à Reggie.

— Je vous remercie, monsieur. Voilà qui pourrait m'être très utile.

— Franchement, je ne vois pas comment !

— Si c'est le cas, vous finirez par le savoir ; sinon, ça n'a pas d'importance. Merci, monsieur. Je vous souhaite une bonne journée.

— Au revoir, fit Reggie, les sourcils froncés. Bougre d'imbécile, marmonna-t-il dans sa barbe. Le valet va vous reconduire.

Pitt ne savait toujours pas ce qu'il cherchait, mais, au moins, il savait enfin où chercher.

Il frappa à la porte des Campbell et demanda à parler au maître des lieux. On l'introduisit au petit salon où Mariah était en train d'écrire des lettres.

— Madame, dit-il, dissimulant sa surprise.

— Bonjour, Mr. Pitt. Mon mari est occupé pour le moment, mais il pourra vous recevoir bientôt, si ça ne vous ennuie pas de patienter.

— Pas du tout, je vous remercie.

— Désirez-vous un rafraîchissement ?

— Non, merci. Je ne veux surtout pas vous déranger.

— Vous venez au sujet du meurtre du Dr Bolsover ?

— En partie.

Le visage de Mariah était très pâle. Peut-être était-elle souffrante, ou alors l'obligation de consoler Sophie commençait à lui peser.

— En quoi mon mari pourrait-il vous être utile ?

Il ne voyait pas l'intérêt de lui cacher la vérité. Il se pouvait même qu'elle l'aide involontairement. Elle aurait pu apprendre quelque chose de Sophie, sans en soupçonner la signification.

— Il est le seul à qui Mr. Southeron ait confié que le Dr Bolsover le faisait chanter.

— Reggie l'a dit à Garson ? fit-elle lentement.

Elle était blanche comme un linge. Pitt craignit qu'elle ne s'évanouisse. Était-elle réellement malade ou bien détenait-elle des informations sur son mari dont il ne se doutait même pas ?

La réponse vint, fulgurante.

Helena !

Un homme mûr, qui avait réussi, sûr de lui, investi d'une certaine dignité, d'un pouvoir, ne pouvant l'épouser parce qu'il n'était pas libre… était-ce lui, l'amant ? Pitt examina à la hâte la nouvelle gamme de possibilités. Mais pourquoi ce meurtre ? Était-elle sur le point de le trahir, de l'accuser ouvertement d'être le père de son enfant ? L'avait-il tuée dans un moment de panique dans ce jardin abandonné ?

Mariah l'observait. Son regard était clair ; son expression, figée. On eût dit une femme face à un peloton d'exécution, mais une femme qui n'a pas peur de mourir.

— Oui, répondit-il à sa question qu'elle semblait avoir posée depuis des heures.

— Je vois.

Se levant, elle ramassa ses jupes.

— Merci de m'en avoir informée, Mr. Pitt. J'ai quelque chose à faire en haut. Voulez-vous m'excuser ? Mon mari ne va pas tarder.

Et, sans attendre sa réponse, elle sortit lentement, la tête haute, droite comme un piquet.

Garson Campbell finit par paraître au bout de dix minutes. Il venait d'une autre pièce de la maison, et pourtant il battait la semelle en marchant, comme s'il rentrait du froid. Mais il ne se frottait pas les mains.

— Eh bien, qu'y a-t-il, Pitt ? s'enquit-il en le toisant d'un air dégoûté. Je n'en sais pas plus à propos de Freddie Bolsover que la dernière fois.

Il s'arrêta devant le feu, jambes écartées, se balançant légèrement d'avant en arrière.

Un souvenir fugace revint à la mémoire de Pitt, un homme entrevu voilà longtemps, dans un autre lieu, un homme qui marchait en tapant du pied, même l'été, un homme malade. L'image des petits corps dans le jardin surgit devant ses yeux, la tête difforme de celui du dessous. Il revit l'enfant d'Helena.

En un éclair, la réponse se forma dans son esprit, aussi simple et lumineuse qu'un dessin d'enfant.

— Le Dr Bolsover savait que vous aviez la syphilis, n'est-ce pas ? demanda-t-il sans préambule. Quand Reggie Southeron vous a dit que Bolsover le faisait chanter, vous avez compris que c'était juste une question de temps avant qu'il ne se rende compte de la valeur de cette information et n'essaie de vous faire chanter à votre tour. Vous l'avez tué avant qu'il ne passe à l'acte. Comme vous avez tué Helena, avant que son enfant ne naisse difforme, à l'image de ceux du square. Ou alors elle avait découvert votre maladie, et vous avez eu peur qu'elle ne sache pas tenir sa langue. Peu importe la raison, au fond.

Une lueur indécise brilla dans les yeux de Campbell, mais, face à la calme assurance de Pitt, son visage se tordit de rage.

— Espèce de sale hypocrite ! fit-il d'une voix basse et amère. Ce mal sournois, inexorable, me ronge depuis l'âge de trente ans. Voilà quinze ans que je porte la mort en moi. Inutile de compter sur une fin rapide ; je vais pourrir de l'intérieur, petit à petit. La douleur ira en s'aggravant jusqu'à ce que je sois paralysé, un vilain légume qu'on promène en fauteuil roulant, pendant que les gens chuchotent et ricanent derrière mon dos ! Et vous êtes là, à me faire la morale, comme si ç'aurait été différent pour vous.

« Oui, vous avez raison ! Vous êtes satisfait ? Même ma femme me regarde comme si j'étais un lépreux. Elle ne m'a pas touché depuis plus d'un an. Helena était une garce. Quand elle a appris ma maladie, elle a piqué une crise d'hystérie et je l'ai tuée.

« Freddie était un minable maître chanteur à la petite semaine. Bien sûr que je l'ai tué : je n'allais pas attendre qu'il vienne me voir.

Sa main était derrière son dos ; sans laisser à Pitt le temps de réagir, il pivota en brandissant le coupe-papier pris sur le bureau où Mariah écrivait ses lettres. La lame décrivit un arc de cercle et manqua la poitrine de Pitt seulement parce qu'il s'était élancé en avant. Il glissa sur le bord du tapis et tomba lourdement, heurtant Campbell, si bien qu'ils atterrirent tous deux dans la cheminée.

Pitt bondit sur ses pieds, prêt à frapper… mais Campbell ne bougeait pas. Au début, Pitt crut à un piège, jusqu'au moment où il aperçut un filet de sang et la tête de Campbell contre le garde-feu.

Il alla vers la porte et appela le valet, d'une voix forte et grotesquement hystérique.

— Courez me chercher un agent de police ! ordonna-t-il sitôt que l'homme parut. Et un médecin, vite !

Le valet le regarda bouche bée sans esquisser le moindre geste.

— Dépêchez-vous ! hurla Pitt.

Il fila comme une flèche, sans même prendre le temps d'enfiler un manteau.

Pitt revint dans le petit salon et arracha le cordon de la sonnette. Tant pis si cela allait provoquer un effroyable tintamarre en bas. Il ligota les poignets de Campbell en serrant de toutes ses forces et le laissa allongé sur le dos, apparemment inconscient, mais respirant avec effort.

Il voulut aller trouver Mariah, puis décida qu'il serait plus charitable de faire évacuer Campbell d'abord, surtout s'il s'avisait de faire un esclandre. C'était déjà suffisamment pénible pour elle, sans qu'elle fût obligée d'assister à son arrestation.

Il s'assit, hors d'atteinte des pieds de Campbell, si jamais il revenait à lui et choisissait à nouveau de se battre, et attendit.

L'agent arriva au bout d'une dizaine de minutes, rouge, essoufflé et trempé par la pluie fine. Il contempla Pitt, puis Campbell, toujours étendu sur le sol, mais qui commençait à reprendre ses esprits.

— Le médecin est en route, m'sieu, dit-il, l'air hagard. Que s'est-il passé ?

— Mr. Campbell est en état d'arrestation.

Pitt se tourna vers le valet qui se tenait derrière l'agent, dans l'encadrement de la porte.

— Appelez un cab et faites préparer une valise pour Mr. Campbell. Quand le médecin sera là, amenez-le ici.

Il regarda l'agent de police.

— Mr. Campbell est inculpé pour meurtre, et il est dangereux. Si vous avez des menottes, passez-les-lui avant de retirer la corde. Quand le médecin l'aura examiné, chargez-le dans le cab et conduisez-le au poste.

Il glissa la main dans sa poche et sortit sa plaque pour la lui montrer.

— Je vous rejoindrai dès que j'aurai vu Mrs. Campbell. Vous avez compris ?

L'agent se mit au garde-à-vous.

— Oui, m'sieu. C'est lui qui a assassiné les bébés, m'sieu ?

— Je ne sais pas. Je ne le crois pas, mais il a tué Miss Doran et le Dr Bolsover. Méfiez-vous de lui.

— Certainement, m'sieu.

Il regarda Campbell, impressionné et dégoûté à la fois.

Pitt traversa le vestibule ; alors qu'il gravissait l'escalier, le médecin arriva. Il attendit cinq minutes de plus sur le palier, jusqu'à ce qu'il vît le groupe partir : Campbell, encore étourdi, chancelant entre l'agent et le cocher du cab. Puis il monta à la recherche de Mariah.

Le deuxième étage était silencieux et rangé. Il ne croisa pas une seule femme de chambre ; elles devaient être toutes dans la cuisine ou bien dehors, occupées à quelque tâche extérieure.

— Mrs. Campbell ? fit-il distinctement.

Il n'y eut pas de réponse.

Élevant la voix, il appela à nouveau.

Toujours pas de réponse.

Il frappa à la première porte et la poussa. La pièce était vide. Il continua et arriva finalement à ce qui ressemblait à un dressing. Assise dans un fauteuil, Mariah Campbell lui tournait le dos. Il crut d'abord qu'elle s'était assoupie, jusqu'au moment où, la contournant, il vit son visage. Il était entièrement dépourvu de couleur ; les paupières et les lèvres étaient devenues grisâtres.

Sur la coiffeuse, il y avait une fiole étiquetée « laudanum », vide, et une autre bouteille en verre transparent qui ne contenait rien non plus. À côté se trouvait une feuille de papier. Il la prit. Le mot lui était adressé.

« Inspecteur Pitt,

« J'imagine que vous connaissez maintenant la vérité. Les péchés des pères sont retombés sur les enfants, mais c'étaient mes enfants également, et je ne voulais pas qu'ils vivent, souillés par la maladie, aussi pourris que lui. Mieux valait mourir tant qu'ils étaient encore innocents : ils n'ont rien senti, pas même la douleur.

« S'il vous plaît, demandez à Adelina Southeron de s'occuper de mes enfants qui sont encore en vie. C'est une femme de cœur, et elle aura pitié d'eux.

« Que Dieu m'accorde Sa miséricorde et Sa paix.

« Mariah Livingstone Campbell »

Pitt la regarda, pris d'une infinie compassion, et reconnaissant qu'elle lui eût épargné d'avoir à l'affronter, de servir d'instrument pour mettre en branle la lourde machine de la justice contre elle.

Parce qu'il aimait profondément Charlotte, il ressentait une certaine tendresse pour toutes les femmes ; il remercia le ciel que sa propre existence ne fût pas marquée par une semblable tragédie. Il songea au visage de Charlotte, plein d'espoir pour son enfant à venir, et pria pour que le bébé naisse en bonne santé, peut-être même pour que ce fût une fille, aussi têtue, généreuse et volontaire que Charlotte elle-même.

Cette pensée le fit sourire ; pourtant, face à cette morte, il avait également envie de pleurer. Mais, par-dessus tout, il aspirait ardemment à rentrer chez lui.

Du même auteur
aux Éditions 10/18

À l'ombre de la guillotine, n° 3690
Du sang sur la soie, n° 4470

Série « Petits crimes de Noël »
La disparue de Noël, n° 3858
Le voyageur de Noël, n° 3961
La détective de Noël, n° 4068
Le secret de Noël, n° 4174
La promesse de Noël, n° 4279
Un Noël plein d'espoir, n° 4496
L'odyssée de Noël, n° 4607
Le spectacle de Noël, n° 4770
Un Noël à Kanpur, n° 4841

Série « Charlotte et Thomas Pitt »
L'étrangleur de Cater Street, n° 2852
Le mystère de Callender Square, n° 2853
Le crime de Paragon Walk, n° 2877
Resurrection Row, n° 2943
Rutland Place, n° 2979
Le cadavre de Bluegate Fields, n° 3041
Mort à Devil's Acre, n° 3092
Meurtres à Cardington Crescent, n° 3196
Silence à Hanover Close, n° 3255
L'égorgeur de Westminster Bridge, n° 3326
L'incendiaire de Highgate, n° 3370
Belgrave Square, n° 3438
Le crucifié de Farriers' Lane, n° 3500
Le bourreau de Hyde Park, n° 3542
Traitors Gate, n° 3605
Pentecost Alley, n° 3665
Ashworth Hall, n° 3743
Brunswick Gardens, n° 3823
Bedford Square, n° 3884
Half Moon Street, n° 3948
La conspiration de Whitechapel, n° 3987
Southampton Row, n° 4029

Seven Dials, n° 4086
Long Spoon Lane, n° 4111
Buckingham Palace Gardens, n° 4227
Lisson Grove, n° 4333
Dorchester Terrace, n° 4509
Bryanston Mews, n° 4653
L'inconnue de Blackheath, n° 4786

Série « William Monk »

Un étranger dans le miroir, n° 2978
Un deuil dangereux, n° 3063
Défense et trahison, n° 3100
Vocation fatale, n° 3155
Des âmes noires, n° 3224
La marque de Caïn, n° 3300
Scandale et calomnie, n° 3346
Un cri étranglé, n° 3400
Mariage impossible, n° 3468
Passé sous silence, n° 3521
Esclaves du passé, n° 3567
Funérailles en bleu, n° 3640
Mort d'un étranger, n° 3697
Meurtres sur les docks, n° 3794
Meurtres souterrains, n° 3917
Mémoire coupable, n° 4230
La fin justifie les moyens, n° 4446
Une mer sans soleil, n° 4579
Une question de justice, n° 4747
Du sang sur la Tamise, n° 4816

Série « Joseph et Matthew Reavley »

Avant la tourmente, n° 3761
Le temps des armes, n° 3863
Les anges des ténèbres, n° 4009
Les tranchées de la haine, n° 4024
À la mémoire des morts, n° 4140

Dépôt légal : novembre 2014
Imprimé en Italie
par La Tipografica Varese Srl